Van Paul Theroux verschenen bij uitgeverij Atlas:
Ondergronds, *Soerabaja* en *De gelukkige eilanden*

Paul Theroux

Millroy
de tovenaar

Vertaald door Maarten Polman

Uitgeverij Atlas – Amsterdam/Antwerpen

Uitgeverij Atlas maakt deel uit van Uitgeverij Contact

© 1994 Nederlandse vertaling: Maarten Polman
Oorspronkelijke uitgave: *Millroy the Magician*,
Cape Cod Scriveners Company, 1993
Omslagontwerp: Marjo Starink
Omslagillustratie: Silvester Brobbel
Typografie: John van Wijngaarden

ISBN 90 254 0359 X
D/1994/0108/575
NUGI 301
CIP

Ik ben het brood des levens.
– JOHANNES, 6: 48

Toen ik Hem zag, viel ik als dood aan zijn voeten. Maar Hij legde op mij zijn rechterhand, en Hij sprak: 'Vrees niet! Ik ben de Eerste en de Laatste. Ik ben de levende; ik was dood, doch zie, ik leef in de eeuwen der eeuwen. En ik heb de sleutels van de dood en van het dodenrijk. Schrijf nu op, wat ge gezien hebt: èn wat thans is, èn wat hierna geschieden zal.'
– OPENBARINGEN, 1: 17-19

Wat hij het liefst deed was dingen uit elkaar halen, zelfs boeken, zelfs de bijbel. Hij zei dat de bijbel net een gebruikersgids was, een reparatiehandleiding bij een onafgemaakte uitvinding. Hij zei ook dat de bijbel een wildernis was. Een van vaders theorieën was dat er delen van de bijbel waren die niemand ooit gelezen had, net zoals er delen van de wereld waren waar niemand ooit een voet had gezet.
– CHARLIE FOX

DEEL I

BOERENKERMIS

I

Ik zou mijn vader ontmoeten op de boerenkermis in Barnstable, en in zekere zin gebeurde dat ook, al was hij Dada niet. En ik had er een hekel aan met die vreselijke bus van Mashpee naar het kermisterrein te rijden, al hoefde ik hem niet terug te nemen. Hoe kon ik weten dat het mijn eigen Grote Dag was, en dat die zou eindigen in betovering, nadat de morgen zo akelig was geweest?

Ik was van Gaga in Marstons Mills naar Mashpee gelopen, waar Dada woonde met Vera, zijn Wampanoag-vrouw, en toen ik daar aankwam was hij laveloos en zij verdwenen. Ik keek naar Dada, die op de grond lag, en overtuigde mezelf ervan dat hij niet dood was. Hij was meestal dronken op zijn vrije dag, maar hij had beloofd vandaag naar de kermis te gaan. Het was negen uur op een hete zaterdagmorgen in juli. De bus schudde en ruftte op de kapotte weg. Ik zat op de achterbank, zo zenuwachtig dat ik de hele weg op mijn duim zoog.

Millroy was de goochelaar op de kermis, beroemd om het laten verdwijnen van een olifant in een doos op het podium. Ik had hem één keer met Dada gezien en was hem niet vergeten. Hij vroeg een klein meisje uit het publiek en veranderde haar in een glas melk en dronk haar op.

'Jesses.'

Dada had gesnoven en gezegd: 'Het is maar een truc, Jilly.'

Maar ik dacht nog steeds: jesses.

Ik liep langs de Fun-O-Rama, langs de Bliksemschicht, langs affiches met DE WONDEREN DER WERELD en de spandoeken met LEVENDE GEDROCHTEN (VARKEN MET MENSENHANDEN EN MENSENVOETEN, WOLFSJONGEN), langs CIRCUS FOSKETT met Yoyo de Clown en Popcorn de wonderbaarlijke hond, langs MISTER SOFTEE, IJSHOORNTJES, WARME PINDA'S, VARKENSSHOW EN OLIFANTERITJES EN CHUBBY CHECKER – LIVE TONIGHT! naar de tent met het kleurige spandoek van de kale besnorde man: BEL-

9

TESHAZZAR – MEESTERGOOCHELAAR - Millroy.

Toen ik binnenkwam keek Millroy midden in zijn gegoochel op en zijn ogen bleven pal op mij rusten, tussen al die mensen, en leken op te lichten van bruin naar groen. Later leerde ik die blik goed kennen: zijn ogen kregen vat op je en, zoals hij zei, de rest was simpel. Ik ging zitten en stak mijn duim weer in mijn mond.

'Ik goochel bij daglicht,' zei Millroy.

Het was alsof hij me herkende van de laatste keer met Dada en mij toen 'jesses' had horen zeggen. Het maakte dat hij iets liet vallen. Hij was niet van slag.

'Dit is mijn eerste dag met mijn nieuwe hand.'

Hij plukte de hand uit zijn mouw, tuurde ernaar, duwde hem toen terug en begon ermee te jongleren – drie verschillende voorwerpen. Hij jongleerde met een kegelbal, een brandende propaanfakkel en een ratelende kettingzaag, allemaal tegelijk. Hij stak vijf pingpongballen in zijn mond en gooide zijn hoofd naar achteren en blies ze in het rond en slikte ze toen, nog steeds jonglerend, nog steeds starend, in.

'Ik doe dit allemaal zonder 'n net!'

Niemand had me ooit eerder zo aangestaard. Hij leunde ook voorover.

'Ben jij Annet?' zei hij tegen me.

De mensen lachten. Ik was veertien maar evengoed klein voor mijn leeftijd, nog geen één meter vijftig, jurkmaat twee – niet dat ik ooit een jurk droeg, de meeste van mijn kleren kwamen meestal uit het kinderrek, junior-spijkerbroeken en T-shirtjes en maat vierenhalf gymschoenen. Geen boezem, en heupen als een jongen, en kort haar. Waarom zou iemand haar aanstaren?

Eerst was ik zo door hem verpletterd dat ik niets hoorde van wat hij zei. Toen zag ik hem een papieren zak uit zijn broekomslag trekken.

'Zou jij zeggen dat ik zakken in mijn broek heb?'

Zijn ogen waren nog steeds op mij gericht. Hij was lang en slank, kaler dan het plaatje van hem buiten maar met een borsteliger snor, kalm in zijn bewegingen, en hij maakte de indruk van kracht zonder massa, een hoop wilskracht, de geest boven het lichaam, een echte tovenaar. Terwijl ik naar hem keek vroeg ik mij af wat er was gebeurd met dat meisje dat hij in melk had veranderd en opgedronken.

Hij droeg een strak zwart kostuum en rijlaarzen. Als hij iets als een speelkaart of zelfs een kegelbal vasthield deed hij dat met de toppen van zijn lange vingers. Ook had hij een haakneus, en zoals hij staarde en zijn tanden liet zien zag hij eruit alsof hij een hapje uit me wilde nemen. Ik had gezien dat zijn ogen van kleur veranderd waren, maar zij veranderden alweer, werden bleker, werden als strakke vogelogen en doorboorden mij.

Millroy propte een grote fladderende kip in de papieren zak, maar ik was zo in hem verdiept dat ik niet hoorde wat hij zei. De vogel zat dik in de veren maar zag er niet zenuwachtig en onnozel uit zoals andere kippen; deze leek traag en meegaand, als een oude vriend. Millroy draaide de bovenkant dicht en sloeg tegen de bobbel in de zak, waardoor hij het ding plette en snippers papier overhield.

'Dat was Boobie, en dat geeft een heel nieuwe betekenis aan de uitdrukking "er als de kippen bij zijn",' zei hij terwijl hij in mijn richting keek. 'Laten we de zaak nu wat opfleuren.'

Er sprong een bos bloemen uit zijn mouw te voorschijn, en hij trok een tweede ruiker uit zijn borstzak. Vanonder de revers van zijn jas barstte nog een bos open. Hij schikte dit boeket en terwijl wij klapten wurmde hij een zijden lint uit zijn vingers, gaf er toen een ruk aan – de ene zijden sjaal in een eindeloze keten aan de andere geknoopt – en terwijl hij bleef rukken rolde hij zijn mouwen op. Waar kwam dat ding vandaan? Tegen de tijd dat de vraag bij mij opkwam lagen de sjaals in een hoge stapel op de tafel.

'Wat was dat?' zei hij. 'Dat geluid?'

Deze vragen waren allemaal aan mij gericht, en ik deed bijna mijn mond open, omdat ik toen juist een klokkend geluid hoorde.

'Maak dat je wegkomt, Boobie, Chinese kip!'

Hij bewoog zijn handen boven het hoofd van een klein meisje op de eerste rij en trok een ei uit haar oor en nog een uit haar mond.

'Ik heb die vogel ongerust gemaakt,' zei Millroy.

We lachten allemaal, maar hij keek recht naar mij. Ik hield mijn duim in mijn mond en sloot mijn vinger om mijn neus. Millroy was zo dichtbij dat ik kon zien dat zijn gezicht en de huid op zijn kale hoofd beparelet waren met zweet, en hij trilde en was een beetje buiten adem, alsof zijn optreden het uiterste van zijn kracht vergde.

Het geklok kwam terug als de monotone woorden in een vreemde taal.

Millroy zei: 'Dat is grappig. Kom eens hier, hartje.'

Terwijl hij met twee lange tovenaarsvingers zachtjes in haar handje kneep tilde hij het meisje overeind en leidde haar naar het podium. Ze was ongeveer negen, met witte spillebenen en afzakkende sokken en vlechten.

'Hoe heet je, lieverd?'

'Wie, ik?'

'Zekers. Jij daar met je mond vol tanden.'

'Lynette Trumpka.'

'Dat is een mooie naam, Lynette. Maar hoor eens, heb je ergens een kip bij je?'

'Ik geloof van niet.'

'Lach eens – of als je niet lachen kunt, trek dan maar een grappig gezicht,' zei Millroy, die nog steeds tegen mij leek te praten.

'Ik ben in de war,' zei het meisje, en iedereen lachte.

Millroy liep met Lynette Trumpka het podium rond zodat we allemaal konden zien dat ze een strakke kleine kuitbroek droeg en een met ketchup bevlekt T-shirt dat losgeraakt was.

'Hé, wat is dit?' zei Millroy, en trok nog twee eieren uit haar oren. 'Weet je zeker dat je niet ergens een kip hebt?'

Het meisje schudde haar hoofd – nee hoor, ze had er geen.

'Oké, Lynette, je bent een flinke meid geweest, maak maar een buiging.'

Terwijl ze vooroverboog trok Millroy een spartelende kip uit een pijp van haar kuitbroek en Lynette verstijfde. Het was de kip die hij Boobie had genoemd en zij fladderde en krijste tot Millroy haar gele poten greep; toen bedaarde ze en leek zo bol als een plumeau.

'Dikzak,' zei Millroy.

Terwijl hij zijn vingers in haar veren liet zinken woog hij Boobie de kip in zijn hand. 'Nu ik erover denk,' ging hij voort, en leunde naar mij over. 'Dit is het beste land ter wereld – hé, ik breng een persoonlijke hulde aan de vs aan het eind van het eerste nummer – maar luister, moet er niet iets ernstig mis zijn in een land waar de armen dik en de rijken mager zijn?'

Zoals hij Boobie nog steeds in zijn hand opschudde, alsof hij diep nadacht, was hij eerder serieuzer dan belachelijker, en dit leek een heuse vraag waarop geen voor de hand liggend antwoord bestond. Maar wat had het met goochelarij te maken?

'Wat heeft dit met goochelarij te maken, denken jullie,' zei hij. 'Het antwoord is' – de kip onderbrak hem door een tweelettergrepig woord te klokken – 'juist, Boobie: al-les.' Hij voederde de kip een paar maïskorrels, en hij slikte terwijl de kip ernaar pikte in zijn handpalm. 'Daar krijg ik echt honger van,' zei Millroy, terwijl hij op een man op de eerste rij afkwam. 'Ik zou wel zin hebben in een kippepastei, en hier is de kip.' De man toelachend zei hij: 'U bent Kenneth

Lesh uit Hatchville en ik heb uw wortelen en uw rapen en uw hoed nodig.'

De man was zo verrast zijn volledige naam door Millroy te horen uitspreken dat hij geagiteerd opstond en zijn hoed aanraakte, een oude boerenpet waarop WIRTHMORE VOEDER stond, terwijl Millroy een wortel uit één van 's mans oren trok en een raap uit het andere, en vervolgens zijn hoed afzette. Voor de man kon protesteren gingen de kip en de groenten en twee van de eieren die hij van het meisje Lynette Trumpka had gekregen erin, waarbij hij de eieren brak en de schillen samen met het slijm weggooide. Uit zijn vuist spoot melk te voorschijn, en door met zijn vingers te knippen produceerde hij een strooisel van bloem.

'Witte bloem en geraffineerde suiker,' zei hij. 'En laten we niet een snufje zout en een puntje boter vergeten. Het is een Amerikaans recept.'

Intussen was de hoed aan het spartelen en krijsen.

'Nu gaat het op het vuur.' Er vlamde een lucifer op in zijn vingers en die gooide hij erin.

We lachten terwijl de boer voorin, Kenneth Lesh – als hij echt zo heette – nukkig keek vanwege zijn geruïneerde hoed en zijn vernedering.

Millroy liet zijn vingers over de hoed gaan en draaide hem toen om op zijn tafel, en toen hij hem optilde lag er een kippepastei met een dikke korst op het tafelblad te walmen. Hij verbrak de korst met een lepel en bracht die vol stukken kippevlees en klodders vet in de druipende jus en het gele kippevel te voorschijn.

'Dat is de dood op een lepel,' zei hij en sloot zijn hand eroverheen, en toen hij zijn vingers kromde en opende was het weg.

We lachten hard maar wisten niet waarom omdat we dit niet in verband konden brengen met iets wat hij eerder had gezegd. Wat de hoed betreft, die was leeg en schoon – had geen schade geleden, hij liet ons de binnenkant zien, en gaf hem terug aan de verbijsterde boer. Maar waar was die klokkende kip gebleven?

'Ik heb nog steeds honger,' zei Millroy en trok een zwaard uit zijn broekband. 'Snappen jullie?'

Het was een echt zwaard, glinsterend scherp, ongeveer een meter lang, van zilver en goud, met een kwastje dat aan het heft hing. Millroy zwaaide ermee en sloeg het tegen de tafelpoot, waarbij hij een stukje versplinterd hout afhakte. Toen keek hij naar mij op, en ik staarde terug met mijn duim in mijn mond, mijn vuist in mijn gezicht.

'Dit is één manier om ijzer binnen te krijgen.'

Hij gorgelde en gooide zijn hoofd naar achteren en schoof de hele kling in zijn mond, recht naar beneden, tot het heft klem zat tegen zijn voortanden. Zijn hoofd helde nog steeds naar achteren, zijn maag stak uit, en hij knoopte zijn zwarte jasje en zijn overhemd los en zwaaide met zijn vinger naar de punt van zijn zwaard die pal onder zijn borstbeen tegen zijn buik drukte. Ik verwachtte half dat de zwaardpunt door zijn huid heen zou steken.

Toen hij het zwaard uit zijn mond liet glijden was het gejuich van het publiek luider dan ooit. Hij stak zijn hand op om stilte, en we werden uit eerbied allemaal weer stil.

'Nog steeds vreselijke honger,' zei Millroy en gooide een aangestoken lucifer op een bord op de tafel. De vonk haperde en laaide op tot fakkelachtige vlammen.

Met behulp van een tang gaf hij zichzelf brandende sponzen te eten en kauwde erop, maakte toen een fakkel en kauwde op die vlammen. Rook en vuur vlogen uit zijn mond en leken zijn snor te verschroeien. Hij zweette, zijn hoofd glom, zijn ogen waren rood in het licht van het vuur. Ik had dat lange zwaard omlaag zien gaan. Ik kon zien dat dit echte vlammen waren die hij at, en ik was dichtbij genoeg om de hitte te voelen.

Weldra was er geen vuur meer – Millroy had het allemaal opgegeten. Hij smakte met zijn lippen alsof hij zojuist gegeten had en zei: 'Heerlijk – en beter voor je dan sommige dingen die ik zou kunnen noemen. Maar vuur eten maakt dorstig.'

Hij opende zijn hand en bracht een kan te voorschijn die tot de rand gevuld was met water. 'Herinneren jullie je de bruiloft van Kana – het allereerste wonder, volgens Johannes? Let goed op.'

Mij nog steeds blikken toewerpend, een beetje argwanend nu, alsof ik iets van hem aan had, goot hij een straal water uit de kan in een glas, en terwijl het erin kletterde werd het wijnachtig rood.

'Maar alleen om jullie te laten zien dat ik niet iemand ben die maar één kunstje kent, is hier een variant die Johannes niet vermeldde,' zei Millroy. 'Misschien kende Jezus hem niet, of werkte hij nog aan zijn techniek.'

Nu had hij een kan met rode wijn en daarvan goot hij iets in een leeg glas en het werd helder en kleurloos.

'Wijn in water – een veel beter idee in deze dagen van alcoholmisbruik,' zei hij terwijl hij deze kannen en glazen opzij zette.

Hij glimlachte om ons applaus en tilde een vierkante glasplaat op het tafeltje en tikte erop met zijn knokkels, en zette er toen een ronde kristallen vissekom op, waar hij een kleine draai aan gaf. Aan het water in de vissekom voegde hij de rode wijn uit de tweede kan toe en hij wikkelde de bovenkant van de vissekom zorgvuldig in kleefplastic. Hij klotste met de rode vloeistof om ons te laten zien dat hij waterdicht was afgesloten, en terwijl het bewoog in de vissekom vertoonde het mengsel van water en wijn een zwevende streperigheid, als een verregende vlag.

Millroy rolde zijn mouw weer op. Alleen al de aanblik van zijn gespierde arm leek een waarschuwing te zijn dat er iets groots te gebeuren stond. En dat was ook zo. Hij schoof zijn blote arm door het plastic en trok er een hele sliert zijden wimpels uit, en bleef trekken tot die tientallen meters lang was en een meter breed, en we klapten als gekken.

Maar hij was nog niet klaar. Er speelde muziek – *Stars and Stripes Forever* – terwijl hij weer in de vissekom groef en er een reeks banieren uitviste die een enorme Amerikaanse vlag bleken te zijn die hij achter op het podium ophing; heel dit patriottische dundoek bedekte de achterwand, waar eerst alleen een lege ruimte was geweest. En hij reikte in de plooien van de enorme vlag en lichtte er met beide armen een levende Amerikaanse adelaar uit, die hij omhoog hield om aan ons te laten zien.

Ons gejuich overstemde de muziek, maar Millroy leek het niet te horen. Hij zag er waardig uit zoals hij de fladderende adelaar vasthield, en hij wendde zich tot mij en staarde zoals hij voorheen had gestaard, en leunde voorover tot waar ik zat op de tweede rij.

Toen ik mijn duim uit mijn mond liet ploffen maakte dat het geluid van een kurk die uit een fles wordt getrokken.

Zelfs door de juichende menigte heen was zijn stem goed te onderscheiden toen hij zei: 'Ik wil jou opeten.'

En dus bleef ik voor de tweede voorstelling.

II

In afwachting van het begin van Millroy's tweede nummer liep ik het kermisterrein rond, keek naar spreien, zag trekpaarden brokken cement voorttrekken, gluurde naar de biggetjes die eerder die morgen geboren waren in de varkensshowtent. Maar na wat ik had gezien leek niets anders mij ook maar in het minst interessant: Robinsons Rennende Varkens niet, Popcorn de Wonderbaarlijke Hond niet die een drie meter hoge ladder beklom en er afsprong, de reusachtige opgezette prijspanda's niet in de ballengooierskraam. Ik gaf mijn laatste geld uit aan wortellimonade met ijs, een chili-dog en een gefrituurd vlinderbroodje, en ging toen terug voor het tweede nummer.

Er stonden dozen en kasten op het podium, waarvan het platte oppervlak glom van de lovertjes en rood was geverfd en versierd met tekens van de dierenriem. Mijn oog viel op een doodkist van vlechtwerk met draagbanden in het midden en handvaten aan elk uiteinde, een prachtig voorwerp, dat zo fijn gevlochten was dat toen Millroy het langzaam optilde het zich uitrekte en mauwde als een levend wezen dat gestoord werd.

'Weten jullie wat het woord "gematerialiseerd" betekent?' vroeg Millroy.

We zeiden nee met een soort gekreun.

'Dat zal ik jullie laten zien,' zei hij. 'Maar dan heb ik een paar vrijwilligers nodig. Waarom meer dan één? Nou, misschien werkt het wel niet. Misschien raak ik er een kwijt. Misschien heb ik een vervanger nodig.'

Ik lachte achter mijn duim toen Millroy een stap in mijn richting deed.

'U misschien, juffrouw?'

Met dezelfde beweging hief hij zijn hand op en wees hij naar mij, dichtbij genoeg om mij zijn vinger te laten grijpen, wat ik deed, terwijl hij me uit mijn stoel hielp. Hij leidde me naar het podium met zijn warme klamme hand op de mijne. Was deze goochelaar zenuw-

16

achtig en zo ja waarom? Het deed me weer aan zijn trucs denken. Met zo'n zweterige hand zou hij ze misschien wel niet goed doen.

'En dit is je vriendin?' zei hij, en wenkte een ander meisje met zijn uitgestoken vinger. Ze was jonger dan ik, maar ongeveer even lang, en ze was zwart en droeg rubberschoenen.

Ik had dit meisje nog nooit gezien maar we waren allebei zo zenuwachtig dat we onze mond dicht hielden en naar de houten vloer van het podium staarden terwijl de menigte ons toelachte.

'Ik wil dat je iets voor me doet,' zei Millroy, het meisje bij de hand leidend. 'Maar eerst: Hoe heet je?'

'Zula Firkins.'

'Mooie naam. Je hebt spekkies gegeten.'

'Massa's.'

'Jammer. Spring nou maar in deze mand, Zula, dan gaan we beginnen.'

'Gaat u iets met me doen?' vroeg het meisje, terwijl ze een oog samenkneep.

'Niets, Zula,' zei Millroy. 'Ik wil alleen dat je kennis maakt met het binnenste van deze Indiase mand. Ik heb deze mand gewonnen in een psychisch duel met een saddhu, een paar jaar geleden, in de roze vorstelijke provincie Rajasthan in India.'

Maar zodra Zula Firkins in de tenen mand in de vorm van een doodkist lag en het deksel stevig gesloten was en de riemen waren vastgegespt, opende Millroy een doos die gevuld was met zwaarden. Hij trok er een lang blinkend exemplaar uit dat leek op het zwaard dat hij die morgen in zijn keel had gestoken. Hij sloeg er mee in het rond boven zijn hoofd, de lucht striemend, plukte toen een stukje vlechtwerk van de mand en sneed het kleiner om te laten zien hoe scherp het zwaard was, en klemde deze tandenstoker tussen zijn tanden. Iedereen lachte van angst en opwinding, en dacht aan Zula Firkins die op haar rug in de mand spartelde.

'Let op,' zei hij.

Hij hief zijn zwaard boven de mand en dreef het er toen middenin, kasjoek, helemaal tot aan het heft. Hij pakte een ander zwaard en deed het opnieuw, en dit ging gepaard met scheurend vlechtwerk, als iemand die op gesneden tarwe inhakt.

'Ga je gang. Neem een zwaard en steek het erin. Hoe zei je dat je heette?'

'Jilly Farina.'

'Je hebt een tussendoortje gehad, Jilly. Wortellimonade en deegfrituur.' Hij ademde in. 'En een hot dog.'

De mensen lachten, maar hoe wist hij dat? Ik zei: 'Ik had hart-stikke honger.'

'Worstjesgekte,' zei hij. 'Dat is het ergste van boerenkermissen. En wat is er met je benen gebeurd?'

Gekneusd toen ik door Gaga met een riem werd afgeranseld van-wege een gebroken botervloot, maar ik aarzelde dat te zeggen.

'Maakt niet uit – vertel het maar niet,' zei Millroy. 'Ik kan niet tegen geweld. Neem nu maar een zwaard, hartje, en begin maar in deze mand te steken.'

Het ontbreken van wimpers gaf hem ogen die zo bleek en aan-dachtig waren dat zijn blik niet ophield bij mijn gezicht maar zo diep in mij doordrong dat ik het gevoel had dat hij mijn hele leven en elk zuiver geheim en alle droeve vreugde in mijn hart kende. Hij over-handigde mij een zwaard, dat zwaarder was dan ik verwacht had, en ik stak het door de lange tenen mand in het dikke lichaam van Zula Firkins, en het ging langzaam alsof het een gat maakte, als een mes in vlees.

'Pak aan,' zei Millroy. 'En die ook. En – o jé – er lekt iets uit de mand. Jilly, dat kleverige spul – denk je dat het bloed is?'

'Weet ik niet,' zei ik, zonder omlaag te willen kijken, en de menig-te joelde naar me.

'Zula – is alles goed daarbinnen?' riep Millroy.

Er kwam geen stem of geluid uit de mand, die nu bezaaid was met zwaarden.

'Ik doe deze truc nu al jaren,' zei Millroy, 'en het is maar een paar keer misgegaan. Ik hoop verdorie maar dat dit niet een van die keren is. Wat denk je Jilly?'

Toen ik probeerde mijn smalle schouders op te trekken maakte dat alleen dat ik me nog kleiner voelde. Ik zei: 'Weet ik niet.'

'Dat vind ik nou schitterend,' zei Millroy. 'Kwestie van leven en dood! "Kweenie".'

Zijn perfecte nabootsing van mijn stem en de manier waarop ik met mijn ogen knipperde maakte dat ik me niet zwak, maar veilig, beschermd voelde, alsof hij macht over me had.

'Laten we eens in deze Indiase mand kijken,' zei hij. 'Dat is de enige zekere manier om er achter te komen. Maak die gespen maar los, Jilly, wees eens flink.'

Ik hurkte neer en maakte de riemen los, en toen lichtte Millroy het deksel op, terwijl hij de mand overeind hield. Hij was leeg op de

18

zwaardklingen na, zes stuks, die naar alle kanten door het vlechtwerk heen staken en kleverig rood besmeurd waren.

'Zula is weg,' zei Millroy. 'Zula is verdwenen!'

Terwijl hij quasi-medelijdende geluiden door zijn neus bromde rukte hij de zwaarden los en veegde ze schoon met een bebloede lap.

Millroy zei: 'Je zult haar moeten gaan zoeken, Jilly. Denk je dat je dat kan?'

'Ik ben hartstikke zenuwachtig.'

Daar glimlachte hij om en toen fluisterde hij me vriendelijk toe: 'Kom op, hartje – ertegenaan, het komt wel goed.'

Het was mijn eerste stap in het onbekende op Millroy's bevel en toen al leek het, meer dan het klimmen in een mand, mijn bereidwillige maar onwetende afdaling in een donkere tunnel waarin ik mijn veiligheid aan hem toevertrouwde tot ik aan de andere kant te voorschijn kwam, geschokt en ineengekrompen door een verblindend licht, in een ruimte die hij beheerste als een koning al was ik er nooit eerder geweest. Ik aarzelde, omdat het alternatief was dat ik terugging naar waar ik vandaan was gekomen, terug naar Gaga met die vreselijke bus, terug naar mijn kamer, mijn kleine bed en mijn posters. Millroy's ogen waren op me gevestigd, maar ik wist dat de keuze aan mij was.

Het ding kraakte toen ik erinstapte, en het werd donker toen het deksel boven mij dichtging. Ik lag daar met een hand mijn buik vast te houden en op mijn duim te zuigen en te denken: kom op, hartje – ertegenaan, het komt wel goed. Toen merkte ik dat Millroy luid tegen de menigte praatte en ik in een stoffen zak werd geschud, ondersteboven, pikdonker, stoffig, en zonder dat er een eind aan kwam, alsof ik rondkroop in een dichtgenaaide graanzak, een verstikkende droom over benauwdheid, met de dood aan de ene kant en een geboorte aan de andere.

Intussen riep Millroy uit: 'Ga Zula maar zoeken, liefje. Ze moet daar ergens zijn. En om je wat frisse lucht te geven zal ik een paar zwaarden in deze mand steken – hem een beetje openmaken.'

Kasjoek! Kasjoek!

Ik hoorde de klingen naar binnen gaan, door het vlechtwerk snijden, maar ik voelde niets, snoof alleen het dunne stoffige duister op, en nog steeds was Millroy aan het woord.

'Vreemd, een klein meisje kwijtraken. Zou wel verdraaid vreemd zijn als we ze alletwee kwijtraakten. Ha! Maar laten we eens kijken…'

19

Het deksel ging krakend open – ik hoorde het niet ver weg, en toen hoorde ik de menigte lachen van opluchting en verbazing.

'Verhip, dag Zula,' zei hij. 'Nu weet je wat gematerialiseerd betekent. Maar waar is onze vriendin Jilly?'

Met een pruilstem zei het meisje: 'Ze is geen vriendin van me,' en ik stelde me voor hoe ze uit de mand klom, terwijl het vlechtwerk kraakte tegen haar knieën.

'Laten we nog eens kijken,' zei Millroy.

Het deksel knerpte, het publiek gromde, en in mijn duisternis hoorde ik Millroy zeggen: 'Ik heb ernstige scheuringen gehad, ik heb open wonden gehad, ik heb splinters gehad. Maar dit is mijn eerste verdwijning.' Hij klonk ongerust en hulpeloos. 'Misschien zit ze achter de tafel – nee. Of het gordijn – of deze doos. Nee, ze is weg, lui. Ze heeft 't verknald. Het spijt me zeer. Ik zal proberen het morgen beter te doen.'

'Ik ben hier!' schreeuwde ik. Maar het was als de droom waarin je in paniek raakt maar je schreeuw blijft in je mond steken. Ik probeerde het weer maar ik merkte dat het geluid gevangen zat in de zak, als het een zak was.

Het werd rustig, en na een tijdje voelde ik hoe ik zachtjes van de vloer werd gehesen en meegenomen. Toen de zak openging moest ik mijn ogen half dichtknijpen vanwege het heldere licht, zoals hamsters doen als ze geboren worden, verblind en wriemelig. Ik was in een kleine ruimte, een caravan te oordelen naar de blikken wanden en de smalte, als de hut van een zeilboot, maar met een hond die buiten blafte, de draaiorgelmuziek van de kermis, en in de verte Chubby Checker die *Come on baby, let's do the Twist* zong, de avondvoorstelling.

'Etenstijd,' zei Millroy, 'en geen worstjesgekte.'

De geur op zijn vingers kwam van een kleine opengesneden oranje vrucht die hij bij mijn neus hield.

'Brengt je weer zo'n beetje tot leven, niet?'

De geur vulde mijn neusgaten, ging mijn hoofd binnen en kalmeerde het met de zoetheid van een opengebarsten bloesem.

'Troost mij met appels,' zei hij. 'Ze wisten waar ze het over hadden. Lied van Salomon. Twee vers vijf. Met appel bedoelden ze abrikoos, wat dit is – hier, neem een hapje.'

Hij stak hem in mijn mond en keek naar me terwijl ik erop kauwde.

Er hing nog een andere, sterkere geur in de dicht opeengepakte

20

kasten van het vertrek, en Millroy wist dat ik me afvroeg welke.

'Soep,' legde hij uit.

Hij ging met zijn vingers over mijn gezicht.

'Omdat je geen vlees in je mond hoeft te hebben.'

Ik knipoogde naar hem om te laten zien dat ik luisterde en niet bang was.

'Of vlees in je lichaam,' voegde hij eraan toe. Hij glimlachte, inhaleerde, genoot van de geuren. 'Broden. Granen. Bittere kruiden. Aftreksels. Soepen. Een enkele specerij.'

Met het opsommen van deze lijst had hij me ongerust kunnen maken zoals gebeurt wanneer een sterke kale vreemdeling met een snor over zijn mond je de weg verspert en een warrige zin slaakt en je het gevoel hebt dat hij krankzinnig is. Toch werd ik gekalmeerd als door een belofte van welbevinden, en ik voelde, nog steeds met de smaak van abrikoos op mijn tong, een trek in het voedsel dat hij noemde als begeerte in mijn lichaam opkomen en ik wilde eten.

Terwijl hij een dampende kom met een dikke roodachtige pasta op de tafel naast mij neerzette, glimlachte Millroy weer.

'Gedroogde peulen,' zei hij. 'Ze hadden verstand van vezels.'

Ik at twee lepels en voelde me zekerder.

'Ik eet niets met een gezicht,' zei Millroy.

Ik dacht hard na en zei: 'Ik hou van gebakken strandgapers en quahogs en kammosselen.'

Hij mompelde 'quow-hawgs'. Hij mompelde 'kam-mossuluh'. Hij glimlachte. En ik voelde me zoals ik me in de kermistent had gevoeld, toen hij de manier waarop ik sprak had nagebootst – overweldigd maar beschermd door hem, beveiligd door hoe hij me kende.

'En ik eet niets met een moeder,' zei hij.

'Klinkt goed,' zei ik, maar wat betekende dat?

'Ik denk dat we je moeder moeten bellen om te zeggen dat je later komt.'

'Ik heb geen moeder,' zei ik.

Hij streelde zijn snor zoals je een kat streelt om hem te kalmeren.

'Mamma is overleden,' zei ik en ik beroerde mijn gezicht zoals ik altijd deed als ik dat woord zei. Hij zag me dit doen en begreep het. 'Ik heb een grootmoeder.'

'Wat is je oma voor iemand?'

'Iedereen noemt haar Gaga.'

'Ik ken haar type,' zei hij. 'En ik weet dat ze niet erg aardig voor je is.' Terwijl hij de striemen op mijn schenen met zijn vingertoppen natrok leken ze alleen door zijn aanraking verzacht te worden.

'Ze ranselt me af,' zei ik. 'Gumpy hield haar altijd tegen maar die is ook overleden.'

'Ik verzin wel wat,' zei Millroy, en hij zuchtte.

'Ze denkt dat ik vanavond bij Dada ben.'

'En waar is Dada?'

'Dronken,' zei ik.

'Wat doet hij als hij nuchter is?'

'Een hele hoop dingen,' zei ik.

'Mamma, Dada, Gumpy, Gaga. De lui uit Helstad met hun voor-veranda's – ieders familie. Ik ken die mensen goed,' zei Millroy, en haalde weer diep adem. 'Misschien zou je hier bij mij gelukkiger zijn?'

Zijn ogen waren groot en vochtig en weerspiegelden glanzend mijn eigen gezicht.

'Kom op, engel, eet nog eens wat.'

'Ik kan niet,' zei ik, me een beetje verslikkend, en nog steeds met ongekauwd voedsel in mijn mond zei ik: 'Ik denk dat ik het pas weg zal kunnen krijgen als u me vertelt waar ik moet slapen.'

Mijn kokhalzerij bezorgde me tranen in mijn ogen, die Millroy verkeerd begrepen zou kunnen hebben.

'In je eigen fijne veilige kamer,' zei hij. 'Blijf je?'

'Als u me belooft dat u me geen kwaad doet, en als u me wat toverkunsten leert.'

Millroy nam mijn hand – greep die niet beet maar liet hem op zijn zachte vingers rusten zoals hij de geurige abrikoos had vastgehou-den.

'Ik zal je nooit kwaad doen. We zullen sterk zijn, en we blijven altijd vrienden,' zei hij. 'Ik weet wat je denkt. Maar maak je geen zorgen, ik ben niet gek.'

III

Opgeslokt door deze vreemdeling Millroy, zo voelde ik me die avond in het donker van de caravan in mijn eigen afgesloten kamer, en omdat ik opgeslokt was voelde ik me anders, alsof ik wel bestond maar een blinde strompelaar was die rondgeleid moest worden in deze maag. Het was niet zo simpel als dat hij zei 'we blijven vrienden' en dan gaan slapen. Hij zei dat de keus aan mij was, ik kon Gaga bellen en zeggen waar ik was, ik kon de politie bellen, ik kon de volgende morgen opstaan en naar huis gaan. Maar ik had zo'n slaap.

'Ik wil je niet laten gaan,' had hij gezegd. 'Ik heb mijn halve leven op je gewacht.'

Toen hij dat zei zag Millroy de tovenaar er menselijk en zwak uit en klonk hij klaaglijk op een manier die ik beter begreep dan tovenarij. Zelfs zonder me aan te raken trok hij aan me.

'En ik wil niet zonder jou uit deze stad weg.'

Iemand die me in de caravan van deze vreemde man zou zien zou tegen me gezegd hebben dat ik stom was, maar ik voelde me hier veiliger dan ik me ooit bij Gaga had gevoeld. Er was iets met de schone blinkende kamer en het lekkere eten dat hij had opgediend; ik had nooit eerder zoiets gezien of geproefd en het had me gekalmeerd en vertrouwen in hem gegeven. Er waren geen vieze geuren in de caravan, en het was rustig en schoon, geen klokken, geen spiegels, geen televisie.

'Waarom slaap je er geen nachtje over?'

Zijn ogen bleven weer op mij rusten en hielden mij vast in hun beweging, en toen ze verkoelden van grijs naar blauw begon ik op te lossen in hun gapende pupillen en wilde ik alleen maar gaan liggen en mijzelf in een diepe sluimering laten verzinken. Slaperig keek ik hoe hij langs me heen stapte, en terwijl hij een lage lade uit de muur schoof klapte hij de scharnierende zijkanten uit en sloeg hij de voorkant om tot hij een plank had, die hij stutte en een bed noemde. In een dubbele bodem bracht hij een matras en beddegoed aan het licht. Hij vouwde een tussenschot uit als een stel luiken, en in een mum van tijd had hij een hokje gecreëerd. Het was net een van die in elkaar zakkende dozen of kasten, als de Indiase mand die hij op het podium gebruikte om vaste voorwerpen te laten verdwijnen.

'Hier ben je veilig,' zei hij.

Dwaas, zouden de meeste mensen tegen me hebben gezegd, maar ik wist wel beter, ik voelde me alleen dankbaar, en ik wist dat als er een risico was, ik dat moest nemen. Hij deed een deur open en knikte me toe erdoor te stappen. Ik deed de stap, ik sloot de deur, ik deed die op slot, ik ging liggen, en toen realiseerde ik me dat ik was opgeslokt en dat de dingen nooit meer hetzelfde zouden zijn.

Hij was aan de andere kant, op een andere plank, in een ander hokje, ook in het donker. Eerst dacht ik dat hij droomde, en misschien was dat ook zo, maar hij praatte tegen me, zijn stem gedempt tot een heerlijk geruis.

'Er is iets met ons gebeurd,' zei hij. 'Gisteren was ik gewoon een eenzame man die kunstjes deed op een boerenkermis, en had ik iemand nodig die mij vertrouwde. Ik vond jou, en nu ben ik een man met verantwoordelijkheden. En gisteren was jij nog maar een kind.'

Hij slaakte een lange, verlangende ademtocht die versmalde tot een zucht, en zichzelf strak trok als een draad die zijn weg vond door de kieren in mijn kast.

'We waren twee dolende zielen, al wisten we dat niet tot we elkaar ontmoetten. Nu zijn we één complex organisme.'

Hij was even stil en mijn ogen waren wijd open in het donker.

'Ik geloof dat het een stuk gezonder voor ons is,' ging hij voort. 'Dit een natuurlijke stand van zaken, als je begrijpt wat ik bedoel.'

Ik wist niet wat ik moest zeggen.

'Je hebt me onder je hoede genomen. Ons leven zal vanaf vandaag anders zijn. Hier gaan grote dingen uit voortkomen, Jilly Farina.'

En ik dacht: Als het echt naar of vreemd wordt kan ik altijd vertrekken en terug naar Gaga gaan, en ik voelde dat hij wist dat ik dat dacht en bij mezelf zei 'wacht maar af' en geduldig was.

Roerloos, op mijn rug, amper ademhalend, in een droomloze en verdoofde sluimer – zo sliep ik, en toen ik wakker werd voelde ik me dus herboren.

Maar Millroy was weg – ik kon hem niet vinden, en voor het eerst begon ik mij in de caravan ongerust te maken over mijn veiligheid.

Ik zat me op te vreten, en na een uur verscheen hij op zijn onverhoedse manier, uit het niets.

'Hebt u zich zojuist gematerialiseerd?' vroeg ik, in een poging de draak te steken met mijn ongerustheid.

Hij schudde zijn hoofd. 'Alleen naar het toilet geweest.'

Hij lachte een wetende glimlach, maar ik dacht: meer dan een uur? 'Ik breng veel van mijn meest produktieve tijd in het hok door.'

Ik had het bij heel wat namen genoemd horen worden, maar nooit zo.

'En dat ga jij ook doen.'

Ik was geduldig omdat ik opgewonden was en me veilig voelde en dit méér leven was dan ik ooit gekend had, maar het werd steeds vreemder.

'Ik heb ook dank gezegd,' zei hij, en toen hij me zag fronsen omdat ik het niet begreep zei hij, als om het uit te leggen: 'Het is zondag.'

Het zondagoptreden van Chubby Checker in de kermispiste kwam in de plaats van Millroy's goocheluur en omdat er geen middagvoorstelling was maakte Millroy meer en nog vreemder eten klaar: gele bonensalade, houtspaanders met gerstepap, groene meloenen, plat brood met schorsmulsvlokken, en pittig druivesap.

'Ik heb nog nooit zoiets gegeten.'

Het zag er niet eens uit als eten.

'Ik eet niets anders,' zei Millroy, en draaide zijn hoofd om en maakte zijn nek korter als een boomklever.

Ik dacht dat hij een grap maakte.

'Klinkt goed,' zei ik, met een wanhopig gevoel.

'Het heeft me controle over negen lichaamsfuncties gegeven.'

Hij had zo'n manier om dingen te zeggen zonder dat je enig idee had wat hij bedoelde.

'Ik wist niet dat we zoveel functies hadden.'

'Als je eens wist hoe graag ik wil dat je dat zegt,' zei hij.

'Dit is goed voor je,' zei hij, terwijl hij een homp van het brood afsneed dat wemelde van de schorsmuls en het in zijn mond propte. 'Ze hadden wèl verstand van vezels.'

'U zou me vertellen over die goocheltrucs.'

'Een hoop daarvan berust op lichaamsfuncties, wat de reden is waarom ze verband houden met eten.'

'Ik dacht aan zwaardslikken,' zei ik.

'Dat is een perfect voorbeeld.'

Hij greep al naar het lange broodmes dat hij gebruikt had om het platte brood te snijden. Hij gooide zijn hoofd naar achteren en bewoog het lemmet heen en weer tot het recht omlaag wees. Toen trok hij een gezicht, boerde, en stak het mes in zijn schimmige keel waar de boer vandaan was gekomen. Glimlachte hij met het mes in zijn keel? Hij rukte het ding eruit en veegde het lemmet af aan zijn arm.

'Snap je wat ik bedoel?'

En hij slikte en slokte alsof hij het voorste stuk van het lemmet had opgegeten.

'Doe die la open. Daar liggen eetstokjes in. Geef er eens een paar, hartje.'

Het waren zwarte eetstokjes met parelmoeren inlegwerk in de vorm van bloesems, waarschijnlijk Chinese bloemen. Millroy nam ze voorzichtig van me aan, waarbij hij de eetstokjes heel lang deed lijken toen hij ze beetpakte met zijn vingertoppen, en toen draaide hij met zijn hoofd tot hij naar het plafond staarde en tikte hij een eetstokje in zijn rechterneusgat en het andere in zijn linker, tot er ongeveer twintig centimeter regelrecht zijn hoofd in verdween.

Hij keerde zich naar me toe, en zag er afschuwelijk uit, als een wild dier; de eetstokjes leken wel snijtanden tegen zijn harige snor.

'Ik kan daar alles insteken. Het is geen gezichtsbedrog, en het is geen tovenarij. Je ziet het zelf. Ik heb volledige controle over deze lichaamsfuncties.'

Terwijl hij dat zei bracht hij zijn vingers omhoog en schoof de eetstokjes uit zijn neusgaten, allebei tegelijk, en het was verbazend ze langer te zien worden.

'En ik kan alles door mijn keelgat krijgen – gewoon een kwestie van controle. De slokdarm is een grappig tunneltje, snap je, en het kan nuttig zijn als je weet hoe je het moet gebruiken. Het oefent een soort zuigkracht uit op alle voorwerpen die er ingebracht worden. Ik kan tot bijna zestig centimeter inslikken. Veel? Tuurlijk is dat veel – ik kan twintig centimeter in mijn maag krijgen. Soms steek ik er een slang in die langer is, omdat die buigt.'

'Wat voor slang?'

'Om mijn maag schoon te maken,' zei Millroy. 'Om te inventariseren. Heb je ooit van die dagen dat je je sloom voelt en je je niet kunt herinneren wat je allemaal gegeten hebt? Nou, mijn neusslang zou je op die dagen echt van pas komen.'

Als ik al niet wist wat hij zei, hoe kon ik er dan zelfs maar aan beginnen uit te maken of hij een grap maakte over die buigzame neusslang 'om te inventariseren'?

'Vuur eten vind ik spannend.'

'Controle,' zei hij. 'Ik hou het vuur dicht bij mijn mond en adem veel uit, waardoor ik een vlammenwerper maak. Ik blaas het vuur uit als het dicht bij mijn lippen komt, en ik gebruik altijd loodvrije benzine.'

Hij demonstreerde het met behulp van een brandende lucifer, waarbij hij de vlam afbeet en het verbrande houtje doorslikte.

'Ruwe vezels. Ik zeg altijd: Vergeet het cocktailworstje – eet de tandestoker op, dat is gezonder voor je,' zei hij. 'Strikt genomen wordt er geen vuur gegeten.'

'Is de kippepastei wel echt?'

'Jawel, maar die heb ik heus niet gebakken. Ik heb een broedbak gebruikt, met een opstaande rand, waarbij ik de pastei heel handig scheidde van het bespelen van het publiek. In dit geval: snel praten, eieren waarmee geknoeid was en een door chloroform verdoofde kip. Een truc.'

'Hebt u echt water in wijn veranderd?'

'Dat heeft alleen Jezus ooit gedaan. Het staat in het Boek. Johannes, twee. "En toen zij wijn wilden, sprak de moeder van Jezus tot hem: zij hebben geen wijn".'

Hij wiegde een glas van zijn eigengemaakte druivewijn.

'Waar je hier op moet letten is de techniek. Jezus veranderde water in wijn zonder het ooit aan te raken. Hij stond daar maar. Hij zei tegen de bedienden de kannen met water te vullen. Toen zei hij ze dat ze het moesten meenemen en serveren. Het is perfecte tovenarij – niet eens een wuivend gebaar van de hand, alleen woorden.'

Hij nam een teug van zijn wijn en gaf mij toen wat. Het was stroperig, druifachtig, met een lichte borreling van zoetheid.

'Wat ik deed was een glas water met alcohol in een glas schenken dat een onzichtbaar vleugje anilinerood bevatte, dat een reactie aangaat met de alcohol en het water rood kleurt. Water in wijn.'

Hij slikte de druivewijn door en smakte met zijn lippen.

'Wat het andere betreft: wijn in water, de zogenaamde wijn is maar een chemisch brouwsel – één gram kaliumpermanganaat en twee gram zwavelzuur in een dosis water. Deze nep-bourgogne wordt in een glas geschonken dat een paar druppels met natriumhyposulfiet verzadigd water bevat. Daarom verandert het van kleur. Wijn in water.'

Hij lachte luid toen ik hem vertelde dat deze chemische werking en al die namen mij ingewikkelder en mysterieuzer in de oren klonken dan tovenarij.

'Dat komt omdat je niet veel opleiding hebt gehad,' zei Millroy. 'Maar als je bij mij blijft word je een kei in scheikunde. Dan meng je deze oplossingen allemaal zelf.' Hij legde zijn ellebogen op de tafel en leunde voorover terwijl hij zijn ogen opensperde. 'Jij wordt mijn assistente.'

Ik probeerde mij dit voor te stellen en zei niets.

'Je gaat een kostuum dragen.'

Dat beviel me. Hij pakte zijn glas druivewijn weer en nam een nieuwe teug.

'Een cape met lovertjes. Hoge hakken. Een soort nauwsluitend badpak,' zei hij. 'Rode lippenstift.'

'Klinkt goed,' zei ik, en begon me zorgen te maken over het publiek dat mij aan zou staren, en liet mijn duim in mijn mond glijden.

'Je zult niet kunnen duimen op het podium.'

Ik liet hem eruitploffen en herinnerde me wat ik hem had willen vragen.

'En hoe zit het met de Indiase mand en het steken? En de manier waarop ik verdween? Hoe hebt u die truc gedaan?'

Millroy glimlachte en ik realiseerde mij dat mijn duim weer in mijn mond zat.

'Dat was geen truc,' zei Millroy terwijl hij zijn glas hief. 'Dat was tovenarij.'

En hij schonk het restant van zijn wijn in mijn lege glas, en terwijl het borrelde veranderde het van kleur, raakte zijn roodheid en zijn borreling kwijt, en werd kleurloos voor mijn ogen.

'Zoals dit. Kom op, neem een slokje.'

Water!

Alweer een wonder – en mijn eerste hele dag was nog niet eens voorbij.

'Hou daarmee op. Wie bent u eigenlijk?'

'Niemand kent me,' zei hij. 'Dat is nog een reden waarom ik je nodig heb.'

Een zwart-witfilm die ik ooit bij Gaga op de tv zag begon in een stadje als Marstons Mills waar een meisje in de apparatenafdeling van een winkel werkt en de blik van een man vangt. Als ze naar hem teruglacht weet je dat ze erg eenzaam is. Hij koopt een wasmachine en zegt plotseling: 'Wil je met me trouwen?' en even plotseling zegt ze: 'Ja natuurlijk.' Diezelfde middag trouwen ze en ze rijden naar zijn boerderij, mijlen overal vandaan. Ze brengen samen een gelukkige nacht door, en de hele dag is als een droom over liefde op het eerste gezicht.

Maar wacht. De volgende morgen wordt ze alleen wakker en hoort tumult. Het is haar nieuwe man die zich beneden op het erf een ongeluk schreeuwt. Hij slaat met een moker tegen de gloednieuwe wasmachine. 'Ik heb je toch gezegd dat ik deze niet wilde!' schreeuwt hij, en de bruid kijkt hoe hij hem in stukken slaat. Ze staat daar maar omlaag te kijken, zich afvragend wat ze heeft gedaan, en doodsbang vanwege zijn vreselijke drift.

Zou ik dat meisje worden? Later op de avond hoorde ik muziek en zei dat ik naar buiten wilde om naar de Fun-O-Rama te kijken. Millroy zei nee en dat boerenkermissen geen plaatsen waren voor onschuldige jongelui – kijk naar al het schorem, de kettingrokers, de zwaarlijvige motorrijders met nazi-helmen, de vrouwen met tatoeages, drop-outs die proberen zich te verbergen, minderjarige vanhuis-weglopers.

Net als ik, dacht ik.

'Helemaal niet net als jij,' zei hij, mijn gedachten lezend. 'Jij bent thuis.' En zijn ogen doorboorden mij en ik zag dat hij gelijk had. 'Trouwens, ze gaan dicht voor vanavond.'

'De hot-dogkraam is nog open.'

'Alleen mafkezen eten die. Je zou die dingen niet eten als je wist wat erin zat,' zei Millroy. 'Lippen, staarten, nagels, hoef en hoorn. Ingewanden, haar, stukjes huid, uitwerpselen, uiers, al het vet, al het bloed en smerigheid, het hele gekeelde dier.'

'Ik denk dat ik geen honger meer heb.'

'Natuurlijk niet. Je hebt een geweldig maal gehad. Ik heb je goede kost voorgezet.'

'Ik weet niet eens wat het was.'

Ik wist dat ik dat niet had moeten zeggen.

Met een stralende glimlach zei Millroy: 'Laten we er dan nog eens naar kijken en dan zal ik het je zeggen.'

Hij stak snel de rubberslang in zijn neus, wond er een halve tot één meter van af zijn voorhoofd in, en bevestigde er een zuiger aan. Weldra pompte hij blubber die eruitzag als oude fruitsalade op in een bord.

'Het wordt nog afgebroken,' zei hij onder het pompen. 'Wat hebben we hier. Brood, bonensalade, fijngestampte peulen. Plantaardig spul – ruikt amper! Het is goede kost...'

'Het is reuze interessant,' zei ik, en kneep mijn ogen half dicht zodat ik het boordevolle bord niet hoefde te zien.

'Ik kan je laten zien hoe je dit ding moet gebruiken,' zei hij terwijl hij met zijn maagpomp speelde, zo gefascineerd dat hij niet merkte dat ik er ziek uitzag.

Een wonder was betoverend maar het was ook een schok, en dat hier niets normaal was betekende dat ik mezelf geregeld moest afvragen: Wat heb ik me op de hals gehaald?

IV

Millroy's leven was net als zijn tovenarij – dat leerde ik al snel: alles stond op zijn kop, of was verbazend, of gewoon raar. Hoe langer je leefde, des te minder wist je, zei hij. 'De meeste oudere mensen weten nergens iets van. Ik ben een uitzondering.'

Hij hield niet van kalenders en klokken: 'Die geven je een verkeerd idee van de tijd.' De gezondste rusthouding was op je hoofd staan. De beste manier om te eten was rechtop staand zodat je buik niet geplooid was en het voedsel gemakkelijker omlaag kon: 'Je hebt een goede luchtdoorstroom in je strot nodig om je voedsel te verteren.' In een stoel zitten was ongezond en een belangrijke oorzaak van veel ziektes. Hij beweerde dat hij onder water bijna een uur zijn adem kon inhouden. Hij zei: 'Ik wou dat ik onder water leefde.' Hij at zwart zeewier, en de gedeelten van planten die andere mensen weggooiden: de toppen, het groen, de zaden, de schil. Wanneer hij opgewonden was schreeuwde hij niet, hij fluisterde; zijn gefluister was op vijftien meter afstand hoorbaar. De leeuw die luid brulde in zijn kooi op het omheinde terrein van Foskett's dierentuin, zei Millroy, was niet kwaad maar bang. Zijn huid had een geur van amandelen en soms van tomaatplanten. Hij had een hekel aan honden en katten: 'Ik heb een hekel aan hun hulpeloosheid. Ik heb een hekel aan de troep die ze eten.' Hij staarde naar planten, terwijl hij zijn gezicht ertegenaan drukte. 'Ik kijk hoe ze groeien.' Hij zei dat zijn kale hoofd en grote snor tekenen van zijn kracht waren. Hij zei altijd: 'Stomp me maar in mijn maag – kom op, zo hard als je kan' en als hij heel hard geraakt werd zei hij: 'Dat was beter dan een handdruk.'

'Maar jij bent veel sterker dan ik, Jilly Farina,' zei hij.

Het meeste van wat Millroy zei was het tegenovergestelde van het weinige dat ik wist. Ik was klein, ik was veertien, ik had geen vrienden buiten school. Tot ik Millroy ontmoette was ik alleen geweest, en leidde ik een leven van een soort knusse verveling – school, televisie, klusjes bij Gaga in Marstons Mills, haar modderige erf en moes-

31

tuin, haar eendenvijver, de kippenren, alle stank. Ik wist dat de wereld ergens anders was.

'Jij hebt macht,' zei hij. 'Je weet alleen niet hoe je die moet gebruiken.'

'Maar u hebt volledige controle over negen lichaamsfuncties.' Had hij dat niet gezegd?

'Dat is alleen mijn manier om te compenseren. Het is eigenlijk treurig.'

Waarom glimlachte hij dan?

Luisterend naar wat hij zei moest ik mijzelf eraan blijven herinneren dat hij Millroy de tovenaar was op de boerenkermis in Barnstable.

Dit was op maandagmorgen, bij de lunch – knapperige bonen, zaagselbroden, twee honingraten – vóór zijn eerste voorstelling. Eten maakte dat hij diep nadacht over voedsel.

'Vrijwel alles wat mensen eten is slecht voor ze,' zei hij. 'Ergens kun je het hun niet kwalijk nemen. Het meeste voedsel in supermarkten is kankerverwekkend. Verpakte kanker.'

Hij had een theorie, zei hij, dat sommig voedsel in je lichaam bleef – nooit verdween, gewoon in je darmen rotte en je kapotmaakte. Er waren mensen die vroegtijdig oud en dik waren, en als je alleen maar naar ze keek zag je dat ze het bezinksel bevatten van de meeste maaltijden die ze ooit hadden gegeten.

Dat deed me denken aan Gaga en hielp me, als veel van Millroy's theorieën, de mensen anders te zien – niet als goed of slecht, noch als zwak of sterk, noch zelfs als blij of treurig, maar met al die mogelijkheden – omdat ik mij hun inwendige voorstelde en niet hun buitenkant, en de meeste mensen waren ruim en diep; ze hielden alles vast. Hun donkere magen en zakken en longen, en de pijpen en sponzen van hun ingewanden waren gevuld met de stroperige mengsels waarmee ze zich door hun mondholtes hadden gevoed. Mensen explodeerden niet – ze bleven maar uitdijen. Het waren net zakken op benen, en wat ze ook binnen hadden, hadden ze daar zelf in geprop. Ik zag mensen als vergaarbakken, en dat was waarom ze er simpel uitzagen, maar het niet waren.

'Ze laten op de tv mensen zien die honderd jaar zijn,' zei ik.

'Tweehonderd zou het streven moeten zijn,' zei Millroy. 'En meer is mogelijk. Laat de Hunza's er maar buiten. Kijk naar Peleg en Izaäk. Wat wisten zij dat wij niet weten? Niemand vraagt dat ooit.'

'Waarom vraagt u het niet?'

'Omdat ik het antwoord al weet,' zei Millroy. 'Dat is: goed eten. Bitter groenvoer als dit.' Hij hield een kluit groene bladeren beet die eruitzagen als bossen andijvie met paardebloemen, of een greep uit Gaga's heg.

'Ik snap het – het is net als mijn vriendin Missy McClung van school. Zij is zo'n hartstikke vrome zevendedagadventist, en zij is ook een echte voedselfanaat. Ze nam altijd haar eigen twaalfuurtje mee en het zag eruit als vlees, maar als je haar vroeg wat het was zei ze *Leenies* of *Veggie-Links* of *Linkets* of *Nuteena* of een *Chik-chop*. De kinderen lachten haar altijd uit.'

'Ze hadden zichzelf moeten uitlachen omdat ze worstjes schransen en bacon en suiker en de hele rest. Maar wat mij betreft zijn het allemaal hansworsten, tot de laatste toe, zelfs jouw vriendin Missy met haar *Chik-chops*. Ik ben ze ver voor.'

Hij wuifde ze allemaal weg met zijn handvol groenvoer.

'Maar jij bent nog jong genoeg om verstandig te zijn,' zei hij. 'Ik wist het zodra ik je zag – nog puur. Geen kind, dat is een vreselijk woord, maar een jonge volwassene.' Hij kauwde op een hap groenvoer en ging voort, pratend en kauwend: 'Ik hou ervan naar de gezichten te kijken en jonge mensen te zien. Volwassenen hebben er niets aan naar een goochelvoorstelling als die van mij te gaan. Ze weten amper wat er gebeurt. Als ik de leiding over deze kermis had zou ik ze niet binnenlaten. Het zijn gewoon hansworsten.'

'De politie zou u dwingen.'

'Ik zou mijn verstand gebruiken. Ik zou ze uit de markt prijzen. Eenentwintig pop per kaartje. Zoiets. Ze zouden wegblijven. Geef de jongelui goedkope plaatsen. Ze zouden toestromen. Ze zijn gek op de voorstelling. Ze lachen, ze schreeuwen, ze huilen. Geen domme vragen. Verdorie, ik heb tijdens een optreden hansworsten op het podium gehad die zich ermee bemoeiden: "Het is een truc"...'

Ik dacht aan Dada vorig jaar; precies zijn woorden.

'... of "het wordt allemaal met spiegels gedaan" of "hé, laat eens kijken wat je in je mouw hebt". Grof? Sommige dingen zou je niet geloven. Eén bijzonder ergerlijke hansworst, heel hardnekkig, heel brutaal en storend, heb ik laten verdwijnen. Ik heb er geen spijt van.'

'Wat zeiden de mensen?'

'Ze vonden het prachtig. Dachten dat het bij mijn voorstelling hoorde.'

'Is die hansworst ooit teruggekomen?'

Millroy nam een nieuwe hap van zijn bos groenvoer.

33

Met volle mond en zijn woorden kauwend zei hij: 'Dat zeg ik liever niet,' en hij klonk alsof hij het meende.

Hij trok een gezicht, perste zijn lippen op elkaar, blies zijn wangen leeg en kauwde nog wat. Zijn gekauw bezorgde hem het oplettende gezicht en de eekhoornwangen van iemand die zich iets ernstig afvraagt, echt piekert over een mentaal probleem, alsof het probleem in zijn mond zat en hij zich er diep in gedachten, smak-smak-smak, mee bezighield.

'Maar luister' – hij keek me aan, vroeg zich nog steeds iets af, kauwde nog steeds een beetje – 'als ik een godsdienst zou beginnen zou ik niemand toelaten die ouder is dan twintig of zo. Vijfentwintig op z'n hoogst. In het ideale geval zouden het allemaal tieners zijn. Ik zou geen mensen willen die hardleers zijn. Ik zou ze gewoon langzaam opkweken.'

'Daar ben ik het mee eens.'

'Als ik een godsdienst zou beginnen' was niet iets geks. Het klonk mij net zo in de oren als wanneer Dada zei, zoals hij vaak deed wanneer hij toeter was, 'als ik president was', even onmogelijk. Dus ik dacht er niet zo over na, behalve later op een avond, toen Millroy op het podium stond, terwijl ik die eerste dagen op een kruk achter de coulissen zat. Hij verloor me niet uit het oog; hij keek vaak op om zich ervan te overtuigen dat ik er was, ik was nog niet zijn assistent. En toen realiseerde ik mij dat de manier waarop hij voor het publiek stond, in zijn zwarte uitmonstering, en wonderen verrichtte met zijn lange bleke vingers, en sprak op zo'n intense fluistertoon dat iedereen er aandacht voor had – toen ik hem zo zag wist ik waar zijn vermelding van het Boek en zijn gepraat over een nieuwe godsdienst op sloegen: hij zag eruit als een priester voor een parochie.

Hij zag me naar hem staren. Toen de voorstelling voorbij was, zei hij tegen me: 'Je bent gelukkig.'

'U weet het.'

'Zeg me waarom.' Hij keek me strak aan, in afwachting van mijn antwoord.

Omdat ik hem vertrouwde, omdat hij alle beslissingen nam, omdat hij in me geloofde, omdat hij me niet uitschold, omdat ik zo lekker sliep, omdat ik me gezonder voelde, omdat ik veilig bij hem was, omdat het zo rustgevend was hem te horen praten, omdat hij naar me luisterde, omdat ik leefde.

'Omdat ik me, ook al is het niet waar, iemand voel die iets zou kunnen betekenen.'

'Maar het is wel waar, engel,' zei hij. 'Je betekent ontzettend veel. Daarom heb ik je uitgekozen.'

Toen ik bedacht dat het waar was, maakte dat me nog gelukkiger.

Die dag en de volgende werd er geklopt op de deur van zijn Airstream-caravan.

'Dok – bent u daar?'

Iemand die hulp nodig had.

Iedereen noemde hem 'dok' of 'dokter Millroy'. Er leek vaak een beroep op hem gedaan te worden om de kermislui van hun kwalen te genezen. Iedereen bij Foskett had wel een of ander medisch probleem. De acrobaten hadden de ernstigste; zij waren behept met verstuikte enkels, zere ruggen, spierpijnen, en blaren op hun handen. Beurs geslagen vingers waren gewoon onder de circusknechten, Portugezen uit de bossen, die ter plaatse werden gehuurd. De mensen die over het eten gingen hadden vaak brandwonden doordat ze bespat werden door hun frituurketels, en de mensen die voor de dierenkooien zorgden hadden beten.

Floyd Fewox was een van die noodgevallen: een scheenbeen vol blaren van de hete geluiddemper van zijn Harley, waarop hij de Wand des Doods bereed. Hij hinkte de caravan binnen met een dikke zwarte kat onder zijn arm zoals een oude vrouw een handtas draagt.

'Ik genees geen huisdieren,' zei Millroy.

Daar ging de kat de deur uit, jankend toen hij de grond raakte. Maar toen Floyd Fewox Millroy zijn letsel toonde, bleef hij naar mij gluren. Het was alsof hij een dood dier in zijn broekspijp had hangen, want toen hij hem oprolde zag ik alleen rauwe huid en dood vlees en verbrand haar, een vertrapte homp als van een verkeersslachtoffer op de plaats waar zijn been had moeten zijn.

'Ik heb ooit een boek geschreven,' zei Floyd Fewox, en het klonk als een dreiging het hem betaald te zetten. 'Ik zou je een exemplaar kunnen laten zien. Je zou waarschijnlijk schrikken. Het is heel openhartig. Je gelooft me niet.'

Zijn piekerige grijzende haar was in kleine plukjes als poppehaar in zijn schedelhuid gestoken, en het groeide in keurige korstige rijen, alsof het ingeplant was. Zelfs de plakkerige wildheid van zijn haar bedekte deze plukken en gaten niet, en je kon niet naar zijn haar kijken zonder te denken aan de eigenlijke kaalheid daaronder. Hij had een gelige Italiaanse huid, en zijn neus was opzij gedraaid, alsof hij geprobeerd had hem recht te zetten maar daar niet in geslaagd was, zodat die er afgeknepen uitzag. Hij droeg hoge laarzen, vettige jeans met een zilverbeslagen riem en een tatoeage op zijn arm die luidde BORN TO RAISE HELL. Zijn zweterige huid dampte van het bier. Hij had een stoppelbaard, hij stonk, hij droeg een smerig T-shirt waarop HARVARD geschreven stond.

'Ik heb vroeger lesgegeven op Harvard,' zei hij. 'Ze zeiden dat ik lastig was. Je gelooft me niet.'

Eerst zag ik niet dat hij tanden miste, en dus vermoedde ik dat Floyd Fewox mij opzettelijk bang probeerde te maken toen hij plotseling zijn mond verwijdde tot een gapende glimlach. Hij maakte lipbewegingen naar mij terwijl Millroy zijn broekspijp openknipte en zijn scheenbeen verbond.

'Als je problemen zoekt ben je aan het goede adres,' zei hij. Hij had een smakkende mond en zijn slap hangende lippen zaten in de weg wanneer hij praatte.

De zwarte gaten op de plaats waar zijn tanden hadden moeten zitten gaven hem een gewelddadig, maar tevens zwak en akelig aanzien, als een oude wrokkige man.

'Ze noemen me Harley,' zei hij. 'Ze beseffen niet dat ik leraar ben. Heb jij een naam, schat?'

'Eruit,' zei Millroy en trok de man naar de deur van de Airstream en liet die openvliegen. Hij bewoog de man met gemak voort, zijn vingers als een buigtang gebruikend waarmee hij zijn elleboog omklemde. Later zei Millroy dat het hem speet dat hij de man de caravan binnen had gelaten, maar hij had iets belangrijks geleerd.

'Ik kende die man niet echt tot ik zag hoe hij naar je keek,' zei hij. 'Zie je hoe ik je nodig heb?'

De manier waarop Millroy zich buiten in het donker van Floyd Fewox ontdeed – ik hoorde deze berijder van de Wand des Doods Millroy smeken hem niet te bezeren en toen zijn kat roepen – gaf me vertrouwen dat mij niets zou overkomen. Ik had nog nooit iemand gekend die zo sterk was als Millroy.

'Bent u een echte dokter?' vroeg ik.

'Natuurlijk niet. Echte dokters zijn ongezond. Zij sterven aan dezelfde ziektes als hun patiënten. Ze zijn net priesters, die dezelfde zonden begaan als de mensen voor wie zij preken – die zonden tegen hén begaan, trouwens. Grappig hoe ze allemaal in hetzelfde schuitje zitten. Mensen die het woord "zonde" gebruiken zijn zondaars. Slechte gezondheid is waar het om draait – daar begint het, en waar wetenschap en godsdienst elkaar zouden moeten overlappen, lopen

36

zij uiteen, en dat maakt de mensen hulpeloos. *Christian Science* – wilde je dat noemen, Jilly? Het spijt me zeer, maar je zou je vergissen als je dat deed. Hoe kun je een godsdienst serieus nemen als die de voeding buiten beschouwing laat? Een dikke priester is een zondaar, een zieke dokter is een kwakzalver. Ik ben een genezer.'

'Gaga liet me altijd elke zondag naar de kerk gaan,' zei ik. 'De doopsgezinde kerk van Mashpee, tegenover het stadhuis.'

'Ik heb nooit een kerk gevonden waar ik het mee eens was. Ze lijken allemaal regelrecht naar de verdoemenis te leiden. Als je erin begint te geloven ben je verloren.'

Hij was energiek en leek blij om zo te praten, alsof hij deze gedachten tijdenlang in zijn hoofd had overwogen maar dit de eerste keer was dat hij ze daadwerkelijk hardop had uitgesproken. Hij leek opgelucht, mij graag als luisteraar te hebben, en ik was trots dat hij mij had uitgekozen om hem aan te horen.

'Mensen zijn geobsedeerd door hoe zij eruitzien,' zei hij. 'Maar dat is de buitenkant. Hoe zit het met de binnenkant, die veel belangrijker is? Je moet de toestand van je maag en je darmen kennen. Besef je hoe dramatisch de levens van mensen zouden veranderen als ze in een spiegel keken en hun nieren en hun lever en hun longen zagen? Je ingewanden zijn kenbaar, maar niemand wil kijken.'

Even dacht ik dat hij de elastische rubberslang te voorschijn zou halen en in zijn neus zou inbrengen en een paar soeperige brokken uit zijn maag zou oppompen om door ons te laten bewonderen. Maar hij was zo bedacht op wat hij zei, en er zo op gebrand dat ik het begreep, dat hij was opgehouden het verbandgaas op te rollen dat hij had afgeknipt voor het scheenbeen van Floyd Fewox. Hij leunde op het uitklapgedeelte van de tafel en ik bedacht hoe moeilijk het was iemands ware gezichtsuitdrukking te leren kennen wanneer ze een grote snor hadden die hun gezicht bedekte – zelfs naar een glimlach moest de toeschouwer gissen.

'Hoe kun je een godsdienst hebben die zonden vergeeft en je verlost van het kwaad, maar de maagpomp buiten beschouwing laat en het nooit over regelmaat heeft?'

'Daar bent u vreselijk in geïnteresseerd, hè?'

'Buitensporig. Het is onmogelijk een oprechte belangstelling voor voedsel te hebben zonder een daarmee gepaard gaande en even krachtige belangstelling voor het als een harp laten zingen van je ingewanden. Amerika zal pas sterk zijn als het de magie van gezondheid begrijpt.'

'Zoals het veranderen van water in wijn?'

'Dat zou je een chemische reactie kunnen noemen,' zei hij. 'Dit is magie.'

Hij legde zijn handen op zijn gezicht en wrikte met zijn vingers tot hij iets uit zijn mond had gewurmd dat ik eerst voor een rooskleurige gespikkelde vrucht hield. Het was zijn tong, roze en trillend in zijn open hand, als een hele spier, een harde worst van vlees. Hij hield hem mij voor, hijgend van de inspanning, en toen jankte hij zachtjes, zijn mond een groot gapend gat, zijn ogen gloeiend van vervoering, en verdween het ding uit zijn hand, waarna er een licht verzadigde ademtocht in de lucht bleef hangen.

Ten slotte – dat ene zwierige gebaar had hem uitgeput – zei hij: 'Snap je wat ik bedoel?' en ging regelrecht naar bed en sloot zich op in zijn hok.

's Morgens zei hij, alsof hij zich een onafgemaakte gedachte herinnerde: 'En ik begreep mezelf pas toen ik jou zag. Nu weet ik wie ik ben en wat ik kan doen.'

Millroy hield niet van liften, zei hij, en andermans sloten. Hij zei dingen als 'dat heb ik opgepikt in Mexico', of Egypte of India. Hij kon met zijn neus hymnen spelen op de mondharmonica, waarbij hij het instrument tegen zijn neusgaten klemde en snoof. Hij geloofde dat muziek genezende krachten bezat; bepaalde noten en akkoorden, vooral het geluid van krekels, genazen je niet alleen maar riepen visioenen op en openden verborgen gedeelten van je geest.

Hij zei: 'Zodra je iemand genezen hebt is hij met je verbonden. Zodra je iemand gevoed hebt is hij een deel van je.'

Hij had een sterk reukvermogen. 'Ik hou van je geur,' zei hij tegen me. Hij wist door een snufje van mijn hoofd dat Gaga rookte. Hij zei dat hij iemand kon beoordelen naar zijn of haar geur – hun hele leven was in dat aroma vervat. Hij kon het weer voorspellen door in te ademen. Hij deed oefeningen: opdrukken, opzitten, optrekken, uitrekken.

'Ik zou nooit tovenarij kunnen bedrijven als ik niet zo gezond was. Houdini? Voornamelijk een illusionist en ontsnappingsartiest. Geen spiritualiteit. Zijn geheim? Hij was een toonbeeld van fysieke kracht. Ik zou meer willen lijken op Sint-Jozef van Copertino, die de zwaartekracht trotseerde en zichzelf kon laten zweven door fysieke kracht en de macht van het gebed. De filosoof Leibnitz zag hem in 1657 midden door de lucht zweven ter hoogte van de boomtoppen.'

Millroy zorgde ervoor elke dag negen liter gedistilleerd water te drinken. Hij was heel proper. Hij gaf de voorkeur aan douchen boven baden. Hij had een afkeer van openbare zwembaden, openbare toiletten en restaurants. 'Om te beginnen zou ik nooit andermans bestek kunnen gebruiken.' Hij zei dat hij niet kon leven zonder zijn eigen caravan. 'Ik moet al mijn eigen faciliteiten in de buurt hebben.' Hij was netjes, hij was handig, hij kon naaien, hij maakte al zijn eigen trucendozen en kisten. Hij herhaalde: 'Ik eet niets met een gezicht. Niets met poten. Ik eet niets met een moeder. Ik neem geen vlees in mijn lichaam. Geen vlees in mijn mond.'

Hij beschouwde de boerenkermis als gevaarlijk en de andere artiesten als goedkoop, vulgair of ronduit misdadig. Na die ene ontmoeting met Floyd Fewox hield hij me weg van alle anderen die er werkten. Hij wantrouwde volwassenen. Hij vertrouwde kinderen. Hij mocht me.

V

In minder dan een week leek Millroy's caravan op thuis, alleen gelukkiger en vertrouwder dan alles wat ik gekend had, op de lang voor-
bije behaaglijkheid van Gumpy's schoot of mama's armen na: Millroy's eten, zijn gepraat, zijn grote, buikvormige Airstream, helemaal
glad en beslagen met zilver, als een wieg, als een doodkist, heel rustig, heel proper. 'Je kunt van die vloer je avondmaal eten.' Mijn eerste gedachte na zijn knerpende verdwijntruc met de Indiase mand
was geweest: En als hij me nou eens niet laat gaan? Nu was mijn grote
zorg dat hij me terug zou sturen naar waar ik vandaan kwam. Ik was
bang van de gedachte dat hij zou zeggen: Ga weg, smeer 'm hier.

Zijn Airstream stond geparkeerd voorbij Robinsons Rennende
Varkens en de touwtrekpiste, achter de trekpaarden en de stomme
rinkelende prijskoeien, de walmende dierenkooien en de druipende
drek van de kippenrennen en de tafels en planken met eerste-klas-
groenten in de verre en stoffiger hoek van het kermisterrein, ver van
de Fun-O-Rama of de andere caravans die Millroy het 'zigeunerkamp' noemde.

Hoe vertrouwder Millroy en zijn caravan werden, des te wilder
leek het kermisterrein. Ik voelde me daar spartelen, ronddrijven, alsof ik door al die vreemdheid snorkelde. Het wond me op het te zien,
en kalmeerde me als ik bovenkwam bij de stille twinkelende ramen,
veilig in de buik van Millroy's caravan.

Terwijl hij een grote rimpelige dokterstas van krakend leer tegen
zijn borst drukte, zei Millroy: 'We hebben wat lapwerk te doen, engel.'

Afgaande op het gerinkel in de tas stelde ik me scharen en flessen
en messen voor. Hij bond een slab om mijn nek, schoof een plastic
douchemuts over mijn haren en zette me neer op een kruk.

'We hebben vanavond een voorstelling.'

Hij knielde voor me neer, maakte de klep van de dokterstas los en
nam er zijn flessen en instrumenten en de hele rest uit, die hij rang-

schikte op een tafeltje: vochtige sponzen en zes verschillende borstels en een tiental poederdozen, verfpotjes, spuitbussen en kokers lippenstift. Hij bewerkte eerst mijn gezicht met de borstels en sponzen, en toen met zijn vingertoppen, als een blinde die mijn gezicht onderzocht, zijn vingers bewegend als spinnepoten, waarmee hij de poeder rond mijn wangen wreef. Toen hij klaar was met mijn gezicht nam hij mijn ogen onder handen, bracht er mascara op aan en streek het kleursel over mijn oogleden en eromheen. Hij sprak niet, hoewel zijn gezicht dichter bij mij was dan het ooit geweest was. Hij ademde, en de druk van zijn adem, het strijken van de lucht door zijn neusgaten, vertelde mij dat hij hier plezier in had. Maar hij was zo zacht, hij beroerde me zo licht, dat ik wist dat er een laag poeder tussen zijn vingertoppen en mijn huid was. Ik voelde heel sterk dat hij me een masker gaf, een schildering maakte op mijn onbeschreven gezicht, maar ik voelde ook dat zijn tere gebaren eerder een zegening waren dan gewoon een van zijn trucs.

Je luistert naar iets en hoort iets anders. Ik verwachtte dat Millroy zou spreken, dus mijn oren stonden open. Ik hoorde het tjirpende gejengel van krekels onder de caravan, het fluiten van cicaden, en de kermismuziek die op deze afstand niet meer was dan een gebonk, als iemand die een vat voortrolt. Alle gepraat en geschreeuw hadden zich vermengd tot een schril gekkenhuis-gekrakeel, en je kon die geluiden moeilijk aanhoren zonder je flikkerende lichten voor te stellen. Dan was er nog een koebel, het gekras van nog andere insekten, een zeurende hond, het geratel van de schiettent. Ik luisterde naar Millroy, maar Millroy luisterde ook.

Hij bleef zwijgen en leek treuriger te worden naarmate hij mij bewerkte; toen hij ten slotte een van de poederdoosjes openklapte en het ronde spiegeltje uit zijn hengsel lichtte en dat voor mijn gezicht hield, haalde hij met een hulpeloze blik zijn schouders op.

'Is er iets mis?' Ik wist dat hij niet van spiegels hield maar dit leek ernstiger.

Hij keek weg en zei: 'Ik moet heel voorzichtig zijn.'

Maar was hij dan niet voorzichtig geweest? Hij had me een nieuw gezicht gegeven. Ik was een ander mens – ouder, slimmer, stralender, met grote prachtige ogen en welgevormde lippen, en een bleek, knap gezicht – geen sproeten, geen littekens. Het was een gelukkig gezicht, en niet van een meisje maar van een vrouw.

'Ik herken mezelf niet.'

'De natuur overtroffen,' zei hij. 'Maar dat is het nou juist.'

'Wie moet ik voorstellen?'

Hij glimlachte met meer zelfvertrouwen en plezier dan ik tot dusver had gezien.

'Raad maar.'

Maar ik wist het. Het was alsof hij me door deze make-up op mij aan te brengen meer dan een gezicht had gegeven. Hij had me herschapen, en dus was ik, met dit gezicht en in deze stemming, van hem.

Zoals hij had beloofd, werd ik zijn assistente. Hij wikkelde me in een oude jas en zette een slappe hoed op mijn hoofd en we gingen op weg naar de avondvoorstelling. Hij zei: 'Je kunt je niet voorstellen hoe deze mensen zijn. Maar als iemand iets vraagt, noem me dan Dok.'

Hij hield zijn ogen neergeslagen terwijl hij me zo'n beetje meetrok zonder naar links of rechts te kijken. Ik probeerde hetzelfde te doen maar dat was moeilijk.

Terwijl we de dierenkooien, de starende koeien en schuifelende geiten en de olifanteritjes ontweken – 's avonds gesloten: Millroy gebruikte Packy in zijn voorstelling – belandden we in de menigte voor de Fun-O-Rama, en ik zag onmiddellijk wat hij bedoelde. Deze mensen waren ouder dan degenen die ik van overdag kende. In plaats van kinderen waren er een hoop jonge wilde stellen en vettige motorrijders en loerende jongens met hun pet achterstevoren.

Millroy leek te aarzelen en op te kijken toen we de amusementsgalerij betraden, een brede strip met eettenten aan elke kant: pizzakraampjes, hamburgerkarren, de kramen met borden met grote knipperlichten die de woorden WARME PINDA'S, CHILI DOGS, TEXAS BURGER, VARKENSBROKKEN! RUNDERSCHIJVEN! IJSHOORNTJES EN OUDERWETSE WORTELLIMONADE MET IJS vormden. Bij de DEEGFRITUUR schepte een man bruine vlinderbroodjes uit een boordevolle pot met donkere borrelende olie, en bij FOSKETT'S FLUFF spon een man suikerspin op papieren prikkers. Het was één en al walm en gasbranders en sissend vet, het gespetter van popcorn en de glimmende bakplaten met verbrande en opengebarsten hot dogs.

'Ze brengen hun weerstandssysteem in gevaar,' zei Millroy. 'En het is niet alleen worstjesgekte. Moet je die taartpunt zien. Moet je die cakejes zien. Junkfood is voor mensen die geloven in UFO's.'

Toch was hij langzamer gaan lopen en bekeek hij deze eters met zulke stralende ogen en zo'n brede walgende glimlach dat hij zijn snor had opgetrokken en ik zijn tanden kon zien.

De mensen keken naar ons; ik kon hun onderzoekende ogen voelen, mensen bij de Custom-verfspuit en 'Handschriften – Persoonlijkheid – Liefde – Horoscoop'. Ze draaiden zich zelfs om van de schiettenten, van de kegelpoppen en houten melkflessen, het waterpretpistool, de kikkersprong, de visspelletjes, het pijlwerpen naar slappe ballonnen en speelkaarten, het ringwerpspel en de geweren met knalkurken. Mensen keken op terwijl ze in de rij stonden te wachten bij de achtbaan, het spiegellabyrint, de rupsbaan en de Bliksemschicht, en zelfs degenen die duizelig uit de Gravitron stroomden keken op toen Millroy voorbijkwam met mij in zijn schaduw, waarbij ik me met mijn hoed op voelde als een dwerg onder een paddestoel.

'Niet opkijken.' Millroy sprak met een gedempte, mompelende stem, als een buikspreker. Hij wist wanneer iemand naar hem staarde, zelfs als hij er met zijn rug naar toe stond, door de druk van diens ogen. Vanonder de lage rand van mijn hoed zag ik, vlak bij een bord waarop WAND DES DOODS stond, Floyd Fewox, de man met het gele gezicht en het ingeplante piekhaar en de tatoeages, die met zijn tanden knarste toen we voorbijkwamen.

'Dok en zijn vriendinnetje – hé, ik praat tegen jullie. Kom hier en doe mee met Flinke Floyd,' zei hij. Hij droeg zijn smerige Harvard-T-shirt.

Iets aan de manier waarop deze kermislui staarden gaf me het gevoel dat ik nog kleiner was dan ik al was, en Floyd Fewox had net als Millroy de gewoonte om te kijken alsof hij een hapje van me wilde nemen, maar zijn ontbrekende tanden maakten dat een beangstigende gedachte.

Floyd Fewox – ik kon zijn vettige laarzen zien – liep langs de omheining waarop LEVENDE GEDROCHTEN geschreven stond en de geverfde spandoeken met KOE MET ZES POTEN, SCHAAP MET VIJF POTEN, EEND MET VIER VLEUGELS, ZONDER OREN GEBOREN GEIT, DWERGPAARD, WILDEMAN, WOLFSJONGEN, en VARKEN MET MENSENHANDEN EN MENSENVOETEN.

'Hoe weten ze dat het geen mens is met de kop en de romp van een varken?' zei Millroy met zijn buiksprekersstem.

'Hierheen,' zei Floyd Fewox.

'Gewoon doorlopen,' zei Millroy, en ik was blij met de manier waarop hij boven me uittorende en mij verborg.

Dichter bij de ingang van de tent nam Millroy langere passen, en toen sloeg hij de flap open en trok me schijnbaar heel geagiteerd naar binnen.

'Tot vandaag had ik me niet gerealiseerd wat een hekel ik aan deze kermis heb,' zei Millroy. 'Ik doe hier nu bijna drie jaar toverkunsten voor Foskett, maar pas toen ik het met jouw ogen zag begon het me te dagen wat voor gevaarlijke en verontrustende plek het is.'

In zijn kleedkamer gespte hij zijn koffer los en nam er zijn cape, stok en een paar havermeelstengels uit die hij die morgen naar eigen recept had gemaakt.

'En dat ik hier niets te zoeken heb.'

Hij liep helemaal om de Indiase mand heen zonder die aan te raken.

'Wat nog een reden is dat ik je dankbaar ben.'

En liep verder de deur door, achter het toneel, de glimlachende toneelknechten negerend, om door het gordijn naar het publiek te gluren.

'Je hebt in mij het gevoel gewekt dat ik een boodschapper ben,' zei hij. 'Dat ik voor betere dingen in de wieg ben gelegd.'

Boven mij uittorenend draaide hij zich weer om en wierp zijn schaduw.

'En als ik niet dacht dat jij dat ook was, dan had ik je die dag toch zeker op je kwartjesplaats laten zitten?'

De toneelknecht met de honkbalpet en de mond vol kauwgom knoopte een hangend touw los en deed een stap in onze richting. Hij zag eruit als de vormeloze Floyd Fewox bij de Wand des Doods – hetzelfde haar, de ontvelde knokkels, de zwarte vingernagels, de ontbrekende tanden, de slappe lippen, de tatoeages.

'Nee, dok.'

Hij glimlachte, hij was dankbaar, hij zag er opgelucht uit, maar ik was blij dat ik die naam voor hem had. Hij was goed in namen. Verschillende keren hoorde ik hem zichzelf Felix, Archie, Chester, Galen, Prospero en Max noemen. Hij was zo kranig dat die ene naam Millroy perfect was, maar ik noemde hem het liefst Dok of helemaal niets.

Hij liet me plaatsnemen, gaf me instructies over hoe ik moest lopen en mijn handen moest gebruiken, waarbij hij me de gebaren liet zien, en toen kwam hij op met de woorden: 'Ik goochel bij daglicht.'

Jonglerend boven zijn hoofd ging de kettingzaag in het rond, de kegelbal, de propaanfakkel, terwijl de zaag ratelde en een blauwe vlam uit de fakkel schoot.

44

'Ik doe dit allemaal zonder 'n net!'

Millroy was nog steeds aan het jongleren op een manier die de mensen op de eerste rijen deed huiveren.

'Kom eens hier, Annet, en help me een handje!'

Ze lachten om de grap maar dat was mijn nieuwe naam. Hij had me laten zien hoe ik op het podium moest lopen alsof ik wist waar ik heen ging, en dat deed ik, terwijl ik me een ander mens voelde op mijn hoge hakken en met mijn nieuwe gezicht. Ik moest altijd dood-stil aan de kant staan en naar Millroy wijzen, behalve als ik hem iets aangaf.

'Annet zal me nu een fles met de beste Franse wijn geven, een voortreffelijke beaujolais, die ik in het zuiverste bronwater zal veranderen. Annet, mijn flacon graag.'

Ik gaf Millroy de fles aan die hij nodig had – 'gebruik altijd je vingertoppen, maak er een gebaar van'. Toen ontruimde ik de tafels, maar ik keek vooral terwijl ik in Millroy's schaduw stond en ap-plaudisseerde – 'rechtop staan, met je hoofd naar achteren, op je mooie tenen' – applaudisseerde met mijn handen omhoog, zoals hij had gezegd, zodat het publiek me zou nadoen.

'En als je ze aan het applaudisseren hebt, wijs dan met beide han-den naar mij – een soort presentatie,' had hij gezegd.

Dit betekende dat ik mijn magere armen moest uitstrekken en met mijn vingers naar hem knippen om te benadrukken dat hij de ster van de voorstelling was. Ik deed de rest, ik sloot de kettingzaag af, deed de fakkel uit, en deed de kegelbal in een doos. Ik ruimde de papieren zakken op, belastte me met de jongelui uit het publiek die Millroy in de mand had laten kruipen, en met de hese zwaar ademen-de jongen die hij had opgesloten in de kast die hij de 'Doornvariant' noemde.

Hij veranderde wijn in water, water in wijn, ramde eetstokjes in zijn neus, stak ze toen in brand en at ze op.

'Hoe heet je?' vroeg hij aan een jong meisje.

'Polly!' zei ze verlegen.

'En ik ben polyfaag!' riep Millroy uit.

Hij verzwolg gebroken glas, nog meer vuur, levende slakken, en iets wat ik nooit eerder had gezien: hij stak een lang zwaard in zijn keel en trok er maar de helft uit, terwijl hij ongeveer dertig centime-ter – het puntige uiteinde – in zijn darmen achterliet. Hij at een ge-deelte van een omelet en braakte hele ongebroken eieren uit, die hij veranderde in drie grote kippen. De kippen werden in een pot gedaan, de pot werd een pastei, de pastei werd een taart met veertien kaarsjes en het monogram *AF* – en die presenteerde hij aan een meisje op de eerste rij.

'Vertel ons eens je initialen en je leeftijd,' zei Millroy.

'A.F. – van Amy Feerick. En ik ben veertien.' Toen gilde ze: 'Ontzettend!' en keek geschrokken.

Ik was niet bang, maar ik was verbaasd omdat Millroy's tovenarij van dichtbij indrukwekkender en schokkender was dan vanuit het publiek; ik kon dingen van vorm zien veranderen, ik kon de brandlucht ruiken en het gesis en gekrijs horen, ik kon het water en de wijn proeven.

Nadat Millroy zijn buiging had gemaakt – ik was nog steeds aan het wijzen en presenteren – en het gordijn was neergeklapt, stond Millroy in de stofdeeltjes die door de felle lichten filterden en keek treurig.

'Ik heb een hekel aan de manier waarop ze je aanstaren, engel.'

Hij drukte de breedgerande hoed op mijn hoofd en hulde me in een cape en pakte ook zichzelf in, en we liepen de lange weg terug naar zijn caravan, langs de kleine dierentuin waar de dieren er slecht gevoed en diep ongelukkig, ziek, nukkig en ellendig uitzagen, Packy aan zijn paal geketend, de knokige leeuw opgesloten in zijn grote losse kooi, waar hij zich schor hoestte en brulde. We repten ons langs de Fun-O-Rama en de levende gedrochten en het afschuwelijke eten en alle mensen die het aten. 'Niet opkijken,' zei hij, maar hij vertraagde zijn pas en staarde strak met een uitgeputte glimlach.

Terug in zijn Airstream-caravan zei hij: 'Vertel me de waarheid. Wat vond je van dichtbij van de voorstelling?'

'Het was ontzettend, zoals dat meisje zei.'

'Maar wat vond je?'

'Ze werden allemaal zo'n beetje gek,' zei ik. 'Wel duizend oogballen die allemaal naar u keken.'

'En naar jou,' zei hij. 'Vertel eens verder.'

'Tovenarij,' zei ik.

Tot dan toe was de boerenkermis gewoon een zomerevenement geweest dat uit het niets opdoemde en na twee weken verdween, waarna er slechts gewonde Portugezen overbleven en afgesleten plekken op de grond en vertrapt gras en afval en vegen gemorste motorolie in het vuil die uit het raderwerk van de attracties was gedropen. Het was een vreemd tijdelijk stadje van canvas en campers en vrachtwagens en caravans, merkwaardig gevormd wasgoed aan lijnen en grote keffende waakhonden waar je ook ging.

Overdag was het vrolijk en verhit, maar 's avonds kon het kermisterrein akelig zijn: de schaduwen werden scherper, de voorstellingen anders en luidruchtiger en vreemder, en de toeschouwers ook. In plaats van de gezinnen met kinderen van overdag waren er 's avonds menigten luidruchtige jongens met hun honkbalpetten achterstevoren, forse zonverbrande kreeftenvissers, boerenjongens, Wampanoags met gerafelde hemden, kleffe knuffelende stellen, en baby's die schreeuwden omdat ze te laat op waren. Het was allemaal verblindend en luidruchtiger, het soort marmerachtige clair-obscur van een stormachtige hemel die spleten en kieren leek te hebben die breed genoeg waren om doorheen te vallen – waarin je zou kunnen verdwijnen. De dagen waren heet en wanordelijk, de avonden waren zwart en gewelddadig.

De meeste avonden zag ik op die lange wandelingen van de caravan naar de voorstellingstent en terug vanonder de brede rand van mijn slappe hoed veel meer van de boerenkermis dan Millroy wilde dat ik zag.

Achter de flap van een zware canvas tent achter de Fun-O-Rama liep een bleke dikkige vrouw voor zwijgzame starende mannen op en neer onder het spelen van luide muziek. Ze was naakt en had een wrede, schuddende manier van lopen, en haar lichaam had een plagende uitdrukking, alsof het een enorm baardig gezicht was met uitpuilende ogen. Ze lachte als ze de mannen passeerde en hun hoeden en brillen weggriste, en ze zag eruit als een heks in een kamer vol amechtige kinderen.

De gelige man, Floyd Fewox, met het wilde ingeplante haar en het Harvard-T-shirt en de vettige spijkerbroek, zat op zijn motor en gaf een dot gas toen wij langs de levende gedrochten kwamen. Hij maakte vingergebaren naar Millroy en mij.

'Ik heb een paar gedichten voor je geschreven,' riep hij. Ik bemerkte dat hij zijn kat op zijn schoot had liggen. 'Je gelooft me niet!'

Op sommige avonden zag ik hem op z'n kant de Wand des Doods oprijden, en zijn waanzinnige lach klonk luider dan zijn motor.

De leeuw met de rotte tanden werd 's avonds hysterisch, hij gromde en hikte terwijl de mensen stonden te kijken of gorgelende geluiden naar hem maakten, pinda's naar hem gooiden en tegen de tralies sloegen.

Het werd vaak vechten als het heel laat was in de Fun-O-Rama, twee dronkaards die elkaar duwden of met elkaar worstelden en schopten, terwijl hun vriendinnen schreeuwden en andere mannen hen ophitsten.

Noch mijn grote hoed noch hoe grote haast van Millroy ook konden beletten dat ik die gezichten zag of die geuren rook. Toen wist ik dat het één ding was om een dag naar de boerenkermis te gaan, maar iets heel anders om er te wonen. Als ik iemand zag die ik kende, verschool ik mij, omdat het net was of ik ze in een droom zag waarin zij echt waren en ik niet, of alsof zij mij droomden.

'Dat is zo,' zei Millroy toen ik het hem vertelde. In zijn opwinding greep hij mijn schouders. 'En het gevaarlijke van onwerkelijkheid is dat die je leven veelal bekort. Wie wil dat?'

We kwamen langs de IJshoorntjes, Texas Burger, Chili Dogs, Deegfrituur, Pizza's.

'Dit is een van de treurigste plaatsen ter wereld,' zei Millroy.

De acrobaat Prins Vladimir bevestigde brandende sterretjes aan zijn billen, zodat hij er bol van stond, en ging op zijn hoofd staan. Hij wiebelde met zijn achterste op de muziek, wat zijn truc was.

'Dat heb ik hem geleerd,' zei Millroy. 'Hoe je volledige controle verwerft over een stel spieren.'

Op een avond bevestigde hij te veel sterretjes en bracht zoveel hitte teweeg met zijn schuddende billen dat hij het sproeisysteem in de voorstellingstent in werking zette en de menigte kletsnat maakte.

Millroy's voorstelling werd afgelast terwijl ze pompen in stelling brachten en de stoelen droog maakten.

'Wat zie je als je over deze afschuwelijke plek loopt?' vroeg Millroy aan mij.

'Een heleboel dingen,' zei ik.

Hij dacht hier even over na en zei toen: 'Het spijt me dat je het moet zien.'

Maar ik vond het leuk om te horen 'Ik werk zonder 'n net!' en 'Warempel, daar is ze – Annet!'

Op een avond na Millroy's voorstelling kwam een vrouw uit het publiek snel op me af toen ik het podium verliet en ik dacht dat ze me zou gaan slaan. Ze had een dikke buik, haar gezicht was harig, ze droeg een honkbalpet en modderige gympen.

'Ik ken jou. Jij bent Jilly Farina uit Marstons Mills. Luister eens snotneus, weet je oma dat je er hier zo bijloopt?'

'Mevrouw,' zei Millroy. 'U vergist zich. Deze jonge vrouw, mijn assistente Annet, is een recente immigrante uit de Baltische republiek Letland en spreekt geen woord Engels.'

Hij fixeerde de vrouw door een van zijn ogen te vergroten en voor- en achterover te leunen.

Ze zei sorry!

'Dat scheelde weinig,' zei Millroy.

Diezelfde avond lag ik alleen in bed in mijn houten kast te luisteren hoe Floyd Fewox' motor de Wand des Doods op en neer sputterde en zijn krankzinnige lach het geronk van zijn machine overstemde, en na het applaus en de muziek op het einde hoorde ik nog steeds de motor, alsof die over het kermisterrein zigzagde. Ik verbeeldde het me niet. Voor ik het wist stond de motor te draaien voor de caravan. Millroy draaide het licht aan en ging naar de deur. Ik sloeg de flap naar mijn hok open en keek naar buiten.

Floyd Fewox stond op de caravantrap met een blikje bier in zijn hand.

'Trek je schoenen aan schat, dan laten we 'm loeien,' zei hij. 'Je gaat een ritje maken dat je nooit zult vergeten.'

Millroy keerde de man zijn rug toe en zei: 'Het is waar – deze man heeft lesgegeven op Harvard. Hij heeft een boek geschreven dat welwillende recensies kreeg. Maar hij werd ontslagen wegens het schrijven van dreigbrieven naar zijn collega's en het achterna zitten van studenten. Zijn irrationele opvattingen waren onverenigbaar met die van een grote instelling. Hij heeft een hele tijd zijn hart uitgestort in de universiteitskliniek. Hij werd zwaar onder de kalmerende middelen gezet, en ten slotte weggestuurd.'

'Dat ontken ik niet, hoor,' zei Floyd Fewox. 'Ik ben wild. Je gelooft me niet.'

'Hij ging een keer naar de keuken om een glas water te halen voor zijn ex-vrouw en verdween. Drie maanden later kwam hij weer opdagen, met alleen legerdumplaarzen aan met losse veters.'

Floyd Fewox lachte, waarbij hij de zwarte spleten in zijn tanden liet zien, nam een slok bier terwijl hij schuim over zijn stoppelkin morste, veegde zijn mond af met de blauwe tatoeage op zijn arm en lachte weer, als een hond die probeert te praten.

'Weet je wat zijn probleem is?' zei Millroy. 'Hij is niet wild. Hij staat niet buiten de wet. Hij is gewoon zelfzuchtig. Hij is een intellectueel.'

'Dit schatje komt met mij mee,' zei Floyd Fewox.

Hij maakte een beweging in mijn richting en ik dacht dat hij me aan zou raken toen Millroy een stap deed en hem de weg versperde.

'Ik daag je uit tot een duel,' zei Millroy. Hij was heel kalm. Zijn snor was glad. Zijn hoofd was droog. Hij was langer dan Floyd Fewox, en gespierder, en blakend van gezondheid.

'Wanneer je wilt, makker.'

'Een geestelijk duel,' zei Millroy.

'Ik ruk je oor eraf en spuug in het gat,' zei Floyd Fewox.

VI

Floyd Fewox had ineengedoken, gehurkt gezeten, maar de manier waarop hij met zijn ellebogen uitgestoken opstond maakte duidelijk dat je plaats voor hem moest maken. Toen stonden ze tegenover elkaar: Floyd Fewox, giechelend zoals hij vaak deed als hij de Wand des Doods bereed, en Millroy de tovenaar.

'Smeer 'm,' zei Floyd Fewox.

Hij liet de spleten tussen zijn tanden en afschuwelijke houtkleurige hoektanden zien, en toen hij zijn mond wijd opende om Millroy uit te lachen, was die een donker gat met bruine tanden en een zwarte tong. Hij hing slap voor Millroy, met zijwaarts uitstekende duimen, terwijl hij in een hand zijn blikje bier fijnkneep en in zijn andere een sigaret geklemd hield. Zijn vettige spijkerbroek was omlaag getrokken en ik kon de diepe schimmige navel in zijn harige buik zien.

'Ik neem dit dametje mee naar de Chinees.'

Hij goot zijn bier naar binnen, liet het van zijn kin druipen en toen veegde hij zijn handen af aan zijn Harvard-T-shirt.

'Let maar niet op hem, engel. Hij is een geval van ernstige verhitting.'

'Ik ben oké,' zei ik. Millroy was nog steeds kalm en staarde met elektrische ogen, alsof hij dwars door Floyd Fewox heen kon kijken en misschien zelfs dwars door de wanden van de caravan.

'Hij heeft te veel gedronken,' zei Millroy. 'Maar daar gaat het niet om.'

Ik wilde zeggen: Dronkaards, praat me er niet van, alsof ik Dada's vochtige ogen niet vaak genoeg stompzinnig had zien overlopen van Old Granddad. Zo leek het altijd te gaan met zulke mensen – grote slonzige kerels die maar doordronken en dan gewoon aan alle kanten doorlekten, zwetend, dampend, met een lopende neus, kwijlend, wat dan ook.

'Je bent een leugenaar, Millroy.'

Zelfs dat hij dat zei was vertrouwd, en typisch voor Dada wanneer hij zei 'ik heb niets in mijn hand' als hij een fles vasthield, of 'ik heb geen druppel gedronken' als hij dronken omviel en praatte met een beverig kaakgewricht.

'Het punt is dat deze man last van verstopping heeft.'

'Dada heeft daar ook vreselijk last van,' zei ik, en toen zowel Millroy als Floyd Fewox mij plotseling aankeken besefte ik dat ik dit te berde had gebracht omdat ik mijn gedachtengang over Dada had vervolgd.

'Je denkt dat je sterk bent, hè?' zei Floyd Fewox. 'Oké, wijsneus, raap dit hapje dan maar op.' En hij spuwde een klodder speeksel op de vloer van de caravan.

Millroy lachte een medelijdende glimlach.

'Zij gaat met mij mee. Naar de Chinese Maan!'

'Nog niet.'

Floyd Fewox wankelde en hield zichzelf toen overeind door het handdoekenrek naast het aanrecht vast te grijpen.

'Zie je niet dat ik je uitdaag tot een duel?'

Floyd Fewox opende zijn donkere gat weer en er kwam een nijdige Wand des Doods-lach uit als een blaf, en toen botste hij tegen de gootsteen.

'Maar ik heb liever niet dat je gaat zitten,' zei Millroy.

Zijn armen opheffend zocht Fewox naarstig naar een plaats om zijn waggelende lichaam op neer te gooien. Hij zag een kruk naast de gootsteen, plofte erop neer en gromde. Millroy's gezicht was uitdrukkingsloos, zijn mond was gesloten, maar er was een groot zelfvertrouwen in zijn ogen.

Hij zei: 'Ga door, Floyd, put me uit met je kracht. Maak me maar bang.'

Floyd Fewox leunde voorover, liet Millroy zijn donkere tanden zien en zei: 'Ik vermoord je.'

Millroy gaf geen krimp. Hij zei: 'Hoewel hij op Harvard een schurk werd, is Floyd een intellectueel uit Canada. Hij is voor negenennegentig procent een clown. Naigenennaigentig.'

Toen hij Millroy hem hoorde bespotten met deze Canadese woorden, zette Floyd zijn ik-vermoord-je-gezicht weer op.

'Zeg eens "goedemorgen",' zei Millroy, en toen: 'Goeiuh-mogguh!'

'Ik breek je nek,' zei Floyd.

'Wil je er een?'

Millroy opende zijn hand en bracht een glas whisky te voorschijn, en toen Floyd zijn blikje bier liet vallen en zijn hand uitstak, barstte het glas met een waterige explosie die een bundel vlammen werd. Millroy likte het vuur van zijn vingers en er kwam een sissend geluid uit zijn hoofd, als speeksel op een kookplaat, en dat geluid was vreemder dan het plotselinge vuur.

Floyd Fewox kwam van verbazing, of misschien van angst met een hoge rug overeind, met zijn armen omlaag en stramme duimen.

'Nu ik je aandacht heb kunnen we misschien verder gaan,' zei Millroy.

'Je denkt dat je beter bent dan de rest van ons – jij met je Airstream-caravan. Maar je bent hetzelfde. Ik wil dat je vriendinnetje dat weet.' Zijn lippen waren nat van het drankspeeksel en zijn gezicht was verwrongen. 'Je bent hetzelfde als wij.'

'Nee, dat ben ik niet,' zei Millroy en hij leek te glimlachen. 'Ben je wel rechtvaardig? Heb jij zoiets als dit?'

Met die woorden stak Millroy een hand in zijn eigen oor en trok een fladderende vogel uit zijn oorschelp en liet die los. Het was een wittige kanarie die naar de vensterbank boven Floyds hoofd vloog en een tjilpend lied begon te zingen, waarbij hij telkens opnieuw hetzelfde drietonige wijsje begon.

Het tere vogeltje leek Floyd te tergen, als iemand die lachte om zijn treurigheid en hem agressief maakte. Terwijl Floyd ernaar graaide vloog de vogel naar de gootsteenkraan, floot weer, en vloog weg, met Floyd nog steeds achter zich aan. Op dat moment legde Millroy zijn hand op Floyds oor, hield dat vast en wrong er een glanzende zwarte rat uit.

Ineengedoken op de rug van Millroy's hand snuffelde de rat aan Millroy's knokkels en sloeg zijn ruwe staart rond zijn pols. Zijn natte bruinachtig-zwarte haar – afzichtelijker dan zijn tanden – was plat tegen zijn mollige lijf geplakt, en hij stonk als een riool.

'Dit is je eigen rat,' zei Millroy, 'nog slijmerig van het verblijf in jouw lichaam.'

'Haal dat ding van me weg,' zei Floyd Fewox.

Millroy wierp me een blik toe. 'Niemand houdt van zijn eigen rat. Zie je hoe de man walgt? Terwijl de rat toch wel vrolijk is.'

Terwijl de rat zijn kop liet zakken liet hij zijn snorharen op zijn roze snuit trillen.

'Deze rat is diep uit de ingewanden van Floyd Fewox gekomen,' zei Millroy en richtte zich weer tot Floyd. 'Je bent je hele leven bezig geweest deze rat te eten te geven.'

'Ik heb je gezegd hem weg te halen.' Floyd deinsde terug, sloeg tegen de wand en verloor zijn evenwicht, en kwam met een grom op de vloer te zitten.

'Geef de rat te eten,' zei Millroy.

En gooide de rat in Floyds schoot. De man schreeuwde het uit maar de rat bewoog niet. Hij klemde zich vast aan de smerige kleren en zijn natte lijf werd zacht als teer, zakte toen weg en werd kleiner, en vloeide ineen tot diverse plekken glimmende olie op de dijen van Floyds spijkerbroek.

'Die rat is vloeibaar geworden,' zei Millroy.

Floyd Fewox stond weer op, terwijl hij op zijn benen sloeg en hinnikte als een hond die te geschrokken is om te blaffen. Maar toen Millroy naar hem staarde leek hij duizelig te worden en ging hij weer zitten met zijn rug tegen de muur.

'Je kunt me met je handen niet deren – niet met deze handen,' zei Millroy, en kneep een van Floyd Fewox' vingers af.

Hij hield hem omhoog en toonde de man het zachte witte vlees terwijl hij hem in tweeën knapte. Het was onmogelijk te zeggen of het een mensenvinger of een ongekookt worstje was, tot ik de vuile vingernagel aan het uiteinde zag.

'Je hebt slecht vlees van jezelf gemaakt,' zei Millroy, en glimlachte voor de eerste keer. De glimlach had een onmiddellijk effect op Floyd Fewox, of was het het koudvuur dat gloeide in Millroy's ogen?

Iets in Floyd Fewox raakte los, werd slap, alsof een belangrijk orgaan erdoor losgetornd werd en begon weg te glippen. Hij krabbelde overeind en zakte aan één kant door, werd toen onmachtig. Hij kreunde 'nee, nee, nee, nee' en probeerde Millroy op afstand te houden, terwijl hij zijn hand met het vingerstompje omhoog hield.

'Deze Harvard-man krioelt van het ongedierte,' zei Millroy, terwijl hij Floyds gehavende hand opzij schoof en een kleinere rat uit zijn oor haalde, die hij in de palm van zijn hand hield en toen samenperste tot een zwart bolletje.

'En wat is dit?'

Hij vond een eitje ter grootte van een vinkeëi in Floyds mond, en deed de man kokhalzen toen hij het eruithaalde.

'Geen gewoon kippeëi, dat is zeker,' zei Millroy. Hij liet het in Floyds gezicht openbarsten, waarbij hij uit de gebroken schil een kronkelende slang losliet, als een groene worm. Hij was levendig en dik, met een wit slijmvlies over zijn ogen.

'Ik haat slangen,' zei Floyd smekend. 'Ik haat ratten.'

'Dat zal wel,' zei Millroy, 'omdat je ervan krioelt. En je bent waarschijnlijk ook niet al te dol op spinnen.'

Het ding was harig en paars, met zwarte poten, en het kwam regelrecht uit Floyds mond, terwijl het in het voorbijgaan zijn lippen openhaalde en eraan bleef haken.

De man jammerde: 'Wat doe je met me?'

'Ik wilde een geestelijk duel,' zei Millroy, 'de hoofden tegen elkaar, om je voorgoed een hersenstoring te bezorgen. Maar je hebt er het verstand niet voor, je hebt er het lichaam niet voor, en je zit onder. Kijk.'

Er zat een kakkerlak in Millroy's hand, die hij uit Floyds neusgat had geplukt, en toen hij hem losliet vloog hij naar Floyds gezicht en klampte zich vast aan zijn oog tot Floyd hem weggraaide.

'Ik laat je zien waar je van gemaakt bent,' zei Millroy. 'Besef je dat je vol zit met krioelend snuffelend ongedierte?'

De caravan was heet geworden en het was er gaan stinken – niet de gewone kleffe zomerstank van moeraswater en moerasplanten, maar iets wat natter en verrotter was. Millroy zag me een gezicht trekken en hij wist wat ik dacht.

'Deze man heeft ongenadig last van verstopping,' zei Millroy.

Floyd Fewox dook ineen aan de zijkant van de caravan; hij zag er ziek uit en had een gespannen, gemelijke blik van angst.

'Hier, engel, geef hem je hand – dat is wat hij wil.'

Voor ik kon terugwijken, stak Floyd Fewox onwillekeurig zijn hand uit. Hij raakte me niet aan, en toch had hij toen hij zijn hand sloot een bloem met een grote bloesem vast, als een grote opengebarsten roos. Hij glimlachte en bracht hem naar zijn gezicht, en de bloem werd slap, zakte over zijn vingers en veranderde in een veeg dun geel vocht.

'Alles wat hij aanraakt wordt smerig,' zei Millroy kalm, bijna lief.

Floyd hinnikte weer en probeerde het slijm van zijn vingers te schudden.

'Ik kan je schroeien,' zei Millroy. 'Ik kan je jeuk bezorgen. Ik kan je blaren bezorgen en je gek maken. Je zou zoveel pijn hebben dat je beter dood kon zijn.'

Nu stond Floyd op en brulde – niet naar Millroy maar om zich heen, alsof demonen hem met angels hadden aangevallen en zijn huid in brand hadden gezet.

Er materialiseerde zich een kop water in Millroy's hand, die hij liet zien aan de hinnikende man.

'Drink dit op.'

De man verzwolg het, verslikte zich, en schreeuwde terwijl hij vlammen uitspuugde. Hij duwde Millroy opzij, met zijn hand voor zijn mond, opende de deur van de caravan en graaide naar zijn haar, waarbij hij sommige korstige plukken uitrukte die waren ingeplant.

Millroy had hem amper aangeraakt. Hij hield een vlammenhaard in de palm van zijn hand.

'Als je ooit nog eens naar deze jongedame kijkt, maak ik je blind,' zei hij.

En sloot zijn hand om de vlammen.

We bleven achter in de geschroeide stilte van de caravan. Millroy zei een hele tijd niets. Hij was traag en uitgeput, alsof de tovenarij al zijn kracht had gekost.

'Jesses,' zei ik.

Millroy zat nog steeds op adem te komen.

'Dat was ontzettend,' zei ik.

Ten slotte zei hij: 'Jij hebt het mogelijk gemaakt,' en vulde zijn luidruchtige longen met een nieuwe ademteug. 'Vertel aan niemand wat je hebt gezien – geen woord erover, nog niet.'

Aan wie zou ik het moeten vertellen? Hoe dan ook, het had me heel bang gemaakt, vooral toen ik bedacht dat ik de kleine caravanruimte deelde met deze geweldige tovenaar.

Millroy ging naar bed en sliep negen uur achter elkaar, alsof hij dood was, terwijl ik wakker lag tussen alle geuren en met de herinnering aan dat schouwspel.

's Morgens vóór de middagvoorstelling koppelde Millroy zijn Ford aan de caravan.

'Ik heb niets te doen,' zei Millroy.

Maar toen ik naar hem keek, glimlachte hij.

'Dus denk ik dat ik het morgen doe.'

Hij lachte nog steeds zijn tovenaarsglimlach.

'Niets,' zei hij, en we reden het kermisterrein af.

VII

Terwijl hij achter een enorme rinkelende Coke-vrachtwagen, waarop alle flessen wiebelden, de rotonde van Mashpee opreed, zei Millroy: 'Ik kan amper geloven wat ik zojuist heb gedaan. Ik heb mijn baan eraan gegeven! Waarom trek je zo'n gezicht?'

'Ik heb zoiets van: waarom is hij daar zo opgewonden over?'

Hij schudde zijn hoofd en glimlachte zoals gefrustreerde mensen glimlachen.

'Mop,' zei hij met een ongewone stem, terwijl hij zichzelf dwong om kalm te blijven, 'ik ben een tovenaar.'

Wat precies de reden was waarom ik dat gezicht trok. Voor hem was in zijn Ford springen en met zijn Airstream de weg op gaan verbazender dan een volwassen rat uit iemands oor halen, of vuur eten, of een olifant laten verdwijnen in een opvouwbare doos.

Millroy beukte op het stuur en zei: 'Het komt door jou. Morgen gaat de kermis naar Cherry Hill in New Jersey. Ik zou met ze meegaan, als jij er niet was. Het is jouw werk!'

Dat gaf me een vreselijk gevoel – verantwoordelijk voor dit alles, de oorzaak van de hele ontwrichting, de reden van het geestelijke duel en Floyd Fewox' beproeving. Maar ik zei niets. Onderweg had ik diverse keren met Millroy te doen en vroeg ik me af wat ik moest zeggen, maar toen bedacht ik dat hij een tovenaar was, die niet alleen trucs maar echte, verbijsterende toverkunsten deed, waarbij hij uit niets iets schiep.

'En waar gaan we heen?'

'Het punt is' – hij lachte nu een echte glimlach – 'dat ik dat niet weet.'

Dat was een van de keren dat ik dacht: Millroy de tovenaar!

'Dada woont aan die weg,' zei ik toen hij de rotonde rondde. 'Daar denkt Gaga dat ik ben. Bij Dada.'

'En Dada denkt dat je bij Gaga bent?'

'Zo ongeveer.'

'Dat kan zo niet doorgaan, maar voorlopig is het goed.' Hij ging langzamer rijden. 'Ik zou die Dada van jou wel willen zien.' Hij draaide het stuur rond en nam de korte weg naar Mashpee over Waquoit Road, scheurde langs het bejaardenhuis en de lage beschaduwde huizen en kippenrennen. Een paar jongens op blote voeten en een vrouw in een rafelige jurk zaten op een voorveranda; een varken liep los onder een paar bomen op een erf op Crocker Road.

'De meeste mensen denken aan mosterd als ze een vet varken zien,' zei Millroy. 'Het is zo treurig.'

Links doemde de doopsgezinde kerk van Mashpee op, rechts het River Bend Motel, toen de brandweerkazerne en het stadhuis van Mashpee, en de houten kraam langs de weg van Lucius Hooley met een pijl die VERSE POMPOEN wees.

'Hoog vezelgehalte, hoog bezinksel, hoog bèta-caroteengehalte,' zei Millroy. 'Wordt vermeld in Jona. Die man bewijst een waardevolle dienst.'

'Hij is een Wampanoag,' zei ik.

Millroy keek me aan.

'Een Indiaan,' zei ik.

Millroy sloeg bij het stadhuis linksaf.

'Ik bedoel, een inheemse Amerikaan,' zei ik. 'En daar woont Dada.'

Toen ik zijn naam zei werd ik nieuwsgierig naar hem, omdat hij de laatste keer dat ik hem gezien had plat op zijn rug, laveloos en reutelend op de vloer van zijn caravan had gelegen.

Millroy aarzelde niet. Hij reed over Snake Pond Road, langs het Indiaans Museum en het waterleidingbedrijf en verder langs Ma Glockner's kiprestaurant en de fornuizenwinkel en het koopjesmagazijn.

'Dada's benzinestation is links, naast Mister Donut.'

Millroy zei: 'Je nam de bus van hier naar de kermis?'

'Het is veiliger dan liften,' zei ik. 'Bovendien hoefde ik hem niet terug te nemen, toch?'

'Je zult nooit van je leven meer liften,' zei Millroy, en het klonk als de nobelste belofte die ik ooit had gehoord.

Alle bomen hier in de buurt waren blauwig-groen en glinsterden in de morgenzon, de grenebomen en de dichte esdoorns die samendromden langs de smalle weg.

'Dus je vader heeft een tankstation?'

'Dada is pompbediende,' zei ik, en omdat het klonk alsof hij een kneusje was, wat hij was, voegde ik eraan toe: 'En hij is automonteur.'

'Ik heb groot respect voor iedereen die een auto kan repareren,' zei Millroy, alweer op nobele wijze, en ik kon zien dat het ontslag en vertrek van de boerenkermis hem in een goede stemming hadden gebracht.

Hij stopte tegen een stenige zandrand, naast een opstand van grenebomen.

'Spring maar liever in de caravan, engel.'

Dat deed ik, hurkend onder een zijraam, zodat Dada me niet zou zien bij het tankstation.

Wat had Millroy ook weer over Fewox gezegd? Deze man heeft ongenadig last van verstopping. Daar moest ik aan denken toen ik Dada uit het kantoor zag komen, terwijl een vettige lap uit zijn broekzak flapperde. Hij leek mollig en bleek naast Millroy, en hij zag eruit als een wrak. Hij moest een zware avond hebben gehad, maar dat was niet wat mij het meest opviel. Hij leek welhaast levenloos, half dood en prikkelbaar, vol zelfbeklag en beverig. Millroy stond rechtop, hij glimlachte, hij was aardig tegen deze knorrige man, kwam zelfs de auto uit en draaide de benzinedop open. Op Dada's naamlapje stond R A Y. Dit was allemaal vreemd omdat ik verwacht had dat de twee mannen, Millroy en Dada, meer op elkaar zouden lijken.

'Vol doen?' zei Dada, die nu al klonk alsof hij walgde. Hij zag er ziek uit maar ik wist dat Millroy slechte kost als diagnose stelde.

'Helemaal.'

'Contant of op rekening?' zei Dada terwijl hij de ijzeren tuit in de benzinetank duwde.

'Contant,' zei Millroy terwijl hij ademhaalde en om zich heen keek en het benzinestation en de bomen en Mister Donut opnam. 'Wat een heerlijke morgen.'

Dada blies lucht door zijn neus met een geluid als van schuurpapier.

'Maakt je blij dat je leeft,' zei Millroy.

Dada keek hem aan en fronste. 'Zover zou ik niet gaan.'

De benzinepomp deed intussen ping-ping en Dada had een hand achter zijn rug gehouden. Nu liet hij die zien; hij had er een sigaret in. Hij zette hem aan zijn lippen en trok er hard aan.

Millroy zei: 'Roken wordt nergens genoemd in de Schrift.'

Dada bleef zwijgen, in de mening dat hij bekritiseerd werd. Hij haatte God, had hij me ooit verteld.

'Wat niet erg verbazend is, gezien het feit dat ze geen tabak verbouwden in het Heilige Land.'

Dada schonk Millroy een niet-begrijpende grijns.

'Maar ik dacht alleen aan het brandgevaar,' zei Millroy.

'Bent u dat? Nog steeds aan het woord? Grappig, ik dacht even dat ik de radio had aangelaten,' zei Dada. Hij zuchtte luid, spuwde op de grond, en klikte toen met de trekker van de snel vurende benzinetuit, terwijl hij keek hoe de benzine langs de zijkant van de Ford spatte. Ik vond hem vervelend en had tegelijkertijd met hem te doen.

Ik concentreerde me niet op hoe verschillend Dada en Millroy waren – verschillend in omvang, verschillend in lengte, verschillend in teint. Dada was groezelig, Millroy was proper. Dada was dikkig, het soort man dat sterk lijkt, maar ik wist dat Millroy sterker was.

Nee, hoe langer ik naar hen keek, des te meer was ik verbaasd door hun overeenkomsten. Dada was slim en kon grappig zijn, net als Millroy. Ze waren allebei onvoorspelbaar. Ze waren ongeveer even oud. Ze waren in veel opzichten eender. Dada was soms een zwendelaar, en zijn goochelarij was het laten verdwijnen van geld. Hij had plannen en praatte er altijd over dat hij grote ambities had, en het veranderen van de wereld was daar één van. Uiteindelijk besloot ik dat Dada een mislukte versie van Millroy was.

'Acht dollar,' zei Dada.

'Ik rookte vroeger drie pakjes per dag,' zei Millroy terwijl hij een creditcard ophield.

'U zei contant.' Dada's kaak vertrok. Hij leek zwak – dat was het grootste verschil – en zijn zwakte maakte dat je je onveilig voelde.

Terwijl hij de creditcard in zijn vingers ronddraaide, manipuleerde Millroy ermee tot hij zacht en groen werd, en toen rolde hij een briefje van twintig dollar uit. Het was een schitterende truc.

Dada haalde zijn schouders op; hij weigerde onder de indruk te zijn. 'Heeft u niet kleiner?'

Millroy vouwde het in zijn vingers en veranderde het in een briefje van tien, dat Dada zonder een spier te vertrekken aannam.

Toen hij terugkwam met Millroy's wisselgeld en de twee briefjes in Millroy's hand uittelde, zei Millroy: 'Zou u even naar de bougies willen kijken? Hij slaat niet aan.'

'Ik werk niet met Amerikaanse auto's,' zei Dada. 'Om filosofische redenen.'

Later, toen we weer op weg waren en ik op de voorbank zat, zei

Millroy: 'Hij was wel grappig. Dat moet je hem nageven. En hij is niet stom.'

Ik hield mijn ogen op de weg.

'Maar hij heeft geen leiderscapaciteiten. Hij is niet doelgericht. En zijn gezondheid is een beetje zorgwekkend.'

'Hij drinkt,' zei ik.

'Hij heeft een rokersgezicht. Hij heeft een rokersstem. Zijn huid is een puinhoop, is veel poreusheid kwijtgeraakt. Hij is volstrekt niet regelmatig. Ik ben geen fanaticus, mop, maar jouw Dada zou wel een bekering kunnen gebruiken.'

Millroy loodste ons door Forestdale, een plaats waar ik van hield om zijn kleine huizen en zijn grote bomen.

'Hier ging ik altijd kamperen.'

Millroy hoorde me niet. Hij dacht nog steeds aan Dada. 'Hij zou pre-carcinomateus kunnen zijn,' zei hij. 'Maar ja, dat zijn de meeste Amerikanen.'

Weldra waren we op de Mid-Cape Highway, op weg naar het westen.

'Wil je terug?'

Ik schudde mijn hoofd en Millroy lachte vrolijk.

'Jij hebt me gered. Dit is een ander leven – het is schitterend.'

Het was een prachtige dag, de zon maakte de weg wit, de bomen zwiepten in de zeewind die aanwoei uit Falmouth, de andere auto's floten ons voorbij, terwijl onze oude ronde Airstream-caravan erachteraan sukkelde.

Millroy zei: 'Daarom ben ik je zo dankbaar. Ik had honger en jij hebt me gevoed. Met inspiratie.'

Ik wilde zeggen: Wacht eens even, u bent degene die de toverkunsten doet, niet ik.

'En daarom heb ik je nodig, toet.'

Het verontrustte me zeer dat hij dat zei.

'Wat is er?' vroeg hij, omdat ik ineen was gekrompen en er ellendig uitzag.

'Ik weet niet wat u wilt dat ik doe.'

'Doe in godsnaam niets,' zei hij en glimlachte en gaf een pets op mijn been, en ik vrolijkte op.

Hij stopte bij het winkelcentrum bij de Sagamore Bridge, terwijl hij uitlegde dat je met een Airstream-caravan je boodschappen deed waar de beste parkeerplaats was. In Wallace's confectiecentrum rommelde hij door de kleren en maakte een stapel: spijkerbroeken, overhemden, een paar gymschoenen. Hij vroeg me of ik iets wilde.

'Misschien iets als een topje.'

'Te bloot,' zei hij.

Hij kocht een wijd overhemd met lange mouwen en een honkbalpet voor me, een kort leren jek en een trainingspak. Toen nam hij me, terwijl de caravan nog steeds geparkeerd stond, mee naar binnen, liet me plaats nemen en trok de rolgordijnen neer.

'Wat nu?'

Hij torende boven me uit met een schaar en deed er knip-knip mee.

'Ik ga je een lekker fris koppie geven,' zei hij. Knip-knip.

Maar ik vertrouwde hem. Hij bracht zijn verhitte gezicht vlak bij mijn hoofd en knipte mijn haar heel kort. Toen hij klaar was zei hij dat hij me alleen zou laten zodat ik mijn nieuwe kleren aan kon trekken. Ik trok de spijkerbroek aan, het polohemd, de gymschoenen. Toen ik ze aanhad voelde ik me vormeloos en jonger. Ik verlangde naar het lovertjestenue en de cape en de lippenstift die ik had gedragen toen ik zijn assistente Annet was geweest: 'Het is gevaarlijk om zonder net te werken!' Maar hij had deze kleren met zijn eigen geld voor me gekocht en het leek ondankbaar om te weigeren de pofbroek en het kinderhemd te dragen.

We staken de brug over en volgden de borden naar Buzzards Bay, waar hij stilhield bij een telefoon langs de weg. Hij praatte een tijdje en luisterde aandachtig, terwijl hij in het mondstuk van de telefoon tuurde.

'Dat was een caravanpark.'

Ik wist niet wat ik moest zeggen. De Cape was vol caravanparken. Dada woonde in een caravan in Mashpee.

'Het wordt beheerd door een predikant, dominee Baby Huber. Ooit ontmoet?'

'Nooit van gehoord zelfs.'

'Goed zo. Hij heeft een dikke stem.'

Nu begreep ik dat Millroy wist hoe iemand was door de manier waarop hij of zij eruitzag: dikke stem, rokersgezicht, al die dingen.

Het Pilgrim Pines-caravanpark was gelegen aan de kanaalzijde van Buzzards Bay, bij de spoorbrug. Op een bord stond: NETAANSLUITINGEN BESCHIKBAAR – ALLE FACILITEITEN. Millroy draaide zijn Airstream de parkeerplaats op waar een kleine dikke man met een honkbalpet wachtte met een klembord.

'Hoe lang bent u van plan te blijven?'

'Dagen of weken, dat weet ik nog niet,' zei Millroy. 'We zijn op vakantie, nietwaar knul?'

Knul?

Had hij het tegen mij?

VIII

Toen we waren aangesloten en in de caravan zaten wilde ik tegen Millroy zeggen: 'Dat vond ik niet leuk.'

Wanneer een oprecht iemand je een leugen vertelt wordt hij iemand anders, en als jij er niets van zegt, word jij dat ook. Dan moet je hard nadenken over al het andere dat hij ooit tegen je heeft gezegd. Ik had Millroy vertrouwd om zijn oprechtheid – die had mij aangemoedigd met hem mee te gaan. Ik geloofde dat ik veilig zou zijn. Nu met die nietwaar-knul?-toestand wist ik het niet zo zeker.

Maar dat had hij gezegd tegen dominee Baby Huber, beheerder van het Pilgrim Pines-caravanpark in Buzzards Bay, en ik werd ernstig ongerust, ongeruster dan toen hij tegen me had gefluisterd: Ik heb je nodig, toet.

'Waar ga je heen, hartje?'

'Het gemak.' Dat was het woord dat hij meestal gebruikte.

Millroy zei: 'Doe het maar rustig aan.'

Het was niet wat hij dacht. Ik was ongesteld, niet voor het eerst maar wel op zijn vreemdst, omdat dit mijn eerste dag als jongen was en ik me geen jongen voelde. Ik had buikpijn en voelde me zwak en ik lekte. Ik verzorgde mijn bloeding, en keek toen naar mijn weerkaatsing in de spiegel.

Mijn gezicht was klein, ik had sproeten, mijn neus was verbrand en aan het vervellen, mijn wimpers en wenkbrauwen waren gebleekt door de zon net als mijn haar, hoewel het meeste daarvan was weggeknipt bij de borstelkop die Millroy me had gegeven. Vanwege mijn korte haar staken mijn oren uit. Ik droeg een flodderig overhemd en een wijde spijkerbroek, zo'n opgerolde die de kleine honkballertjes leuk vonden. Nu wist ik waarom dominee Huber niet met zijn ogen had geknipperd.

Hoe ik me ook voelde, ik was doorgegaan voor Millroy's zoon. Ik kon zien dat ik er als Millroy's zoon overtuigender uitzag dan als Millroy's wat dan ook. En zoals ik een gelijkenis had gezien tussen

Millroy en Dada, zo zag ik er ook een tussen Millroy en mij – dezelfde gelijkenis.

Toch begon ik te denken dat Millroy spijt had van de leugen, omdat het een van die leugens was die je de volgende dag en die daarna moest blijven vertellen, omdat ik zijn zoon moest blijven en deze kleren moest blijven dragen zolang we in Pilgrim Pines bleven.

'Je bent regelmatig,' zei hij toen ik uit het gemak kwam. 'Zie je, ze hadden ook al verstand van voedsel met een hoog bezinksel.'

Ik zei niets. Hij wist niets van mijn ongesteldheid. Hij dacht dat ik piekerde over zijn leugen. Ik kon zien dat hij vergeven wilde worden.

'Wat zou je op dit moment doen als je thuis bij je Gaga was?' zei hij. Het was ongeveer halfacht 's avonds, muggentijd, krekelarrangementen, het uur van het stinkdier, als het net donker werd.

'Waarschijnlijk tv-kijken.'

Zonder nog iets te zeggen repte Millroy zich naar Buzzards Bay en kocht een Panasonic tv-toestel met een beeld van dertig centimeter. Hij klemde de sprietantenne vast en zette hem op de geschraagde eettafel en draaide hem zo dat hij tegenover mijn kooi stond.

'Alle huiselijke gemakken,' zei hij.

Millroy's caravan, een Wally Byarn Airstream, was ingericht als een van zijn toverdozen, vol geheime vakken en panelen en schuifdeuren. Hij zei dat alles wat hij bezat, al zijn trucs, al zijn boeken, zijn hele garderobe, zich in die kleine caravan bevond. Het grootste, witste, warmste vertrek was het gemak, opgezet als een verdwijnkast, met uitklapvoorzieningen, opklapbare leidingen en te voorschijn schietende laden.

Millroy had het vermogen van een tovenaar om grote voorwerpen in een kleine ruimte te verbergen en om andere dingen te laten verdwijnen. Hij hield zijn afgerichte vogels in een speciale kooi die in het ronde achtereind van de caravan hing. 'Ik strijd altijd tegen besmetting.' Ze klokten en koerden in een reeks dozen als uitneembare laden waarin gaten waren geboord. In de caravan waren klaptafels en vouwstoelen. De gootsteen schoot te voorschijn, en het fornuis ook. Mijn slaaphok had wanden die opensloegen als luiken, een opklapbare beddeplank en een deur met een driedubbel slot. Het was net als de dozen in zijn goochelnummer waarin hij een nietsvermoedend meisje uit het publiek stopte, opsloot en liet verdwijnen. Ik maakte me daar geen zorgen om. Ik was blij dat mijn hok ontworpen was als een verdwijnkast: het betekende dat er binnen volop ruimte was waar ik me kon verbergen.

Ik lag daar nu *Julia Child's Franse kookkunst* in te kijken zonder veel aandacht te schenken aan de oude vrouw met de grote houten lepel.

'Ik wou dat je daar niet in keek, engel.'

Hij was heel vriendelijk, probeerde mij nog steeds te plezieren, wilde nog steeds vergeven worden.

'Ik kijk er niet in,' zei ik. 'Ik denk na.'

'Waarover?'

'Een heleboel dingen,' zei ik. 'Zoals dat ik Gaga zag bij het benzinestation, de manier waarop u tegen hem praatte, en die kleren die u voor me kocht in het winkelcentrum.' Toen wierp ik hem met pijnlijke ogen in paniek voor de voeten: 'Bovendien vroeg ik me af waarom u me uw zoon noemde.'

'Omdat je minderjarig bent,' zei Millroy, 'en mensen altijd verkeerde conclusies trekken. Vooral iemand als dominee Baby Hunter.'

Dat was het belangrijkste, maar er was meer. Ik kon zien dat Millroy extra voorzichtig was, probeerde te voorkomen dat hij me schrik aanjoeg. Ons naar-bed-gaan-ritueel was uitvoerig en pietluttig geworden.

'Ik ga wel even naar buiten terwijl jij je pyjama aantrekt.'

Het was een jongenspyjama met wapperende mouwen en een trekkoord aan de grote pijpen. Ik trok hem snel aan. In die eerste dagen voelde ik me nooit naakter dan wanneer ik naakt was in Millroy's caravan, maar al snel negeerde ik het feit dat hij in zijn nummer grote ogen opzette en zei: 'Ik kan door muren zien!', omdat hij zo aardig tegen me was.

Hij gaf me tijd om me om te kleden, en als hij dan terug in de caravan kwam kondigde hij altijd aan wat hij deed om me geen schrik aan te jagen. 'Ik doe deze deur stevig op slot,' zei hij als hij binnen was,' ik trek de gordijnen dicht, en maak de wanden aan mijn beddeplank vast – de verdwijnkast aan de andere kant van het vertrek waar hij in sliep. Dan twee ploffen op de vloer: 'Dat waren mijn schoenen, engel.' Ik hoorde hem zachtjes ademen; hij had de manier van ademhalen van een sterke man, een soort gestaag gebrom van krachtige longen. 'Nu klim ik erin en sluit af. Tot morgen, toet.'

Ik stelde me hem voor op zijn beddeplank, in zijn deken gewikkeld als een pakje, tevreden door de wol heen brommend.

In het donker van die eerste nacht in Pilgrim Pines, na een zomerstilte – krekels, de wind in de pijnbomen, het loeien van de misthoorn aan de ingang van het kanaal – schraapte hij zijn keel, wat klonk als een leeglopende afvoer.

Toen begon hij: 'En vanwege nog iets...'

Hij hervatte het gesprek dat we eerder op de dag hadden gehad. Ik schrok ervan. Ik had gedacht dat hij sliep, maar nu vulde zijn klaarwakkere stem het vertrek.

'Omdat ik geloof dat ik in een vorig leven jou was,' zei hij.

Een vorig leven? Dat bracht me echt in de war. Ik had geluisterd naar boten die door het kanaal voeren, en geprobeerd aan de hand van hun geluid of het klotsen van hun kielzog tegen de oevers uit te maken of ze groot of klein waren, vrachtschepen of zeilboten.

Vaak was het ontcijferen van wat Millroy zei net zoiets als rekenen.

'Als u in een vorig leven mij was, hè, wie was ik dan?'

'Goeie vraag,' zei hij. Er viel een donkere gonzende korte stilte, onderbroken door de misthoorn. 'Het antwoord is: jij was mij. Wij waren elkaar.'

'Klinkt goed,' zei ik, omdat ik het niet begreep.

Maar wat maakte dat eigenlijk uit? Het veranderde niets. Misschien was het ook tovenarij: proberen iets zo te maken door te zeggen dat het zo was. Wat hij met zijn handen deed, zijn toverachtige manipulatie, deed hij dikwijls met woorden. Dus wat hij zei – de woorden, de betekenissen – was vaak net iets uit niets, kleurrijk, schokkend, onverwacht, grappig en slim, geruststellend zelfs. Hij kon met woorden tovenarij bedrijven. Hij had mij omgepraat tot een jongen.

'Daarom zou ik je nooit pijn kunnen doen.'

'Klinkt goed.'

Ik was blij genoeg dat ik een jongen was. Toen ik Annet moest zijn in mijn lovertjeskostuum met cape, had Millroy niet gevaarlijk, maar een beetje verhit geleken, sudderende vibraties afgegeven en een aarzelende hittevlaag, als een broodrooster vlak voor hij omhoogschiet. Ik had het gevoeld als we langs de Fun–O–Rama-amusementsgalerij liepen terwijl Floyd Fewox en de anderen toekeken. Ik kon het zelfs op het podium voelen van de mensen in het publiek. Het maakte dat ik me klein en bleek voelde. Maar als jongen voelde ik deze vlaag niet. Niemand keek naar me, dominee Huber niet, noch zijn zoon Todd, noch iemand anders van de caravanmensen in Pilgrim Pines: de Silverino's, F.X. McEachern, Franny Grasso, Bea Rezabeck, Glenn Branum en zijn vrouw, Lucas Huffman en zijn vrouw, de

Blevinsen, Thressa en Ross Lingell, Tike Overmore, Lee en Chuck Reddish en hun dochter Misty, met wie ik van Millroy niet mocht spelen. Millroy ontspande zich. Wanneer we voortstapten deden we dat als vader en zoon, en dat beviel me. Nu had ik enig idee van de invloed die het feit dat ik een jongen was op hem had – geen vlaag, geen wasem, en niemand vond hem verdacht.

Als meisje had ik het sterke gevoel gehad dat hij mannelijk was – een man. Maar als jongen, zijn zogenaamde zoon, begon ik hem als mijn vader te beschouwen, niet Dada, maar een veilige vader, grootmoedig en beschermend, groot en vriendelijk. Hij zou voor me zorgen. Bij Dada had ik altijd het gevoel gehad dat ik in gevaar verkeerde.

Ook hij was tevredener, en voelde zich minder schuldig dat hij me in de Indiase mand had laten verdwijnen en toen met me was weggereden.

En het was leuk om iemand anders te zijn. Het verleden was uitgewist. Ik begon weer helemaal opnieuw, en ik was niet alleen, al voelde ik me soms wel zo.

Het kwam door Millroy's tv-kijken. Hij had het toestel voor mij gekocht, maar toen raakte hij erin geïnteresseerd – eerst op een achteloze manier, waarbij hij zijn hoofd zo'n beetje omdraaide om te kijken, en toen onstuitbaar, met zijn gezicht plat tegen het scherm. Hij begon te kijken naar *Het uur van de macht, Het festival van het geloof, Geloof voor leven, Redenen om te geloven* en *Helende handen, met pastor Walter Murray Clemens.*

Hij glimlachte, terwijl hij zijn grote snor opstreek alsof het een huisdier was. Hij was gefascineerd, niet tevreden, maar vol walging.

'Het is afschuwelijk, het is ondermijnend, het gaat alleen om geld.'

Het was waar. Alle programma's vroegen om giften om het programma in de lucht te houden, om het woord te verspreiden, zeiden ze.

'Ik had geen idee dat ze zo inhalig waren.'

Millroy zei dat hij sinds hij bij Foskett's Circus Promotions ging werken geen enkele aandacht voor televisie had gehad, maar dit was beter dan elke kermisvoorstelling. Het bereikte meer mensen, het was technisch beter, het was simpeler, directer, onderhoudender en informatiever.

'Maar u zei dat het afschuwelijk was.'

'Ik beschrijf wat de mogelijkheden zijn, hartje.'

De bijbelprogramma's vormden maar de helft. De andere helft bestond uit kinderprogramma's. Meestal keek hij 's morgens vroeg – tekenfilms, poppenshows, *Scooby-Doo, De Flintstones, Balloony en Muttrix, Quackerbox, De Chippies, Reis naar Candy Mountain*, Soms hoorde ik hem zelfs kijken voor ik opstond, als het nog donker was.

'Waar ga je met die hamster heen, Muttrix?'

'Naar Hamsterdam natuurlijk, sufkop!'

Nu en dan hoorde ik Millroy's onmiskenbare gegniffel, waarbij hij korte luchtstootjes door zijn neus pompte. Hij keek naar *Sesamstraat* en *Captain Kangaroo*, vaak herhalingen van programma's die ik had gezien toen ik vijf was.

'Die man was vroeger Clarabelle de Clown,' zei hij. 'Bob Keeshan. Wel rustig en sympathiek.'

Millroy keek naar de man, Captain Kangaroo, een grote man in een blauw uniform met net zo'n snor als hijzelf.

'Maar voedselkundig een ramp.'

Millroy glimlachte medelijdend, en richtte zich toen tot mij.

'Howdy Doody? Mister Bluster? Buffalo Bob?'

Ik schudde mijn hoofd.

'Je bent ook zo jong, engel.'

'Ik keek altijd naar *Captain Kangaroo*,' zei ik. 'Maar ik vond *De Flintstones* leuker.'

'Ik kan meegaan met de directheid, maar ik heb moeite met de onwerkelijkheid van tekenfilms. Deze knaap heeft veel talent.'

Hij bedoelde Captain Kangaroo, die praatte tegen de eenvoudige magere man, Mister Greenjeans.

'Ik ga even mijn hooibalen in mijn wagen leggen,' zei Mister Greenjeans. 'En dan kunnen we wat van die kersentaart eten.'

'In heel Amerika roepen de kinderen: "Mam, ik wil een stuk kersentááárt!"'

Ik lachte om de manier waarop hij een hakkelend klein kind nadeed, maar toen werd hij heel ernstig.

'De macht die deze mensen hebben,' zei hij. 'Een goochelnummer op een boerenkermis is er niets bij. Daar moest ik nodig aan herinnerd worden.'

Hij bleef naar bijbel- en kinderprogramma's kijken, en weldra waren het alleen kinderprogramma's, de hele vroege, die van laat in de middag, sommige nieuw voor me, veel herhalingen: *Teenage Mutant Ninja Turtles, De Mickey Mouse Club, Big Brother Bert, Robby de papegaai, Whiskery Pete in de Yukon, De familie Jingle en hun hond Fred,*

Yogi Bear. Hij sloeg nooit *Paradise Park met meneer Phyllis* over, een programma uit Boston dat elke morgen tussen acht en negen werd uitgezonden.

'Waarom vindt u dat programma goed?' vroeg ik hem op een morgen toen hij voor *Paradise Park* zat.

'Wie zegt dat ik het goed vind?' zei hij, terwijl hij zijn ogen op het scherm gericht hield.

Ik voelde me alleen en buitengesloten wanneer Millroy naar deze programma's keek. Vaak keek hij ernaar terwijl hij yogaoefeningen deed, zittend in totale stilte, strak opgevouwen, of met één been om zijn nek geslagen, of uitgestrekt met zijn armen naar achteren gedraaid als een menselijke krakeling. Hij kon een uur of langer zijn adem inhouden – gedurende een hele aflevering van *Paradise Park*, zei hij. 'Ik heb totale controle over mijn longen. Ik ben levend begraven in een verzegelde kist. Ik heb een onderwaterrecord.' Zijn ellebogen en knieën waren als van rubber. Hij kon zichzelf zittend of staand in trance brengen. Hij kon zijn zenuwuiteinden afsluiten, zei hij, zodat hij helemaal geen pijn voelde. Hij kon glas eten. Hij kon spelden in zijn lichaam steken en gewoon tv blijven kijken.

Ook dat gaf me een eenzaam gevoel, maar ik heb me nooit zo eenzaam gevoeld als de nacht dat hij in een droom in het donker van de caravan riep: 'Ik ben nog niet klaar!'

Hij legde het niet uit. De volgende morgen legde hij zichzelf in de knoop en zei tegen me: 'Stomp me maar in mijn maag! Kom op! Zo hard als je kan!'

'Deze Reggie Bear is onbetaalbaar,' zei meneer Phyllis. 'Kijk naar zijn levensechte ogen, zo warm als ze gloeien. Is hij niet geweldig?'

'Hoe ik het doe?' zei Millroy. 'Hoe ik pijn weersta, toverkunsten doe, slaap als een os, uit mijn hoofd getallen van zes cijfers vermenigvuldig, scheermesjes inslik en rondstrooi?'

'Hebben jullie een beer die je mee naar bed neemt, schattebouten?' vroeg meneer Phyllis, vanaf het tv-scherm naar Millroy glurend.

'Omdat ik weet wat gezondheid is,' zei Millroy. 'Zo eenvoudig is het. Daardoor heb ik controle over negen lichaamsfuncties gekregen.'

Ik had hem voor de televisie op zijn hoofd zien staan en zo een heel programma bekijken. Hij kon zich tweeëntwintig keer opduwen bij opdrukoefeningen met één arm. Hij stak brandende lucifers onder zijn vingers. Je kon hem zo hard als je wilde in de maag stompen, en hij lachte alleen.

'Ik ken een liedje over warme harige beren,' zei meneer Phyllis.
'Ik kan al die organen aan mij laten gehoorzamen.'

Ik dacht: Organen? Welke organen?

'Dat kan niet iedereen zeggen.'

Dit soort praat maakte dat ik me afvroeg wat ik deed in een caravanpark in Buzzards Bay op zaterdagmorgen gekleed als een jongen met een grote tovenaar van middelbare leeftijd die ondersteboven op zijn kale hoofd stond en naar een kinderprogramma op de tv keek.

Ik zou Millroy diezelfde vraag gesteld hebben als ik een manier had kunnen bedenken om de woorden op een rij te zetten. Met elke dag die voorbijging werd het moeilijker voor me om het te vragen, en, hoewel ik niet kon uitleggen waarom, minder dringend. Ik accepteerde deze man zoals hij mij had geaccepteerd.

Intussen bracht Millroy de meeste ochtenden voor de televisie door, in een yogahouding, zijn armen en benen, elkaar omklemmend en trillend, tot een lus gevormd.

'Ik ben niet bang voor wat sterfelijk is,' zei hij. Ik zei maar niets over zijn droom, toen hij had geroepen: 'Ik ben nog niet klaar.' 'Het is geweldig dat we samen zijn, dat we elkaar hebben, dat we alles vóór ons hebben.'

'Sommige beren zijn vreselijke duurdoeners als het om elfuurtjes gaat, en ze willen verse jam en klonters room bij hun scones, is het niet, Tich?'

'Tweehonderd jaar,' zei Millroy.

'Zit daar met zijn laarsjes aan...'

'Omdat ik een voorbeeldig stel ingewanden heb,' zei Millroy. Toen lachte hij heel hard en ik wist niet of hij een grapje maakte of serieus was. Ik had geen idee waar hij het over had. Ik had nooit iemand zoveel horen praten over het inwendige van zijn lichaam. Millroy beschreef vaak zijn nieren – hoe hij ze doorspoelde. Zijn longen – de manier waarop hij ermee hyperventileerde. Zijn hart – hoe hij het liet pompen, de kleppen en kamers ervan liet doorstromen. Hij kon zijn darmen activeren waar je bij stond, waarbij zijn maag tekeerging als slangen die kronkelden in een zak. 'Peristaltiek,' zei hij. 'Dat is controle.'

'Dus ze gaan per stel,' zei ik. 'Ik denk niet dat veel mensen dat weten.'

Dat maakte hem blij, en hij keek me strak aan. Hij zei niets, maar het was zijn ik-wil-je-opeten-gezicht.

Todd, de zoon van dominee Baby Huber, kwam 's morgens vaak naar de caravan om me te vragen of ik buiten kwam spelen. 'Wat dacht je van een spelletje hoefijzergooien?' 'Zin om op de basket te schieten?' 'Ik weet een leuke plek om te zwemmen.'

Millroy zei dat we bezig waren met zijn project. Op de achtergrond stond *Paradise Park* aan.

'Ik heb een hekel aan die kerel,' zei Todd terwijl hij door de caravandeur keek. 'En hij denkt ook nog dat hij een Engelsman is.'

'We hebben het druk,' zei Millroy.

'Hartstikke druk,' zei ik.

'Mijn vader is op tv geweest. *Het festival van het geloof.* Hij leidde de offergaven. We hebben de video.'

Millroy liet zijn tanden zien, rolde zijn mouw op, liet Todd een enorme blauw-rode tatoeage van een dolk op zijn onderarm zien, en liet die toen verdwijnen.

Todd was niet onder de indruk.

'En wat dan nog? Ik heb hoefijzers.'

'Hou nou maar op, knul,' zei Millroy en deed de deur dicht. Toen zei hij: 'Kinderen van die leeftijd hebben een dierlijke intuïtie. Of heb je hem iets verteld?'

'Ik praat niet tegen 'm, ik heb immers niet eens een naam,' zei ik.

Millroy zei op dat moment niets, maar toen het die avond pyjamatijd was zei hij: 'Bedtijd, Alex.'

We waren zo dicht bij het Cape Cod-kanaal dat we niet alleen de schepen voorbij konden horen komen, maar ook het gerammel van hun kettingen, de mannen die erop zaten, hun stemmen die klein en soms boos klonken. Vlak achter onze caravan wierpen mannen op de dijk lange lijnen uit om blauwbaars te vangen en aten sandwiches. Deze late augustusdagen waren heet en vochtig, het heetst als de lucht grijs was, maar na de lunch was er vaak een briesje dat afkomstig was van Falmouth en de eilanden, en door Woods Hole woei.

Het caravanpark was omringd door een bosje grote rusteloze eiken en grenebomen, en overal om ons heen was de grond bedekt met een diepe laag oude bladeren en rossige dennenaalden. 's Avonds in het donker hing er een sterke dennegeur, maar als het eb was hing er een stroperige stank van slik, van strandgapers en zeewier en oud touw en zeezout uit Buzzards Bay, en bij laagwater waren er altijd meer vogels. Na een dag of tien was het samenzijn met Millroy mijn manier van leven, en ik vroeg nooit en durfde mezelf evenmin af te vragen wat er verder zou gebeuren.

Op een avond rond deze tijd, toen de lucht dik was van het laagwater en het geronk van boten die door het kanaal naar Sandwich voeren, lag ik in mijn kooi op mijn plank in de kast, met al mijn luiken stevig op slot. Millroy's stem begon in het donker. Het was zijn klaarwakkere stem. Hij had geslapen.

'Maar hoe zit het met die Gaga van jou?' zei hij, en pauzeerde om te neuriën. 'Zal zij niet benieuwd naar je zijn?'

'Niet echt.'

'Je zuigt op je duim, engel.'

Ik liet mijn duim uit mijn mond glijden.

'Ze denkt dat ik bij Dada ben.'

Millroy neuriede nog wat; het geluid dat hij maakte als hij nadacht.

'Maakt zij zich ooit zorgen over je?'

'Ze hoeft zich nergens zorgen over te maken.'

Na een korter geneurie, maar één ademtocht lang, zei Millroy: 'Zelfs niet wanneer je helemaal alleen op stap bent?'

'Ik ga nooit helemaal alleen op stap.'

'Op de kermis was je alleen, hartje.'

'Omdat Dada laveloos van de drank was en me niet mee kon nemen.'

'Maar je was toch alleen.'

'En Vera was waarschijnlijk aan het vissen.'

Hier dacht Millroy over na; ik kon hem horen, en nu was ook ik klaarwakker in het donker, met al die vragen. Ik vreesde dat er meer kwam. Ik hoefde niet lang te wachten.

'Maakt jouw Gaga zich geen zorgen over jou en jongens?'

'Welke jongens?'

'Allemaal,' zei Millroy, en schraapte zijn keel.

'Jongens zijn alleen maar lastig.'

'Dat bedoel ik, toet.'

'Ik schenk er geen aandacht aan.'

'Maar jouw Gaga zou zich er zorgen over kunnen maken dat ze je lastig vallen.'

'Ze weet dat ik niet in ben voor geintjes.'

'En toch,' zei hij op vlakke toon, 'ranselde ze je af.'

'Dat was voor andere dingen,' zei ik.

Millroy zweeg.

'Kuren,' zei ik.

73

'Wat had je voor kuren?'

'Die had ik niet. Ik was gewoon verdrietig omdat ik mama miste en me rot voelde over Dada.'

'Op een dag zullen dood en ziekte zeldzame voorvallen zijn, maar dan nog.'

Ik kon merken dat hij een andere vraag probeerde te bedenken.

'Wat zei jouw Gaga als je laat thuiskwam?'

'Wie zegt dat ik laat thuiskwam?' Ik ging rechtop in het donker zitten. Mijn duim was koud geworden van de nattigheid. 'Ik kwam nooit laat thuis.'

'Wil je dat ik dat "nooit" geloof, kleine?'

'Noem me alstublieft geen "kleine",' zei ik. 'Ik ging trouwens nooit met jongens uit, hoor.'

'En afspraakjes dan?'

'Ik haat dat woord, plus dat ik zoiets heb van: wat betekent het eigenlijk?'

Millroy neuriede weer, terwijl hij diep nadacht.

'Is er nooit een speciaal iemand in je leven geweest?'

Langzaam ging ik weer in mijn kooi liggen. Ik gaf geen antwoord. Ik dacht: Waarom heb ik niet gedaan alsof ik sliep toen hij met die vragen begon? De laatste was de lastigste omdat die me weer aan mama deed denken, en ik voelde me klein en eenzaam, terug in mijn oude leven. Ik keek achter me en zag mezelf bij Gaga in Marstons Mills als een stille eenzame figuur zonder vrienden, iemand op wie de mensen het begrepen hadden omdat ze klein was en de rest van de wereld haar niet kende of zich niet om haar bekommerde. Meestal geloofde ik niet dat ik echt bestond, en ik voelde me als een onschuldige geest die in de wereld rondwaarde vanachter een groot raam, omdat niemand tegen me praatte of me zag of enige aandacht aan me besteedde. Was dat de reden dat ik zo makkelijk met Millroy was meegegaan?

'Is er niet iemand geweest bij wie je je hart uitstortte?' vroeg Millroy. 'Iemand die je vertrouwde?'

Ik zweeg nog steeds, terwijl ik dacht: Ik vertrouwde u, dok.

'Iemand voor wie je alles over zou hebben, en nergens een grens zou trekken?'

Nu zwol de lucht van hitte en dennegeur, en ik zag op een verstikkende manier wat hij met zijn vragen bedoelde.

'Nee,' zei ik met een schorre stem.

Millroy werd heel stil. Ik kon het gebrom van zijn ademhaling door zijn deken heen horen, en ik wist dat hij stokstijf in zijn eigen kast lag te denken aan wat ik zojuist had gezegd. Mijn jongenspyjama kleefde aan mijn huid, mijn haar zat aan mijn hoofd geplakt en mijn handen waren klam. De duim waar ik op zoog als ik alleen was voelde klein aan, als een besneden houtje.

Met diezelfde schorre stem, half verdrietig en half uitdagend, zei ik: 'Niemand heeft me ooit aangeraakt.'

Er klonk iets als een snik uit Millroy's hoek van de caravan, alsof hij zijn adem had ingehouden.

'Brave meid,' zei hij.

'En als iemand ooit zou proberen zo'n geintje met me uit te halen zou ik hartstikke boos worden en hem proberen te vermoorden.'

Toen ik daarover nadacht begon ik te huilen, toen stak in mijn duim weer in mijn mond en voelde me beter.

Millroy zei verder niets. Na een tijdje viel ik in slaap, en 's morgens keek hij als gewoonlijk naar *Gebedslijn* en *Paradise Park met meneer Phyllis*, terwijl hij op zijn hoofd aan yoga deed. Evengoed kon ik zien dat hij blij was me te zien, en ik voelde me weer veilig.

'Morgen, hartje. Er staat een ontbijt in de provisiekast, meloenbollen en tarwebrood met honing.'

Ik keek naar meneer Phyllis.

'Wat is dat toch met die kerel?'

'Hij is getikt,' zei Millroy, 'maar dit programma zou gefatsoeneerd kunnen worden.'

Daarna keek hij een week lang alleen naar *Paradise Park*, en negeerde zelfs de bijbelprogramma's.

Dat was de week na Labor Day, en de zomer was voorbij. Hoe heet het overdag ook was, 's avonds was het koud, zo koud dat ik een trui aan moest en sokken moest gaan dragen; en hoe meer kleren ik aanhad, des te meer voelde ik me een jongen – Alex, voor zover het de anderen betrof. Voor het eerst sinds ik me kon heugen zou ik niet terug naar school gaan. Ik was blij als ik eraan dacht dat ik met dat alles niets meer te maken zou hebben, maar de gedachte dat ik het aan Gaga en Dada moest uitleggen baarde me zorgen. Ik was vooral bang dat de school contact met ze zou krijgen vóór ik dat zou doen.

'Ik regel het wel met ze,' zei Millroy, die mijn gedachten las. Ik was hem dankbaar dat hij zich om me bekommerde en me aardig vond en me verbaasde met zijn toverkunsten.

Een paar dagen later rook ik koude bladaarde vanonder de bo-

75

men, en mijn neus werd dichtgeknepen door drogere lucht, en
's avonds was het rustiger – minder auto's op de weg, minder schepen op het kanaal, eenden in de lucht die ver weg en uitzinnig leken.
Ik wist dat de zomer voorbij was en dat we ze na al die tijd onder ogen
moesten komen. Maar ik was tenminste niet meer alleen.

IX

De bomen van de Upper Cape vertoonden heldere septembertoetsen – hier en daar gele plekken, een paar plukjes oranjeachtige bladeren, vlekken in de esdoorns, trillende roestbruine bladeren aan de uitstekende takken van de zwarte gombomen, en elke zijweg was bezaaid en overhangen met boterkleurige takken waar de schoolbus altijd tegenaan stootte. We zagen dat er een doen vlak bij Cotuit Road.

'Mis je de school, mop?'

'Ik deugde er niet voor.'

'Een slim kind als jij?'

'Ze zeiden dat ik een leerstoornis had. AGS. Aandachtgebrekstoornis. Ik zat altijd vreselijk lang naar dingen te staren. Ik hoorde ze nooit als ze op school tegen me praatten.'

En hoe langer ik weg was bij Gaga, des te minder wilde ik terug.

'Ik vind het leuk als je zit te staren.'

Millroy belde Gaga vanuit de openbare telefooncel in Pilgrim Pines ('U spreekt met Dicktronics Telemarketing' was alles wat ik hem hoorde zeggen). Uit de klank van haar stem kon hij opmaken dat ze haar lichaam 'gewelddadig' misbruikte.

'Ze heeft een dikke stem, een verstopt hart, en een zwoegende ademhaling van het teer in haar longen,' zei Millroy. 'Aan haar spierspanning wil ik niet eens denken.'

Om haar gezondheid ging het niet; dat was geen excuus. Mijn vermeende reden om bij haar weg te zijn was een leugen, die groter en vreemder werd, en nu ik zo lang weg was – zes weken bijna – was de leugen zo'n monster dat ik bang was hem aan het licht te brengen.

Misschien wisten Gaga en Dada dat ik was weggelopen, en misschien waren ze kwaad. Misschien hadden ze de politie er al bijgehaald. Ik wilde die dwaze oude vrouw en die dronkaard niet onder ogen komen. Maar Millroy zei dat we dat wel moesten, want anders.

'Ik wil het beste voor jou, zelfs als dat betekent dat ik je kwijtraak.

Jouw toekomst is het belangrijkst.'

'Ze zullen gek worden.'

'Nee,' zei hij.

'Gaga zal vreselijk hard schreeuwen en Dada zal me slaan.'

'Laat mij ze maar aanpakken,' zei hij.

Dat woord herinnerde me eraan dat ik hem ooit had zien jongleren met een kegelbal (een grote), een kettingzaag (in werking) en een fakkel (brandend). Hij had een olifant laten verdwijnen. Ik herinnerde me ook zijn uitspraak dat hij goed met kinderen kon opschieten maar met volwassenen niet veel geluk had.

'Ik moet voorzichtig zijn. Ze zullen de politie achter me aan sturen,' zei Millroy. 'Ooit gemerkt? Bij de politie luisteren ze heel slecht.'

Hij had de Ford van de Airstream losgekoppeld, en ik ging voorin zitten met twee sandwiches met alfalfakiemen en een kan druivesap, een granaatappel en een kanteloep om uit te lepelen. We reden over zijwegen naar Marstons Mills, waarbij de Ford hellingen en bochten nam onder de bomen die juist waren begonnen te verkleuren.

Het was een zondag in die trage onzekere tijd van het jaar, de laatste aarzelende dagen van de nazomer. Op de Cape was het in deze weken alsof het weer gevoelens had – vooral van spijt, maar ook volop van trots. Op de eerste warme dagen van mei na hield ik er meer van dan van enige andere tijd. Het was een maand van heldere luchten, koude gazons, bruinige maïshalmen, te veel tomaten en pompoenen, en lege wegen. Mensen begonnen weer sokken te dragen. De struiken en bomen zaten vol groene bladeren met van die incidentele kleurvlekken. Weldra zouden alle bladeren bruin zijn, dood en afgerukt en tegen het huis geplakt. Daarna waren herfst en winter een tijd om je adem in te houden.

Het weer en de bomen thuis waren mij vertrouwd, maar thuis was zo vreemd – heel anders dan Buzzards Bay, dat niet eens ver was. De laatste keer dat ik op de weg was, was de week van de boerenkermis in Barnstable. Toen was ik weggelopen met Millroy de tovenaar. Nu keerde hij terug, en ik vroeg me af of de weg altijd zo smal was geweest, de huizen zo klein, hurkend in het gras, de houten dakspanen zo verweerd, de ruimten tussen de bomen zo donker. Ik voelde me hier jonger en hulpelozer, en toch wist ik iets belangrijks – hoe ik eruit moest.

'Ik voel me anders,' zei ik. 'Het ziet er allemaal anders uit.'

'Zo zie jij het. En je bént ook anders,' zei Millroy. 'Spreekt vanzelf.'

We kwamen langs de grassige landingsbaan van het vliegveld van Marstons Mills, alleen een houten loods en een landingsstrook, die als een vlakke weide naast de rechte weg lag.

'Je bent regelmatig,' zei Millroy. 'Denk je dat dat je gezichtsvermogen niet beïnvloedt?'

'Dit is het vliegveld.'

'Ik zie alleen gras.' Millroy wierp een blik onder het rijden. 'Regelmaat is heel belangrijk.'

'Het is een weide. Een veld, in elk geval. Maar er landen evengoed vliegtuigen.'

'Ach ja, daar is een windzak.'

'Dada werkte hier vroeger.'

'Vloog hij?'

Ik knikte.

'Gediplomeerd piloot? Veel geregistreerde vlieguren?'

Weer knikte ik.

'Chartervluchten?'

'Nee. Dada was een tonijnverkenner. Je vliegt over de oceaan op zoek naar tonijn.'

'Tonijn wordt met name als voedsel verboden in Leviticus 11,' zei Millroy. 'Waarschijnlijk heeft Mozes dat boek geschreven, trouwens. "Heeft geen schubben", "een gruwel", et cetera – alles wat ze paraat hebben in de schoolkantine. Maakt niet uit, het is een van de meer misleidende profetische boeken. De meeste van die verboden dieren werden aanbeden door zogenaamde heidenen – Egyptenaren, woestijngekken, noem maar op. Neem het varken – aanbeden. Neem de slang en de arend – aanbeden. Hagedissen – ze lagen er op hun knieën voor. "Schenk er geen aandacht aan", probeerde Mozes duidelijk te maken.'

We waren weer in de bossen, maar toen de weg recht werd wendde Millroy zich tot mij.

'Die zevendedagadventist van jou is ook een soort tonijnverkenner.'

'Nadat Dada's brevet was ingetrokken vanwege zijn drinken kon hij geen tonijn meer verkennen, dus eindigde hij bij de benzinepomp.'

'Sommige mensen zouden dat wanhoop noemen,' zei Millroy. Hij verdraaide zijn hoofd om naar de lucht te kijken. 'Maar ik niet.'

Een paar zwarte eenden vlogen in formatie tussen wolkslierten. Dat was nog iets van deze tijd van het jaar: altijd eenden boven je hoofd die naar Rhode Island vlogen.

'Jouw Dada heeft zijn doel gewoon lager gericht. Nam een baan die het hem mogelijk maakte door te drinken.'

'Wilt u iets weten over Gaga?'

'Ik weet al dat ze niet recht loopt, en ik heb haar uitstraling gemeten aan de telefoon. Dat is voor nu genoeg. Wijs me maar hoe ik bij haar kom.'

Gaga's huis was een grijze houten zoutbus met een kippenren erachter, vlak bij de weg gelegen in de koele schaduw van twee hoog oprijzende eiken. Het moest zo nodig geverfd worden dat het wrakhout leek, dezelfde splinterige kleur van droge beenderen. Het ging niet om het vlakke erf vol onkruid en de stenen muren. Het ging niet om de zandige bodem waar je voeten in wegzakten, de grenebomen, de vooroverbuigende dwergkerselaars, de zieke en korstige esdoorns, de giftige wolfsklauwheesters met bladeren die in gele messen veranderden. Het ging niet om de wanhopige ranken met zure druiven die overal naar graaiden. Die waren hetzelfde als altijd. Wat me dwarszat was Gaga's huis. Het was kleiner en lelijker dan ik me herinnerde. Het deed me schrikken als een onverwacht, afschuwelijk gezicht. Was het Gaga's oude harige gezicht waar je de botten doorheen zag? Hoe dan ook, ik wilde niet naar binnen.

Het huis zag er ietwat anders uit, maar dat kon mij niets schelen; Millroy had me aan verschillen laten wennen. Zo donker als het binnen was: zo had het er altijd uitgezien. Ik verbeeldde me dat ik naar binnen liep en verdween, zoals elk huis je opslokt en je nooit in vrede laat gaan maar je soms uitspuwt.

'Je bent bang,' zei Millroy.

Dat kon hij zien.

Ik zei: 'Niet zo erg.'

Hij zweeg. Hij wist dat ik loog.

'Ik ben hier gewoon niet klaar voor.'

'Je bent regelmatig,' zei hij. 'Je bent klaar.'

Hij stuurde de Ford de oprit op, die bestond uit twee wielsporen op het met onkruid begroeide erf.

'Ik geloof in je – geloof jij in mij?'

'Ja.'

'Dan geloof je in jezelf, mop. Laat mij het woord maar doen. Blijf jij intussen in de auto.'

De dikke kat Yowie staarde en blies niet naar Millroy toen hij naar de deur liep en aanklopte. Al gauw hoorde ik het oude geteem van Gaga's klaaglijke stem, toen het gefluister van die van Millroy, toen stilte.

In een mum was hij terug bij de auto. Hij zag aan mijn ogen dat ik wilde weten hoe het met haar was.

'Ze is groot en boos en volgepropt met varkensvlees, en ze ziet eruit als Babe Ruth, en waar zijn haar tanden?'

Hij keek achterom naar het huis.

'Je denkt dat ze nuchter is, maar nee. Ze is een droogstaande dronkaard.'

Millroy tuurde nog steeds naar het huis en ik meende dat ik Gaga's gestalte kon onderscheiden, haar grote lichaam dat doodstil in de keuken stond.

'Maar ze staat open voor suggesties.'

Wat dat ook mocht betekenen.

'Kom op, engel.'

Ik volgde hem, maar ik was nog steeds bang – dat ze tegen me zou schreeuwen en me misschien zou slaan en me een zwerver noemen. Maar toen ze me het huis zag binnenkomen glimlachte ze alleen en veegde haar handen af aan haar jurk zoals ze deed wanneer ze nat waren of wanneer ze kleverige jam aan haar vingers had. Ze leek onvast, alsof ze op het punt stond om te vallen.

'Hoi, Jilly,' zei ze.

Dat maakte dat ik weg wilde duiken. Ik zocht naar Millroy maar zag hem niet.

'Ik vind je vriend erg aardig,' zei Gaga.

'Waar is hij trouwens?' Ik begon in paniek te raken.

Gaga glimlachte. 'Bezig met zijn inspectie. Hij geeft het huis een onderhoudsbeurt en zo.'

Was ze dronken? Ze had een onnozele grijns en haar hoofd helde naar een kant; haar ogen waren half gesloten en keken wreed en loerend. De vrouw joeg me schrik aan. Ik dacht dat haar grijns een truc was. Ze kon me elk moment aanvallen – mijn hoofd beetpakken en me beginnen te slaan. Ze kon gewelddadig zijn en, ondanks haar grote omvang, energiek – ze kon blazen en puffen en kwaad doen. Maar vandaag zag ze er groot en zacht uit, met mal verfomfaaid haar en van die scheef kijkende, maffe ogen. Bedoelde Millroy dit met haar Babe Ruth-gezicht, bolle wangen met dons erop, als een baby-monster?

'De man zei dat hij al mijn apparaten kan repareren.' Gaga trilde zacht, alsof haar motor stationair draaide. 'Hij zegt dat hij eerst een inspectie van het pand moet uitvoeren.'

Ik hield haar op afstand. Ik zei: 'Hij kan alles maken.'

Gaga wankelde weer op me af.

'Hij is ook vreselijk sterk,' zei ik om haar aan het twijfelen te brengen.

Juist op dat moment verscheen Millroy, zo zelfverzekerd dat je gedacht zou hebben dat hij in zijn eigen deuropening stond.

'Het zou een heel groot voorrecht zijn uw gemak te zien.'

Alleen ik wist wat dit echt betekende, en waarom. Millroy hield zo'n beetje zijn neus in terwijl hij naar binnen schuifelde.

Hij was niet lang weg. Hij had een gekwelde, afkerige uitdrukking, en een omlaaggetrokken mond. Er voer een zichtbare tinteling door zijn vingers.

'Heel wat werk te doen daarbinnen,' zei hij. 'Van alles aan de hand. Lekkages en vlekken. Pot op de verkeerde hoogte. De bril is vunzig. Eerlijk gezegd kan ik de hele boel het beste leeghalen. En het andere?'

Gaga staarde hem aan terwijl haar suffe hoofd op en neer schommelde.

'Bedoelt u dat u maar één gemak heeft, mevrouw?'

Millroy's ogen waren op die van haar gevestigd.

'Een gemak moet proper en gerieflijk genoeg zijn om er de Schrift te lezen,' zei Millroy. 'Iets wat ik vaak doe.'

Nu besefte ik dat Gaga een beetje treurig leek toen het tot haar doordrong – dat kon je in haar ogen zien – dat Millroy haar een onvoldoende gaf.

'Ik zou graag willen zien wat u met uw keuken hebt gedaan,' zei hij.

Ik kon me niet voorstellen wat Gaga hierop zou zeggen. Zou ze hem slaan? Nee, ze glimlachte daarentegen, schoof in haar smerige sloffen en ging hem voor.

Tegen mij zei ze: 'Zoals je weet heb ik groot respect voor de artsenij.'

Een leugen, maar ze leek erin te geloven. En toen merkte ik dat ze normaal ademhaalde, en niet hijgde. Ze was ontspannen, misschien was ze moe. Het was haar stemming van na het avondeten, als ze vol zat na beëindiging van een flink maal van gebakken afhaalmosselen met uiringen van Winky's mosselkraam of een Centerville-pizza, als ze zich in een stoel hees om naar het nieuws te kijken, als ze soms zelfs boerde en zei: 'Dat is grappig, Jilly. Ik heb geen honger meer.' Ik kon zien dat ze me niet zou gaan slaan. Ze wendde haar koetje-boe-ogen van mij naar Millroy.

Hij opende de deur van de koelkast, en terwijl de kleverige rubber afsluiting losgezogen werd, ontsnapte er een kreuntje van pijn aan zijn lippen toen de besmeurde schappen oplichtten: volle melk in een tweeliterkan, 'tropische cocktail' in een roestig blik, varkensworstjes, harde verbrokkelde kaas, oudbakken mergpijpjes, overgebleven gehaktbrood dat grijs werd, gelatinepudding van vorige week, een afgeknaagd stuk beenham, twee geopende blikjes kattevoer voor Yowie, een geelgebakken kippedij, een half witbrood, een wortel die eruitzag als een schroevedraaier, zwarte zeewiersla, een bus wonderslagroom, een afgebeten stuk Marsreep met tandafdrukken in de chocola, flessen rosé, plastic flessen calorie-arme Cola.

Millroy dacht: Dood en verdoemenis.

'Eet u deze hummeltjes?' zei hij, en griste een muis van een bord met verbrande varkensworstjes.

De roze-met-zwarte muis piepte voor Gaga's neus en ze keek er treurig naar terwijl Millroy hem terug op het bord zette, waar hij zich in navolging van een worstje oprolde.

'De kippedij is vers.' Gaga's tong was grijs terwijl ze sprak.

'Alleen het woord "dij" al, engel.' Millroy schudde zijn hoofd naar mij. 'Je zou dit voor een weddenschap nog niet opeten, en al deed je het, dan zou je hem verliezen.'

'Ik eet alles,' zei Gaga wankelend, 'wat voor me neer wordt gezet.'

'Moord,' zei Millroy.

Gaga leek treurig en werd nog treuriger, alsof Millroy haar ventiel had gevonden en lucht uit haar liet ontsnappen.

Er was een holte uitgehakt in de hakplank, die vaalgrijs was van het vleesvet. Millroy ging er met een vork overheen, waarbij hij sporen trok.

'Botulisme,' zei hij. 'Denk eens aan al die karkassen. Je moet het niet afschrobben, maar verbranden.'

Gaga glimlachte treurig op haar benevelde en dromerige manier, en leek het met hem eens te zijn.

Maar ze kon zo doortrapt zijn. 'Ik zal je losse tand niet aanraken. Ik wil er alleen maar naar kijken. Doe open.' Ze ademde deze woorden in mijn gezicht vlak vóór ze haar zure vingers in mijn mond stak en mijn tand eruit graaide. Zelfs nu zou ze nog steeds kunnen ontploffen en me bij mijn haar grijpen en me tegen mijn benen schoppen en tegen me zeggen dat ik een druiloor was en te veel geld kostte.

'Dit is allemaal heel ontmoedigend,' zei Millroy. Hij tilde een plastic kom op met een lillende massa erin. 'Heeft dit een naam?'

'Salade,' zei Gaga. Het was rood met wit en bruin.

'Wat zit erin?'

'Gelatinepudding, een blik fijne ananasbrokjes, pinda's en slagroom. Het is lekker op een hete zomerdag, nietwaar Jilly?'

Millroy keek me met wilde ogen aan en plukte een roze, spartelende muis uit de kom, die Gaga deed huiveren.

Dit huis was een stoffige fuik, die heel mijn eenzame verleden bevatte. Ik voelde me ziek, ik voelde me klein, ik wilde weg. Ik was bang dat als ik mijn slaapkamer binnenkwam weer in de val zou zitten. De hele tijd verlangde ik ernaar weer in de Airstream te zijn in mijn kleine kast, weg van het huisje van deze heks.

Maar ik was dankbaar dat Gaga me niet aanviel. Ze leek vreedzaam zoals ze achter Millroy aansjouwde. Hij reikte onder tafels en stoelen, hij verschoof lampen, hij tilde tapijten op. Zocht hij naar één ding of naar een heleboel? Hij zocht de ene kamer na de andere af, en toen zag hij me naar hem kijken en las de vraag op mijn gezicht.

'Ik zoek naar tekenen van leven.'

Na een tijdje bleef hij stilstaan en leek de kamers die hij had geïnspecteerd op te meten: de badkamer, de keuken, de hal, de zitkamer met zijn kattestank, tv-toestel en kom vol goudvissen ('waarschijnlijk de enige eetbare zaken in het hele huis').

'We hebben een probleem,' zei hij.

Gaga's scheve glimlach verstrakte van angst.

'Ik hoop dat u niet boos bent,' zei ze.

'Niet boos,' zei hij. 'Teleurgesteld.'

'Gaat dit me iets kosten?'

Dat was de oude Gaga.

'Geen cent,' zei Millroy. 'Maar er zijn andere consequenties.'

Gaga verloor alle uitdrukking, en haar grote, nietszeggende gezicht met de bleke ogen en de grote kaak was net de voorkant van haar eigen oude auto.

'We hebben in dit pand een ernstig gezondheidsrisico.'

Gaga accepteerde dit knikkend.

'U wilt toch dat dit meisje gezond is,' zei Millroy, 'voedzame volle granen eet, soep, brood, pap, honing en aan bomen gerijpt fruit.'

Ik kon zien hoe deze woorden Gaga's hersenpan binnendrongen en er rond ratelden, waardoor haar hoofd een beetje wiebelde.

'U laat haar bij mij. U bent dankbaar dat deze gelegenheid zich heeft voorgedaan,' zei Millroy. 'Pas zo goed mogelijk op uzelf, en laat Jilly aan mij over.'

Eerst dacht ik dat Gaga haar gezicht vertrok en aarzelde, maar in feite knikte ze haar hoofd, niet het gewiebel van een moment eerder, maar een positieve beweging die 'oké' betekende.

'Ik begrijp dat Jilly in de weekends af en toe werkte, vegen en schoonmaken bij Shockley's Cash & Carry, en wat babysitten,' zei Millroy. 'En dat ze bijdroeg aan uw huishoudelijke uitgaven.'

Ze noemde me lui, ze ranselde mijn benen, ze eiste 's zomers de helft van mijn geld op, ze zei dat ik nooit zou deugen, dat niemand mij ooit zou willen. Ik was stom, ik was halsstarrig, ik was doof, ik zoog op mijn duim, ik had haar ellende bezorgd door maanden na de begrafenis nog te bedwateren, A G S was gewoon een ander woord voor stom. Ik had Millroy dit allemaal verteld, maar als je naar Gaga keek wist je het evengoed meteen.

'Hier is iets om de tijd makkelijker door te komen,' zei Millroy.

Een dik pak biljetten, met het gezicht van generaal Grant op de vouw: vijftigjes.

'Dat zal vreselijk goed van pas komen,' zei Gaga, en ik had een gevoel dat ze blij was me te verkopen.

'U wilt dat ik voor Jilly zorg,' zei Millroy bevelend.

Gaga luisterde niet. Ze kneep in het geld, sloot het zo stevig in haar vuist dat het een vlek op haar hand leek. Maar nog steeds dacht ik dat ze misschien naar voren zou springen, een grote stinkende schaduw over me heen zou werpen, me omver zou gooien en plat tegen haar dikke lijf drukken, en me op de grond onder haar knieën zou verstikken. Toch bleef ze goedaardig, met dezelfde onnozele ogen en sullige grijns, haar harige gezicht naar Millroy gewend. Het was een hondse gehoorzaamheid die ik nooit eerder in haar had gezien, maar ik wilde dolgraag uit dit huis weg.

Millroy zei als tegen een ondergeschikte: 'Ik zal u bellen voor verdere instructies. U zult weten wat u moet doen als u mijn stem hoort.'

Hierop knikte Gaga, die onvast op haar dikke enkels en kapotte sloffen leek te staan. Haar besluit was genomen. Haar gezicht was van het mijne afgekeerd en gericht op Millroy de tovenaar.

Toen gingen Millroy en ik de deur uit, de auto in, het erf over, de weg op, en scheurden weg. Mijn hart was vol.

'Je herkende haar vast amper,' zei Millroy.

Hij leek tevreden met zichzelf. Ik had dat gezicht gezien vlak nadat de olifant was verdwenen, toen de scheermesjes op de glazen tafel kletterden, toen hij voor het laatst de Indiase mand opende.

'Ze stond open voor suggesties,' zei hij.

'Wat heeft u met haar gedaan?'

'Haar op het rechte spoor gezet, haar helpen luisteren.'

Hij reed naar Route 28 en sloeg dichter bij Falmouth rechtsaf. We kwamen langs de middenschool van Mashpee.

'Ze hebben waarschijnlijk aardrijkskunde van Miss Buckwack.'

'Laat ze.'

Millroy was heel blij.

'Zoals de zaken ervoor staan,' zei hij, 'heb ik totale controle over negen van mijn lichaamsfuncties, en een of twee van je oma.'

Wat dat ook betekende, al voelde ik dat ik niets van haar te vrezen had.

'En ik heb jouw kamer in mijn geheugen geprent,' zei hij, nog steeds geheimzinnig. 'En waar is onze tonijnverkenner?'

X

Hij was niet in het tankstation, waar hij had moeten zijn. Hij was niet bij Ma Glockner, noch in het koopjesmagazijn. Hij was niet bij Mister Donut, niet bij het postagentschap, niet bij de hengel- en schietvereniging waar hij vaak ging drinken. Dada moest wel laveloos van de drank zijn, hoewel het nog niet eens middag was, en dat speet mij omdat ik wist hoe hij was als hij nuchter was, maar nooit kon voorspellen hoe hij zou zijn als hij dronken was.

'Wat zijn er hier veel zwarte kinderen,' zei Millroy terwijl hij uit het raam keek toen we kriskras door Mashpee reden.

'Dat zal wel. Ik heb het nooit zo gemerkt.'

Ik wilde gewoon weggaan zonder Dada te zien of zelfs maar gedag te zeggen.

Millroy zei: 'Hij moet thuis zijn.'

'Thuis' leek het verkeerde woord voor Dada's onderkomen.

Hij had ook een caravan, maar die van hem was een oud kot in de vorm van een schoenendoos aan een rulle zijweg met de kleur van oudbakken maïsmeel onder een paar grenebomen bij Moody Pond in Mashpee. De bodem van de caravan was gebarsten van verrotting als een oud vat, was van zijn sintelblokken gegleden en had zich aan de grond vastgehecht. Onkruid reikte tot de ramen. Hij was gemaakt van bekraste metalen platen die waren vastgeklonken met aluminium strips die door bederf waren verbleekt. Het hele geval zag er verrot en onwrikbaar uit. Eromheen lagen verspreide flessen, rubber banden, verwrongen metaal, verbrande dozen, het achterstuk van een auto en een jeep zonder wielen.

'Er is een hond. Je ziet hem nooit. Hij gromt alleen achter een opgehangen deken.'

'Hoe heet hij?'

'Muttrix.'

'De macht van de televisie,' zei Millroy en glimlachte zenuwachtig. 'Ik ben dik met honden.'

Wat aan het raam het rafeligste gedeelte van het rafelige gordijn leek, was het gezicht van Dada's Wampanoag-vrouw, die zich afvroeg wat ze moest doen. Haar ogen stonden wijd open en haar mond was strak gesloten.

'Vera Turtle,' zei ik.

Millroy hief zijn hand naar haar op bij wijze van vriendelijke begroeting. Zijn grote snor stond recht overeind rond zijn tanden en liet ze blinken. Hij zei niets. Zijn hand was nog steeds opgeheven. Hij vouwde zijn vingers dicht, opende toen zijn hand en bracht een blauwe parkiet te voorschijn. Die streek, zijn kopje ronddraaiend en piepend, op zijn wijsvinger neer.

Terwijl ze uit het raam naar de druk bewegende vogel op zijn vinger keek en niet naar Millroy's gezicht, werd Vera kalmer en begon te glimlachen.

'Hij slaapt,' zei ze op fluistertoon terwijl ze de deur openduwde. Ze zei zelden Dada's naam. 'Maak um niet wakker.'

De kromgetrokken deur bleef steken en sprong toen ploink naar buiten toe open als het opengesneden deksel van een blikje vis. Zo rook het ook – de geur van vis, die uit de deuropening kwam. En het gezoem van vliegen die dartelden in zure stof. De geur van bakpan, sigaretten en de zweterige hond Muttrix.

'Hoi, Jilly. Je hebt je haar laten knippen, hè?'

'Ik vind het jouwe leuker.'

Zo met haar haren steil en wild en blond verbrand aan de uiteinden, en met haar kleine gladde gezicht, dat bruinig-goud was, was Vera knap. Haar ogen waren groenig-grijs en hadden zo'n bleke kleur dat ze altijd een beetje vochtig en prachtig leken. Haar lippen waren vol en roze, en ze was zo verlegen dat ze met samengeperste lippen glimlachte, zonder haar tanden te laten zien.

Ze klampte zich met haar slanke vingers aan de deur vast, waardoor ze ons buiten hield, en ze had zo'n schuchtere schouderophalende houding dat haar lichaam verloren ging in haar wijde katoenen jurk.

'Dit is voor jou, schat,' zei Millroy, terwijl hij de parkiet omhoog hield. De vogel hapte en piepte naar haar.

'Hoi Vera,' zei ik. 'We dachten kom we gaan even bij jullie langs.'

Maar Vera keek naar de vogel. Ze bracht haar vingers naar haar mond en kauwde op de plaatsen waar de roze lak op haar nagels geschilderd was.

'Wat moet ik nu doen?'

'Rustig maar, Vera,' zei de vogel met een schril stemmetje.

'Hij was gisteravond aan het drinkuh met Al Shockley,' zei Vera tegen de vogel. 'Hij moest vanmorguh naar zun werk op het tankstation, maar toen begint hij over te gevuh en alles begint te stinkuh. Ik zeg "je bent laat want ik wil wat opruimuh." Hij zegt "maar ik ben ziek" en begint weer te drinkuh, en ik heb zoiets van : wat krijguh we nou?'

De vogel begon tegen haar terug te tjilpen.

'Het heeft geen zin om me druk over um te makuh, dus ik vlieg naar het kanaal om te vissuh en ving wat blauwbaars, een hele hoop.'

Dat was de geur die door de deur kwam – vissedarmen en schubben, en vliegen, verdwaasd door de hete stank van schoongemaakte blauwbaars, die zoemden in de afgesloten hitte van de zonnige caravanruimte.

'Hij zegt: "Wat is er aan de hand?"'

Ze leek spraakzamer dan gewoonlijk en ik vermoedde dat ze bang en eenzaam was.

'Toen begint-ie te snurkuh.'

Ze keek om zich heen in de roestige caravan, en nu maakten haar vochtige ogen dat ze droevig leek.

'Hij slaapt nog steeds.'

'Waarom zeg je geen gedag tegen mijn vriendinnetje,' opperde Millroy terwijl hij de vogel op zijn vinger dichter bij Vera's gezicht bracht.

Vera zei: 'En waar heb jij gezetuh, Jilly?' Maar haar zachte neus was dicht bij de glanzend blauwe veren van de vogel.

Millroy zei: 'Zeg Vera Turtle eens hoe blij je bent om haar te zien.'

De vogel zei op zijn schrille toon: 'Ik had zoiets van: gaan we echt naar Vera toe?'

Vera's mond was opengevallen, haar ogen leken vochtiger, ze had de kromgetrokken metalen deur van de caravan losgelaten en haar handen waren open, alsof ze de vogel wilden grijpen.

De vogel zei: 'Ik ben hier om je te helpen ontspannen. Ik ben helemaal hiernaar toe gekomen om je te laten zien hoe mooi ik kan zingen. Ik zal je in slaap zingen. Ik ben te klein om je kwaad te doen.'

Vera's oogleden hingen slap, en nu kon ik haar tong zien zwellen achter haar tanden terwijl haar lippen uiteengingen. Ze leek verdwaasd en gelukkig, en plotseling heel zacht.

'Mogen we binnenkomen?' vroeg de vogel op lage, gorgelende toon.

'Maar geen lawaai makuh,' zei Vera. Ze ging voor. 'Ik wil niet dat-ie wakker wordt.'

Ze bewoog onder haar jurk en toen bewoog haar jurk terwijl ze barrevoets door de oude caravan schommelde. Die was niet groot, maar de geur van warme vissedarmen maakte dat hij kleiner leek.

Millroy zei: 'Ga zitten, Vera.'

Dat deed ze, terwijl ze haar polsen op haar knieën legde en haar benen over elkaar sloeg.

En toen wist ik wat hij met Gaga had gedaan: haar gehypnotiseerd, haar laten glimlachen en gehoorzamen. Op zijn Millroy-manier had hij de vreselijke Gaga veranderd in iemand die vreedzaam en aangenaam was.

Dit gebeurde nu met Vera. Het was alsof een tandarts haar ether toediende. Ze ademde diep en luisterde en werd kalm. Haar stem klonk vast. Ze glimlachte naar Millroy en zijn sprekende vogel. Ze zat rechtop te luisteren terwijl het vogeltje boven op de rugleuning van een stoel fladderde.

'En hier kook je alles?' vroeg Millroy, die stilhield bij de gootsteen en het fornuis.

'Ik kook niet zo veel.'

'Eten klaarmaken dan.'

'Wat dan ook,' zei Vera. 'Ik neem een blauwbaars en dan bak ik um.'

Millroy wendde zich tot mij en zei: 'Als je bedenkt hoeveel tijd we besteden aan het opeten van onze voorouders!'

'Ray is niet zo'n eter.'

Met het uitspreken van zijn naam leek ze een geheim te onthullen, iets vanuit haar hart, en door zijn naam te zeggen bracht ze Dada tot leven.

Daar lag hij stram op een beddeplank aan het uiteinde van de caravan in het hete schemerduister. Zijn gezicht was bleek, met blauwe baardstoppels, en hij droeg een T-shirt en een spijkerbroek, terwijl zijn witte kromme tenen omhoogstaken. Hij sliep roerloos, met zijn mond open, stinkend en zuchtend en slikkend als een kikker.

Vera glimlachte naar me zonder haar tanden te laten zien.

'Ik zie dat juh nog steeds op juh duim zuigt, Jilly.'

In mijn zenuwen had ik hem in mijn mond laten glijden. Ik trok hem er snel uit en vertelde haar niet hoe het me kalmeerde, of hoe het, als ik een vinger om het puntje van mijn neus sloot, mij hielp om helder te denken.

Millroy knikte naar Dada en rinkelde met het wisselgeld in zijn zak.

'Hij heeft een slecht hart. Hij zweet.' Millroy snoof en trok een gezicht. 'Er zit bederf in zijn longen. Ik veroordeel hem niet. Ik maak alleen een opmerking over zijn lichamelijke toestand.'

Er kwam een sissend geluid als een langzaam lek van Vera vandaan, die een spuitbusje had gepakt en lucht verstoof.

'Soms gebruikt hij dit om adem te haluh.'

'En hij heeft enige moeite met lopen.'

'Lopuh, pratuh, rennuh, noem maar op.'

Millroy had zich omgedraaid om naar de planken te kijken, maar hij nam alles met één blik op: de dozen met ontbijtvlokken, hun namen, de blikken – al hun etiketten – en de zakken chips.

'Als je pa me had gezegd dat jullie langs zouduh komuh had ik chocoladecakejes gemaakt of zoiets,' zei Vera. 'En het hier opgeruimd.'

Nu zag ze alles met Millroy's ogen: de caravan en Dada en de grote tv met het *Pilgrim*-poppetje uit Plymouth erbovenop. De asbak vol peuken. De plakkerige telefoon.

Millroy beroerde haar schouders met zijn vingertoppen en hield ze daar tot Vera glimlachte.

'Is het goed als ik van je gemak gebruik maak?'

Daar was ik bang voor geweest.

'Dan moet je naar buituh,' zei Vera.

Het was een privaat in een schuur. Ik had niet geweten hoe ik hem moest waarschuwen. Maakte niet uit, hij verdween naar buiten, ging naar binnen, en was in een mum terug in de caravan.

'Zo.'

Zoals hij het zei betekende het alles.

'Jilly, wil je wat drinkuh of zo?'

Ik schudde mijn hoofd.

'Om precies te zijn: ik heb tonic in de ijskast. Ik heb wat schijfjes worst. Ik kan een boterham met pindakaas voor je makuh. Of wat dacht je van spekkies?'

Ze was begonnen in de zak spekkies te knijpen en ermee te ritselen. De zak zwol en praatte in haar vingers.

Alleen al het feit dat ze deze verboden dingen noemde maakte me bang en benam me de adem, en ik kon Millroy voelen verstijven toen ze ze opnoemde. Ook ik betreurde het dat ze niet wist wat erin zat en dat ze zo argeloos at.

Millroy richtte zich tot Dada. 'Die man is niet goed.'

'Hij zegt altijd: "Ik kan voor mezelf zorguh."'

'Praat hij weleens over zijn dochter?'

'Niet zo vaak.' Ze had de spekkies laten vallen en verwrong haar jurk in haar vingers. Het speet haar, maar het was de waarheid.

Wat kon mij het schelen? Ik voelde me sterk. Ik had Millroy. 'Praat niet met vreemden,' had Dada gezegd. Maar deze vreemde beschermde me. Ik had me nooit zo veilig gevoeld. En als de nood aan de man kwam, had hij toverkracht.

Millroy zei: 'Pas op dat lichaam van je, Vera. Straf het niet. Wees er goed voor.'

'Ik drink niet veel.'

'Probeer goed te eten, bedoel ik.'

'Ik doe mun best.'

De hele tijd was de blauwe parkiet stil geweest. Nu kwetterde hij weer vanaf de stoelrugleuning waarop hij was neergestreken. Millroy stak zijn vinger uit en de vogel hipte erop; toen sloot hij hem in zijn hand en de vogel werd stil terwijl hij kneep. Toen hij zijn vingers weer opendeed lag er geld in zijn handpalm, en een glinstering van goud.

'Goh,' zei Vera. Millroy liet het allemaal in de zak van haar jurk ploffen, en het trok haar jurk naar beneden met zijn gewicht.

'Dat is voor vers fruit.'

'Ik hou van appels.'

Millroy ging weg en gebaarde me naar buiten.

'Ik zal je bellen. Je zult je mijn stem herinneren en doen wat ik zeg. Maar mij zul je je niet herinneren. Je zult je niet herinneren dat Jilly hier was. En je zult nooit meer roken. Paffen rijmt op blaffen, Vera. De smaak van een sigaret zal je laten kokhalzen.'

Ze staarde alleen naar zijn hoofd. Achter het klerenrek, op de plank, hapte Dada naar adem en verschoof zijn armen, terwijl hij zijn smerige overhemd omklemde.

Toen ging Dada rechtop zitten.

'Ik heb elk woord gehoord,' zei hij met zijn broze rokersstem, terwijl hij met zijn lippen smakte. 'Je kunt oppassen voor een dief maar je kunt nooit oppassen voor een leugenaar.'

Bij het geluid van Dada's stem begon de hond Muttrix te keffen.

Millroy wees alleen; zowel Dada als de hond rolden omver en zuchtten.

Terwijl hij over Route 28 reed, liet Millroy de Ford snelheid minderen bij de eerste munttelefoon die hij zag. Ik gaf hem Gaga's nummer, toen dat van Dada, en ik keek hoe hij de telefooncel binnenging waar hij de telefoontjes pleegde, twee stuks, hele korte, maar bij elk telefoontje gebaarde hij onder het spreken met zijn arm, terwijl hij gedurig bevelend zijn vingers bewoog.

'Denk eens aan de verantwoordelijkheid,' zei hij toen we weer op weg waren. 'De macht die je hebt als je iemand volledig onder controle hebt. Je hebt veel zelfbeheersing nodig.' Hij reed, maar hij nam zijn ogen van de weg en vestigde zijn strakke blik op mij. 'Je kunt ze alles laten doen.'

Terug in de caravan zei hij tegen me dat ik even moest wachten, en zei toen: 'Ga nu maar naar binnen.'

Mijn kamer was veranderd. Het was nu mijn kamer bij Gaga, met alle oude parafernalia waar ik van hield en die zij haatte: mijn muziekdoos, mijn twee opgezette beren, mijn bedlampje met de met franje afgezette lampekap, mijn Michael Jackson-poster, mijn poster met grote schepen, de opgezette eekhoorn die ik vorig jaar gewonnen had met waterpistoolschieten, mijn vaantje van de middenschool van Mashpee, mijn ingelijste dollarbiljet van mijn eerste loon bij Shockley, mijn programma van de muziektent in Cape Cod voor het concert van Olivia Newton-John, een quahogschelp met een gezicht van kiezels erop geplakt, een gouden kwastje dat ik twee zomers geleden gevonden had bij de jaarlijkse Indianenbijeenkomst in Mashpee, mijn eigen roze kussen, en een doosje met een medaillon erin dat – hoe wist Millroy dat? – een foto bevatte van mama in haar trouwjurk.

Evengoed werd ik die nacht zorgelijk wakker.

'Beloof me dat u dat nooit met me zult doen,' zei ik tegen het donker.

Millroy wist wat ik me zojuist herinnerd had, en ik vroeg me geen moment af waarom hij nog wakker was.

'Dat beloof ik, engel.'

Na een poosje sprak hij weer vanuit het andere eind van de caravan in de duisternis die ons scheidde.

'En ik weet hoe je je moet voelen.'

Ik wilde dat hij het tegen me zei, omdat ik het amper wist.

'Ik ben zelf van huis weggegaan. Ik was jaren bezig geweest met ze dingen te vertellen die ze moesten weten. Toen besefte ik dat niemand naar me luisterde, dus vertrok ik.'

Dat was het niet.

'Je bent verdrietig,' zei hij.

'Niet alleen,' zei ik. 'Maar ik zou ook willen dat ze net als andermans ouwelui waren.'

Millroy's stem was als vonken in het schemerduister van die donkere caravan.

'Ze zijn precies als andermans ouwelui,' zei hij. 'Het zijn hansworsten.'

'De vader van Rachel Wolfson is tandarts, ze was op Camp Farley met me, en ze wonen in een groot huis in Osterville, en hij is niet zo.'

'Tandartsen zijn de ergste hansworsten van allemaal,' zei Millroy. 'Ze zijn allemáál zo. Ze verschillen alleen van figuur, en hun figuur kan echt monsterlijk zijn.'

Hij klonk hier zo zeker van dat zijn stem dreunde als iemand op de radio, en ik wist dat hij nu rechtop zat. Zijn stem verlichtte de caravan.

'Ze zijn tot de laatste man hetzelfde. Walter en Lorraine Millroy uit El Jobean in Florida, bijvoorbeeld. En is jouw Gaga anders dan de oude Grammy Gert Millroy? Nee, dat is ze niet. Als je bij ze bleef zou je uiteindelijk net zou leven en sterven als zij...'

Er was een geluid als van vogeltjes dat mij zei dat zijn handen fladderden, en zijn stem bleef omhoog en omlaag gaan.

'Je denkt dat je eigen ouwelui bijzonder afschuwelijk zijn, maar ik zeg je: nee, ze zijn doorsnee. Met een paar pondjes varkensvlees meer of minder zijn ze de broeder en zuster van de meeste hansworsten in Amerika. Daarom ben je bang voor ze.'

Dat was waar. Angst was die verstikking die ik had gevoeld, een gewaarwording van dorst en misselijkheid.

'Bang dat ze je mee zullen slepen.'

Of me gewoon binnen zullen houden.

'Daarom moet je voor ze bidden.'

Ik probeerde te bidden. Ik vormde de woorden 'alstublieft God' met mijn mond, en liet God de rest lezen van wat er in mijn hoofd door elkaar was gegooid.

'Omdat zulke mensen, mensen in het algemeen, je levend opeten als je ze een halve kans geeft.'

Millroy was kwader dan ik hem ooit had gehoord, en hoewel ik bang was geweest voor Gaga en Dada was ik nooit zo kwaad op ze geweest. Hij praatte nog steeds en inmiddels was ik te veel van slag om nog te bidden.

'Ze kunnen nu hun tanden niet meer in je zetten, engel. Je bent vrij.'

Maar ik zag alleen hun tanden blinken in het duister.

'Ga slapen, prinses. Een drukke week voor de boeg.'

Ergens in het onmetelijke duister viel ik in slaap, en ik werd wakker van het geluid van *Paradise Park met meneer Phyllis* dat aanstond op de tv in de ruimte achter mijn eigen vouwwanden.

'Hij is een getikte ouwe homo,' zei Millroy. 'Maar dit programma heeft mogelijkheden.'

Toen wist ik weer waar ik was en hoe ik daar was gekomen; ik wist dat ik vrij was. Ik had nu geen twijfels, maar ik trilde bij de herinnering dat ik in de val had gezeten. Millroy had me gered, maar het was op het nippertje geweest.

DEEL II

PARADISE PARK

XI

Millroy had een sterk reukvermogen – niet alleen voor voedsel, zijn favoriete onderwerp, maar ook voor wat hij 'de onstoffelijke wereld' noemde. 'Zo is het niet altijd met me geweest,' zei hij, als het ware in zijn verleden turend, maar zonder te vermelden wat hij zag.

Hij kon pech ruiken, hij kon wanorde en corruptie ruiken, hij kon de toekomst ruiken. ('Veel van onze toekomst heeft de scherpe geur van vers brood.') Als iemand loog bracht dat een sterke geur teweeg die hem bereikte. Voorgevoel had ook een geur. Hij kon problemen ruiken, hij kon de waarheid ruiken, hij kon kleuren in het donker ruiken. De stoffelijke wereld was eenvoudiger. 'Daarom zou ik vrolijk kunnen rondlopen met een blinddoek om,' zei hij. 'Mijn neusgaten zijn net een paar scherpe ogen.'

Kinderen van een bepaalde leeftijd hadden eveneens een ongewoon reukvermogen, was zijn theorie, vooral wanneer het om volwassenen of het andere geslacht ging. 'En de meeste intuïtie zit in je neus, engel.' Hij zei dat Todd Huber daarom nog steeds op de loer lag, hoewel er iets onnozels in zijn geduld school; hij wist niet waarom hij wilde dat ik met hem ravotte, hoewel Millroy en ik ons dat wel bewust waren. Todd zou deze gave spoedig kwijtraken, zei Millroy, 'omdat je vermogen, als je je er niet van bewust bent, wegkwijnt'.

'Je hebt al deze gaven als je jong bent, en één voor één verlies je ze tenzij je eraan werkt en ze precies afstemt,' zei Millroy. 'En ik kan een fout ruiken, ik kan gecompliceerde breuken ruiken, ik kan het verleden ruiken.'

Millroy's neus was langer dan normaal, hij kon zijn hele hand eromheen sluiten – dat deed hij vaak als hij nadacht – maar al was die groot, hij was zacht, hij was niet angstwekkend, hij maakte dat Millroy vriendelijk leek. Hij was net als ieder ander begonnen, zijn zenuwen waren niet anders geweest, hij had alleen beheersing over zijn lichaam verworven.

'Zoals ik zeg, het is niet altijd zo geweest.'

Hij ging hier niet nader op in tot hij op een avond vlak voor bedtijd plotseling zei: 'Ik ben ooit een verloren ziel geweest. Ik zal je er op een dag alles over vertellen. Hoe ik het vlees van onschuldige dieren at. Ik zat vol met dood vlees – vlees dat in mijn binnenste wegrotte. Dat was het enige dat ik kon ruiken – mijzelf. Kun je je voorstellen hoe dat iemand van de geestelijke wereld afsnijdt?'

Hij stond bij de deur van de caravan uit te kijken over de rest van Pilgrim Pines: muziek die gespeeld werd, andermans televisies, een grommende hond, bakgeluiden, de Silverino's, F.X. McEachern, Franny Grasso, Bea Rezabeck, Glenn Branum en zijn vrouw, alle anderen.

'Neem me niet kwalijk, mop, maar ik liet winden van puur methaan,' zei hij. 'Ik was net als de meeste mensen, een wandelend brandgevaar. Ik had een vlammenwerpersadem. Ik was ontvlambaar.'

Onze kleine nederzetting van huisdieren en waslijnen en mensen die mompelden in blikken caravans en campers herinnerden me aan het zigeunerkamp van personeelsverblijven op de boerenkermis in Barnstable. Ik was te moe om hem dat te vertellen, en het speet me zelfs een beetje dat hij zo'n interessant onderwerp zo laat op de avond te berde had gebracht. Dat was een gewoonte van hem, juist in het donker gaan praten om iets schrikbarends te zeggen, alsof hij zojuist ontwaakt was uit een nare droom.

'Ik ben ooit net als die mensen geweest,' zei hij, naar de andere caravans kijkend. 'Ik ontken het niet, omdat het belangrijk is te bedenken hoe ik mezelf herschapen heb.'

Hij staarde nu voorbij de Blevinses en de Lingells naar de kampeerauto van dominee Baby Huber. Er kwam een baklucht uit die caravan, en het geluid van sissend vet. Het was Huber die zijn specialiteit aan het bereiden was, die hij op de markt wilde brengen onder de naam 'Hubers beste patat', als een bedrijf zonder winstoogmerk; al het geld wilde hij gebruiken voor wat hij 'gebedskermissen' noemde.

'Tovenarij berust niet op toeval,' zei Millroy. 'Het berust op goedé gezondheid. Het is het op één lijn brengen van lichaam en geest. Ik heb mezelf met Gods hulp gemaakt tot wat ik ben, door goed te eten. Ik ben vindingrijk geworden, hoor.'

'Sommige mensen zeggen dat God niet bestaat.'

'God is gewoon een andere manier om "goed" te zeggen.'

'Ik geloof in God,' zei ik.

'Dat is ietwat voorbarig – een vergissing, engel, en trouwens, dat doet dominee Huber ook, maar laat maar zitten.'

'Wat is er verkeerd aan om in God te geloven?'

'Als je goed eet, klaart je hoofd op, word je sterk, krijg je een geur van heiligheid,' zei hij. 'Geloof heb je niet nodig. Luister, als je in waarheid leeft – en ik heb het hier over voedsel – hoef je niemands woord voor almachtig te houden.'

Hij slikte moeizaam, hij aarzelde, en wendde zich toen tot mij.

'Zorg dat je goed eet en regelmatig wordt, dan zul je het aangezicht van God zien.'

Ik glimlachte bij de gedachte dat iemand met een buik vol soep, honing en tarwebrood zou opkijken en God zou zien in een wit gewaad als een volle spinnaker, met een enorme baard en vlammend haar.

'Nee,' zei hij, omdat hij wist waarom ik glimlachte. 'Het is niet net alsof God iemand anders is. Je zult naar je eigen gezicht kijken.'

Ik bedacht dat Millroy niet eens naar de kerk ging.

'De kerk is het antwoord niet,' zei Millroy, wederom mijn gedachten lezend. 'Een kerk is gewoon een leeg gebouw. Het probleem met de meeste godsdiensten is dat ze je je op aarde zo ellendig laten voelen dat je weet dat je je na je dood even ellendig zult gaan voelen. Denk je eens in. Katholieken? Joden? Mormonen? Baptisten? De pinksterbeweging van dominee Baby Huber? Wie wil de eeuwigheid doorbrengen in hun speciaal soort hemel?'

Hij keek uit de deur van de caravan, maar niet naar Pilgrim Pines of naar een speciale mobilhome of camper. Millroy's ogen waren boven die daken geheven, alsof hij naar de wereld keek.

'Ging jij naar de kerk?' vroeg hij zonder zijn hoofd naar me toe te wenden.

'Op zondag meestal,' zei ik. 'Met Gaga.'

'Welke kerk?'

'Die met de gouden haan op de windwijzer in West-Barnstable. En als ik bij Dada was nam Vera me mee naar de doopsgezinde kerk in Mashpee.'

'Het zou heel makkelijk moeten zijn om een godsdienst te kiezen,' zei Millroy. 'Je loopt een kerkgebouw binnen en vraagt jezelf af: Wil ik eruitzien als deze mensen – ik bedoel, fysiek op hen lijken? Wil ik in alle eeuwigheid in een hemel wonen die bevolkt wordt door zulke hansworsten?'

'Zo heb ik er eigenlijk nooit over gedacht.'

'Het is zelfs nog eenvoudiger. Je hebt geen kerk nodig als je het Boek hebt,' zei Millroy. 'Iemand als Huber denkt dat de kerk vóór het Boek gaat.'

Ik bracht mezelf in herinnering dat hij de bijbel bedoelde.

Hij zei: 'Een ware godsdienst zou je vertellen hoe je het moest lezen, om je lichaam en geest in harmonie met elkaar te brengen. De meesten denken dat ze belangrijker zijn dan het Boek. Ze preken in plaats daarvan over zichzelf, en dat is nog een reden waarom ik niet mee kan doen.'

Al dit gepraat over God, godsdienst en de bijbel had Millroy zelf een strenge en scheldende prediker moeten doen lijken, maar hij was het tegenovergestelde, hij giechelde onder het praten, inhaleerde de koele avondlucht van Buzzards Bay, en kauwde nu en dan op een vijg. Hij droeg zwarte laarzen en een overhemd met rozen op de achterkant geborduurd – knoppen en bloesems, groene bladeren en doornige stelen, een prachtig stuk naaldwerk. Hij zag er priesterlijk uit zonder godsdienstig te lijken. Waar hij ook was, zelfs hier in Pilgrim Pines, hij zag eruit als een tovenaar, met zijn grote snor en glimmende hoofd en gouden oorringetje in een oorlel. Knap.

'Je denkt waarschijnlijk: Maar dat kan ik allemaal op school leren!'

Dat dacht ik helemaal niet.

'En voedseltechnologie en wetenschap dan? Daar mediteer je zwaar over.'

Wat mediteren ook was, ik was er niet mee bezig want ik keek alleen maar naar Millroy.

'Luister, mop. Technologie haalt de principes uit de Schrift uiteindelijk in, en stelt ze in het gelijk.'

Mijn flauwe glimlach was een vraag van twee woorden die luidde: Hetgeen betekent?

Hij wist het, en zei: 'Zie je deze vijg?'

De gerimpelde vrucht lag in zijn hand. Hij stak hem in zijn mond en kauwde.

'Dat bedoel ik,' zei hij. 'Het Boek staat vol met vijgen. Die maken je gezond. Houden je in conditie. Het lijkt simpel maar dit zou weleens het geheim van het leven kunnen zijn, mop.'

Hij kauwde nog steeds op de vijg.

'Ik heb het hier over lang leven. Het Boek spreekt duidelijk over jaren.'

'Hoe lang dan wel?'

'Vierhonderd is niet ongewoon. Shem leefde zeshonderd jaar.'
Op de vijg kauwen was zijn manier om na te denken. 'Ik wil het op
tweehonderd en nog wat houden, en waarom zou jij dat ook niet
doen?'

Die nacht werd Millroy wakker en verbrak het duister met de
woorden: 'Ik ben je zo dankbaar, prinses. Als jij er niet was zou ik
tegen mezelf praten en denken dat ik gek was.'

'Een brief voor dokter Millroy,' zei dominee Baby Huber op een
morgen kort hierna. Hij overhandigde de post. 'Een dokter komt
altijd van pas in het caravanpark. Nu weet ik waar ik zijn moet.'

'U zult alle aandacht krijgen die u verdient,' zei Millroy.

De brief was van Big Brother Bert van het tv-programma. Hij
droeg een dichtgeknoopt vest en glimlachte nooit. De lampen schit-
terden in zijn bril zodat je zijn ogen niet kon zien.

Millroy zei dat het niet de brief was die hij verwacht had. Dit
antwoord suggereerde dat Millroy zo'n vijf jaar oud was: 'Ik vind
goede eetgewoonten ook heel belangrijk, en ik hoop dat je tegen je
papa en mama zegt dat je goed wilt eten.'

Er kwamen meer brieven. Eén was van de president van de Verenigde Staten, met een grote gouden adelaar op de flap. Dominee
Huber overhandigde hem zonder commentaar.

'Ik was van plan de directeur-generaal van de gezondheidsdienst
te schrijven,' vertelde Millroy me later. 'Ik wilde hem laten overwegen alle voedselreclame op de televisie te verbieden. Het meeste
van dat spul is even slecht als sigaretten of alcohol. Toen besloot ik
me direct tot de president te wenden.'

'Uw brief aan de president is één van de vele duizenden die het
Witte Huis dagelijks gemiddeld ontvangt,' luidde de aanhef, en het
was niet zozeer een antwoord alswel een bedankje voor het schrijven.

Millroy vond dat niet erg. 'Ik zit in het bestand,' zei hij. 'Daar gaat
het om.'

Hij was ook begonnen brieven naar de tv-programma's te sturen,
waarin hij zijn reacties gaf en zijn ideeën over de eetgewoonten van
hedendaagse Amerikanen uiteenzette.

'Dank u voor uw bericht. Wij wensten dat het mogelijk was een
persoonlijk antwoord te geven op elke brief die wij krijgen,' was de
gebruikelijke aanhef van de antwoorden. Ze waren afkomstig van de
figuren die in de programma's optraden en van de makers.

'Ze denken dat ik gek ben,' zei Millroy. 'Jij denkt toch niet dat ik gek ben, engel?'

'Nee,' zei ik, en hij wist dat ik het meende. 'U bent verbazend, en ik vind u ook aardig.'

'Ik ben regelmatig,' zei Millroy. 'Het heeft alles met tijd te maken. Voor de meeste mensen is de tijd een wreker, de vijand. Maar ik eet goed, dus is de tijd mijn vriend.'

Hij had overal tijd voor, zei hij, wat de reden was dat hij niet alleen naar alle tv-programma's keek maar er ook brieven naar schreef. Behalve de president van de Verenigde Staten schreef hij de gouverneur van Massachusetts, de plaatselijke gezondheidsdienst, de burgemeester van Buzzards Bay – over dringende zaken betreffende gezondheid en persoonlijke hygiëne.

'Dit zou de klapper kunnen zijn,' zei Millroy op een morgen toen er een brief kwam van *Paradise Park*. Hij was anders dan de andere. 'Het zou ons zeer interesseren meer te horen over de voorstelling waarover u spreekt. Neemt u alstublieft contact op met onze programma-assistente...'

Bijna altijd bedankten de brieven hem en werden ze afsluitend ondertekend. Dit was de eerste brief die ik zag waarin Millroy werd aangemoedigd terug te schrijven.

Vanwege dit sympathieke antwoord keek hij elke morgen naar *Paradise Park* .

'Ik ruik ontbijt, ik ruik de bacon van dominee Huber, ik kan het geknap van zijn Rice Krispies en het geplof van zijn Beste Patat horen. Weet hij dat de zevendedagadventisten het Amerikaanse graanvlokkenontbijt hebben uitgevonden?'

Hij keek naar het programma met de ramen open. Meneer Phyllis was op het scherm ineengeschrompeld tot de grootte van de poppetjes die de Mompelende Tulpstampers heetten, die in Paradise Park woonden met de Frawlies en alle andere kleine wezentjes.

'Gaga bakte altijd eieren met bacon. Ik hield van de geur.'

'Het is een bedrieglijk aroma. Het is bloed en het vlees van gekeelde dieren. Je zou hiermee zoveel beter af geweest zijn.'

Hij bedoelde het ontbijt dat hij zojuist had beëindigd: zelf gebakken tarwebrood, fruit met noten en zijn drank van uitgeperste druiven.

'Ze krijgen allemaal de verkeerde boodschap,' zei hij. Mr Phyllis had nu zijn normale grootte, en praatte met zijn gezicht tegen het tv-scherm. 'Kinderen die naar zulke volwassenen luisteren zullen er als ze groot zijn net zo uitzien als zij. Dan zijn ze even zwak en sluw. Mop, de verkeerde mensen zijn de baas.'

Hij wisselde van kanaal: *Sesamstraat*, lawaaiige tekenfilms, *Big Brother Bert*, *De familie Jingle en hun hond Fred*, *Balloony en Muttrix*, *Redenen om te geloven*, *Dokter Walter Mallone*, *De Chippies*, *Het uur van de macht*, bontgekleurde beesten, mensen met dikke gezichten, harde muziek, geschreeuw.

'Mensen weten niet hoe ze moeten leven. Ze zijn op de verkeerde weg. Het is bedroevend.'

'Wat zouden ze dan moeten doen?'

Ik wist dat hij wilde dat ik dat zei.

'Ze zouden zichzelf vragen moeten stellen als die van jou, hartje.'

Hij glimlachte. Hij keek me dankbaar aan, met die 'je hebt me gered'-uitdrukking.

'Ze zouden naar mij moeten luisteren,' zei Millroy. 'Helemaal opnieuw beginnen. Terug naar de basis. De eerste dag uitroepen.'

Ik was niet verrast toen de brief van het WBNT kwam, het station dat *Paradise Park* uitzond.

'Ik had gelijk,' zei hij. 'Het is de klapper.'

'Dank u voor de korte maar treffende synopsis van uw voorstelling,' zei de brief. 'Wij zouden het zeer op prijs stellen u te ontmoeten en de zaak verder te bespreken. Belt u alstublieft...'

De brief was gericht aan Dr H. Millroy.

Het was veel te laat om hem te vragen waar de H voor stond. Niet voor een naam die ik kende – Max of Felix of een van de andere.

We hadden geen telefoon, en opdat niemand in het caravanpark hem zou kunnen afluisteren, reden we naar een openbare telefooncel in Buzzards Bay.

Nadien zei Millroy dat hij met drie mensen gesproken had: een Dunne Stem, een Dikke Stem en een Rokersstem. De Dikke Stem was een brompot. Hij maakte geen lolletje, zei hij. Lichamelijke hoedanigheden onthulden de innerlijke staat, en zelfs het karakter van mensen.

'Mensen zijn instrumenten van de Goddelijke Wil,' begon hij plotseling op de terugweg naar Pilgrim Pines. 'Zelfs als ze onaanzienlijk zijn, kunnen ze van wezenlijk belang zijn. Een schooier kan noodzakelijk zijn voor jouw inzicht. Of een zeurende vrouw. Of een geslachtloos oudje met schmink op dat een bril en een flodderbroek draagt in een tv-programma. Of een klein meisje dat maar één uit velen is.'

'Met haar duim in haar mond.' Ik wist waar hij het over had.

'Een engel,' zei hij, mij met een dankbare blik verbeterend. Hij schraapte zijn keel en ging voort: 'Het belangrijkst is gehoor te geven aan de oproep zonder die in twijfel te trekken, en dan je werk te doen.'

XII

We waren in onze suite in het Hathaway-hotel in Boston; Millroy snuffelde de kamers rond, terwijl ik deed alsof ik niet nerveus was. Het was niet vanwege Millroy, het was niet vanwege de grijns van de receptionist toen hij zei: 'Ik heb papa's handtekening nodig.' Het was vanwege al het andere. Hotel was niet meer dan een woord voor me. Ik had van mijn leven nog nooit in een hotel gelogeerd. Van sommige dingen leek het zo ongelofelijk dat ik ze nog nooit had gedaan dat ik ze niet eens ter sprake bracht bij Millroy, die alles had gedaan. Naast hem was ik niemand. Ik had dit sterk gevoeld tijdens de rit naar Boston, en het hem verteld zodat hij niet teleurgesteld zou zijn.

'Ik ben niets,' had ik gezegd.

Hij had het niet ontkend, wat me een vreselijk gevoel gaf.

'Ik ben een nul.'

'Ja.' En schonk me weer zo'n dankbare blik. 'Ik zou niet willen dat je anders was.'

We reden op Route 3, met Millroy aan het stuur van de Ford.

'Zie je dat?'

Het was een grote Amerikaanse vlag die wapperde voor een restaurant langs de weg. Nu de bladeren waren verkleurd en er veel op de grond waren gewaaid, kon je zien wat er achter de bomen was.

'Die vlag is geen teken van patriottisme,' zei hij. 'Het is gewoon een aandachttrekker, zodat ze vette hot dogs en dikke hamburgers en rubber kip kunnen verkopen.'

De hele morgen had hij gepraat, als om zich op te peppen voor zijn sollicitatiegesprek. Hij was altijd spraakzaam vóór zijn optredens, en na afloop werd hij stil, zakte hij weg in de caravan. Hij erkende dat tovenarij hem uitputte, en zijn praten was ook vaak betoverend, liet je iets zien wat je nooit eerder gezien had.

'Dat huis,' zei hij – het was eveneens door de gevallen bladeren tussen de bomen aan het licht gekomen – 'dat zo fraai is opgeknapt.'

Het was een herenhuis met een gevel van baksteen, Griekse zuilen en witte raamluiken en een zwart smeedijzeren hek, en een fontein ervoor, omgeven door bedden met oranje en gele en purperachtig-blauwe bloemen die misschien chrysanten waren.

'Dat is niet het huis van een jong iemand, prinses. Daar woont een ouder echtpaar. Zij besteden al hun tijd en geld aan de verfraaiing en renovatie ervan, kopen dure dakspanten en het beste onderhoud van tuin en ramen dat er te krijgen is. Want hoe ouder mensen worden, des te meer geven ze uit aan hun huis.'

Hij zat nu half gedraaid in zijn stoel achterom naar het huis te kijken.

'Waarom? Ze gaan gauw dood, dus is het een soort tombe. Zo'n soort huis is gewoon een dure sarcofaag.'

Hij schudde zijn hoofd, nog steeds afkeurend glimlachend.

'Hoeveel beter zou het niet zijn als ze hun lichaam renoveerden en zich van binnenuit gezond maakten, in plaats van zich te verbergen in die opzichtige huizen. Ze zouden dan leren van het leven te houden in plaats van bezig zijn met doodgaan.'

Hij leek vol zelfvertrouwen, praatte de hele tijd, een soort achtergrondmuziek voor de rit naar Boston. Hij diepte wat gedroogd fruit op uit zijn zak, peuterde het pluis eraf en bood me een paar kleine leerachtige abrikozen aan.

'Dit is een belangrijk sollicitatiegesprek, geen twijfel aan,' zei hij. 'Maar wie solliciteert bij wie?'

Zijn strakke ogen zochten op mijn gezicht naar een reactie.

'Ha!'

Hij kon succes ruiken, wist ik. Ik raakte gewend aan zijn gezichtsuitdrukkingen, en de redenen ervoor. Hij pochte niet, maar straalde, en er was een warm licht te zien op zijn hele gezicht, dat er meestentijds uitzag als een kerstversiering, zo gezond en blij was hij. Hij hief zijn handen op en graaide gretig en energiek naar de lucht.

'Intussen leidt dominee Baby Huber de lofzangen in Pilgrim Pines – al dat lijden, al die genade en dat geld. Geef de hoed door en vergeet de kotszak niet. Dat is de weg naar de hemel met de vuige voorganger.'

Hij praatte maar door over leven na de dood – hoe verschillend het voor iedereen was, naar gelang van wat je geloofde, en als je dacht dat het eeuwige duisternis was dan kreeg je eeuwige duisternis, of als je dacht dat het een paradijs was dan zou het een paradijs zijn. 'Laten we eerlijk zijn, geloof in het hiernamaals is gewoon een toets van je verbeelding.'

Hierna waren we plotseling in Boston, en zag de stad er lelijk uit; er hing een zure zepige geur van voedsel, benzine, stof en laagwater. Onze auto ging langzamer door de zijstraat naar het hotel dan de mensen die op het trottoir liepen. We passeerden clubs en bars en bioscopen.

'Niet kijken,' zei Millroy nadat we de auto hadden geparkeerd, en meer zei hij niet, hij fronste alleen en beschermde me met zijn schaduw en zijn lengte toen we door de lawaaiige straten naar het hotel liepen, Millroy met de tas.

Toen was het: 'Ik heb papa's handtekening nodig.'

'We hebben te weinig tweepersoonskamers,' zei de receptionist nadat Millroy de kaart ondertekend had, 'dus bevorderen we u en uw zoon tot een suite.'

Weldra snuffelde Millroy de kamer rond en deed ik alsof ik niet nerveus was, terwijl ik bedacht dat ik nooit eerder in een hotel was geweest, en wat voor nul ik was.

De suite, die op het stadspark uitkeek, stond vol leunstoelen en tafels en voetkrukjes, allemaal met kleedjes. Er waren twee badkamers, een bureau, twee tv's, bloemen in vazen, schalen met fruit, schilderijen in gouden lijsten.

'Ik haat asbakken,' zei Millroy. 'En andermans gemak kan traumatisch zijn.'

Nu hij weg was van zijn caravan, van zijn voedsel en zijn faciliteiten, was hij prikkelbaar. Hij at geen vreemd voedsel, had geen vertrouwen in vreemd loodgieterswerk, sliep alleen goed in zijn eigen bed, en het was moeilijk, zei hij, toverkunsten te doen op plaatsen die niet vertrouwd waren.

'Maakt niet uit, we zijn morgen thuis,' zei hij.

'Maar zijn die bloemen echt?'

Millroy rukte er een af en liet mij eraan ruiken, en toen propte hij hem in zijn mond met een bosje groene bloembladeren. Hij kauwde en slikte. 'Waterkers is een smakelijke bloem.'

Hij liep de kamer rond, deed een greep in de fruitschaal, brak een plukje druiven van een tros af en begon ze op te eten.

'Het Boek staat vol met druiven.'

Hij stapte voort en sloeg zijn armen uit onder het praten, aldus de ruimte in bezit nemend. Hij liep naar de sofa, porde in de kussens, trok ze los, hees ze omhoog, maakte een bed, sloeg er met zijn hand op en ging liggen.

Nu merkte ik dat er een echte boom in de verre hoek van de kamer stond, groter dan ik.

'Is dit luxe? Misschien wel, misschien niet. Waar het om gaat is, dat ik weet wat ik ermee aan moet. Ik zou me hier net als thuis kunnen voelen, terwijl de doorsnee persoon volledig verloren zou zijn, in zijn ondergoed zou zitten met alle lichten uit, verbijsterd door alle gemakken en apparaten. Maar ik steek alleen mijn hand uit.'

Hij opende het ijskastje van de minibar en trok een gezicht terwijl hij er een fles wijn uithaalde die op zijn kant lag.

'Wijn verblijdt het hart van de man,' zei hij.

Hij liet de kurk knallen en nam een teug. Hij zette de tv aan – een spelletjesprogramma. Hij borg zijn kleren in de ladenkast. Hij at het plukje druiven op. Hij zei 'de jouwe' en 'de mijne' bij de deuren van de verschillende badkamers, en hij bleef maar laden openen, waarbij hij zakjes inspecteerde, lucifers, naaigarnituren, schoenlepels, briefpapier, pennen en ansichtkaarten, tot hij vond wat hij zocht: een boek.

'Room service,' zei hij.

Het was een dik bruin boek met zijdepapierachtige bladzijden. Wat vreemd was, was dat ik vanwaar ik zat op het bureaublad een map kon zien met de letters KAMERMENUKAART, heel iets anders dan het geval dat Millroy in zijn hand had. Hij bladerde de bladzijden van zijn boek door met een natgemaakte vinger.

'Is dat de bijbel?' vroeg ik. 'Het Boek?'

'Ja en nee,' zei hij.

Ja en nee?

'Het is ook de room-service-menukaart,' zei hij.

Op momenten als dit wenste ik dat iemand anders deze man zou horen en zien; hij kon zo onverhoeds zijn.

Hij likte nog steeds aan zijn vinger en streek langs de bladzijden. Ten slotte vond hij de bladzijde die hij wilde, en las: '"Wij herinneren ons de vis, die wij in Egypte vrijelijk aten, de komkommers en de meloenen en de prei en de uien en de knoflook."' Hij glimlachte naar het geopende boek. 'Numeri elf vers vijf.' Hij nam de telefoon op.

'Room service? Dit is suite nummer 42-25. Ik zou graag een diner voor twee personen bestellen.'

Meloen vooraf, vis van de dag – het was verse schelvis – met prei, en een gemengde salade van komkommer, knoflook en uien.

Toen het bezorgd werd door een stille zwaarlijvige man in een donker uniform die een stalen rolwagen voortduwde, had Millroy nog altijd de bijbel in zijn hand en glimlachte. De man klapte de rolwagen open, waardoor hij er een tafel van maakte, serveerde onze maaltijd, en wierp me toen een blik toe omdat ik hem aanstaarde. Ik bedacht hoe Millroy me had geleerd hoe ik naar mensen moest kijken, hoe ongezond degenen die in de voedselbranche zaten konden zijn, hoe merkwaardig dat was, en hoe hij zou zeggen dat deze man een levende tegenspraak was door gezondheid op te dienen terwijl hij zelf ongezond was. Zelfs 'zwaarlijvig' was een Millroy-woord.

'Dit is Alex,' zei Millroy, alsof hij de man tartte het te ontkennen. Hij hield nog steeds de bijbel vast.

Met een steelse blik – misschien vanwege de manier waarop Millroy met de bijbel naar hem zwaaide als met een baksteen – verontschuldigde de man zich met een vreemd accent, en liep achteruit de kamer uit.

'Ik ben gered door een Gideonbijbel,' zei Millroy tegen me.

Hij at, zijn eten zorgvuldig snijdend, als iemand die een delicate operatie uitvoert; hij porde, sneed het in reepjes, prikte het op zijn vork, bracht het omhoog en bekeek het nauwkeurig. Hij haatte sauzen. Hij stak nooit voedsel in zijn mond zonder naar elke hap getuurd te hebben.

'Ik zat gevangen in mijn enorme lichaam,' zei hij. Hij sprak met zijn tovenaarsstem, die wijs en machtig klonk. 'Ik was verblind door de duisternis van mijn lichaam, in een grenzeloze wildernis van onwaarneembaar vet. Ik was er ellendig aan toe.'

Hij zat te eten, maar langzaam en met heel kleine hapjes, en sprekend over dikte leek hij het over iemand anders te hebben, een ver verwijderd en monsterlijk iemand, omdat hij slank en sterk en kwiek was.

'Ik was dik. Stel je mij dik voor.'

Dat lukte me niet.

'Zulke wangen' – hij liet ze voor me opbollen – 'een gezicht vol varkensvlees. Ik woog bijna honderdvijfendertig kilo. Ik was een hansworst. Verloren? Je hebt geen idee.'

Toch was hij slank, zijn huid glansde, zijn schedel glom van gezondheid, zijn benen en armen waren gespierd ('Veel tovenarij berust op spierkracht,' zei hij vaak) en wanneer hij liep schudde de massa van de kamer, niet die van hem. Met een dik persoon was het andersom.

'Weet je wat toen een geweldig maal voor me was? Eerst hapjes uit de hand, dode aal of viskuit op toast of worstjes op prikkertjes, en twee zogenaamde cocktails, martini's van negen op één, gevolgd door dikke melkachtige soep, konijneroomsoep bijvoorbeeld, en je kon zijn lange oren zo'n beetje proeven. Dan wijn bij de visgang, en de vis was gebakken in dierlijk vet. Dan meer wijn en een vleesvoorgerecht, iets stevigs, een homp, waarbij het bloed nog uit het doorgehakte bloedvatenstelsel stroomde. Daar lagen bleke gekookte groenten omheen. Dit alles werd gevolgd door het dessert, een oliebol, pikzwarte koffie, en keurmerkbrandy. Kun je begrijpen hoe dodelijk die combinatie was?'

Hij zat nog steeds langzaam te eten, wat verbazend was, omdat het volgende dat hij zei was: 'Ik zou bijna bereid zijn nog eens zo'n maaltijd te eten zodat ik mijn maag zou kunnen leegpompen en je daadwerkelijk demonstreren wat een troep het is. Praktisch onverteerbaar. Waarschijnlijk zou het zodra het op tafel kwam ontploffen – spontane zelfverbranding, ba-boem!'

Hij had al diverse weken zijn maag niet leeggepompt om mij de inhoud te laten zien, en ik had er evenmin aan gedacht, maar van tijd tot tijd probeerde ik me voor te stellen wat een vreemde zou zeggen als hij zag hoe Millroy de tovenaar door een neusslang gekauwd voedsel oppompte en er ernstig in prikte op een bord. Dit was een van die keren; ik kon me de reactie van de vreemde nog steeds niet voorstellen.

'Ik at omdat ik me verveelde. Ik rookte en dronk omdat ik me verveelde. Ik begroef mezelf in vet. Ik had psalm 45 niet gelezen. Ooit naar gekeken? Ik wist niet dat de "olie der vreugde" een laag cholesterolgehalte heeft.'

Hij snoof aan een stukje vis en zijn ogen registreerden de geur, waarbij hun kleur schommelde als twee metertjes. Toen zette hij zijn tanden in het stukje en rukte het van de vork.

'Eenzaamheid is de ergste ziekte in de wereld. En iedereen is eenzaam die niet het vermogen heeft om... ik heb een hekel aan het woord "God", laten we zeggen: "Goed" te zien. Iemand denkt: Ik ben alleen, ik ben niemand, ik tel niet mee...'

Dat was precies hoe ik me meestal voelde; ik had zelfs diezelfde woorden gebruikt in mijn bovenkamer bij Gaga. Hij had het over mij.

'... en omdat ze zich verbeelden dat ze niet meetellen, is alles wat ze doen goed. Ze denken bij zichzelf: Wie kan het wat schelen?'

Ook dat had ik gezegd.

'En elke avond voor ze gaan slapen denken ze na over zichzelf en de wereld, en dan huilen ze.'

Dat had ik ook gedaan, en ik wilde het hem vertellen, maar hij tuurde nog steeds naar hapjes eten op zijn vork en was nog steeds aan het woord.

'Ik neem aan dat het ze op een bepaalde manier reuze goeddoet. Als het donker is mompelen de meeste mensen in Amerika bij zichzelf: 'Ben ik alleen?' en ze huilen omdat ze het antwoord weten. Dus eten ze zichzelf suf en worden dik en dronken. Het figuur dat de mensen hebben! Zoals ze opzwellen en uitstulpen – al die zakken en bobbels! Heb je die arme man gezien die ons dit eten heeft gebracht, hoe zwaarlijvig die was?'

Ik knikte. Ik begon het te begrijpen.

'Jij bent te jong om je te kunnen voorstellen wat een hekel ze hebben aan de manier waarop ze eruitzien. En als ze ziek worden zijn ze blij omdat ze het fijn vinden om zich ziek te voelen, zoals schuldige mensen doen.'

Hij besnuffelde zijn eten en at langzaam, kauwend zoals mensen kauwgom kauwen.

'Denken dikke mensen ooit aan dik zijn?' Hij slikte en beantwoordde zijn eigen vraag. 'Ja, zij betreuren het elke seconde dat ze wakker zijn. En 's nachts hebben ze er nachtmerries over. Zij nemen hun toevlucht tot kwakzalverij, zij nemen grote veelkleurige capsules in: vetblokkeerders, vetsmelters, vetmagneten, 'wegdroom'-dieetpillen die vet moeten afbreken terwijl je slaapt. Zij dragen 'dieetzonnebrillen' die trek-onderdrukkers op het netvlies projecteren. Zij zweten in rubberen saunapakken en raken uitgedroogd. Maar niets werkt – ze blijven dik, ze blijven eten, ze zijn bang om te verhongeren.'

Millroy bleef ook eten, maar zoals hij het deed zag hij er geduldig en verstandig en sterk uit. De dikke mensen over wie hij het had klonken treurig en verslaafd. Wat zij deden was onbeheerst en zwakzinnig en geen eten meer.

'Ze worden beschimpt omdat ze dik zijn. Omdat ze beschouwd worden als genotzuchtige zondaars, is het best om de spot met ze te drijven. Mensen gaan voor ze opzij om ze te zien eten, ze grommen naar ze, ze maken boe-geluiden, ze doen "oink-oink", ze gooien eten naar ze.'

'De kinderen gooiden altijd eten naar Shannon Slupski in de schoolkantine. Ze was kolossaal.'

'Ze gooiden eten naar mij, engel. En het maakte me ziek, lichamelijk en geestelijk. Net als de meeste andere dikkerds vond ik niet dat ik het verdiende me goed te voelen. En daarom, als ik iemand als Floyd Fewox of dominee Baby Huber, die eruitziet als een knolraap, ontmoet, dan begrijp ik ze, ik kan met ze omgaan. Ik ken hun pijn.'

Het enige dat ik kon bedenken om te zeggen was: 'Zou u ze niet kunnen helpen gezond te worden?'

Hij kauwde toen hij zei: 'Dat zou te lang duren. Ze zijn te oud. Ze zouden proberen me mee te slepen. Nee, er zijn andere manieren, hartje.'

Hij legde zijn vork neer. Al het eten dat hij had afgekeurd had hij naar de rand van zijn bord geschoven.

'Gezondheid, kracht, wilskracht, vernuft en voeding. Het Boek heeft me gered. Ooit zal ik je er alles over vertellen.'

Hij was klaar met eten. Nu zou hij, wist ik, heel bedaard zijn, zijn voedsel verteren, zijn maag tot rust laten komen. Het laatste dat hij zei voor hij op de vloer neerhurkte was: 'Maar neem nou het volgende: was Jezus ooit niet lekker? Spreekt het Boek er ooit over dat Jezus hoestte of last had van gassigheid of een longontsteking had? Was de Heiland ooit ziek? Denk daar eens over na.'

Weldra lag hij zachtjes te snurken in zijn eigen gescheiden kamer. Hij had slaap nodig, zei hij. Tovenarij kwam voort uit kracht.

Toen ik alleen was met de bloemen en de boom in mijn grote bed dacht ik eraan dat Millroy had gezegd dat Amerikanen 's nachts huilden. Hoewel ik soms bang was geweest, was ik blij bij deze man te zijn, hoe vreemd deze situatie iemand anders ook mocht toelijken. Maar ik wilde hem niet horen zeggen dat hij alleen was, omdat dat betekend zou hebben dat ik dat ook was.

Ik was er nu aan gewend dat hij begon te praten in het donker. Die avond, toen de lichten uit waren, zei hij met een heldere stem: 'Denk je niet dat Amerika zou moeten weten wat ik weet?'

XIII

Op elke andere plek en soms op verschillende momenten van de dag kon ik zien dat Millroy anders en vreemd was – vreemder dan iedereen die ik ooit in mijn leven had gekend. De volgende morgen was er een andere plek en een andere Millroy. We waren in een gele taxi op weg van het hotel naar de studio voor het sollicitatiegesprek – mijn eerste taxi, mijn eerste hotel, en wat was een sollicitatiegesprek? – toen Millroy zich tot mij wendde en zei: 'Wie ben jij?'

Zomaar, met de stem van een vreemde, met zijn grote gezicht dicht bij het mijne, en met zijn ogen op me gericht, in afwachting van mijn antwoord.

Ik keek hem met knipperende ogen aan. Zijn ogen waren donker, peilloos en vriendelijk, maar ze hielpen me niet. Hij keek recht door me heen. Alleen al de manier waarop hij een vraag stelde en zijn ogen op je richtte kon je een veilig gevoel geven, of anders het tegenovergestelde: een gevoel dat je wel in de grond kon kruipen. Ik was ongerust, op de rand van wanhopig, en dat wist hij.

'Ik kan wachten,' zei hij. 'Ik heb de hele dag de tijd.'

Ik was blij dat er een vensterruit tussen ons en de chauffeur was. Er kwamen tranen in mijn ooghoeken omdat ik opnieuw dacht: Ik ben een nul, en toen zei ik het.

'Vanmorgen niet,' zei Millroy, zo zeker van zichzelf dat ik mijn neus snoot en opklaarde.

Maar ik dacht ook weer, zoals ik altijd deed wanneer ik me zorgen ging maken: Wat doe ik hier? Telkens als ik me dom voelde besefte ik dat ik in gevaar was, en los van de vraag wie ik was, wie was Millroy?

Dat was zijn volgende vraag.

'U bent Millroy de tovenaar,' zei ik. 'U heeft me laten verdwijnen, u woont in het Pilgrim Pines-caravanpark in Buzzards Bay.'

'Wat nog meer, knul?'

Dat deed me ophouden. Ik pinkte mijn tranen weg, duwde mijn handen tegen mijn spijkerbroek om de nattigheid van mijn handpalmen te vegen, en zei: 'U bent mijn vader.'

'En wie ben jij?'

'Alex?'

'Je begint het te leren,' zei Millroy.

Hij leunde achterover in de zitting en wierp een blik uit het taxiraam naar een agent die het verkeer regelde.

'Besef je wel dat ik elke minuut die ik bij jou ben de wet overtreed?'

Mijn haar was kort geknipt en voelde aan als een schoenborstel. Ik droeg jongenskleren en gymschoenen. Millroy was een tovenaar, maar je moest zoveel onthouden vanwege de manier waarop we leefden. Nu maakte ik me weer zorgen. Hij kon me het ene moment kalmeren en het volgende moment aan het piekeren zetten.

'Maar de wet is onnozel en de wereld weet niet dat ik je nooit kwaad zal doen.' Hij fronste naar de taxichauffeur, en voegde er fluisterend aan toe: 'Die man zit sinds we het hotel verlieten de hele tijd Deens gebak te eten.'

Bij het tv-station betaalde Millroy de chauffeur en zei: 'Ik wil u niet bang maken of om het effect overdrijven, maar dat Deens gebak is slechter voor u dan dope roken. De volgende keer dat u snakt naar gebak moet u tegen uzelf zeggen: Ik denk dat ik maar een appel neem!'

'Dat is mijn zorg,' zei de chauffeur.

'Dat is zo, behalve dat u zich helemaal geen zorgen maakt,' zei Millroy, 'en dat zou u wel moeten doen, met dat gevaarlijke ding in uw hand.'

De man reed boos weg, en Millroy lachte een vaderlijke glimlach, die medelijden en bescherming uitdrukte.

Het was maar goed dat we dat gesprek in de taxi hadden gehad, want zowat het eerste dat de vrouw in het tv-station tegen me zei was: 'Je bent vast heel trots op je papa.'

'Nou en of,' zei ik, en dat was ik ook. Ik besefte ook dat het makkelijk was om hem papa te noemen, omdat ik geen andere naam voor hem had.

Op dat moment zei Millroy: 'U hebt een allerinteressantste naam, meneer Mazzola. Ik wil er alles over horen.'

'Mijn voorouders waren Italiaans, zoals u misschien al geraden had,' zei de man, en begon te beschrijven hoe arm en ellendig ze waren geweest toen ze naar Amerika kwamen.

'Europa is nog steeds een heel ongezonde plek,' zei Millroy.

Ik keek naar meneer Mazzola's haar, zoals het streng voor streng slap over zijn schedel hing, van achteren naar voren, en daar was geschikt en vastgeplakt als een sierplant. Ik wist dat Millroy het ook bestudeerde, en dat hij na afloop zou zeggen, zoals hij over Floyd Fewox had gedaan: 'Haar! Dat verraadt alles. Los van het feit dat haaruitval direct te herleiden is tot povere kost, een slechte bloedsomloop en ijzertekort – stel je eens voor hoeveel tijd zo iemand voor de spiegel doorbrengt! De schedel van die man is een alarmbel, die diepe onzekerheid signaleert.'

Millroy beweerde ook dat hij vele redenen had om zijn eigen hoofd kaal te scheren, wat hij om de paar dagen deed met een zoemend scheerapparaat, en een daarvan was dat het andere mensen een superioriteitsgevoel gaf.

Intussen wekte hij het vertrouwen van meneer Mazzola, die het hoofd van het hele tv-station was, en noemde hij hem 'Eddie'. Terwijl ze door de gang naar de studio liepen lachten ze als oude vrienden, hoewel de man de hele tijd aan het woord was.

Toen werd Sondra Spitler, de producente, aan Millroy voorgesteld, die zei: 'Ik heb het vreemde gevoel dat u op 22 oktober jarig bent.'

'Precies! Dat is verbazend,' zei juffrouw Spitler. 'Hoe raadde u dat?'

'Ik raadde niet. Ik wist het. Ik ben paranormaal begaafd. Waarschijnlijk heeft u een hekel aan dat woord! Maar het is ook mijn verjaardag.'

De vrouw was zo in haar nopjes dat ze een klap op de stoel naast haar gaf en zei: 'Gaat u verder.'

'Erg vriendelijk van u,' zei Millroy. 'Het cijfer drie' – hij zwaaide met zijn vingers in de lucht en kneep de ogen half dicht, alsof hij signalen uit de lucht kreeg – 'Ik krijg dat cijfer door van uw hartslag. Drie betekent veel voor u.'

'Ik heb drie kinderen,' zei juffrouw Spitler.

'De derde,' zei Millroy. 'U bent erg bezorgd om uw derde kind. Ik krijg een "T" door.'

'Hij heet Thomas.'

'Ja. Dat zal het zijn,' zei Millroy. 'Ik voel een scherpe pijn in de maag – hier,' en hij raakte de voorkant van zijn overhemd aan.

De vrouw zei: 'Bij mijn zoon Tom is diverticulitis geconstateerd. Ik heb niet geslapen sinds ik het hoorde. Ik redde het bijna niet om vandaag hier te zijn, en ik moet uw auditie afnemen.'

'Het is heel belangrijk dat u vandaag gekomen bent en dat we

elkaar hebben ontmoet,' zei Millroy en nam de vrouw bij de hand.
Ooit had hij mijn hand zo vastgehouden, en het was alsof hij mijn ziel
uit mijn vingertoppen had gerukt. 'Ik wil dat u ophoudt met u zorgen te maken over uw zoon.'
   'Ik stel me de hele tijd voor dat hij pijn heeft, en dan al die antibiotica,' zei juffrouw Spitler, 'en barium drinken.'
   'Daar kan ik inkomen,' zei Millroy terwijl hij zijn hand om haar
vingers sloot. 'Maar u moet nog iemand anders raadplegen. Uzelf.'
   'Ik weet alleen wat de dokter me heeft verteld. Ik weet niets van
diverticulitis.'
   'Uw dokter is te zwaar,' zei Millroy. 'Wat zou hij zich druk ma-
ken over uitstulpende zakken in zijn karteldarm?'
   De vrouw zei niets, maar ze keek met toegeknepen ogen en dacht
waarschijnlijk: Ja, onze dokter is wel wat dik.
   'Massale gasvorming? Rectale gevoeligheid? Verstopping? Darm-
krampen? Misselijkheid? Opgeblazenheid?'
   'Tom heeft zo ongeveer al die symptomen.'
   'Diverticulitis is een junkfoodziekte, en Tom is ook mollig,' zei
Millroy. 'Hij houdt van vette hamburgers met grote zachte broodjes,
hot dogs, *Froot Loops*, prikdrankjes, zoetige hapjes. Hij is net als de
meeste jongelui, en net als bij de meeste jongelui maakt deze kost met
een laag bezinksel zijn karteldarm niet wijder.'
   'De dokter heeft hem op antibiotica gezet.'
   'Bittere kruiden. Klinkt dat bekend? Numeri negen vers elf. De
binnenschors van *pau d'arco* is een natuurlijk antibioticum. Kook het
en laat hem er emmers van drinken. Als de ontsteking is afgenomen
en zijn karteldarm open is, dien hem dan wat vast voedsel toe. Hij
heeft vezels nodig. Hij heeft knoflook nodig. Geen suiker, geen vet.'
Millroy had zijn hoofd laten zakken en keek de vrouw in de ogen.
'Diverticulose ontwikkelt zich door eetgewoonten versneld tot een
regelrechte destructieve diverticulitis – te veel junkfood, niet genoeg
vezels. Als Tom ziek is...'
   Nu kwam een andere vrouw naar hem toe en zei: 'U moet ge-
schminkt worden, meneer Millroy.'
   'Dokter Millroy,' zei hij. 'Maar u kunt me oom Dick noemen.'
   Alvorens hij werd weggeleid naar de grimeerkamer, wendde
Millroy zich tot juffrouw Spitler en zei: 'Maak je geen zorgen, schat.
Geen dokters.' Hij liet haar hand los en raakte haar hoofd aan zoals
een priester iemand aanraakt bij het altaarhek, en hij zei: 'We moeten
allereerst zijn gewicht omlaag zien te krijgen. En ik kan u de behan-

deling in twee woorden vertellen.' Hij glimlachte en zei: 'Voedsel-controle. Voer hem.'

Juffrouw Spitler, meneer Mazzola en twee andere mannen wacht-ten Millroy bij de studio-ingang op. Toen ik naar binnen gluurde zag ik wat een auditie was: een ruimte vol kinderen, en de vier volwasse-nen op het punt om naar binnen te gaan. Hij zou de baan krijgen als het hem lukte al die mensen tevreden te stellen.

Er zaten vijfenzeventig tot honderd kinderen in stoelen rond het studiopodium, en ze waren onrustig en wiebelig, hadden velerlei huidskleur, en waren van alle leeftijden tot vijftien jaar of zo.

'Je zult voorlopig op het schellinkje moeten zitten, engel,' zei Millroy tegen me toen hij uit de grimeerkamer kwam met zijn ge-zicht rouge gemaakt, zijn snor opgekamd, en stoffigheid op zijn kale hoofd. 'Maar je weet wat je moet doen.'

In de deuropening stelde meneer Mazzola Millroy voor aan de twee andere mannen, Otis Godberry en meneer Phyllis, die ik, om-dat hij nog steeds zijn kiel uit de grimeerkamer droeg, eerst niet her-kende. Toen zag ik zijn roze sokken.

Otis Godberry zei: 'We hebben hier een stel kinderen uit de wo-ningbouwprojecten in Dorchester' – hij sprak 'woningbouwprojec-ten' op een bepaalde manier uit, en bedoelde er getto mee – 'en ik zou het op prijs stellen als u hun het gevoel kon geven dat zij met name welkom zijn. Ze vinden het vreselijk moeilijk zich bij de andere kin-deren aan te passen.'

'Omdat het akelige kleine beesten zijn. Misschien zou je over-reding moeten gebruiken,' zei meneer Phyllis, en trok zijn rimpelige mond samen. 'Zoals een flinke draai om de oren.'

'Ze maken deel uit van onze doelgroep,' zei meneer Mazzola op strenge toon.

'Ik zal ze in gedachten houden,' zei Millroy.

'U mag al blij zijn als u ze stil kunt krijgen,' zei meneer Phyllis. '*Paradise Park* heeft nooit eerder live publiek gehad, en ik zie geen enkele reden daar nu mee te beginnen.'

'Dit wordt maar een proefprogramma,' zei juffrouw Spitler. 'Zien hoe het gaat.'

'En wie hebben we hier?' vroeg meneer Phyllis, terwijl hij zijn rimpelige gezicht naar mij toe wendde. 'Wat een kleine charmeur!'

'Dit is Alex, hij heeft het niet meer,' zei Millroy. 'U weet hoe ongeduldig jongelui kunnen zijn.'

Toen liepen we allemaal de studio in, en Millroy ging naar het midden van het podium, opende zijn trucendoos, en nam het heft in handen; hij bracht de studio tot zwijgen door zijn kettingzaag te laten vallen en een enorm kabaal te maken.

'Pardon, dit is mijn eerste dag met mijn nieuwe hand.'

Hij trok zijn hand los, draaide hem toen weer vast en boog zijn vingers. Hij had nu ieders aandacht. Hij zette de kettingzaag aan en jongleerde ermee, samen met een kegelbal en een brandende fakkel, terwijl hij de kinderen de hele tijd vertelde wat een honger hij had.

'Maar ik heb mijn lunch meegebracht.'

Hij hield op met jongleren en likte alle vlammen van de fakkel, en verzwolg zo het vuur. Hij slikte een zwaard door – schoof een zwaard van zestig centimeter in zijn mond en trok het heft en enkele centimeters van de kling eruit ('mijn gestel had wat ijzer nodig'), en vond toen zijn kip Boobie in de beurs van een meisje. Hij deed zijn kippepastei-truc en at er wat van. Hij veranderde de portofoon van een studiotechnicus in een banaan, pelde die en at hem op, en produceerde het geluid van een rinkelende telefoon in zijn maag. Hij liet een jongetje dat Darren heette in de Indiase mand verdwijnen. Darren kwam te voorschijn in een bureaula aan de andere kant van het podium, met een Harvard-sweatshirt en een vuurrode pet en een verwarde blik.

Vervolgens bracht Millroy een marionet te voorschijn, en de marionet toverde uit de pastei de kip Boobie te voorschijn, met veren en al. De marionet zette met een klap een zilveren stolp over Boobie heen, gilde 'Lonny' – de naam van een jongen op de eerste rij – en toen hij de stolp verwijderde, lagen er tien stukken gebraden kip op de plaats waar Boobie zich had bevonden. De kinderen vonden het prachtig en juichten, maar Millroy zei dat vette kip niet goed voor je was, en liet na nog wat gemanoeuvreer met de marionet en het deksel een stapel pruimen verschijnen op de plaats waar de vette kip had gelegen.

'Als jullie eten wat ik eet, zullen jullie net zo goed kunnen toveren als ik,' zei Millroy, en drukte zich twintig keer met één arm op terwijl hij achter zijn rug een lepel omklemd hield en verboog.

Hij had de marionet op een tafel gelegd waar hij slap en scheef neerlag als een kapotte pop. Millroy zei dat de marionet zo behulpzaam was geweest dat hij hem in een echt jongetje wilde veranderen. De marionet droeg een rood overhemd, een honkbalpet en een spijkerbroek.

'Hij verdient het een echte jongen te zijn,' zei Millroy.

Ik wist mijn teken, en waar ik heen moest en hoe ik moest verdwijnen door mezelf in de doos achter de coulissen te frommelen. Ik zag niet hoe Millroy de marionet liet verdwijnen, maar ik kon hem de kinderen horen vragen of hij de marionet in een echte jongen zou veranderen. De kinderen gilden almaar 'ja!' en bleven krijsen als papegaaien toen Millroy aanhield met zijn vragen, de kinderen opzwepend, en voor ik het wist sloeg hij met een hamer op de bovenkant van mijn doos. Ik stond op, gekleed als de marionet, waar ik op leek met het rode overhemd en de honkbalpet en de spijkerbroek die ik in de doos had aangedaan.

Millroy bracht het gejuich en gefluit tot bedaren terwijl ik uit het zicht verdween, en hij zei dat oom Dick een paar vragen voor ze had – oom Dicks geschiedenisles.

'Hoeveel van jullie weten wat grootouders zijn?'

Een jongen op de eerste rij antwoordde dat dat de ouders van je papa en mama waren.

'En hoe heten hún ouders – de ouwelui van je grootouders?'

'Overgrootouders!' Diverse kinderen riepen dit om het hardst.

'En als je vier grootouders hebt en elk daarvan heeft ouders, hoeveel overgrootouders krijg je dan?'

Uiteindelijk hadden ze het goed: acht overgrootouders.

'Nu heeft oom Dick een heel interessante vraag voor jullie, jongelui,' zei Millroy.

Zelfs de volwassenen luisterden hier aandachtig naar: meneer Mazzola, juffrouw Spitler, Otis Godberry en de fronsende meneer Phyllis. 'Hoeveel van jullie kunnen er zeggen dat alle acht je overgrootouders in de vs geboren zijn? Als één van hen in Ierland of Puerto Rico of Italië is geboren, of ergens anders, moet je gewoon blijven zitten. Maar als je weet dat alle acht je grootouders in de vs zijn geboren, wil ik dat je opstaat.' Er werd wat geschuifeld, en toen – hoe wist Millroy dit? – stonden er twaalf zwarte kinderen op, met een trotse glimlach. En er stond ook een groot mens op, de laatste man van de beoordelingscommissie, en die was ook zwart: Otis Godberry.

'Jullie waren hier het eerst, jongens,' zei Millroy. 'Jullie hebben op ons gewacht. Een applaus voor deze vroege Amerikanen.'

Iedereen begon te klappen, terwijl Millroy het applaus leidde. Dat was de voorstelling, voor het grootste deel – en toen ging Millroy met de grote mensen naar boven voor het sollicitatiegesprek.

'Je stal de show,' zei Millroy terug in het hotel, terwijl we ons opmaakten om naar de Cape te vertrekken. Hij was een ander mens hier zoals hij onze spullen bij elkaar zocht, zijn trucendoos in elkaar zette, alles opruimde.

'Ik heb niets gedaan,' zei ik.

Hij keek op van het inpakken van zijn koffer.

'Zoals gewoonlijk,' zei ik.

'Je was er,' zei hij, naar mij vooroverleunend. 'Je bent hier, bij mij.'

'En wat doe ik dan?'

'Je ziet het allemaal.'

Hij had grote haast om de hotelrekening te betalen en te vertrekken, en hij had het er al over dat we over een uur terug in Pilgrim Pines zouden zijn en ons eigen eten, onze eigen ruimte, ons eigen gemak zouden hebben.

Onderweg vertelde hij me ontspannen, een ander mens weer, over het sollicitatiegesprek.

'Ik liet ze praten. Ik luisterde. Iedereen is zo eenzaam. Je denkt dat belangrijke mensen sterk zullen zijn, maar ze zijn veel zwakker dan een doorsnee iemand.' Millroy schudde zijn hoofd. 'Veel gemakkelijker te manipuleren. Hun ego's zijn groter. Ze hebben hulp nodig bij het hanteren van hun ego's. Wat is er zo grappig?'

'Ik dacht dat u "egels" zei.'

Hij proestte het uit, en zei toen: 'Als iemand zegt: "Ik wil echt met je praten" bedoelen ze: "Ik wil echt dat je naar me luistert".'

Maar ik dacht aan de geschiedenisles waarop hij hen had getracteerd, en de zwarte kinderen en de man Otis Godberry toen ze waren opgestaan, hoe trots ze waren, en hoe hun gezichten straalden toen ze applaus kregen. Ik prees me gelukkig dat ik erbij was, en had Millroy nog nooit zo bewonderd.

'Ik heb die baan.' Hij zei het terloops, alsof er niets meer te zeggen viel, en hij er nooit aan getwijfeld had. 'Het is geen flutprogramma. Je leert er lezen en cijferen. Het heeft intelligente tekenfilms en een goede grafische vormgeving. Het is grappig en opvoedkundig, en toch een Bostons programma, maar naarmate het beter wordt zal het door een hoop andere stations worden overgenomen. Ik heb ze een live publiek laten accepteren – allemaal jongelui.'

'Meneer Phyllis zei dat hij ze niet wil.'

'Hij heet Sidney Perkus,' zei Millroy, 'en ik weet zeker dat ik hem aankan.'

'Wat doet u nog meer?'

'Ik heb wat ruimte gekregen.' Hij keerde zich naar me toe en bewoog zijn snor op en neer. 'Ze vonden mijn ideeën over eten leuk. Maaltijdmagie. Wat vind je ervan?'

'Klinkt goed.'

Millroy was in een voortreffelijke stemming, en ik wist dat dat kwam omdat hij weer terug in de wereld was. Hij had het niet leuk gevonden om zonder werk te zitten. Het zo plotselinge vertrek van de boerenkermis in Barnstable had hem in de war gebracht, en hij had me verteld hoe vervelend hij het vond naar werk te zoeken, alsof hij rondging om mensen toestemming te vragen voor het doen van toverkunsten. Maar hij had op zijn eigen voorwaarden een baan gevonden, en het was een baan die hij wilde, al leek het me vreemd dat hij een tovenaar wilde zijn in een kinderprogramma op de televisie. Hij was dezelfde als vroeger, Millroy de tovenaar, degene die ik voor het eerst had gezien op de boerenkermis, die toverkunsten deed in een tent, in een caravan woonde en geen televisie had.

Die avond moest hij dezelfde dingen hebben bedacht. De stilte verbrekend, zei hij: 'Als jij er niet was geweest had ik niet naar dat programma gekeken – had ik de televisie niet eens gekocht. Ik hou niet van tv-dominees, ik heb een hekel aan het ongezonde voedsel waarvoor reclame wordt gemaakt op de tv, en de meeste kinderprogramma's op de tv zijn vreselijke troep.'

Ik keek naar hem terwijl ik dacht: Waarom gaat u dan bij dit programma werken?

'Precies,' zei hij, mijn gedachten lezend. 'Omdat ik het logische antwoord ben, ik ben oom Dick van Maaltijdmagie.'

Hij zei pas weer iets na het eten, na de bezoeken aan het gemak, na het wassen, nadat het licht uit was. Hij riep in het donker vanuit de zwarte doos van zijn eigen kamer.

'Ik heb je nodig, mop,' zei hij.

Ik vertrok plotseling, een siddering langs een kant van mijn lichaam, terwijl ik me afvroeg of ik de zwaailuiken naar mijn slaapkamertje wel vergrendeld en op de klink gedaan had.

'Als martelaar,' zei hij.

Even voelde ik me belangrijk, omdat het woord zo vreemd was.

'Weet je wat martelaar betekent in het Grieks?'

Ik wilde zeggen dat ik niet eens wist wat het in het Engels betekende.

'Hebben ze je dat niet geleerd op de middenschool van Mashpee?'

Hij wachtte niet tot ik nee zei.

'Martelaar,' zei Millroy in het donker, 'betekent getuige.'

XIV

Paradise Park, het kinderprogramma op de tv, was beroemd om zijn opvoedkundige waarde en zijn tekenfilms en veiligheidstips, alsook om de Mummelende Tulpstampers, een stel bovenmaatse bijen, en de Frawlies, een muizenfamilie die woonde in een boomstronk, Prinses Vanya in haar kasteel in 'het kristallen paleis', Aardnoot en Hondshaai, een stel marskramers, Alpha Betty en haar dansende letters, en vele andere marionetten en speelgoedbeesten. Maar tot Millroy erbij kwam en oom Dick werd, was meneer Phyllis de enige levende persoon in het programma.

'Er is iets met die kerel,' zei Millroy.

Meneer Phyllis had kort, geplet haar dat paarsachtig-blauw en voorovergekamd was, en een gerimpeld mondje in een smal gezicht. Hij zag eruit als een oud kind, zei Millroy, of een bange aap. Het kwam door zijn krampachtige bewegingen.

Ik wist dat Millroy het afgelopen donderdag, de dag van de auditie, vreselijk had gevonden toen meneer Phyllis tegen me gezegd had: 'Je bent een charmeur.' Ik verwachtte bijna dat Millroy hem zou uitdagen tot een geestelijk duel, zoals hij bij Floyd Fewox had gedaan. Maar hij zei niets, hij keek alleen en luisterde aandachtig.

Het was Millroy's idee geweest kinderen live in de studio te hebben. Hij kreeg zijn zin, en op de dag van de eerste echte uitzending zat de studio vol met kinderen.

Die dag zei meneer Phyllis tegen me: 'Ga vooraan zitten, waar ik je kan zien, schattebout.'

Millroy kromp ineen. Ik wist dat het kwam door het woord 'schattebout', en hij had er een hekel aan als vreemden tegen me praatten, maar hij zei niets. Hij stond achter de camera's met Otis Godberry. Het was zeven minuten voor het begin van de uitzending.

'Waar is mijn stoel?' zei meneer Phyllis. 'Een of andere beroepsschurk heeft mijn stoel gejat.'

Hij liep druk en met zijn vingers zwaaiend door de studio.

'Heb ik jullie niet gezegd dat die kinderen een vergissing waren? Ik wil dat iemand de vandaal vindt die mijn hoed de vernieling in heeft geholpen – en haar wangen openkrabt als hij haar vindt. En als ik de persoon te pakken krijg die mijn thee te zoet heeft gemaakt hak ik haar vingertjes eraf.'

Eerder had iemand op zijn krant gezeten. 'Ik kan de afdruk van zijn afzichtelijke kont op mijn *Globe* zien. Hij heeft het me fysiek onmogelijk gemaakt hem aan te raken, laat staan te lezen.'

Toen hij klaagde dat hij honger had en Otis Godberry hem een lunchpakket bracht, zei meneer Phyllis: 'Dat is de smerigste sandwich in de hele wereld.'

Met nog maar een paar minuten te gaan voor het programma zou beginnen, begon hij naar zijn kat Tinkum te zoeken. Waar was Tinky's draagbare kattemand?

'Op uw plaatsen, mensen,' zei de studiomanager terwijl hij zijn koptelefoon greep.

'Stik maar, schat,' zei meneer Phyllis. Hij tastte rond achter een stoel.

'Stil op de set. De klok loopt…'

'Gooi maar in m'n pet.'

Hij droeg een wit met rood vest, gestreept als een zuurstok, een roze broek, roze sokken en fonkelnieuwe gymschoenen die kraakten onder het lopen. Als hij zijn armen ophief rinkelden zijn armbanden. Vanmorgen had hij schmink op, maar de kleur daarvan – de glans op zijn lippen, zijn met rouge bewerkte wangen, zijn gepoederde neus – gaven hem het aanzien van een boosaardige pop.

'We horen je sieraden, Phil.' Het was een ingeblikte stem door de studioluidspreker.

'Waarom denk je dat ze rinkelbanden heten, lulhannes?'

'Doe ze af,' zei dezelfde stem.

'Je kunt de pot op!'

Otis Godberry zuchtte telkens als meneer Phyllis sprak, en bij het horen van deze laatste kreet zei hij: 'Hij is ietwat – ik weet het niet – is het prikkelbaar? Ik kan niet op het woord komen.'

'Ik haat de kleur van het nieuwe decor,' zei meneer Phyllis. 'Ik heb wel aantrekkelijker braaksel gezien. De gordijnen zien eruit als een hondeontbijt. Ik kan net zo goed naalden in mijn ogen steken.'

'Onhandig,' zei Millroy.

Hij kon altijd het juiste woord bedenken.

Otis Godberry glimlachte.

'Geslachtloos,' zei Millroy, en toen hij merkte dat Otis vaag keek, voegde hij eraan toe: 'Nichterig.'

Otis bedekte zijn mond en gniffelde, terwijl zijn ogen glansden boven zijn vingers.

'Overdreven,' zei Millroy. 'Maar ik denk dat hij z'n beste beentje voorzet als de camera's lopen.'

Dat was zo, want toen de man met de koptelefoon zijn handen ophief en 'stilte graag. Vijf, vier, drie...' zei – de stilte viel in als de duisternis en de camera bewoog naar het keukentje – begon meneer Phyllis langzaam te fluisteren en knipoogde hij zoals hij tegen mij had gedaan en bracht hij zijn gerimpelde apegezicht naar de camera.

'... een heel nieuw programma en massa's nieuwe vrienden hier in *Paradise Park*,' zei hij.

Hij leunde boven zijn tinnen gootsteen en draaide de kraan open. Er kletterden dikke spetters water uit, die tikkende geluiden maakten op de metalen bak.

'Luister. Wat zegt het water?'

Hij hurkte neer om zijn kleine ronde hoofd dichter bij de kraan te brengen.

'Het zegt spet–spat, spet–spat.'

Terwijl hij in de camera glimlachte pakte meneer Phyllis een stuk paarse zeep, liet het zien, rook eraan, haalde diep adem en hield de zeep bij zijn mond, alsof hij die op ging eten.

'Dit is mijn zeep. Hij ruikt zalig. Wat ga ik nu doen met dit stuk zeep?'

Knipper-knipper-knipper, en alle rimpels in zijn gezicht glimlachten. Er was een pauze voor hij weer sprak.

'Jawel, precies. Ik ga mijn handen wassen.' Hij knipoogde nog steeds. Zijn vingernagels waren bleek, zijn vingers rozig-wit en kleiner dan de mijne. 'Ik ga ze boenen tot ze smetteloos zijn. Dat is een groot woord, hè? Het betekent heel schoon. Dat wil ik graag zijn.'

Hij spetterde met het water en wentelde de zeep in zijn handen en zeepte zijn vingers in met schuim.

'Ik ken een liedje over handen wassen.'

Hij glimlachte, kauwde, slikte en maakte apewangen.

'Boen maar raak, schrob maar raak
Een koek van zeep, en hopen maar
Op schone blije handen die...'

'En als hij nog iets tegen je zegt, wil ik het horen,' zei Millroy, en zich realiserend dat Otis Godberry meeluisterde, voegde hij eraan toe: 'Oké, Alex?'

Toen meneer Phyllis klaar was met zingen raapte hij zijn kat Tinkum op en begon zijn vacht te borstelen. De kinderen in de studiostoelen zijn rug toekerend, bracht hij zijn gezicht naar de camera en zei: 'Jullie kat zou zijn vacht vast wel net zo geborsteld willen hebben.' Met dezelfde trage stem zei hij tegen Tinkum hoe hij bij het oversteken naar beide kanten moest kijken.

En toen gebeurden er twee vreemde dingen. Terwijl ik naar meneer Phyllis op het televisietoestel in de studio keek, begon hij te krimpen en te krimpen tot hij zo klein was op het scherm dat ik hem amper kon zien.

Hij was zo klein als een muis; dat wist ik omdat de Frawlies muizen waren, snuffelende lappebolletjes met knoopogen en stugge snorharen. Ze woonden in een boomstronk in *Paradise Park* en meneer Phyllis en Tinkum zaten bij de stronk naar ze te kijken.

Het was een truc van de camera. Millroy zei dat de lens meneer Phyllis en zijn kat ineen deed krimpen en liet bewegen. Ze waren nog steeds levensgroot in de studio aanwezig en nergens in de buurt van de Frawlies te bekennen, die grappen uithaalden met hun lunch en nuttige woorden maakten met hun alfabetsoep.

Dat was het eerste vreemde ding: een minuscule meneer Phyllis en een minuscule Tinkum.

Het tweede was toen de man met de koptelefoon een paar speelgoeddieren en Tinkums drinkbak van de set opraapte en zei: 'Ze zijn in beeld.'

'Blijf met je vette vingers van mijn rekwisieten af of ik hak ze eraf,' zei meneer Phyllis. De man aarzelde en begon toen te spreken.

'Ga bullen uit je grote neus peuteren!' zei meneer Phyllis. Hij liep de studio door, liet zich in een draaistoel vallen en draaide rond zodat zijn rug naar het publiek en de technici gekeerd was.

Ik was zo verrast dat ik opstond en hem aangaapte, en sommige kinderen giechelden toen ze de luide stem van meneer Phyllis de man hoorden beschimpen.

'Kop dicht, of dit is de laatste keer dat jullie hier ooit een stap hebben gezet!'

De kinderen werden meteen stil, maar niemand anders hoorde meneer Phyllis – geen van de Frawlies, geen van de mensen die op hun tv naar het programma keken.

'Zijn microfoon staat uit,' zei Millroy met een eendachtige stem. 'En dat is niet alles.'

Hij praatte tegen Otis Godberry, die nerveus fronsend naar zijn eigen grote schoenen keek, zich waarschijnlijk afvragend waar de stem vandaan kwam. Millroy kon met vijf of zes verschillende stemmen spreken zonder zijn mond te bewegen.

Onder de hete lampen zei meneer Phyllis: 'Haal die smerige Frawlies van de monitor of geef me anders een kotszak van tien liter.'

'Dertig seconden,' kwam de benepen ingeblikte stem uit de luidspreker aan de muur.

'Neem jezelf in de maling,' zei meneer Phyllis.

'Vijftien,' zei de stem na enige ogenblikken.

'Je lampen schroeien Tinky,' zei meneer Phyllis. 'Zoek de drinkbak en vul die met schoon vers water. Er zit iets op mijn schoen – kauwgom. O, shit!'

'Tien, en aftellen: negen, acht…'

'Schrijf het maar op je buik, zulthoofd!' Meneer Phyllis had zijn mondje wijd geopend om dit te gillen, maar toen hij ronddraaide in zijn draaistoel om in de camera te spreken maakte hij weer zijn koddige apewangen en zei langzaam: 'Dat was grappig, hè, kinderen? Morgen zijn de Frawlies er weer, maar in de tussentijd zijn hier weer een paar avonturen van Aardnoot en Hondshaai. Laten we gaan kijken.'

Hij keek niet naar de marionetten, want juist op dat moment zette een vrouw in een overall een kom met water op de vloer achter de camera.

De lampen dimden, meneer Phyllis hees zich op uit de stoel en schopte tegen de kom met water, waarbij hij zijn voet en de pijp van zijn roze broek natmaakte.

'Dat is niet Tinky's drinkbak, mafketel!'

In de tekenfilm leerden Aardnoot en Hondshaai, die paddestoelhoeden droegen, hoe ze de letter M moesten maken. Hij was groot en blauw en torende boven hen uit. Hoewel ze hun best deden hem overeind te houden bleef hij omvallen en in de letter W veranderen.

'… Stik dan!' zei meneer Phyllis.

Zonder zijn mond te bewegen zei Millroy: 'Dit leidt allemaal ernstig af.'

Hij kon geen toverkunsten doen als hij zich niet kon concentreren.

'Ik zou zo denken dat die man grote bestanddelen geraffineerde suiker binnenkrijgt,' zei Millroy. 'Het is verslavend. Hij is manisch en emotioneel. Hij heeft last van verstopping.' Hij bewoog nog steeds zijn mond niet. 'Appels bevatten alle fructose die je nodig hebt, en je kunt koken met honing of vruchtesap in plaats van met witte suiker.'

'Is dat zo?' zei Otis Godberry, die verward keek en zich waarschijnlijk afvroeg wat het verband was tussen de luide uitbarstingen van meneer Phyllis en het voedsel dat hij at. Maar hij was bereidwillig. Hij zei: 'Geef mij maar een stuk vers fruit en ik ben tevreden.'

'Maar je zou het moeten laten harmoniëren,' zei Millroy. 'Soep harmonieert goed.'

'Een schotel linzen,' zei Otis en glimlachte. 'Zoals Jacob en Esau maakten.'

'Jacob was de kok, Esau de jager die zijn geboorterecht verkocht,' zei Millroy. 'En het punt is dat linzensoep belangrijker is dan een geboorterecht. Als je het laat harmoniëren houdt het je regelmatig, met een flinke, veerkrachtige ontlasting.'

Otis Godberry lachte een pijnlijke, verwarde glimlach om de wending die dit gesprek had genomen.

'Steek je handen uit je mouwen en ga het zoeken,' zei meneer Phyllis tegen een studiotechnicus. 'Het moet bij die kotskleurige muur zijn.'

'Je zou gewoon willen dat die man nog eens nadenkt over alles wat hij in zijn mond stopt,' zei Millroy met zijn lippen samengeperst als een buikspreker.

Het kauwende, knerpende geluid kwam van Aardnoot en Hondshaai die over een grindpad liepen, tevreden met de monumentale letter M die ze hadden opgericht. Terwijl de beelden vervaagden, lichtten de studiolampen op en leunde meneer Phyllis voorover in zijn stoel.

'Kunnen jullie de letter M maken? Ik wil dat jullie het proberen. Teken een paar mooie M-men voor me en bedenk dan woorden die beginnen met de letter M.'

Zijn ogen waren half dicht, zijn mond stond een beetje open.

'Zoals mond. En moeder. En muffin.'

Plotseling knikte hij alsof hem juist iets te binnen schoot.

'Magiër begint met een M.'

'Mandril ook,' zei Millroy, omdat meneer Phyllis zijn stevige apemondje tuitte.

'Ik ken een magiër. Hij is onze nieuwe buurman. Jazeker. Er is pas een magiër naar *Paradise Park* verhuisd. Hij woont hier nu de hele tijd. Hij doet toverkunsten voor ons. Hij heet oom Dick. Zullen we hem een bezoekje gaan brengen?'

Alleen de camera bewoog. Meneer Phyllis bleef met gekruiste benen in zijn draaistoel zitten. Hij had een van zijn witte gymschoenen uitgedaan en krabde aan zijn roze sok.

'Ik vraag me af of oom Dick een achternaam heeft,' zei hij.

Millroy glimlachte, maar het was een uitdagende glimlach, en ik wist dat hij blij was dat hij in dit programma zat, met een groot publiek in de studio en al die mensen die naar hem keken op de televisie. Hij leek op te zwellen en fysiek groter te worden als hij tevreden was, en ik had hem niet zo groot gezien sinds die dag op de boerenkermis in Barnstable toen hij Packy de olifant voor het laatst had laten verdwijnen.

'Ik vroeg me af of ú een voornaam had, meneer Phyllis,' zei Millroy met een plagerige stem, 'en wat die zou kunnen zijn.'

'Dat vind ik niet als tovenarij klinken,' zei meneer Phyllis op een even honende manier. 'Vinden jullie wel, kinderen?'

Millroy zei: 'Een hoop dingen klinken niet als tovenarij. "Kip" klinkt niet als tovenarij, maar als je het op een bepaalde manier zegt en het echt meent... kip,' zei hij met een krachtige fluistering van feestelijk genoegen.

Op datzelfde moment zat Boobie op de rug van zijn hand, klokkend in de richting van meneer Phyllis.

'Ik weet niet hoe het met jullie zit, jongelui, maar ik heb reuze honger,' zei Millroy, en begon groenten te voorschijn te toveren uit zijn mouw en zijn oor: penen, aardappelen, selderijstengels, uien, en rijpe tomaten uit zijn vingertoppen. 'Het is natuurlijke tovenarij.'

Ik keek aandachtig, in een poging uit te maken of Millroy tovenarij bedreef of trucs deed. Het leek me dat hij bij zijn eerste televisieoptreden echte tovenarij bedreef. Zijn tovenarij deed de wereld verbazend, ongewoon en een beetje beangstigend lijken, omdat er altijd een zweem van gevaar in school, alsof hij diep omlaag had gereikt en zijn hand in een andere, duisterder wereld had gestoken teneinde deze wonderen tot stand te brengen. Het was het soort tovenarij dat hem uitputte. Na afloop zou hij languit als een dode liggen slapen.

Er was geen andere verklaring dan tovenarij voor de manier waarop hij iets op een briefje krabbelde, dat in zijn zak stak en toen iedereen vroeg in zijn of haar zakken te kijken. 'Ik heb het,' riep een jongetje, en hield de mededeling in Millroy's handschrift omhoog.

Millroy had het gedaan zonder de jongen aan te raken, en hoewel iedereen die keek had kunnen zeggen dat het doorgestoken kaart was, wist ik dat het niet iets dergelijks was.

Weldra was hij met fakkels aan het jongleren en vuur aan het eten, en terwijl ik keek haalde iemand naast me diep adem met een soort katachtig gesis en zei: 'Wil je Tinky vasthouden?'

Het was meneer Phyllis, die toegeslopen was om naast me te gaan zitten, maar ik had het pas gemerkt toen hij sprak. Hij had een krachtig parfumachtig aroma van poeder en bloemen, dat prikte in mijn ogen.

'Klinkt goed,' zei ik, omdat ik niet wist wat ik anders moest zeggen.

Meneer Phyllis zag dat mijn waterige ogen op Millroy waren gericht.

'Hij heeft zijn eigen kip. Jij mag mijn kippetje zijn.' De adem van meneer Phyllis was zoet en rook gevaarlijk, met een verdoezelend aroma van snoep.

Ik werd plotseling bang voor de voedselachtige geur van zijn adem en de nabijheid van zijn lichaam, die golf van hitte.

'Hij is niet echt je vader, hè?'

Ik wilde schreeuwen toen meneer Phyllis vooroverleunde terwijl hij zijn boosaardige lippen naar mij uitstak.

'Nee,' zei ik, en hoorde hem zuchten van genoegen.

Precies op dat moment klonk er gekletter en ik keek op. Millroy had een zilveren bal laten vallen waarmee hij aan het jongleren was geweest.

Meneer Phyllis glimlachte naar me, alsof hij me wilde laten herhalen wat ik al betreurde gezegd te hebben. Ik haatte hem omdat hij me dat had gevraagd, ik haatte mezelf omdat ik de waarheid had gesproken. Ik was blij dat Otis Godberry niet gehoord had wat ik had gezegd. Hij keek naar Millroy's toverkunsten, 'het offer van de groenten', waar hij gerechten van maakte terwijl hij praatte over gezondheid en kracht.

'Je gaat me toch niet vertellen dat je een vriendinnetje hebt,' zei meneer Phyllis.

Ik schudde mijn hoofd en zei nee, blij dat ik de waarheid kon zeggen.

'Verstandige jongen,' zei hij. 'Ze morsen met dingen. Ze stinken. Ze doen altijd alsof ze zo hulpeloos zijn.'

Ik haatte hem alweer en wilde zeggen: Ik ben een meisje.

'Zoals die daar.'

Millroy hielp een klein meisje dat Kimberly heette in zijn Indiase mand. Ze giechelde nerveus, sabbelde aan een hand en trok met de andere haar sok op.

'Ik zag haar voor de uitzending. Ze was met haar malle vriendinnetjes. Ze heeft een vieze onderbroek aan. Ze poetst haar tanden niet.'

Meneer Phyllis leunde weer naar me over, en ik kon de stijgende temperatuur van zijn adem voelen.

'Of ik een hekel heb aan een vieze mond?' zei hij. 'Niet zo'n beetje!'

Millroy klopte tegen de mand, maakte de gesp dicht en stelde Kimberly gerust dat alles goed zou aflopen.

'Je hebt mooie kleine lippen,' zei meneer Phyllis. Hij praatte tegen de kat op zijn schoot. 'Nietwaar, Tinkum? Jawel, zeer zeker heeft hij die.'

Kimberly verdween uit de mand en kwam met haar ogen knipperend weer te voorschijn terwijl ze 'jeetje!' zei in een spiegel die veranderde in een raam: tovenarij!

'Nou, wie is hij dan?' zei meneer Phyllis. 'Een of andere speciale vriend?'

Op dat moment had Millroy het over boter en honing en maakte hij nog meer eten, schilde fruit, sneed het in stukken en serveerde het aan de kinderen in het publiek. Hij was actief, manoeuvreerde met een zilveren schotel, liet de fruitpartjes rondgaan, en verloor mij toch geen moment uit het oog.

Tegen die tijd had ik mij overigens herwonnen.

'Hij is mijn vader,' zei ik.

Na het programma feliciteerde iedereen Millroy met zijn optreden. Hij leek erkentelijk maar doof, knikte alleen maar hield zijn ogen op meneer Phyllis gevestigd. Toen het mannetje naar hem toekwam en apewangen maakte en begon te spreken, zei Millroy: 'Pas heel goed op.'

'Ik kan voor mezelf zorgen.'

Met een elektrische schok hypnotiseerde Millroy de man, en hij werkte meneer Phyllis half duwend half sturend naar de kant van de studio waar niemand hem kon horen.

'Je heet Sidney Parkus en je komt uit het buitenland.'

'Engeland, om precies te zijn.'

'Al die plaatsen zijn hetzelfde,' zei Millroy. 'En wat is dit?'

Millroy deed een greep onder het vest met zuurstokstrepen dat meneer Phyllis droeg en haalde er een zwarte, vettige rat uit die kronkelde in zijn hand terwijl hij hem vasthield. Meneer Phyllis hapte naar adem, en Tinky krijste en sprong op de grond.

'Ik hoor alles,' zei Millroy, en gaf de rat terug. Het schepsel bewoog krampachtig, werd een spat, van vast naar vloeibaar, en smolt op het mannetje zijn arm, met achterlating van een natte vlek op zijn vest. Meneer Phyllis zag er vol weerzin en geschrokken uit.

'Dit is mijn programma,' zei hij, terwijl hij naar de vlek op zijn vest graaide. 'Onthou dat.'

XV

Ik dacht: Waarom heeft hij…?

Dat was in de caravan in Pilgrim Pines, vier uitzendingen later, tegen het eind van die eerste week, vlak nadat we ons terug naar ons eten en onze faciliteiten hadden gehaast.

Millroy had besloten dat elders eten, in een ander bed slapen of een ander gemak dan het zijne gebruiken onaanvaardbaar was, 'een gruwel' zelfs. Ik had me iets anders afgevraagd.

'Is er iets?' vroeg hij terwijl hij me opnam en me met mijn duim in mijn mond diep zag nadenken. Hij was zelfverzekerd en monter, probeerde altijd nieuwe invalshoeken te bedenken voor zijn 'Maaltijdmagie'-optreden in het programma, waarin hij een succesnummer geworden was. Hij kreeg al telefoontjes, en de eerste brieven van kijkers waren begonnen binnen te komen.

Ik trok mijn duim eruit.

'Nee, pap,' om mezelf eraan te wennen.

Maar er waren diverse dingen aan de hand, zoals ik bedacht had toen hij me onderbrak. Ten eerste, waarom beweerde hij dat hij kon horen wat mensen op vijfenveertig meter afstand zeiden, en dat hij daadwerkelijk gehoord had wat meneer Phyllis in de studio had gezegd? En ten tweede, ik wist dat hij in werkelijkheid meneer Phyllis' lippen had gelezen.

Daar was hij geweldig goed in. Hij kon tv kijken met het geluid uitgedraaid, door lip te lezen. Hij zei dat het overtuigender was als je hun stemmen niet kon horen. Liplezen was een van zijn trucs geweest op de boerenkermis in Barnstable, maar dat gaf hij niet toe.

'Het zijn die oren van me,' zei hij.

Waarom zou je beweren dat je een bovenmenselijk gehoor hebt als je in werkelijkheid een goed gezichtsvermogen hebt en een bovenmenselijk vermogen tot liplezen?

Ik wilde hem net zoiets zeggen als hij altijd tegen mij zei: de waarheid is altijd interessanter dan je denkt. Wees trots op waar je goed in bent. Goed dan, waarom zou je jezelf oom Dick noemen en je hoofd kaalscheren als je Max Millroy heet en een voortreffelijke haardos hebt?

Ik had het gevoel dat hij niet wilde dat mensen hem kenden, en dat begreep ik. 'Het is zo rustgevend om anoniem te zijn.' Maar besefte hij niet dat ík, veel meer dan hij vermoedde, diverse geheimen kende – al waren ze klein – die hij verborg? Het was vervelend niet te kunnen zeggen hoe geweldig hij was, ergerlijk dat hij briljant was in iets wat hij niet kon toegeven. Of misschien was het allemaal anders, misschien werd ik geacht alles te weten, zelfs deze geheimen, omdat hij me vaak genoeg had verteld dat hij wilde dat ik alles wist, dat ik precies deed wat hij wilde dat ik deed.

Meneer Phyllis geloofde dat Millroy een wonderbaarlijk hoorvermogen had, maar ging door met fluisteren, en misschien maakte de leugen helemaal niet uit omdat Millroy precies wist wat de man zei. Hij las zijn lippen.

Hoe dan ook, met al deze spanning zat ik op deze vroege donkere septembermorgen, toen we naar Boston reden, weer op mijn duim te zuigen op de voorbank van de Ford.

Gekleed als jongen zag ik er anders uit, maar Millroy gekleed als oom Dick ook. En soms als hij benzine tankte en na betaald te hebben terugkwam van het kantoor, keek ik op naar deze man die zich naar de auto repte en vroeg ik mij af: Wie is dat?

Het was hem, met een snor, een kaal hoofd, spieren en al, hoewel hij tegenwoordig een zonnebril was gaan dragen, wat voor weer het ook was. Zelfs met zijn zonnebril wist ik dat hij gelukkig was. Het kwam door het publiek, zei hij; hij werkte graag met jonge mensen.

'Ze zijn – wat zal het zijn? – acht, negen, tien jaar oud. Jonge tieners. Je kunt hun leven gestalte geven. Je kunt ze de juiste manier laten zien om te eten en te drinken en te spelen. Je kunt bepalen hoe de hele volgende generatie Amerikanen zal zijn. Je kunt gestalte geven aan de wereld.'

Hij was even stil, en staarde naar de weg voor hem.

'Als ik "je" zeg, bedoel ik mijzelf.'

Zelfs de mensen die het programma maakten waren jong – niet jong genoeg, maar het ging toch.

Het probleem was meneer Phyllis. Wat hij had gezegd was waar. *Paradise Park* wás zijn programma, en Millroy's ruimte in het programma was niet groter dan die van de Frawlies of de Mummelende Tulpstampers. De twee mannen hadden elkaar op het eerste gezicht niet gemogen. Meneer Phyllis had de veranderingen niet prettig gevonden – de kinderen in het publiek – en Millroy zei dat hij wist dat meneer Phyllis op manieren zon om hem kwijt te raken.

'Mensen doen altijd parfum op om een vieze geur te verhullen. Telkens als ik iemand ontmoet die parfum op heeft weet ik dat het een vermomming is. Daarom vind ik parfum altijd afschuwelijk ruiken. Parfum stinkt.' Zo dacht Millroy over meneer Phyllis, en ik was het met hem eens omdat de man me herinnerde aan het soort naar pepermunt ruikend ontsmettingsmiddel dat me altijd deed denken aan toiletbacteriën.

'Ik kan er fysiek niet tegen in zijn buurt te zijn.'

In deze eerste week was Millroy onderweg naar de studio ongerust, wetend dat hij meneer Phyllis zou moeten gaan ontmoeten en met hem praten en optreden.

'Hij is bang voor me, maar wat dan nog? De meeste oudere mensen zijn bang voor me. De meesten van hen haten me omdat ik gelukkig ben. Alleen de kinderen staan aan mijn kant. Meneer Phyllis is bang voor wat ik zal doen. Hij denkt dat hij weet dat ik in staat ben tot een bepaalde hoeveelheid tovenarij. Als hij het echt wist zou hij bang zijn.'

Ik had het gevoel dat Millroy onderweg naar het programma een mentale strijd met hem leverde. 'Er is zoveel mis met hem,' zei hij.

Hij tuurde naar de weg voor hem, terwijl hij het beeld van meneer Phyllis' gezicht opriep.

'Hij heeft een rokersgezicht,' zei Millroy. 'Het is grijs. Het is mat en droog. Als ongekookt deeg dat te lang bewerkt is. Als vermalen papier, dood aan de randen. Ik heb het over een verstoorde bloedsomloop. Een rokersgezicht is een afschuwelijk, onthullend masker.'

Dan had je nog een rokershand en rokersvingers. Die had meneer Phyllis ook, zei Millroy, en een verder bewijs van zijn slechte bloedsomloop was zijn kale plek, die bedekt werd door zijn dunne, voorovergekamde haar. 'Laat je niet misleiden door zijn tanden. Hij heeft er kronen op laten zetten, maar daaronder zijn ze slecht – geel en benig. Het tandvlees is sponsachtig. Het is niet roze, maar paars. Ik denk dat het ontstoken is.' Hij tikte tegen zijn eigen voortanden. 'Het hoeft niet door eetgedrag te komen. Je kunt je tanden de vernieling in helpen door telkens weer bepaalde stommiteiten te zeggen.'

Hij slikte en trok een gezicht.

'En ik wil niet denken aan zijn eetgedrag.'

Toen huiverde Millroy, alsof hij zich iets herinnerde wat hem walging bezorgde.

'Mop, ik heb een instinctief wantrouwen jegens mensen met een slechte adem.' Hij schudde zijn hoofd en snoof. 'Meneer Phyllis' adem stinkt. Er is iets verrot in zijn binnenste.' Hij keerde zich fronsend naar mij toe en zei: 'Hij is een buitenlander, hij zweet 's nachts, hij is verstopt.'

Het verkeer was toegenomen toen we over Route 3 naar het noorden reden, en tegen de tijd dat we op de snelweg kwamen was het verkeer zo druk dat Millroy niets meer zei, alleen stuurde en remde en optrok in de massa auto's die waren samengepakt en zich snel voortbewogen op drie banen.

'En niet alleen dat,' zei Millroy toen we dichter bij onze afslag waren – hij had er slag van een onderbroken gesprek te hervatten. 'Het is onmiskenbaar dat ze onfris en ongezond zijn, maar ik denk ook dat mensen met een slechte adem lui, vulgair, stiekem en leugenachtig zijn. Daarom ruikt hun adem.'

Meneer Phyllis' adem was dik en bedorven; hij prikte in je ogen, maakte dat je je afwendde, kwam van diep in zijn binnenste, zei Millroy.

'Luister, een geur is onzichtbaar maar hij zegt alles. Hij bevat alles wat iemand ooit gegeten heeft, alles wat hij ooit heeft gedacht of gedaan. Hij is een krachtige glimp van je binnenste, en toch weet niemand hoe hij of zij ruikt.'

Hij keek nu stuurs, en zag eruit als een tovenaar met een zonnebril.

'Ik zou zijn geur graag zichtbaar maken.'

Millroy's gezicht werd goud verlicht door de zonsopgang, in een flits, en in dat licht gleed het complex van hoge gebouwen in Boston over de lenzen van zijn bril.

'Of hoorbaar.'

Nu waren we op de afrit naar Chinatown, en nu sloegen we af, en nu waren er ziekenhuizen links en Chinese restaurants rechts.

'Zoals je weet...'

Dat zei hij vaak, en ik wist het nooit.

'... geloof ik niet in het kwade. Ik geloof in goed en fout, en heel vaak zijn zij hetzelfde.'

Ik keek hem aan. Hoe konden goed en fout hetzelfde zijn?

'Wat ik met jou heb gedaan – je meenemen,' zei Millroy, 'dat was allebei.'

Die vrijdagmorgen gaven de producers ter viering van de eerste volle week van het nieuwe *Paradise Park* vóór het programma een feestje in de artiestenfoyer: sandwiches met chocoladetaart en ijs. En meneer Phyllis, die er onwelriekend uitzag, begon op te snijden. 'Ik ben tot boeddhistische monnik gewijd,' zei meneer Phyllis tegen Otis Godberry, toen we het vertrek binnenkwamen.

'Ze hebben de korstjes er afgesneden,' zei Millroy, meneer Phyllis negerend en met een blik op de borden met sandwiches. 'Jammer dat ze ze er niet aan hebben laten zitten; dat is het enige gedeelte dat wij eten.'

'Bent u zojuist van de Cape komen rijden?' vroeg Otis.

'Buzzards Bay,' zei Millroy.

'Wat voert u daar in godsnaam uit?' vroeg meneer Phyllis.

'Eten en slapen. De twee belangrijkste menselijke bezigheden. Ik kook eten. Ik maak soepen en brood. Bonensoepen. Ongedesemd brood.'

'We zitten in het caravanpark in Pilgrim Pines,' zei ik, hoewel ik zodra ik het gezegd had voelde dat ik een vergissing had gemaakt en dat Millroy het afkeurde dat ik deze informatie verschafte.

We zaten in de tegenovergelegen hoeken van het vertrek, Millroy met zijn tovenaarsmantel en laarzen, ongeïnteresseerd in het eten, en meneer Phyllis met zijn roze broek, witte gymschoenen en pepermuntkleurige trui, terwijl hij Otis Godberry en de anderen erover vertelde dat hij een boeddhistische monnik was geweest.

'Hij is onuitstaanbaar,' zei Millroy met zijn zachte buiksprekersstem. 'Hij is een nachtmerrie.'

'Dat was jaren geleden,' zei meneer Phyllis. Hij peuzelde een driehoekje witbrood op en schudde voldaan zijn hoofd, de sandwich in de ene hand, een sigaret in de andere.

'Hij zou beter de sigaret kunnen opeten,' zei Millroy. 'Of de sandwich oproken.'

Meneer Phyllis zei: 'In Bangkok.'

'Aailand,' zei Otis.

'Precies,' zei meneer Phyllis. 'Dat was lang voordat het een toeristische trekpleister werd. De Thais zijn zo lief – o, wat naar nou, er is niets op dit bord voor Tinky. Ze zal vast razend zijn.' Hij hield zijn hoofd scheef. 'Luister. De apen zijn er. Wat een kabaal.'

Het publiek, bedoelde hij. De apen zonder staarten, was hij de kinderen in het publiek gaan noemen. Hij kromp ineen wanneer hij het geluid van hun stemmen en voeten hoorde, en een blik vol haat deed zijn gerimpelde gezicht verstrakken.

'Als ze hem eens konden ruiken,' zei Millroy, door de kamer starend zonder zijn lippen te bewegen. Hij nam een slok van zijn glas water en sloeg het naar binnen terwijl hij de hele tijd praatte. 'Als ze hem eens konden horen en zien wat hij eet. Ik zou het niet eens eten noemen. Kijk nou wat hij in zijn mond stopt.'

'Danny Kaye,' zei meneer Phyllis, zijn vingertoppen aflikkend, 'een van mijn oudste en beste vrienden, stelde mij voor aan een Thaise prins in Los Angeles. Ik was aan de westkust voor een liefdadigheidsvoorstelling voor Marge en Gower Champion, en Art Linkletter smeekte me in zijn programma te komen...'

Millroy keek hoe meneer Phyllis afschuwelijke gezichten trok terwijl hij tussen zijn kiezen naar een restje eten viste dat vast was blijven zitten.

'De prins omhelsde me. Hij zei: "Ik geloof dat wij broeders zijn. Ik gebied u naar mijn land te komen en ik zal u behandelen als een vorst." Zo'n aanbod sla je niet af.'

Hij at nog een sandwich, tipte de as van zijn sigaret en glimlachte naar Otis Godberry, alsof hij hem uitdaagde een nieuwe vraag te stellen. Maar Otis Godberry was perplex. Hij dacht: Boeddhistische monnik?

'Hij droeg een fantastisch saffraangeel gewaad,' zei meneer Phyllis, terwijl hij met zijn vingertoppen over zijn pepermuntkleurige trui streek om te laten zien hoe het gewaad golfde. 'Ik ben gerechtigd zo'n gewaad te dragen. Horen jullie dat pandemonium in de studio? Ze zouden ze allemaal kalmeringsmiddelen moeten geven. Koppen dicht, kinderen!'

'Bent u echt priester gewijd in dat geloof?' vroeg Otis.

Millroy was zo ongeduldig dat er een geluid als van hete stoom uit zijn neus en mond schoot.

'Wel gewijd, maar niet om te preken,' zei meneer Phyllis.

'Verrek,' zei Otis.

'Er is geen prediking in het boeddhisme.'

'Boeddha zelf heeft gepredikt, Padmasambava heeft gepredikt, Guan Di ook. "De weg die verteld kan worden is niet de standvastige weg" – ze hebben er allemaal op los gekakeld, hoe konden ze anders het woord verbreiden?'

Millroy keek gekweld toen hij deze woorden uit zijn neus perste.

'Het boeddhisme is meer een manier van leven,' zei meneer Phyllis en wierp een blik om zich heen. 'Ik zou toch echt willen weten waar Tinky was.'

Otis zei: 'Dus u hebt daar een tijd doorgebracht?'

'Drie weken,' zei meneer Phyllis. 'Toen heb ik mijn gelofte afgelegd.'

Millroy keek op en zei botweg met zijn doordringende stem: 'Het duurt langer om padvinder te worden.'

'Ik had jarenlang boeddhistische teksten bestudeerd,' zei meneer Phyllis terwijl hij verstijfde en rechtop ging zitten, als in een boze poging uit zijn stoel op te stijgen. 'Minstens vier jaar.'

'Het duurt nog altijd langer om padvinder te worden,' zei Millroy, 'en wat heeft het voor zin?'

'Het is een van de grote wereldgodsdiensten. Het geeft lessen in wijsheid, vroomheid, matigheid, barmhartigheid, correct gedrag.'

'Dat had ik niet gemerkt,' zei Millroy. 'Maar zoals u zegt' – meneer Phyllis kneep zijn ogen samen: wat had hij gezegd? – 'er zijn geloven en er zijn gelovigen.'

'Danny Kaye wilde in het programma,' zei Otis. 'Zijn agent heeft ons dag en nacht gebeld.'

'Hij was een geweldige man,' zei meneer Phyllis. 'En zo getalenteerd.'

'Een publieks-junkie,' zei Millroy. 'De ergste soort verslaafde.'

Meneer Phyllis' kleine boosaardige gezicht zag er gekweld en giftig uit, maar Millroy praatte tegen Otis Godberry.

'Zoals u weet gebruikte hij kinderen als kruiwagen om zijn carrière te bevorderen. Volstrekt onoprecht.'

Meneer Phyllis stak nog een sigaret op. Hij rookte uit een gesneden pijpje dat bruin gevlekt en afgekauwd was.

'Waarom rookt u niet in het programma?' zei Millroy. 'Dat zou uw handen toch iets te doen geven?'

'Op het moment wil ik alleen Tinky. Heeft niemand hem gezien?' zei meneer Phyllis. 'O, Danny kwam vaak naar etentjes. Ik had een prachtig huis aan de noordkust – Manchester-by-the-Sea – ken je de streek rond Cape Ann, Otis? Er kwamen zoveel showbusinessfiguren en beroemdheden eten. Arthur Godfrey, Ed Sullivan, Pinky Lee, Art Linkletter, het hele stel. Als ze eens konden zien dat ik hier geëindigd was met het vermaken van die vreselijke kinderen.'

'U zult hier niet eindigen,' zei Millroy.

'Ik gaf overdadige feesten. U zou een hekel hebben gehad aan mijn feesten, meneer Millroy.'

'Hoe weet u dat?' Millroy kwam overeind uit zijn stoel en liep naar meneer Phyllis toe.

'Het eten. Het was fantastisch.'

'Eten is mijn lievelingsonderwerp,' zei Millroy. 'Raad eens wat ik voor mijn ontbijt had?'

Met opnieuw een boosaardige blik, zijn gezicht strak van monterheid, zei meneer Phyllis: 'Ik heb geen idee. Vertelt u het alstublieft.'

'Ik kan het u laten zien,' zei Millroy, en terwijl hij een lege schaal van de tafel met gesneden sandwiches en taart pakte, gaf hij er met een kort blafje keurig in over. Toen hield hij de schaal met dampende gele brokken voor meneer Phyllis' gezicht.

'U bent walgelijk!'

Terwijl hij zijn hand met een wrijvende beweging in de schaal rond liet draaien, liet Millroy de inhoud ervan verdwijnen, en toen de schaal zelf. Hij sloeg zijn armen over elkaar, en toen hij ze weer opende hield hij Tinkum de kat vast, die op een van Millroy's armen zijn vacht lag te likken.

'Kom hier, Tinky, kom hier, lieverd,' zei meneer Phyllis. 'Laat die man ons niet kwellen.'

Maar de grote zachte kat had zijn platte gezicht naar Millroy gewend, die het als met een lichtstraal uit zijn ogen in de ban hield.

Meneer Phyllis drukte zijn sigaret uit en gilde: 'Kom hier, klef beest. Tinky!'

Maar de kat keek naar Millroy, die een laag, vol gebrom in zijn keel voortbracht dat ik maar net kon horen.

'Ik praat tegen je!'

'Normaal gesproken hou ik niet van katten,' zei Millroy. 'Ik hou niet van de dingen die ze eten. Maar ik zou deze knaap kunnen spenen met plantaardig voedsel.' Hij streelde Tinky's kop en krabde achter zijn oor, en de kat reageerde door Millroy's vingers te likken.

Precies op dat moment klonk er gelach in de studio.

'De kinderen wachten,' zei Millroy.

'Laat die kinderen verrekken, Millroy. Ze kunnen het lazarus krijgen. Geef me mijn Tinky terug.'

Maar de kat trok zijn gezicht samen en bleef stevig zitten zonder zich om te draaien of met de ogen te knipperen of zelfs met een snorhaar te trillen, terwijl meneer Phyllis nog meer schunnige woorden zei.

XVI

Millroy's ogen veranderden met zijn stemming – waar keek hij naar? waar dacht hij aan? – wittig en strak als hij iets zag wat hij wilde, op hun blauwst als hij blij was, geelgroen als hij argwanend was, roodachtig als hij uitweidde over voedsel en honger, enzovoorts. Ongeacht de kleuren maakte alleen al het woord 'hamburger' dat zijn ogen levenloos werden; ze verdonkerden als hij zich concentreerde, en als ze zwart werden was je verloren.

Meneer Phyllis glimlachte in de camera en knoopte met precieuze gebaren zijn vest met zuurstokstrepen dicht. De herkenningsmelodie van *Paradise Park* was begonnen:

> *Wat een jolijt, de hele tijd*
> *in* Paradise Park,
> *Wij zijn vrij, ik en jij,*
> *in* Paradise Park...

Millroy was aandachtig, bijna devoot in de manier waarop hij meneer Phyllis gadesloeg. Hij bracht zijn hoofd in positie als een wapen, en zijn ogen glansden als steenkolen.

'Als je denkt dat er twee meneer Phyllissen zijn, één die buiten de camera rookt en vloekt en één die op het scherm glimlacht en meesmuilt – als je dat denkt, heb je het mis, maar het is een gebruikelijke misvatting. Er is maar één meneer Phyllis.'

Als je niet wist dat hij rookte en opsneed en vloekte en 'hak haar lange vingers af' zei, zou je dan niet denken dat deze glimlachende man die zijn kleurige vest dichtknoopte een aardig iemand was?

'Ten eerste is het geen glimlach, zie je,' zei Millroy. 'Het is een grauw. Hij is heel ongelukkig.'

Meneer Phyllis zei: 'Ik ken een liedje over knopen – willen jullie het horen?'

'En het is allemaal op zijn gezicht geschreven, de bijzonderheden

142

van deze zeer onvolkomen man.' Millroy was half aan het fluisteren, half aan het buikspreken. 'Je moet alleen weten hoe je hem moet lezen. Hij heeft inderdaad een rokersgezicht, en aan de scheefheid van zijn mond en de kleur van zijn tanden kun je zien dat hij zelden een goed woord voor iemand over heeft. Maar luister, al was hij op de radio, dan zou ik door het geluid van zijn stem weten dat hij... ik wil niet zeggen diabolisch was, maar wat dacht je van: verderfelijk?'

Meneer Phyllis zong vlak en vals met zijn zuur vertrokken mond:

'Knopen groot en knopen klein
in een knoopsgat gewurmd
houden onze kleren...'

Millroy's ogen flitsten naar meneer Phyllis; toen sloot hij ze en zuchtte, terwijl hij zijn vingers dichtkneep.

'Bah,' zei hij. 'Dat gefluit, dat gelispel van eigenliefde, zoals hij ervan geniet naar zichzelf te luisteren. De manier waarop hij zingt onthult alles – zijn slechte bloedsomloop, zijn fibrillerende tikker, zijn zwarte longen – en dat is gewoon de stomme dreun van zijn lichaam. Is dit de boodschap die we de kinderen van Amerika willen sturen?'

Zich van de man zelf naar de studiomonitor wendend, schudde hij zijn hoofd. 'Ik vraag me af wat de Frawlies doen op deze mooie zonnige dag. Ze zijn vast als brave kleine Frawlies bezig het keurig schoon te houden in hun boomstronk in *Paradise Park*.'

Meneer Phyllis duwde zijn gezicht tegen het tv-scherm van de monitor en maakte zijn beroemde apewangen.

'Houden jullie het keurig schoon?'

'Kussenbijter,' zei Millroy. 'Die man verkoopt gewoon gifkoekjes.'

Tiere-liere-lie, klonk de muizemuziek van de Frawlies, en meneer Phyllis legde zijn hand tegen zijn oor.

'Ik geloof dat ik onze lievelingskleintjes hoor. Jullie ook?'

'Een schadelijke invloed,' zei Millroy.

'Natuurlijk horen jullie ze ook! En kijk, daar is Wally Frawly!'

Ergens in een ander deel van de studio, onder het oog van een andere camera, joeg een poppenspeler Wally Frawly de boomstronk op en neer, en toen de muziek aanzwol, keerde meneer Phyllis zich af van zijn microfoon en zette toen hij zijn kat Tinkum zag zijn akelige stem op en zei: 'Kom hier!'

Maar de kat aarzelde en kroop weg naar het kinderpubliek, waar een klein meisje met een badge waarop TRISH stond Tinkum over zijn kop aaide.

Op het scherm verzamelden de Frawlies blikken en kwasten en praatten erover hun boomstronk te schilderen.

'Blijf met je smerige handen van mijn kat af,' zei meneer Phyllis.

Het kleine meisje strengelde haar vingers ineen, perste haar lippen samen en keek alsof ze op het punt stond te gaan huilen.

'Denk maar niet dat ik niet weet hoe ik je achterwerk moet opwarmen,' zei meneer Phyllis.

De Frawlies zongen:

'Zullen we het blauw of groen verven,
rood of geel of...'

Meneer Phyllis maakte dreigende gebaren naar Tinky.

'Al had hij een zak over zijn hoofd en zei hij geen woord – al was hij niet in deze ruimte maar overzee, en niet op de televisie, dan zou ik, als ik toevallig hier zat, toch weten dat hij gevaarlijk was.'

Millroy verzamelde zijn goochelaarspotten en -pannen, liet voorwerpen in zijn mouwen, groenten in zijn zakken glijden, ter voorbereiding van 'Maaltijdmagie'. 'Ik zeg "gevaarlijk" omdat hij iemand met gezag is. Onschuldige kinderen kijken naar hem en denken dat hij de antwoorden heeft.'

'Maar als hij overzee was' – ik probeerde daar nog steeds achter te komen – 'hoe zou u dan weten dat hij gevaarlijk was?'

Juist op dat moment verdween meneer Phyllis, terwijl de Frawlies rond hun boomstronk renden en blikken verf over elkaar uitstortten.

'Door zijn geur?'

'Door zijn kat,' zei Millroy.

Tinkum de kat wierp hem een blik toe toen Millroy dit zei.

In een ander gedeelte van de studio zei meneer Phyllis: 'Ik praat net zo hard als ik prettig vind. Ik wil een kop hete thee met drie scheppen suiker voor mijn uitgedroogde keel, en ik wil mijn kat!'

Millroy staarde naar de microfoon die boven meneer Phyllis' hoofd hing terwijl hij zich beklaagde. Inmiddels waren de kinderen in het publiek gewend geraakt aan meneer Phyllis' uitbarstingen, en keken ze op de studiomonitor hoe de Frawlies met de verfblikken aan het ravotten waren.

'Zijn kat is een kussen, een haarbaal, een los stuk vlees. Hij is te zwaar en behoeftig. Zijn ogen staan troebel, zijn vacht is dof. De spierspanning van dit beest is armzalig. Hij heeft de reflexen van een schoenveter. Vergeet even al het blikvoer dat hij heeft verwerkt. Denk eens aan de sigaretterook die deze kat passief heeft geïnhaleerd door in het kielzog van meneer Phyllis te zijn. Ik wist dat meneer Phyllis in de problemen zat toen ik Tinky zag.'

Toen pas hield hij ermee op naar meneer Phyllis' microfoon te staren en liet hij zijn donkere ogen op Tinky rusten.

'Wanneer ik zeg "in de problemen" bedoel ik een verlies aan veerkracht. Bij allebei.'

Millroy wenkte de kat door zijn hand uit te steken en zijn vingers te openen.

'Dieren vertrouwen me. Ze zijn nooit rivaliserend. Ze ruiken geen vlees aan me. Ze ruiken geen bloed.' Terwijl de kat zijn neus tegen zijn vingers drukte zei hij: 'En kinderen hebben hetzelfde gevoel. Maar zoals je weet zetten sommige volwassenen zich tegen mij af.'

Ik kon zien dat hij terwijl hij dit zei meneer Phyllis in zijn blik ving.

De man trok een heksengezicht naar hem, en wat het erger maakte was de mondvol niet-doorgeslikte koffie die als een harde bal tegen zijn wang bolde.

De Frawlies waren opgehouden met vechten. Ze zaten nu onder de verse verf en maakten muziek, en het enige dat je op de monitor zag en hoorde waren die muizen, die hun mond wijd openzetten en luidkeels zongen.

'Tinky hoort bij mij en niet bij een of andere onverantwoordelijke idioot,' zei meneer Phyllis.

Het was zijn gewone Tinky-aanval. Wanneer de Frawlies zonder hem op het scherm waren, stapte hij slechtgehumeurd onder zijn uitgeschakelde microfoon op en neer. Het maakte niet uit. Weldra zou hij door de camera worden ingekrompen, een stil kereltje in een gestreept vest, met zijn katje op schoot. Niemand hoorde hem ooit in het poppen- of tekenfilmgedeelte van het programma.

En waar was zijn kat vandaag? Die lag ineengedoken voor Millroy, die fluisterde tegen het zachte, misvormde schepsel. De kat keek om zich heen en deed toen voorzichtige, wankele stappen naar de stoelen van de kinderen, met een schommelende buik.

'Kom hier,' zei meneer Phyllis, naar achteren grijpend.

Tinky sloeg er geen aandacht op en bleef naar de kinderen toe trippelen, die begonnen waren zachte kusgeluiden te maken om de kat te roepen.

Niemand hoorde meneer Phyllis zeggen: 'Laat mijn Tinky met rust!'

Millroy concentreerde zich nu op de Frawlies.

'Hollie doet raar, man!'

'Maak je broer niet van streek!'

'Ik zei alleen,' en het muisje Holly Frawly knipperde met haar lange wimpers, 'dat ik voor de verandering weleens een kat zou willen opeten. Ik bedoel, levend opeten.'

Deze onverwachte grap bracht meneer Phyllis in de war, die 'nee!' riep en Millroy zei: 'Kijk, hij is uit z'n evenwicht.' Hij glimlachte.

Meneer Phyllis sloeg met zijn handen in de lucht en gebaarde naar zijn kat.

'Daar krijgen jullie spijt van,' riep hij naar de kinderen in het publiek, die Tinkums vacht aaiden.

Het feit dat zijn microfoon tijdens het Frawly-gedeelte uit stond schonk hem altijd vertrouwen, maar vandaag was hij over zijn toeren, hij spuwde en vloekte.

Hij had gewaarschuwd moeten zijn, niet alleen door de donkerte van Millroy's ogen maar ook door het oplichten van de studiolampen boven zijn hoofd, als op Millroy's bevel.

'Hou op met die stomme onzin, gestoorde dwergen...' Hij had gewaarschuwd moeten zijn toen een camera zich als vanzelf op zijn droeve, geschrompelde gezicht richtte.

Hij bleef zijn uitzinnige lippen vertrekken en gilde toen: 'Ik zou nu graag een vleesmes willen hebben!'

Hij zag eruit als een vrouw uit een oud verhaal, met haar op haar gezicht en een zwarte hoed op.

De studio leek behekst; hij gonsde van hitte en licht. De lachende kinderen in het publiek speelden met Tinkum, en op het scherm zong Wally Frawly zijn wraaklied over muizen die levende katten eten. En meneer Phyllis was ook op het scherm, met een wit, katachtig gezicht, razend.

'Wat is er aan de hand?' zei Otis Godberry, die te voorschijn kwam uit de deur naar de controlekamer.

'Lelijke apekoppen!' – het was meneer Phyllis op de monitor, die in de lucht graaide en zijn kleine tanden liet zien – 'hak hun vingers er verdomme af!'

Op dat moment kwam, als een volgend giftig woord, een ratte-snuit uit zijn mond te voorschijn en verstikte hem terwijl hij naar buiten gleed en op de vloer sprong.

'Wat was dat in godsnaam?' zei iemand. 'Zijn we nog steeds in de lucht?'

'Zijn microfoon staat aan, maar wat doet hij daar?'

'We raken onze vergunning kwijt,' zei Otis.

Meneer Phyllis was nog steeds op het scherm; hij krijste en zag er afschuwelijk uit.

'We zijn zojuist het beeld kwijtgeraakt,' zei een cameraman.

Er begon Hawaïmuziek te spelen, op spottende toon.

Millroy glimlachte, maar hij zag er uitgeput uit, alsof hij zojuist iets heel zwaars had opgetild. Hij hijgde en was een beetje klam en bleek.

'Het is zijn lunch geweest,' zei Millroy. 'En hij weet het niet eens.'

Omdat meneer Phyllis de hele tijd aan het sissen was geweest – en was dat zijn paarse tong of weer een rat in zijn mond?

Iemand zei: 'Laat hem zijn mond houden.'

De kinderen plaagden Tinky, de Hawaïmuziek speelde, en me-neer Phyllis verslikte zich in het volgende dat hij zei. Toen zweeg hij en leek hij heel klein naast de grote blauwe buik van de veiligheids-beambte.

'Las oom Dick in.'

Millroy stond al klaar, omlijst door zijn oom Dick-gordijnen, en toen ze met een ruk opengingen stapte hij met een glimlach naar voren en bracht een zwerm witte duiven te voorschijn uit de man-chetten van zijn wapperende mouwen.

'Het is tijd voor Maaltijdmagie!'

De kinderen keken op naar de cirkelende vogels en juichten, en toen ze weer naar Millroy keken liet hij twee kloeke gele meloenen ronddraaien op de rechtopstaande wijsvinger van elke hand.

Op dat moment zag ik meneer Phyllis een blik werpen vanuit de uitgangsdeur van de studio, waar hij weggeleid werd door de veilig-heidsbeambte. Nu wist hij wat tovenarij betekende.

Hij was in de artiestenfoyer en oogde nog steeds kleintjes toen Millroy na het eind van de uitzending binnenkwam en hem tot troost de hand reikte.

Meneer Phyllis vertrok zijn beursachtig mondje voor een kort giftig woord, en er stond speeksel op zijn lippen.

Millroy toonde meneer Phyllis zijn lege hand en toverde op wonderbaarlijke wijze een kwartje uit zijn vingertoppen te voorschijn.

'Je heet Sidney Perkus,' zei Millroy, 'en je hebt diverse keren je moeder genoemd.'

Dit verzachtte de uitdrukking op meneer Phyllis' gezicht.

'Hier heb je een kwartje, Perkus. Bel je moeder en zeg tegen haar dat je je zojuist hebt laten ontslaan bij een grote tv-serie.'

XVII

Zo nam Millroy *Paradise Park* over. Hij stapte er gewoon met een glimlach in en bracht die duiven te voorschijn, en toen de meloenen, die hij op zijn vingers liet ronddraaien en onder de kinderen verdeelde. Hoewel er maar twee meloenen waren en honderd kinderen, waren er genoeg partjes om elk kind te eten te geven. Niemand had commentaar op dit kleine wonder, en het enige dat Millroy zei toen hij het serveerde, was: 'Tovenarij is natuurlijk.'

Daar was oom Dick.

'Zo vaak in het leven,' zei Millroy tegen mij, 'hoor je of zie je iets, en denk je: Ik wou dat ik dat niet had gehoord.'

Hij kromp ineen bij de gedachte aan meneer Phyllis.

'Ik wou dat ik dat niet had gezien.'

Daar ging meneer Phyllis de deur uit, hij zag er geslagen uit, de gedoofde lichten verbrokkelden in zijn ogen, de lucht sijpelde uit zijn gezicht. Zonder bepaalde kleur nu zijn schmink eraf was geboend, leek hij een gerimpeld strandspeeltje dat langzaam leegloopt, zo zacht, zo oud, zo treurig, zo breekbaar plotseling, als iemand die spiernaakt is uitgekleed, dat Millroy zei dat het hem speet dat hij tegen hem had gezegd zijn moeder te bellen en haar te zeggen dat hij was ontslagen.

Zoals hij langzaam wegliep zag meneer Phyllis er anders uit, niet alleen maar lek geprikt. Hij was kleiner geworden, en de nederlaag verkleinde hem nog verder, tot hij heel klein was. Hij liep vreemd, licht doorgezakt, scheef van mislukking, alsof hij leerde hinken.

'Maar ik ben blij dat je het hebt gezien, engel,' zei Millroy. 'Dat moest.'

Meneer Phyllis had sterk geleken, zoals mensen doen wanneer ze de baas zijn, maar er was weinig voor nodig geweest om hem kapot te maken, en zo realiseerde ik me hoe zwak hij altijd was geweest.

'Wat vers fruit, een stukje meloen zou hem nu goed doen,' zei Millroy. 'Zijn bloedsuikerspiegel moet heel laag zijn. Dat kan je zien.'

Millroy en ik zaten in de vergaderkamer van de directie het oordeel over het programma van maandag af te wachten. Nu meneer Phyllis weg was, was er een noodsituatie ontstaan. Elke doordeweekse morgen was er van acht tot negen een live uitzending van *Paradise Park*. Zou oom Dick het programma overnemen, of zou er een heel nieuwe formule voorgesteld worden?

'Ik ben blij dat je er bent, engel. Zie je hoe ik in deze kamer precies op mijn plaats ben?' vroeg Millroy.

Hij had een methode om met zijn vingertoppen tafels te laten zweven, en dat deed hij onder het praten. Omhoog ging de lange vergadertafel, en terwijl die even in de lucht trilde, maakte hij zijn vingers tot een spin op het tafelblad en duwde hem met zijn vingertoppen langzaam omlaag.

Zijn toverkunsten maakten me soms nerveus, en dit was een van die keren. Ik vroeg me nooit af of de tafel te pletter zou vallen, maar ik had een zenuwachtig gevoel als ik bedacht dat elk moment Otis of juffrouw Spitler of meneer Mazzola de deur open zouden kunnen doen en zien dat hun mahoniehouten vergadertafel een meter van de vloer was. Het was niet zo dat ik gegeneerd of bang was, maar was het wel goed om toverkunsten te doen met andermans tafel?

'Maak je geen zorgen,' zei Millroy. 'Toveren is het enige dat je met andermans spullen kunt doen. Je kunt er niets beters mee doen.'

Terwijl hij de tafel op zijn plaats liet neerdalen zei hij dat iedereen zich op het moment waarschijnlijk zorgen maakte over het programma, maar dat ze wanneer hij eraan begon zouden bedaren en blij zouden zijn dat meneer Phyllis weg was.

'Maar ík heb het niet gedaan. Híj heeft doorgetrokken.'

Millroy streek zijn snor op met zijn lange slanke handen terwijl hij dit overdacht.

'Ik had zoveel kunnen doen. Ik word bang wanneer ik bedenk wát allemaal.' Hij maakte een bedachtzaam kussend geluid tegen zijn vingertoppen. 'Ik had hem kapot kunnen maken, maar dat zou duivels geweest zijn. In plaats daarvan heb ik hem, door dwars door hem heen te kijken, zichzelf kapot laten maken.'

Hij sloeg zijn ogen naar me op, en ze waren het blijste blauw dat ik ooit had gezien.

'Dat is wat God doet. Hij straft ons niet. Hij kijkt naar ons, en er is iets vreselijks in de schittering van zijn gestadige blik, als een licht dat onze harten doorzoekt. Zo laat hij ons onszelf straffen.'

Hij glimlachte terwijl hij mijn hand nam.

'Ik was maar een instrument van zijn macht, en jij was een betrouwbare getuige.'

Mijn kleine klamme hand rustte in zijn grote droge handpalm, en hij leek het gewicht ervan te schatten terwijl hij hem ophief, alsof mijn hand een dwergplant was.

'Daarom heb ik je nodig, engel. Niet nu, maar op een dag zul je moeten vertellen wat je hebt gezien. Ik wil dat je alles onthoudt.'

Ik zei: 'Maar u heeft wel iets met meneer Phyllis gedaan.'

'Niet veel.'

'Was het tovenarij?'

Millroy schudde zijn hoofd.

'Dierlijk magnetisme,' zei hij, de lege vergaderkamer rondkijkend. 'Noem het Dicktronica.'

Stralend daglicht werd omlijst door het raam en schitterde als iets moois dat op de lange geboende tafel was gemorst. Het zonlicht leek mij vreemd toe, omdat we op deze tijd van de morgen normaal gesproken op onze terugweg naar Buzzards Bay waren. We waren net bij het ochtendkrieken bij de studio gearriveerd, toen de lucht roze of grijs was, de wolken – de hele lucht boven Boston – net een kattevacht waren, en alle straten nattig en zwarter van de nachtelijke dauw. In het vroege schemerlicht van deze herfstochtenden leek Boston vaag en onaf, maar tegen de tijd dat het programma voorbij was, was de dag heet en stralend geworden, stond de zon boven de haven, en leek de stad oud en te dicht bebouwd. Dan wilde Millroy dolgraag weg, terug naar de caravan voor het eten en de faciliteiten.

'Ik kan in deze stad niets te eten vinden,' zei Millroy.

Hij haalde twee hompen brood en een honingraat te voorschijn en maakte er een sandwich van, die hij in tweeën brak om te delen. Zoals altijd at hij langzaam, zorgvuldig kauwend, alsof hij elke hap inspecteerde, zich concentrerend op de smaak. Het leek helemaal niet op eten, maar op keuren met zijn mond.

Onder het eten keek hij naar de deur waar de producenten van het programma hun noodvergadering hielden.

'Ze proberen te beslissen of ik de klus kan klaren.' Hij kauwde. 'Ze vragen zich af of ik in de schoenen van meneer Phyllis kan staan.' Hij slikte en glimlachte. 'Zijn petieterige schoenen.'

'Het was wel treurig hem te zien weggaan,' zei ik, en zag het oude mannetje in het gestreepte vest weer wegstrompelen met zijn zwaarlijvige kat.

'Als de dood,' zei Millroy. Maar hij zei het bruusk, zonder veel gevoel. 'Net als de dood. Hoe ik dat weet?' Hij nam nog een hap van de sandwich en kauwde erop, terwijl hij me toeknikte. 'Omdat ik daar geweest ben – ik ben doodgegaan.'

Hij werd heel aandachtig, wachtte om te zien wat voor indruk dat woord op mij zou maken. Ik knipperde alleen met mijn ogen en liet hem doorgaan, omdat ik wist dat hij wilde praten over de dag dat hij gestorven was.

De dag dat hij wát?

'Weet je nog dat ik je vertelde dat profeten en boodschappers beproefd worden met allerlei verzoekingen en ontberingen?'

Ik zei van nee, dat had hij niet verteld.

'Weet je nog dat ik je vertelde dat ik dik was? Zulke bolle wangen? Hamburgergezicht? Dikke stem? Kortademig? Mensen die boe-geluiden maakten en eten naar me gooiden?'

Hij zei dit luchtig, knabbelend aan de randen van de honingraatsandwich.

'Ik was zo dik dat ik een rugnummer had moeten hebben. Mensen zeiden tegen me dat ik moest gaan joggen of een roeitrainer gebruiken. Ik hield het ongeveer vijf seconden vol. Ze hielpen me uit de droom – beweerden dat ik geen lichaamsoefening verdroeg.'

Hij zat aan het uiteinde van de vergadertafel en tuurde er in herinneringen verzonken over de glimmende lengte langs.

'Hoe kon ik weten dat ik verstrikt was in het donker van mijn lichaam?'

'Daar heeft u me over verteld,' zei ik.

'Maar waarom vond de dokter me niet abnormaal en besefte hij niet dat ik verdoemd was?'

Wat ik me afvroeg was: Waarom glimlacht Millroy?

'Omdat de dokter dik was,' zei hij monter. 'En hij rookte. Stel je voor hoe zijn vinger – rokersvingers – in mij porde en probeerde iets verkeerds te vinden. Hij onderzocht mijn galblaas en vond niets verkeerds. Waarom? Omdat die helemaal verstopt zat. Afzonderlijke stenen kwamen niet aan het licht. Het was één compacte steen.'

Hij was klaar met zijn sandwich en nam kruimels op met een natte vingertop, en maakte zo het glanzende oppervlak van de tafel schoon.

'Op een morgen ben ik doodgegaan. Je denkt dat het een enorme aardbeving wordt met muziek. Maar het was geen grote gebeurtenis; ik was al jaren bezig geweest met doodgaan. Ik gleed gewoon weg. Mijn hart hield op; er kon geen bloed door het vet in mijn slagaders.

Noem het het zuur – zo voelde het aan.'

Hij stond op en zag er zo sterk uit dat ik me hem onmogelijk anders kon voorstellen, en toch zag ik die andere man die hij beschreef als een grote zware hoop in bed liggen.

'Niemand probeerde me serieus weer tot leven te brengen. Waarom zouden ze zich druk maken wanneer ze me voor reserveonderdelen konden gebruiken? Mijn ogen en lever functioneerden nog steeds. Ze konden mijn hoornvliezen transplanteren. De rest zouden ze begraven op een stortplaats voor giftig afval.'

Toen hij voetstappen achter de deur hoorde, werd hij alert en sprak snel, met een hoopvolle blik.

'Ik lag daar gewoon af te koelen,' zei hij. 'En ik had een kosmische ervaring.' Hij hoorde iets ver weg, en herhaalde met een blije klank: 'Ik had een kosmische ervaring van de persoon die ik was geweest – niet recentelijk maar lang geleden, en ik zag mezelf als een kind van zes – gezond, gelukkig, vol hoop, in staat tot toverkunsten. Begaafd. Onschuldig. Als de kinderen in het programma. Als jij, engel, op de dag dat ik je voor het eerst zag.'

Er waren mensen aan de andere kant van de deur, die snel liepen en praatten.

'Ik ben uit de dood opgestaan, hartje.'

Otis deed de deur open, met meneer Mazzola en juffrouw Spitler achter zich.

'Jullie willen me,' zei Millroy.

Ze lachten allemaal toen ze dat hoorden, omdat het waar was. Ze schudden hem de hand, feliciteerden hem en gingen toen rond de tafel zitten.

'Uw nieuwe contract wordt opgesteld,' zei juffrouw Spitler. 'Tegen het midden van de volgende week zouden we iets voor u moeten hebben.'

'Geld heeft niet mijn speciale belangstelling,' zei Millroy. 'Mijn beslissingen worden genomen zonder rekening te houden met de beloning.'

'Het zal gebaseerd zijn op het contract van meneer Phyllis,' zei meneer Mazzola.

'Mensen raken het beste van hun persoonlijkheid kwijt naarmate ze ouder worden,' zei Millroy. 'Geestige mensen worden minder grappig, excentriekelingen worden gek, en het ergste is dat ze het niet weten.'

'Hij was onze eerste presentator,' zei juffrouw Spitler. 'Meneer

153

Phyllis heeft ongetwijfeld zijn stempel op het programma gedrukt.'

'Zijn bijdrage was futiel,' zei Millroy terwijl hij zijn vingertoppen op de tafel plaatste.

'Dat is een feit,' zei Otis.

'Hij was het vet van zijn persoonlijkheid kwijt,' zei Millroy. 'Zijn scherpe kantjes staken eruit.'

'Je kon ze zien,' zei Otis.

'Hij vindt wel wat,' zei juffrouw Spitler. Maar de teksten zouden dezelfde blijven tot het eind van de volgende week. Millroy hoefde alleen de regels van meneer Phyllis op het afleesapparaat te lezen. De week daarna, zei ze, kon hij zijn eigen materiaal ontwikkelen.

Ze gingen door met praten maar ik hield op met luisteren. Ze leken allemaal tevreden, hoewel de sfeer grimmig en een beetje beverig was, alsof er zojuist een storm had gewoed.

'Nu moeten we terug naar huis,' zei Millroy. 'Buzzards Bay.'

Verstrooid liet hij zijn uiteinde van de tafel zweven door met zijn vingers aan het tafelblad te rukken.

'Lijkt een vreselijk eind,' zei Otis.

'Ik moet eten,' zei Millroy.

Nu staarden ze allemaal naar de tafel, die boven de vloer schommelde.

'Laten we gaan, knul.'

Béng.

Millroy kwam op terwijl hij de herkenningsmelodie van *Paradise Park* speelde ('Wat een jolijt, de hele tijd...') op een mondharmonika die hij tegen zijn neus geklemd hield; snuivend bracht hij de tonen voort, terwijl hij met één hand met zes rauwe wortelen jongleerde. Hij gebruikte de tekst van meneer Phyllis maar sprak die anders uit, en hij introduceerde de kinderen in het publiek – praatte met ze, liet ze commentaar geven op de poppen en tekenfilms.

Wat Millroy het leukst vond was met de kinderen praten, ze karweitjes te doen geven, en kijken hoe ze in de weer waren met potten en pannen en flessen en dingetjes. Hij raakte niets aan, zodat de kinderen door zijn aanwijzingen uit te voeren toverkunsten deden. Maar ze wisten niet wat ik wist, dat Millroy er plezier in had tovenarij te bedrijven met woorden, en dat hij geïnspireerd was tot het verrichten en aankondigen van een wonder.

'Het Boek staat vol met kijk-eens-zonder-handen-tovenarij,' had hij me verteld. '"Sta op, neem uw bed op en wandel," en de kreupele loopt weg. Of: "Ga naar huis, uw zoon is in leven," en de zoon van de edelman is genezen van zijn koorts. Of tegen Petrus: "Ga een vis vangen, open zijn bek en u zult een muntstuk vinden." En daar is het muntstuk, precies zoals de Heer had gezegd! Zonder handen!'

Zelfs op de eerste dag dat hij de presentator was, ging hij zo te werk; hij droeg de kinderen in het publiek op een grote hoop groenten in een lege zilveren laadkist te stoppen.

'Doe nu het deksel dicht, en laat iedereen zijn handen op het deksel leggen. Voelen jullie iets?'

'Nee, oom Dick!'

'Neem nu het deksel eraf en kijk naar binnen en vertel me wat jullie zien.'

De groenten waren weg en in plaats daarvan was er een vloeistof, die Millroy hun opdroeg in zes glazen met roodachtig groentesap te schenken. Aanvankelijk angstig kijkend proefden ze het, maar ten slotte dronken ze het allemaal op.

'Is dat niet het beste spul dat jullie ooit hebben gedronken?'

Millroy zei dat er een strenge logica en een zuiver motief school in elk beetje tovenarij dat hij bedreef, of het nu om kijk-eens-zonderhanden of om totale betrokkenheid ging. Hij veranderde grote bruine piepers in aardappelpuree, meel in brood en melk in yoghurt en daarna in vetloos ijs. Hij liet dit eten rondgaan onder de kinderen in het publiek, en er was altijd genoeg voor iedereen en zelfs nog wat over.

'Het is natuurlijke tovenarij,' zei hij na de uitzending van de woensdag daarop. 'Nu ik erover denk, dat zou geen slechte naam zijn voor het hele programma. *Paradise Park* heeft een bijklank van onwerkelijkheid. Het brengt de verkeerde boodschap over.'

Otis Godberry was het met Millroy eens, maar de anderen – meneer Mazzola en jufrouw Spitler – zeiden nee, dat naamsbekendheid belangrijk was, en dat het programma daarom zelfs zonder meneer Phyllis populair bleef.

'Wat dachten jullie dan van *Eten met Ernie*?' zei Millroy.

Ze wierpen hem een bepaalde, stille blik toe die betekende: Laat maar zitten.

'Ik zou mijn naam in Ernie veranderen,' zei Millroy.

Dit bracht hen in verwarring, want hoe konden zij weten dat Millroy altijd zijn naam veranderde?

'Ik vind u leuk als oom Dick,' zei juffrouw Spitler, niet wetend dat die ook verzonnen was.

'Wat doen de meeste mensen wanneer zij tv kijken? Wat doen alle kinderen?' Millroy was nog steeds aan de gang, nog steeds balletjes aan het opgooien. 'Ze kauwen kauwgom, ze smakken popcorn, ze nemen tussendoortjes, ze zuigen snoepgoed, ze likken hun vingers af. Ze zoeken orale bevrediging. In één woord: ze eten.'

'We hebben een heel betrouwbare formule,' zei juffrouw Spitler. 'Die hebben we te danken aan meneer Phyllis.'

'Meneer Phyllis was ongezond. Hij was ziek en zwak omdat hij niet goed at. Hij rookte. Hij was onregelmatig – dat kon je zien. Dit is toch een ontbijtprogramma. Mij lijkt dat we gebruik kunnen maken van het tijdstip.'

Geen van hen zag waar hij op uit was.

'Zorg dat de kinderen goed eten,' zei hij, 'in plaats van ze eraan te wennen ongezonde mensen en onbeduidende poppen te zien. Laten we eerlijk zijn, de Frawlies zijn ongedierte, de Mummelende Tulpstampers zijn insekten.'

Ik wist waar hij heen wilde omdat hij zelfs vóór de dag dat meneer Phyllis vertrok over niets anders had gepraat.

'Vergeet *Paradise Park*. Noem het hele programma *Maaltijdmagie*. Vul het met eetwaar die voedingswaarde heeft.'

'Zoiets als *Eet met plezier*?' vroeg Otis.

'Nee,' zei Millroy. 'Iets serieus. Praat over eten in het algemeen. Over ziekte en dood, gezondheid en magie. Ontsluit een hele wereld voor ze. De kinderen willen misschien weten waarom hun ouders groot en kortademig en zweterig zijn. Waarom ze vreselijk ruiken, waarom ze onredelijk zijn en slechtgehumeurd, waarom ze doodgaan.'

'Waarom ze doodgaan?' vroeg juffrouw Spitler.

Met een geduldige uitdrukking en een zachte stem zei Millroy: 'Uw zoon Tom, die diverticulitis had, over wie ik twee weken geleden in ditzelfde kantoor met u gepraat heb – hoe gaat het met hem?'

'Veel beter. Hij is helemaal genezen.' Juffrouw Spitler keek verward en dankbaar en onzeker van zichzelf tot ze een stap opzij deed, als uit Millroy's magnetisch veld, en zei: 'Maar u heeft het over het volledig veranderen van het beste kinderprogramma in Boston.'

'Als hij aan zichzelf was overgelaten was Toms karteldarm misschien wel volledig omgeleid naar een stomazakje,' zei Millroy. 'Ik heb een boodschap, dochter.'

'Ik snap niet wat uw voorstel is,' zei meneer Mazzola.

Millroy zei: 'Leg mij eens uit waarom Amerikanen die uitgere-

kend in restaurants en supermarkten werken er altijd ongezond uitzien.'

'Omdat ze niet goed eten,' zei Otis.

'Deze man kijkt goed uit zijn ogen,' zei Millroy.

Terwijl ze nog steeds van Millroy vandaan stond, zei juffrouw
Spitler: 'We houden de formule.'

Zonder een bezwaar of verder nog iets te zeggen, accepteerde
Millroy dit. Later volgde ik hen door de gang naar de lobby van het
tv-station.

'Er is maar één dik persoon in het Boek,' zei Millroy terwijl hij
zijn arm om Otis Godberry sloeg. 'Zijn naam is Eglon en hij wordt
neergestoken. Waar? Op het gemak! Er zijn oude mensen en er zijn
zieken, er worden allerlei kwalen vermeld, niet alleen melaatsheid en
steenpuisten, maar ook infecties en waterzucht en andere aandoe-
ningen. Toch wordt, afgezien van "Eglon was een heel dikke man"
in Richteren, nergens melding gemaakt van zwaarlijvigheid. Ik wil
dat je nadenkt over de implicaties.'

'En Jeshurun dan, die in Deuteronomium zo dik werd dat hij gehuld was in vet en God verloochende?' vroeg Otis.

'Jeshurun was geen man,' zei Millroy. 'Het is gewoon een andere
naam voor Israël. Je bent in de war.'

Met een respectvoller blik stemde Otis daarmee in en volgde ons
naar de Ford terwijl hij zei dat Millroy een verbazingwekkend man
was en dat het jammer was dat niemand dat erkende.

'Wat herinner je je nog meer van het Boek?' zei Millroy, en beantwoordde zijn eigen vraag. 'Dat mensen gemiddeld 230 jaar oud
werden. Het is zo. Ik heb het uitgerekend.'

De naam *Paradise Park* bleef dus dezelfde, maar het materiaal was van
Millroy: meer tovenarij, meer eten, meer humor, minder poppen,
overal kinderen. Het programma was populairder dan ooit. Elke
morgen om zes uur stond er een lange rij kinderen in het donker te
wachten om de studio binnen te komen en deel uit te maken van het
publiek. Sommigen kwamen met hun ouders, anderen in kleine hor-
den die er wolfachtig uitzagen, weer anderen waren alleen. Toen ik
Millroy vertelde dat zij degenen waren met wie ik te doen had, koos
hij hen het eerst: 'Wie is er hier alleen?' Er waren tachtig stoelen, maar
binnen een week stonden er twee- tot driehonderd kinderen te wachten om binnen te komen.

Ik zat niet langer achter de coulissen in de artiestenfoyer, de controlekamer of achter in de studio – een eenzaam knaapje dat wachtte om thuis te gaan eten met zijn vader en verder niets te doen had. Met meneer Phyllis in de buurt had Millroy geprobeerd me te verbergen, maar sinds de dag dat hij het programma overnam, zat ik bij de andere kinderen in het publiek. Ze waren klein, zweterig, luidruchtig en blij, en Millroy zei dat zij – niet hij – het hart en de ziel van het programma waren. Ze waren veel blijer dan toen meneer Phyllis de leiding had gehad, omdat ze hadden geweten hoezeer hij hen haatte. Ze waren tegenwoordig gretiger omdat Millroy een manier had om mensen op te zwepen, met name kinderen. Hij zei dat hij ervan hield kinderen te zien trillen en kronkelen van opwinding.

'Hoe laat is het, lui?'

'Het is etenstijd!'

'Wie zegt dat etenstijd tovertijd is?'

'Oom Dick!'

Door dit eet-onderdeel uit te breiden en de 'poppentijd' en het 'tekenfilmfestijn' in te krimpen, kreeg Millroy zijn zin – het soort voedselprogramma waarom hij gevraagd had – zonder de naam te veranderen. Hij had nog steeds zijn toverdozen en -kasten, maar hij had ook tonnetjes fruit en groenten, en kommen en kannen met zijn naam erop, en een fruitpers die hij 'DJ' noemde omdat hij weigerde reclame te maken voor commerciële produkten.

'Wat moet ik met deze lading appels aan, lui.'

'Uitpersen!'

'En het sap dan?'

Het bleek twee liter schuimend bruin vocht te zijn.

'Opdrinken!'

Hij dronk het op – zoveel en meer kon hij in één teug in zijn keel gieten zonder te slikken of te morsen – en hij was ermee klaar vóór de kinderen ophielden met schreeuwen.

Kinderen maken graag lawaai, zei Millroy. Zij hunkeren ernaar te schreeuwen. Het is een fysieke noodzaak, net als oogknipperen en gapen. Na dat gegil hebben ze rust nodig; stormen en luwten vormen de aard van jongelui, wat er de reden van is dat ze in staat zijn tot toverkunsten.

'Ik heb een vrijwilliger nodig,' zei hij op een dag. 'Wie wil oom Dick helpen?'

Elk kind in de studio sprong op en zwaaide, in een poging Millroy's aandacht te trekken. Maar hij koos mij.

'Hoe heet je, knul?'

158

'Alex,' zei ik.

Het deed me plezier dat niemand mijn geheim kende, dat ik een onbeduidend meisje uit Marstons Mills was dat Jilly Farina heette, en geen jongen met de naam Alex, Millroy's tienerzoon.

'Jij wordt mijn hulpje,' zei hij. 'Het lijkt erop dat de kleine Herma-Rae hier haar nieuwe polshorloge kwijt is.'

Pas op dat moment besefte het meisje dat haar horloge weg was, en er was paniek te lezen op haar strakke, betraande gezicht.

'Sommige tovenaars plagen je alleen,' zei Millroy. 'Mensen die je plagen zijn hansworsten en sadisten, vooral volwassenen. Oom Dick zal dat nooit met jullie doen' – hij sprak tegen alle kinderen op de hellende rij stoelen – 'dus laten we dat polshorloge gaan zoeken, Alex.'

Ik aarzelde en dacht toen: Alex – dat ben ik.

'Deze knaap wordt mijn wichelroede, en maken jullie je maar geen zorgen over die taakomschrijving. Als hij klaar is zullen jullie weten wat een wichelroede is.'

Hoe het gebeurde weet ik niet, maar zonder mij aan te raken loodste Millroy me de studio door en mijn hele lichaam richtte zich op de galgmicrofoon die als een vishengel boven *Paradise Park* hing. Het polshorloge (hoe was het daar gekomen zonder dat iemand het zag?) zat om het uiteinde gegespt, viereneenhalve meter boven de vloer.

Na het horloge aan het meisje Herma-Rae overhandigd te hebben, veranderde Millroy de zegelring van een jongen in een kers, en ik at die op.

'Die zit vol fructose,' zei Millroy met zijn oom Dick-stem, 'en hij veroorzaakt geen kanker zoals de kersen die je krijgt in ijssalons.'

De zegelring kwam te voorschijn in de boomstronk van de Frawlies.

Aan het eind van het programma deden we de Indiase mand, maar deze keer kroop Millroy er zelf in, en nadat ik met een toverstokje tegen de mand had getikt verdween hij. Toen ik hem opendeed, bracht ik niet oom Dick maar de hele familie gonzende Tulpstampers aan het licht. Terwijl ze zich als gekken in de mand verdrongen, begon de alfabet-tekenfilm, waarin Aardnoot en Hondshaai de letter T bespraken en alle woorden die je ermee kon maken.

'Hebben jullie me gemist?' zei Millroy toen hij na de tekenfilm weer te voorschijn kwam uit de Indiase mand.

De kinderen riepen 'ja!' en waren blij een tijdje lawaai te kunnen maken, alsof ze diep adem hadden gehaald.

'Weten jullie zeker dat jullie me hebben gemist?' vroeg Millroy, en moedigde ze aan met de toevoeging: 'Laat eens horen, lui!'

Je kon hun luide stemmen horen galmen tegen de pijpen en buizen van de metalen stoelen en trillen in de stalen kappen van de felle lampen. Hun gegil deed de hele studio weerklinken.

'Waar is mijn hulpje nu?'

'Hier ben ik.'

'Aaltje,' zei hij.

Ik vond het leuk om Aaltje te zijn. Ik zette de Indiase mand weg, draaide aan de slinger van de opwindgrammofoon, gaf nog meer kersen door, trok de gordijnen dicht, raapte Boobie op. Ik koos een klein meisje uit het publiek om me het schoolbord te helpen schoonmaken.

Ik was niet nerveus. De dag tevoren had Millroy me in de caravan in Buzzards Bay drie uur lang gecoached. Ik was er allemaal op voorbereid. Zijn tovenarij schonk me vertrouwen.

Ik dacht bij mezelf: Ik ben op tv.

Toen we later die morgen in de Ford terugreden, bedacht ik steeds hoe gemakkelijk Millroy het voor mij had gemaakt, en hoe leuk het was onder de felle lampen van de studio, met de camera's op me gericht, mijn gezicht in de monitor, een onderdeel van het programma.

Ik zei: 'Dat vond ik leuk om te doen.'

Het gaf me een onbehaaglijk gevoel toen Millroy geen antwoord gaf.

Ik zei: 'Ik bedoel, je ziet nooit lelijke kereltjes als ik op tv.'

Het was alsof hij verdwenen was in zijn eigen lichaam. Hij was niet zozeer ongewoon rustig, als wel eenvoudigweg niet aanwezig, en zo stil, zo afwezig dat ik mijn duim in mijn mond stak.

Ik keek naar de houten totempaal bij afslag 5 toen hij plotseling zei: 'Je hebt me op een idee gebracht.'

XVIII

Ik ga weer optreden, dacht ik. Misschien krijg ik zelfs de leiding!
Millroy had het vermogen om iedereen, zelfs iemand als ik, zelfvertrouwen te schenken. Ik bedacht toen in de auto dat hij zelf kinderen had moeten hebben, een heleboel, en dat zij nooit bang voor hem
zouden zijn, nooit hun slaapkamerdeur op slot zouden doen, nooit
zouden wegkruipen wanneer hij zijn stem verhief, nooit van huis
weg zouden gaan wanneer hij begon te drinken, maar alleen van hem
zouden houden. Hij kon de huilerigste persoon zich gelukkig laten
voelen; na een opwekkend praatje van hem geloofde je in jezelf. Ik
was Aaltje, en zat vol pit. Misschien had ik zelf wel een verborgen
talent voor tovenarij!

'Je wordt tweehonderd jaar,' zei hij bijvoorbeeld, 'en je zult de
hele tijd gelukkig zijn.'

Nu hij me gecoached had leek het, wanneer ik terugkeek op mijn
optreden in het programma, niet vreemd als hij zou zeggen: 'Je hebt
het vandaag zo goed gedaan dat je het van nu af aan alleen afkan.'

Zou hij dat niet tegen me zeggen? Niet dat ik een ster wilde zijn. Ik
was het alleen beu om rond te hangen.

Waarom zou ik er niet op gebrand zijn dat hij me deze taak en dit
kostuum gaf? Hij had Aaltje van me gemaakt, dus de volgende logische stap was, deze jongen iets te doen te geven. Ik stelde me voor
hoe het voor mij zou kunnen zijn als Alex, of Aaltje, of zelfs Malle
Aal, de helpende hand biedend als er iets geklaard moest worden. Ik
vond het een leuk idee het soort favoriete aangever en hulpje te zijn
dat ik die week op de boerenkermis in Barnstable voor hem was
geweest, toen hij me getooid had met een lovertjeskostuum en een
mantel en me 'mijn lieftallige assistente Annet' had genoemd, en ik
klikkend op mijn hoge hakken over het podium liep.

Hij had mijn leven veranderd. Ik kon me de persoon die ik geweest was amper herinneren. Ik was sterker – nog steeds klein, maar
taaier. Ik at grote vezelrijke bonenschotels en hopen fruit, platbrood

met honing en gegrillde vis. Hij maakte papperige soepen van gerst en rode linzensoep. Hij gedoogde zure yoghurt en kwark, maar nauwelijks vlees, alleen lamsvlees wanneer ik een vleesbevlieging had, en zelfs dan noemde hij het een opoffering. Hij maakte salades van bloemen en wijnbladeren, hij gaf me handenvol alfalfakiemen. Hij was gek op vijgen, en erg verzot op knoflook ('het is een natuurlijk antibioticum – herstelt je immuniteitssysteem volledig'). Nu en dan mengde hij wat water met een druifachtige vloeistof die smaakte naar slappe, inktachtige wijn.

In Millroy's Airstream-caravan sliep ik gezond, droomloos, mij nauwelijks verroerend, en werd ik wakker met een kwiek gevoel, en met mijn hoofd helemaal helder. Bij Gaga had ik me altijd moe, bang, schuldig en een beetje huilerig gevoeld – bang bij de gedachte dat de oude vrouw me misschien zonder waarschuwing zou gaan slaan of uitfoeteren, of gewoon tegen de muren zou gaan gillen, gek zou worden van frustratie. Ik was nu rustiger, ik was gezond. Ik vertelde Millroy hoe anders ik me voelde.

'Je lichaam werkt goed,' zei hij. 'Je hebt pit. Dat is het hele punt. Je haar is gezond, je huid is elastisch, je hebt een goede spierspanning. En je voelt je een goed mens, deugdzaam als het ware. Je hoeft niets te verontschuldigen.'

Het was waar, het was een gevoel van kracht. En dat had hij gedaan. Hij had me gevoed en voor me gezorgd.

'Ik ken dat gevoel,' zei hij.

Hoewel ik dat niet durfde zeggen, had ik ook het gevoel dat een deel van mij bij hem hoorde omdat hij me beter en gezond en gelukkig had gemaakt; dat hij verantwoordelijk was, en het zonder hem niet gebeurd zou zijn. Hij had de zorg en de werking van mijn lichaam op zich genomen, zoals echte ouders geacht werden dat te doen. Maar dat zei ik niet omdat ik niet wist hoe ik daar woorden voor moest vinden, hoe ik hem ervoor moest bedanken, zonder hem te laten denken dat mijn lichaam tot zijn beschikking stond. Het was klein en mager en hij hielp het gezonder te worden, maar gaf hem dat enig recht mij aan te raken? Hij probeerde dat niet en leek er zelfs niet in geïnteresseerd, maar evengoed was het antwoord kortweg nee.

'Het is fijn,' zei ik. 'Ik vind het een heerlijk gevoel.'

Hij was gerst en bonen aan het spoelen in een ondiepe pan, hij waste ze en haalde de kiezels eruit. 'Ik rommel hier maar wat, ik experimenteer met een verbazingwekkend broodrecept.' De bijbel lag open op het aanrecht bij het boek Ezechiël.

'Dat spreekt voor zich,' zei hij.

Hij bleef lussen gooien met de natte bonen in de pan, als een goud-zoeker die wast in een goudzeef op zoek naar goud.

'Omdat je regelmatig bent,' zei hij.

Dat was zijn lievelingswoord, en een hoofdkenmerk van zijn dagelijkse routine. Het vergde meer tijd dan de meeste maaltijden, en alleen de gedachte eraan stemde hem al ernstig. Het was ook een vorm van meditatie, zei hij.

'Het is meer dan reinigen – het is een loutering. Haalt al die giffen uit je lichaam.' Hij zei altijd tegen me dat ik de tijd moest nemen. 'En het is meestal een goed idee minder knellende kleding te dragen en al je kleren los te laten hangen.'

Zelfs een hoed, strakke schoenen, of een geknoopte stropdas konden, ongeacht de regelmaat, ernstige hindernissen vormen voor de spijsvertering, zei hij.

Ik had mijn eigen slot voor het gemak in de caravan, mijn eigen gedeelte in de van twee spoelbakken voorziene gootsteen, en mijn eigen wc-pot. Millroy eveneens. Dat was belangrijk voor hem, zei hij.

'Als ik ooit moet reizen zonder mijn Airstream – wat God moge verhoeden – zou ik nergens heengaan zonder mijn Zachte Zitting.'

Hij nam dit geval elke morgen mee naar Boston in zijn oom Dick-koffertje.

'Is dat een reddingsband?' had ik gevraagd toen ik het voor het eerst zag. Het was het soort rubber ring dat je soms zag drijven in poedelbadjes.

Nee, het was een opblaasbare wc-bril, een donutvormig kussen voor wanneer hij van de caravan weg was. Het was zijn eigen uit-vinding, en kort nadat we elke morgen naar Boston begonnen te gaan, maakte hij er een voor me. Maar hij zei dat het geen goed idee was er afhankelijk van te worden, omdat de wc-bril maar een deel van het probleem was; het ging om de ruimte zelf, de sloten, de atmosfeer, het gebrek aan privacy, de plotselinge geluiden, de stank en parfums, de aanblik van andermans voeten.

'Gaga ramde altijd op de deur en zei dat ik op moest schieten.'

'Snap je wat ik bedoel? Je oma is erger dan een hansworst. Ze is een barbaar.'

Millroy was vreemd, hij was onverwacht, maar hij was aardig en grappig, en ik voelde me nu meer op mijn gemak als jongen dan ik als meisje had gedaan. Ik had de juiste grootte en gestalte voor een jonge jongen: ik was een klein meisje van veertien maar ik zag eruit als een normale jongen van twaalf. Ik realiseerde me dat Millroy gelijk had gehad. Het was gemakkelijk voor een jongen dit leven met hem te leiden in de caravan in Pilgrim Pines, en met hem naar de tv-studio te gaan. Voor een meisje zou het heel moeilijk geweest zijn – al die vragen als: 'Wie is die kerel?' en 'Waar is je moeder?'

Millroy maakte het nog makkelijker door me als een jongen te behandelen, door me nooit op de huid te zitten of zich op te dringen wanneer we in de Airstream waren, en me altijd Alex te noemen wanneer we erbuiten waren. Hij liet me bijna geloven dat ik een jongen was. Ik begon naar jongenskleren te kijken met een nieuwe nieuwsgierigheid en belangstelling die Millroy zelf aanwakkerde. 'Leuk stel gympen daar, Allie,' zei hij bijvoorbeeld, of 'Dat is een hele gave honkbalpet.'

Millroy was ook altijd in vermomming, niet alleen zijn kleren maar de hoeden die hij droeg, de zonnebril, de manier waarop hij zijn snor bijknipte. Floyd Fewox zou hem niet herkend hebben. Had dominee Baby Huber enig idee dat de bolle zilverkleurige Airstream-caravan in vak 28 aan oom Dick toebehoorde, de ster van *Paradise Park* op de Bostonse tv? Daar was hij Millroy, en ik was zijn stille knul, maar zodra we wegreden werden we oom Dick en zijn getalenteerde zoon Alex.

Het was een heel eind reizen van Pilgrim Pines naar Boston en terug, bijna negentig kilometer per rit.

'Het geeft me kracht,' zei Millroy.

'Hier helemaal naar teruggaan om te eten?'

'Ja, maar vooral om dominee Huber te zien eten.'

Tegen die tijd had hij zijn geweekte bonen gewassen en kneedde hij ze met de gerst, tarwebloem, linzen en boter, nu en dan nog steeds een blik op het boek Ezechiël werpend.

'Het is menselijk, natuurlijk,' zei Millroy. 'We vinden het heerlijk om te horen dat iemand een vreselijke zwakte heeft.'

Ik dacht: O ja?

'Het doet mijn hart echt goed Huber te horen zeggen: "Ik hou van hot dogs" of "Ik krijg nooit genoeg van Nacho's", of om mayonaise op zijn lippen gesmeerd te zien, of een lik ketchup op het puntje van zijn neus als hij zijn zogenaamde Beste Patat eet.'

Ik dacht: O ja?

'Het geeft me zo'n oppepper hem een bakje hete kippevleugels van Kentucky Fried Chicken te zien oppeuzelen. Ik zeg niet dat het me een superieur gevoel geeft, maar het maakt dat ik me van binnen sterk voel. Het sterkt me in mijn voornemen.'

'U zou van Gaga en Dada gehouden hebben als u ze beter had leren kennen.'

'Ik ken ze goed. Ik zie duidelijk hoe ze zijn. En ik wil dat jij ze net zo ziet als ik.'

Hij vertrouwde me, zei hij. Hij geloofde in me. Hij zei dat ik hem op ideeën bracht, en dat dit hem allemaal niet overkomen zou zijn als ik er niet was geweest. Hij zou nog steeds Millroy de tovenaar geweest zijn, die een olifant liet verdwijnen in Foskett's Fun-O-Rama. Maar ik had hem bevrijd. Hij was mij gevolgd, niet andersom, en samen hadden we *Paradise Park* overgenomen. Hij dankte heel zijn succes aan mij.

'Jij bent mijn geheim,' zei hij, 'en je bent veel groter dan je denkt.'

Ik vroeg niet waarom. Ik wilde niet nadenken over de reden. Toch maakte al deze praat mij gelukkig. Het betekende dat ik een doel had, een leefbaar leven, echt werk; dat ik niet zomaar iemand was met wie hij medelijden had, die achter hem aan liep. En het betekende dat mijn vermomming compleet was. Ik was een volledig verzonnen persoon: Aaltje.

Ik keek uit het raam naar het koude Cape Cod-kanaal terwijl Millroy zijn homp deeg in de oven liet glijden. Het was nu begin november, en de school was al bijna twee maanden bezig – lessen, boeken, leraren, verveling, werk, regen en modderige sporten. De gele schoolbus met meneer Pocknett aan het stuur flitste 's morgens niet langer met zijn lampen op de hoek van Prospect Street en River Road, en ze wachtten niet meer op Jilly Farina, maar reden gewoon weg terwijl de andere kinderen mompelden: 'Weekdier is zeker verhuisd.' Ja, ik was ergens anders, en ik wilde niet terug, omdat dat betekende dat ik weer een klein meisje had moeten worden, bang voor grotere mensen en harde geluiden, op weg naar nergens in het donker.

In de zomer had ik me altijd vrij gevoeld. Ik kon doen wat ik wilde, kon ononderbroken dromen zolang ik alleen was. In de hete stoffige zomerlucht, in de gele bossen van Marstons Mills, of zelfs tijdens mijn vaste week in Camp Farley in Mashpee met de vierdeklassersclub, had ik visoenen van geluk. Wanneer het september werd moest ik wakker worden en weer terug. Maar nu was het november en ik had geen zin om ooit nog terug te gaan. Millroy had mij laten zien dat het leven simpel kon zijn en dat je onbevreesd kon zijn en lol kon hebben door goed te eten en zodoende God – 'of Goed, zoals ik de Almachtige liever noem' – te prijzen. Goed leven was een vorm van gebed. Voor je lichaam zorgen was een manier om dank te zeggen, omdat je leven een geschenk was dat je moest koesteren en gezond moest houden, niet alleen nu maar twee eeuwen lang.

Aldus Millroy, met diezelfde woorden, en hij beweerde dat ik geslaagd was.

'Door naar je te kijken kan ik zien dat je trouw bent, engel.'

Kort nadat hij zijn boonachtig deegmengsel in de oven had geschoven, haalde hij het er, hard en bruin geworden, weer uit, als een mislukte taart of een lelijk reuzekaakje.

Dit jaar zou anders worden dan alle andere, dacht ik. Ik was gered, en al wist ik niet waar ik heenging, ik was er zeker van dat ik met Millroy beter af was dan zonder hem. Hij bezwoer me dat hij net zo over mij dacht.

'Ik ga dit "Ezechiël-vier-vers-negen-brood" noemen,' zei hij, terwijl hij het in twee hompen brak en mij er een gaf.

Toen vertelde hij me het slechte nieuws, en het ergste was dat hij dacht dat het goed nieuws was.

'Mop, je hebt me op een fantastisch idee voor dit programma gebracht,' zei hij.

Het was nu later. Ik probeerde niet te pruilen, en we aten kommen soep met wikke en vijgen en dikke plakken Ezechiëlbrood. Ik had niets anders verwacht dan teleurgesteld te worden.

'Toen je op en neer liep, de kinderen bij hun naam noemde, de rekwisieten verzorgde, de trucs klaarzette, verbaasde ik me over je gezag. Zag je hoe die koters naar je keken?'

Ja, ze snakten er gewoon naar dat ik iets verkeerd zou doen – een pot laten vallen of over een draad struikelen, zodat ze me konden uitlachen. Dat zei ik tegen Millroy.

'Precies,' zei hij. 'Ze waren niet bang. Ze waren niet zenuwachtig. Als ze iets deden, deden ze dat uit hun eigen vrije wil.'

'Ze zouden voor iedereen hetzelfde hebben gedaan, zelfs voor iemand als meneer Phyllis.'

'De hemel sta ze bij.'

'Ze zouden opgewonden zijn geraakt.'

'Maar hij zou ze geïntimideerd hebben.'

Wat dan nog? Sommigen van die kinderen zagen er gevaarlijk en dom uit, en zeverden en stonken en lachten te hard en droegen hun honkbalpetten opzij en achterstevoren. Waarom zou je ze niet een beetje intimideren? Ik zou het niet erg hebben gevonden als ze bang voor me waren geweest.

'Dit is een kinderprogramma, snap je,' zei Millroy. 'Het is hun eigen programma. Daarom moet het gemaakt worden door kinderen. Echte petieterige kinderen.'

In de verwachting dat hij mij die taak zou geven, wachtte ik af, terwijl ik een beetje glimlachte en probeerde er bekwaam en intelligent en groter dan ik me voelde uit te zien.

'Ik ga kinderen de leiding geven,' zei hij.

Ik stond daar op die taak te wachten.

'En ik ga achterin zitten,' zei hij.

Ik stond daar nog steeds. Was hij van plan mij die taak te geven? Zo ja, dan ging hij uiterst omslachtig te werk.

'Van nu af aan zullen we de hele tijd kinderen voor die camera zien. Kinderen die met kinderen praten.'

'Zoals wat ik deed?'

'Juist,' zei hij. 'Maar méér. Help je me, hartje?'

Dat gaf me het duwtje dat ik wilde en ik zei: 'Ja, natuurlijk,' twee of drie keer, als een gek met mijn ogen knipperend.

Maar hij zei alleen: 'Jij moet de geschikte jongelui voor me vinden.'

'De geschikte jongelui voor u vinden?'

'Om het programma te leiden,' zei hij.

Ik huilde bijna. Ik zei: 'Ik wilde het programma leiden.'

Hij schonk me zijn oom Dick-grijns en zei: 'Jij gaat de jongelui leiden.'

'Mazzola vindt het een geweldig idee,' zei Otis Godberry na de uitzending van de volgende dag in de *Paradise Park*- studio.

We wachtten tot meneer Mazzola en juffrouw Spitler zouden komen opdagen, zoals ze elke morgen deden om commentaar te geven op het programma van die dag.

'En ik ook – kinderen de baas, kinderen die het programma leiden, kindergezichten die klooien voor de camera.'

Maar ook al prees Otis het plan, Millroy fronste.

'Ik denk dat je reserves hebt,' zei Millroy. Hij kon twijfel even sterk ruiken als een bakje hete kippevleugels.

Otis omklemde een streng haar en frunnikte eraan voor hij antwoord gaf.

'Niet daarover, maar ik dacht: zou je er met al die nieuwe ideeën en de repetitietijd niet over moeten denken hier in Boston te gaan wonen?'

'Dat gaat niet.'

Nog steeds zijn haarstreng vasthoudend zei Otis: 'Dat op en neer reizen moet heel vermoeiend zijn.'

'Ik moet terug naar Buzzards Bay.' Millroy was onaangedaan. 'Om te eten.'

'Ik snap 't.'

Ik wist dat Otis het helemaal niet snapte en dat hij alleen maar deed alsof dit ergens op sloeg.

'Ik moet voor zoveel dingen terug naar mijn caravan.'

'Een heleboel zaken,' zei Otis in een poging hem op weg te helpen.

'Geen zaken,' zei Millroy. 'Maar gezondheidskwesties. Voeding en algemene hygiëne.' Toen lachte hij omdat het voor hem allemaal zo vanzelfsprekend was. 'Ik heb daar mijn keuken, ik heb daar mijn bed.' Hij liet zijn stem dalen en werd serieuzer. 'Ik heb daar mijn hele ondersteuningssysteem.'

'Oost west, thuis best,' zei Otis. Hij was nog steeds onzeker, en hield nog steeds de haarstreng vast, die nu om zijn onbeholpen vinger zat gekruld.

Millroy zei: 'Dat is geen luxe, dat zijn basisbehoeften. En jij wilt dat ik in Boston blijf.' Hij lachte weer op een uitdagende manier, alsof Otis volstrekt onredelijk was. 'Waar zou ik moeten eten?'

Millroy was zo zeker van zichzelf dat Otis erkende dat het heel zinnig was elke dag naar Boston te pendelen, ruim een uur heen, hetzelfde terug, op vrijdag langer, veel langer wanneer er een ongeluk of een file was, opdat hij zijn kookstel kon aansteken, op zijn beddeplank slapen en zijn eigen wc-pot en badkuip gebruiken.

Toen juffrouw Spitler en meneer Mazzola op kwamen dagen, zeiden ze dat het idee om kinderen de leiding te geven geweldig was, en hoe verrast en verheugd ze waren geweest toen ze mij in het programma met de Indiase mand in de weer en met de andere kinderen in gesprek zagen.

'Soms vraag ik me af wat u zonder uw Alex zou doen,' zei meneer Mazzola.

'Ik zou verloren zijn,' zei Millroy.

Hij sprak met zoveel gevoel dat hij een warme stille wolk van verlegenheid teweegbracht die een ogenblik lang boven ons bleef hangen.

'We moeten alleen de overige kinderen vinden,' zei hij, de stilte verbrekend, 'en daar heb ik Alex ook aan gezet.'

Omdat ik hun ogen op me voelde rusten, probeerde ik er waardig en competent uit te zien.

'We hebben niet meer poppen nodig,' zei Millroy, en zijn stem klonk hees en emotioneel – hij was nog steeds aan het verwerken dat hij 'ik zou verloren zijn' had gezegd. 'We hebben meer eten nodig, meer voeding. We moeten gezondheid en geluk nastreven.'

Ze hadden met hun ogen geknipperd toen hij 'meer eten' zei, en nu keken ze hem aandachtig aan. Hij wist dat hij hen nieuwsgierig had gemaakt.

'Weer zoiets als *Eten met Ernie*?' vroeg meneer Mazzola.

'Nee. Maar ik zie brood als een heel belangrijk element in dit programma.'

Otis was met zijn ogen blijven knipperen, en probeerde het te begrijpen door diverse woorden te herhalen. Hij zei: 'Geluk'. Hij zei: 'Brood.'

'Het brood des levens,' zei Millroy. 'Ik denk aan vers fruit – druiven, perziken, citroenen, appels. Ik denk aan het ter sprake brengen van ambrozijn en nectar. Honing natuurlijk. Voedzame soepen. Noten, granen, gerst.'

De drie mensen die naar hem keken bewogen met hun mond – niet om te praten, maar om als het ware het voedsel te proeven dat hij noemde. Het was moeilijk te zeggen of de smaak hun beviel; ze staarden nog steeds en hun tong zwol op in hun open mond.

'Soep,' zei Millroy. 'Vijgen.'

Ze bleven staren.

'Wikke,' zei hij. 'Of voederwikke. Is hetzelfde.'

'Dit is weer dat oude voedselprogramma,' zei meneer Mazzola met een dreigende stem.

'Nee,' zei Millroy.

Dit leek hen te verbazen, en ze knipperden weer naar hem.

'Omdat het programma *Paradise Park* blijft,' zei juffrouw Spitler. 'Kinderen de leiding geven is een goed programmatisch idee, maar we houden de formule.'

'Als een lofzang op het leven,' zei Millroy.

Hij glimlachte niet. Hij keerde zich langzaam van hen af, bewoog zijn hoofd en sloeg zijn ogen op, terwijl hij met zijn hele lichaam naar het raam toe leunde. Zij deden hetzelfde, zij het onhandiger, en ik keek ook.

'Zien jullie wat ik zie?'

Op de borden stond POPPY'S SLIJTERIJ en DISCOUNT AUTO-BANDEN en PRESTO KOPIEERSERVICE en DUNKIN' DONUTS.

'De toekomst,' zei Millroy.

'Wat is wikke precies?' vroeg meneer Mazzola. 'Een soort vogel?'

'"Wanneer hij het aangezicht heeft geëffend, werpt hij dan geen wikke in het rond?"' citeerde Otis. 'Jesaja.'

'Ik hou van die man,' zei Millroy, en omarmde hem.

Meneer Mazzola wist het nog steeds niet.

'Je strooit het op brood,' zei Millroy. 'En het brood dat ik aanraad is Ezechiëlbrood. Ik heb er zojuist een gebakken. Vertel hun er maar iets over, Alex.'

Ik glimlachte omdat hun eigen lachjes zo verbijsterd waren, het soort grijns dat wilde zeggen dat ze geen idee hadden.

'Ik heb het gevoel dat het betrekken van kinderen bij het programma een enorm succes kan zijn,' zei juffrouw Spitler.

'Of een chaos,' zei meneer Mazzola.

'Misschien allebei,' zei Millroy, en nu glimlachte hij naar zijn horloge. 'Moet je zien hoe laat het is. Ik krijg de kriebels.'

'Dus je gaat terug?' zei Otis, terwijl hij met ons naar de lobby liep. Millroy had zijn arm vriendschappelijk om Otis' schouder geslagen, zijn gebruikelijke omarming.

'Juist,' zei Millroy.

'Terug naar je keuken.'

'Voedsel is heel belangrijk,' zei Millroy.

'Slapen in je eigen bed en zo.'

'En vergeet mijn gemak niet.'

'Je moet de zaak schoon houden.'

'Schoon van buiten en van binnen,' zei Millroy.

Dit leek Otis van de wijs te brengen, zodat hij zijn hoofd schudde en een angstig geluid in zijn neus maakte. Maar Millroy glimlachte.

'Mijn badkuip, mijn douche,' zei Millroy, en legde zijn arm strakker om Otis heen en keek hem recht in zijn ogen. 'Mijn wc-pot.'

Otis probeerde iets te zeggen.

'Stomp me eens in mijn maag, Otis. Kom op – zo hard als je kan.'

Otis deed zijn mond open om iets te zeggen maar er kwam geen geluid uit.

'Raad eens hoe oud ik ben. Je raadt het nooit,' zei Millroy. 'Ik ben regelmatig, Otis. Als ik niet regelmatig was, zou je me niet willen.'

Na twee pogingen zei Otis: 'Hoe dan ook, je idee om kinderen de leiding te geven is echt geweldig.'

'Kinderen zijn het antwoord,' zei Millroy.

Hij was opgewonden. Hij had zijn zin gekregen. Als hij zo triomfeerde leek hij betoverd en stralend.

'Kinderen zijn ongeveer vijfenzeventig procent water, wist je dat, Otis? Dat is meer pure vloeistof dan de gemiddelde piña colada. De meeste kinderen kun je opdrinken.'

Otis was weer sprakeloos geworden en leek moeite te hebben met ademen.

'Een geintje,' zei Millroy, 'maar de waterinhoud van een kind is heel belangrijk.'

'Nou en of.' Dat zei Otis' mond, maar zijn ogen zeiden: Goeie hemel.

XIX

'Ik heb schoon genoeg van die poppen,' zei Millroy op de laatste dag van de poppen tegen Leo LaBlang, de floormanager. Millroy had de poppen – op wonderbaarlijke wijze, midden in het programma – in elkaar laten zakken, slap laten worden en dood laten gaan.

Leo LaBlang zwaaide met enkele van de verschrompelde poppen in zijn hand, een bundeltje Frawlies en een bundeltje Mummelende Tulpstampers, om ze op te bergen in de rekwisietenkamer.

'Ik zal die figuren missen,' zei hij.

'Zie je wel? Ze hebben je ondermijnd!' Millroy greep ze beet en gooide ze terzijde. 'Ik haat nepdieren met onnozele gezichten die afschuwelijk zijn uitgedost – muizen vooral. Muizen moeten naakt zijn. En trouwens, wie heeft er ooit van een dikke muis gehoord? Geen sprekende dieren. Ik wil menselijke spontaniteit. Alex heeft een stel echte mensen voor ons gevonden.'

Hij wilde vrolijke kinderen, jongens of meisjes, dat maakte niet uit. Als ik ze aardig vond wanneer ik ze in het publiek zag, nam hij ze in dienst.

'Ik wil blije jongelui die kunnen luisteren.'

In de volgende uitzending was Willie Webb, groot voor iemand van vijftien, met een zijdelings opgezette honkbalpet, die naar Millroy glimlachte en inhaakte, dingen zei die Millroy herhaalde. Een andere vrolijke echo was een stralend klein meisje dat Stacy heette. Ik had ze al in gedachten gehad toen ik ze tijdens andere uitzendingen in het publiek zag. Ik wilde Millroy imponeren met mijn vlotte, doeltreffende optreden.

'Het type jongelui dat ik zoek staat open voor suggesties,' zei Millroy. 'Ze hebben bijna onvermijdelijk te lijden gehad van een hansworst – tussen haakjes, welk kind niet? – maar het zou wel tof zijn als je nog wat meer van zulke natuurlijke jongelui voor me vond. En onthou dat gezondheid belangrijker is dan uiterlijk. Geen mooie poppetjes graag. Ik wil menselijke wezens.'

172

Willie Webb had heldere, schrandere ogen en een grage, diepe lach, en als hij niet lachte, luisterde hij en plukte aan zijn elleboog.

'Kom hier, knul,' had Millroy gezegd toen ik Willie bij hem bracht, en hij tilde het hoofd van de jongen zachtjes op door zijn kin aan te raken, en kalmeerde diens angstige, omhoog gedraaide gezicht met de woorden: 'Luister. En kijk naar mijn neus' – Millroy's neus begon op een vreemde, snavelachtige manier te kloppen – 'ik heb jouw hulp nodig.'

De jongen stond stevig op korte, betrouwbare benen. Hij droeg grote gymschoenen en een sweatshirt waarop geschreven stond: EIGENDOM VAN GYMNASTIEKAFDELING VAN TUBMAN-MIDDENSCHOOL. Ik vond het leuk zo goed als zijn verschoten kleren hem stonden. Hij had mooie tanden, en zijn houding en de manier waarop hij zich bewoog, maakten dat hij sterk leek. Ik had me veilig gevoeld toen hij naast me zat, wat de reden was dat ik hem had uitgekozen. Hij was veel groter dan ik, en ik had het idee dat hij zorgeloos en gelukkig was.

Millroy hield de jongen met zijn vingertoppen doodstil door de ronding van zijn schouder aan te raken. Ik wist dat er een golf kalmerende energie via die vingers naar Willie Webbs lichaam ging. Millroy had mij op die manier aangeraakt, met geen andere bedoeling dan aardig te zijn.

Sommige dieren, zoals Yowie en Muttrix, gromden en werden kalm als ze zo werden aangeraakt, en nadien zag je ze vertrekken en behaagzuchtig worden, net zoals Willie daarnet.

'Je loopt daarheen en neemt het over.'

Millroy sprak zonder zijn mond te bewegen, en het was alsof zijn stem van hoog boven zijn hoofd kwam.

'"Dag jongens en meisjes, en welkom – dit is de eerste dag van *Paradise Park*!" En als je dat niet kunt onthouden kijk je gewoon in de lens van de camera en lees je de woorden die je ziet op het afleesapparaat.'

Willie's ogen glansden, en hoewel hij geen woord zei, deed al zijn energie hem beven.

'Je zult niet nerveus zijn, want iedereen is je vriend. Je houdt je hoofd hoog en je mond open als je praat. "Laten we eens kijken wat er gebeurt! Laten we het ons naar de zin maken!"'

Millroy had zijn vingers teruggetrokken en hij hield de jongen in de ban door zijn ogen klein en strak te maken, waardoor hij Willie aanmoedigde en hem kracht verleende. Ik wist hoe het voelde. Hij

173

had het bij mij gedaan toen we mijn aandeel in het programma repeteerden. En als hij praatte zonder zijn lippen te bewegen, was het onmogelijk te zeggen of die zwevende stem iets in je hoofd of van hem was.

Willie's gezicht was mooi en sprakeloos en hij leek door zijn borst te spinnen als een kat terwijl hij luisterde. Hij knipperde niet één keer met zijn ogen.

Diezelfde blik, Willie's heilige, stralende gezicht, verscheen op het gezicht van Stacy, en deed haar tanden oplichten toen ze zich aan Millroy overgaf om zijn instructies in ontvangst te nemen.

'Zo moet het,' zei Millroy na afloop met zijn oom Dick-stem. 'Ik haat poppen, en trouwens: wie heeft ze nodig?'

De repetities waren tegenwoordig vaak beter dan de uitzendingen – grappiger, met een heleboel brood en bonenschotels die oom Dick serveerde.

'Ik ben zo blij dat ze altijd honger hebben als ze hier komen,' zei hij.

Hij gaf Willie Webb en Stacy de leiding en hield een lange, langzame toespraak en trok gezichten en moedigde ze aan. Ze volgden zijn suggesties en deden toverkunsten.

'Alles valt op zijn plaats,' zei hij om ons te prijzen. Hij leek het over iets belangrijkers te hebben dan dit kinderprogramma, iets wat zo groot was als de wereld. Vaak sprak hij er midden in de repetities tegen mij met zachte stem zijn verbazing over uit: 'Ik realiseerde me niet dat het zo zou gebeuren. Ik had geen plan, maar mijn verlangen was sterk. Ik vertrouwde er gewoon op dat mijn boodschap uiteindelijk over zou komen. Ik wachtte op een teken, omdat ik niet wist hoe ik het aan moest pakken. En toen zag ik jou in het publiek. Alles wat er sindsdien is gebeurd, is aan jou te danken.'

Hij wist altijd dat ik dacht: Ik heb niets gedaan!

'Om wat je bent,' zei hij. 'Wie je bent.'

Vandaag zaten we op de oude sofa waarop de poppenspelers altijd met de Frawlies en de Tulpstampers en de rest op schoot zaten. Maar Millroy had alleen zijn handen in zijn schoot.

'Deze oude mand heeft haar opgeslokt,' zei Willie Webb terwijl hij het deksel verwijderde. 'En in haar plaats ligt er een appel. Of zijn het er twee?'

Wilie raapte de appel op, kneep erin, sloot zijn handen eromheen en bracht er uit het niets nog een te voorschijn.

'Ze worden geboren met verbazingwekkende gaven. Ze kunnen echt toveren. Maar na verloop van tijd raken ze de handigheid kwijt, de gave verdwijnt, en ze worden saai en alledaags.'

Terwijl hij keek hoe Willie repeteerde, hield Millroy zijn handen als een stel duiveltjes rechtop in zijn schoot en goochelde hij met zijn vingers.

'Als ze vroeg genoeg beginnen, kunnen kinderen drie of vier lichaamsfuncties leren beheersen. Moet je nagaan.'

'Is dat genoeg?'

'Het is een goed begin,' zei Millroy.

Willie kroop in de mand en zei: 'Ik denk dat ik Stacy ga zoeken. Dus, Kayla, als je het deksel openmaakt zul je me misschien niet zien, meisje.'

'Sommige mensen noemen het yoga, maar het komt doordat ik altijd een kind ben geweest,' zei Millroy.

Hij knipoogde en ik wist dat hij half schertste.

'Daarom wist ik toen ik je voor het eerst in je eentje zag duimzuigen tijdens mijn optreden op de boerenkermis in Barnstable, dat je het niet kwijt was. En hoe oud ben je? Vijftien?'

'Veertien.' Ik was de volgende maand jarig.

'Wat dan ook,' zei Millroy, maar hij zag er geschrokken uit. 'Je weet niet hoe zeldzaam je bent.'

'Weg,' zei Kayla terwijl ze het deksel van de mand tilde. 'Die jongen is verdwenen.'

'Maar zoals ik zeg, ik ben zelf een kind,' zei Millroy schor, en hij klonk alsof hij een droge mond had.

Hij zag dat ik afgeleid was, naar de Indiase mand keek op zoek naar sporen van Willie Webb en Stacy. Hij ging voorover op de sofa zitten, hief zijn handen op en zei: 'Op jullie plaatsen, lui.'

Zijn stem was vlak, en hoewel hij niet luid was, was het onmiskenbaar oom Dick die sprak, hoorbaar in de hele studio.

Op het geluid kwamen Willie Webb en Stacy te voorschijn, hij uit de mand, zij vanachter een scherm, allebei weer de oude, glimlachend, luisterend, klaar voor een nieuwe opdracht.

'Zo is het goed,' zei Millroy.

Willie Webb had zijn ogen gevestigd op een jongen die Dedrick heette, vijftien jaar of ouder was, zwart als de meeste anderen, met een strakke, pruimachtige huid, kleine oortjes, grote gespikkelde ogen en een grommende en kortademige manier van praten. Die zou van nut kunnen zijn, dacht ik.

De muziek begon. Willie en Stacy stelden zich op bij de poorten van *Paradise Park* terwijl ze de andere kinderen binnen noodden om te komen spelen. De muziek ging van ta–dam–ta–dam–ta–die–ta–dam, als zigzaggende konijnen.

Millroy's manier van repeteren was er een feestje van te maken – eerst het eten, dan ze onderling gek laten doen, de rekwisieten laten uitproberen en naar de muziek laten luisteren terwijl hij hen de hele tijd aanspoorde met de intensiteit van zijn blik, alsof ze alleen voor hem optraden. Als hij me vroeg wat ik ervan vond, zei ik altijd: 'Klinkt goed,' of deed een voorstel. Zodra ik Dedrick aanbeval, zat hij meteen bij het team. Na dit feestje, wanneer ze ontspannen en een beetje moe waren, namen ze samen het programma door, waarbij Millroy terzijde stond en Willie en Stacy het meest aan het woord waren.

'Wilt u dat ik dat nog eens lees, oom Dick?'

'Nee hoor. Dat is prima, Willie. Als je het uit je hoofd leert, klink je als een robot. Hou het spontaan. Niet naar de klok kijken.'

'Ik kan toch geen klok kijken.'

Door muziek te laten spelen en van camera te veranderen kon Millroy altijd de tijd in de gaten houden terwijl het ene fragment in het andere overging.

'Kinderen met kinderen laten praten. Daar gaat het om.'

Willie praatte tegen Kayla, en Stacy liet de nieuwe jongen Dedrick zien hoe hij kralen in zijn haar moest rijgen.

'Vindt u ze goed?' vroeg ik, omdat ik het niet wist.

'Het maakt niet uit of ze goed zijn of niet zolang ze zichzelf zijn. Ze zijn echt, en altijd bekijkenswaardig. Daar gaat het bij kinderen om – dat ze nagenoeg perfect zijn.'

Bekijkenswaardig was het woord. Ze stuntelden, ze stotterden, ze giechelden, ze knoeiden met de rekwisieten. Millroy keek gewoon toe met zijn oom Dick-glimlach, en als hij praatte bewogen zijn lippen niet. Ik wist dat hij tevreden was door de hitte die van zijn lichaam sijpelde en het glanzen van zijn hoofd en zijn hele glimmende gezicht.

'Het is de eerste dag,' had Willie Webb de eerste morgen toen de kinderen de leiding over het programma kregen gezegd.

De tweede dag zei hij het ook; hij kon de woorden niet uit zijn hoofd krijgen.

'Het is de eerste dag.'

'Dat vind ik leuk,' zei Millroy. 'Het is waar. Elke dag is een nieuwe dag. Elke dag is de eerste dag.'

Het maakte hem niet uit dat Willie Webb opgewonden was en achteloos en te lui om te bedenken dat het de tweede dag was. Voor Millroy was het een belangrijke ontdekking, en er waren er veel meer. In elk programma gebeurde er iets onverwachts. Millroy vond dat leuk. 'Hou het losjes, lui.' Zo wilde hij het.

Er was gelach, maar geen applaus. Zelfs het beste en meest onverklaarbare magische moment bracht gejuich en geschreeuw, maar geen geklap teweeg.

'Dat komt omdat als kinderen het programma maken alles natuurlijk lijkt. Kinderen leven in een wereld waar tovenarij normaal is. Ze geloven erin. Ze verwachten dat kippen verdwijnen. Ze zouden verbaasd zijn als ik een zwaard níet kon doorslikken, of als het me stak in plaats van dat het door mijn keel gleed.'

Hij keek naar Willie Webb en Stacy in het muizenhuis, waar de Frawly-poppen ooit hadden gewoond, en ik kon aan zijn gezichtsuitdrukking zien dat hij ingenomen was met de manier waarop ze om beurten met sinaasappels jongleerden en in de camera over sap praatten.

'Dat is mijn enige excuus om mee te doen aan het programma – omdat ik nog steeds kan toveren. Een volwassene die niet kan toveren is een hansworst en heeft hier niets te zoeken.'

Hij toverde tegenwoordig met voedsel: kunstjes met bepaalde vruchten, trucs met nietsvermoedende groenten, de hoge berg gevarieerde eetwaren die hij opstapelde, verticaal op zijn schedel hield, en 'het uitgebalanceerde dieet' noemde. Hij gaf vreemde voedingslessen waarin eetbare zaken simpelweg te voorschijn kwamen, een hele gelijksoortige verzameling, zoals de morgen dat hij 'dieren zonder gezicht' deed – mossels, oesters en kwallen. 'Maar ze hebben allemaal moeders,' zei hij.

Dedrick bleek een plaaggeest en een oplichter te zijn die het programma soms naar zich toetrok, maar op het eind at hij rauwe oesters en maakte hij iedereen aan het lachen wanneer ze zijn gezicht zagen.

'Zie je, we hebben geen poppen nodig,' zei Millroy.

Er waren ook geen tekenfilms meer. In plaats daarvan introduceerde hij een onderdeel dat 'de broodwagen' heette.

'Hier komt de broodwagen van oom Dick,' zei Willie.

Millroy reed voor in een blauwe bestelwagen en haalde een brood te voorschijn – elke dag een ander soort – en beschreef wat erin zat door een nieuw brood te maken van bloem, water, granen en tovenarij, zomaar, zodat we het allemaal konden proberen.

'Wil je een homp?'

Hij brak het in tweeën. Je zag zijn handen op het scherm, maar niet zijn gezicht. Meestal kon je alleen Millroy's behendige vingers zien toveren.

'Gebruik nooit een mes. Snij het nooit, prik er nooit in. Verpest het niet, doe er geen boter op. Als het goed brood is kun je het zo eten. De zenen hebben meer spanning dan spieren.'

Hij rook eraan, liet zien dat het zo vezelig was dat je er een jas van kon maken. Het was dik en elastisch. Hij beet erin en knabbelde aan de korst.

'Goed brood is net een levend wezen in de volle bloei van zijn gezondheid. Het zou je vergeven kunnen worden als je geloofde dat brood een ziel heeft.'

Hij deelde het brood, het nog steeds in stukken brekend, en we waren allemaal kauwend voor de camera te zien. Hij zei dat hij een hekel had aan het taboe tegen het zien kauwen en eten van mensen op de tv. 'Eten is het grootste genoegen van het leven.' De muziek begon terwijl we kauwden, kauwmuziek die ons naar hij hoopte zou helpen om in het gezondste tempo te eten. Nu aten we allemaal het dagelijks brood, en op de een of andere manier was er genoeg voor ons allemaal.

De meeste dagen bevatte de broodwagen tevens een 'stuk band', een video- of filmclip van oudere mensen die eten. Ze waren meestal dik en propten zich vol met het verkeerde voedsel: gebak, taart, kant-en-klaar-maaltijden en 'de half verbrande delen van dode dieren'.

Deze volwassenen aten zonder enig genoegen, stopten alleen voedsel in hun mond. Hun vreemde gestalten – vreemder dan elk van de poppen of tekenfilmfiguren – waren vaak beangstigend: je dacht dat ze op het punt stonden in elkaar te zakken of te exploderen of lek te raken en op de grond te verpulveren. Ze waren ofwel log en verstopt en zagen eruit als grote dichte zakken, ofwel slap en kwabbig, met vreemde lillende armen en opgeblazen gezichten en dichtgeknepen ogen. Sommigen zagen eruit alsof ze vol water zaten zodat ze schudden en trilden als ze liepen. Ze waren bleek en angstig, en ze hapten naar adem en zweetten onder het eten.

Dikke mensen zien eten was net als dronkaards zien drinken. Het kwam niet door de kauwende geluiden, noch door de manier waarop hun armzalige gezichten opzwollen, noch door de druppels op hun voorhoofd. Het kwam door de wanhoop en pijn, alsof ze omdat ze niet konden ontploffen echt gevaarlijk zouden worden. Je werd bang.

Millroy was zwijgzaam – wat viel er te zeggen? – en de muziek bestond uit geschrok, trombonestoten, drumroffels en de spanning van snerpende vioolsnaren die klonken als indigestie.

Het maakte je wantrouwig tegenover dit soort voedsel, dit soort volwassene en deze manier van eten. Het leek op ziekte en misdaad, op droefheid zelfs. Het leek op doodgaan.

'Dit is alles wat jullie hoeven te weten,' zei Millroy met zijn oom Dick-stem.

Ik herinnerde me dat hij me verteld had dat hij dik was geweest, en hoe andere mensen hem hadden uitgelachen. 'Ze loeiden naar me, ze maakten knorgeluiden, ze gooiden eten naar me. Het was tragisch. Ik was verdwaald in het donker van mijn lichaam.' Ik vroeg me af of hij er had uitgezien als die eters.

Millroy leek zo gezond toen de lampen weer aangingen na een filmclip van deze kolossale, ongelukkig ogende mensen.

'Ik kan deze appel laten verdwijnen,' zei Willie Webb en at hem op.

Dat was een typische oom Dick-uitspraak.

'Dat kunnen jullie ook,' zei Stacy en at een handvol vijgen. 'We kunnen allemaal tovenaars zijn.'

Dat was de betekenis van maaltijdmagie, zeiden ze.

'Het is het geheim van het leven.'

Muziek was ook magisch: een kind dat een onooglijk voorwerp opraapte en er mooie geluiden mee voortbracht bedreef ook tovenarij. Ze hadden nooit eerder gespeeld. Millroy leerde iedereen die aan het programma meedeed een bepaald instrument bespelen, en wanneer ze allemaal samen speelden was het een opwindend gehoor. Dan legden ze hun trompetten en fluiten en trommels neer, en dansten ze en drukten zich op en maakten buitelingen, en je benijdde ze omdat ze net rubberen mensjes waren vol veerkracht, en vóór het programma afgelopen was drongen ze er altijd bij oom Dick op aan een buiging te maken, wat hij deed, waarna hij hoger dan alle anderen opsprong, en uiteindelijk zo hoog dat hij gewoon verdween en het programma van die dag voorbij was.

Het nieuwe *Paradise Park* bleef een succes. Er waren meer brieven en briefkaarten dan ooit, en die waren van kinderen, niet van ouders. En

Millroy zei dat hij niet verbaasd was.

'Als ik de zaak had overgenomen en mijn versie van meneer Phyllis had gedaan, zouden ze me vergeleken hebben. Maar de kinderen maken het programma – en wie gaat in alle ernst die jongelui met meneer Phyllis vergelijken? Het is een heel ander spelletje. Elke dag is echt de eerste dag.'

Hij wilde de naam van het programma veranderen in *De eerste dag*, maar de producenten weigerden.

'We moeten vasthouden aan de formule,' zei meneer Mazzola.

Welke formule? Het programma was totaal anders. Het was een eetprogramma, met gebruikmaking van de oude naam. Het was een muziekprogramma. Het was het enige echte kinderprogramma dat ooit op de televisie vertoond was. Niemand had ooit een programma gezien dat kinderen leerde hoe ze moesten eten om tweehonderd jaar te worden.

Het was ook wonderbaarlijk dat iedereen in Boston wist wie oom Dick was, en niemand Millroy kende. Hij had op voorhand geweten hoe hij zijn geheim, en het mijne, moest bewaren.

We bleven pendelen, van Buzzards Bay naar Boston en terug, elke dag – voor dag en dauw op voor de vroege rit en de repetitie, dan het programma van acht tot negen, dan op tijd voor de lunch terug naar de caravan.

De lunch in Pilgrim Pines was altijd iets wat Millroy had klaargemaakt: Ezechiëlbrood, vis, groenten, gerst of soep, rozijnecakejes, kwark, een wasachtige punt honingraat. Dan gingen we wandelen, hingen rond om het programma van de volgende dag te plannen, lazen fanmail – Millroy nam het commentaar in kinderbrieven heel serieus – aten een hapje en gingen vroeg naar bed. 'Alle goede mensen zouden tegen achten in bed moeten liggen.' Dan waren we om vier uur weer op, tegen vijven op de weg terwijl we ons ontbijt opaten in de auto of op de rustplaats bij afslag vijf, waar water was, en om half zeven in de studio voor de eerste repetitie.

Op een middag later in november zag dominee Huber ons het caravanpark in rijden en besloot op ons toe te lopen met een hark met een groene steel in zijn handen. Hij had dikke gerimpelde handen en zijn lichaam wentelde rond onder het lopen. Hij droeg een honkbalpet en gymschoenen.

Millroy glimlachte naar hem en zei: 'Raad eens hoe oud ik ben.'

'Ik heb erbarmen met u,' zei Huber.

'Erbarmen is het enige dat ik niet nodig heb.'

'Gelooft u niet in de macht van het gebed?'

Millroy zei: 'Je hebt gebed nodig en je hebt actie nodig.'

'Gebed is mijn basisvoedsel,' zei Huber.

Millroy lachte hem toe. 'Dan bent u verloren. U zult indigestie krijgen.'

'Ik heb mezelf genezen van een tumor, broeder,' zei Huber. Hij beroerde zijn dikke buik waar zijn hemd strak zat. 'Hij was zo groot als een grapefruit.'

'Iedereen praat over tumoren in termen van voedsel. Heel juist.'

'Alleen door gebed ben ik hem kwijtgeraakt.'

'Ik zeg niet dat dat wel of niet zo is, maar u had uzelf kunnen afvragen hoe die tumor daar om te beginnen was gekomen.'

'Het was Zijn wil. "De Heer geeft en de Heer neemt."'

'Het is niet goed de Heer verantwoordelijk te maken voor uw slechte gezondheid en uw peuzelende vingers,' zei Millroy. 'Verwijt het uzelf. Zie het onder ogen, als een Amerikaan.'

'Ik verspreid het woord,' zei Huber. 'Overal is zonde.'

Millroy fronste, en zei toen: 'Dat woord komt in mijn vocabulaire niet voor. Je kunt geen woord hebben voor iets wat niet bestaat.'

'Ik dien de Koning,' zei Huber en liep zwaaiend met zijn hark weg.

Millroy zei: 'Het heeft geen zin te redetwisten. Hij is te oud, hij is gek, hij is ziek. Sommige mensen kunnen niet gered worden. Hij is het bewijs. En jij vraagt je af waarom ik me concentreer op de jeugd?'

'Met uw programma?'

'Het is veel meer dan een programma, mop.'

Na dat gesprek met dominee Huber was Millroy voorzichtiger. Hij zei dat zulke mensen gauw geprikkeld waren, vooral wanneer ze een scepticus roken, dus ontweek hij de man, en als hij hem bespeurde zei hij met zijn buiksprekersstem: 'Dat is allemaal varkensvlees.'

Maar Huber kwam steeds vaker langs in een poging een gesprek te beginnen, en hoewel Millroy hem niet de caravan binnenliet, stond de mollige kleine geestelijke op een dag voor de deur en duwde zijn gezicht tegen de ruit en keek naar binnen, naar Millroy, die stond te koken.

'Iets op het vuur?' vroeg hij.

Millroy deed het raam van de haak en zwaaide het open, een van zijn snufjes, en keek Huber aan zoals hij ooit Floyd Fewox had aangekeken. Ik verwachtte het ergste – ratten, muizen, kreten van pijn.

'Ik was groenten aan het drogen,' zei Millroy.

Dominee Huber glimlachte maar zei niets, alsof Millroy iets duidelijk verkeerds had gezegd.

'Het breekt de cellulose af. Het behoudt de sappen.'

Hubers gezicht zag eruit als een ongekookt stuk vlees toen hij het heen en weer schudde.

'Dan ga ik wat wikke koken,' zei Millroy.

'Hebt u daar een fornuis voor nodig?'

'Tuurlijk heb ik een fornuis nodig.'

'Ik dacht dat u misschien alleen "abracadabra" zou zeggen.'

'En wat zou ik daaraan hebben?'

'Dat moet u mij niet vragen,' zei Huber met een goddeloze glimlach, 'oom Dick.'

'Oom Dick zegt geen "abracadabra".'

Maar toen Huber wegging, ging Millroy naar bed. Alleen toen hij me vertelde hoe hij lang geleden verstrikt was geweest in het donker van zijn dikke lichaam, had ik hem zo'n treurige aanblik zien bieden. Vanmiddag zag hij eruit alsof hij geveld was door een ziekte, en wanneer was hij ooit eerder ziek geweest? Hij lag stil en zwijgzaam als een gewond dier, zonder te ademen, zonder met de ogen te knipperen, in zijn houding van levend begravene.

Ten slotte, toen het donker was, begon hij te spreken met een stem die een droog, krabbend geluid maakte, als een potlood dat op een blaadje papier krast.

'Ik wil niet dat hij me kent. Ik wil niet dat iemand me kent.' Hij haalde adem alsof hij een lange, trage teug water nam. 'Behalve jij.'

Maar het was te laat. Huber had hem genoemd bij de naam die ik nooit gebruikte.

Een dag of twee later zei Huber, vermoedend dat hij sterker stond doordat hij Millroy's geheim kende, tegen Millroy en mij: 'Jullie vragen je waarschijnlijk af waar Todd is.'

Dat vroeg ik mij niet af. Todd zat altijd achter mij aan om te gaan skateboarden op de hellingbaan, of te gaan vissen in het kanaal, of lay-ups te gaan schieten tegen het basketbalbord in Pilgrim Pines. Hij wist nog steeds niet dat ik een meisje was. 'Dat zou hem zoveel erger maken.'

'Het geval wil' – maar wie had het gevraagd? – 'dat hij op school zit.'

Millroy had zich nog niet omgedraaid om Huber zijn gezicht te laten zien.

'Op wat voor school zit jij, knul?' vroeg Huber mij.

'Daar hebt u nooit van gehoord,' zei Millroy.

De volgende morgen na de uitzending haakten we de Airstream aan de Ford vast en sleepten hem over Route 3 naar Wompatuck, even ten zuiden van Boston, bij afslag 14, voorbij HAROLD HECHT VERHUUR VAN GEBRUIKTE AUTO'S, een boerenkraam met verse produkten, MEENEEMPIZZA'S, MARIO'S MINIMARKT en de Sterre der Zee-kerk.

'Op deze manier kunnen we een half uur later opstaan voor het programma,' zei Millroy.

Het was diep in november en kil, en elke avond in Wompatuck kon ik de eikels van de eiken horen barsten en in de dode rimpelige bladeren ploffen.

XX

Een man met een rood gezicht die Sharkey heette, met gelig-wit haar en een strakke stropdas, hield Millroy op een donkere morgen staande toen hij op weg was naar de *Paradise Park*-studio en zei tegen hem: 'Heeft u even?'

'Sorry,' zei Millroy, en ik bedacht dat hij ooit had gezegd: 'Haar! Dat verraadt alles!' omdat het haar van deze man was opgestoken en naar één kant overgeslagen als een harige pannelap zonder wortels eronder. Millroy moest gedacht hebben: Wat probeert hij te verbergen?

Sharkey's gezicht werd roder, en terwijl hij zich inspande verschenen er rimpels in zijn wangen. Hij raakte zijn haar aan en bracht zijn gezicht dicht bij dat van Millroy.

'Ik weet niet wat voor soort contract u hier hebt,' zei hij. 'Maar mijn mensen zouden een pakket kunnen samenstellen, en wanneer het beklonken is zou u een heel tevreden man kunnen zijn. Uw kinderprogramma heeft geweldige mogelijkheden op de kabel.'

'Ik beschouw ze niet als kinderen,' zei Millroy, luid genoeg om het sommige wachtende jongelui te laten horen. 'Wie bent u?'

'Wij zijn ontbijtgraanvlokken, wij zijn vruchtesappen, wij zijn gezonde hapjes, wij spelen een sleutelrol in de afslankingsindustrie, waar dertig miljard dollar omgaat,' zei Sharkey terwijl hij tegen de ingang van het tv-station leunde om Millroy de weg te versperren, 'en wij zoeken een verbreidingsmiddel.' Hij legde zijn hand op die van Millroy. 'Ik denk dat we dat gevonden hebben, oom Dick.'

Toen rukte de man, een zuur gezicht trekkend, zijn hand los van die van Millroy en hield hem voor zijn gezicht in het felle licht van de deuropening.

Sharkey had een dode rat beet met grijnzende tanden en een prijskaartje bovenop zijn slijmerige schedel gehecht. Hij schudde hem van zijn hand en snakte naar adem toen die als een natte, gore lap op de harde vloer kletste.

'Dat is alles wat je ooit zult vinden, makker.'

Op dat schrikwekkende moment drong Millroy zich langs Sharkey heen en ging de studio binnen om zich voor te bereiden op de repetitie. Hij keek niet om, maar ik wist door de manier waarop de huid in zijn nek zich samentrok dat hij glimlachte.

'Doe de deuren op slot,' zei Millroy daarna elke morgen, ademloos en met een zijwaartse blik, voor elke repetitie. 'We willen geen hansworsten hier.'

Dan liep hij de *Paradise Park*- studio rond met niets in zijn handen en ging terzijde staan of glimlachte naar je of nam je kin en bracht die schuin omhoog naar zich toe zoals een tandarts doet.

'Niemand komt door die deur.'

We vonden dat geweldig van hem.

Het idee dat dit helemaal van ons was, privé, een geheim, waar geen volwassene – zelfs ouders niet – kon binnendringen, stemde ons allemaal tevreden en deed Millroy een van ons lijken, een medesamenzweerder. In de manier waarop hij lachte en gekheid maakte en ons aanspoorde was hij werkelijk een van ons, maar af en toe deed hij een of andere toverkunst, zoals Sharkey's plotselinge, grijnzende rat of een zingende vogel uit zijn mouw, of hij slikte een sleutelbos door om ons eraan te herinneren wie hij eigenlijk was: helemaal niet een van ons.

Op een dag liet hij de kinderen gewoon voor de lol – de repetitie ging langzaam – zijn maagzuiger zien, stak die in zijn keel en pompte zijn maag leeg, zijn hele ontbijt in een plastic kom, om zijn goede voedsel en zijn spijsverteringsvermogen te demonstreren.

'Het is echt walgelijk,' zei een meisje dat LaPrincia heette.

Haar ogen glansden gefascineerd, en die van de anderen ook.

'Ze vinden het walgelijk, ze vinden het geweldig,' zei Millroy toen hij zag hoe de repetitie was verlevendigd. 'Ik heb volwassenen van hun stokje zien gaan als ik dat had gedaan.'

Ons repeteren ging meestal snel: Millroy sprong op de kinderen af, greep ze beet en fluisterde ze toe, keek strak in hun gezicht en stuurde ze dan op weg. Hij gedroeg zich meer als een van de kinderen dan als een coach, en soms was hij er niet – verdween hij zonder waarschuwing, en dan waren we alleen met de programmavoorbereiding.

Toch kon je hem zelfs als hij ver weg of uit het zicht was onzichtbaar naast je voelen, zachtjes zoemend als een zwart licht, of vlak achter je, alsof je je alleen maar snel hoefde om te draaien om hem te zien.

Meestal waren repetities één grote, ongeregelde warboel, en het programma zelf verbaasde me dus – verbaasde ook ieder ander – al die energie en lol, met een perfecte timing. Behalve Willie Webb, die de beste acteur was, had niet één bepaald kind de leiding; ze renden gewoon de een na de ander rond en praatten in de camera.

'Gaan jullie je gang maar,' zei Millroy voor elke uitzending.

Hij deed altijd zijn handen omhoog wanneer hij Otis of juffrouw Spitler of meneer Mazzola zag – hief zijn handen en glimlachte alsof hij wilde zeggen: Ik heb er niets mee te maken, jongens!

'Laat je ze zien wat ze moeten doen?' had Otis gevraagd.

'Ik laat ze niets zien – dit is spontaan. Het zijn geen poppen, het zijn jongelui. Kinderen zijn in staat om perfectie te bereiken. Daar gaat het in dit programma allemaal om.'

Het oorspronkelijke *Paradise Park* was beroemd geworden omdat meneer Phyllis ontslagen was vanwege het uitschelden van de kinderen. De mensen waren blijven kijken omdat ze zich afvroegen wat er verder zou gebeuren.

Millroy's programma was heel anders, en het bleef veranderen. Van een behendige goochelaar in het programma van meneer Phyllis veranderde Millroy in een soort toeschouwer, een beetje onnozel en traag, die dingen uitgelegd moest krijgen – hoe planten groeien, wat het hart en de longen doen, hoe het spijsverteringskanaal eruitziet wanneer het een week niet geleegd is en vol chocoladetaart zit, en wetenswaardigheden over zout. Millroy rolde met zijn ogen wanneer deze processen werden uitgelegd.

'Bedoel je dat die goeie ouwe pindakaas dodelijk is?' vroeg hij dan.

'Yo.'

'Kun je dat nog eens uit de doeken doen?'

'Yo. Kijk, de zevendedagadventisten hebben pindakaas uitgevonden om smeerbare proteïne zonder vlees te krijgen...'

Sommige programma's werden dezelfde dag dat ze werden uitgezonden beroemd. Iets uit het ochtendprogramma werd om zes uur als nieuwsonderwerp herhaald in *Eyewitness News Update*.

Over één uitzending werd de volgende dag nog gepraat, vanwege het stukje met 'waar gebeurde verhalen'. In dit fragment vertelden de kinderen verhalen om de werking van het menselijk lichaam te illustreren. Eén van Berry's verhalen ging over een vrouw die hij zei te kennen, moeder Bunshaft. We hadden een recente foto van deze dikke, lieve, oude vrouw met haar gesteven schort. Ze leek een beetje op Gaga – kleine ogen in een groot vlezig gezicht; een poster van haar hing aan de muur achter Berry terwijl hij zijn verhaal vertelde.

'Moeder Bunshaft was een moordenares,' zei Berry.

'Ga weg!'

'Heeft haar hele familie vergiftigd met doodgewone suiker, van het soort dat jullie allemaal thuis hebben.'

Berry goot een kop vol witte suiker op de Maaltijdmagie-tafel.

'Ze gaf het ze te eten, in grote hoeveelheden, en ze gingen op vijf verschillende manieren dood. Zonder gekheid.'

'Ga weg!'

Je keek naar de oude vrouw op de poster en verbaasde je opnieuw over die glimlach, die geen glimlach meer was maar eerder de uitdrukking van iemand die op het punt staat een mondvol verboden voedsel door te slikken.

'Eén van haar kinderen zwelt op en stikt. Eén ontploft en laat een smeerboel op zijn stoel achter. Eén krijgt een shock en verstijft. Eén krijgt een hartaanval. Eén krijgt een manische aanval en springt uit het raam.'

Toen draaide Berry zich om om weg te gaan, maar terwijl hij dit deed keek hij achterom in de camera en knipoogde, alsof hij zich zojuist iets had herinnerd.

'Moeder Bunshaft was niet slecht, hoor. Niet boosaardig of verdorven. Gewoon niet erg snugger of van nut. Maar te oud om te veranderen. Ze was een hansworst.'

'En ze werd heel kwaad wanneer haar kinderen over wc's praatten,' zei Brenda, die in beeld opdook.

Brenda was een blondje, haar haren in twee opspringende paardestaarten met strikken, en een manier om met haar ogen te knipperen die je deed denken aan flitslichten. Ze had mollige knieën en schattige voetjes.

'Ik heb moeder Bunshaft ook gekend,' zei ze. 'Ze schreeuwde als je "poepen" zei.'

'Ze vroeg altijd: "Moet je een plasje of een grote bah?"'

Dat was Kelly, die het al pratend uit haar duim leek te zuigen.

'Wat gewoon dwaas is.'

Nu zag de grote foto van moeder Bunshaft eruit als het portret van een heel gevaarlijk en stompzinnig persoon, die je uitschold omdat je het verkeerde woord gebruikte en je dan vergiftigde met een brok van haar eigengemaakte toffees.

'Ze had het "uitscheiding" kunnen noemen, wat een waardevrij woord is,' zei Stacy, haar kin vasthoudend terwijl ze dit overwoog. 'Maar ze wilde het smerig laten lijken.'

Een beetje snuivend zodat hij niet zou lachen zei Willie: '"Ik moet een hoopje doen", zei ze altijd.'

'Wil je jezelf ontlasten?' zei Dedrick tegen Stacy. Toen we begonnen te lachen zei hij: 'Dat zou moeder Bunshaft hebben gezegd, niet?'

'Hoor eens allemaal, weten jullie waarom dit beter is dan een Engelse les?' zei Kayla. 'Omdat stinkers belangrijker zijn dan klinkers.'

Nog voor de uitzending voorbij was, gingen de telefoons. Millroy beende de vergaderkamer in, en ik bleef buiten luisteren hoe de stemmen op en neer gingen.

'Waar haalden ze dat wc-gedoe vandaan?'

'Laten we naar het script kijken. Ze zullen ons om een geschreven bevestiging vragen.'

De telefoons rinkelden, te veel om op te nemen. Een rinkelende telefoon die niemand opnam klonk als iemand die in het donker om hulp riep.

'Waar gaat dit verdomme allemaal over?'

Millroy's stem was zacht en redelijk toen hij antwoordde.

'Kinderen praten altijd over wc's. Dat doen ze instinctief, en net als alle instincten is dit gezond.'

'Dat moet je Eddie Mazzola vertellen.'

Mazzola was de general manager, en omdat hij dezer dagen zelden in de buurt was, leek hij machtiger en onvoorspelbaarder als een naam dan als een bestaand persoon.

'Je zou denken dat Eddie Mazzola dat al moest weten.'

'Het klonk infantiel.'

'In de goede zin,' zei Millroy kalm.

'Ze hadden het eigenlijk over schijten.'

'Wie zei er: "Een hoopje doen"?'

'Interessante woordkeuze. Ja, en ze hadden het over spijsvertering. Over lichaamsfuncties. Over zindelijk maken.'

'We moeten ermee ophouden.'

'Hoe? De kinderen hebben de leiding,' zei Millroy. En na nog meer gepraat kwam hij glimlachend naar buiten terwijl rinkelende telefoons weerklonken.

'Ze zoeken iemand om de schuld te geven.'

Er hing een noodtoestandssfeer in het tv-station, alsof er iets opwindends en enerverends was gebeurd. Niemand wist wat hij moest doen, zei Millroy, omdat ze niet wisten of dit goed of slecht was.

'Het is tovenarij,' zei hij.

De volgende dag vóór de ochtendrepetitie glimlachte Otis. Hij zei: 'We zijn weer beroemd.'

Tegen deze tijd had Millroy Norman Fredette ontmoet, de eigenaar van Norm's Eethuis, één straat van de studio vandaan. Het was in Church Street, achter het Statler-hotel, naast het restaurant *The Star of Siam,* tegenover Park Square gezien vanuit *Legal Sea Food,* het Greyhoundstation en de roetige stenen gebouwen van de universiteit van Massachusetts in Boston. Het was een drukke buurt, overal mensen. Het was de enige buurt die ik kende, omdat we daar parkeerden en wachtten en de kinderen op die vroege ochtenden bijeen zagen komen voor het programma, en we daarvandaan naar huis gingen.

Maar we gingen steeds later weg. Het hebben van een succesvol programma betekende meer belangstelling, meer telefoontjes en verzoeken van fotografen. Millroy verleende geen van die mensen zijn medewerking – geen foto's, geen interviews, niets – maar zelfs zijn weigeringen veroorzaakten vertragingen, en hij kreeg te veel honger om het de hele terugreis naar Wompatuck uit te houden.

Op een van deze ochtenden ging hij bij het eethuis langs, deels om zich te verbergen maar ook om wat kokend water voor zijn mintthee te krijgen.

'Oom Dick,' zei Norman Fredette, die hem herkende. 'Bedrijf eens wat Maaltijdmagie.'

'Daar ben ik mee bezig,' zei Millroy terwijl hij de thee roerde.

'Ik wil dat u me versteld laat staan.'

Millroy hield op met roeren, liet Fredette de lepel zien, tikte ermee tegen zijn kopje, en verzwolg hem. Toen slikte hij en haalde diep adem.

'Ik zou er alles voor over hebben om zo te leren toveren,' zei Fredette.

'Dat is geen toveren, dus u hebt geluk,' zei Millroy. 'Het is een truc.'

'Laat eens zien.'

Millroy keek het eethuis rond. 'Ik vraag me alleen af wat u voor me terug zou kunnen doen.'

Binnen een paar dagen kookte Millroy, in ruil voor het geven van lessen in goocheltrucs aan Norman Fredette, zijn eigen maaltijden in de keuken van Norm's Eethuis. Hij maakte zijn groene bonensalade, zijn linzenmoes, pistachetaart, vijgebroden, gebakken appel met kaneel, gerstesoep en Ezechiël-twee-vers-negen-brood. Hij was ermee begonnen omdat hij honger had gehad en omdat hij me op tijd te eten wilde geven, maar het koken bracht hem ook tot rust, en Fredette zat zo dicht bij de studio dat hij er na afloop naar toe kon om zijn maal te koken en een plaats te hebben om het op te eten. Als hij niet zijn eigen voedsel at, zei hij, zou hij iemand anders worden en eruitzien als een dierentuindier en niet in staat zijn tot enigerlei tovenarij. 'En ik moet uit de buurt zijn van die televisiemensen,' zei hij. 'De reclamejongens, de handelaren, de geldwisselaars.'

Hoewel *Paradise Park* te zien was op een publiek omroepkanaal zonder winstoogmerk, werd met het programma geld verdiend – Millroy zelf kreeg een salaris – maar hij haatte het idee dat het programma een onredelijke winst zou maken of ondersteuning van voedselbedrijven zou aanvaarden. Hij wist dat hij dwars was, maar de gedachte eraan maakte hem aan het lachen.

'Ze weten geen raad met me, mop, omdat ik niet geïnteresseerd ben in geld,' vertelde hij me op een dag in Norm's Eethuis. 'Daarom krijg ik altijd mijn zin.'

We zaten in een hoeknis Millroy's eigen eten te verorberen. Terwijl hij praatte kwam Norman naar ons toe, ging met een gevlekte spons langs de rand van de tafel, en bleef toen in onze buurt rondhangen.

Norman Fredette was een bleke man met een benig gezicht, grijs, achterovergekamd haar, nerveuze ogen en een paniekerige glimlach die kwam en ging, soms twee of drie keer voor hij een zin af had. Hij had een manier om luid te snuiven die je de indruk gaf dat hij zorgelijke gedachten had.

'Niet dralen,' zei Millroy. 'Het is slecht voor iemands spijsvertering als hij draalt. Ik zal u zo direkt een truc laten zien.'

'Dat is prima,' zei Fredette, maar bleef nog steeds rondhangen.

Hij kon al lepels doorslikken, speelkaarten raden, met eieren manipuleren en wat licht jongleerwerk doen.

'Ik wilde u alleen zeggen dat het vandaag een geweldig programma was.'

Millroy legde zijn vork met linzenmoes neer, keek Fredette recht aan en zei: 'Vertel eens.'

'Een fantastisch programma.'

Norm liet een ei rond zijn vingers draaien – verborg het en bracht het weer aan het licht. Er zat een aspect aan goochelarij en trucs doen dat nerveuze mensen leek aan te spreken, doordat het hun iets te doen gaf met hun wriemelende vingers.

'De tv staat aan in de hoek. Het kind begint over "wc", en de hele bar begint te lachen. Dan is er die toestand met 44 pond... hoe noemden ze het?'

'Faecaal bezinksel,' zei Millroy.

'Juist. Wat in je lichaam blijft. De klanten beginnen te schreeuwen. Ik neem een braadpan en mep ermee op het fornuis. "Wil je een knal voor je kop?" Ze gillen nog steeds, dus ik zeg: "hou je kop en luister. Misschien leer je wel wat."'

Hij liet het ei nog steeds over de rug van zijn hand rollen zoals Millroy hem geleerd had.

Millroy nam een hap brood, een Ezechiëlbrood dat hij gebakken had in Fredette's keuken. Hij leek tevreden met wat Norm had gezegd. Hij at langzaam, als altijd, hapte van het brood, nam een kwak linzenmoes op zijn vork, dronk zonder te morsen sap uit zijn eigen kruik.

'Zelfgemaakte kost,' zei Fredette. 'Mijn klanten vragen me er altijd naar. Ze zeggen: "Wat eet hij? Ik zie niets dergelijks op het menu." Ik zeg zo van: "Bemoei je met je eigen zaken."'

'Gezonde kost,' zei Millroy. 'Goed voedsel.'

Hij stak zijn hand uit, pakte het ei van Fredette, wikkelde het in zijn servet en schudde het toen, waardoor hij het ei liet verdwijnen.

Fredette knipperde met zijn ogen, zich afvragend waar het ei was gebleven.

'U maakte me zenuwachtig.'

'Ik wou dat ik dat kon,' zei Fredette met gulzige lippen.

'U bent geïmponeerd door zo'n trucje. Waarom bent u niet geïmponeerd door het vermogen van voeding, de transformatie van uw lichaamsfuncties en de kracht van uw darmen?'

In plaats van te antwoorden keek Fredette naar de rij mensen die zaten te eten aan de lunchbar. Zij staarden Millroy aan met die wat-zei-hij-daarnet?-uitdrukking op hun gezicht.

'Allereerst: goed eten. Voedsel is de eerste stap.'

'Ik ben geïnteresseerd. Bovendien zit ik zelf in de voedselbranche.'

'Als uw voedsel goed was zou ik het eten.'

'Ik snap wat u bedoelt.'

'Als u puur van lichaam en geest wenst te zijn zult u door dit voedsel verjongd worden.' Millroy at weer. 'En u zult toverkunsten doen. Alex, jongleer eens met die eieren.'

Hij overhandigde mij vier eieren, waarmee ik met gemak jongleerde, eerst door ze alle vier met beide handen te laten ronddraaien, daarna door elke hand met twee tegelijk te laten jongleren.

'*Fidem scit*,' zei Millroy.

'Nu hebben ze het jóu ook geleerd!' zei Norman Fredette.

Ik keek naar de gezichten van de mensen in het eethuis. *Wat zei hij daarnet?*

'"Hij heeft het geloof,"' zei Millroy. 'Dat is Latijn. Hij is puur, hij eet goed, en dus kan hij met die eieren manipuleren.'

'Dat is mijn streven.'

'U zult regelmatig zijn.'

Millroy glimlachte en liet Fredette zien hoe hij de ei-in-een-servet-truc moest doen.

Na afloop, toen we alleen waren, zei Millroy: 'Wat ik ga zeggen klinkt je misschien vreemd in de oren.'

Dus wist ik dat dat zeker zo zou zijn.

'Ik heb een uitzondering gemaakt voor het koken in zijn keuken, maar ik zal niet buigen als het om zijn wc gaat. Je weet dat ik een opblaasbare bril heb – het patent is aangevraagd. Maar ik heb het sterke gevoel dat ik wanneer ik iemands gemak gebruik die persoon een gunst verleen – die persoon iets schenk door een stukje van mezelf achter te laten. Het gebruiken van hun toilet is een diep blijk van vertrouwen. Het is een geloofsdaad – maar nee, Norman is daar nog niet klaar voor.'

Terug in onze caravan in Wompatuck maakten we schoon en zwegen, en als we honger hadden bewerkten we gerst, droogden we maïs en peulen, bakten we bonenbrood en dronken we Millroy's slappe, inktachtige wijn. Ik droomde als een gek. Ons leven speelde zich dezer dagen elders af: in het programma.

De *Boston Globe* had een artikel over *Paradise Park* – kort maar op de eerste pagina – over dat mensen het station de hele dag opbelden, sommigen met klachten maar de meesten met lof, en dat er veel kinderen bij waren. We hoorden van tevoren over het kranteartikel, en de volgende dag zagen we op weg naar Boston stapels exemplaren in verkoopautomaten, en mensen die het lazen in de forensenbussen uit Plymouth en Brockton.

'Merk je dat ik het artikel niet lees? Ik kijk naar mensen die het artikel lezen. Ik maak me geen zorgen.'

'Wat is er met Otis?'

'Ik behandel hem voor hoofdpijn. Raad eens hoe.'

Millroy kon heel spraakzaam zijn, zelfs 's morgens vroeg, zelfs nu op de snelweg in het donker vóór de dageraad, dat grijs en korrelig was als een vergroting van een oude foto.

'Door zijn constipatie te verlichten. Hij lijdt aan ernstige verstopping, en het hoopt zich op in zijn doorgangen en zet al zijn andere lichaamsfuncties onder druk.'

We passeerden weer een bus – de mensen lazen de *Globe* .

'Ik heb hem op een dieet met een laag bezinksel gezet. Maar hij is makkelijk. Hij kent zijn Boek. Ik heb hem op mintthee gezet. Dat begrijpt hij. Hij weet dat Mattheüs de Heer zelf het woord "mint" hoorde spreken.'

Ik trok mijn duim uit mijn mond omdat ik een geeuw voelde aankomen.

Die morgen had *Paradise Park* opnieuw een fragment over het gemak. Na 'Maaltijdmagie', een paar video's met oom Dicks broodwagen, en muziek, waarbij de jongelui instrumenten bespeelden en hun lied zongen: 'Het privaat'.

'Als het niet het belangrijkste vertrek in het huis is,' zei Berry, 'waarom zit er dan altijd een slot op de deur, hè?'

LaPrincia zei: 'We moeten het even over voeding en vet hebben. "Eet generlei vet", staat er in de bijbel. Dat is een goede raad.'

'Yo, en onthou dat boter klinkt als toges,' zei Kelly.

Daar moesten we allemaal om lachen.

'Het kwam gewoon bij me op,' zei ze. 'Mensen praten er niet over, omdat het het enige lichaamsdeel is dat je nooit ziet.'

'Yo. Als je in je lichaam kon kijken zou je het niet de vernieling in helpen,' zei Willie Webb aan het eind van de uitzending, terwijl hij zijn hoofd scheef naar de camera hield en zijn gezicht in de lens drukte.

Hij staarde en ademde zwaar.

'Kijk dus uit wat je erin stopt. Maar er is maar één manier om te weten wat er echt in je lichaam gebeurt. Kijk heel goed naar wat eruit komt. Dag, lui. Tot morgen in het Park.'

'Wat voor soort kinderprogramma moet dit voorstellen?' vroeg een man op een morgen aan Millroy in Norm's Eethuis, toen we daar na een uitzending zaten te eten. De man moest naar het programma hebben gekeken op Fredette's tv. Hij klonk gebelgd en knorrig zoals sommige mensen doen wanneer iets ze van hun stuk brengt.

Millroy vertelde de man wat hij Sharkey had verteld ('ik beschouw ze niet als kinderen') en wat hij Otis en Mazzola en de overige producenten had verteld. Tegenwoordig, nu hij vol zelfvertrouwen was, verhief hij nooit zijn stem, maar hij had een manier om te fluisteren die een hele kamer tot zwijgen kon brengen.

'Deze jongelui zullen lang leven en heel invloedrijk zijn, dus is het belangrijk dat ze de waarheid weten. Ze zullen de eerste mensen in Amerika zijn die meer dan tweehonderd jaar zullen leven. Dat is het streven. Stelt u zich voor hoe de mensen tegen ze op zullen kijken. Ze zullen willen weten hoe en waarom.'

De man dacht een moment na en zei toen met dezelfde knorrige stem: 'Wat eet u daar?'

'Het staat niet op de kaart,' zei Norman Fredette.

'Maar als dat wel zo was,' zei Millroy tegen de man, 'zou u misschien enig idee hebben waar ik het over had.'

Hij ging door met eten. Hij vond het leuk om dingen te zeggen die de mensen tot nadenken dwong, hen te verbijsteren en dan te doen alsof hij hun verbijstering niet opmerkte.

Niemand redetwistte vandaag met hem.

'Behalve Otis vinden de producenten het programma niet goed, om hun eigen armzalige redenen,' zei Millroy. 'Maar het werkt, dus wat kunnen ze doen?'

Het nieuwe *Paradise Park* bleek heel populair te zijn ('ik had ze kunnen vertellen dat het zo zou zijn'), maar niemand wist of het simpelweg een goede combinatie was van kinderen en verhalen, of al de wc-praat waarmee 'Maaltijdmagie' doorspekt werd. Maar omdat ze het niet wisten, waren ze bang de nieuwe formule, waaraan Millroy zelf voortdurend gesleuteld had, te wijzigen.

Na drie weken overtroffen de kijkcijfers van het programma die van Sesamstraat, het andere kinderprogramma in Boston. Millroy was blij, omdat hij een hekel had aan dat programma. 'Henson is een poppenspeler, geen opvoeder,' zei hij. 'Al die wanstaltige poppen en kwakende stemmen. Hun geletterdheid is gewoon willekeurig en hun ideeën over cultureel relativisme zijn werkelijk subversief. Het maakt wél uit uit welk land je komt. Ze stoppen in Afrika en China dingen in hun mond die helemaal niet goed voor je zijn. Nee, Sesamstraat is een slechte grap. Wij weten wat jongelui nodig hebben.'

Die vrijdag, na de bijeenkomst met de producenten, na de bekendmaking van de kijkcijfers, na de maaltijd in Fredette's Eethuis, reden we in de Ford terug naar Wompatuck, en Millroy glom van zelfvertrouwen.

'Natuurlijk laat ik ze mij bekritiseren vanwege het programma,' zei hij.

Zijn hoofd straalde, en hij leek het geheim te weten van deze grijze winterwereld. Aalscholvers landden op de zwarte palen die in het water staken bij het grote lelijke gebouw van de Dorchester Yacht Club.

'Omdat ze me uiteindelijk de eer van het succes van het programma zullen moeten geven.'

Nu passeerden we de gastanks met opzichtige zuurstokstrepen.

'Ik denk dat er iets goed gebeurt, engel – iets waar ik mijn hele leven naar toe heb gewerkt.'

Toen ik dat hoorde, wist ik zeker dat hij het over méér had dan een ochtendtelevisieprogramma voor kinderen. Het was zijn ik-ben-een-boodschapper-stem.

XXI

Feestdagen lijken zelfs een alledaagse gebeurtenis dramatisch of vreemd te maken door deze een bepaalde opschik te geven, zoals een kerstkrans op de deur van een afgebrand huis, of een sticker met 'vrolijk kerstfeest' op de bumper van een autowrak. Feestdagen waren ook anders vanwege de vrije dagen die je had, of het overwerk dat je deed, en meestal herinnerde je je het weer, en altijd de muziek, en er waren verrassingen. Dat vertelde Millroy mij allemaal, maar ik wist dat Kerstmis een tijd van rampen, dronkenschap en tranen was. Mijn verjaardag was de twintigste, zo dicht bij Kerstmis dat ik er zelfs niets over tegen hem zei. Ik werd vijftien maar bleef even groot.

'Mensen zijn intens samen op feestdagen, of intens eenzaam,' zei Millroy. 'En feestdagen markeren altijd wisselingen in de lotgevallen van mensen. De onze bijvoorbeeld. Denk maar aan 4 juli op de boerenkermis in Barnstable.'

Nu was Kerstmis in aantocht.

'Ik bespeur iets in de lucht,' zei hij terwijl hij tegen zijn neus tikte en een vleugje van de toekomst opsnoof.

Thanksgiving en het alternatieve kalkoenprogramma waren voorbij; dezer dagen waren er kerstliedjes in de lift van het tv-station, en vroegen de producenten Millroy naar zijn plannen voor een kerstprogramma. Millroy zei dat hij er iets aan zou doen, natuurlijk, want Kerstmis was zijn favoriete tijd van het jaar.

'En ik sta erop in het programma het woord "Kerstmis" te gebruiken,' zei hij, 'niet het voor alle doeleinden geschikte, wereldlijke "prettige feestdagen".'

Er waren nog meer verrassingen, zelfs voor mij, en ik had gedacht dat het leven met Millroy me op alles had voorbereid.

Tijdens een uitzending begin december had Willie Webb het over mensen die vroeger dik waren, en hoe ze zich voelden nu ze het juiste gewicht hadden.

'En we gaan naar één van hen luisteren,' zei hij.

Ik ging rechtop zitten, nieuwgierig het verhaal van een dik iemand te horen. Ik hield van levensgeschiedenissen die vol feiten waren – wat hun Dada zei, waar ze naar keken op tv, wat ze voor hun ontbijt aten en vooral waar ze zich zorgen over maakten. Ik wilde een verhaal horen over een jong meisje dat niet meer thuis woonde, en dat ze gelukkiger was dan ze ooit was geweest, en over de goede dingen die haar overkomen waren. Ik wilde horen dat alles in orde gekomen was. Millroy was precies zo'n verteller, zijn strijdverhalen eindigden altijd goed, en er zat evenveel magie in als in zijn tovenarij.

'Yo.' Wilie knikte. 'We hebben hier iemand bij ons die vroeger heel dik was.'

Ik keek om me heen terwijl ik me afvroeg wie die iemand zou kunnen zijn, en ik zag dat alle anderen ook keken. Midden in dat zoeken en zwijgen hoorde ik op luide toon mijn naam uitspreken.

'Alex?'

Ik keek op en zag Willie recht naar mijn hoofd staren.

'Wil je ons je verhaal vertellen?'

Ik zei: 'Welk verhaal?'

'Over de tijd dat je dik was.'

Over de tijd dat ik wát was?

Ik had geen verhaal, maar zodra ik opstond en mijn mond opendeed om het te ontkennen, kwam er een verhaal uit.

'Ja, het is waar, hoewel het voor jullie waarschijnlijk moeilijk is je mij mollig voor te stellen,' zei ik. 'Maar als ze me vroeger zagen zeiden ze: "Hé, daar heb je Chub de basketbalsmokkelaar", en maakten ze knorgeluiden naar me. Mijn buik stak zover uit en net als een boel dikke mensen had ik een nare lichaamsgeur. Ik schudde onder het lopen, en soms als ik rustig was zat ik maar met mijn lichaam te wiegen. Ik gaapte de hele tijd en ik viel in slaap in de bus. Ik stal altijd eten. Alleen bij maaltijden at ik niet, als er andere mensen in de buurt waren, en...'

'Alex deed een ontwenningskuur,' zei Willie.

'Bij maaltijden waren er andere mensen in de buurt, en waarom zou je willen dat iemand je zag eten als je zo dik was? De hele rest van de tijd zat ik te bunkeren. Als ik iets zag wat in mijn mond zou passen stak ik het erin, wat het ook was. Ik at meestal drie koekjes tegelijk, en maakte er een sandwich van.'

Ik praatte zo snel dat ik bijna buiten adem was.

Willie zei: 'Kom eens hier Alex, zodat we heel goed naar je kunnen kijken.'

Ik verliet mijn plaats bij de andere kinderen en voegde me bij Willie en Stacy. Misschien had Stacy ook een verhaal over dik zijn? Maar zo ja, dan moest ze wachten tot ik klaar was want ik praatte een eind weg. Ik wilde dat Millroy dit hoorde, maar waar zat hij vandaag?

'Ik zei tegen de mensen dat ik ontregelde klieren had. Ik droomde ervan dood te gaan, ik was suïcidaal, ik zag eruit als vijfendertig of zo. Ik hoorde dat er een machine was die vet uit je zoog, die zo'n vijf kilo vet uit je dijen kon pompen. Ik wilde die behandeling zodat ik door kon blijven eten.'

Ik begon te lachen, zodat dit niet zo'n akelig verhaal zou lijken. Maar terwijl ik het vertelde geloofde ik erin en werd ik triest bij de gedachte dat ik kolossaal en afschrikwekkend was en vies zou ruiken.

'Jullie hadden me moeten zien' – ik probeerde nog steeds te lachen – 'ik zag eruit als een hanswaorst. Ik had er een hekel aan mezelf in een spiegel te zien maar ik leerde mijn spiegelbeeld bekijken zonder van streek te raken. Ik keek van heel dichtbij naar mijn gezicht in een heel klein spiegeltje.'

Terwijl ik deed alsof ik een spiegeltje in mijn hand had, tuurde ik erin en beet op mijn wangen en probeerde rimpels in mijn gezicht te maken.

'Na een tijdje realiseerde ik me dat dik zijn mij tot een slecht mens maakte. Hebben jullie daar ooit aan gedacht? Het maakte me tot een leugenaar. Ik loog over mijn gewicht. Ik loog over eten. Ik zei dat ik op dieet was als dat niet zo was. "Ik heb maar één koekje gehad, Gaga", dat werk. Ongezond zijn kan je slecht maken. Ik deed een cursus dikheidsaanvaarding. Toen dacht ik erover zelfmoord te plegen door mijn vinger in een lampfitting te steken. Ik raakte gedeprimeerd toen mijn vinger niet paste, en die gedeprimeerdheid maakte dat ik nog meer at, dus werd ik nog dikker.'

Iedereen luisterde aandachtig.

'Jasses,' zei ik. 'Dik zijn maakt je stiekem.'

Ik wist dat duizenden mensen me zagen op hun tv-toestel, gefascineerd en treurig. Ik kon al die ogen voelen.

'Toen hoorde ik oom Dick over Maaltijdmagie praten. Hij zegt: "Het staat allemaal in het Boek. Het Boek staat vol met eten, plus een hoop menusuggesties." Hij zegt: "Probeer het eens." Het gaat om fruit en vis en groenten en noten en bonen.'

Met het noemen van oom Dick en het Boek werd het volmaakt stil.

'Dat was de eerste dag voor mij,' zei ik. 'Van die dag af ging alles beter. Ik ben gelukkig, én ik ben gezond, van binnen en buiten.'

Ik glimlachte en maakte een buiging terwijl de jongelui floten en riepen en keken hoe mager ik was.

'Wat een leuk verhaal,' zei Willie. 'Bedankt hoor, Alex.'

Ja, het was een leuk verhaal, maar waar had ik het vandaan?

Ik was van plan het er later die morgen in Norm's Eethuis over te hebben, maar Millroy leerde Fredette hoe hij scheermesjes moest eten.

'Het is geen tovenarij. Het is een echte truc, want het zijn geen scheermesjes en je eet ze niet op,' zei hij.

Toen wilde ik het erover hebben op de terugweg naar het caravanpark in Wompatuck, maar Millroy begon tegen me te praten over feestdagen ('het zijn tijden voor belijdenissen en evaluaties en een nieuw begin'). Terug in de caravan was hij zwijgzaam, dus wist ik dat hij nadacht over het programma van morgen en niet gestoord wilde worden.

Ik wachtte tot bedtijd, wat rond achten was, de gebruikelijke tijd. Ik sprak pas toen hij de lichten had uitgedaan en ermee opgehouden was met zijn kussen te frommelen. Hij lag aan de andere kant van de caravan op zijn eigen plank, in zijn eigen hokje te zuchten en zichzelf in slaap te dompelen zoals hij mij geleerd had te doen.

'Ik ben nooit dik geweest, weet u.'

Hij hoorde me naar zei niets.

'Ik was klein. Ik had een tenger figuurtje. Ik was niet dik.'

'Misschien is "dik" een stijlfiguur,' zei Millroy.

'Alsof ik moet weten wat dat betekent.'

Was zijn stilte een manier om mij te vertellen dat het hem speet dat hij dat had gezegd?

'En u heeft me zeker niet dun gemaakt.'

'Ben je hetzelfde als toen we elkaar ontmoetten, mop?'

Dat moest een strikvraag zijn, want het antwoord was nee.

'Maar denk er maar niet over na,' zei hij.

Het was mij altijd duidelijk wanneer hij glimlachte in het donker. Ik kon bijna zien hoe zijn tanden helderwit zichtbaar waren onder zijn snor.

'Dat was mijn verhaal niet.'

'Nu is het van jou, mop.'

Ik kon zijn hersenen horen gonzen, de wielen draaien, het gebonk van de naven, de wind in de spaken.

'Misschien was het glossolalie,' zei Millroy. 'Spreken in tongen.'
'Jasses.'
'Zoals Joël zegt: "Uw zonen en dochters zullen verkondigen."'
'Hoe dat zo?'
'Omdat dit de dagen van de laatste regen zijn, mop.'
'Jasses.'
'Worden de dorsvloeren niet bedekt met koren en vloeien de pers-
kuipen niet over van wijn en olie?' vroeg hij.
'Dat zal wel.'
'"En gij zult eten in overvloed."'

Ik kon dus niets doen, maar dat was niet wat mij het meest dwarszat. Die hele nacht lag ik mij in bed af te vragen waar ik het verhaal
vandaan had; en als ik er nou eens meer had, wat dan?

Mijn verhaal was populair. Ouders en kinderen schreven om te zeggen dat ze er baat bij hadden. Het gaf hun een beter gevoel over
henzelf, zeiden ze. En ze vroegen naar het eten van oom Dick – had
hij de recepten, en wat was het boek waar ik het over had?

In het volgende stukje Maaltijdmagie maakte oom Dick vijgebroden, deelde ze rond en zei: 'Het is niet zozeer een dieet als wel een
manier van leven. Maar het is bevredigend genoeg om een godsdienst te zijn,' en hij herhaalde enkele recepten.

'Als dit programma niet zo populair was, zou je in de problemen
zitten,' zei Eddie Mazzola.

Millroy lachte alleen, en omdat hij zo zelden lachte, klonk hij als
hij het deed als een kakelende tovenaar. Maar de producenten konden
er niets van zeggen; elke week gingen de kijkcijfers van het programma nog meer omhoog.

Dan waren er wat Millroy 'administratieve waarschuwingen'
noemde – dat Kerstmis in aantocht was, dat religieuze boodschappen
niet waren toegestaan in *Paradise Park*, en gepraat over wc's of het
vermelden van raciale groeperingen evenmin.

Dedrick was degene die verschillende rassen had beschreven.

'Ooit stilgestaan bij de Japanners?' zei hij. 'Ze eten tonnen vis. Als
je heel goed kijkt zie je dat ze op vis zijn gaan lijken.'

Omdat de kinderen lachten, liet hij het daar niet bij. De Koreanen
zagen eruit als varkens van het varkensvlees eten. Vegetarische Hin-
does waren op groenten gaan lijken, schraal en bultig. Nederlanders
zagen er bleek en zacht uit, als hun eigen kaas. Amerikanen zagen
eruit als hamburgers.

Dat was te veel. Millroy werd berispt; Otis bracht de administratieve waarschuwing van Eddie Mazzola over.

'Deze jongelui zijn geen racisten,' zei Millroy, 'en je weet dat er een greintje waarheid schuilt in wat Dedrick zei.'

'Je bedoelt dat je dat gedoe over dat mensen gaan lijken op het voedsel dat ze eten gelooft?'

'Hoe is het met je hoofdpijn?' vroeg Millroy plotseling.

'Weg,' zei Otis.

'Kun je met je hand op je hart beweren, Otis, dat de Japanners niet op vissen lijken?'

Toen hij weer een waarschuwing kreeg omdat hij geen script voor het kerstprogramma had overlegd, haalde Millroy zijn schouders op en zei dat hij zich geen zorgen maakte. Hij beschouwde de reacties in Norm's Eethuis als typerend. De vroege ochtendklanten keken allemaal naar het programma, en Fredette rapporteerde wat ze hadden gezegd. Ze vonden de kinderen in *Paradise Park* leuk omdat ze zichzelf waren, grappig, enthousiast en onvoorspelbaar. Geen poppen, geen koeionerend Groot Mens, geen verzinsels.

'Ze improviseren,' zei Millroy. 'Ze doen het nu helemaal zelf.'

Hij had geen controle over de jongelui, zei hij, en de reden voor de immense populariteit van *Paradise Park* was dat de kinderen al hun eigen dialogen en spotternijen verzonnen.

'Ze zijn creatief geworden.'

Fredette en de rest van de klanten geloofden wat Millroy zei, niet omdat hij zo overtuigend was maar omdat zijn voedsel eindelijk op de kaart stond en zij zeiden dat het heerlijk was. Zijn voedsel was het bewijs van zijn boodschap, en het maakte hem geloofwaardig.

Hij zei tegen Fredette: 'Ik weet dat je geïnteresseerd bent in het leren van toverkunsten, maar dit voedsel is veel belangrijker dan deze trucs, en ik denk dat je het ermee eens zult zijn dat het een heel eigen betovering heeft.'

Kerstmis kwam, niet de dag maar het bijbehorende programma, zonder voorafgaande waarschuwing, geen script vooraf, alleen de mededeling dat er iets bijzonders zou gaan gebeuren.

'Vraag mij niks,' zei Millroy tegen Otis op weg naar binnen. 'De kinderen hebben de leiding.'

Het was een woensdag. We sloten ons op in de studio voor de repetitie, en er was de gebruikelijke verwarring, vijf of zes groepjes jongelui die afzonderlijk aan het werk waren, Millroy die van het ene groepje naar het andere ging, hen fixerend met zijn ogen, de jongelui zingend, Millroy fluisterend.

Toen het programma was begonnen deed Millroy de kalkoentruc van oom Dick die zo'n succes was geweest met Thanksgiving, waarbij hij een geroosterde kalkoen weer tot leven bracht in zijn Maaltijd-magie-oven.

Eerst toonde hij de grote bedropen vogel op een schaal, en hield hem omhoog.

'Die drumsticks zijn de poten – deze vogel stapte vroeger op die poten rond,' zei hij. 'Die nek droeg ooit een levende kop. En kijk eens naar die verbrande aanhangsels – dat waren ooit echte gevederde vleugels. Dit schepsel was in staat langdurig te vliegen. Stel je voor, dit geroosterde brok vlees kon daadwerkelijk vliegen in de frisse lucht…'

Maar zelfs Millroy's levendige beschrijving van de vliegende kalkoen mocht niet baten om de kalkoen te zien vliegen. Hij leek dat te beseffen, want weldra schoof hij de vogel in de oven, geen gewone oven, maar een blikken toverdoos met panelen en kleppen.

'Volstrekt leeg,' zei hij met zijn oom Dick-stem.

Hij liet de binnenkant van de oven zien, stak zijn hele arm erdoor, bewoog die op en neer en schoof de geroosterde vogel toen naar binnen.

'Ik vraag jullie dit karkas op te wekken door de kracht van het gebed,' zei hij. 'Help me. Deze dode vogel had derdegraadsverbrandingen over honderd procent van zijn lichaam en heeft jullie gebeden nodig.'

We concentreerden ons diep. Ik riep een dikke zwarte kalkoen voor ogen die zijn vleugels uitsloeg boven Marstons Mills terwijl het vlezige lapje van zijn rode kam flapperde onder het vliegen.

Millroy liet zijn handen over de blikken ovendoos gaan en wrikte de zijpanelen open.

De levende kalkoen klokte en leek op te zwellen terwijl hij uit de doos barstte. Hij was een en al veren en beweging, luidruchtig en levendig, een heel trotse vogel, als de arend die ik Millroy ooit uit de plooien van een Amerikaanse vlag had zien trekken.

'Die kalkoen zegt dank je wel,' zei Millroy, en zoals gewoonlijk waren oom Dicks armen en benen het meeste dat je van hem op het tv-scherm zag.

Willie Webb raapte de dankbare kalkoen op, en Stacy zei: 'Waarom zou zo'n prachtige vogel moeten sterven alleen om jullie een vrolijk kerstfeest te bezorgen?'

'Yo. Eet een appel,' zei Berry.

'Er zijn zoveel andere dingen die je kunt eten,' zei Dedrick. 'Iedereen houdt van pompoen- en notenvulling, wat voedzaam en vezelrijk is. Waarom zou je niet proberen daar een maaltijd van te maken? Kalebassen smaken best lekker.'

'Wat dacht je van gerstesoep en vijgebrood, maat?' zei Kayla.

'Laten we kijken wat er vanmorgen in de kerstbroodwagen zit,' zei Dedrick.

Er lag een heel assortiment nieuwe eetwaar uitgespreid op de Maaltijdmagie-tafel. De uit de dood opgewekte kalkoen keek naar dat alles en at zelfs wat van de vulling.

'Dat is de beste manier om een kalkoen te vullen,' zei Willie Webb.

'Tot zover het eetgedeelte van Kerstmis, waar iedereen elk jaar over praat,' zei Dedrick. 'Maar hoe zit het met dat andere gedeelte, waar niemand het ooit over heeft?'

Ik dacht: Welk ander gedeelte? maar de overige kinderen leken te weten waar hij het over had want ze waren al aan het ginnegappen en giechelen.

Millroy was nergens te bekennen. Hij was verdwenen zodra hij de geroosterde kalkoen weer tot leven had gebracht. Het was een teken van iets. Hij was nooit opvallender aanwezig dan wanneer hij uit het zicht was.

'Het grootste probleem met Kerstmis is afgaan – ik heb het over naar het gemak gaan,' zei Dedrick. 'Waar je heen moet en hoe. Ik heb het hier over een hoog bezinksel, lui.'

Diverse kinderen lachten luid, en ik kon Dedricks diepkelige 'ha' horen.

'Als je dit goede, licht verteerbare voedsel eet dat we hier hebben en er volop bij drinkt, zul je heel snel af willen gaan. Maar met Kerstmis zijn er altijd een boel mensen aan tafel. Dus allereerst moet je het gemak controleren en er zeker van zijn dat je erheen kunt wanneer je wilt. Onderzoek het slot en ga na of het goed werkt. Op die manier ben je niet gespannen.'

Nu zakten de kinderen onderuit en lachten wat minder, zodat ze konden horen wat Dedrick te zeggen had.

'Het belangrijkst is timing,' zei hij. 'Haast je niet. Doe de deur op slot zodat niemand je kan storen. En het is een goed idee al je kleren los te maken. Misschien heb je je broek omlaaggedaan, maar dat kan slecht zijn. Dat klemt vaak je enkels tegen elkaar. Je wordt gespannen, en bovendien kan het je stoelgang heel moeilijk maken.'

'Yo. Wat is dus de beste manier, Dedrick?' zei Willie, en toen iemand een kreet slaakte voegde hij eraan toe: 'Rustig, lui. Luister nou.'

'De beste manier is je helemaal uit te kleden, wat ze er ook van zeggen. Trek altijd je schoenen uit. Yo, zelfs een overhemd of een trui kan je bewegingsvrijheid ernstig belemmeren.'

'Horen jullie dat?' zei Willie.

Maar het enige dat ik hoorde was de stem van een volwassene die door de koptelefoon van een camera snerpte. 'We hebben een probleem.'

'Of je nu een jongen of een meisje bent, ga altijd op de bril zitten. Je moet er niet eens over denken om het staande te doen. Het is geen scherpschutterstest, hoor jongens! En zoals ik zeg: haast je niet. Je kunt beter zitten wachten dan het te forceren en een spierverrekking, krampen, aambeien of wat dan ook te riskeren. Als je ontspannen bent, ben je er klaar voor. Dan hoef je alleen maar te wachten en je zult echt verbaasd zijn over hoeveel handelingsvrijheid je hebt.'

'Je zult ook heel verrast zijn door de resultaten,' zei Willie. 'Je zult controle over je lichaamsfuncties krijgen.'

'Dit is gewoon niet te geloven.'

'Je krijgt macht.'

Ik dacht bij mezelf: Het is te laat. Dit is al gebeurd. Dit is de toekomst.

'En waarom zou je geen boek meenemen om te lezen? Lees nooit onder het eten, lui, maar lees altijd tijdens de stoelgang,' zei Dedrick, die een dik boek omhoog hield. 'Je ouwelui zeggen misschien nee, maar luister: het gemak is een geweldige plek om te lezen. Iedereen herinnert zich wat hij op het privaat heeft gelezen.'

'Amen.'

Dat klonk als Millroy's stem, maar waar zat hij?

'Niet lachen,' zei Dedrick, hoewel hij nog steeds glimlachte. 'Je zou dit er kunnen lezen. Dat zou een heel leuke, toepasselijke noot zijn.'

Hij hield een boek omhoog – het Boek.

Millroy's snor verscheen op het scherm, alleen deze enorme harige mond, die open begon te gaan.

'*Fidem scit,*' zei Millroy's mond.

'Dat was het – we zijn uit de lucht.'

DEEL III

DE EERSTE DAG

XXII

'We vluchten niet,' zei Millroy met zijn onthou-dit-goed-stem. 'We wachten.'

We waren na de uitzending rechtstreeks naar het caravanpark in Wompatuck teruggegaan zonder iemand een woord te zeggen – gewoon Boston uitgeglipt en ons over de weg en de Airstream in gehaast. Het programma was weer uit de lucht.

Millroy's ogen zeiden: Ik zei het toch, maar hij hield zijn mond dicht, en toen zijn foto in de krant verscheen zag zijn gezicht er onschuldig en misplaatst uit onder de grote zwarte koppen: SUCCESVOL KINDERPROGRAMMA STOPGEZET – RUMOER OVER 'SMAAK' ONTKETEND – STATION OVERSTELPT MET TELEFOONTJES, VELEN BETUIGEN STEUN.

'Ik ben zeer tevreden,' zei Millroy, maar toen hij een blik in mijn richting wierp waren zijn ogen niet op mij gericht en kwam er geen licht uit. Het waren de bleke, doordringende ogen waarmee hij staarde wanneer hij tegen zijn publiek zei: 'Ik kan door muren kijken. Ik hoor alles.'

Hij luisterde. Hij werd heel stil; hij wist iets wat ik niet wist. Zijn concentratie zat helemaal in zijn hoofd en je kon van de buitenkant niet zien waar hij aan dacht. Toch luisterde hij, met gefixeerde en starende ogen, terwijl zijn neus en oren trilden en hij voor het overige roerloos en alert was, als een eekhoorn op een tak vlak voor hij tegen een boom opspringt.

Die eerste dag zei hij: 'Ik moet contact met voedsel hebben,' en begon kekers te sorteren, op zoek naar steentjes alvorens ze te weken.

'Ik heb behoefte aan de troost van het koken. Mijn vingers, mijn neus, mijn smaakpapillen, deze tong, deze ogen. Ik zou het heerlijk vinden de menigten te voeden en in een grote terrien te roeren. Als ik een brood had zou ik er grote hompen vanaf rukken.'

Met deze woorden begon hij in een aardewerken pot bloem en water te mengen met bonen, gierst en gerst, en weldra kletste hij met bloemige vingers op grote bleke plakken deeg om een baksel Eze-chiëlbrood te maken.

'Ik ben ervan overtuigd dat brood zo ontstaan is,' zei hij. 'Iemand in het verre verleden die de behoefte voelde zijn handen op kneedbaar deeg te leggen, had een verlangen om het vast te houden en te bewerken. Iemand die wachtte en dank bracht.'

Hoewel zijn ogen helder en gretig waren, waren ze gericht op een ver voorwerp of idee, en niet op mij.

'Een soort offergave.'

Hij was nog steeds buiten adem, terwijl hij de dikke kleine broden fijnkneep en samenperste.

'Offerbrood.'

Hij vond het een leuk woord, en slikte toen hij het zei, hapte naar adem en zei het weer, opnieuw een mondvol.

'Ze zijn naar me op zoek.'

Eindelijk leek hij vol zelfvertrouwen, met dat air van onoplettendheid, achteloosheid en terloopsheid vlak voor hij een schitterende truc deed. De hele techniek van tovenarij bedrijven, zei hij, was de andere kant opkijken, de zaak je rug toekeren, zijwaartse gebaren maken, naar de muur glimlachen, en dan gebeurde het wonderbaarlijke alsof er een val was dichtgeklapt en zei iedereen: 'Ah.'

'Wachten op het signaal,' zei hij, en hij leek een zin te beëindigen die hij een tijdje geleden begonnen was.

Er was geen telefoon hier in Wompatuck, geen postbezorging, geen telegrammen zelfs. Het kantoor van het caravankamp had een privételefoon maar weigerde boodschappen aan te nemen. Caravan- en campereigenaars klaagden soms, maar Millroy zei: 'Het komt me goed van pas. Ik ben al eerder in de wildernis geweest, dus ik weet dat dit geen wildernis is.'

Millroy of ik waren op geen enkele manier bereikbaar in het Wompatuck-caravanpark.

'Ik weet dat mijn houding jou verpletterend olympisch moet toelijken,' zei hij.

Hij droeg zijn 'Maaltijdmagie'-T-shirt, een bloemige schort en afgetrapte slippers, en er zaten spatjes volkorenbloem in zijn snor en wimpers, vegen boter en bloem op zijn vingers, bolletjes gerst aan de rug van zijn handen gekleefd. Hij liep de Airstream op en neer en liet hem schommelen met elke bonzende stap. Hij was gelukkig.

Dit geluk van hem deed hem stralender en vrijer lijken dan iedereen die ik ooit had gekend. Ik wist niet wat olympisch betekende, maar Millroy leek gewichtloos en geweldig.

'Wanneer je je naam in de krant krijgt sturen ze je bericht,' zei hij. 'Je foto in de krant? Dat is een speciale bestelling, jouw naam in grote letters.'

'Net als in de lucht schrijven,' zei ik, en stelde me flardjes en pluimpjes wolk voor die het woord MILLROY spelden in een blauwe lucht.

'Precies,' zei hij. 'De hele wereld is er getuige van dat jij wordt opgeroepen. In de lucht schrijven!'

Dat vond hij leuk. Hij nam me terzijde en liet me zijn naam zien die was uitgehakt in de wolken in de lucht. Hij was altijd aardig tegen me, maar ik was bijzonder dankbaar dat ik met de zon op mijn hoofd zijn goedkeuring kreeg. Hij was mijn veiligheid.

Ik voelde ook dat hij met alle roem vanwege de schande van zijn stopgezette programma in gevaar was – dat heel Boston en omstreken naar hem op zoek was.

'Luister, engel,' zei hij, 'het is des te beter als de mensen je niet kunnen vinden. Dan waarderen ze je meer en beseffen ze je uiteindelijke belang. Ze beschouwen je niet als vanzelfsprekend. Ik ben toch zeker mijn eigen baas?'

Twee dagen later lachte hij nog steeds zijn gelijkmatige, tevreden glimlach onder zijn opgestreken snor, alsof hij wist dat ze over hem spraken, alsof hij werkelijk kon horen wat ze zeiden. Dit maakte hem kalmer dan ooit.

'Gaan we ooit weer naar Boston?'

'Ik ben daar,' zei hij, knipoogde en keek de andere kant op.

Hij zei het weer: 'Ik ben daar,' toen hij een winkelwagentje door het natuurvoedingsparadijs in het Hingham-winkelcentrum duwde met zijn ik-zie-er-nooit-hongerig-uit-gezicht, terwijl hij zijn strenge aandacht op de groenten richtte. En de groenten leken streng naar hem terug te staren.

'In de geest.'

Hij inspecteerde het fruit, taxeerde het zonder het aan te raken.

'Ik ben opvallend afwezig. Groter dan ik ooit zou zijn als ik er lijfelijk aanwezig was.'

Hij begon meloenen uit te kiezen, schudde ermee, kneep erin, duwde zijn duim in avocado's, schudde met trossen druiven, pakte bananen beet, prikte in pruimen, greep naar appels, snoof aan citroenen – keurde ze op rijpheid.

'Ik weet dat ze naar me op zoek zijn.'

Terwijl hij een bleke suikermeloen ophief alsof hij de planeet Aarde in zijn hand hield, drukte hij zijn vlezige neus ertegenaan en zei: 'Niemand behalve jij heeft het flauwste idee wie ik ben.'

En langzaam rolde hij de meloen naar de hoek van het winkelwagentje.

'Dit is een geweldig moment van anonimiteit,' zei hij. 'Want om echt anoniem te zijn moet je ooit bekend zijn geweest. Als niemand je ooit kende, wat voor verschil zou het dan maken? Maar als iedereen je kent en niemand je ziet, dan loop je echt door muren heen.'

We liepen nog steeds door het natuurvoedingsparadijs, waarvan de gangpaden versperd werden door winkelaars die volle wagentjes voortduwden en voorraden insloegen voor de kerstvakantie.

'Ze moesten eens weten.'

Hij triomfeerde tussen het fruit en de groenten, tevredener met zichzelf dan toen hij toverkunsten had gedaan op de boerenkermis in Barnstable, of als oom Dick in *Paradise Park*. Zo was hij op repetities geweest – blij, hoopvol, zelfverzekerd, toverend zonder handen.

'Je belt niet zomaar iemand op in de verwachting dat hij opspringt.'

Zoals hij fruit bleef uitkiezen – erin knijpend, eraan snuffelend, het wegend, ermee rollend – maakte hij een montere indruk.

'De persoon die je lastig valt is misschien boodschappen aan het doen. Of hij zit te eten. Of hij slaapt. Of hij bidt. Moet je horen, hij kan wel op het gemak zijn – op de pot zitten zelfs. Een telefoontje op dat moment zou traumatisch kunnen zijn.'

De planken met bonen en peulen waren vlakbij. Millroy greep de zakjes beet, kneep ze dicht met zijn duimen, en bracht ze toen naar zijn neus alsof hij ze eerde terwijl hij eraan rook.

'Het is een kwestie van in staat van paraatheid zijn, en dat is evenzeer geestelijk als lichamelijk. Je wacht tot de oproep komt en je het signaal krijgt,' zei hij. 'En als ik "je" zeg, bedoel ik "mij".'

Alle boodschappen waren gedaan, maar waarom had hij zoveel zakken meel gekocht?

'Een ervaring van nederigheid,' zei hij.

Hij bakte dertig of meer Ezechiëlbroden. We stapelden ze op de achterbank van de Ford en reden straat in, straat uit door kleine stadjes aan de zuidkust – plaatsen als Egypt, Greenbush en Marshfield – op twee regenachtige decemberdagen in de kerstweek, om ze te verkopen. Millroy citeerde het recept uit Ezechiël 4:9.

'Ik ben dat levensbrood,' zei hij. 'Deze broden hebben geen prijs. Ik vraag eenvoudigweg om een gift – alles wat ze willen delen voor dit offerbrood.'

Hij stond erop dat ik met hem meeliep tot elke deur om de verbijsterde mensen te ontmoeten, van wie de helft niet eens hun tochtdeur opendeed om naar het brood te kijken, maar alleen hun wazige bange gezicht tegen de vensterruit drukte terwijl iemand in een andere kamer 'wie is daar?' riep. Millroy zei dat ze ons omdat ik erbij was niet weg zouden sturen, en dat ze een evangelist die met zijn zoontje het winterweer trotseerde om zijn hoopvolle boodschap te brengen, omzichtiger zouden behandelen. Toch leek hij welhaast ingenomen met hun onverschilligheid, en was hij opgetogen dat hij niet herkend werd als oom Dick.

'Hebben we het geld nodig?'

'Nee, engel. Maar deze mensen hebben de ervaring nodig van een ontmoeting met een boodschapper.'

'Hoeveel heeft u opgehaald?'

'Vier dollar en wat kleingeld.'

Toen het brood aan het eind van die dag op was, staakten we deze vermoeiende procedure.

De volgende dag bij de lunch at Millroy nauwelijks; maar met zijn luistergezicht, de mond opeengeperst, zijn hoofd schuin zodat de klanken erin zouden sijpelen als in een gat, zei hij: 'Engel, ik hoor iets.'

Millroy belde Norman Fredette vanuit de openbare telefoon in de entreehal van het natuurvoedingsparadijs.

'Ze zijn naar u op zoek,' zei Fredette.

'Weet ik.'

'Kerels in pakken.'

Ze waren naar Norm's Eethuis gekomen om oom Dick te zoeken omdat ze hadden gehoord dat hij daar soms zijn potje ging koken na de uitzending. Sommigen van hen waren journalisten, anderen fans of ouders met kinderen, en degenen die pakken droegen waren televisiedirecteuren.

'Ze stelden een hoop vragen,' zei Fredette.

Millroy glimlachte, omdat Fredette natuurlijk geen antwoorden had. Hij leek er bijzonder mee ingenomen dat al deze belangstelling om hem te vinden zich op de bleke, oogknipperende figuur van Norman Fredette had gericht.

'Ik zei tegen ze dat ik mijn ogen open zou houden,' zei Fredette gewichtig, 'dus het was goed dat u belde.'

'Dat wist ik. Dat had ik gehoord.'

Fredette maakte zijn stilzwijgen tot een zeurende vraag.

'Vibraties,' was het antwoord van Millroy.

'Wat hebben de kerels in pakken dan nog meer tegen me gezegd?' vroeg Fredette in een poging om grappig te zijn, hoewel hij Millroy in feite uitdaagde.

'Ze benadrukten dat de kwestie dringend was. Ze probeerden het aan jou over te laten. Ze drongen er bij je op aan naar mij te gaan zoeken, zeiden dat ze je moeite zouden belonen als je dat deed. En natuurlijk ging je op zoek, want de zaken gaan niet zo goed in het eethuis.'

'Dat is zacht uitgedrukt.'

'Je denkt erover het te verkopen,' zei Millroy.

'Dat heb ik niet met zoveel woorden gezegd.'

'Tot dit moment.'

'Het lijkt erop.'

Millroy zei: 'Ben je morgenmiddag om twaalf uur op dit nummer bereikbaar?'

Fredette zei van ja, en Millroy hing op. Maar hij belde niet terug. In plaats daarvan ging hij persoonlijk bij hem langs. 'Als ik hem verteld had dat ik kwam had hij het misschien rondverteld.' We reden voor in de Ford, Millroy indrukwekkend met een zwartleren motorjas en een zonnebril en zijn ruige snor, en ik een jongen met laarzen aan, vijf centimeter groter dan ik eigenlijk was.

Fredette schrok ervan op ons te zien, maar Millroy stapte gewoon door naar het privékantoor, en Fredette kwam er achteraan.

'Dit is mijn assistent Rusty.'

'Een nieuwe assistent?'

'Dezelfde assistent met een nieuwe naam,' zei Millroy. 'Mag ik gebruik maken van een zekere plaats?'

Toilet, bedoelde hij, en niet gebruik maken maar een kijkje nemen, want hij zou nooit gebruik maken van iemand anders' gemak. Het was zijn manier om te zien wat voor iemand Fredette was en hoe zijn gemoedsgesteldheid was, wat de toestand van het sanitair en vooral de bril vaak onthulde, zei hij.

'Die kerels zaten ongelofelijk achter hem aan,' zei Fredette tegen mij. 'Ik wou dat iemand mij zo hard nodig had.'

Wanneer een volwassene tegen mij sprak, kon ik nooit een antwoord bedenken. Ik bromde maar wat en gaf geen antwoord. Na een tijdje kwam Millroy het kantoor binnen. Hij had Fredette vanuit twee kamers verder gehoord, zei hij, niet de woorden maar de in de lucht knerpende geluiden, zei hij, die hij ontcijferd had.

'Als ze je echt kenden,' zei Millroy, 'zouden ze misschien ook achter jou aan zitten.'

'Elke dag.' Dat was een Bostonse uitdrukking die 'nooit' betekende.

'Ik meen het.'

'Daar zou ik wel mee kunnen leven,' zei Fredette, nog steeds een beetje somber. 'Als mensen je zo hard nodig hebben komt er altijd flink wat geld bij kijken.'

Millroy gluurde naar de kamer en er voorbij, door de muren heen. Het was een krap kantoor met een dun laagje vettigheid op het pleisterwerk, een rekenmachine op het bureau, rekeningen op een roestige opstaande prikker gestoken, op het vloeiblad gekrabbelde telefoonnummers en overal opgeprikte adreskaartjes. Het was bezaaid met papieren, tijdschriften, kookgereicatalogi, uitgeknipte foto's, een paar met punaises vastgeprikte ansichtkaarten en een kalenderfoto waarop een vrouw in een badpak te zien was die tegen een afwasmachine voor industrieel gebruik leunde.

Ik wist dat Millroy zijn neus dichthield. Hij haatte kamers als deze – de rommel, de vettigheid, de viezigheid, de ongeveegde vloer – en zijn afkerige gezicht zei me dat hij zojuist ook een ervaring in het toilet had gehad.

'Heeft u de plee gevonden?'

'Jawel, maar je zou daar nooit kunnen bidden, of zelfs maar gebruik van kunnen maken zonder uitgebreide verbouwing. Norman, daar moet wat aan gedaan worden.'

'Het is voor personeel.'

'Dat maakt veel goed,' zei Millroy, 'maar laten we het over jou hebben.'

Borden kletterden en bestek rinkelde in het eethuis aan de andere kant van de muur. Iemand zei: 'Een hot dog met alles erbij, en een bord patat,' en Millroy huiverde.

'Ik snap het niet,' zei Fredette. 'Ik moet u zoeken voor die kerels in pakken, en hier bent u, en u begint van: "Laten we het over jou hebben."'

'Heb je gezegd dat je me te pakken zou krijgen?'

'Ik zei dat ik het zou proberen.'

'Dat toont enige bescheidenheid, Norman. Kunnen we het nu over jou hebben?'

'De zaken gaan beroerd. Daar valt niets over te zeggen.'

'Misschien zit je in de verkeerde branche.'

'Koken is het enige waar ik verstand van heb.' Fredette trok aan een oor. 'Eten en drinken, catering, bestellingen die gauw klaar moeten. U weet wel – u heeft hier het een en ander gekookt.'

'Maar je bent ook vrij goed in het communiceren op de lagere frequenties.'

'Wat, gedachten lezen en zo?'

'Vibraties moeten verzonden worden voor ze ontvangen kunnen worden,' zei Millroy. 'Ik heb je boodschap begrepen, Norman.'

Dit verheugde Fredette, die zijn eigen gezicht begon aan te raken als een blinde die een oude vriend aanraakt, en zijn vingertoppen uit puur genoegen over alle omtrekken van zijn wangen liet gaan.

'En je kent een paar trucs,' zei Millroy.

Fredette's glimlach maakte zijn gezicht groter en banger, en er stond gretigheid op te lezen.

'Ik zou je controle over nog twee of drie lichaamsfuncties kunnen bijbrengen. Jongleer je ooit?'

Maar Fredette dacht aan zijn eethuis. Hij zei: 'Het rottige van eten en drinken is de werkuren. Ik lig nooit voor twee uur in bed. Om zes uur ben ik hier weer om het frituurvet in de frituurketel te verhitten, de salamander op te stoken, de hamburgers te ontdooien, worst te snijden, sap te mixen en beslag te maken.'

Afgaande op de lijdende blik op Millroy's gezicht zou je gedacht hebben dat hij gedwongen werd deze dingen te proeven in plaats van alleen de woorden te horen.

'Dat zou je allemaal achter je kunnen laten.'

Fredette was niet overtuigd, maar hij dacht na.

'Je zou de tent kunnen verkopen en je opnieuw vestigen.'

'Daar heb ik wel zin in,' zei Fredette, en keek alsof hij een schop tegen de muur wilde geven en met slaande deuren vertrekken.

'Florida is prachtig.'

'Misschien kan ik er op het strand liggen.'

'Of toverkunsten doen. Met je gejongleer en je controle over functies en de juiste motivatie zou je genoeg vaardigheden hebben om een voorstelling op touw te zetten. En denk eens aan de financiële middelen die de verkoop van je eethuis zou opleveren als een appeltje voor de dorst.'

'Het is meer een kwestie van wie de rest van mijn pacht gaat overnemen.'

'Wat dan ook,' zei Millroy. 'Met dat geld zou je kunnen investeren in je toekomst. Wat uitrusting kopen. Ik heb rekwisieten die ik je zou kunnen verkopen – kisten, sokkels, dozen, kasten, eersteklas goochelhulpmiddelen. Ik heb het hier over trucs. Het is net als het leren van een taal, en de basisgrammatica heb je al gehad.'

Fredette glimlachte, maar alleen met zijn mond. Zijn ogen loensten en stonden droevig.

'Noem mij eens de sukkel die de pacht zal overnemen van een goedkope eettent die verlies lijdt.'

'Hij staat voor je.'

Fredette trok snel bij en zei: 'Het is wél een locatie, hoor. Studenten van de universiteit van Massachusetts, mensen van het busstation, de meeste weekenden toeloop van *Legal Sea Food*. We hebben hier geweldige jaren gehad. Het is een soort instituut. De mogelijkheden zijn ongelofelijk als je wat geld in een verbouwing steekt, een lening sluit.' Toen werd hij weer kleintjes en zei: 'Bent u serieus?'

'Misschien wil ik wel een tijdje jou zijn, Norman.'

'Veel succes ermee.'

Millroy legde zijn arm om de man heen. 'En hoe zou je het vinden om mij te zijn?'

Ik hoorde gesnater uit Norman Fredette's neus komen, en hoefde mij niet af te vragen wat het betekende omdat het zo'n welgemeende snik was. Het was amper een menselijk geluid, maar het was een duidelijk gesnuif van pijn. De man zei verder niets. Hij stond gewoon voor Millroy te staren, en toen schudde hij zijn hoofd en bewoog zoals ik mensen had zien doen in de Fun-O-Rama op de boerenkermis voor de lachspiegels in het lachpaleis.

En terwijl Fredette zo naar Millroy keek, herhaalde Millroy als de woorden van een gebed: 'Zeg tegen ze dat ik zal luisteren. Zeg tegen ze dat ze me kunnen bereiken in mijn nieuwe pand. Zeg tegen ze dat je me gevonden hebt.'

Diezelfde dag schreef Millroy voor Norman Fredette een cheque uit waarmee hij de rest van de pacht overnam, en toen het eethuis van hem was, sloot hij het.

'Dit moest gebeuren,' zei hij.

In de koude stille dagen tussen Kerstmis en Nieuwjaar begon hij de tent leeg te halen.

'Het is ook een manier om dank te brengen.'

De planken jammerden en gierden terwijl hij een koevoet gebruikte om ze uit hun spijkers te wrikken, en hij versplinterde ze wanneer ze niet meegaven.

'Ik ging met Kerstmis altijd naar de kerk met Gaga.'

Hij keek naar de warboel van gespleten en gebroken timmerhout dat hij had uitgehakt.

'Er zijn allerlei soorten kerken,' zei hij op fluistertoon, en keek betekenisvol het leeggehaalde interieur rond van wat ooit Norm's Eethuis was geweest.

Hij begon weer te hakken, deze keer met een bijl. Ik had hem eerder dingen zien creëren, vogels te voorschijn zien brengen, losse eieren, hele stukken dundoek en zoekgeraakte kinderen. Ik had hem nooit iets zien vernielen. Hij deed het snel en nauwgezet, het neerhalen van de muren van het eethuis.

'Ik kan je niet zeggen hoe plezierig ik het vind deze tent te kunnen zuiveren,' zei hij. 'Gewoon leeghalen en van boven tot onder schoonmaken.'

De bar, de krukken, het vloerwerk en het meeste keukengerei gingen in de afvalbak. Het was versleten en waardeloos spul, besmeurd, geschilferd, onder de vettigheid, en het rook naar sigarettenrook. Millroy verkocht wat apparatuur, de manshoge ijskast die rook naar ranzige hamburgers, de kleverige frituurketel, de uitgebrande salamander, de zwart geworden bakplaat, de grote geblakerde oven.

'Weg met al die obstakels,' zei hij grommend terwijl hij de chromen krukken losrukte en de verrotte bindingen die de installaties op hun plaats hielden. 'Doortrekken.'

In korte tijd was de tent een lege huls, en Millroy maakte meer kamers achterin, één om te slapen, met een opklapbare afscheiding – mijn kooi aan de ene kant, die van Millroy aan de andere – en een gemak. Het gemak voltooide hij het eerst – overal blauwe tegels, met een douche, twee badkuipen, twee wastafels en twee ruime wc-hokken.

'Je hebt in een gemak vooral ruimte nodig – ruimte om je ellebogen te bewegen en met je knieën te zwaaien,' zei hij. 'Je ziet dat ik overal hittelampen geplaatst heb. Warmte is een kritische factor. Je herkent dit toch, is het niet, mop?'

Ik zei van ja.

'Van de Airstream?'

Het gemak dat de hele voorkant van de Airstream besloeg was het grootste dat ooit in een caravan was geïnstalleerd, zei Millroy. Dit was eender – groot en blauw en warm, met een dakraam.

'Mij dunkt dat iedereen die dit ziet onmiddellijk aan mij zal denken,' zei hij terwijl hij er trots naar keek. Hij zette zijn voet op de spoelingspedaal, en het water werd omlaaggezogen met de kracht van een raket. 'Het is een soort handtekening.'

Mijn slaapkamer was eenzelfde kast als die in de caravan, met een beddeplank van precies mijn grootte die uit de muur klapte. De uitschuifbare afscheiding gaf ons beiden privacy. Ik had gemerkt dat Millroy mij beschermde wanneer hij maar de gelegenheid had – een doos voor me bouwde om in te kruipen, en mij veiligheid bood.

Hij hamerde en zaagde, deed het meeste timmermanswerk zelf, en hij praatte onder het werk.

Hij zei dat als je schoenen te krap waren, het net was alsof je hoeven had en er giffen in je lichaam kwamen omdat je voeten niet behoorlijk konden ademen. Hij zei dat we weldra mensen nodig zouden hebben om ons hier te helpen, en dat ik ze in Boston zou vinden zoals we kinderen voor het programma hadden gevonden. Misschien zouden diezelfde jongelui geïnteresseerd zijn, en we zouden ze als zonen en dochters behandelen.

Hij huurde een paar werklui om hem te helpen – een elektriciën die Roger heette, McQuinn, een loodgieter, Tom Hackle, een tegelzetter, en de twee mannen die de afvalbak afvoerden, Vinny en George – maar hij praatte amper met ze omdat ze slecht aten.

Mensen die slecht aten waren wanstaltig, zei hij, en gaven een geur van koolmonoxide af. Daarom was hij bezig een machine te ontwikkelen voor het doen van uitstoottesten, door gasniveaus te meten van het zweet en de inspanning en het slechte eten, als uitlaatgassen van een auto.

'Wat heeft u daar?' vroeg Roger toen hij de doos en de slang en de sonde zag. De anderen bleven staan om te luisteren; ze waren allemaal nieuwsgierig.

'De kiem van een idee.'

Meer zei hij niet, en hij vertelde me waarom: 'Deze mannen zijn te oud en het is geen serieuze vraag en het is te laat voor ze.' Ze waren zo zwak en slecht gevoed dat ze puilogen kregen van het gezwoeg om een plankje op te tillen, zei hij.

Evengoed verbaasde het me dat hij hun niet vertelde wat hij aan het doen was, hun niet vertelde dat hij oom Dick was van het stopgezette tv-programma, of dat zijn naam nog steeds in de kranten opdook. Het verbaasde me nog meer dat hij mij zo weinig over dit project vertelde. Af en toe mompelde hij: 'Ik ben nog aan het luisteren,' en hij bleef in de weer.

Elke avond wanneer ik ging slapen was hij aan het timmeren en schilderen, en als ik bij het ochtendkrieken wakker werd was hij nog steeds bezig, en was er méér klaar. Ik was gewend aan zijn toverkunsten, dus in dit tempo leek hij langzaam. Ik vroeg me af waarom hij schijnbaar niet sliep.

'Ik eet goed,' zei hij. 'Als je verkeerd eet, word je moe.'

Ik probeerde te bedenken hoe dit allemaal zou aflopen, en ik herinnerde me dat hij zei: 'Er zijn allerlei soorten kerken.'

'Zo zijn de piramiden gebouwd.'

Hij hees een stalen kist op zijn plaats, en het had een oven kunnen zijn, of het tabernakel met een klapdeur midden op een kerkaltaar.

'Endorfine,' zei hij, en stompte zichzelf in de maag.

Uit wat Millroy tegen Norman Fredette had gezegd had ik begrepen dat hij plannen wilde maken voor een nieuw tv-programma, maar zelfs na tien dagen was hij nog steeds aan het werk in wat Norm's Eethuis was geweest – het schilderen van het interieur, het lijstwerk, met witte vloertegels, een wit plafond, witte emaillen leidingen.

'We hebben allereerst een veilige haven nodig: een gemak, een keuken, een plek om te slapen,' zei hij. 'Maar dat heeft iedereen nodig.'

Dat werden kerken geacht te doen, bedacht ik: mensen binnenhalen en hun rust geven, hun een plaats bieden om te bidden, muziek te maken, hun zelfs te eten te geven.

'Dit is een manier om tastbaar te maken waar ik voor sta,' zei Millroy.

Het was licht, warm, veilig en schoon, alle oude geuren waren weg – gezuiverd en doorgespoeld, zei Millroy. Het was net een kleine kapel, met stoelen en een lange altaarachtige bar.

'Iedereen die hier binnenkomt zal mij kennen,' zei hij. Hij had een verfkwast in zijn hand. 'Dit is wie ik ben. Dit is wat ik doe.'

Hij had de andere werklui weggestuurd en nu was hij klaar, na het allemaal zelf bedacht te hebben.

'Zo zullen we verlost worden.'

'Wat is het?'

'Het is een eethuis, engel.' Hij liet zijn stem dalen alsof hij wilde dat ik het ook deed.

'Hoe gaat u het noemen?'

'Het Eethuis van de Eerste Dag.' Hij fluisterde de naam alsof we op een heilige plaats waren.

We zaten midden in de leveranties die het het aanzien van een eethuis gaven – glanzende installaties, nieuwe tafels, servethouders, borden en schalen, net uit hun kisten of uit hun wikkels van bolletjesverpakking gehaald – en de zon stroomde door de voorruiten over Millroy's verbouwing, waardoor het eethuis er zo proper en simpel als een eierschaal uitzag, toen er geklopt werd, een gerinkel van metaal tegen de voorruit, waarop nu EETHUIS VAN DE EERSTE DAG geschilderd stond.

Twee mannen wuifden vanaf de andere kant van het glas; ze hadden allebei de ernstige, scherpe blik van mensen die iets heel graag willen.

'We zijn nog niet klaar voor klanten,' riep Millroy.

'We zijn van de omroep,' zei de een.

Dus liet Millroy hen binnen. De een was Walter Hickle, de ander een man die Hersh heette. Hickle had een groot roze gezicht en een glanzende klodder scheerschuim in een oorschelp, en Hersh had een rokersgezicht en zweette, ook al was het een koude heldere januarimorgen in Boston.

'Het is zoals ik u door de telefoon vertelde,' zei Millroy. 'We hebben het momenteel erg druk.'

Hersh keek wild achterom naar Walter Hickle, haalde uit met zijn hand en zei toen: 'Wij hebben u niet gebeld.'

'Dan moet het iemand anders geweest zijn, een andere omroep,' zei Millroy. 'Wilt u me excuseren? Ik moet een paar panelen onder handen nemen. Neem een stoel. U zult merken dat ze heel gerieflijk zijn en een goede pasvorm hebben. Ik haat krukken. Rusty?'

Achterin zei hij: 'Dit lijstwerk moet een nieuwe lik verf.'

Maar terwijl ik naar het lijstwerk keek, las Millroy mijn gedachten.

'Die heren gaan nergens heen. Ze hebben veel te overdenken.'

Hij begon te schilderen en lucht tussen zijn lippen te blazen.

'Hersh baart me de meeste zorgen. Dat gezicht. Longen vol toxine. Ik zou hem graag aan de monitor zetten en zijn uitstoot meten, alleen om hem de uitdraai te laten zien. Hickle's lichaam is te groot voor zijn pak; het is net alsof hij erin zit opgesloten. Je weet dat zijn voeten gezwollen zijn.'

Twintig minuten later waren de mannen er nog steeds; Hersh met de kriebels omdat hij het bord met LIEVER NIET ROKEN had gezien, en Hickle op een stoel met zijn knieën uit elkaar.

'Nu heb ik alle aandacht voor u,' zei Millroy.

'Lekker brood,' zei Hickle.

'Dat is offerbrood,' zei Millroy. 'Dat kun je niet eten. Het is een offer. Maar probeer dit eens.' Hij overhandigde Hickle een homp van een brood dat hij zojuist gebakken had in de nieuwe oven.

'Smaakt geweldig – u moet ons het recept geven.'

'Dat staat in het boek Ezechiël, vier vers negen.'

Eerst lachten ze, maar daar hielden ze onmiddellijk mee op toen ze de echo hoorden en zich realiseerden dat Millroy geen grap had gemaakt. Ze gingen nog harder op de hompen brood kauwen, alsof ze hem probeerden te behagen.

Na een tijdje slikte Hickle en zei: 'Ik neem aan dat u weet hoe beroemd u bent.'

Millroy's glimlach was als de ijzeren poort voor een groot huis waar je niet naar binnen durfde, en door niets te zeggen bracht hij ze in verwarring.

'Toen ze uw kinderprogramma uit de lucht haalden, bleven de ochtendkijkcijfers met een gapend gat zitten. Sesamstraat schiet omhoog.'

Millroy zat nog steeds met een koude ijzeren glimlach te staren.

'Er bestaat niet zoiets als een kindertelevisieprogramma,' zei hij. 'Ik weet zelfs niet precies wat u met "kind" bedoelt. Grote mensen en kleine mensen kijken lukraak televisie; er is een enorme overlap bij de kijkers. Grote mensen kijken naar tekenfilms en kleine mensen kijken naar het late nieuws en naar praatprogramma's. Ik zou u de statistieken kunnen geven.'

'We hebben een bepaalde programmaformule in gedachten,' zei Hersh.

'Ik ook,' zei Millroy. 'Maar wat heeft een formule voor zin als je geen materiaal hebt?'

Hij keerde Hersh en Hickle zijn rug toe en begon kasten open en dicht te doen, laadkisten te vullen, met potten en flessen te schuiven, en fabriekslabels van de poten van de nieuwe stoelen te peuteren. Hij deed dat alles met stille efficiëntie, zoals hij ingewikkelde trucs voorbereidde.

'En je moet er het gezicht voor hebben,' zei hij. 'Als je het verkeerde gezicht hebt kun je niets verkopen. Zeg eens, heb ik het goede gezicht? Charisma is een vibratie maar het is ook uiterst fysiek.'

Kwam het door Hersh' rokersgezicht dat Millroy dit te berde bracht?

'We zitten op dezelfde lijn, geen twijfel aan,' zei Hersh.

'Ik zou in details kunnen treden,' zei Millroy. 'Sommige mensen krijgen alleen al constipatie door zich er zorgen over te maken of ze wel het juiste doen. Waarom zou je jezelf in de knoop leggen?'

'Misschien hebben we wel wat details nodig,' zei Hickle. 'Stap voor stap.'

'Ik noem dat "paralyse door analyse",' zei Millroy. 'Er is maar één maatstaf voor een tv-programma en dat zijn de kijkcijfers. Heeft u sponsors?'

'We zijn met mensen in gesprek. We denken aan de kabel. Op de kabel word je niet geslachtofferd omdat je "toilet" zegt.'

'Dat is geen kwestie van smaak,' zei Millroy. 'Het is een zaak van leven en dood.'

'Amerika moet wat volwassener worden,' zei Hickle.

Millroy huiverde. Hij vatte Amerika persoonlijk op en hoorde niet graag dat het land misschien onrijp was.

'Niet iedereen zal mij goed vinden,' zei Millroy.

Hij had een reeks grote blikken op de bar gezet en hield ze omhoog om te laten zien dat ze leeg waren.

'Maar ik ben gewoon een boodschapper. Mijn kijkers waarderen mijn boodschap, omdat die hun leert hoe ze tevredener met zichzelf kunnen zijn en hoe ze langer kunnen leven.'

'We moeten misschien iets op papier zetten,' zei Hersh. 'Iets over uw plannen, iets over geld.'

Millroy was de hele tijd met de vijf lege blikken in de weer gebleven: hij zette ze op een rij, verplaatste ze met zijn vingertoppen, toonde toen hun glanzende deksels en drukte die erop.

'Dit zijn mijn plannen,' zei Millroy terwijl hij zijn handen boven de blikken hield alsof hij aan het toveren was. 'Wilt u me een plezier doen en ze openmaken, heel voorzichtig, één voor één?'

Hersh zat het dichtst bij de blikken. Hij nam er een deksel af en keek naar binnen, en toen nog een en nog een, tot hij ze alle vijf geopend had. Millroy stond terzijde, schijnbaar ingenomen met dit nieuwe voorbeeld van toveren zonder handen.

'Er zit iets in,' zei Hersh terwijl hij naar binnen keek. 'Wat is het, een of andere truc?'

'Broden. Vissen. Gekookte gerstekorrels. Soep. Meloenbollen.'

'Is dit het detail waar u het over had?'

'Noem het documentatie, noem het voedingstechniek,' zei Millroy. 'Noem het manna. Want er zit koriander in. En de kleur van bdellium. Dat wil zeggen: gelig.'

'Wat gebeurt er nu?' vroeg Walter Hickle. Hij was rusteloos en wiebelig en gluurde om zich heen, zoals hongerige mensen doen vlak voor ze gaan eten.

Millroy overhandigde hun vorken en hield er één voor zichzelf.

'Maar voor u toetast' – de vork die hij omhoog hield om mee te gebaren begon rubberig te worden en zich naar voren te krommen terwijl hij erlangs streek met zijn duim – 'wilt u misschien danken.'

Hun ogen waren schuins gefixeerd op de vork in Millroy's hand die kronkelde als een klokveer.

Wetend dat hij hen afleidde zei Millroy: 'Bedank de bron van heel onze gezondheid, of als u geneigd bent het met één woord te zeggen, bedank dan God, of, zoals ik graag over de Almachtige denk, "Goed".'

Terwijl hij sprak legde hij de gekromde vork neer en leegde twee van de blikken, met een vis in het ene en een brood in het andere. Toen legde hij de vis op een schaal, en het brood op een andere. Hij sloeg twee servetten open en dekte ze toe terwijl hij er terloops, bijna zonder er aandacht aan te schenken, mee wapperde, met een lichtheid die betekende dat er tovenarij in de lucht zat.

'Deze dag is anders dan alle andere in mijn leven op aarde.'

Hersh en Hickle herhaalden dit, in koor, als twee grote jongens, met slepende stemmen.

Het eerste servet oplichtend, onthulde Millroy een stapel vissen; ze waren heet en hadden donkere grillsporen die hun zijkanten ribbelden. Toen hij het tweede servet wegtrok, liet hij de mannen tien kleine volkorenbroodjes zien, net als het ene brood dat er eerst was geweest.

'Dit is geen wonder,' zei hij. 'Dit is verlossing.' Hij kon zien dat de mannen verbaasd waren. Hij glimlachte en zei: 'Deze dag is anders dan alle andere van mijn leven op aarde.'

Toen presenteerde hij hun de broden en de vissen.

'Elke dag is anders – elke dag is de eerste dag,' zei hij. 'Dat is het wonder.'

Maar de mannen – vooral Hersh – aarzelden, alsof ze in verlegenheid waren omdat ze het gebed misschien niet correct hadden opgezegd.

'Eet toch,' zei Millroy, 'dan hebben we iets om over te praten. Maar we hebben volop tijd. Ik ben van plan hier tweehonderd jaar te blijven.'

Hersh keek nog steeds schuins naar mij toen hij begon te eten, met kleine hapjes.

'Wat is zijn verhaal?'

'Geen verhaal,' zei Millroy.

Vanaf dat moment wist ik dat ik kwetsbaar was. Ik voelde me zwak en doortrapt. Hij vermoedde dat er iets met mij was, dat ik iets verborg – en dat deed ik, meer dan hij ooit kon raden.

'Wat bedoelt u dat u nooit over geld praat?' klaagde Walter Hickle. 'Hoor eens, we kunnen u een hele stapel contracten bezorgen.'

Millroy zette zijn vingers op de bar en leunde erop.

'Druk de vis niet fijn – daar gaan de ogen van uitpuilen,' zei hij. Als u het niet wilt, laat het dan gewoon op het bord liggen.'

Maar de mannen waren verward. Behalve de twee vissen die op hun bord uit elkaar gehaald waren, lagen de meeste vissen op de schaal waarop Millroy ze vermenigvuldigd had.

'Ik ben de vis,' legde hij uit.

XXIII

De eerste nacht dat we in het Eethuis van de Eerste Dag sliepen, wekte Millroy's stem mij als een klap in het gezicht toen hij 'nee!' zei; hij bonkte en vocht alsof iemand hem probeerde mee te sleuren. Hij hapte naar adem, slaakte toen een dorstige snik van angst, toen viel er een diepe stilte, toen was er weer een bonk, toen een zacht, klaaglijk geluid, hoe-hoe-hoe, en ik kon me voorstellen hoe zijn schouders schokten.

Al deze kommer kwam vanachter het luik dat mij van Millroy scheidde in de kamer achter in het eethuis. Het geluid was zo plotseling en ongewoon dat ik mij verbeeldde dat daar nog iemand bij hem was, maar wie?

'Niet doen, alsjeblieft.'

De stem klonk zo deerniswekkend dat ik dacht dat het die andere persoon daar was die met hem praatte. Ik hoorde het weer en realiseerde me dat het zijn stem was, die echter maar iel uit zijn grote schokkende lijf kwam.

'Nee' – hij slikte zwaar – 'want ik ben nog niet klaar.'

Het was het soort verwarring dat je in je dromen hebt, maar wanneer had Millroy ooit zo gedroomd?

'Het is te vroeg.' Hij klonk als een man die opgesloten zit in een doos.

Al doorworstelend leek hij zijn hoofd te stoten, een doffe pók van hout dat tegen schedelbot slaat.

'Neem me alsjeblieft niet mee,' zei hij en zoog zijn adem door de spleten tussen zijn tanden.

Ik zweette.

'Neemt u me niet mee?' zei ik met een zo normaal mogelijke stem, hem er in de eerste plaats aan herinnerend dat ik naar hem luisterde en in de tweede plaats dat we Willie Webb en Stacy vandaag na het ontbijt moesten oppikken.

'Wie is dat?' Hij klonk nog steeds als een man in een doos.

'Ik ben het maar.'

'Praat tegen me, mop.'

'Waarover?'

'Maakt niet uit, maar doe het snel. Wat is je lievelingskleur?'

'Aquamarijn. Alles goed met u?'

'Nee.'

'Hoezo niet?'

'Een zwarte krab had me in zijn klauwen en probeerde me zijn hol in te slepen,' zei Millroy. 'Het ding had me opgeschrokt en ik stikte. Hij wilde me opeten. Zijn benige kaken kauwden op mijn gezicht.'

'Jasses.'

Ik wist niet wat ik verder moest zeggen, maar ik dacht: Stel dat ik een nare droom had; hoe had Millroy me dan kunnen helpen?

'Ik vergat waar ik was,' zei hij, schijnbaar in zichzelf mompelend. 'Ik werd net wakker en raakte in paniek.' Een beetje smekend zei hij: 'Ben je gelukkig, engel?'

'Ik dacht van wel.'

'Zeg eens waarom.' Zijn stem klonk scherp in het donker.

'Omdat ik dat telefoontje heb gepleegd waarom u me had gevraagd. En omdat Willie en Stacy blij waren dat ik belde.'

'Dat was heel goed van je, engel.'

Het was mijn nieuwe taak – jongelui vinden om te werken in het Eethuis van de Eerste Dag. Ze moesten de juiste leeftijd hebben, niet te oud en niet te jong. Maar ik had Millroy verteld dat de enigen die ik in Boston kende de jongelui waren die hem *Paradise Park* hadden helpen maken: Willie, Stacy, Dedrick en de anderen.

'Dat is een geweldig idee,' had Millroy gezegd. 'Zij zouden perfect zijn,' alsof hij het te druk gehad had met aan andere dingen denken terwijl hij met Hickle en Hersh regelingen trof voor zijn nieuwe tv-programma, waarover ik niets wist.

'Mop, ik droomde dat ik doodging.'

'Dat is een heel nare droom.'

Hij zuchtte en zei: 'Waar droom jij over?'

Dat mannen met aardappelhoofden me achterna zitten. Dat Gaga me slaat met een zweep. Dat ik vlieg met mijn armen wijd en begin neer te storten in een boom. Dat ik naakt buiten op straat ben en naar huis probeer te rennen in Marstons Mills. Dat mamma in een bed ligt en 'negen, negen' zegt, en als ze dan ophoudt besef ik dat ze zegt: 'Doodgaan, doodgaan.'

'Andere dingen,' zei ik.

'De krab in mijn droom was groter dan ik,' zei Millroy. Zijn stem had geen echo. Hij klonk gesmoord en simpel, nog steeds vanuit een doos. 'En zwart en glanzend.'

'U zei al dat hij zwart was.'

'Het gaat nu weer.'

Ik kon de gedachte dat hij bang was geweest niet verdragen, omdat hij anders zo'n gelukkig man was. Zijn angst was snel gekomen, de nare droom was als een koorts in zijn hoofd gaan zitten.

Zachtjes snuivend viel hij weer in slaap, en ik ook – het was altijd alsof we op dezelfde wolk sliepen – en 's morgens maakte hij een offerbrood bij wijze van dankzegging, en voor het ontbijt serveerde hij ons beiden een moot gegrillde vis en een honingraat.

'Volgens Lucas,' zei Millroy, 'at de Heer dit nadat hij uit de dood was opgestaan.'

Een koude januariregen verduisterde de straten en sloeg tegen de voorruit van de Ford toen we door Park Square reden, en ik wist dat er vanavond overal in Boston zwart ijs zou zijn. Maar dat kon me niet schelen: ik was weer gelukkig omdat Millroy opgewekt was, en ik dacht aan wat hij gezegd had toen we in de auto stapten: 'Als ik voor mensen heb gekookt heb ik het gevoel dat ze me toebehoren.'

'Tegenwoordig zeggen Hersh en Hickle 's morgens: "Ik voel me goed, ik heb heel goed geslapen, ik ben schoon." Ze vragen zich af wat hun overkomt.'

Hij draaide aan het stuur en lachte, en ik was nu minder bezorgd om zijn droom.

'En het punt is dat er een geest van rechtschapenheid over hen is gekomen, in hen is gevaren in de vorm van Eerste Dag-voedsel dat ik zelf heb klaargemaakt. Ze zijn gelouterd. Ze voelen zich stralend en hoopvol, met een suggestie van puurheid, en ze kunnen niet begrijpen waarom hun darmen klinken als een harp.'

We reden langzaam over Columbus Avenue, terwijl de regen de auto striemde als zandkorrels in de wind. Toen ik het wop-wop van ruitenwissers en het gesis van rubber banden hoorde, wist ik dat ik me verdrietig gevoeld zou hebben als ik niet bij Millroy was geweest. Regen maakte dat ik me eenzaam voelde, en ik voelde me nooit zo klein als wanneer ik nat was.

'Het jammere is dat het waarschijnlijk te laat voor ze is,' zei Millroy. 'Daarom moeten we onze boodschap aan de jeugd brengen.'

We passeerden een rij restaurants en winkels, pizzatenten, borden waarop FRIJOLES, LENNY'S LUNCHETTE, BARAKAT-KRUIDE-NIER, KIPSTUKKEN IN HET GROOT stond. Millroy's neus klopte terwijl hij snoof.

'Ik was een beetje van slag gisteravond,' zei hij na een poosje.

Meer zei hij niet over zijn droom, maar ik kon me gemakkelijk voorstellen hoe de zwarte krab hem in zijn klauwen fijnkneep en probeerde hem in zijn zwarte krabbehol te proppen zodat hij zijn gezicht kon opeten. En omdat Millroy groot was zag ik het beest als een zwart krabbemonster.

'Maar vandaag is een nieuwe dag,' zei hij.

Ik dacht nog dat de enige andere keer dat hij me zo bang had gemaakt, in het Pilgrim Pines-caravanpark was geweest, vlak na zijn vertrek van de boerenkermis in Barnstable, toen hij midden in de nacht wakker werd en riep: 'Ik ben nog niet klaar!'

Wervelende regen, heviger nu, sloeg tegen de voorruit als spoel-water uit een doek. Ik merkte dit op.

'Zei je "plenzeren"?' vroeg hij.

En hij doorweekte de gebouwen en vlekte het steen zwart.

'Zei je "geëb-sorbeerd"?'

In de deuropeningen van deze winkels en wasserettes en flatge-bouwen dromden mannen samen met zware jassen en omlaagge-trokken hoeden, die er nat en boos uitzagen.

'Ik ben niet bang voor sterfelijke dingen,' zei Millroy.

Hij reed nog steeds langzaam door dit akelige gedeelte van Rox-bury.

'Zijn we hier goed?'

'U zei dat u ze op de hoek zou ontmoeten.'

'Ver uit de buurt van hun huis,' had hij gezegd. 'Een straathoek is uitstekend.'

'Dan moet het goed zijn.'

De mensen zagen er eenzaam uit, in stil gevecht terwijl ze in de regen stonden, met gebogen hoofd, zich amper verroerend, zelfs jongelui als Willie Webb en Stacy. Ik wist dat ze zich net zo klein voelden als ik. Ze wachtten op de hoek van Columbus en Drayton, naast een dichtgespijkerde meubelzaak waar een heleboel elkaar overlappende aanplakbiljetten rockconcerten en tweedehands-auto-dealers en kerkdiensten aankondigden. Op één ervan, waarop KOM TOT LEVEN stond, was op elke poster telkens een vertrouwd, mollig gezicht te zien: DOMINEE HUBER OP DE KANSEL.

'Hij is polyfaag,' zei Millroy. 'Ik weet zeker dat de vuige voorganger varkenskarbonades eet. En zijn patat dan, en zijn bakjes hete kip-vleugels?'

Hij glimlachte, en ik wist dat hij terugdacht aan de aanblik en stank daarvan.

Toen hoorde ik: 'Yo! Grote baas!'

Het was Willie Webb, die naar de auto toe rende, zijn handen op zijn hoofd vanwege de regen, en Stacy was vlak achter hem. Ze hadden magere gezichten en heldere ogen, en hoewel het maar een maand geleden was dat het programma was beëindigd, leken ze allebei langer en knokiger, met grote handen en voeten. Ze waren niet op de regen gekleed; hun jassen waren doorweekt, hun haren waren nat en hun hoofden in hun opgetrokken schouders gestoken.

'Is dit uw wagen, oom Dick?' vroeg Stacy terwijl ze naast Willie op de achterbank klauterde.

Het was raar hem oom Dick te horen noemen nu het programma voorbij was.

'Hoi Alex,' zei Willie.

'Ik ben tegenwoordig Rusty.'

Maar hij hoorde me niet omdat Millroy's gezicht tegen de zijkant van zijn hoofd was gedrukt en hij inademde. Toen deed hij hetzelfde bij Stacy; hij ademde hen beiden in.

'Ik probeer te zien of jullie veranderd zijn,' zei Millroy. 'Ik werk aan een apparaatje dat uitstoot meet, en ik ben tevreden dat jullie goed eten. Dus als jullie een geheim kunnen bewaren, laten we dan gaan.'

Ze zaten op de achterbank ademloos en tevreden te kijken terwijl Millroy door de regen reed en onze ruitenwissers op en neer sloegen. Ik kon zien dat hij opgewonden was, zoals hij bij tv-repetities was geweest. Hij had bezwaar tegen het woord 'kinderen', maar hij was altijd in een goed humeur als hij bij ze in de buurt was.

'Wonen er nog anderen hier in de buurt?' vroeg Millroy.

'Berry en Kayla wonen in die straat,' zei Willie. 'En Dedrick boven die kapperszaak.'

'Dat is goed om te weten.'

'Heeft u een nieuw tv-programma?'

'Dat is niet het geheim dat ik je wil laten bewaren,' zei Millroy.

Toen ze dat hoorden namen ze allebei een gewichtige uitdrukking aan.

'Ik heb jullie volle aandacht nodig. Jullie merken dat ik steeds verder van jullie huis vandaan rijd. Wat vinden jullie daarvan?'

'Spannend,' zei Willie, en kneep een oog dicht en zag er vermetel uit. 'Alex zei iets over een baan.'

'Geen baan,' zei Millroy, 'maar Rusty heeft het misschien over werk gehad, en een nieuwe manier van leven. Willen jullie gelukkig zijn en tweehonderd jaar worden?'

Ze lachten omdat Millroy ongemerkt op zijn oom Dick-stem van de tv was overgegaan, maar ze hielden op toen hij zich omdraaide en niet zijn oom Dick-glimlach vertoonde. Hij was vreselijk geconcentreerd, zijn ogen waren zwart geworden, en hij zei niets meer tot we de hoek bij de kazerne omsloegen en bij de rand van Park Square kwamen, en daar, naast de *Star of Siam*, was het Eethuis van de Eerste Dag – de enige witte gevel in het blok. Zelfs in de regen lichtte het fel op, het glom van binnen en van buiten van de spiegels, tegels, witte muren en chroom.

'Dat is ons nieuwe thuis,' zei Millroy, 'en jullie zijn welkom bij ons als jullie je aan een paar simpele regels houden.'

Hij parkeerde de Ford voor de deur en trok de handrem aan. We stapten allemaal uit.

'Niet aan school denken. Niet aan geld denken. Niet denken aan wat jullie ouders zullen zeggen.'

'Mijn moeder vindt u aardig,' zei Stacy. 'Ze zei dat uw programma gaaf was. Ze wil u ontmoeten, hoor.'

Millroy nam Stacy bij haar schouders, hield haar recht terwijl hij haar aankeek en zei: 'Ik wil je niet beledigen, maar ik wil je moeder niet ontmoeten. Je zult je moeder achter moeten laten.'

'Dat is mij best,' zei Willie.

'Rusty heeft het ook gedaan, nietwaar, Russ?'

'Ik ben bij mijn Dada en mijn oma Gaga weggegaan.'

'Geen hansworsten,' zei Millroy. 'Zijn jullie nou klaar om binnen te komen?'

We stonden licht te wiegen in de regen.

Wilie zei: 'Yo,' en Stacy haalde adem en keek naar haar voeten.

Haar met regen bespatte gezicht beroerend zodat ze haar ogen naar de zijne opsloeg, staarde Millroy in haar ogen, waarbij hij haar met licht leek te vullen, en zei: 'Het is prachtig binnen.'

Toen draaide hij zich om en ontsloot de voordeur voor ons en ging ons, nog steeds pratend, voor naar binnen.

'Het was eerst een rotzooi, maar we hebben de ingewanden verwijderd, hebben het leeggehaald en gezuiverd – de stank, de vettigheid, de rookgeesten, de stofdotten, de opportunistische kiemen.'

We volgden hem, en Willie en Stacy, die hun adem inhielden, hielden hun ellebogen tegen hun lichaam alsof ze bang waren om iets aan te raken.

'Ga maar op die stoelen zitten. Merk op hoe goed hun pasvorm is,' zei hij in het zitgedeelte, en in de keuken zei hij: 'Zien jullie wel, geen braadpannen. Alleen een grill en een oven en een magnetron – geen vettigheid hier.' Het trotst van al was hij op de klantentoiletten, met de ruimte en de warmte en de hokjes met de dakraampjes en degelijke sloten. 'Hoe kun je een gemak hebben als je geen elleboog-ruimte hebt?'

'Ik snap het. U opent een soort restaurant,' zei Willie.

'Meer dan een restaurant. Ik zal het jullie laten zien. Geef me die mand eens door, Stacy, alsjeblieft.'

Stacy tilde een mandje van de bar en gaf het met beide handen aan Millroy door, maar het deksel schudde evengoed van haar zenuwen.

'Dat heb je heel goed gedaan,' zei Millroy. 'Willie, denk je dat je met die volgende mand hetzelfde zou kunnen?'

In een poging Millroy te behagen deed Willie iets meer zijn best en tilde met zijn vingertoppen de andere mand op.

'Dat was voortreffelijk,' zei Millroy, en lichtte het deksel van elke mand op, waarbij hij in de eerste een kleine vis en in de tweede een granenbrood aan het licht bracht.

Toen de deksels dichtgingen, dachten Willie en Stacy waarschijnlijk: Niet genoeg eten.

'Laat ons dankzeggen. Laat ons bidden,' zei Millroy. 'Deze dag is anders dan alle andere op aarde. Dank U, Heer, voor de Eerste Dag.'

Wij herhaalden het gebed, en Millroy opende de manden en liet zien dat ze boordevol zaten, de ene met vis, de andere met granenbroden.

'Dat vind ik nou leuk,' zei Stacy, die er gelukkiger uitzag dan toen Millroy haar had verteld: je zult je moeder achter moeten laten.

'Eet,' zei Millroy. 'Elk goed voedsel is een soort communie.'

Hij bad boven een aardewerken kom – zijn gebed klonk als de woorden die hij 'mijn preveling' vóór een goocheltruc noemde – en toen hij het deksel eraf nam was de kom gevuld met een salade van komkommer en bonen.

'Ruikt Mexicaans,' zei Stacy.

'Christus zelf gebruikte het woord "komijn",' zei Millroy kauwend; toen zei hij, zijn wangen uitpuilend van het eten: 'Dit is leven naar je geloof,' en stak nog wat in zijn mond.

Daarna dronken we kruidenthee, en op de labels van de theezakjes stonden citaten uit het Boek. Millroy stelde voor dat we onze borden zouden omdraaien. Onderop stonden Boekcitaten. Het mijne luidde: 'Ik zal u leiden naar een goed land, dat overvloeit van melk en honing.' Op de rand van mijn papieren servet stond ook een Boekcitaat, maar het was zo mooi gedrukt dat de woorden wel het dessin leken: 'Gij kunt niet uit de beker des Heren en uit de beker der duivelen drinken. Gij kunt niet deel hebben aan de tafel des Heren en aan de tafel der duivelen.'

'Denken jullie dat jullie deze borden net zo netjes in de gootsteen kunnen schuiven als dat je ze hebt klaargezet?'

We ruimden af terwijl Millroy meer toverkunsten deed, alleen met zijn vingers, die in de lucht priemden om een stroomgolf op te wekken in de lampen van het eethuis; en hij zei dat het perfect was zoals we alles hadden opgeborgen.

Alvorens Willie en Stacy 's middags naar huis vertrokken, zei Millroy: 'Als ik jullie ooit vraag van huis weg te gaan en mij te volgen, doen jullie dat dan? Je hoeft nu geen antwoord op de vraag te geven. Denk erover na. Als het antwoord nee is, kom dan niet terug. Als het ja is, zie ik jullie morgen.'

Willie en Stacy kwamen de volgende morgen hongerig opdagen, voor zonsopgang, om half zeven of daaromtrent, roffelend op de deur van het eethuis, met de vraag of ze binnen mochten komen.

Het ontbijt bestond uit vers fruit, yoghurt, kruidenthee, honing en geroosterd Ezechiëlbrood. Toen gingen we aan het werk. Ze hielpen: ze veegden, ze pakten aardewerk en tafelgerei en glazen uit, en bij het middageten serveerden we om beurten terwijl Millroy toekeek en ons prees. Hij gaf ons witte T-shirts en witte schorten, waarop allemaal DE EERSTE DAG geschreven stond in grote blauwe letters, met een gele rijzende zon die kronkelende stralen afgaf.

Ze bleven voor het avondeten. Weer kookte Millroy, soms met gebruikmaking van tovertechnieken – bidden boven manden en kommen en eten laten verschijnen – maar het meeste kookwerk was van het trage, geurige soort, waarbij hij ingrediënten mengde en de oven of de grill gebruikte, brood bakte, soep liet sudderen, vis grillde, yoghurt kweekte, meloenen sneed.

'Ik vind het leuk om te denken dat jullie hier altijd zullen eten,' zei Millroy bij het avondeten. 'Als je thuis honger krijgt, knabbel dan een appel en drink een glas puur water om je honger van je af te zetten, maar eet niet het voedsel van je ouwelui. Steek dat niet in je mond, en laat vooral hun vlees niet je lichaam binnen.'

'Wat is er mis met vlees?' vroeg Stacy.

'Vlees?' zei Millroy. 'Kiprepen? Varkensbrokken? Runderschijven?'

Stacy trok een gezicht bij die woorden en Willie snoof.

'En je hebt lamsvlees,' zei Millroy. 'Maar ik ben op zoek naar advies daarover. Ik vraag me af: willen we echt dieren doden en hun karkassen in ons lichaam begraven?'

Toen ze die avond vertrokken om terug naar Roxbury te gaan, zei Millroy: 'Dit is geen baan. Dit is een leven.'

En als er iets was wat ze nodig hadden moesten ze het aan hem vragen, niet aan hun eigen ouders.

De volgende morgen had Stacy een bloes en Willie nieuwe schoenen nodig, en Millroy kocht voor ons allemaal warme truien. Het eethuis was nog steeds niet open voor zaken, maar er was werk te doen – afruimen, klaarzetten, oefenen – Millroy bedienen alsof hij een klant was.

'Vragen jullie ouwelui je ooit waar jullie heengaan?' vroeg hij aan Willie en Stacy nadat we een paar dagen hadden samengewerkt.

Een beetje opgelaten en schuldig zeiden ze dat ze van school waren gegaan rond de tijd dat ze waren begonnen in *Paradise Park* op te treden.

'Dat is prachtig,' zei Millroy. 'Daarom ruiken jullie zo lekker.'

Er waren schaduwen op de muur – mensen op het trottoir die door de voordeur naar binnen keken hoe Millroy ons knuffelde.

'Willie, jij bent een Zoon van de Eerste Dag,' zei hij. 'Stacy, jij bent een Dochter van de Eerste Dag.'

Die avond vroeg Millroy vlak voor ze vertrokken: 'Kennen jullie nog iemand van jullie leeftijd die honger heeft?'

Ze namen Berry en Kayla mee, de broer en zus uit *Paradise Park*, en Kayla's vriendin Mickey, een lang meisje met prachtige wimpers en een zachte manier van praten. Millroy zei dat Berry en Kayla een Zoon en Dochter konden zijn, maar dat Mickey niet kon blijven. Hij gaf geen reden.

Toen ze weg was zei Millroy: 'Ze was gassig. Ik heb haar uitstoot gemeten.'

Willie's mond was verstard tot een glimlach die zei: wat?

'Ik rook haar.'

Terwijl we met z'n vijven aan het werk waren, begon Millroy

middagen vrij te nemen met de woorden: 'Ik ga naar het tv-station' –
zijn nieuwe programma, dat niets met ons te maken had, nog niet in
de lucht was, maar nog gerepeteerd werd. Hij was dan een paar uur
weg, of soms de hele middag. Op een keer kwam hij terug naar het
eethuis en zei: 'Gemak', en ging naar achteren en sloot zichzelf op.
Vlak voor hij weer naar het tv-station vertrok, zei hij: 'Noem het
nooit een toilet. Doet je denken aan "bezet".'

'Ik ben blij dat ik hier ben,' zei Stacy. 'Ik moet vaker in de buurt
van iemand als oom Dick zijn.'

Maar zo werd hij niet genoemd. Hij was weer Millroy de tovenaar, met een nieuw tv-programma, dat weldra in de lucht zou zijn.
Ik wist er niet meer van dan dat het bijna klaar was.

Het Eethuis van de Eerste Dag was ook bijna klaar. Alles was op
zijn plaats behalve de neonreclame op het dak. De provisiekast zat
vol met eetwaar, en ook de luikkelder – vol met zakken bonen, meel
en vaten gedroogde vruchten – die bereikt werd door een valdeur in
de keukenvloer. Vrijwel al onze potten en pannen waren opgeborgen, de borden en kommen waren in kasten opgestapeld. We hadden
zitplaatsen voor vierenzestig mensen – twintig aan de bar, waar hoge
stoelen stonden ('noem ze nooit krukken') en de rest aan tafels. We
hadden Eerste Dag-placemats, Eerste Dag-menukaarten, theezakjes
met Boeklabels en servetten met Boekcitaten.

Vaak verschenen er studenten van de universiteit van Massachusetts of mensen van de kazerne of het Greyhoundstation voor de deur
met een hongerige blik; ze klopten en gebaarden en vroegen binnen-
gelaten te worden. Op lunchtijd waren er soms wel een stuk of tien
die gebaren maakten en gezichten trokken. Maar we wezen naar het
bord BINNENKORT GEOPEND, en we glimlachten als zonen en
dochters, zoals Millroy ons gezegd had te doen.

Maar de mensen werden soms boos als ze ons binnen zagen eten.

'Niets aan te doen,' zei Millroy. 'We kunnen pas opengaan als het
tv-programma van start gaat.'

'Wat lacht u nou, grote baas?'

'Ik realiseer me zojuist waarom ik op de wereld ben gezet,' zei
Millroy.

Zijn blijheid maakte hem bijzonder vriendelijk en welwillend jegens ons gedurende deze wachttijd. Hij deed toverkunsten voor ons,
bracht kleren en geld te voorschijn om weg te geven, of deed gewoon
trucs om ons te verbazen, en hij liet ons zien hoe we onze spieren
sterker moesten maken. Willie Webb en Berry zeiden tegenwoordig

'stomp me eens in mijn maag' en ze noemden het eethuis 'De Eerste Slag'. Millroy liet hun zien hoe ze controle over hun lichaam konden krijgen, en met de woorden dat spreken ook een lichaamsfunctie was corrigeerde hij hun uitspraak wanneer ze zeiden 'vroag hem' en 'erdoorhain' en 'bedank' en 'akohol'.

We werkten, we oefenden, we aten, we wachtten. De zonen en dochters kwamen 's morgens en gingen 's avonds weg. Millroy en ik woonden achter, ieder in onze eigen kastruimte, met de luiken naar beneden. Millroy had geen nachtmerries over zwarte krabben meer. Maar wanneer we alleen waren zei hij vaak tegen me: 'Ik weet niet wat ik zonder jou zou moeten, engel.'

Op een zaterdag was Millroy van de vroege morgen tot de late avond weg. De zonen en dochters hingen rond en aten niets tot hij terugkwam. Het schokte me dat Millroy niets at. Hij zei dat hij daar te moe voor was. Hij was afgepeigerd en had holle ogen, zijn kale hoofd was wit en zijn snor slap; zo zag hij eruit als hij een moeilijk of gevaarlijk staaltje tovenarij had gedaan.

Maar hij glimlachte.

'Morgen is de eerste dag,' zei hij.

Het zou dus een van die zondagmorgenprogramma's worden. De zonen en dochters arriveerden vroeg. Millroy liet ons plaatsnemen in het eethuis en zette de televisie aan. Hij hanteerde de afstandsbediening, kreeg *Festival van het geloof*, toen *Het uur van de macht* met dominee Richard Schumacher en *Prijs de Heer* en *Gospels met Jimmy Swaggart* en *Heilzaam gebed*, een flits van een programma dat *De gebedskermis* heette, en een glimp van dominee Baby Huber. Toen vond hij wat hij zocht.

Eerst waren er witte letters op het zwarte scherm: HET VOLGENDE PROGRAMMA IS GEFINANCIERD DOOR DE DIENSTEN VAN DE EERSTE DAG.

'Ik ben van niemand,' zei Millroy. 'Niemand kan me deze keer doortrekken.'

XXIV

'Mijn naam is Millroy en ik ben een boodschapper,' zei hij.

Hij boog zijn brede stralende gezicht naar het grote tv-scherm.

'Ooit was ik zo dik dat ik gevangen zat in het duister van mijn lichaam – verstrikt in mijn eigen dikheid. Elke dag was een ware hel, en ik leed net zoals u. Maar de Heer sprak tot mij met de woorden: "Verander je leven, dikzak!"'

Hij lachte wat. 'Ik werd herboren en kreeg de gestalte van dit lichaam dat u voor u ziet…'

Nu kon je meer van hem zien – zijn gezondheid, zijn kracht – en hij glimlachte prachtig, waarbij hij zijn witte tanden liet zien.

'Ik heb in mijn leven heel vreemde dingen gegeten,' vervolgde hij terwijl hij zijn gezicht tegen het scherm drukte.

De Millroy in het eethuis bracht zijn gezicht dichterbij om zichzelf te bekijken op het tv-toestel.

'Heb heel vreemde dingen in mijn mond gestopt,' zei hij. 'Zoals dit.'

Hij stak zijn vingers onder zijn snor, toen in zijn mond, en maakte zijn tong los. De tong was groot en roze als een babyarm, en nadat hij het geval had onderzocht verdween het tussen zijn bedrijvige vingers.

'Of dit,' zei hij, terwijl zijn gezicht op het scherm flikkerde, en met beide handen haalde hij een levende kip uit zijn mond. Het was Boobie, met al haar veren in de weer. Ik herkende haar verwarde, uitpuilende ogen en de manier waarop ze steeds met haar kop omlaagdook.

'Maar zoals ik zeg: ik heb een boodschap voor u.'

En hier zat onze eigen Millroy in het eethuis naar hem te kijken, recht in zijn gezicht, terwijl zijn echte neus naar zijn flikkerende tv-neus wees. Hij glimlachte bewonderend, zachtjes gniffelend, knikkend alsof hij 'nou en of' wilde zeggen over zijn eigen onthullingen. Dat was voor mij het mooiste van alles: hij vond het leuk wat hij zag.

Willie zei: 'Was dat uw echte tong?'

'Een koeietong,' zei Millroy. 'Mensen eten die. Maar let op.'

Millroy op de televisie trok een kikkervisje uit zijn mond.

'Wat is dit walgelijk,' zei Kayla.

'Ze wilden een pakkend begin,' zei Millroy. 'Iets pittigs.'

'En ik heb vreemde dingen gezien die voedsel worden genoemd.'

Millroy de boodschapper begon, terwijl hij de tuit van een maagpomp in zijn neus bracht, in de zuiger te knijpen, en meteen zat zijn mond vol, en puilden zijn wangen uit. Hij boog zijn hoofd en deponeerde een hele bloederige hamburger op een bord en spuwde er toen een portie frieten naast.

'Dit stilt de honger niet...'

Hij trok de slang uit zijn neus en legde de bol en het rubberen omhulsel van de maagzuiger neer.

'... en het voedt ook niet.'

'Iets gedenkwaardigs, zeiden ze.'

Berry en Willie zaten met hun handen voor hun mond en ogen op steeltjes te schudden en probeerden het niet uit te proesten. Stacy's mond stond wagenwijd open. Kayla keek door haar vingers.

'Welnu, deze boodschap...'

Hij wees naar een boek met de omvang van de Bostonse telefoongids, zo'n twaalf centimeter dik, met een zonnige Eerste Dag-omslag, dat eruitzag alsof het zeven kilo woog.

'... deze boodschap zal u tweehonderd jaar of langer laten leven.'

Op dat moment begon de muziek, galmende zonsopgangmuziek – trompetten en hanen, en een film van de aanbrekende dageraad die zowel ei-achtig als spiritueel was. Millroy's gezicht vormde zich uit de dooier van de zon.

Hij was alleen in een decor dat ofwel een keuken ofwel een gedeelte van een kerk had kunnen zijn. De bar zag eruit als een altaar, de bloemen leken eetbaar, het kookgerei glom als kerkparafernalia, en was dat het Boek of gewoon een groot kookboek?

Maar hij bracht het Boek niet ter sprake – geen Schrift, geen God, geen Goed. Ook geen jongelui, geen poppen, geen films, geen cartoons, geen plaatjes zelfs, nauwelijks enige rekwisieten, aanvankelijk niets behalve Millroy. Het was niet Millroy de tovenaar en het was niet oom Dick. Hij was anders, toch was hij iemand die ik kende: Millroy de boodschapper.

'Ik heb gezien,' zei hij. 'En ik heb gezien...'

Nog steeds pratend maar zonder omlaag te kijken haalde hij een schoenveter uit een van zijn gymschoenen, veranderde de schoenveter in een slang, liet die verstijven tot hij zich verhardde tot een stok die hij liet ronddraaien, waar hij op leunde, die hij omkeerde en aanstak en liet branden als een waspit en toen, hem vasthoudend als een Romeinse kaars, uit elkaar liet knallen, de ene vuurbal na de andere, tot er niets meer over was dan een pluimpje rook in zijn handpalm. Hij had niet één keer met zijn ogen geknipperd.

'Ik wil iets zeggen over het duister van het lichaam...'

Zijn rechterhand was geschroeid en geblakerd door de ontploffing. Terwijl hij in de camera staarde, reikte hij naar beneden en maakte de verbrande hand bij de pols los, en toen hij die beetpakte veranderde hij in een bloemknopje dat trillend opbloeide, een sneeuwwitte roos die hij met zijn nieuwe hand in zijn revers stak.

'We kunnen het heel wat beter,' zei hij.

De hele tijd had hij gepraat, maar niet over deze trucs; hij deed toverkunsten zoals iemand op zijn hoofd krabt. Met zoveel dingen die tegelijk gebeurden was het moeilijk te volgen wat hij zei, en het effect was hypnotiserend. Wat mij deed duizelen – en de anderen ook – was dat er tegelijkertijd getoverd en gepraat werd, want toen de tovenarij ophield letten we goed op, terwijl we met bezwete handen de armen van onze stoelen vasthielden.

Deel van de tovenarij was ook dat Millroy zo ver naar voren was geschoven dat hij net buiten het scherm leek uit te dijen tot in de kamer, waar hij de dingen liet gebeuren. Het was één en al actie en spanning, en het vloeien van zijn gelijkmatige stem terwijl de man tegelijkertijd jongleerde en preekte.

'Luister en wees gelukkig, wees gezond en bereidt u erop voor twee eeuwen op aarde te leven. Vergeet alles wat u ooit hebt geleerd. We gaan het ons echt naar de zin maken.'

Even later zei hij: 'Ik ben geen tovenaar. Ik ben geen profeet of priester. Ik ben geen heilige of wonderdoener...'

Zodra hij dit gezegd had dacht je: Dat bent u wel!

'Ik ben een boodschapper.'

Naast mij in het eethuis wendde Millroy zijn blik van het tv-scherm af om naar de anderen te kijken, de Zonen en Dochters van de Eerste Dag – Willie Webb die glimlachte, Stacy die nog steeds haar handen voor haar gezicht hield, Berry die fronste, Kayla die haar hoofd schudde. Toen keek hij weer naar het gezicht op het scherm en zat daar gefascineerd, alsof hij het allemaal voor het eerst zag, zijn *Programma van de Eerste Dag*.

237

Terwijl hij zijn handen bewoog – je kon niet uitmaken of dit tovenarij was of gewoon knap televisiewerk – bracht hij enkele gerechten te voorschijn: soepen en vruchten, noten en granen, potten honing, het dikke roodachtige blubberige graanprodukt dat hij 'moes' noemde.

'Ik was ziek en werd beter,' zei hij. 'Ik was zwak en werd sterk. Ik was dik en werd dun.'

Daar dook nog meer eetwaar op: komkommers en uien in manden, druiven, meloenen, vijgen, maïs en bonen.

'En als ik spreek van ziek zijn bedoel ik niet een of andere vage, duistere, onduidelijke ziekte van de geest die je door gebed uit je systeem verjaagt,' zei hij. 'Ik bedoel dat ik me ronduit rot voelde – dik, dom, ziek en verloren. Ik kan duidelijker zijn. Een gewichtheffer heeft achtduizend calorieën per dag nodig. Ik had dat niet.'

Hij leunde weer voorover naar de camera, zijn gezicht vulde het scherm.

'De doorgangstijd van mijn darmen was minimaal tweeënzeventig uur.'

Hij deed een stap terug, streek de omslag van het grote naamloze boek glad en beklopte het, maar sloeg het niet open. De omslag van het boek was als een valdeur die hij besloten had niet op te lichten.

'Achter de uitdrukking "zwaarlijvig" gaat een groot aantal fouten schuil,' zei hij, 'maar dit boek heeft me veranderd. Ik heb het gelezen en ik werd sterk. Ik werd gezond, ik werd rechtschapen, en ik werd dun. Als ik u zeg dat het een soort loutering was, spreek ik de letterlijke waarheid.'

Hij liet dit bezinken. Hij glimlachte, en terwijl hij zijn ogen sloot leek hij na te denken over een wonder. Toen werd hij krachtdadig.

'Al vrij gauw kon ik dit.'

Hij stompte zichzelf zo hard in de maag dat het klonk alsof hij tegen een muur stompte; je kon de bonk horen.

Vanaf zijn zitplaats naast mij in het eethuis schoof Millroy zijn stoel naderbij en keek met echt plezier.

'Ik wil u niet misleiden met abstracties. Wanneer ik zeg dat uw darmen zullen klinken als een harp bedoel ik precies dat – zoals het Boek zegt. Hemelse muziek uit een gezonde karteldarm. Kijkt u hier eens.'

Hij schepte wat eten uit twee van de kommen op de bar vóór hem.

'Dit is wat ik bedoel. Een moot gegrillde vis en een honingraat. Klinkt bekend? Dat zal zeker zo zijn wanneer ik mijn hele boodschap heb verkondigd. Het smaakt geweldig en het is goed voor lichaam en ziel. Brengt je terug uit de dood…'

Hij beroerde het boek; het was zo fors en massief dat het was alsof hij erop steunde. Hij slikte het eten door dat hij gekauwd had.

'Wie at dit onder opmerkelijke omstandigheden? De geheimzinnige man, die zich openbaarde aan twee vreemdelingen toen hij een brood nam…' – hij deed dit met een van de Ezechiëlbroden – '… en het in tweeën brak om het te eten.'

'De weg naar Emmaüs,' zei ik. Hij had ons de menukaart van het Eethuis van de Eerste Dag uitgelegd, en door welke delen van het Boek de gerechten waren geïnspireerd.

In plaats van de homp brood te eten, gebruikte hij die om naar de andere manden en kommen te gebaren.

'Wat hebben we hier? Komkommers, preien, meloenen, knoflook, graan, peulen en moezen.'

Hij rommelde nog wat, toverde een lepel uit zijn manchet te voorschijn en haalde die door een van de kommen, roerde het dikke mengsel om en bracht het toen naar zijn mond om het te proeven. Je kon hem in de microfoon horen slikken, ploffend en klappend als dikke havermout aan de kook.

'Eet dit tien dagen en u zult kerngezond zijn. Er was eens een man die dit at, en alleen door het eten van deze linzenmoes werd hij groter dan alle tovenaars en astrologen. Hij wilde niet bezoedeld worden door het eten van vlees. Hij wist het een en ander over vezels. Dat gaf hem kracht. Zou u het daarom niet ook eens willen proberen?'

'Yo. Daniël,' zei Willie Webb. Dat stond ook op de menukaart van het Eethuis van de Eerste Dag.

Millroy lachte hem toe en wendde zich naar het scherm, waar de andere Millroy zijn hand op dat loodzware boek legde.

'Het staat allemaal hierin,' zei hij en nam de homp brood en de kruik water. 'Hoe een man dit at en zo gesterkt werd door dit ene maal dat hij veertig dagen en veertig nachten reisde.'

Stacy zei: 'Elia de Tisbiet.'

Opnieuw het grote boek bekloppend zei Millroy: 'Het staat allemaal in dit boek. En het boek adviseert ruwe vezels en ballaststoffen. Daarom lijkt zo veel van dit voedsel op houtspaanders en schorsmuls. Maar dat maakt niet uit, het is heerlijk, en het is het geheim van het leven.'

Hij hield zijn hoofd weer schuin en kwam dichterbij, en nu gloeide hij weer in de kamer.

'Ik wil dat u met mij meekomt. Laat mij u meenemen naar een land van graan en wijn, een land van brood en wijngaarden, een land van olijfolie en honing – een land dat Amerika heet. En als u dit eet…'

Terwijl hij een honingraat naar zijn mond bracht, zijn vingers dik en glanzend van de druipende stroop, deed hij zijn lippen uiteen, keurde de honingraat met zijn peilende tong en nam toen een hap van de gele fonkeling…

'Sjonge, dit is lekker!' zei hij, zichzelf onderbrekend. 'En als u dit eet, zult u nooit doodgaan.'

Hij kauwde weer op de honingraat en het geluid in de microfoon was van brokken honing, zoet en gekristalliseerd, die tegen zijn tanden openbarstten en door zijn keel gleden.

'Als ik zeg "niet doodgaan", bedoel ik: tweehonderd jaar leven. Dat zou uw streven moeten zijn.'

Nu rukten zijn tanden aan iets taaiers dan de honingraat.

'Vijgen zijn ook lekker. Een boel vijgen in dit boek.'

'Nahum,' zei Berry.

'Luister, er staat een recept voor brood in dit boek. Zullen we wat maken en zien hoe het smaakt?'

In plaats van het boek op te tillen, wrong hij zich in een bocht en lichtte de zware omslag op, bladerde toen de bladzijden door tot hij vond wat hij wilde, en tikte op die bladzijde met zijn vlakke hand.

'Neem tarwe, gerst, bonen en linzen,' zei hij, terwijl hij er koppen vol van afmat en die in een aardewerk pot strooide. Hij las nog steeds. 'En gierst en wikke, en meng die in een kom.'

'Moet Ezechiël zijn,' zei Willie.

Millroy schepte en keerde het mengsel met een lepel, voegde wat water toe en schepte het nog wat om.

'Geen eieren. Zit er enige smaak aan eiwit?' Hij tikte op het boek. 'Het antwoord is nee.'

Hij schoof de kom in de oven achter hem, en zei toen iets wat een gebed had kunnen zijn, of de preveling die hij mompelde bij zijn toverkunsten.

'Brood,' zei hij, terwijl hij de aardewerk pot eruit haalde, en hij brak er een homp af en at die op.

De volgende momenten kon je alleen Millroy's gesmak horen, als een schoffel die een gat hakt in nat zand.

'Het staat in het boek,' zei hij, terwijl hij op de opengeslagen bladzijde leunde en de homp brood in zijn hand bewonderde. 'Het smaakt goed, het is goed voor het lichaam en goed voor de ziel. Een dubbele bonus – het brengt de doorgangstijd van je darmen terug en schenkt je verlossing. Meer kun je niet vragen.'

Hij zei nog een paar keer 'het staat in het boek' en ten slotte 'u zou het op kunnen zoeken'.

Normaal gesproken praatte Millroy tegen me als hij televisie keek of maakte opmerkingen ('lelijk geval van een rokersgezicht', 'moet je dat kunsthaar zien'), of vroeg hij naar mijn mening over het programma. Maar vanmorgen, bij het kijken naar het *Programma van de Eerste Dag*, schonk hij geen aandacht aan mij. In plaats daarvan keek hij de hele tijd naar Willie en Stacy en Berry en Kayla, en nu en dan zei hij: 'Wat vinden jullie er tot dusver van, zonen en dochters?'

Ze zeiden allemaal dat het geweldig was maar maakten hun ogen niet los van het tv-scherm uit angst dat ze iets zouden missen: instant-brood, of een schoenveter die in een slang veranderde.

Millroy werd weer stil en geïnteresseerd in het programma toen hij zichzelf een grote metalen doos op de bar zag hijsen. Er zaten lampjes en wijzerplaten op en hij zag eruit als een grote ritmebox met een zwarte slang van ruim een meter lang eromheen gewonden. Hij tilde de slang op en schakelde het geval in. De wijzerplaten lichtten op en er kwam een geluid uit, een pruttelend gebrom met een trillende zucht.

'Het wordt tijd dat we een uitstoottest doen.'

Toen hij dit hoorde, knikte Millroy naar het tv-toestel.

'We hebben immers een hoop verschillende dingen in onze mond gestopt.'

Millroy was weer begonnen te glimlachen naar zijn beeltenis op het tv-scherm.

Er zat een klein zwart mondstuk aan het uiteinde van de rubber slang. Een beetje aarzelend, alsof het gevaarlijk kon zijn, plaatste Millroy dat onder zijn neus. Het bedekte zijn mond en maakte dat hij eruitzag als een insekt.

Zijn ogen puilden uit toen hij diep ademhaalde, en terwijl zijn gezicht zich aan één kant van het scherm bevond, bevond zich aan de andere kant de voorzijde van de verlichte wijzerplaat, waarvan de naald trilde binnen een groene streep.

'Ziet er prima uit,' zei hij. 'Uitstoot volbracht.'

Hij reikte voorbij de camera, als naar de kamer, en leek te wenken.

'Kom eens hier,' zei hij. 'Even maar. Het doet geen pijn.'

Het achterhoofd van de cameraman kwam in beeld terwijl hij vanachter de camera wegliep en zijn koptelefoon afzette. Hij zag er onzeker en onvoorbereid uit met zijn verschoten overhemd en honkbalpet, en hij lachte geschrokken toen Millroy hem aan de machine koppelde.

'Het menselijk lichaam is net een automotor,' zei Millroy, 'daarom heb ik deze machine ontworpen. Het voedsel dat we eten is onze brandstof. Onze adem is de uitstoot. Giftig of ongezond voedsel produceert een schadelijk gas – koolmonoxide en stikstofhoudende afvalstoffen in de vorm van damp. Allerlei gasverbindingen, en... o jé...'

De naald van de wijzerplaat had een scherpe ruk naar de rode streep gemaakt en hij schokte telkens als de cameraman uitademde.

'Ik weet wat je voor je ontbijt hebt gehad,' zei Millroy, en de man keek schuldig. 'Maar Rick ziet er niet ongezond uit, toch? Ziet u, de schade is tot dusver helemaal intern. Maar hoe ernstig is het eigenlijk?'

De man die Rick heette leek verbijsterd, en omdat hij de camera niet bediende, staarde de lens alleen naar hem en naar Millroy, die op het grote boek tikte.

'Ik wil dat je dit boek met één hand verplaatst.'

Eerst aarzelde Rick; toen leek het alsof hij het snel achter de rug wilde hebben. Hij legde zijn hele hand om de rug, alsof hij een sandwich pakte. Toen wankelde hij en kwam er een puffend geluid uit zijn mond, en hij vertrok zijn gezicht van de inspanning. Maar er kwam geen beweging in het boek. Je zou gedacht hebben dat het aan de bar geklonken zat. Rick maakte nog een hulpeloos geluid en liep weg. De camera zwalkte en richtte zich op Millroy, en je wist dat Rick weer aan het werk was gegaan.

Het enorme boek tussen de wijsvinger en duim van één hand klemmend, hief Milroy het dertig centimeter boven de bar, terwijl hij het horizontaal hield. Het was een staaltje van kracht, toch glimlachte hij vriendelijk toen hij dit prachtige stukje hefkracht ten beste gaf.

'Dit is geen tovenarij. Dit is geloof. En als u leeft naar uw geloof en goed eet, zal dit boek waarlijk uw gids zijn. Dit is het boek des levens. Het voedselboek. Het gerechten- en wonderboek.'

En alsof hij nog steeds de zwaartekracht trotseerde, liet hij het boek luchtig door zijn vingers gaan, en toen pas, aan het eind van het programma, onthulde hij dat het inderdaad de bijbel was – het Boek, en als je zijn snor zag bewegen wist je dat hij het met hoofdletters zei.

'Ik was verdwaald in het donker van mijn lichaam, maar de Heer sprak tot mij met de woorden: "Verander je leven, dikzak!"'

De zonsopgangsmuziek van *De Eerste Dag* weerklonk, en de glinsterende zon bedekte Millroy's gezicht terwijl er een mededeling op het scherm verscheen die kijkers uitnodigde te schrijven om een brochure met recepten, of de 'hulplijn' te gebruiken. De laatste regel vermeldde de naam en het adres van het Eethuis van de Eerste Dag in Church Street in Boston. 'Doe mee.'

In het Eethuis van de Eerste Dag zette Millroy, toen hij zag hoe het volgende programma, *De club van 700*, werd aangekondigd, de tv af, stond op, schopte zijn stoel met zijn hak naar achteren en rekte zich uit, waarbij hij leek uit te dijen van zelfvertrouwen.

'We zijn open voor zaken,' zei hij.

Het Eethuis van de Eerste Dag was leeg, de tv was uit, wij zwegen; er waren vooralsnog geen gelovigen, geen eters.

Op deze nieuwe, rustige plek, in de witte stilte, voelde ik me gelukkig en puur en onschuldig, zonder te weten waarom. Toen kwam er een klant binnenlopen en bestelde iets wat hij zojuist gezien had in Millroy's televisieprogramma. Kort daarna kwam er nog iemand, en de ban was gebroken. Die eerste dag was het net alsof de wereld door de deur was begonnen te sijpelen om te eten.

XXV

Dat dacht ik de hele tijd: De hele wereld sijpelt door de deur, en terwijl de deur klepperde en dreunde begon de wereld het Eethuis van de Eerste Dag te overspoelen en tot de rand te vullen. Het kwam door Millroy's programma. Er kwamen mensen – nieuwsgierige, gekke, eenzame. Eerst kwamen de hongerigsten, en toen kwam iedereen, en waren we niet langer onschuldig en leeg.

En we waren niet langer anoniem, blij met ons geheime bestaan van voedsel en werk en gebed, het spel van het alleenzijn spelend, zodat we eeuwig konden leven. Er waren vreemden bijgekomen, en omdat Millroy zo overtuigend was en het eten zo goed, duurde het niet lang voor die vreemden ons aardig gingen vinden. Ze geloofden Millroy grif, en dat gebeurde des te sneller omdat zijn boodschap iets was wat ze konden eten.

Het was een wekelijks programma, dus had Millroy volop tijd om het voor te bereiden en tevens het eethuis te runnen. In de tweede uitzending van *De Eerste Dag* zei hij: 'Mijn thema voor vandaag is: landgenoten, vrijwel alles wat u in uw mond stopt is kankerverwekkend en dodelijk.'

Binnen luttele dagen hadden we meer klanten dan we konden tellen. Dit maakte me bang, maar Millroy's reactie was tegenovergesteld. Hij was hoopvoller en geestdriftiger wanneer er veel mensen naar hem luisterden en aten zoals hij voorstelde. Hij zei dat hij altijd van veel publiek had gehouden. Andere mensen maakten hem stoutmoediger en bezielder, en bezieling was voor hem het belangrijkst. Hij hield van de stimulans van vreemden, zei hij, en hij begroette hen alsof hij vrienden begroette.

'In zekere zin hoor ik bij hen,' zei hij tegen de zonen en dochters. 'Net zoals jullie bij mij horen.'

Kayla zei dat ze dit fijn vond om te horen, en de anderen waren het daarmee eens.

'Je vader is een toffe kerel,' zei Willie.

'Hij is iets speciaals,' zei ik, 'en hij betekent alles voor me,' en dat meende ik.

'Ik gebruik niet graag de woorden "mijn ambt". Niemand heeft me benoemd. Ik begon mijn leven als reiziger. Ik werd goochelaar. Ik realiseerde me dat ik een boodschap had, en dat maakte me tot een boodschapper. Ik heb zoveel dingen gezien dat mijn geheugen een testament is. Ik wil de mensen vertellen wat ik binnen mijn eigen lichaam heb ervaren. Ik kan hun ogen helpen openen. Ik wil mijn openbaringen met hen delen. Ik wil zielen redden door levens te redden.'

Millroy werd 's nachts niet meer wakker om 'nee!' te roepen, maar op een nacht kort nadat we de toeloop van klanten hadden gekregen maakte hij me wakker met gemompel in het donker: 'Niet bang zijn. Ik ben de eerste en de laatste.'

Ik wist niet wat ik hierop moest zeggen.

'Ik ben degene die leeft en dood was, en zie, ik heb het eeuwige leven, amen. Ik heb de sleutels.'

'Klinkt goed,' zei ik om hem eraan te herinneren dat ik luisterde en dat als ik nog iets tegen hem moest zeggen, ik daartoe bereid was.

'De sleutels van de hel en de dood,' zei hij. 'Schrijf op wat gij hebt gezien.'

Maar toen ging hij weer slapen, geen prevelingen meer, en 's morgens zei hij dat hij het idee had om meer spiegels in de deuropening te maken, het halletje dat als in- en uitgang van het eethuis diende. Hij zei dat optisch correcte spiegels de sleutel tot begrip waren – grote onthullende spiegels, manshoog en openlijk, die je uit alle hoeken lieten zien, vooral van achteren. Als je naar binnen liep werd je onthuld.

'Wij allen die met open gezicht in het glas de majesteit des Heren aanschouwen, veranderen in dezelfde beeltenis van majesteit tot majesteit,' zei hij in het volgende *Programma van de Eerste Dag*, en je wist dat hij citeerde. 'Hoewel we onszelf vaak met spiegels voor de gek houden, is dit de waarheid, van achteren en van voren.'

Het was voor sommige mensen een schok om zichzelf van opzij te zien, zei hij, en welke mensen herkenden zichzelf van achteren?

'Spiegels zijn een artikel van ons geloof. Als ik een kerk had, zou het een zaal met spiegels zijn.' Hij was uitgelaten, opgewondener dan ik hem ooit had gezien.

Het was allemaal die eerste morgen begonnen, toen zich klanten door de deur waren gaan dringen die gevoed wilden worden. De wereld was hongerig en wilde eten, zei Millroy, en hij wist wat goed voor ze was.

Ik besefte ook dat alles wat voordien gebeurd was een voorbereiding hierop was geweest – alles sinds die middag op de kermis toen hij zijn kloppende neus in mijn gezicht had gestoken. Die dag van 'ik wil je opeten' had tot dit Eethuis van de Eerste Dag geleid; het maakte allemaal· deel uit van zijn plan.

Nu pas herinnerde ik me dat hij maanden geleden in zijn Airstream-caravan op de kermis tegen me gezegd had: 'Als ik een godsdienst zou beginnen...' Het had zoiets raars geleken om te zeggen, net zoals: 'Trouwens, ik ben Mozes, en bovendien wil ik een nieuwe kerk beginnen', dat ik de gedachte uit mijn hoofd zette, en mij amper kon herinneren wat hij verder nog had gezegd. Maar dezer dagen wist ik dat we er middenin zaten, diep in zijn godsdienst, in de christelijke keuken van het Eethuis van de Eerste Dag, waar we regelmatig werden.

'Ik heb dit lang geleden gezien,' zei hij terwijl hij in de keuken van het eethuis stond. 'Dit allemaal...'

Hij praatte tegen Kayla en Berry, die zijn zelfvertrouwen even aanstekelijk vonden als ik. Zijn uitgelaten stemming maakte ons bereidwillig. Die uitgelatenheid bleek duidelijk uit zijn eetlust, het eten en presenteren van voedsel, vooral aan de Zonen en Dochters van de Eerste Dag. Hij stak lepels vol moes of yoghurt of meloenbollen omhoog.

'Doe open!' zei hij dan tegen Kayla.

Ze aarzelde, zoals iedereen met een vork voor zijn gezicht misschien zou doen.

'Stop het in je mond, engel.'

Dan moest Kayla lachen, wat benauwd klonk, en het gelach hield haar mond open.

'Eet op,' zei Millroy dan, ietwat buiten adem van alle overreding, zijn rode gezicht gezwollen van geestdrift. 'Kies voor ruwe vezels. Ezechiël had verstand van vezels. De Heer had verstand van samengestelde koolhydraten. Koning David die in Samuël 2 op de vlucht gaat had verstand van hoge bezinksels.'

Hij was opgewonden en blij vanaf de dag dat *De Eerste Dag* voor het eerst werd uitgezonden. Hij wist dat hij succesvol was geweest en hij wist dat het eethuis een voltreffer zou zijn.

Op een avond na de eerste drukke dagen stuurde Millroy de zonen en dochters naar huis met een toelage om sandalen te kopen. 'Ik zie jullie allemaal met stevige sandalen en leren schoeisel.'

'En dit is jouw toelage, roosje,' zei hij tegen mij toen ze weg waren. Hij kwam naar me toe met een roodachtige stoofschotel die hij 'gedroogde peulen' noemde.

'Ik hou van die dikke, leemachtige structuur,' zei hij, roerde het door en gaf met zijn ogen te kennen dat ik moest gaan zitten.

Hij stak zijn houten lepel erin en zei: 'Opeten.'

Toen voederde hij mij, tegenover mij gezeten, met open mond en een trillende tong, terwijl hij mij behoedzaam het voedsel toediende op de grote warme lepel.

'Zorg dat je dat binnenkrijgt.'

Dat kon ik zelf wel, dacht ik.

'Wijd opendoen.' Zijn grote harige vingers hielden de lepel stevig vast. 'Langzaam kauwen.'

Hij keek nog steeds, speeksel doorslikkend en sappig pratend terwijl ik at.

'Dit is zo vezelrijk,' zei hij. 'Dit is voedzaam, zeker, maar veel ervan gaat dwars door je heen,' en hij lepelde het bij me naar binnen.

'In zekere zin zou ik willen dat je dik was, maar ik weet dat dat verkeerd is,' zei hij. 'Ik wil je vol maken. Ik wil het allemaal in je stoppen, verantwoordelijk zijn voor alles binnenin je.'

En kwam weer met zijn lepel op me af.

Hij stond elke morgen vroeg op, in het halfdonker voor de dageraad, rammelend in de keuken van het Eethuis van de Eerste Dag, terwijl hij de bonen kookte die hij 's nachts had laten weken, linzen fijnstampte, peulen droogde, Ezechiëlbroden bakte, thee liet trekken, yoghurt kweekte, meloenbollen en honingraten klaarzette en het druivesap dat in het Boek wijn werd genoemd – de eerste persing van de druiven, schuimend in een kruik, maar niet gegist. De hele tijd prevelde hij in zichzelf.

'Mijn groenvoer,' zei hij dan.

Kling-klang, klok-klok.

'Mijn tarwebroden.'

Tikke-takke-tik-tak.

'Mijn granen en peulen koken.'

Het meest trots was hij op het feit dat dit voedsel vers bleef zonder het in te vriezen. Hij had alleen maar een ijskast gekocht en geïnstalleerd om de gezondheidsdienst van Boston tevreden te stellen.

'IJs is de Amerikaanse ondeugd,' zei hij. 'Koud water is een ander verhaal. Mattheüs spreekt erover dat de Heer koppen koud water uitdeelt.'

Nadat hij het eten voor die dag had klaargemaakt, borg hij het op in vaten en kommen, waaronder veel aardewerken potten – 'kruiken' noemde hij ze – of in strooien manden. Het eten werd opgewarmd in de oven of de magnetron alvorens geserveerd te worden door de Zonen en Dochters van de Eerste Dag.

'De kracht van dit voedsel is zijn puurheid en simpelheid. Het profijt ervan komt voort uit zijn eenvoud,' zei hij, slikkend en slokkend zoals hij altijd deed wanneer hij het over eten had. 'Het is getest door generaties in het Boek, die bekendstaan om hun lange levensduur.'

's Morgens roosterde hij meestal een lam, dat hij rond liet draaien aan een spit, waar het spatte en droop, een geblakerd naakt dier ('derdegraads verbrandingen over zijn hele lijf') dat aangezwengeld werd door een grote weifelachtige man.

'Ik ben niet blij met lamsvlees,' zei hij. 'Ik ben niet blij met vlees eten in het algemeen, om redenen waarop ik liever niet inga.'

We serveerden het lamsvlees in dunne plakken met takjes rozemarijn of munt en linzen als bijgerecht. Millroy at het zelf niet en hij drong er bij ons op aan het ook niet te eten. Neem vis, zei hij – de markt in de haven van Boston had alle soorten vis, die je vanaf de marmeren platen aanstaarden. Ik kocht de vis voor het eethuis. Ik had er verstand van omdat ik van de Cape kwam. Het was mijn ochtendklusje geweest. Ik betaalde contant en kreeg het meestal goedkoop.

'Ik ben op zoek naar advies over lamsvlees,' zei Millroy.

Sommige klanten waagden zich simpelweg het Eethuis van de Eerste Dag binnen omdat ons bord met OPEN verlicht was en ze honger hadden. Eerst keken ze door de voorruit. Je zag ze staren – naar ons, dan naar hun eigen weerspiegeling. Velen van hen waren in de war door ons eten. Niet genoeg variatie, zeiden ze, rare smaken, er moet zout bij, te simpel. Ze begrepen de menukaart niet. Ze zeiden: 'Is dit alles wat u heeft?' Ze bestelden vreemd voedsel en waren soms teleurgesteld. Ze waren verward door de smaak, fluisterden en gingen weg.

'Wat moet dit voorstellen?' was een gebruikelijke vraag.

Goed voedsel ziet er niet eens eetbaar uit voor mensen die het nog nooit gezien hebben, zei Millroy, wat er de reden van was dat hun lichamen monsterlijk waren en ze jong stierven.

Andere mensen verlieten het eethuis zodra ze zagen dat ze er niet konden roken, of dat we geen koffie serveerden.

'Dit is de eerste dag,' legde Millroy uit aan iedereen die wilde luisteren – en hij had manieren om hen tot luisteren aan te sporen, door hen met zijn ogen te fixeren. 'Eet dit voedsel. Het is allemaal voedzaam en puur. Het zal u een schone huid en een lang leven geven. Een tikje voorzichtig? Probeer dan gewoon een paar sneden Ezechiël- of tarwebrood met gegrillde vis en een schep honing, en eindig dan met meloenbollen en een bakje warme noten. Het is gezond en brengt u tot leven.'

Hij bracht zelden het Boek ter sprake in het eethuis. Hij drukte ons op het hart de verdiensten van het voedsel te prijzen, of alleen te glimlachen.

'Dit is niet mijn kansel,' zei hij, doelend op het eethuis. 'De Amerikanen hebben hun geloof verloren toen ze junkfood begonnen te eten. Ik hoef hier niet voor ze te preken. Dit voedsel is de communie. Als mensen goed gedijen en regelmatig zijn, zullen ze geloven. Ze geloven in hun darmen.'

Ofwel de mensen probeerden het eten en kwamen nooit terug, of ze aten en kwamen keer op keer terug, elke dag zelfs. Ze waren afkomstig van de plaatselijke *colleges* – studenten aan de universiteit van Massachusetts van de overkant van het plein, jongelui van Simmons, Emerson, de universiteit van Boston, Harvard, MIT. We herkenden hen aan hun sweatshirts. Er kwamen ook secretaresses, en die waren meestal jong. Er waren veel eenzame lieden die kwamen omdat het eethuis zo warm en licht was, en het eten zo goedkoop.

'Ik ben ooit net als u geweest,' zei Millroy tegen de mensen die elke dag kwamen, en het sterkte hen dit te horen van deze lange sterke man met de snor en het kaalgeschoren hoofd. Hij was kalm, hij was een goede kok, en ook dat stelde hen gerust – gewoon de manier waarop hij glimlachte, geen haast leek te hebben, en soms met de meest terloopse handbewegingen toverkunsten voor ze deed, zoals verdwijntrucs.

'Ik geniet hiervan,' zei hij.

We hadden het druk, met een constante stroom klanten. Geen fooien – dat was in trek. Het sterkste aroma was dat van versgebakken broden. 'Mijn tarwebroden.' Hij had een apparaat in elkaar gezet waardoor dit aroma het eethuis in geleid werd, en hij vond het leuk om te zien hoe mensen het inademden en glimlachten.

'We betalen onze lening af,' zei Millroy. 'Meer kunnen we niet vragen.'

Het was belangrijk voor hem dat het eethuis zichzelf bedroop, maar het hoefde alleen maar quitte te spelen. Millroy's geld van de televisie was zijn echte inkomen. De zonen en dochters kregen al het geld dat ze nodig hadden, geen salaris maar een toelage – een 'stipendium' noemde Millroy het, elke week een bedrag ineens, waarop tien procent in mindering was gebracht als heffing voor het eethuis.

Willie zei: 'Hier weet ik wel raad mee,' en leek tevreden dat hij überhaupt geld kreeg.

'Ik wil dat jullie gelukkig zijn,' zei Millroy toen hij het geld uitdeelde.

Als je mensen goed behandelt, doen ze hetzelfde met jou, zei hij. De zonen en dochters zouden er ingetrokken zijn als er plaats voor ze was geweest. Millroy zei dat ze dankbaarder waren omdat ze elke nacht thuis doorbrachten en het verschil konden zien tussen hun huis en het Eethuis van de Eerste Dag – hoe begrensd het bij hen thuis was.

'Wat ze thuis eten moet wel slecht zijn,' zei ik.

'Ze gaan terug naar doodshuizen,' zei Millroy. 'Daarom zijn ze zo opgelucht als ze hier komen.'

Nadat we het eethuis hadden opgeruimd en ze naar huis waren gegaan, deed Millroy de deuren op slot en voederde me terwijl hij vóór mij zat met zijn lepel in zijn hand.

'Eet,' zei hij. 'Ik wil verantwoordelijk zijn voor alles in je binnenste.'

En terwijl hij opschepte en ik at kwam hij met ideeën.

'Wat dacht je ervan een boek te schrijven?' zei hij dan. 'Ik kan niet schrijven maar ik kan praten. Jij moet het opschrijven.'

Of twee boeken misschien, zei hij. Eén over zijn leven – hoe hij het voor de hand liggende geheim van goed eten had ontdekt, zijn persoonlijke getuigenis van zijn ontsnapping uit de wildernis van zijn dikte, en hoe hij een tovenaar was geworden – een boek dat *Het duister van het lichaam* of *Dit is mijn lichaam* heette. Het tweede boek zou *Het programma van de Eerste Dag* heten, en over het voedsel zelf gaan, de leefregel, de Schrift, met een keuze uit recepten voor de gerechten die we in het eethuis serveerden: Jacobsmoes, Ezechiëlbrood, Daniëllinzen, Nahum's vijgestaven, Bethelgerstekoeken, de groentesalade die hij 'groenvoer' noemde en de hele rest. 'Het zou verklaren hoe ik hier terechtgekomen ben,' zei hij. 'En waarom.'

Een ander idee van de late avond was, allerlei soorten stevige laadkisten verkopen voor het opslaan van Eerste Dag-voedsel. Of opdracht geven tot het maken van een heel nieuwe vertaling van het Boek – met nadruk op de precieze betekenis van eetwaren, en een lijst recepten na de Openbaringen.

Elke morgen stonden er mensen op de stoep te wachten tot we opengingen. Het ontbijt was in trek – vers brood, honing, fruit, yoghurt en thee van Eerste Dag-kruiden en specerijen. Millroy was vooral blij te zien dat de trouwste eters jong waren.

Velen van hen kwamen vanwege het tv-programma. De rest wist niets van Millroy's reputatie en hield van het goedkope en gezonde eten. In het eethuis zei Millroy niet dat hij een boodschapper was, en het deed hem genoegen dat de mensen aten zonder dat ze een verklaring nodig hadden.

'Het eten zelf maakt hen tot gelovigen,' zei Millroy. 'Als dit voedsel hen overtuigt, zullen ze volgen. Ik hou van de eenvoud daarvan. Ze hebben letterlijk een darmreactie.'

Hij wees erop dat het over het algemeen oudere blanke mannen waren die het moeilijkst te overtuigen waren. Sommige mensen waren terugkomers omdat onze prijzen laag waren, andere omdat ze slank wilden zijn, of omdat het voedsel hen regelmatig maakte. De besten, zei Millroy, waren degenen die niet wisten waarom ze hier elke dag aten. Zij stelden geen vragen, zij deden gewoon hun mond open en wij gaven hun te eten. Iets in hun lichaam zei hun dat het goed was wat ze deden.

Het verliep niet allemaal vlekkeloos. Op sommige dagen lichtten mensen ons op, gingen weg zonder te betalen, beweerden dat de bediening slecht was. Een man vloekte tegen Stacy omdat ze hete moes op zijn been morste; schold haar uit zodat ze moest huilen. Iemand anders liet Berry struikelen. Af en toe zei iemand ronduit dat het eten walgelijk was en waar haalden we het vandaan?

Maar toen Millroy de zonen en dochters prees omdat ze niet terugschreeuwden tegen de lastige klanten, was er iets in de manier waarop Willie Webb naar Berry glimlachte wat me deed denken dat hij een geheim had.

Toen op een dag zag ik Willie een plastic fles Sun-Glo afwasmiddel uitpersen op een bord Daniëllinzen.

'Dat is voor die kerel aan tafel zeven,' zei hij tegen Berry. 'Hij noemde me traag.'

'Moet je doen, joh,' zei Berry. Zijn achternaam was Loomis, hoewel we altijd voornamen gebruikten, en soms 'zoon Berry' of 'dochter Stacy', of gewoon 'zoon' of 'dochter'. Ze merkten dat Millroy niet zo tegen mij sprak – ik was gewoon Rusty – en ze wisten niet of dat betekende dat ik specialer dan wel minder speciaal was. Mij kon het niet schelen wat ze dachten. Ik wist dat ik belangrijk voor Millroy was.

Willie merkte dat ik luisterde.

'Een klein scheutje hiervan zal hem de hele nacht laten rennen,' zei hij tegen me met zijn grommende glimlach.

Ik zei 'jasses' omdat ik geschokt was, maar verder zei ik niets. Ik was te bang. Ik was Jilly Farina uit Marstons Mills. Ik was niemand. Maar Willie moest gedacht hebben dat ik Millroy iets over hem zou gaan zeggen – 'kletsen tegen de grote baas', zoals hij het misschien zou noemen – want voor mijn ogen gooide hij de linzen weg, nam een nieuw bord en serveerde dat aan de man zonder zeep. Ik hoopte dat hij de man vergeven had.

In het begin serveerden we onhandig, maar binnen drie weken hadden we er slag van, en wisten we hoe we efficiënt moesten werken. Millroy bekritiseerde ons niet, en hij verhief evenmin zijn stem. 'Het is allemaal een les,' zei hij.

'Deze mensen leggen hun leven in onze handen,' zei Millroy. 'Denk eens aan de verantwoordelijkheid. Zijn jullie je ervan bewust wat een geweldige taak we op ons hebben genomen? Het leven van de mensen zelf.'

De zonen en dochters luisterden trots, en ze bedankten Millroy dat hij hun deze kans gaf. Toen wist ik dat Willie de onvriendelijke man vergeven moest hebben en het betreurde dat hij ooit afwasmiddel in het eten van lastige klanten had gedaan zodat ze de schijterij zouden krijgen.

Toen het Eethuis van de Eerste Dag een maand bestond en we 's avonds alleen achter in de zaak waren, keek Millroy me aan en zei: 'En wat vind je ervan?' Het was verbazend dat hij me hoe dan ook een vraag stelde, en nog wel zo'n moeilijke.

'Zeg eens iets, engel.'

Ik wist niet wat ik moest zeggen; wat was de vraag trouwens?

'Gaat dit lukken, engel?'

'Het is al gelukt, denk ik.'

Terwijl hij opzij keek, leek hij een beetje te krimpen; zijn nek werd korter, zijn mond viel open en hij sprak met een trage, onnozele stem.

'Ik heb momenten van twijfel.'

Wat kon ik zeggen nu ik zijn stem hoorde trillen?

'Heb je me niet gehoord? Ik wil geen tweede meneer Phyllis worden in een petieterig programma, mensen dood vervelen met preken en opsnijden over mijn gezondheid.'

'Het werkt goed,' zei ik met een droge mond.

'Ik wil dat het geweldig gaat.'

'Massa's mensen,' zei ik, 'plus een leuk tv-programma dat reuze populair is en waar iedereen op zondagmorgen naar kijkt.'

Nu zei hij niets, maar draaide zich om en keek me aan.

'Het gáát geweldig,' zei ik.

Zijn gezicht was gerimpeld door schaduwen en zijn hele hoofd had zulke diepe plooien dat ik hem bijna niet herkende.

'Denk je echt?'

'Heus.'

Ik was bang dat hij zou zeggen: 'Hoe weet je dat?' maar hij knikte alleen langzaam en ging zitten.

Ik wachtte tot hij nog iets zou zeggen, maar hij zat te slapen in zijn stoel. Ik stapte over hem heen en ging naar bed, maar voor ik mezelf opsloot in mijn doosje van een kamer keek ik om en zag dat zijn lippen trilden en zijn wangen een langgerekt, winderig gesnurk uitbliezen.

Die tobberige Millroy was zo anders dan de Millroy van het *Programma van de Eerste Dag*, die nooit twijfelde of omkeek of schaduwen op zijn gezicht had. De televisie-Millroy trok steeds meer kijkers, en velen van hen werden klanten – 'eters' noemde hij ze, waarmee hij bedoelde: gelovigen.

'Die ziet eruit als een eter,' zei hij vaak als hij een vreemde zag. Of: 'Die zal vast eten.'

Eén keer proeven en ze zouden overtuigd zijn, bedoelde hij.

In het programma praatte hij de hele tijd, waarbij zijn mond en snor zo snel bewogen dat het leek of hij kauwde. Het was praten en eten, weinig Schrift en veel minder tovenarij.

'Ik denk dat de gemiddelde kijker wordt afgeschrikt door tovenarij,' zei hij. 'Ik weet uit ervaring dat je publiek het vaak met bange rillingen bekijkt, en daar hebben ze gelijk in, want veel mensen die tovenarij bedrijven hebben een onzuiver motief. Een demonstratie van tovenarij kan vijandig en agressief lijken, dochter.'

Hij sprak tegen Kayla, die ernstig knikte maar er nerveus uitzag,

zoals mensen vaak deden wanneer Millroy in een verklaring ver-
wikkeld was.

'Iets wat ontploft in je gezicht of op de grond smakt of je verrast
waar je het het minst verwacht – in bloei schiet misschien. Dat kan
traumatisch zijn.'

Kayla keek om zich heen terwijl ze dacht: Wat?

'Ik wil niets onnodigs of misleidends in mijn programma,' zei
Millroy. 'Geen trucs. Geen onzin.'

Dochter Kayla was het eerbiedig kijkend met hem eens, en ik
begon zowel door haar reactie als door het feit dat Willie besloten had
de linzen van de lastige klant niet aan te lengen met zeep, te denken
dat ze ook bang voor Millroy waren.

We keken allemaal met verbazing naar het *Programma van de Eerste
Dag*, want in een echt Millroy-programma wist je nooit wat er
kwam. Hij liep op en neer van de ene naar de andere camera; hij had
er slag van zich plotseling om te draaien en in een andere camera te
turen, in je gezicht, en zelfs zijn gezicht tot in je kamer uit te steken.
Het waren zijn uitpuilende ogen die deze illusie creëerden. Hij vertelde verhalen, hij getuigde, hij at. Af en toe bedreef hij de oude
tovenarij, en deed hij juist die dingen waarvan hij Kayla had verteld
dat ze traumatisch waren – een bloem laten openbarsten, een levende
vogel uit een ei laten broeden, een mondvol vuur doorslikken, of een
halve meter zwaardkling in zijn keelgat laten glijden.

'Alleen om de mensen wakker te maken,' zei hij. 'Hun aandacht te
krijgen.'

De eerste programma's bevatten getuigenissen en persoonlijke
geschiedenissen, met een zijdelingse blik op het Boek. Ze bevatten *Ik
ben een boodschapper* en *Het duister van het lichaam*, verhalen over hoe
hij gevangen was geweest in de wildernis van zijn dikte. Het was
schokkend hem te horen zeggen: 'Het meeste voedsel dat we eten
veroorzaakt kanker.' Je zag alle bekende eetwaar die iedereen at
voorbijflitsen: melk, pindakaas, lendebiefstuk, volvette kaas, gelatinepudding, snoeprepen, ontbijtvlokken, chocoladekoekjes, witbrood, hot dogs, hamburgers en bacon. Vervolgens vervloeiende en
springerige beelden van schedels, grafstenen, hellevuur en duivels –
zwaarlijvige duivels.

Als je er uit vrees al niet toe was gebracht zijn voedsel te eten, had
Millroy nog meer toverkunsten, en op een of andere manier slaagde
hij erin een heel programma lang te eten en te kauwen en onderwijl
met zijn eigen stem – buiksprekerij, vermoedden we – de boodschap

over te dragen dat Amerika de kunst en kunde van het koken was kwijtgeraakt, en dat minder dan vijf procent van de tijd in de keuken besteed werd aan het bereiden van vers voedsel. Wij waren ongezond en verdorven omdat we waren opgehouden met koken; voedingsmiddelenbedrijven hadden verslaafden van ons gemaakt. We warmden chemische brij op, maakten blikken open, gooiden zakjes leeg, klopten water door giftige poeders, en verwarmden het dan in de magnetron. Wat wij koken noemden was niet meer dan verhitten en rehydrateren. Gedurende die hele boodschap kauwde hij maar door.

Na de schok van de kankerverwekkende keukenkast bracht Millroy een paar vrolijker *Eerste Dagen* op het scherm, waarin hij diverse gerechten uit het Boek opsomde – er waren er veel, want voedsel werd altijd gedeeld. Het Laatste Avondmaal niet te vergeten; wat te denken van het meest ingrijpende maal van het hele Boek, Jezus die eet met zijn discipelen aan de oever van het meer van Galilea nadat hij was opgestaan uit de dood?

'Het is onmogelijk dit oorspronkelijke en levenschenkende voedsel te eten' – Millroy kauwde vis en slikte die door terwijl hij sprak – 'zonder het gevoel te hebben dat je een geheim wordt geopenbaard.' Hij slokte en zei: 'Ga heen en doe hetzelfde. Stelt u zich voor dat de profeten ons op het hart drukken samengestelde koolhydraten te eten.'

Toen hij brieven begon te krijgen besteedde hij een hele uitzending aan het beantwoorden van kritiek.

'Ik ben geen fanaticus,' zei hij. 'Ik ben geen fundamentalist. Geen Branch Davidian. Geen Swaggart. Ik ben geen zonderling.'

Terwijl hij met een beschuldigende brief zwaaide begon hij zachtjes te lachen.

'Luister, ik ben zelfs niet gelovig,' zei Millroy. 'En ik voel me ongemakkelijk bij het gebruik van het woord "God".'

Toen leunde hij voorover en begon te glimlachen. 'Ik weet dat je vele dwaze theorieën kunt verkondigen met het Boek als bewijsstuk. Dat gij met pijn kinderen zult voortbrengen – geen verdoving. Dat de aarde vierduizend jaar oud is. Dat het vrouwen verboden is mannenkleren te dragen. Dat overspeligen gedood moeten worden. Dat het de dood betekent, een man bij zijn teelballen aan te raken. Dat een bastaard geen kerk mag binnengaan, en een man met liesletsel evenmin. Dat wol en linnen niet door elkaar geweven kunnen worden. Dat een man die tegen een muur plast verdoemd is. Dat omdat Jezus éénmaal zijn kalmte verloor, met de geldwisselaars, het ons vrij staat uit onze bol te gaan wanneer we maar willen. Dat magiërs en tovenaars ter dood gebracht moeten worden.'

Hij glimlachte nog steeds toen hij de brief verfrommelde en tussen zijn vingers liet verdwijnen.

'Maar waar het voedsel en voeding betreft, is het Boek onderworpen aan nauwgezet wetenschappelijk onderzoek en de toets des tijds. Ik heb er persoonlijk mee geëxperimenteerd, en vele toonaangevende laboratoria eveneens. Vrienden, het Boek is in het gelijk gesteld. Het Boek zal u regelmatig maken en u een lang leven schenken.'

'Verkwik mijn darmen in de Heer,' zei hij in een andere uitzending. 'Dat is mijn thema voor vandaag.'

Willie en Stacy zaten al om het programma te lachen bij de herinnering aan de drukte om *Paradise Park*, hoe de sponsors het programma hadden afgelast na de kerstuitzending, toen Dedrick de ideale darmbeweging had beschreven.

'De grote baas is een toffe kerel,' zei Willie.

'Hij is een grappige vent, zo zit het,' zei Berry. 'Hij krijgt het gewoon voor elkaar.'

Ik was er trots op hen dat te horen zeggen en eraan herinnerd te worden dat grappig zijn een vorm van kracht was en een voorbeeld van Millroy's tovenarij. Wat de zonen en dochters over hem zeiden was een feit, en Millroy's motto was dat niets interessanter was dan de waarheid.

'In de periode waarover ik spreek, mijn wildernis, was ik verstrikt in mijn eigen duister, verloren binnen de helse omvang van mijn eigen lichaam. Het woord "dik" doet nog niet het minste recht aan mijn beproeving. Stel je voor dat je gedwongen bent waar je ook heengaat een gewicht van tweehonderd pond mee te dragen!' Dan blies hij zijn wangen op en liet zijn gezicht uitzetten en het hele tv-scherm vullen zodat hij er afschrikwekkend uitzag. 'En dus gaf ik vaak uiting aan mijn wanhoop, als een echo van de uitroep in de Klaagliederen: Ziet, o Heer, want ik ben in nood: mijn darmen zijn verstoord, mijn hart is gedraaid in mijn lichaam, want ik ben zeer opstandig geweest...'

'Zeg het dan,' zei Stacy, hem aansporend.

'De profeten wisten van spastische karteldarmen, zakachtige uitstulpingen en chronische zwaarlijvigheid, dat vezels een zegen uit de hemel zijn, en dat goedheid uit de darmen voortkomt. Herhalen jullie wat Jesaja schreef: "Mijn darmen zullen klinken als een harp..."'

'Mijn darmen zullen klinken als een harp,' zei Kayla, terwijl ze opkeek naar het tv-scherm.

'Mijn darmen zullen klinken als een harp,' zeiden we allemaal.

Aan het eind van die uitzending stalde Millroy het voedsel uit dat dit tot stand zou brengen en de harpklank zou produceren: tarwe, gerst, gedroogde maïs, vijgen, knoflook, prei enzovoorts.

'De elementen van het *Programma van de Eerste Dag*,' zei hij. 'Waarom heeft niemand eerder dit verband gelegd tussen gezondheid, heiligheid, slankheid, regelmaat, hoge ouderdom en verlossing?'

Als je deze woorden samen hoorde, wilde je eten en verlost worden.

'Maakt niet uit. In mijn duisternis zag ik het verband, mijn darmen werden verkwikt, en ik werd een boodschapper.'

Millroy's darmen kwamen in de krant, in tijdschriften. Mensen belden het eethuis om ernaar te vragen, er doemden fotografen op die hem op de foto hoopten te krijgen. Ook al wilde hij niet met de pers praten en weigerde hij te poseren voor foto's, het programma haalde steeds meer kijkers. Het waren mensen die hoopten dat hij het weer over darmen zou hebben – wat hij in het volgende programma al deed : 'de levenswens', over hoe lang mensen in het Boek leefden.

'"Mijn geest zal de mens niet altijd tegenstreven, daar hij ook vlees is, maar zijn dagen zullen honderdtwintig jaren zijn" – en dat is nog maar het begin.'

In elke uitzending was voedsel – voedsel met een boodschap die luidde: Eet goed, eet voedsel van de eerste dag, word gezond en leef lang. Het Boek is het boek des levens.

Vaak vertelde hij het verhaal over hoe hij de waarheid had ontdekt door de Gideonbijbel te lezen toen hij als reizende goochelaar van het ene naar het andere hotel ging, net als Daniël. En toen zijn eetgedrag verbeterde werd hij een betere goochelaar, en weldra begreep hij nauwelijks welke wonderen hij kon verrichten. Hij werd regelmatig. Hij zag het aangezicht van God, of Goed. Hij leek in een spiegel te kijken. Dit was geen grootheidswaanzin, zei hij: wij zouden hetzelfde kunnen doen, omdat we in staat waren om God-gelijk te zijn, dat wil zeggen: goed.

'De Heer verschijnt onder het eten' was nog een thema-voor-vandaag van *De Eerste Dag* – er werd gewoonlijk gegeten of voedsel geserveerd wanneer Jezus verscheen. Alle gerechten in het Nieuwe Testament waren gesanctioneerd door moderne diëtisten en voedingsdeskundigen. Het was een ernstige fout deze gerechten als symbolisch te beschouwen, omdat de Heer zelf immers dit brood had gekauwd, deze vis had vermalen, deze inktachtige wijn had gedronken, en een knoflookadem had. De Heer was regelmatig. Zijn darmen zongen.

'Gij zult generlei vet eten' was het thema van een andere week. 'Leviticus zeven.'

En nog één: 'Wees je er elke seconde van bewust wat je in je mond stopt. Als het ruikt naar kauwgom, zoals zoveel Amerikaans eten, spuug het dan uit. En geen frambozeshampoo meer!'

Millroy droeg een overhemd met een open hals, en zijn wangen waren gezond. Met zijn mouwen opgerold kon je zien dat zijn armen sterk waren. Wanneer hij zichzelf in de maag stompte hoorde je een houten plof, alsof hij op een hakblok had geslagen. Opdrukken met één arm was zijn specialiteit. Midden in een uitzending kon hij er twintig uitpersen en dan nauwelijks buiten adem doorpraten.

'Een ongezond iemand doet iets verkeerds,' zei hij. 'Een dik iemand is gevallen en verloren, maar niet voor altijd. Dat is mijn boodschap voor Amerika. Dikzakken moeten gevonden en gered worden.'

In het Boek stond een heel eetprogramma dat we serveerden in het Eethuis van de Eerste Dag.

'Ik begaf mij onder u, huis aan huis, om brood en recepten te verkopen,' zei hij in een andere uitzending. Hij vertelde een dramatisch verhaal over het trotseren van het winterdonker om een boodschap van gezondheid en heiligheid te brengen. Pas veel later realiseerde ik me dat hij het had over de twee dagen dat hij en ik vanuit Wompatuck met dertig Ezechiëlbroden op pad gingen naar Egypt en Greenbush en Marshfield om op deuren te kloppen. Hij had gezegd: 'Blijf bij me en probeer een beetje gekrenkt te kijken.'

De kijkcijfers gingen omhoog toen mensen Millroy begonnen te schrijven dat ze afvielen. Voor het eerst in hun leven voelden zij zich goed en gelukkig. Ze hadden energie. Ze ervoeren zelfs een gevoel van heiligheid.

'Getuigenissen,' zei Millroy. Hij las in de uitzending brieven voor over mensen die gezond werden en kracht vonden door het voedsel Gods. Hij liet kiekjes zien die zij opstuurden: ervoor (zwart-wit, druilerig, schaduwen, oude kleren) en erna (felle kleuren, glimlachend, zonnig, stijlvol).

'Ze weten niet wat ze ervan moeten vinden,' zei hij. 'Het *Pro-*

gramma van de Eerste Dag is onclassificeerbaar. Dat is het geheim van ons succes.'

Het was merkwaardig, zei hij.

Voor mij ging het allemaal om Millroy de tovenaar, de echte Millroy, de man die ik kende, op zijn twijfels en zijn nare dromen na.

Het ging over voedsel, het ging over gebed, het ging over recepten, het ging over het Boek. Het ging over eetgedrag en heiligheid en gangen naar het gemak. Het ging over preken over vezels en de doorgangstijd van de darmen. Het ging over spiegels, het ging over kiekjes. Soms ging het over Millroy's kots-o-meter, de maagpomp om voedsel uit je darmen te pompen om afbraak en spijsvertering te onderzoeken. Het ging over controles met de uitstootmeter om bedorven adem te meten. Vaak ging het over tovenarij. Waar het ook over ging, het bracht mensen naar het Eethuis van de Eerste Dag. Dus toen het programma een succes werd, werd het eethuis dat ook. Alle mensen die er kwamen waren eters. Ze geloofden, ze kwamen bijna elke dag, ze gaven ons het gevoel dat we net kleine priesters en priesteressen waren die iets speciaals deden door Eerste Dag-voedsel op te dienen.

Rond deze tijd verscheen er een vreemdeling die tegen me zei: 'Mijn naam is Orlo Fedewa,' en me zijn visitekaartje overhandigde. 'Je hebt waarschijnlijk nooit van me gehoord.'

Waarschijnlijk?

'Ik beheer een liefdadigheidsinstelling die onderontwikkelde landen helpt.'

Geen stropdas, harige handen, een baard en lang, in het midden gescheiden haar. Er kleefden spatjes gerstesoep aan zijn snor. Ook had hij een hele portie Ezechiëlbrood gegeten, wat honing en een kom yoghurt.

'Ik vraag me af of het mogelijk zou zijn dokter Millroy te spreken te krijgen,' zei hij. 'Ik heb het gevoel dat hij het antwoord heeft.'

Het enige waaraan ik kon denken was: Noemt hij zichzelf weer dokter?

'Dat zal ik moeten vragen. Wilt u niet gaan zitten?'

De zenuwachtigheid van deze man gaf me zelfvertrouwen.

Millroy was achterin aan de telefoon, en zei: 'Een *Programma van de Eerste Dag* voor Chicago heeft geen zin tenzij we ook een Eerste Dag-vestiging openen...'

Met behulp van gebarentaal, door te zwaaien, te wijzen en met mijn mond woorden na te bootsen, gaf ik te kennen dat er buiten iemand was die hem wilde zien. Intussen was Orlo Fedewa achter me aan geslopen en wuifde hij zelf naar Millroy.

Millroy wenkte hem binnen, en ik ging naar buiten en liep de lunchtafels langs.

Kort daarna repte Orlo Fedewa zich zo snel langs me heen dat ik dacht dat Millroy hem een kaakslag had gegeven.

'Hij wilde me overzee de Eerste Dag laten prediken,' zei Millroy. 'Het zou zogenaamd nuttig zijn mensen van overzee in het programma te hebben.'

Hij staarde in de richting die de vreemdeling was opgegaan, en ik had geen idee wat dit allemaal betekende tot het volgende Programma van de Eerste Dag.

De Amerikaanse vlag hing aan een vlaggestok achter Millroy.

'Ik ben overzee geweest,' zei hij. 'Overzee is klein en smerig. Het maakt niet uit wáár overzee, want overzee is maar één plek. Het is buiten Amerika.'

Hoe hij die vlag liet wapperen in de studio was wonderbaarlijk.

'Mensen van overzee eten slecht, proppen zich vol met vet en gaan jong dood. Mensen van overzee hurken in akelige koude wc's of in de open lucht en jagen hun darmen met uitpuilende ogen op. Overzeese keukens zijn zwart van het roet. Mensen van overzee wassen zich amper. Ze hebben platvoeten, een bedorven adem, verrot vlees, geen spierspanning. Ze koken, dat geef ik toe, maar ze koken afval – ingewanden, bloed, varkensvlees, dikke sauzen, gekeelde dieren, ze stoppen beesten in hun mond die zijn doodgegaan van ouderdom.'

Verbeeldde ik het me, of liet hij op het scherm korte beeldflitsen zien van kreperende Afrikanen, vleeskauwende bergbewoners, bierhijsende Duitsers en groezelige mannetjes uit Europa die dode vogels aten?

'Ik heb hun nauwe straten en afgebrokkelde riolen gezien. Ik ga nooit meer overzee. Dat zal ik nooit meer hoeven. Overzee is te duur, te enerverend, te ver. Het is vergeven van de opportunistische kiemen. Overzee is een gezondheidsrisico. Ik ben er voor u geweest.'

De vlag wapperde nog steeds, en op de achtergrond van Millroy's stem was een zacht, galmend refrein van *America the Beautiful* te horen.

'God heeft zijn hand op Amerika gelegd,' zei hij. 'Dit is het Beloofde Land. Hier zal het gebeuren.'

Het programma was niet veel meer dan deze boodschap omtrent

overzee, en toch was het een van de populairste afleveringen van *De Eerste Dag*. Het maakte Millroy geliefd. Hij kreeg het verzoek de boodschap 'overzee is koud en smerig' te herhalen. Hij leek verbaasd dat iets wat zo voor de hand lag hem populair maakte. Hij zei het graag nog een keer, en hij zei het niet alleen tegen Orlo Fedewa maar tegen heel Amerika.

'Mensen van overzee kunnen geen verandering brengen in wat ze eten of drinken of hoe ze leven,' zei hij. 'Amerika is ontvankelijk voor mijn boodschap. Jawel, er is een Wederkomst. U bent het, herboren in gezondheid en kracht, die terugkomt om nog eens honderd jaar te leven!'

Daarna begon de telefoon te rinkelen en besprak Millroy syndicaatvorming, heruitzendingen en filialen van Eethuizen van de Eerste Dag in Chicago, New York, Philadelphia, Denver en St Louis.

Vaak hoorde ik zijn stem vanuit het privékantoor zeggen: 'Ik kan Amerika weer regelmatig maken.'

XXVI

Ik liep in de motregen door Boyleston Street met wat vis in een tas en zag Vera Turtle op me af komen. Voor ik me kon verschuilen in een portiek herkende ze mijn gezicht en maakte een beweging alsof ze me wilde grijpen, gewoon voor de grap.

'Hoi Jilly,' zei ze en bekeek me van top tot teen.

Het was vreemd een naam te horen die niet meer de mijne leek.

Ze droeg een rok en een plastic regenjas en zag eruit zoals mensen altijd deden wanneer ik ze ergens anders zag dan waar ze thuishoorden: onwerkelijk.

De tas met vis zwaaide tegen mijn been terwijl ik stond te wiebelen.

'Je hebt vast wat lekkurs in die tas.'

Vis, vertelde ik haar.

'Dus je woont hier in de buurt, Jilly?'

Zoals ze mijn naam herhaalde leek het alsof ze me op de proef stelde.

'Min of meer. Hoe is het met Dada?'

'Hij is ontslaguh bij het tankstation. Hij doet nu supermarktbeveiliging. Hij werkt 's nachts. Ik kom hier de röntgenfoto's van zijn borst ophaluh' – ze hield de officiële gele envelop met het stempel van het MASS GENERAL omhoog – 'anders kan hij geen verzekering krijguh. Zin in een hot dog?'

'Ik eet geen hot dogs.'

Deze ene mededeling verbaasde haar zo dat ze verbijsterd leek, en haar gezicht leek open en dicht te gaan, alsof ze niets meer wist te zeggen.

'Een kop koffie?' zei ze uiteindelijk.

'Word je opgefokt van.'

'Een cola?'

'Rotzooi.'

'Deens gebak?' Ze glimlachte.

'Dat staat niet in het Boek.'

'Iets andurs?'

'Ik heb geen honger, Vera.'

Ik bedacht dat ze ook onwerkelijk leek omdat ik dit gedeelte van Boston als mijn wereld was gaan beschouwen.

'En ik heb het nogal druk,' zei ik.

'Ik wou dat ik het druk had,' zei ze. 'Jouw Dada is een wrak.'

Zo eerlijk als ze was over wat haar speet, en dat er niets veranderd was voor haar of Dada, stemde me treurig. Ze stapte op, liep naar het busstation om terug te gaan naar de Cape, en zodra ze de hoek om was had ik het gevoel dat ik weer veilig in mijn oude wereld was.

Toen ik met de vis terugkwam bij het Eethuis van de Eerste Dag, ging er een man met mij de deur door. Hij had regen op zijn gezicht, een pafferige huid, plastic lippen, sokken die afzakten rond zijn witte enkels, vochtige, troebele ogen, een adamsappel die op en neer ging als een jojo. Hij struikelde over iemands voet maar dat kon hem niets schelen want hij riep met luide stem tegen Millroy, die achter de bar broden uit de oven stond te halen:

'Je bent niet goed wijs!'

Hij klonk angstig. Zijn armen hingen stijf langs zijn zijden en zijn vuisten waren bleek. Het was een klein eethuis, zodat deze plotselinge onderbreking ervoor zorgde dat iedereen luisterde.

Millroy glimlachte alleen. Enkele studenten die hadden zitten eten gingen naar de man toe en grepen hem vast, tot Millroy een gebaar maakte dat wilde zeggen: doe hem niets.

'Laat me met rust,' zei de man zachtjes jammerend en achterwaarts schuifelend, maar toen hij bij de deur kwam schreeuwde hij weer, luider en minder angstig: 'Hij is niet goed wijs!'

Toen verscheen zijn gezicht aan het raam, zijn verwrongen lippen die tegen het glas riepen als een grote vis die naar adem hapt in een vissekom.

'We bereiken een heel breed publiek,' was het enige dat Millroy zei, en de studenten en de overige klanten gingen door met eten. Toen hij mij zag met de zak met vis zei hij: 'Is er iets aan de hand?'

Ik zei van nee, maar ik dacht aan Vera Turtle en Dada – dat ze nu vreemden waren, dat ik nu een vreemde voor hen was.

Twee dagen later kwam er weer iemand haastig binnen, die hijgde terwijl hij om zich heen keek en tegen Millroy schreeuwde: 'Dus jij weet meer dan God? Jij denkt dat je beter bent dan Jezus?'

Hij vertrok in allerijl toen Millroy een beweging naar hem maakte. Millroy was snel, hij was sterk, zijn ogen schoten vuur, hij kon toveren, hij zag eruit als een magiër.

'Let altijd op hun schoenen en de manier waarop ze lopen,' zei Millroy. 'Zenuwpatiënten verwaarlozen meestal hun schoenen, en ze neigen tot strompelen. Inspecteer altijd hun vingernagels.'

'Hij is een cynische manipulator en een controlefanaat,' zei iemand een andere keer, maar hij had gegeten aan de bar. Hij stond op en morste een glas vruchtesap om aandacht te trekken. 'Dit is een verdraaiing van de bijbel – een kleinering van de Schrift met weer zo'n dwaze eetregel. De joden steunen hem hierin om het christendom te vernietigen – vast en zeker.'

'Die is maf,' zei Berry wanneer hij afgekloven nagels of versleten schoenen bespeurde. Willie en hij wilden deze mensen achtervolgen, maar Millroy zei dat het voldoende was om ze eruit te pikken, en dat de wet aan onze kant stond, of: 'Hij is boos. Hij verkoopt Rennie's en hij weet dat ik hem brodeloos maak.'

Millroy had gelijk met de schoenen. 'Schreeuwers dragen vreemde dingen aan hun voeten.' Soms kon je zien dat mensen labiel waren aan de manier waarop hun veters waren geknoopt. Ze gebruikten touw. Hun schoeisel zag er afgetrapt uit. Ze liepen ongecoördineerd, slepend met één voet, of anders uit balans, omkijkend met rollende ogen en stijve vingers, alsof iemand hen misschien achternazat.

'Je hebt afschuwelijke gebreken,' schreeuwde een man met wilde haren naar Millroy, en begon toen te snikken. Net als Floyd Fewox droeg hij een kat bij zich. De kat keek onverschillig. Een student werkte hem de deur uit.'Een Harvard-man,' zei Millroy. 'Een verstokte bedplasser. Of anders een handelaar in afslankingsmiddelen.'

Het haar was even belangrijk als de schoenen en de loop – niet genoeg haar, of te veel, of de zorgvuldige manier waarop het gekamd was, alsof iemand anders het had gedaan, of opgestoken of vastgeplakt, terwijl het er soms beslapen uitzag en soms getransplanteerd. En je had rokershaar, voortijdig droog en dood omdat er niet genoeg bloed bij de haarzakjes kon komen.

Dat waren de mensen die Millroy haatten, maar degenen die zeiden dat ze hem toegewijd waren konden net zo gek klinken.

'Deze man is mijn engel,' zei een man. Hij vertoonde alle sporen – kapotte schoenen, onevenwichtige loop, haar opzij. 'Deze man heeft mijn leven gered.'

Een mondvol eten, vuile vingernagels, troebele ogen – het was duidelijk. Maar anderen waren onzichtbaar – rustig, keurig gekleed, misschien een beetje te voorkomend en met een stokkende adem. Je wist niets tot ze hun mond opendeden, en dan wist je alles.

'Neem me,' zei een vrouw tegen Millroy. Ze was proper maar zwaar, en ze zuchtte wanneer ze ademhaalde. 'Help me. Ik hoor bij u.'

Toen ging ze zachtjes en verdrietig huilen, en niemand wilde naar haar kijken.

'Breng jij deze klant even naar de deur, Rusty?'

Millroy was aan de telefoon, en zei: 'U wilt vreselijk veel voor uw dubbeltje, en u hebt een rokersstem...' Hij verdween terwijl ik de huilende vrouw naar buiten loodste en probeerde haar niet aan te raken.

Op een morgen na dit alles betaalde een man die Ed Veazie heette – hij overhandigde zijn visitekaartje – zijn maaltijd (gerstevlokken, muntbrood en meloenbollen) en vroeg Millroy te spreken. Hij was buiten adem van het te snel eten (dat was ook een teken: 'Stress of psychische instabiliteit, extreem ongeduld, pas op,' zei Millroy. 'Je treft zelden een zenuwpatiënt met een goede spijsvertering'). Maar deze klant had een vriendelijke glimlach, zei alstublieft en dank u wel, oogde dankbaar, en beloofde niet te veel van dokter Millroy's tijd in beslag te nemen. Hij had een koffertje en een paraplu bij zich. Mafkezen hadden nooit paraplu's, zei Millroy, wat er de reden van was dat je ze altijd kon herkennen in een regenstorm. Ze waren nat en op het laatst schreeuwden ze naar je.

Toch aarzelde ik tot Millroy langs de kassa kwam. De man mompelde: 'Zou ik even rustig kunnen praten? Er is iets wat ik heel graag zou willen verwoorden.'

Millroy rolde met zijn ogen naar mij om het woord 'verwoorden' en nodigde Ed Veazie toen uit naar achteren te komen. Hij wist dat de man niet gewelddadig was – hij kon dwars door iemands ogen in zijn hoofd, zijn hart kijken, en hij kende de inhoud van zijn maagzak.

Er gingen een paar minuten voorbij terwijl Millroy en de man in zijn kantoor waren. Toen riep Millroy: 'Ik wil jullie iets laten horen.' Hij sprak wat scheller dan gewoonlijk, alsof hij zichzelf niet hoorde. Hij gebaarde naar de zonen en dochters. 'Kom binnen, mensen. Jij ook, Rusty.'

Ed Veazie zwol een beetje op, werd dikker in zijn gezicht, schijnbaar optimistisch en ingenomen met zichzelf, maar Millroy maakte zachte, snurkende geluiden. Uit het geluid van zijn ademhaling kon ik opmaken dat hij ongeduldig was, een beetje boos, dat hij aandachtig luisterde. 'Ga door, Ed,' zei hij.

Zijn vriendelijkheid baarde me zorgen omdat we de afgelopen week zoveel malloten in de zaak hadden gehad en Millroy op zijn hoede was met vreemde volwassenen in de buurt, vooral lange mannen met biggegezichten zoals deze. 'Vertel ze wat je net tegen mij hebt verteld.'

Ed Veazie's ogen gingen heel snel op en neer, maar zijn hoofd bleef roerloos. 'Wie zijn dat?'

De manier waarop hij het zei gaf me een vreemd gevoel, alsof ik hier niet thuishoorde. Die gedachte was nog nooit bij me opgekomen, maar deze man bekeek ons allemaal met een zure, ongelovige uitdrukking, en de manier waarop hij 'wie zijn dat?' zei deed me beseffen hoe anders wij waren – jong, onervaren, misplaatst; misschien dacht hij wat andere mensen zeiden: Waarom zijn ze niet op school?

'Dit zijn mijn zonen en dochters,' zei Millroy.

'Grote familie.' Maar Ed Veazie was niet onder de indruk.

'Soms denk ik dat de kinderen van Amerika mijn familie zijn.' Millroy's ogen schoten vuur in de richting van Veazie, alsof hij hem tartte hierom te lachen.

'Oké, jongelui,' zei de man.

Millroy ademde in en uit, snoof door zijn neus, gorgelde lucht in zijn mond.

'Ik had het met dokter Millroy hier over de commerciële mogelijkheden van het dieet.'

'Dieet' was een woord dat Millroy nog meer haatte dan 'kinderen'. Hij zei dat 'dieet' misleidend was en je alleen aan afslanken deed denken, niet aan gezondheid. 'Voedselprogramma' was de uitdrukking waaraan hij de voorkeur gaf. Hij knipperde met zijn ogen en ademde nog steeds zwaar.

'Je verkoopt één groot pakket met God, eten, lijnen en regelmaat erin.' Veazie begon op een afschuwelijke, gretige manier te glimlachen. 'Ik bedoel, wie anders heeft het christendom en afslanken samen verpakt? Dit is een fantastisch produkt – laxeermiddelen, de Schrift en lijnen. We hebben het over verlossing in alle opzichten. Het moet alleen goed verpakt en verkocht worden.'

Hij aarzelde, zich afvragend of we begrepen wat hij zei.

'Televisie is een geweldig verkoopmiddel. Ik vertelde dokter Millroy dat het bedenken van dit concept een briljante vondst was.

Hij heeft *Het uur van de macht* gecombineerd met *Lichaamstraining*, Maar een concept is nog maar het begin. Marketing zal het tot rijping brengen.'

'Vertel ze wat je idee over rijping is, Ed.'

Veazie lachte met een lichte aarzeling en zei: 'Geld.'

Toen hij het woord 'geld' zei klonk hij hongerig en vulde zijn mond zich met speeksel. Hij slikte en ging door: 'Je kunt je prijs wel zo'n beetje noemen. Er valt een hoop geld te verdienen – ik bedoel, er komt geen eind aan de winst die je met zo'n produkt zou kunnen maken.' Hij slikte weer toen hij over geld sprak, pauzeerde en hapte naar adem voor hij verder kon gaan.

'Je had het over aan de man brengen,' zei Millroy.

'Zeker weten. Ik denk aan bandjes, ik denk aan drukwerk, ik denk aan zendtijd, ik denk aan licenties. En je hebt kleding. Je zou een complete serie Eerste Dag-modeartikelen kunnen maken. Kun je je voorstellen wat een winkel met het Eerste Dag-logo zou opbrengen? We hebben het over het kopen van Chinese T-shirts voor een dollar, ze bedrukken voor twintig cent en verkopen voor $14,95. Kijk maar naar het Hard Rock Café: al het geld zit in het aan de man brengen – je T-shirts, je honkbalpetten, je jekkies. Plak er een Eerste Dag-logo op en verkoop het.'

De glimlachachtige vorm van Millroy's mond was een uitdrukking van pijn, en omdat hij zich niet verroerde zag hij eruit als een standbeeld van een man die met zijn vinger tussen de deur was gekomen of de plotselinge, vlijmende pijn van een elektrische schok onderging.

'Maar je hebt geld nodig' – Veazie hapte weer naar adem – 'en om kapitaal te werven op grond van de kracht van een idee moet je geloofwaardig zijn en een toekomstplanning hebben. Ik zeg niet dat je niet kredietwaardig bent, maar wanneer heb je voor het laatst gespeculeerd met het aflossen van een lening van drie miljoen dollar? Ik ben daar bekend, en ik kan je vertellen dat we een voorstel in elkaar moeten zetten, een brochure moeten ontwerpen en bij een paar banken het geld moeten lospraten.'

Hij slikte nog meer speeksel door, knikte naar de zonen en dochters, glimlachte, en slikte weer. 'Dan kom ik om de hoek kijken,' zei hij.

Toen hij zich omdraaide om naar Millroy te glimlachen zag hij dat Millroy uit zijn stoel overeind schoot, en terwijl hij begon op te staan greep Millroy de man bij zijn jas, sleurde hem mee en gooide hem omver en dirigeerde hem achterwaarts naar de kantoordeur, met zijn neus, waar hij door snoof, tegen Veazie's gezicht. 'Je bent gewoon een vuile dief,' zei Millroy, zo snel sprekend dat er speeksel in Veazie's gezicht vloog. 'Hoe durf je hier zo te praten? Heb je hem gehoord, dochter?'

'Hij is een dief,' zei Stacy, het woord uitsprekend als 'djief'.

'Ze kijkt dwars door je heen,' zei Millroy. 'Je bent niet goed snik.'

Ik had Millroy nog nooit iemand anders in woede zien aanraken, zelfs Floyd Fewox niet, die hij haatte. Toen kwamen er ratten uit Floyds mond en slangen uit zijn oren, een soort wrede tovenarij. Hij hield Veazie's revers zo strak vast, ze verkreukelend terwijl hij hem voorttrok, dat de man gekeeld werd, en Millroy sloeg hem niet maar stuurde hem, van achteren tegen hem aantrappend, zo hardhandig, dat als Veazie zich verzet zou hebben, hij gestikt zou zijn of erger.

Dichter bij de deur trok Millroy hem van de vloer en duwde hem, tegen tafels opbotsend, het Eethuis van de Eerste Dag uit terwijl hij tierde: 'Je bent een zakkenroller!'

De mensen die in het eethuis aten zaten met hun gezicht boven hun bord bezorgd en belangstellend te kijken – ietwat opgewonden door de commotie, maar ook bang, omdat Millroy ziedend was, en zou hij hun kwaad doen?

Millroy's hoofd zweette, zijn gezicht was roodachtig, zijn spieren stonden strak en hij ademde hortend, terwijl zijn ogen glansden van woede. 'Ik had toverkunsten met hem uit moeten halen,' zei hij, zich tot ons wendend. 'Hij zat vol ongedierte. Ik had hem met het volste recht twee of drie dagen blind kunnen maken. Ik had zijn stem kunnen wegnemen door gewoon zijn luchtbuis op de goede plaats dicht te knijpen. Ik had hem jeuk kunnen bezorgen, hem kunnen steken, aan het huilen maken.' Zoals hij zijn hand als een kap over zijn hoofd had geslagen, leek hij spijt te hebben. 'Maar ik kan die dingen niet doen als ik van slag ben.'

Nadat zijn woede was weggeëbd – het duurde tot bijna middernacht – leek Millroy kleiner maar ook gecompliceerder, en niemand van ons wist wat hij moest zeggen.

Hij had ons evenwel laten schrikken, en ik kon zien dat de zonen en dochters Millroy nog meer mochten nu ze zijn kracht zagen. We hadden nog vóór hij het tegen Veazie zei geweten dat het *Programma van de Eerste Dag* geen produkt was om te verkopen; toch waren we geïmponeerd door de manier waarop hij de man had aangepakt. We hadden hem nog nooit zo krachtdadig gezien. Het was niet eng – verre van dat, we voelden ons veiliger dan voordien toen we zagen hoe Millroy een grote man vastgreep en hem eruit gooide.

De zonen en dochters waren respectvoller, en na dit incident namen ze me terzijde en vroegen me (en ik vroeg Millroy) of ze bij ons konden intrekken: van huis weggaan en bij ons komen wonen in de kamers achter in het eethuis.

Zijn snor werd plat en er kwamen negatieve geluiden vandaan. Er was niet genoeg plaats, zei hij, en ze hadden nog geen goede reden om van huis weg te gaan. Ik begreep dat hij bedoelde dat hij niet bewonderd wilde worden om zijn kracht; hij wilde gewoon dat er naar hem geluisterd werd om zijn openbaringen. 'Ik ben een boodschapper,' zei hij. 'Het zou niet mogen uitmaken of ik een meisje van veertien was met mijn duim in mijn mond.'

Toen ik dit hoorde liet ik hem eruit glijden.

'Het gaat om de boodschap.'

Hij was er niet trots op dat hij afgerekend had met Ed Veazie. Waarom was de man om te beginnen binnengekomen? 'Ze krijgen de verkeerde boodschap,' zei hij.

Hij dacht ook aan de schreeuwers – 'afschuwelijke gebreken!' en 'cynische manipulator!' en 'hij is niet goed wijs!' 'Ik doe zeker iets verkeerds.'

Diezelfde week at er een andere man in het eethuis, praatte op een prijzende manier met Millroy over de honingtaart van de Eerste Dag en zei toen: 'Maar geef toe dat u moedwillig de *Christian Science* hekelt, is het niet? U zou het de Kerk van Christus de Kok kunnen noemen.'

Zoals hij naar het geschrokken gezicht van de man reikte leek Millroy te proberen een rat uit zijn mond te halen, maar als dat zo was slaagde hij daar niet in, en uit frustratie draaide hij hem in het rond en kieperde hem zo hard op straat – waarbij Millroy bulderde – dat de man struikelde en op één knie neerging terwijl zijn gezicht groen werd.

Toen we die avond afsloten nadat de zonen en dochters waren vertrokken, kon ik Millroy horen zuchten, elke zucht als vele woorden die tot één langgerekt geluid waren gemaakt.

'Weet je zeker dat er niets is dat je dwarszit?' vroeg hij ten slotte. 'Is het de manier waarop ik die man en de dief Ed Veazie aanpakte?'

Het antwoord was nee, ik vertrouwde hem om zijn kracht; maar hij vroeg het me weer, en dus besloot ik het hem te vertellen. 'Twee weken geleden liep ik Vera Turtle tegen het lijf.'

Millroy verviel in stilzwijgen, alsof hij Vera in gedachten ont-moette en nadacht terwijl hij zijn volgende vraag koos.

'Toen ik terugkwam van de vismarkt,' zei ik om behulpzaam te zijn, zodat hij het beter voor zich kon zien.

'Zomaar. Een gezicht uit het verleden. Leek ze bezorgd om je?'

'Nee, maar ze was reuze vriendelijk. Ze bood me een hot dog aan.'

'Arme Vera Turtle.' Hij leek haar scheef in de lucht te zien staan.

'Dada is nu veiligheidsbeambte. Hij werkt 's nachts.'

'En wat vind je daar allemaal van, engel?'

'Ik vind het best.'

'Het dreef je gedachten naar het verleden,' zei hij. 'Naar je vorige leven.'

Ik knikte, ik was bang om te spreken, ik dacht dat ik misschien zou gaan huilen als ik mijn mond opendeed. Dada en Gaga en Vera waren klein, zwak en ver weg, en wij konden toveren.

Toen ik er zeker van was dat ik niet zou gaan huilen, zei ik: 'Ze dacht dat ze mij zag, maar ze zag iemand anders. Het was net als meneer Veazie die zei: "Wie zijn dat?" Hij begreep het niet.'

'Meneer Veazie,' zei Millroy alsof hij het over een monster had.

'Ik ben nu anders.'

'Je zou terug kunnen gaan als je wilde, mop, elk moment.'

'Nee, ik weet hoe het daar is.'

'En hier dan?'

'Dat weet ik niet. Daarom is het zo fijn.'

'Hoe fijn?'

'Hartstikke fijn.'

'Een leven met mij zou zwaar kunnen worden, weet je. Zelfs nu is het geen lolletje. Al die gekke mensen.'

Hij had een blaadje papier de tafel rond geschoven. Hij draaide het om, een hoop geschrijf in groene inkt, woorden in allerlei vormen, groot en klein.

'Ik krijg scheldpost. Dit is een scheldbrief. Wil je het horen?'

Hij bevochtigde zijn vinger en schoof de brief dichter naar zich toe.

'"Je bent een verachtelijk wezen dat rommel de ether in spuit. Je hebt het recht niet de naam van Jezus te gebruiken om het goed-gelovige publiek je dwaze theorieën aan te smeren. Je denkt dat je verstandig bent maar je bent een volstrekte dwaas, maar dat geeft niet want er zal een groot onheil over je komen. Je zult kanker krijgen en een afschuwelijke dood sterven, en na die dood het eeuwige helle-vuur.'"

Millroy verfrommelde de brief en wierp hem in de blikken prul-lenmand, waar hij als iets hards terechtkwam.

'Zo zijn er meer.'

Hij zag er niet bang en ook niet stoutmoedig, maar uitdrukkings-loos uit, alsof hij dit had verwacht en onwrikbaar was.

'Ik blijf,' zei ik.

Stadsgeluiden: een politiesirene, verkeer, gelach, een auto die over een kuil rijdt met botsende velgen en veren die 'ai' zeggen, ie-mands tv die te hard aanstaat, het gesputter van de grote straatlan-taarn, de wind die het eethuis als armen omklemt en doet schudden, een vliegtuig hoog in de lucht. Millroy's ogen schoten vuur en hij beet op zijn snor en gaf me het gevoel dat ik naakt was.

'Jij bent alles voor me,' zei hij met een trillende stem, en ik begon me opnieuw zorgen te maken.

Hij moest hierover nagedacht hebben, want de hele nacht hoorde ik hem in alle toonaarden zuchten en woelen op de plank van zijn kooi aan de andere kant van de kamer. Toen 's morgens de zonen en doch-ters arriveerden (ze kwamen tegenwoordig om zes uur of nog vroe-ger, en het was donker omdat het februari was), zei hij: 'Jullie kunnen elk moment weg, weet je.'

Willie Webb zei: 'Natuurlijk, grote baas,' op een luchtige manier, terwijl de anderen hun schouders ophaalden alsof ze er nu niet over wilden nadenken.

We zetten het ontbijt voor onszelf klaar alvorens de zaak in ge-reedheid te brengen voor de ochtendopening. De ovens waren om vijf uur aangezet en geurden naar brood dat gebakken wordt, en op de barbladen lagen groenten op ons te wachten om fijngehakt te wor-den, vis om schoongemaakt te worden en lamsvlees om gesneden, gespietst of gekookt te worden. De moes rook naar aarde en borrelde op het fornuis met het geluid van een kleine buitenboordmotor op een skiff. Kayla en Stacy lieten honing op sneden brood druipen.

'Ik hou jullie niet tegen,' zei Millroy die de tafel vanuit zijn stoel in het midden voorzat.

In het helle licht van het eethuis – buiten was het donker – zaten we in stilte ons ontbijt te kauwen en gaven meloenen, honing, Eze-chiëlbrood, amandelen, pistachenoten, vijgen, abrikozen, gerstepap, druiven en gestampte peulzaden door waar Berry in prikte met een lepel.

'Wat moet dit voorstellen?' vroeg hij.

'Carobe – dat is voedzaam,' zei Millroy. 'Lekker en vezelrijk. Ik zet het op de kaart. Weet je toen Johannes de Doper in de woestijn *locusts* en wilde honing at? Dat is johannesbrood – geen insekten maar carobe, een soort acacia. Johannes at carobe. Kom op, doe jij het ook maar.'

Berry proefde het, glimlachte en zei dat het zoet was.

'Je moet doen wat goed voor je is,' zei Millroy.

Nu proefden Willie en Stacy en Kayla de gestampte carobe op brood.

'Eten koken en mensen dat laten opeten kan de manier bij uitstek zijn om mensen te controleren,' zei Millroy. 'Ik ben me daarvan bewust, en omdat ik de risico's ken dat ik jullie afhankelijk maak, vermijd ik die.'

Kayla, die haar vingers aflikte, zei 'ja hoor' en Willie ging door met brood kauwen en honing afmeten in Eerste Dag-kommetjes die Millroy speciaal had besteld. Stacy lachte Millroy gretig, dromerig toe. Sinds hij Ed Veazie overeind had getrokken en het eethuis uit had geslingerd, had Stacy het erover gehad van huis weg te gaan en in het eethuis in te trekken. 'Ik slaap wel op de grond,' zei ze. 'Dat kan me niets schelen.'

'Het is echt grappig,' zei Millroy.

Hij belegde een snee brood met 'koeiekaas', die hij uit een Eerste Dag-pot van aardewerk schepte, en overhandigde de grote snee aan Stacy, die er een stuk van in haar mond liet glijden en de rest tegen haar lippen hield terwijl ze kauwde en Millroy aanminnig aankeek.

'Ik voed je. Ik ben verantwoordelijk voor alles in je binnenste. Vreselijk veel mensen gebruiken koken en voedsel op die manier,' zei Millroy. 'Eet en je bent van mij, ik creëer je met mijn voedsel. Niet lachen, eten is een ernstige zaak. Jullie ouwelui passen die denkwijze de hele tijd op jullie toe.'

Terwijl we naar hem luisterden waren we begonnen te eten, en we zaten allemaal te kauwen en te slikken alsof we met hem instemden: smak-smak, ja-ja.

'Ik zal niet op die manier gebruik van jullie maken, maar ik vind het nodig dat jullie het profijt van De Eerste Dag zien. Ik wil geen blinde gehoorzaamheid.'

Berry had een onbeschofte en luie manier van eten, waarbij hij zijn mond openhield en geluiden maakte, terwijl de rest van ons bij het kauwen de lippen gesloten hield en door de neus ademde. De dikke sneden brood dropen van de traag bewegende honing, en het fruit was zo zoet dat het gevuld leek met siroop en vruchtvlees.

'Onverantwoordelijke lieden zouden jullie kunnen vragen wat ik aan het doen ben. Je kunt tegen ze zeggen dat ik jullie niet controleer.' Hij richtte zijn ogen op ons. 'Wat doe ik niet?'

'Ons controleren,' zei Stacy met diezelfde dromerige blik van liefde voor Millroy op haar gezicht.

'Ik voed jullie niet op die kwaadaardige, manipulatieve manier.'

'Ja,' zei Willie met volle mond en uitpuilende wangen.

De rest van ons was het met hem eens, en dat Millroy dit zei stelde ons gerust en gaf ons een nog veiliger gevoel.

'Ga door, grote baas,' zei Berry. 'Ik krijg er honger van.'

Millroy had zijn handen gevouwen en legde zijn elleboog op tafel tussen de manden en schalen met eetwaar, en fruit rolde het hele witte tafellaken over. Toen kwam de zon op en lichtstralen priemden door de spiegels en verwarmden het vertrek, zodat het het aroma verspreidde van brood dat gebakken wordt.

'We zijn natuurlijk discreet, we houden niet van nieuwsgierige ogen, maar dat is voor onze veiligheid en onze gezondheid. Het is niet stiekem. Er wordt hier niets verheeld. Jullie weten dat je me kunt vertrouwen. We hebben geen geheimen. Vraag maar aan Rusty.'

Toen er borden met het gezicht van dominee Baby Huber verschenen op de kazerne van de Nationale Garde, één straat voorbij Park Square, en grote letters KOM TOT LEVEN – EERSTE JAARLIJKSE GEBEDSBAZAAR IN BOSTON aankondigden, zei Millroy: 'Dat moeten we zien.' Hij sloot het eethuis vroeg en nam ons daar allemaal mee naar toe.

Groen-witte banieren van de Yankee-divisie van de Nationale Garde hingen aan de houten dakspanten boven de 'gebedsbazaar'. Langs één muur stonden kramen en stalletjes die certificaten, bandjes, hoedjes en bumperstickers waarop PROBEER GOD EENS stond verkochten. De kramen verkochten eetwaar: hot dogs, hamburgers, kip, gebakken uiringen en Hubers beste patat.

'Ruiken jullie het?' vroeg Millroy. Hij had hier plezier in. 'Grote bakken hete kipvleugels.'

Er zong een koor op het podium toen we binnenkwamen, en toen ze klaar waren met *Goin' on a Long Journey Bye and Bye* begon Huber, opkijkend naar de dakspanten en de banieren, luid te bidden en tot Jezus te spreken.

Millroy wendde zich tot ons; de uitdrukking op zijn gezicht zei: Luister.

'En Heer,' zei Huber, alsof hij zojuist nog iets te vragen had bedacht, 'als ik U nog mag verzoeken, weest U dan zo goed toe te staan dat deze mensen vervuld worden van erkentelijkheid en barmhartigheid, en keurt U hun gulle giften niet af – ja, laat die te voorschijn komen en vrijelijk vloeien.'

'Geld,' zei Millroy zonder zijn mond te openen.

Huber bad de mensen zich bij hem op het podium te voegen, waar ze verdeeld werden in groepen – 'teams' noemde hij die – en ze begonnen te huilen, aangemoedigd door Huber, die zelf ook huilde, met grote spattende tranen.

Millroy beet op zijn snor om te voorkomen dat hij in lachen zou uitbarsten.

'En Heer,' zei Huber, die nog steeds dingen bedacht, 'wij vragen U dringend in Uw goedheid…' Ten slotte klommen er een paar mannen in lange groene gewaden het podium af, die tegen hun met goud geborduurde zomen aan schopten en zware houten kistjes droegen met riemen en gespen en een gleuf in het midden.

'Ontdoe u bij mijn rentmeesters van uw wereldse stoffelijkheid,' zei Baby Huber ten slotte. 'Haal diep adem en verstoot deze aardse rijkdommen, vul de geldkist des Heren om de duivel kwaad te maken en de hemelse rijkdom te verwerven!' Mensen drongen en stortten zich naar voren om dollarbiljetten in de gleuven van de houten kistjes te duwen.

Het koor zong: *The Devil is a Liar*.

'Schenk de Heer uw stoffelijke rijkdom! Maak de duivel kwaad!'

'Maar wat geeft hij hun terug?' kwam er van Millroy's opeengeperste lippen. 'En je kunt zien dat ze gretig zijn.'

'Doet u boete?' zei een van de mannen in gewaden terwijl hij een kist presenteerde.

'Horen jullie dat, zonen en dochters?' zei Millroy. 'De zachte stem van de slang.'

Toen zag Baby Huber Millroy en tierde: '"Wee u, schriftgeleerden en farizeeën; gij huichelaars! Want gij zijt gelijk aan witgepleisterde graven, die van buiten wel fraai lijken, maar van binnen vol doodsbeenderen en allerlei vuil zijn."'

'Dat is een goede tekst voor De Eerste Dag,' zei Millroy op weg naar de uitgang, terwijl hij ons voorging langs de mannen in groene gewaden. 'Iemand die tegen wil en dank eet is als een witgepleisterd graf.'

Stacy trok een gezicht van: wat is dat?

'Een mooie doodkist,' zei Millroy.

'Yo. Die priester schreeuwde tegen u,' zei Kayla.

Millroy haalde zijn schouders op. 'Machteloze woede. Hij maakt zichzelf belachelijk. Dat is onwetende, passieve godsdienst. Maar Huber is een lange weg gegaan, hoor. Acht maanden geleden beheerde hij nog een caravanpark in Buzzards Bay, gewoon een beheerder, die worstjes braadde op zijn buitengrill.'

'Hoe weet u dat?' vroeg Berry.

'Ik had daar zelf een caravan,' zei Millroy. 'Ik was aangesloten op zijn voorzieningen.'

'Dan bent u zeker ook een lange weg gegaan?' zei Willie en keek een beetje plagerig.

Millroy hield zijn gespierde pas halverwege in en zei, boven Willie uittorenend: 'Ik ben op de terugweg – een terugreis. Onthou dat, knul.'

XXVII

Millroy's vermelding van de caravan in Wompatuck – dat die van hemzelf was, dat hij gemeubileerd was, dat het een grote Airstream was, dat hij aangesloten en leeg was – maakte het gevraag van de zonen en dochters hardnekkiger en deed hen met vragen komen als waarom ze daar niet gewoon konden gaan wonen.

'U verwacht dat we elke avond naar huis gaan zonder te eten,' zei Willie, 'maar om de vijf minuten probeert iemand me een hamburger of een lading spare-ribs te laten eten.'

Millroy knikte peinzend.

'Ik heb het gevoeld,' zei hij.

We keken hem aan.

'Wegloop-energie,' zei hij. 'Jullie willen van huis weg. Ik heb gevoeld hoe die energie zich in jullie ophoopte.'

De volgende zondag gingen we na het *Programma van de Eerste Dag* met z'n allen met de Ford over de snelweg naar Wompatuck om naar de caravan te kijken. We hadden die niet gezien sinds we in het eethuis getrokken waren. Millroy had hem gewoon met een hangslot afgesloten en achtergelaten in het vertrouwen dat hij veilig zou zijn.

Toen we eropaf reden wisten we dat er iets mis was: de deur stond half open, het gaas van de hor stak uit, één raam was ingeslagen. Niemand van ons zei iets, maar het was duidelijk dat er in de caravan was ingebroken en dat hij doorzocht was – laden waren uitgetrokken, de tv was gestolen, er lagen papieren op de grond, de panelen waren opengebroken, alsof iemand iets speciaals had gezocht. Mijn kleren waren weg – meisjeskleren, waar ik nu niets aan had.

De aanblik maakte Millroy stil. Hij keek treurig en schuldig, alsof hij het verdiende en wist wie het had gedaan, en niets had kunnen doen om het te verhinderen.

'Yo, grote baas,' zei Willie, die verwonderd naar de rommel keek.

'De zaak is geplunderd,' zei Berry.

'Ja, we bereiken een heel breed publiek,' zei Millroy, 'en dit is één van de onfortuinlijke gevolgen.'

'We kunnen de boel opruimen zodat het weer leefbaar is,' zei Willie en begon tussen de warboel van papier en glas te wroeten.

'Dat is stoffelijk bewijsmateriaal – niet aanzitten,' zei Millroy, en toen Willie opzij stapte, vervolgde hij: 'Rustig aan, knul.'

Hij was stipt met Willie en maakte er werk van hem te corrigeren, was zelfs wat strenger tegen hem dan tegen de anderen omdat hij hem als de natuurlijke leider van de zonen en dochters zag, de oudste, die het meest veranwoordelijk moest zijn en hem, Millroy, het meest moest vrezen.

Het andere slechte nieuws was dat er in geen enkele andere caravan in Wompatuck was ingebroken. Maar er was goed nieuws toen we terugkwamen in het eethuis: een bericht van Hickle en Hersh dat kabeltelevisiestations in vijf steden besloten hadden het *Programma van de Eerste Dag* te gaan uitzenden.

Zo ging het – slecht nieuws, goed nieuws, elke dag wat anders. Ik was eraan gewend geweest dat er weinig in mijn leven gebeurde, maar met Millroy was er altijd iets – op en neer, en weer terug, telkens anders.

'Dat is de betekenis van De Eerste Dag,' zei hij.

Tot Millroy met zijn 'ik wil je opeten' was het enige dat ik gekend had het huis van Gaga en school, en af en toe een bezoek aan Dada in Mashpee. Vóór Vera Turtle had Dada Cheryl gehad, die elektrische gitaar speelde tot Dada er een schop tegen gaf en hij kortsluiting maakte. In de tijd bij Gaga werd ik 's morgens wakker met auto's die langs het huis reden terwijl hun motorgeluiden in de bomen bleven hangen, de haan die kraaide, iemands kettingzaag, de fietsbel van een kind. Afhankelijk van de dag van de week wist ik alles wat er zou gebeuren – meestal niets – en hetzelfde gold voor morgen en de dag daarna. Bijna altijd zou morgen net als gisteren zijn. De school was vernederend, ik was verlegen, had de verkeerde lengte, en de aanblik van de gele schoolbus maakte me ziek en bang. Na school was het zaak me te verbergen voor Gaga en haar niet kwaad te maken.

Met Millroy was elke dag de eerste dag, nieuw en vol verrassingen, en in plaats van deze wintermiddagen in Boston door te suffen, was ik klaar wakker. Hoe was het mogelijk dat zich in mijn binnenste tegelijkertijd diverse levens afspeelden? Ik had niet geweten dat ik al deze activiteiten aankon, of dat ik er zo goed in zou zijn.

We waren geen poppen. Millroy zei: 'Wees jezelf', en maakte ruimte voor ons. Ik hielp in het eethuis, hield me bezig met administratief werk, serveerde maaltijden of telde rekeningen op, ruimde op met de zonen en dochters en deed boodschappen, zoals het op zoek gaan naar verse vis. Als Millroy onvindbaar was, zoals op repetitie- en opnamedagen, wanneer hij in het tv-station was, spraken de mensen mij aan. Ze wisten dat ik hem het meest na stond, hoewel ze niet wisten hoe na, en ik evenmin.

Dit was ook de reden dat, toen de zonen en dochters van huis weg wilden en ze met Millroy gingen praten over het gebruik van de Airstream in Wompatuck, om in de caravan te wonen, daar te slapen en hier te eten, ze blij waren toen hij zei: 'Vraag maar liever aan Rusty.'

Ze hadden volop vaag klinkende redenen.

'Ik denk van: waarom trekken we er niet gewoon in?' zei Stacy.

Kayla zei: 'Ze zegt van: dat zou heel tof voor ons kunnen zijn.'

'Het zit zo,' zei Willie, 'we kunnen die ruimte gewoon heel goed gebruiken.'

Toen ze het plan eenmaal hadden opgevat hadden ze nog meer redenen om in de caravan in te trekken. Ze zouden eerder op het werk verschijnen, het zou gemakkelijker voor ze zijn zich aan het voedselprogramma van De Eerste Dag te houden, ze zouden de Airstream goed kunnen onderhouden, ze zouden geen mensen hebben die de hele tijd tegen ze zeurden dat ze junkfood moesten eten.

Ik vertelde dit aan Millroy.

Millroy zei: 'We zullen het er vanavond over hebben als we dicht zijn.'

Sluitingstijd, het eethuis in stilte, was altijd een goed moment. Iedereen was moe maar voldaan, klaar om op huis aan te gaan maar met het gevoel dat het een beetje spijtig was van elkaar en vooral van Millroy gescheiden te worden, na de hele dag bij hem te zijn geweest. Meestal zaten we vlak na sluitingstijd samen mintthee te drinken voor de spijsvertering en te luisteren hoe Millroy over zijn vroegere leven praatte, over zijn wereldreizen, de tijden dat hij wanhopig was, hoe hij tot inzicht kwam toen hij verstrikt was in het duister van zijn lichaam en God hem 'dikzak' noemde.

Vanavond zaten we in een kring, de anderen verlaat vanwege een sneeuwbui die buiten in de lampen rondwervelde en neerdwarrelde als kussenveren.

'Ik hoor veel over de caravan praten, waarom jullie daar in willen trekken.' Millroy keek de zonen en dochters aan. 'Ik weet niet of jullie klaar zijn voor dat soort verantwoordelijkheid. Rusty denkt misschien van wel.' Ik vond het leuk dat hij dat zei, omdat het me hielp ophouden tegen mezelf te zeggen: Ik ben niemand. Ik ben Jilly Farina.

'We zullen het in goede staat houden,' zei Willie. 'Misschien kan ik zelfs nog wat zonen en dochters vinden om met ons mee te doen.'

Millroy dacht hierover na, terwijl hij zijn neus met zijn hele hand als een hoorn vasthield.

'We zullen alles doen wat u wilt,' zei Berry.

'Het is geen kwestie van orders aannemen,' zei Millroy. 'Ik wil gewoon dat jullie reageren op suggesties.'

'Dat kunnen we makkelijk,' zei Willie. Zijn Eerste Dag-honk-balpet stond zijdelings op zijn hoofd en hij zat schijnbaar ongeduldig te wiebelen.

'Je moet voor jezelf spreken, knul.'

Millroy snoof, trok een gezicht, en vroeg Willie toen zijn mond open te doen, wat hij deed.

'Verder,' zei Millroy, terwijl hij het buisje voor de uitstootpeiling naar binnen liet glijden. 'Nu normaal ademen. Als je naar lucht hapt of hyperventileert gooi je mijn meting in de war.'

De wind nam toe en de sneeuwvlokken werden tegen de voorruit geblazen, tuimelden snel langs de platte vensterruiten omlaag en hoopten zich op tot een hoge witte stapel op de richel onderaan. Daarachter werden ze als enorme zwermen fladderende, geluidloze motten rond elke straatlantaarn verlicht.

We keken hoe Willie zijn tanden om het buisje klemde, met uit-puilende ogen, terwijl zijn neusgaten zich onder het ademen ver-wijdden.

'Ik krijg een boel rood in mijn chromoscoop,' zei Millroy, die zijn vingers op een verlicht schermpje liet rusten. 'Je hebt buiten de deur gegeten, knul.'

Dat betekende dat hij eten had gesnaaid dat niet van De Eerste Dag was.

Willie rukte aan het buisje en zei: 'Helemaal niet. Ik ben clean.'

'Zullen we wat beter kijken?'

Willie glimlachte en zei: 'Oké, grote baas, dat vind ik best, maar hoe gaat u dat doen?' want het leek onmogelijk. Maar het lachen verging hem snel.

Alsof hij het bestaan van een bijzonder en mogelijk gevaarlijk huisdier onthulde, gniffelde Millroy zachtjes terwijl hij zijn maagzuiger afrolde, met een tuit aan het ene uiteinde en een roze bol aan het andere, en een kronkelige rubberen slang van ruim één meter daartussen. Het ergst waren de rubberen vierkantjes van het soort dat je aantreft op een oude binnenband. In zijn vingers gedrapeerd zag het eruit als een gewond reptiel van rubber.

Willie schrok onmiddellijk, omdat hij het herkende van het eerste *Programma van de Eerste Dag*. Hij stampte met zijn voeten terwijl hij zei dat hij wegging. Toen was hij boos, en ten slotte zei hij: 'Waarom zou ik u dat ding in mijn neus laten steken?'

'Om de waarheid te vinden,' zei Millroy. 'Maar dit is maar een suggestie.' Hij liet de slang voor Willie's gezicht bungelen. 'Ik vraag me af hoe responsief je bent.'

Er waren plukjes sneeuw tegen de grote vensterruiten aan de voorkant gaan kleven, en het was nu zo laat, met zo weinig mensen in de buurt, dat op het witte trottoir slechts verspreide voetafdrukken te zien waren. Sneeuw was in beweging in de autokoplampen, in de straatlantaarns en aan de overkant van het plein, waar het wervelde voor verlichte borden.

'Denkt u dat ik bang voor dat ding ben?' zei Willie.

Millroy zei niets, maar toen hij Willie's hoofd ondersteunde en de slang in diens neus werkte en pompte, begon de jongen te huilen. Hij klonk deerniswekkend, en zijn gehuil maakte duidelijk hoe jong hij was. Hij was ook geschokt, en greep zijn Eerste Dag-T-shirt vast.

Ik keek toe – Millroy had mij het nut van de maagzuiger geleerd – maar de anderen bedekten hun gezicht of keken weg.

Er kwam een kokend geluid uit Willie, van dikke bellen die opborrelden uit zijn keel terwijl hij kokhalsde. De hele tijd was de sneeuw prachtig op het plein blijven vallen; de afzonderlijke vlokken dwarrelden en woeien op en maakten de veranderlijke wind zichtbaar.

'Hamburger,' zei Millroy, fronsend naar de tinnen bak. Toen schudde hij zijn hoofd en wierp het in elkaar geflanste apparaat in de gootsteen.

'Ik deug nergens voor,' zei Willie, en opnieuw leek hij toen hij begon te huilen veel jonger en zwakker, niet langer stoer of grappig of boos, maar een kind dat door zou blijven snikken tot het getroost werd.

Van waar hij stond bij de gootsteen zei Millroy: 'Je zult dit gif nooit meer eten. Je zult gezond worden. Je zult naar me luisteren. Kijk eens naar het dode vlees dat je in je mond hebt gestopt – daarom ben je in de war, knul.'

Willie bleef snotteren en snikken, alsof hij gewond was, en veegde zijn druipneus af tot de rug van zijn hand ervan glom.

'Maar het komt wel in orde met je.' Millroy wist dat de jongen van nu af aan gehoorzaam zou zijn. 'O, zeker.'

Er klonk een plotselinge klop op de deur en een gejaagd gerammel aan de knop, wat vanwege Willie's beproeving – het braken en snikken – nog angstaanjagender was dan het op dat uur toch al geweest zou zijn.

De klopper was een politieagent met sneeuw op zijn schouders en op de klep van zijn pet. Hij riep: 'Opendoen!'

'Komt u binnen,' zei Millroy terwijl hij de deur van het slot deed.

'Wat gebeurt hier?'

De politieagent droeg een grote gele regenjas die wapperde en droop toen hij de voorkant losmaakte. Hij was buiten adem van de snijdende wind, met rode kouvlekken op zijn gezicht, en hij gromde van afkeer toen hij de tinnen bak rook.

'Er is een maag van streek,' zei Millroy.

'Alles in orde, kinderen?' vroeg de politieagent, Millroy negerend.

We zeiden dat met ons alles prima was, en zelfs Willie glimlachte, hoewel hij erg bleek zag.

'Je ziet er niet al te best uit,' zei de politieagent tegen Willie.

Willie zei: 'Hij heeft me zojuist beter gemaakt,' doelend op Millroy.

Millroy glimlachte. Hij had zijn maagzuiger laten verdwijnen.

'Wat te eten voor u maken, agent?'

Hij klapte het deksel op de bak braaksel, en toen hij het deksel eraf schoof, glansde er een schaal met fruit op de plaats waar de tinnen bak was geweest – granaatappels, appels, druiven, meloenen, pruimen...

'Wat is er geruststellender of prikkelender voor de menselijke geest dan de aanblik van voedzaam eten?' vroeg Millroy. 'Toe maar, neem een stuk fruit.'

Voor de verwarde politieagent kon reageren, nam hij het deksel van een komfoor met borrelende soep boven een vlammetje.

'U denkt wel dat u slim bent,' zei de politieagent. 'Maar ik zou u kunnen bekeuren voor het overtreden van de brandvoorschriften. Dat daar is een open vuur.'

Hij bedoelde het komfoor, waarin een blikken tankje met brandstof flakkerde.

Millroy pakte het brandende blikje Sterno op, nipte ervan en dronk het toen op.

'Nu niet meer,' zei hij, naar adem happend na zijn diepe teug.

De politieagent keek hem schuins aan.

'En die messen dan?'

Het waren Eerste Dag-dolken, van het soort dat Aramezen gebruikten voor het snijden van fruit en vlees – geplette, getemperde, gevlamde bladen met een benen heft. Millroy had ze speciaal besteld bij hetzelfde bedrijf dat de aardewerken kommen, kroezen, potten, manden, geweven matten en sandalen maakte. De messen waren opgestapeld omdat de dag voorbij was. Ze waren net gewassen en gepoetst, en hun bladen glinsterden.

'Die zijn te groot,' zei de politieagent, ernaar wijzend met zijn zwarte knuppel. 'Die zijn verboden.'

Naar het grootste mes grijpend, hield Millroy zijn hoofd schuin naar achteren, stak het in zijn keel, trok het er toen uit en veegde het af aan zijn arm.

'Ongevaarlijk.'

Nu fronste de politieagent en kneep uit frustratie in zijn eigen gezicht.

Millroy liet een Eerste Dag-dolk verdwijnen, murmelde wat, opende zijn hand en toonde de politieagent een komkommer.

'"Eenzaam is de dochter van Zion, als een hok in een tuin met komkommers,"' zei Millroy terwijl hij de komkommer in tweeën brak. 'Jesaja één vers acht.'

'Deze knaap moet op de tv,' zei de politieagent, want hij was nu verbluft, en het was alsof hij vergeten was waarom hij eigenlijk het eethuis was binnengegaan.

'Hij is al op de tv,' zei ik. 'Hij is beroemd.'

Kort daarop vertrok de politieagent; hij wikkelde zich in zijn gele oliejas en stapte, de hele tijd grommend, de sneeuw in.

Willie's ogen glansden, niet alleen omdat zijn maag was leeggepompt, maar van oplettendheid. Hij had Millroy's toverkunsten nooit van nabij gezien, en nu was hij zelf betoverd. Hij was veranderd, hij was stil, stram en gehoorzaam, en de anderen hadden een blik van glimlachende bewondering die hen klein en aanminnig deed lijken.

'Ik voel me altijd een beetje wanhopig als ik me op tovenarij verlaat,' zei Millroy, 'de Heer verrichtte wonderen meestal tegen zijn zin, zoals jullie weten.'

Hij zette alle parafernalia weg die hij te voorschijn had gebracht in die paar minuten dat de politieagent hem had uitgedaagd.

'Maar er is iets hypnotiserends aan tovenarij.'

We stonden daar te wachten tot hij ons zou zeggen wat we moesten doen.

'Ik word er wel moe van,' zei hij. 'Na dit alles moet ik gaan liggen.'

We wachtten nog steeds.

'Jullie kunnen in de caravan intrekken als je hem schoonhoudt en erop past,' zei hij. 'Willie heeft de leiding.'

Willie stond met glinsterende ogen op, recht en stil als een soldaat, en knarste met zijn tanden alsof hij op een mondvol walnoten kauwde.

'En Rusty?' zei Kayla. 'Gaat die mee?'

'Dat moet hij weten,' zei Millroy.

Ik schudde mijn hoofd en zei: 'Ik blijf hier.'

De week daarop wees Millroy een schoonmaakploeg voor de Airstream aan, en kort daarna verhuisden de zonen en dochters naar het caravanpark in Wompatuck.

Er sloten zich meer jongelui bij ons aan, van wie sommigen introkken in Wompatuck en anderen thuis bleven wonen, half los van hun ouders, zoals Millroy het noemde: de dochters Bervia, Shonelle, Tomarra, Jaleen, LaRayne en Peaches, en de zonen Dedrick, T. Van, Daylon, Troy, Tuppy en Ike.

'Voelen jullie het?' had Millroy gezegd, zijn vuisten ballend en knarsetandend.

Ze keken hem met bewonderende ogen aan.

'Dat is meer wegloop-energie,' zei hij. 'Jullie vergaren een soort bindende intensiteit om je aan thuis te ontworstelen.'

En ze zeiden dat dat inderdaad was wat zij wilden. De meesten van hen waren van school gegaan of zaten zonder werk, en een of twee lieten weten dat ze min of meer dakloos waren. 'Jullie maken nu deel uit van het programma,' zei Millroy, en zei tegen hen dat hij op hen rekende. 'Programma' betekende altijd: De Eerste Dag – het voedsel, de verbodsbepalingen, het eenvoudige uniform, de oefeningen. Niet roken, geen drugs, geen wapens.

Er waren kandidaten bij die hij afwees. Sommigen waren te oud, anderen roken verkeerd – een geur van bederf, zei hij – en weer anderen waren *college*-studenten die zich niet van ganser harte tot het programma wilden verplichten of die te zeer beïnvloed waren door hun ouders of leerkrachten. Degenen die hij koos waren bijzonder blij, en ze zeiden altijd dat ze hem op de tv hadden gezien, en velen herinnerden zich dat hij in het beroemde programma *Paradise Park* was geweest.

's Middags deed Millroy het eethuis meestal een uur dicht en nam de zestien zonen en dochters mee langs Park Square en het standbeeld van Lincoln-die-de-slaaf-bevrijdt naar Boston Common, waar hij toezicht op ons hield als we met z'n allen buig-, opdruk- en rekoefeningen deden op de bevroren grond terwijl de mensen langsliepen. We stelden ons voor dat ze zeiden: 'Dat moeten die lui van Millroy zijn', en we waren trots.

'Dit is ook een vorm van gebed,' zei Millroy, en deed de oefeningen met ons mee, maar hij deed opdrukoefeningen met één arm, of 'rechtstanders', door zich verticaal te maken en zich dan met zijn armen op te heffen en te laten zakken.

Tuppy zei dat Ike een atleet was, maar Millroy was niet onder de indruk. Hij hield niet van sport omdat de meeste sporten kampgevechten waren, en wat maakte het uit hoeveel je trainde of in welk team je zat als je niet goed at? 'Maar je moet niet "af-leet" zeggen,' zei hij.

Inmiddels had hij een systeem om nieuwkomers in De Eerste Dag te introduceren. Hij liet ze in manshoge spiegels kijken, hij nam foto's van ze en drong er bij hen op aan de kiekjes te bestuderen, vooral het achteraanzicht, dat ze nooit zagen en dat ieder ander wel zag, de blijvende indruk die omstanders van hen hadden.

'Ik deprogrammeer jullie niet. Ik verbreek jullie banden niet. Dergelijke manipulatie is niet nodig voor jonge Amerikanen die hun onschuld en elementaire gezondheid niet kwijt zijn.'

Ze noemden hem Grote Baas, iets wat ze geleerd hadden van Willie Webb, en ze stelden hem vaak vragen. 'Je moet niet "vraog hem" zeggen,' zei Millroy.

Op een dag zei Dedrick: 'Ik kan morgen niet in het eethuis werken. Het is mijn moeders verjaardag. Ik moet thuis zijn.'

'Dit is je thuis,' zei Millroy.

'En Rodessa's verjaardagsfeestje dan?'

'Elke dag hier in De Eerste Dag is een verjaardag,' zei Millroy. 'Dat is een andere betekenis van De Eerste Dag.'

'Mijn ma zal heel boos zijn.'

'Beschouw haar niet als je moeder. Beschouw haar als een vrouw bij wie je op het moment in huis woont.'

Dedrick friemelde met zijn honkbalpet omdat hij niet verwacht had dat Millroy dit zou zeggen, en hij had geen antwoord.

'Wat krijg je te eten als je naar dat feestje gaat?'

'Er is meestal een heleboel eten.'

'Eerste Dag-voedsel?'

'Ham, kip, dat soort dingen. Salade. Koud vlees.'

'Natuurlijk kun je erheen,' zei Millroy. Ik kende die glimlach. Het was geen glimlach maar een masker, waarmee hij de persoon die naar hem keek tartte te begrijpen wat eronder zat. 'Maar als je dat doet, hoef je niet terug te komen. Nooit meer.'

'Als ik niet naar dit feestje ga, zal ik het moeilijk krijgen als ik weer naar huis ga.'

'Het is jouw keuze,' zei Millroy. 'Ik zal je niet beïnvloeden, knul.'

Willie zei klaaglijk fluisterend tegen mij: 'Hij zweet, Dedrick.'

'Dat hoorde ik,' zei Millroy twee kamers verderop; zijn stem sneed als een mes door de muren.

Dedrick leed, maar hij bleef die avond en de volgende dag in het Eethuis van de Eerste Dag. Hij zei dat het afgelopen met hem was, zijn ma zou zo kwaad zijn. Millroy zei van niet, het was het begin, en omdat Dedrick niet naar huis kon gaf hij hem toestemming in te trekken in de caravan in Wompatuck.

'U zult mijn gezicht tegenkomen op die melkpakken. "Hebt u dit kind gezien?"'

Millroy vond dit erg grappig. 'Je zult ze allemaal overleven,' zei hij. 'Tweehonderd jaar!'

'Hoe moet ik dat doen?'

'Streef ernaar elke morgen een kilo afval te lozen,' zei Millroy.

Hij keek op en realiseerde zich dat de rest van ons hem had afgeluisterd: we keken toe vanuit de keuken, vanuit het eethuis, waar we aan het bakken, vegen en ramen lappen waren, en het eethuis klaarmaakten voor de ontbijtdrukte.

'Daarna ben je verlost.'

XXVIII

'Vraag maar liever aan Rusty,' had Millroy tegen de Zonen en Dochters van de Eerste Dag gezegd toen ze wilden praten over verhuizen naar de caravan in Wompatuck. En ik regelde het. Ik luisterde, ik gaf het door, en ik voelde me nuttig. Ik was weer iemand.

'Rusty zal u inlichten,' zei hij tegen klanten wanneer ze om informatie over De Eerste Dag vroegen. Inmiddels hadden we pamfletten: *Voedsel voor de geest, Brochure over het Programma van de Eerste Dag*. Millroy had ze niet geschreven; daar had hij de tijd niet voor, zei hij. Ze waren samengesteld door vrijwilligers bij het tv-station. Millroy had het er wel over mij een dik boek te dicteren dat *Dit is mijn lichaam* heette – over zijn leven, en hoe hij een boodschapper was geworden.

Het leven in De Eerste Dag was tegenwoordig vol vrijwilligers, van wie er velen lelijke, wanhopige, smekende vrouwen waren met grote, geagiteerde, wanstaltige lichamen, die naar hem toe kwamen en zich probeerden te introduceren. Millroy greep zijn Eerste Dagschort vast en zei: 'Heeft u Rusty al ontmoet?' en ze waren perplex.

'Het is een of andere snelle ontwerper. Wil ons voor niets een nieuw decor geven,' zei hij op een dag. Hij gooide de hoorn op de haak. 'Beweert dat ik zijn leven veranderd heb.'

Hij begon er een hekel aan te krijgen de telefoon aan te nemen. 'Neem jij 'm maar, maatje.'

Later, op de dagen dat er onaangekondigd mannen in pakken verschenen die zeiden dat ze wilden praten over de markt opgaan of licenties of machtigingen – T-shirts, potten met saus, eethuizen in andere steden, Millroy's gezicht op voedselprodukten ('Kijk maar naar Paul Newman') – was zijn antwoord: 'Vraag maar aan Rusty.'

'We hebben zijn medewerking nodig bij een *infomercial*,' zei een man tegen mij. Een ander zei: 'We willen dokter Millroy een *advertorial* laten overwegen.'

Millroy zei geen nee. Hij zei: 'Ik haat die woorden.'

Ik had geen speciaal talent voor de omgang met deze vreemden, maar Millroy weigerde hen zelf te ontvangen, dus na een tijdje kreeg ik, door het voor hem te doen, slag van onderhandelen, de kunst en kunde, zoals Millroy het noemde, van het koppig zijn en geduldig lijken. 'Je gaat vooruit,' zei hij.

Liet hij me dit met opzet doen?

'Het is makkelijk om koppig te zijn als je geen honger hebt,' zei hij. 'Als je sterk bent. Als je regelmatig bent.'

Als gevolg van het 'vraag maar liever aan Rusty' was ik belangrijker dan ik wilde zijn, en waren er onthullingen. Al wat zich afspeelde in het Eethuis van de Eerste Dag werd mij onthuld, zelfs dingen die Millroy zelf niet wist, omdat veel van de mensen die ik ontmoette niet dichter bij Millroy's kantoor kwamen dan tafel drie. De meesten van hen onmoette hij niet, sprak hij nooit, wilde hij nooit zien: de T-shirtmensen, de voedselverkopers, de media-advocaten, de directeuren van tv-stations, de syndicaatvertegenwoordigers, de agenten. 'Kruipers,' noemde hij hen, vissen zonder schubben en vinnen, slangen, hagedissen, en óf ze waren herkauwers en hadden geen gespleten hoef, óf andersom – en in elk geval waren ze verboden. 'Hou ze uit de buurt,' zei hij. 'Ze zijn onrein.'

'Zeg tegen ze dat ik niet te koop ben,' zei hij.

Ik zei het tegen ze, maar ze geloofden me niet. Millroy zei dat dit beledigend was, en ze maakten hem zo kwaad dat hij in zijn kantoor bleef en weigerde naar buiten te komen. 'Dit ben ik helemaal niet,' protesteerde hij. 'Ik hou van mensen. Draait het daar niet om als je een boodschapper bent?'

Maar hij was bang voor wat hij zou doen als deze mensen hem nog kwader maakten – misschien een herhaling van Ed Veazie, die hij lijfelijk Park Square op gesmeten had, tot schrik van de duiven.

'Toch baren sommigen van die lui me ronduit zorgen.'

Dat leek op een voorspelling want de volgende dag al kwam dominee Baby Huber het eethuis binnen in een strak, groenfluwelen trainingspak waarin hij er dik uitzag, met twee van zijn rentmeesters – ze droegen nog steeds groene gewaden – en zijn zoon Todd in een leren vliegeniersjek. Ik had Todd sinds Buzzards Bay niet gezien. Hij was dikker, en had kortgeknipt haar dat bleke plooien op zijn vlezige schedel te zien gaf. Hij was een kleinere uitgave van zijn vader, met zijn vaders enorme hoofd, korte dikke armen en diezelfde loop van dikke mensen, waarbij de knieën tegen elkaar aan stoten.

'Hij heeft borsten,' zei Millroy in de keuken tegen ons toen hij

Huber naar LaRayne toe zag lopen. 'Zijn middel zit rond zijn oksels, zijn dijen schuren hoorbaar onder het lopen, zijn kont staat niet stil, en hij denkt dat hij verlost is?'

Stacy, de nieuwe dochter, Jaleen, de nieuwe zonen Tuppy en Troy en ik luisterden, terwijl we over de keukenbar heen het eethuis in gluurden.

'Een tafel voor vier,' zei Huber tegen LaRayne.

'Hij heeft geen fut in zijn spieren,' zei Millroy. 'Nergens spierspanning. En er steken huidzakken uit zijn karteldarm.'

LaRayne begroette het gezelschap en zei dat men overal kon gaan zitten.

'Je kunt haar beter gaan helpen, Rusty,' zei Millroy toen hij Huber met een bedenkelijk gezicht om zich heen zag kijken.

'Daar is je vriend, Todd,' zei Huber toen ik verscheen.

Dominee Huber vertoonde een vergenoegde, op indigestie duidende glimlach toen hij mij naderde, en ik wist dat hij iets sarcastisch probeerde te bedenken om tegen me te zeggen. Terwijl hij dichterbij kwam werden zijn ogen harder, boosaardig, en verdween het licht eruit. 'Ik kan me nooit herinneren of je naam Gary of Mary is,' zei hij.

'Ik heet Alex,' zei ik. Wist hij dat ik Jilly Farina was uit Marstons Mills? 'Maar u mag me Rusty noemen.'

'Ik was erg verheugd jou en de anderen in onze gebedsbazaar in de kazerne te zien. Maar het was zo jammer dat jullie niet naar voren kwamen.'

'We moesten die avond koken,' zei ik.

Vlak achter hem zei Todd: 'Ik zag die vent op tv. Ik denk van hé, dat is die kale vent uit de Airstream, de vader van Alex.'

'Die sukkel is vast niet zijn vader,' zei Huber gniffelend en zich nog steeds verkneukelend, terwijl hij zijn mollige vingers verboog.

Zijn strakke trainingspak plakte aan zijn merkwaardig gevormde lichaam, wat hem het aanzien van een opgezet stuk speelgoed gaf en hem dikker deed lijken. Zijn lichaam werd onthuld in plakken en zakken en bobbels vet die hem overal aankleefden, die zwollen op zijn heupen en op zijn dijen waren geplant, en zelfs op zijn nek zat een brok varkensvlees.

'De assertiviteit van dikte,' zou Millroy het hebben genoemd, 'vet gebruiken als wapen en met je lichaam een botte verklaring afleggen.'

'Waar is hij trouwens?' zei Huber, nadat hij was gaan zitten. De rentmeesters plukten aan hun gewaden en gingen eveneens zitten.

Todd staarde me nog steeds aan. 'Ik weet nog toen hij 's morgens dat kinderprogramma deed – het grote schandaal. Ze zeiden tegen hem dat hij zijn biezen kon pakken omdat het zo walgelijk was. Al dat gepraat over wc's.'

'Walgelijk, eh, zoals "wil je de treinbotsing zien"? Of zoals jouw grote pureefabriek?'

'Wil je de treinbotsing zien?' had Todd in Pilgrim Pines tegen me gezegd terwijl hij zijn mond wijd opendeed en me heel zijn half opgekauwde hamburger liet zien. 'Kijk eens naar mijn pureefabriek' zei hij als hij deed alsof hij een slinger op zijn wang aanzwengelde terwijl hij een mondvol puree door zijn tanden op zijn bord perste.

Eén van Hubers rentmeesters stak een sigaret op, en bijna meteen zei een andere klant: 'Hé!'

'Ik moet u verzoeken hier niet te roken,' zei LaRayne, de formule herhalend die wij haar hadden geleerd. 'Wilt u dat alstublieft uitdoen?'

De man drukte de sigaret uit om uitdagend en stoer te lijken.

Normaal gesproken was het eethuis rustig, met zacht pratende mensen en zonder muziek – al waren de vermengde aroma's, zei Millroy, als muziek in de lucht. Huber en zijn gezelschap leken de ruimte in beroering te brengen. Hoewel het een van zijn repetitiedagen was, merkte Millroy dit en kwam, omdat hij de zaak wilde kalmeren, naar de tafel toe om hen te verwelkomen.

'We hebben honger van al ons vasten en bidden,' zei Huber. 'Jammer dat u niet naar voren kwam om u voor God uit te spreken.'

Millroy zei: 'Eén van de duidelijke voordelen van alwetendheid is dat je door mensen nergens over ingelicht hoeft te worden.'

'Zei ik jullie niet dat het hem aan nederigheid ontbreekt?' zei Huber.

'Ik had het over God,' zei Millroy, 'of, zoals ik over hem denk, Goed.'

'Wat dacht u van wat lekkers te eten,' zei Huber ongeduldig, en begon een keuze te maken op zijn vingers. 'Ik neem een grote portie patat, een vanille-milkshake, een cheeseburger en koffie met melk. Todd?'

Voor Todd kon antwoorden, zei Millroy: 'U kunt beter een menukaart bekijken,' en hij nam ze van LaRayne over en deelde ze rond.

'Eten waar je scheten van gaat laten,' zei Huber terwijl hij een klap op de menukaart gaf.

'Eten van de Eerste Dag,' zei Millroy met een glimlach.

'Ik wil een hamburger. Met een kop koffie.'

'Daar kunnen wij u niet aan helpen.'

'Een kipsandwich,' zei een rentmeester.

'Wij eten geen dode kuikens,' zei Millroy.

'Ik ruik vlees,' antwoordde de man.

'Lamsvlees,' zei Millroy. 'Maar ik wacht op advies daarover.'

'Jezus at vlees,' zei Huber met een kwaadaardige blik. "Een farizeeër nodigde Hem bij zich aan tafel; Hij trad binnen en nam plaats voor het vlees." Lucas elf.'

'Dat is een verkeerde vertaling,' zei Millroy. 'In het hele Boek is "vlees" verwisselbaar met "voedsel" of "avondmaal". Er is geen aanwijzing in het Boek dat Jezus ooit vlees heeft gegeten. De Heer was van De Eerste Dag.'

'Ik wil gewoon een snack,' zei de andere rentmeester. 'Een *fishwich*.'

'Zoiets serveren wij niet,' zei Millroy met zijn op zijn gezicht gepleisterde glimlach.

'Heeft u een *Slurpee* of zoiets?' vroeg Todd.

'Het spijt me.'

'*Ring-Dings? Yoo-Hoos? Moon Pies?*'

Millroy zei: 'Misschien herkent u sommige dingen op onze menukaart. Jacobsmoes. Daniëllinzen. Ezechiëlbrood.'

'Het is een aanfluiting,' zei Huber.

'Sommige mensen vinden misschien dat het gebruik van een gebedsbijeenkomst als een manier om mensen geld af te troggelen een aanfluiting is.'

'Zelfs de katholieke kerk in Boston heeft u gehekeld,' zei Huber. 'De kardinaal heeft zich tegen u uitgesproken.'

'Hoge bloeddruk,' zei Millroy. 'De kardinaal realiseert zich niet dat goed eten een vorm van eredienst is. Lichaamsoefening ook. En proper zijn en gezond' – hij knipoogde – 'en de doorgangstijd van de darmen.'

'Ik herinner mij u,' zei Huber.

Millroy lachte nog steeds zijn uitgestreken glimlach.

'Ik herinner mij u van toen,' zei Huber. 'Ik heb nog steeds het caravanpark, ziet u. U heeft bezoek gehad – ik zeg niet wie, maar ze waren niet blij. Ze wisten niet dat u weggegaan was, maar ik wist waar u zich verborg.'

'Een man die een succesvol restaurant bezit en eens per week op de televisie is, verbergt zich niet, vriend,' zei Millroy.

Dit bracht Huber tot zwijgen, wat vreemd was omdat Millroy nog steeds onzeker was, en wanneer had hij ooit opgelaten geleken?

'U heeft voor uzelf een gaatje op de tv weten te vinden,' zei Huber, 'en u perverteert het woord van God. U maakt de Duivel niet kwaad!'

'Dit voedsel heeft mijn krachten hersteld en mij tot leven gebracht,' zei Millroy. 'Het zou voor u hetzelfde kunnen doen.'

'Geef ons maar een paar hamburgers,' zei Huber. 'Waar we om gevraagd hebben.'

'Als u aandringt.' Millroy's ogen werden zwart en hij glimlachte woest. Hij reikte naar de bar en pakte een mandje, dat hij op borsthoogte in beide handen hield en waarboven hij even prevelde. Toen draaide hij het in het rond en haalde er met een snik een hamburgerbroodje uit en verwijderde de bovenkant om een bloederig stuk vlees met kleverig haar en gebroken tanden te laten zien.

'Verkeersslachtoffer,' zei Millroy. 'U hebt erom gevraagd!'

Er zat nog meer in het mandje; Millroy's hele hand krioelde van een kluwen zwarte, in zijn vingers verstrikte slangen. Hij veranderde de slangen in messen en stak die in de tafel.

Huber stond op en hield van angst zijn achterste vast terwijl Millroy eerst een wezel en toen een biggetje met een gekweld gezicht en een gespikkeld vel te voorschijn bracht.

'Varkensvlees,' zei Millroy terwijl hij zijn hand opende en Todd een handvol lillende, natte snotbullen liet zien. '*Slurpee!*'

De rentmeesters waren opgestaan terwijl ze hun gewaden opnamen en Todd in bescherming namen, die van schrik de hik kreeg toen ze hem begonnen weg te leiden.

Millroy nam Huber bij de oren, tilde hem op tot hij op gelijke hoogte met zijn ogen was en haalde toen een zwarte, druipende rat uit Hubers kwijlende mond. 'Onrein,' zei Millroy, en liet hem los.

We keken hoe ze weggingen. Ze keken niet om. Er hing een sfeer van goedkeuring in het eethuis. Millroy was uitgeput; hij ging regelrecht naar bed en de programmarepetitie werd afgelast. Maar we hadden allemaal zijn toverkracht gezien, en de nieuwe zonen en dochters waren zo opgewonden dat ze na het werk bleven hangen in de hoop dat hij wakker zou worden zodat ze met hem konden praten.

Hij werd niet wakker, dus praatten ze in plaats daarvan met mij.

'Ik denk van: hij gaat er toch niet nog een uittrekken,' zei Troy.

'En hij zegt zoiets als: hier heb je nog een rat, makker,' zei Shonelle.

'De grote baas is geweldig. Ik zeg van: zet hem op!' zei Berry.

Daylon zei: 'Deze man is gewoon zo goed dat hij ze allemaal aan-kan.'

'Ik was zo bang, hè,' zei Larayne, 'en toen zeg ik: oppassen!'

'Vindt-ie een rat op die kerel z'n dikke kop,' zei Willie. 'Ik deed het bijna in m'n broek.'

Zo ging dat een tijdje door.

'Wat hij toen deed was nog niets,' zei ik ten slotte. 'Ik heb Millroy vreselijk grote ratten uit een vent z'n oren, neus en mond zien halen – praktisch allemaal tegelijk. Hij heette Floyd Fewox. Het was een geestelijk duel. Raad eens wie er won?'

'Hij is opzienbarend,' zei Dedrick. 'Hij is speciaal.'

Bervia zei: 'Ik was geschokt.'

'Hij is de Grote Kraker,' zei Willie Webb.

Millroy werd pas de volgende morgen na het ochtendkrieken wakker. Hij was kalm. Hij streek zijn snor op en ging met zijn vingertoppen over zijn hoofd, de spitse vingers van een hypnotiseur. 'Ik was gisteren een beetje uit m'n doen,' zei hij.

Er waren andere mensen – buitenstaanders, niet-eters – die Millroy zorgen baarden en maakten dat hij zich verborg. In plaats daarvan kwamen ze naar mij toe. Ze wilden plannen ontvouwen om hem beroemd, zichzelf rijk, en De Eerste Dag tot een landelijke afslankingsoperatie te maken. Ze hadden altijd haast. 'Kunnen we jullie advocaat spreken?' Maar we hadden geen advocaat. 'Kunnen we jullie mensen spreken?' Ik was de enige. Ze vroegen: 'Wie ben jij?'

Jilly Farina uit Marstons Mills. 'U kunt me Rusty noemen.'

Ze zeiden: 'We zouden graag gelegenheid krijgen ons te presenteren, Rusty,' en legden uit wat ze van plan waren: een afslankingsprogramma in de trant van *Weight Watchers* of *Optifast* of *Nutri-Systems*, maar met enorme belastingvoordelen.

Millroy zei: 'Zeg tegen ze dat ze geen moeite moeten doen,' en verstopte zich.

'We zouden de dokter graag mee uit lunchen nemen,' zei er een.

'Dat is net zoiets als aanbieden Jezus mee naar de kerk te nemen,' zei Millroy toen ik het hem vertelde.

Ze wilden hem een koksschool laten beginnen.

'Ik kan die dingen zelf wel.'

Ze wilden zaken doen. Waren we geregistreerd als liefdadige instelling? Beseften we dat een kerk een perfecte aftrekpost was – kijk maar naar de *Scientology Church*. Er zaten enorme financiële prikkels in de religieuze hoek. Hadden we onszelf niet-commercieel verklaard?

Millroy zei: 'Ik ben een Amerikaan. Ik betaal mijn belasting.' Voor ik de kamer verliet waar hij zich verborg, tierde hij weer: 'Ik verkoop niets. Ik deel dit geheim, dat niet van mij alleen is, maar vastgelegd in het Boek. Het is niet te koop; het behoort iedereen toe. Zeg tegen ze dat ik geen geld wil.'

Toen ze vroegen: 'Wie is Millroy?' wist ik genoeg om te zeggen: 'Hij is een boodschapper die Amerika zijn boodschap brengt.'

Bij dergelijke gelegenheden besefte ik waarom ik hem zo graag mocht. Hij was gul, hij was aardig, hij beschermde ons, hij was sterk, en omdat hij een tovenaar was kon hij alles krijgen en alles doen wat hij wilde. Ik deed alsof ik Rusty was, maar wanneer we alleen waren en hij me 'mop' of 'engel' of 'hartje' noemde, hield ik nooit op mij te verbazen dat hij mij als vriend had gekozen.

Er kwam een hoge delegatie managers naar het eethuis.

'Vraag maar aan Rusty.'

Ik ontmoette hen aan een hoektafel. 'Aansmeren,' noemden ze het.

'We willen Millroy's Eerste Dag aan de man brengen bij yuppies die geobsedeerd zijn door het verouderingsproces.'

Millroy zei: 'Beseffen deze mensen niet dat ik hun een gunst bewijs door ze te negeren? Ze zouden er spijt van krijgen als ik ze serieus nam en ze dienovereenkomstig behandelde. Ik zou ze blind kunnen maken, tot slaaf kunnen maken, onschadelijk kunnen maken. Ik zou de controle over al hun lichaamsfuncties kunnen overnemen en ze tot de volgende week kwijlend en druppelend laten rondlopen.'

Een paar pas afgestudeerde *college*-studenten smeekten bij Millroy om een baan en zeiden dat ze alles zouden doen om bij het eethuis te komen werken. Hij vroeg hun: 'Wat trekt jullie aan in De Eerste Dag?'

'Dat De Eerste Dag het verouderingsproces vertraagt,' zeiden ze.

Hij stuurde ze weg omdat ze geen karakter en geen geloof hadden, en geen geldbedrag kon hem van mening doen veranderen. 'Ik heb al het geld dat ik ooit nodig zal hebben,' zei hij. Het eethuis was winstgevend, en onlangs – met uitzendingen in andere steden – had hij nog meer verdiend. Overtollig geld was een van de redenen dat hij meer zonen en dochters had aangenomen, en meer mensen betekende dat hij kon uitbreiden – meer steden, meer vestigingen. Hij moest uitbreiden en herinvesteren. Het was óf dat óf het geld op de bank zetten, en in zijn ogen waren alle banken bronnen van corruptie.

'Woekeraars, uitzuigers, geldwisselaars, farizeeërs. Ik heb geen behoefte aan banken of financiële instellingen.'

Zijn plan was voldoende zonen en dochters op te leiden om naar doelsteden te gaan waar het *Programma van de Eerste Dag* werd uitgezonden, zodat ze eethuizen van de eerste dag konden bemannen. De nieuwe zonen en dochters – LaRayne, Peaches, Bervia, Tuppy, Ike en de anderen – waren perfect, zei hij. Kinderen die van school waren gegaan, weggelopen of uit ongelukkige gezinnen gegooid, en jong: de meesten vijftien of zestien (hoewel ze er veel ouder uitzagen), jong genoeg voor het onbedorven bezit van het grootste deel van de toverkracht in henzelf. Ze hielden ervan te zitten luisteren hoe Millroy hun vertelde dat ze tweehonderd jaar zouden worden.

'Ik wil opdracht geven tot een nieuwe vertaling van het Boek,' zei Millroy. 'Ik wil het rechtzetten. Het woord "vlees" dat Huber tegen me gebruikte. Dat is een verwarring die het hele Boek door herhaald wordt, maar het betekent niets vleselijks – het betekent voedsel. "Hij nam plaats voor het vlees" betekent niet dat de Heer lamskoteletten verorberde. Natuurlijk niet. Appels zijn in het Boek abrikozen. Lokusbomen zijn johannesbroodbomen. Manna was waarschijnlijk een licheen, een van de diverse korstmossen. Bijbelverklaring is de weg naar gezondheid.'

Hij zei dat hij een leerstoel wilde schenken aan de theologische faculteit van Harvard, met de bepaling dat het geld gebruikt zou worden voor het ophelderen van meerduidige woorden en frasen in de Schrift.

'Ik heb een Boek van de Eerste Dag voor ogen,' zei hij. 'Het ware woord. Geen "vlees". Geen "fraaie vruchten". Zorg voor een juiste naamgeving bij de verboden in Leviticus. Over wat voor wijn hebben wij het, en hoe telen wij de druiven? Al die dingen, en met recepten achterin, ingelast vlak achter het Boek der Openbaringen.'

Dus stuurde Millroy zakenlieden van het blad *Slanker worden*, potentiële plaatselijke sponsors en alle lieden van 'lite'-merken weg; en als ze weigerden weg te gaan, verdween hij. De manier waarop hij verdween herinnerde ons eraan dat hij Millroy de tovenaar was.

Soms vond hij het moeilijk om eters te bejegenen, zoals hij de getrouwen van De Eerste Dag, de gelovigen noemde.

'Het is voor jou,' zei hij dan met de telefoon in zijn hand.

'Is het een eter?'

'Zekers.'

Hij nam de telefoon wel aan, maar met een scheve blik en ingehouden adem, uit angst voor wat er daarna zou komen. Dan zei hij
bijvoorbeeld: 'Ze klinkt zwaarlijvig.'

De meest overtuigde eters, de meest ware gelovigen, waren vrouwen, meestal oudere vrouwen, meestal ongetrouwd, vaak treurig.
Ze keken naar het *Programma van de Eerste Dag*. Ze schreven hem
brieven. Ze stuurden hem kiekjes, walgelijke soms, waarop hun lichaam te zien was; velen van hen kiekten hun eigen portret voor een
grote spiegel, met een floepend flitslicht, dat het kiekje bedierf. Ze
kwamen in het eethuis eten om Millroy te ontmoeten. Ze hingen
rond en ik leerde ze kennen: Erma Wysocki, Earlitha Hurley, Amy
Bamberg, Dot Sweeny – en hun droevige ogen. Eén van hen, Hazel
DeHart, was alleen een telefoonstem. Ze zei dat ze een Dochter van
de Eerste Dag wilde worden. Millroy sprak af haar te ontmoeten,
maar ze kwam niet opdagen. De volgende dag belde ze op. 'Ik moet u
zien,' zei ze, 'in mijn appartement.'

'Ik kan geen enkel risico nemen,' zei Millroy op het laatste moment. 'Kijk maar naar Swaggart, kijk maar naar Jim Bakker. Ik weet
dat er wellust in hun hart was, maar ze werden in de val gelokt.
Mensen in mijn positie zijn te gronde gericht door aandachtzoekers.'

Hij was tegenwoordig veel voorzichtiger. De worstelingen met
Ed Veazie en Orlo Fedewa hadden hem van zijn stuk gebracht, maar
het bezoek van dominee Baby Huber had hem nog behoedzamer
jegens vreemden gemaakt, of het nu eters waren of niet.

'De woorden die een rilling over mijn rug doen lopen zijn: "Ik ben
uw grootste fan" – meestal zijn het potentiële moordenaars die dat
zeggen.'

Hij leek blij te zijn dat hij zich niet hoefde in te laten met de caravan in Wompatuck. De inbraak had hem zorgen gebaard. 'Ik voel me
in het oog lopen,' zei hij. 'Maar waarom? Ik ben maar een boodschapper. Ik wil dat mijn boodschap vóór mij gaat. Ik wil dat de
mensen weten dat ik ook een eter ben.'

Dus stuurde hij ons, Jaleen en mij, op bezoek bij Hazel DeHart.

'Als ze oprecht is, laat me dat dan weten,' zei hij. 'Dan zal ik haar
opzoeken. Maar ze klonk zeker niet als zestien. Ze had een dikkige
stem. Ik moet trouwens naar Baltimore om naar een pand te kijken.'

In de bus vroeg ik Jaleen hoe De Eerste Dag haar leven had veranderd.

'Ik ga niet meer naar clubs,' zei ze. 'En ik rook geen joints meer. Plus dat ik denk dat ik zo'n hekel aan mijn familie heb dat ik er gespannen van word.'

Hazel DeHart woonde in een bruin bakstenen gebouw in Jamaica Plain, aan het eind van Massachusetts Avenue, en appartement 5A bevond zich in het souterrain; de deur was onder aan een trapgat met steile treden waar de wind oude kranten, snoepwikkels, stukken smerig, geknoopt lint, plastic zakken en geplette drankblikjes heen had doen waaien.

Er verscheen een grootogig gezicht aan het raam. Hazel leek bang om twee jongelui met Eerste Dag-honkbalpetten in het schimmige trapgat onder aan haar trap te zien staan. Ze opende haar deur op een kier, genoeg om met één oog naar buiten te kijken.

'Wat willen jullie?'

'Dokter Millroy heeft ons gestuurd.'

'Waarom is hij niet zelf gekomen?'

'Hij is in Baltimore.'

Ze deed open. Er hing een geur van vers Ezechiëlbrood in de lucht, en het stroperige aroma van zacht, overrijp fruit, en de aardsere, leemachtiger geur van groenten. Ze leidde ons dieper deze gemengde geuren in, de hele tijd over Millroy pratend en dat ze naar hem keek op de televisie, waarbij ze ons de tv liet zien, alsof die op de een of andere sacrale wijze met hem verbonden was.

'Hij is mijn redder,' zei ze.

Ik dacht: Oh-oh, en uit Jaleens gezicht sprak hetzelfde.

Hazel DeHart was verwelkt en dikkig, ongeveer van Vera Turtle's leeftijd, veertig of zo, veel te oud om een Dochter van de Eerste Dag te zijn. Het leek onbeleefd haar dit te vertellen, dus hield ik me stil.

'Zo zag ik er vroeger uit,' zei ze terwijl ze ons een foto van een heel dikke Hazel liet zien die stuurs zat te kijken op een luie sofa, haar handen ineengevouwen en met gekruiste enkels.

'Dat lijkt helemaal niet op u,' zei Jaleen.

'Dat wilde ik dokter Millroy duidelijk maken.' Haar mond leek te trillen, op de rand van huilen. Ze had Millroy zelf verwacht, dus had ze een Eerste Dag-maaltijd bereid van rode linzen, groenvoer en Ezechiëlbrood, met een schaal vijgekoekjes van een van Millroy's eigen recepten. Het was op mooie schalen uitgestald op een tafel die het aanzien van een altaar had.

'Ik hou van hem,' zei Hazel DeHart, en begon te huilen; toen glimlachte ze, hoewel de tranen over haar wangen liepen. 'Ik doe precies zoals hij zegt. Hij heeft me gezond gemaakt. Eerst was ik niet gezond. Ik was ziek. Ik viel uit elkaar. Ik was bang.'

'Bidt u, zoals Millroy zegt?' vroeg Jaleen. "Goedheid eten is een eredienst, en regelmatig zijn betekent puur zijn."'

Jaleen was nieuw, en blij dat ze regelmatig was, dus vond ze al die motto's prachtig.

'Wat doet u, zuster?'

'Ik beroer mijn lichaam,' zei Hazel zacht.

Jaleen fluisterde oh-oh, en deed een stap van haar vandaan, dichter naar de deur.

'Hij heeft me dit lichaam gegeven,' zei Hazel.

Daarna viel er een stilte, en waren er die sterke voedselgeuren.

'Dit is anders,' zei ik, in een poging nog iets te bedenken om te zeggen. Het was een tafel, met Millroy's portret in een lijst. Foto's van Millroy waren altijd levenloos en vertekend en maakten dat hij er krankzinnig uitzag.

'Dat is mijn schrijn,' zei Hazel.

De foto van Millroy was uitgebracht door het tv-station om reclame te maken voor het *Programma van de Eerste Dag* – een glimlachende Millroy, die er geschift uitzag met een Eerste Dag-schort voor. Hazel had Millroy's gezicht ingekleurd met potloden, waarmee ze het een vreemde, gewijde gloed had gegeven, als van een heiligenplaatje, maar de kleur deed hem nog gevaarlijker lijken. Ze zei dat ze er ook een in haar auto op het dashboard had geplakt. Naast de foto stond een pot met verse kruiden en een kaars die wasachtig naar groene munt rook. De schrijn beangstigde mij meer dan de vrouw. Het was iets met het ingekleurde gezicht, de gouden lijst, Millroy die tot een god of een tirannieke heilige was gemaakt, glimlachend vanuit deze flakkerende hoek in de kamer van de dikke vrouw.

Toen Hazel DeHart weer begon te huilen, gingen we weg.

'Ik wilde zoiets zeggen van: beheers je, meid,' zei Jaleen in de bus terug.

'Ik heb geen controle over deze mensen,' zei Millroy. 'Ik vraag niet om geld, en toch sturen ze het me. Ik ben geen profeet, en toch behandelen ze me zo.'

Hij had Hazel DeHart niet gezien. Hij had geen idee, en ik kon niet beschrijven hoe vreemd het voor Jaleen en mij was geweest. Toch wist ik het. Zij geloofde – dat was nog het ergste – en ze was de eerste van veel eters die mij angst inboezemden. Ze kwamen laat op de avond opdagen en wilden Millroy spreken; ze hingen 's morgens bij de deur rond in de hoop dat hij met ze zou praten, en ze zagen eruit alsof ze de nacht huiverend en hopend in onze deuropening hadden doorgebracht.

Deze mensen baarden hem zorgen. Hij stuurde ons eropuit om hen onder handen te nemen.

'De Eerste Dag is geen kerk,' zei hij. Voor hij weer verdween, glimlachte hij en zei: 'Het is een beweging.'

XXIX

Wanneer ik alleen met Millroy was, was hij een andere man, en niet altijd een tovenaar. Als hij terugkwam van een van zijn uitstapjes naar de grote stad, als iedereen naar huis was gegaan, als het eethuis op slot was en de lichten uit waren, zuchtte Millroy zacht en werd hij kleiner, stiller, oplettend, moe van het toverkunsten doen. We deden samen een stap terug, en hij torende boven me uit en vulde zijn longen met een eerste diepe teug lucht na de hele dag zijn adem te hebben ingehouden, en het was alsof er een gordijn was neergelaten en wij erachter verborgen waren.

'Ik heb je nodig, hartje,' zei hij, een beetje hees van het preken, maar het was de stem die hij gebruikte voor openbaringen. 'Hen heb ik niet nodig.'

Ik wist dat hij eters bedoelde, indringers, en mensen die probeerden geld te slaan uit zijn succes, en misschien bedoelde hij zelfs de Zonen en Dochters van de Eerste Dag, omdat hij geen van hen na stond en opgelucht leek wanneer de dag voorbij was.

Dan keek hij hoe ik at. Hij zei dat hij er plezier in had te kijken hoe ik mijn mond volpropte en kauwde. 'Maak niet zoveel lawaai,' zei Gaga altijd, maar Millroy vond eenzaam gekauw inspirerend. Dat vertelde hij me, naast andere dingen die hij tegen niemand anders zei. Niemand hoorde hem ooit zeggen dat hij me nodig had. Niemand wist iets van zijn dromen, hoe hij wakker werd, hoe hij het soms uitschreeuwde. Hij praatte tegen me, besefte ik, omdat hij zelf nooit iets opschreef, en praten was zijn manier om te proberen wijs te worden uit zijn leven. Zijn stem was de pen en ik was het papier.

Het enige dat beter was dan kijken hoe ik at, zei hij, was samen met mij eten, tegenover elkaar aan tafel gezeten, beiden met een kauwende mond. Op een van die avonden zaten we bonekoekjes te eten, en hij kauwde onder het praten.

'Huber,' zei hij.

Uit wat hij daarna zei begreep ik dat hij eraan dacht hoe die man

299

was binnengekomen, naar de vegetarische menukaart had gekeken en gezegd: 'Eten waar je scheten van gaat laten.'

'Natuurlijk zitten er samengestelde suikers in bonen, hele suiker-ketens die niet verteerd worden. Die verhuizen massaal naar je dikke darm, er leven zich bacteriën op uit, en ze gisten. Dan ben je gassig. Maar we hebben het over reukloze gassen, hoor: methaan en water-stof. Het zijn de scherpe eetwaren, uien en knoflook, die ze stinkend en zwavelig maken.'

Toen hij glimlachte om te laten zien dat hij zijn bedoeling duide-lijk had gemaakt, trok hij zijn snor op en de bonen die aan zijn tanden plakten gaven hem een vrolijke mond als een uitgesneden pompoen.

'En het is toevallig een feit,' zei hij, 'dat hoe meer bonen je eet, des te groter het vermogen van je lichaam om deze oligosacchariden te verteren.'

Hij begon weer te kauwen, zich concentrerend op de hoeveelheid die hij in zijn mond had gelepeld: denk aan elke hap als je eet, was een van zijn uitspraken.

'Op die manier hou je een boon over die absoluut geen gas bevat.'

Dit was een openbaring.

'Ik laat geen winden.'

Die woorden deden mij anders over hem denken, als iets hoogs en helders en blinkends, iets als een ster.

's Nachts sliep hij op zijn beddeplank in zijn kast, maar soms werd hij geagiteerd wakker en wilde dat ik tegen hem praatte.

'Het was dezelfde droom,' zei hij met een klein, benard stem-metje. 'Ik ging dood.'

En vaak was het dezelfde dood.

'Ik kokhalsde, ik stikte, verdwaald in het donker van mijn li-chaam,' zei hij dan. 'Ik smoorde in mijn eigen vet.'

Een andere openbaring van hem was dat iemands echte lichaam verborgen zat in zijn uitwendige lichaam, en dat sommige zorgelijke mensen zich verborgen in hun dikte om hun spiritualiteit te begraven in een massa varkensvlees.

'Ik wil de eigenlijke persoon aan het licht brengen,' zei hij. 'Met het *Programma van de Eerste Dag* zal deze spirituele werkelijkheid te voorschijn komen.'

Dit was nog een reden waarom hij van jongeren hield. Die hadden een ware gestalte en hun oorspronkelijke lichamen bleven intact.

'Dat trok me in je aan, mop. Je perfecte gestalte.'

Ik was mager, ik was in december vijftien geworden, maar ik

ging nog steeds voor een jongen door.

'En het feit dat je op je duim zoog,' zei Millroy.

Dat was nog een openbaring, omdat Gaga altijd tegen me gezegd had dat ik op moest houden. 'Haal dat ding uit je mond.' Ze deed er verband om, bestreek hem met jodium, doopte mijn duimnagel in verf op loodbasis.

Soms deed ik het weer om hem een plezier te doen, hoewel ik steeds minder aandrang voelde, en hierdoor leek mijn duim knokiger en had een andere, drogere structuur. Na het eten van Eerste Dagvoedsel vond ik de smaak van mijn duim niet lekker meer.

Als het eethuis gesloten was, de zonen en dochters weg waren, en Millroy en ik nog wakker, zei hij soms: 'Laten we een eindje gaan wandelen.'

Ook dat was de eerste keer een openbaring. Tegenwoordig wist ik precies wat hij wilde, maar ik was er niet zeker van wat het allemaal te betekenen had.

Hij vond het leuk om mensen te zien eten, maar niet zomaar eten – hij vond het vooral leuk om mensen zich te zien volstoppen met grote porties junkfood. Ik had hem op de boerenkermis in Barnstable zien kijken hoe mensen deegfrituur en hot dogs – 'worstjesgekte' - aten en ik had niet geweten wat het betekende. Hij had het leuk gevonden Baby Huber hamburgers en 'beste patat' te zien eten. Zijn lol was niet noodzakelijkerwijs plezier, maar een ervaring die hij nodig had, alsof een van zijn theorieën werd bewezen.

We knepen er dan tussenuit, staken Park Square over en gingen op weg naar de drukkere straten, waar de restaurants nog open waren – langs Tremont en Stuart uit, of via Boylston naar Newbury, naar de buurt rond Copley Square, of naar Massachusetts Avenue. Daar waren pizzatenten, snackbars, ijssalons en luxere restaurants: Franse bistro's, Chinese, Indiase, Thaise restaurants, sushi-bars, Cajun-cafés en Italiaanse delicatessenzaken. Boston had ze allemaal.

's Avonds waren er etende mensen te zien achter voorruiten, als glimlachende slachtoffers die naar voedsel hapten in glanzende vissekommen. Zelfs in de goedkope tenten waar de ramen vettig of beslagen waren of in het midden bierreclames hadden fonkelen, kon je ze aan tafeltjes zien kauwen terwijl ze veeleer naar elkaar dan naar het eten keken.

'Ze zijn dol op spaghetti omdat ze het kunnen eten zonder ernaar te hoeven kijken – het schept zo makkelijk naar binnen.'

Hij glimlachte. De mensen trokken hem aan, en hij kon lange tijd in de klamme kou van een maartavond op een donkere stoep voor een Bostons restaurant vanuit een hoek staan kijken hoe een man glibberige noedels of puree en vlees in zijn mond schepte.

'En wat doet die vrouw,' zei hij naderbij leunend, 'met die hot dog?'

Het maakte hem gretig en vermetel; soms giechelde hij van opwinding en trok me mee terug om te kijken. 'Laten we dit eens bestuderen.'

Ik probeerde serieus te zijn, maar het was net als wanneer je heel jong bent en een volwassene 'kijk eens' zegt, en je kunt niet zien waar ze naar kijken omdat je niet groot genoeg bent. Maar waarom was ik zo serieus? Voor Millroy was dit pret.

'Is het niet vreselijk als ze het er niet allemaal in krijgen?' zei hij, zijn gezicht glimmend van plezier. 'Als ze morsen?' Of: 'Het zou net zo goed Alpo kunnen zijn.' Of: 'Die figuur eet hondevoer!'

Hij leek gefascineerd door vegen mosterd in mondhoeken, of mayonaise op lippen, jus op een kin; en een spatje ketchup op een voorhoofd deed hem schateren. Hij keek aandachtig als mensen restjes eten opdepten en met vette vingertoppen in hun mond stopten. Mensen die schransten, mensen die kauwden, mensen die aan grote puilende bekers Cola lurkten. Zelfs de namen: een *Slurpee,* een *Awful-Awful,* een *Yodel,* een *Big Gulp.*

'Hij stopt vlees in zijn mond,' zei hij starend. 'Zij stopt vlees in haar lichaam.'

Hoewel hij zei dat hij er een hekel aan had wanneer mensen niet naar het voedsel keken dat ze aten, wanneer ze het simpelweg naar binnen schoven tot hun wangen bol stonden, kon hij zijn ogen niet van hen afhouden.

'Wacht,' zei hij. 'Ik wil dit even zien.' Zien wat er straks gebeurt, bedoelde hij – ze zien kokhalzen, kuchen of spuwen. Hij bleef dan talmen, met een steelse blik, zijn jaskraag opgestoken, terwijl hij keek hoe een man zijn mond vulde met bloederige vleesbrokken, of een vrouw slagroom van een lepel likte met spatjes wit schuim op haar lippenstift.

Soms hadden die eters voor de ramen van een Wendy of Burger King erge honger.

'Kijk, hij knaagt zowaar aan zijn eigen vingers,' zei hij. Of: 'Hansworst eet hamburger.'

Hij las de beschrijvingen op de menukaarten die bij sommige restaurants ingelijst voor het raam hingen.

'"Heerlijke varkens-goujons, doorregen met pepperoncini en gegarneerd met in reepjes gesneden worteltjes en knoflookpulp, gepresenteerd op een bedje met rijst, geserveerd met nieuwe aardappelen in kruidenboter, met een chiffonade van warme veldsla."'

Hij sprak de woorden uit met een mengeling van afschuw en fascinatie: kalfsschenkel, kippedijen, schouderkarbonade, kalfshersenen, leverpâté, bloedworst.

'"Sappig,"' las hij. '"Om van te watertanden."'

Dan, met die beschrijvingen net uit zijn mond, zette hij grote ogen op naar de mensen die zaten te eten.

'"Zij die het oog op valse ijdelheden richten, verzaken hun eigen genade,"' zei hij. 'Jonas.'

Als de mensen in de restaurants opkeken en Millroy's starende gezicht zagen, hielden zij op met kauwen en staarden terug, terwijl ze hun borden min of meer met hun handen afschermden.

'Dat is zuiver dierlijk,' zei Millroy. 'Dat is aapachtig.'

Dan keek hij hen strak aan, alsof hij hen tartte weer te gaan eten.

Maar ze keken zelden op. Millroy legde uit dat het voor iemand in een verlicht restaurant erg moeilijk was iemand in het donker buiten het raam duidelijk te zien.

'Loop eens door, knaap,' zei een ober op een avond tegen hem terwijl hij uit een Frans restaurant bij Copley Square stapte. Millroy aarzelde niet. Ik wist dat hij zich schaamde – zoals hij liep, zo heimelijk als hij me meetrok en wegschuifelde, zo schuins als hij gestaard had. Hij zou zichzelf hebben laten verdwijnen als ik er niet bij was geweest, en samen verdwijnen was een toverkunst die hij tot dusver niet in praktijk had gebracht.

Hij maakte zelden opmerkingen over de eters behalve 'dat is een ernstige maagkwaal' of 'zij gaat kokhalzen' of 'kijk naar het vet op zijn vingers.' Hij zei deze dingen altijd met een glimlach, maar hij stelde er een belang in dat mijn begrip ver te boven ging. Hij hurkte neer voor tenten waar dikke mensen met hun handen slecht, glanzend voedsel aten, en talmde het langst wanneer het door hun vingers glipte en zij hun knokkels aflikten en opnieuw toetastten.

Ik was die avonden altijd bij hem om hem gezelschap te houden, terwijl ik luisterde en probeerde iets te bedenken om terug te zeggen.

'In het eethuis doen eters dat niet,' zei ik.

Toen we op een avond van het toeren langs restaurantramen terugliepen naar het Eethuis van de Eerste Dag, zei hij dat het kijken naar de mensen al zijn honger had doen verdwijnen. Een andere keer zei hij: 'Eten is de meest intieme en onthullende daad – intiemer, diepgaander en langduriger zelfs dan enige andere menselijke activiteit. Het is geen eten. Het is voeden.'

Toch schonk het kijken hoe mensen zich voedden hem overtuiging. Deze mensen waren verloren – te oud, te koppig om ooit een Eethuis van de Eerste Dag binnen te gaan. Ze hadden dikke stemmen, een rokersgezicht, zittersheupen, waterzucht, varkensnekken, hangbuiken, kwabben en zakken. Ze waren hansworsten, kruipers, herkauwers. Ze aten tonijn en andere zeedieren zonder schubben of vinnen. Als ze wisten waar hij voor stond, zei Millroy, zouden ze zich tegen hem keren. Hij was al gehekeld door sommige kerken in Boston – de katholieke kardinaal, de Christian Science-aanhangers, die even verderop in de straat in de Mother Church zaten, en de zevendedagadventisten ('De *Sevvies* denken dat ik hun bliksem steel'.)

Sommige mensen die hem kenden haatten hem. 'Ik doe mijn best hen niet te negeren,' zei hij.

Dit was de reden dat hij diverse avonden per week uitging om naar de 'voeders' te kijken. Hij was in hen even geïnteresseerd als in de eters van De Eerste Dag.

'Waar is het goed voor blinde steun te hebben en welmenende lieden en dikke dwaze vrouwen die schrijnen voor me maken en hun lichaam beroeren?'

Hij had zich onophoudelijk het hoofd gebroken over Hazel De-Hart.

'Ik heb het nodig dat deze hansworsten tegen me te hoop lopen. Ik heb het nodig ze vlees te zien kauwen en ze dan hun lippen te zien aflikken en aan hun vingers te zien knagen. Hun houding inspireert juist tot openbaringen.'

'Ik heb een paar dingen genoemd die u niet moet eten,' zei Millroy de daaropvolgende week in het *Programma van de Eerste Dag*. 'Maar hoe zit het met verboden voedsel? Wat is slecht voor u?'

Hij reikte naar de tafel en raapte met zijn ongelofelijke kracht het enorme exemplaar van het Boek ter grootte van een telefoongids op, waarbij hij, zoals hij altijd deed, slechts zijn duim en wijsvinger gebruikte, en bleef het onder het praten vasthouden. Je was zo bang dat hij het liet vallen dat je wel naar hem luisterde.

'Het Boek verbiedt met name varkens, konijnen, hagedissen, slakken, mollen, fretten en muizen. Die mag u niet eten. Ook wezels en schildpadden – en alles met klauwen, alles wat kruipt, alles wat zich op zijn buik voortbeweegt. Vissen zonder schubben – haaien, tonijn, witvis. De rest kunnen we afleiden – krabben, oesters, en, dat spreekt vanzelf, slangen. Bepaalde vogels zijn slecht nieuws – reigers, zwanen, pelikanen, koekoeken, uilen, haviken, en – waarde landgenoten – het Boek zegt dat niemand arenden mag eten.

Leviticus elf is een handvest voor ecologen, en het is tevens een soort anti-boodschappenlijst. Denk eens aan al het andere voedsel dat in het Boek verboden wordt – verboden door weglating. Er is geen koffie in het Boek, geen thee, geen chocola, geen Coca-Cola. Niemand drinkt melk in het Boek, niemand eet aardappels, niemand kauwt kauwgum. Wat is daar zo vreemd aan? Het meeste van wat u op de planken van de gemiddelde supermarkt vindt is niet alleen onrein in bijbelse termen maar ook in strikt medische termen. Wetenschappers proberen nog steeds oude profeten en predikers in te halen. Het Boek beveelt niet één voedingsmiddel aan dat kankerverwekkend is gebleken. Wat belangrijker is: al het voedsel dat het Boek vermeldt is gezond. Er is hier zeker sprake van een boodschap die niemand tot dusver volledig begrepen heeft.'

Hij hield nog steeds met twee vingers van één hand het dikke Boek vast.

'Laat dit uw kookboek zijn. U zult gezond zijn. U zult overtollig vet kwijtraken. U zult sterk worden. U zult tweehonderd jaar in deugdzaamheid leven.'

Hij legde het Boek neer en kwam naar voren tot zijn gezicht het televisiescherm vulde.

'Andere predikers zullen u de hemel beloven,' zei hij. 'Maar hoe kunnen zij dat? Geen sterveling kan dergelijke beloftes doen. Ik ben slechts een boodschapper. En mijn boodschap is: Laat het Boek uw eetlust leiden en u zult gezond zijn. U zult regelmatig zijn. U zult verlost zijn van verstopping.'

'Ik heb nog nooit iemand zo'n preek horen afsteken,' zei LaRayne toen het programma die zondag voorbij was. We aten zoals gewoonlijk samen, na vier tafels aaneengeschoven te hebben, de uiteinden tegen elkaar, met Millroy in het midden.

'Misschien niet,' zei Millroy. 'Maar ik hoop dat je geluisterd hebt, want het is ook jouw boodschap. Zeer binnenkort stuur ik je er met een paar andere zonen en dochters op uit om in uitverkoren steden Eethuizen van de Eerste Dag te gaan drijven. Ik wil dat jullie klaar zijn.'

'Ik ben er klaar voor,' zei Dedrick met een glimlach.

'Dat is mooi.' Millroy omarmde hem en bood hem toen een vijgereep aan.

'Maar ik zou er beter klaar voor zijn als ik mijn rijbewijs had.'

'Haal het dan,' zei Millroy. 'Wat mankeert je?'

'Ik ben niet oud genoeg, man,' zei Dedrick.

'Yo, grote baas. Dedrick is vijftien,' zei Tuppy.

'Maakt het uit hoe oud je bent als je gezondheid en het kind in je nog intact zijn? Met De Eerste Dag zul je nog twee eeuwen datzelfde lichaam hebben. Leeftijd is een getal zonder betekenis als je echt gezond bent.'

'Ze zullen Dedrick bij de burgerlijke stand evengoed vragen hoe oud hij is als hij een rijbewijs aanvraagt,' zei Tuppy.

Millroy glimlachte, en die glimlach zei: Luister. 'Dit is een belachelijke discussie,' zei hij. 'Dedrick heeft geen rijbewijs nodig. Dedrick moet perfect zijn in zijn eetgedrag, en jullie ook.'

Ik wist wat er kwam, al wisten zij het niet, want ze glimlachten nog steeds. Ze beweerden geïnteresseerd te zijn in de uitstootmeter toen die werd aangesloten en ze ademden erin. Ze zeiden ook dat ze de maagpomp wilden proberen, maar toen Millroy die inbracht en de inhoud van hun maag – van deze nieuwe zonen Dedrick en Tuppy – op twee tinnen schalen pompte en met hen in brokken van de hutspot prikte om bepaalde maaltijden te achterhalen, begonnen ze te gorgelen en naar adem te happen en zeiden dat ze niet wilden kijken. Geen glimlachjes nu.

'Zo word je een getrouwe Zoon of Dochter van de Eerste Dag,' zei Millroy. 'Hoe kan ik jullie anders in vertrouwen naar een uitverkoren stad sturen om het programma uit te voeren?'

Hij roerde door de zachte brokken braakselachtige hutspot op de tinnen schalen. 'Ik zie natriumbenzeen. Ik zie emulgatoren. Ik zie maïs uit blik,' zei hij. 'Ik ken jullie probleem, makkers. Julllie hebben buiten de deur gegeten.'

Ze protesteerden, maar het bewijs lag op de schalen als iemand de kracht had er zonder te kokhalzen of waterige ogen naar te kijken.

Hij deed een uitstoottest bij Ike en Daylon.

'Jullie zijn schoon.'

Hij deed er een bij T. Van.

'Hij slaat uit.'

'Nou ja, ik heb wat tomatensap gedronken. Ze zeggen dat dat goed voor je is, hoor!'

'Die van jou was in blik,' zei Millroy, 'en dat is nog niet alles.'

T. Van pruilde, maar Millroy draaide het hoofd van de jongen rond door hem bij zijn kin te grijpen.

'Additieven. Alcohol. Met dat sap van jou was gerommeld, knul.'

Millroy had nog meer openbaringen.

'Ik heb zojuist een telefoontje gehad van mensen die mijn gezicht op bonenblikken willen,' zei hij. 'Ze hebben de commerciële mogelijkheden gezien van Paul Newman-slasaus, Roy Rogers-kip, Ninja Turtles-kauwgom. Weten jullie wat ik tegen ze zei?'

Het was een van onze dankzeggingsmaaltijden na het werk, en we luisterden allemaal.

'"Heeft Quaker-havermout ooit iemand tot een dienstweigeraar gemaakt?"' Millroy glimlachte. 'Maar ik heb een echte openbaring gehad. Ik moet de mogelijkheden van waarmerking verkennen.'

Hij wist dat we geen idee hadden waar hij het over had, dus wachtte hij om dit te laten bezinken.

'Net als kosjer-waarmerking door die somber ogende rabbi's op de zijkant van pakken matses,' zei hij. 'Ik verschaf kosteloos een Eerste Dag-verklaring van zuiverheid voor bepaalde voedingsmiddelen die strenge toetsen met betrekking tot vezelrijkdom, bezinkselinhoud en bijbelse authenticiteit doorstaan. Alles waarmee gerommeld is wordt doorgespoeld.'

'Het Boek suggereert bepaalde voedingsmiddelen,' had Millroy in een programma gezegd, 'maar in de meeste gevallen specificeert het niet hoe die gegeten moeten worden. Met andere woorden, we hebben een boodschappenlijst maar we hebben geen recepten. Dat wil zeggen, tot dusver hadden we die niet...'

Toen legde hij uit hoe hem diverse recepten geopenbaard waren, waarbij hij Eerste Dag-voedsel combineerde met zijn eigen manieren om het te bereiden: amandel-abrikozentaart, pistacherepen, meloenglacés, dadelcarrés, meergranenbrood, knoflook-munttaart, appel-vijgecocktail, rode snapper, escabeche van sardines, gepureerde kekers, granaatappeljam, bramengelei, geroosterde kastanjes, popcornbolletjes met honing, en allerlei groentesoepen, bonenschotels en vruchtebroden, of broden met olijven, dadels en kruiden erin gebakken. Het was niet alleen linzenmoes, Ezechiëlbrood en gerstekoekjes meer. Het Eethuis van de Eerste Dag werd bekend om zijn bakkerij en zijn desserts.

Dit trok een nieuwe groep eters aan: dieethouders, natuurvoedingsmensen, joggers, body-builders, aerobicsleraren – allemaal op zoek naar dit voedzame eten. Het waren mensen die het Boek nog nooit gelezen hadden. 'Maar misschien zullen ze het nu lezen,' zei Millroy, 'wanneer ze zich realiseren hoe goed het Boek kan smaken.'

Deze openbaringen namen de vorm aan van recepten die hij uitzond in het zondagse *Programma van de Eerste Dag*. Hij wilde ze ook publiceren, maar als altijd was het voor hem een probleem ze op te schrijven. Hij zei dat hij te ongeduldig, te eenzaam, te veel afgeleid werd als hij aan zijn bureau zat in een poging om te schrijven. Het was geploeter. Je liet het liggen, en als je terugkwam bij je bureau was er niets aan toegevoegd en was het korter en kariger dan je je herinnerde. 'Geen tovenarij kan zelfs maar één regel tekst voortbrengen,' zei hij. 'Laat staan een goed geschreven tekst. Maar jij kunt opschrijven wat ik zeg, engel.'

Zo maakten we nog wat kleine vouwpamfletten van vier pagina's. Eén ervan heette *Situationeel eten* en ging over het slechte voedsel dat mensen op bepaalde plaatsen aten, zoals bij sportevenementen, feestmalen of in de film, en hoe je moest voorkomen in de situationele val te lopen. Een ander pamflet heette *Recreatief eten*. Dat begon zo: 'Ik verveel me,' zei Jimmy. 'Laten we een pizza gaan halen.' Het laatste heette *Sequentieel eten* en beschreef het proces waardoor iemand verstrikt raakte in gevaarlijke eetgewoonten, zoals zoute pinda's knabbelen en dorst krijgen, dan een Cola drinken, maar in plaats van je dorst te lessen heeft de Cola alleen maar meer suiker en zout in je lichaam gebracht, waardoor je op iets als een hamburger wilt kauwen om de zoetigheid te elimineren, en ketchup op de hamburger, en daarna een reep chocola, die ook zout bevat, wat de dorst doet toenemen, enzovoorts.

'Voedsel kan je heel hongerig maken,' zei Millroy in het volgende programma. 'Als het slecht voedsel is kun je verhongeren, en kun je je gezondheid ernstig schaden.'

Terwijl zijn gezicht het scherm vulde, besloot hij dat programma met de kreet: 'Voedsel kan je doden!'

Rond deze tijd werkte Millroy vanwege de populariteit van het *Programma van de Eerste Dag* aan het openen van Eethuizen van de Eerste Dag in Baltimore en St. Louis. Hij had ook een oogje op Denver, Chicago en Detroit. Bepaalde steden waren van nature Eerste Dagsteden; iets met de stad, en waar het programma een groot publiek had. Hij kon geen succes hebben met het programma, zei hij, als hij de mensen geen plaats om te eten kon geven, en het eethuis zou niet lopen zonder het programma. Het programma had hoge kijkcijfers in die steden, ook al was het maar één keer per week te zien: om acht uur, een goedkoop tijdstip zondagsmorgens op de kabel, tussen *Lichaamstraining* en *Het uur van de macht* .

Toen sommige van de eethuizen bijna klaar waren, stuurde Millroy zonen en dochters uit Boston naar deze doelsteden – sommigen van de nieuwere jongelui om opgeleid te worden en de oorspronkelijke zonen en dochters Willie Webb, Stacy, Kayla en Berry om toezicht te houden. Ze gingen in paren: Bervia en Tuppy, LaRayne en Ike, Jaleen en Dedrick. De andere zonen en dochters Shonelle, Peaches, T.Van en de rest bleven in Boston, maar Millroy zei dat zij weldra naar eethuizen gestuurd zouden worden die verbouwd werden in Chicago en Detroit.

'Mettertijd zullen we landelijk worden,' zei Millroy, en sloeg toen een vertrouwelijke toon aan, een fluistertoon bijna, die hij niemand behalve mij wilde laten horen. 'Dat is de grens van mijn ambitie, mop. We zullen nooit overzee gaan. Ik wil de wereld niet veroveren. Die is mij niet waard.'

Je zou je onmogelijk kunnen voorstellen meer post te krijgen dan er elke morgen voor Millroy kwam, in zakken doorgestuurd door het tv-station. Millroy las elke brief. Sommige borg hij op, andere verbrandde hij.

'Het kan me niets schelen wat journalisten voor geld over me in de krant schrijven,' zei hij. 'Het probleem is dat ze me proberen te imiteren – ze gaan in de aanval, ze stellen aan de kaak, ze proberen grappig te zijn, ze rommelen met woorden en zetten zichzelf voor gek. Ze weten dat ik geen Elmer Gantry ben, maar dat is de enige predikant die ze kunnen bedenken: de dronkaard, de echtbreker, de trouweloze. Amerikanen zijn erin getraind de geestelijkheid als huichelaars te zien. Wie kan het ze kwalijk nemen?'

Hij maakte een postzak open die uitpuilde van pakjes brieven, en met een Eerste Dag-dolk begon hij de brieven te openen.

'Jimmy Swaggart – die, neem me niet kwalijk, mop, een hoerenloper is geweest – wat die man gegeten heeft!' zei Millroy. 'Let maar niet op het vlees waarvan je zijn gezicht gewoon bol ziet staan. Let maar niet op zijn onderkin. Ik ben blij dat we een uur na elkaar op de tv zijn! Ik wil dat de mensen ons allebei zien. Ik wil Jim en Tammy terug. Ik wil Oral Roberts met zijn hartaanval, en de bevende Billy Graham.'

'Ik ben veertig pond kwijtgeraakt en de Geest van de Heer woont in mij,' kon ik zien in een brief die Millroy vasthield maar niet voorlas. 'Ze zijn niet op zoek naar zielen – ze zijn op zoek naar geld,' zei hij. 'Laat ze in mijn programma komen en om beurten proberen mij in mijn maag te stompen.'

'Uw *Programma van de Eerste Dag* is het hoogtepunt van mijn week, en wanneer gaat u een Eethuis van de Eerste Dag openen in Albany?'

'Niemand betaalt voor deze brieven. Deze briefschrijvers menen wat ze zeggen. Sommigen van hen haten me. Dat kan ik begrijpen. De rest houdt van me op een manier die maakt dat ik me wil verstoppen.'

Om deze reden vermeed hij in levenden lijve op te treden. Hij wilde geen grote menigten toespreken, hij weigerde de pamfletten te ondertekenen en wilde niet dat zijn foto rondgestuurd werd.

'Stuur het Eerste Dag-logo maar.'

Hij wilde het idee van de Eerste Dag laten tellen, niet de naam Millroy. 'Niemand hoeft mij dankbaar te zijn. Bedank de Heer maar.'

Maar hoe meer hij zich verborg, des te beroemder werd hij. Hij weigerde in het openbaar te verschijnen, wilde niet met journalisten spreken, stuurde mensen van de *Today Show* en *Good Morning America* weg, beantwoordde geen telefoontjes van het tijdschrift *People*. Dientengevolge was zijn naam overal bekend.

'Soms is niets duidelijker dan hetgeen je probeert te verbergen,' zei hij. 'En is niets verborgener dan hetgeen duidelijk is. Elke tovenaar weet dat, mop.'

'Ik heb nagedacht over vlees,' zei Millroy op een dag tegen de resterende zonen en dochters en mij. 'En daarmee bedoel ik eetbaar vlees.'

Hij sprak met de trage, dromerige onthou-dit-stem die hij gebruikte voor openbaringen.

'Het is bijna onmogelijk het woord "vlees" uit te spreken zonder je hoektanden te laten zien. Het woord laat je glimlachen en je tanden ontbloten. Het andere sinistere aspect is het geluid. "Vlees" klinkt als "eet", en ook als "vleet".'

Hoewel hij lamsvlees braadde in het Eethuis van de Eerste Dag, en het aan een spies of anders gekookt serveerde volgens aanwijzingen in het Boek, had ik hem zelf nooit vlees zien eten. Het Boek stond vol dartelende lammetjes en tevens vol met hun geknapper en geur als zij geroosterd werden aan een spit, zei hij, maar zelf raakte hij het niet aan. 'Alle vlees heeft een gezicht,' zei hij. 'Alle vlees heeft een moeder.'

Dat was zijn reden om het niet te eten, dat dacht ik tenminste. Maar hij had een diepere reden. Die vertelde hij niet aan de zonen en dochters en niet aan mij. Toen had hij een nachtmerrie. Die was erger dan alle nachtmerries die hij tot dusver had gehad – meer kabaal, meer gekletter, meer gehijg. Ik hoorde het eerst als een beroering, de geluiden van zijn handen die klauwden en bonsden en de muur voor een deur aanzagen, het slaan van houtwerk terwijl hij naar buiten probeerde te komen.

Toen zijn stem uit het donker: 'Praat tegen me, engel.'

De duisternis zelf leek me vanwege Millroy's beschrijvingen net smeulende lappen vlees die je wanhopig maakten. Duisternis was dik – zo dacht ik er nu over. Maar wanneer Millroy wanhopig klonk voelde ik me verloren. Wat kon ik tegen deze tovenaar zeggen dat hij nog niet wist?

'Toe,' zei hij.

'Had u een nare droom?'

'Een vreselijke droom,' zei hij; zijn stem kwam door de planken. 'Dat er buiten een vrouw op me stond te wachten.'

'Kende u haar?'

'Ja.'

'Dat is fijn.'

'Het was de dood,' zei Millroy.

Wat kon ik daarop zeggen? Ik deed een poging.

'Ik vraag me af of ik die zou herkennen als ik ervan droomde,' zei ik, in de hoop dat het nooit zou gebeuren.

'Ieders doodsdroom is anders,' zei Millroy. 'Alleen jij zou het weten. Mijn droom zou jou niet bang maken. Het was mijn moeder met een varkenskopmasker, terwijl ze op één dun been voor de deur van De Eerste Dag tegen me stond te gillen.'

'Dat is reuze eng.'

'Voor jou niet, als het goed is.'

'Dat van dat ene been.'

'Dat is het belangrijkst,' zei hij.

Hij ademde zwaar, zoals hij meestal deed wanneer hij plotseling wakker werd, en hoewel we door houten muren ruimtelijk geschei-

311

den waren, was ik er zo aan gewend in het donker tegen hem te praten dat het was alsof we in dezelfde kamer waren.

'Ze was klein en gevoelig. Ze rook altijd naar bloem en melk. Ze kon geweldig koken.'

'In de droom?'

'Nee, toen ik opgroeide,' zei Millroy met een schor gefluister. 'In mijn droom was zij de dood.'

'Toen u opgroeide,' zei ik, in een poging een vraag te bedenken en die onderwijl verzinnend, 'wat gaf uw moeder u toen te eten?'

Er viel een van die stiltes die de duisternis deed spinnen als een groot slapend beest. Ik telde tot zevenenzeventig.

'Eén gerecht overschaduwde alle andere,' zei Millroy ten slotte.

'Dat was vast lekker.'

'Het was een nachtmerrie,' zei hij.

Hij maakte een geluid in zijn keel dat ik alleen eerder had gehoord toen hij zijn maag leegpompte met zijn rubberen zuiger.

'Moeders been,' zei hij.

Weer viel er een spinnende, met een vacht bedekte stilte.

'Het was op een zondag,' zei hij, 'en mijn moeder was lamsbeen aan het braden. Toen ze het in de oven had gezet realiseerde zij zich dat ze vergeten was bittere kruiden toe te voegen, zoals vermeld in Numeri: paardebloem, cichorei, andijvie, zuring. Dus terwijl het lamsvlees lag te prutselen in de oven ging ze weg om de kruiden te kopen.'

Hij haalde diep adem, begon weer, hijgde, en ademde opnieuw in.

'Ze stierf op weg naar huis,' zei hij. 'Pijnscheuten waarschijnlijk. Borstpijn. Het zuur. Ademnood. "Ik denk dat ik even ga zitten." Er stond een bank bij de bushalte. Ze ging zitten en stierf.'

'Jasses.'

'Dat was nog niet het ergste.'

'Jasses.'

'Toen ze niet terugkwam ging ik haar zoeken. Ik vond haar. Ik vertelde het aan tante Sam. Zij regelde de begrafenis.'

'Dat moet reuze droevig zijn geweest.'

'Het werd nog erger.'

'Jasses.'

'Een week na de begrafenis nam tante Sam me mee naar huis en gaf me het lamsbeen te eten. Hetzelfde. Moeders been. Tante Sam had het ingevroren en bewaard. "Eet op," zei ze, terwijl ze het sneed met een bot mes, en toen kwam ze bij me staan.'

Millroy hapte naar adem en maakte nog diverse slikgeluiden voor hij verder ging.

'"Eet op om je moeders wil," zei ze. "Zij heeft het voor je gemaakt."'

Nu was de stilte onmetelijk en donker, en waren wij erin verloren.

'Het was niet helemaal ontdooid, dus was het vlees nog steeds koud en grijs en lijkachtig, met witte vezels en zenuwen,' zei Millroy gedempt, alsof hij een volle mond had. 'Je verwachtte te merken dat het haar sok aan had.'

De kleine vlagen en uitbarstingen van stilte waren net gesmoorde snikken, en ik lag nog steeds te tellen.

'Zo heb ik moeders been opgegeten,' zei Millroy. 'Ik heb daarna nooit meer vlees gegeten. Zou jij dat doen?'

Toen sloot de duisternis zich boven hem, en werden wij er weer door geblinddoekt, tot zwijgen gebracht en gescheiden.

's Morgens zei Millroy: 'Ik heb een openbaring gehad,' en leek blij.

Dit was Millroy met de zon op zijn gezicht ('Ik tover bij daglicht') en een goed idee, iets visueels voor het *Programma van de Eerste Dag*.

'Je moet me helpen,' zei hij. 'Ik kan het niet zonder jou.'

Hij kleedde me als een oud vrouwtje en nam me mee naar de studio, waar we het fragment 'moeders been' repeteerden.

Het was de eerste keer dat ik in deze studio was, een ander station dan *Paradise Park* en een andere wereld. De mensen toonden respect – de portier, de veiligheidsbeambte, de grimeuse, de technici. Millroy had zijn eigen kleedkamer.

Hij was ingetogen op de set – de mensen maakten ruimte voor hem, spraken hem niet direct aan, onderbraken of weerspraken hem niet. Hij leek ouder en serieuzer, met iets geheimzinnigs over zich, iets gevaarlijks misschien, niet magisch maar met een onvoorspelbare kracht. Het maakte me nerveus, maar na een tijdje wist ik waarom: er waren geen kinderen hier, helemaal geen jongelui. Millroy was anders onder volwassenen. Hij was zichzelf niet. De echte Millroy was een blijere man, die soms nachtmerries had, soms behoefte had de straten van Boston te doorkruisen om in ramen van restaurants te kijken, en mij soms nodig had op manieren die ik niet begreep, maar die altijd een tovenaar was.

'Ik wil dat jullie denken dat dit oude vrouwtje mijn moeder is,' zei hij bij de eerste repetitie tegen de mensen op de set terwijl hij mij naar voren wenkte.

Ik hield mijn mond en bad dat mijn pruik er niet af zou vallen.

Met gebruikmaking van de simpelste rekwisieten maakte Millroy van het verhaal 'moeders been' een stomme film, met muziek in plaats van een vertelling. Het was perfect, zei hij – duidelijk, sterk en vanzelfsprekend. Met mijn schort, pruik en schminkmasker was ik moeder Millroy die het lamsbeen in de braadpan legde en in de oven schoof. Toen ging ik dood. Toen was ik tante Sam die Millroy het lamsbeen opdiende dat ik had ingevroren – 'moeders been' op een schaal.

Toen Millroy het weigerde te snijden, nam ik zijn mes, stak het erin, hakte er brokken vlees af en at die op. 'Stop het vlees met de rug van je hand in je mond en kauw als een kannibaal.'

Millroy weigerde er zelf iets van te eten. De boodschap was: dit is vlees.

'Eet niets wat een moeder heeft – niets wat een gezicht heeft,' zei Millroy aan het eind van dit programma. 'Stop nooit vlees in je mond. Stop nooit vlees in je lichaam.'

'Sensationeel programma, dokter Millroy,' zeiden ze op het tv-station.

We waren amper terug in het eethuis toen de telefoons begonnen te rinkelen. Millroy zei tegen mij dat ik ze moest beantwoorden, nam toen, omdat hij een nieuwe golf van belangstelling voor zijn persoon voelde aankomen, het programma van de daaropvolgende week vroeg op, en vertrok voor een rondreis langs de andere Eethuizen van de Eerste Dag. Elke avond belde hij vanuit een motel of vanuit de eethuizen om te melden dat ze allemaal een enorm succes hadden.

Op een avond, ongeveer een week na 'moeders been' en een paar dagen nadat Millroy vertrokken was, was ik alleen in het eethuis, toen de telefoon ging. Het was laat, na elven. Ik dacht dat het Millroy moest zijn die belde vanuit een andere tijdzone. Wie zou er anders op dat uur bellen?

'Hoi,' zei ik, denkend dat het Millroy was.

'Hij controleert je nog steeds,' zei de stem meteen; geen hallo, geen met-wie-spreek-ik, verder niets.

'Met wie spreek ik?'

'Hij speelt nog steeds met je als een pop.'

Het was een beverige, zure oudevrouwenstem, als die van een dier in een tekenfilm. Ik kon alleen aan Millroy's moeder denken omdat zij in mijn gedachten was geweest. Zij was dood, maar die stem ook.

'Ik dacht dat hij je inmiddels wel met rust gelaten zou hebben,' zei de stem. 'Maar nee, hij is schaamteloos, en hij kan je niet vermommen.'

'Ik denk dat u het verkeerde nummer hebt.'

'Ik heb zijn nummer, geen twijfel aan.'

Waar had ik die stem gehoord? Hij zat vol oude spinnewebben.

'Ik ben hem op het spoor.'

De stem was heel boos en hekserig en hol geworden. Ondanks de kritiek en de dwaze lieden was ik er nog steeds niet aan gewend als vreemden – of wie dan ook – slecht over Millroy spraken.

'Hij is daar, hè? Zegt tegen je dat je moet ophangen.'

Ik keek naar het donker om mij heen en probeerde te bedenken of ik de voordeur op slot had gedaan.

'Ja.'

'Zeg maar tegen hem dat hij er spijt van zal krijgen. Hij kan niets doen om zijn leven te redden. Zeg maar tegen hem dat hij kapotgemaakt zal worden. Hij zal op zijn rug drijven!'

Voor ik kon antwoorden was er een klik en een zoem – de persoon had opgehangen. Ik vergewiste me ervan dat de eethuisdeuren op slot waren en probeerde te slapen. Ik werd steeds ongerust wakker met de gedachte: Iemand die je opbelt weet precies waar je bent. Ik wou dat Millroy er was om hem over mijn ongerustheid te vertellen, zoals hij zo vaak bij mij had gedaan.

'Hoe gaat het, maat?' vroeg T. Van mij de volgende morgen.

Ik vertelde hem bijna van het bedreigende telefoontje, maar besloot dat niet te doen. Wel was ik blij dat T. Van zo sterk was en dat hij en Troy dienst hadden terwijl Millroy weg was. Troy deed aan gewichtheffen, en het Eerste Dag-voedsel had hem sterk en panterachtig gemaakt.

Millroy kwam glimlachend terug van zijn rondreis langs de eethuizen. 'Ik kan niet geloven hoeveel petten en shirts we verkopen,' zei hij. 'Het lijkt verkeerd – we hebben de inkomsten niet nodig. Maar als het kopen van logo-artikelen mensen ertoe brengt Eerste Dag-voedsel te eten denk ik dat het een goede zaak is. Hoe is alles hier, makker?'

'Makker,' omdat T. Van en Troy meeluisterden.

Millroy zat later diezelfde dag de boekhouding te doen toen hij over zijn schouder zei: 'Ik dacht twee avonden geleden aan meneer

Phyllis. Ik zag een herhaling van het oude *Paradise Park* op een kabel-zender in Baltimore. Ik wed dat je je hem niet eens herinnert. Enge ouwe Sidney Perkus.'

De getikte oude homo. Jawel: tovenarij. Twee avonden geleden was woensdag, de avond van het telefoontje. De stem was van hem.

'Mag ik u iets vertellen?' vroeg ik.

XXX

De fluisteringen en tegenstrijdigheden gaven me het gevoel dat we in gevaar waren. Was het omdat april voorbij was, het weer warmer, en ik mij nu ik minder kleren droeg naakter en kwetsbaar voelde? De zomer, die over een maand begon, betekende dat ik weldra een heel jaar bij Millroy zou zijn. Wat was er gebeurd met die man die zijn gezicht naar het mijne had gebracht en mij had uitgekozen? Hij was sterker, hij was zwakker – ik ook. Ik miste de oude tijd toen alles kleiner en simpeler was geweest – toen ik zag hoe Millroy steentjes uit bonen verwijderde, over eten praatte en toverkunsten voor me deed in de Airstream-caravan in Buzzards Bay of Wompatuck. Wat zag hij in zijn wereld van nu?

In het wit gekleed – een witte schort, een Eerste Dag-honkbalpet, nieuwe witte schoenen – keek Millroy uit de voorruit van het eethuis, handen in zijn zak, en zag hij hoe de mensen Park Street overstaken, bestellingen afleverden bij *Legal Sea Food*, of zich verzamelden voor de universiteit van Massachusetts of het hotel. Achter hem waren alle nieuwe zonen en dochters bezig de zaak in gereedheid te brengen, tafels af te ruimen en op te dienen. Weldra zouden we opengaan voor het ontbijt, en de eters zouden op ons af zwermen zonder dat we meer deden dan de deur van het slot halen. Millroy dacht: We hebben geen cent aan reclame uitgegeven.

'Ik realiseer me nu dat dit een revolutionaire hervormingsbeweging is,' zei hij. 'Dit is wonderbaarlijk.'

De geur van brood dat gebakken wordt was als een dikke wolk geschroeide, zoetzure parfum, en een zweempje ervan vulde je hoofd al met een vaag genoegen, gleed je keel door en maakte dat je wilde kauwen en slikken. 'Ja!' zei hij toen ik hem vertelde dat een brood van ongebakken brooddeeg net een babykontje was.

'We verzetten bergen,' zei hij. 'We zijn groot. Ik had niet voorzien dat ik zoiets groots was begonnen, en het is allemaal deugdzaam en gebaseerd op het Boek. Dit' – hij snoof de kookgeuren op – 'is spiritueel.'

317

'Zeg maar tegen hem dat hij er spijt van zal krijgen,' hoorde ik ook – meneer Phyllis die kwaakte door zijn dunne, gerimpelde lippen.

Intussen had Millroy de sleutel in het slot van de voordeur omgedraaid en schoof hij de grendel open. Er hadden zich mensen verzameld met hongerige blikken op hun gezicht. De gedachte aan voeding deed hen verloren en nerveus en alert lijken, als kippen die hun kop met een ruk opheffen bij het geluid van de grendel die op de deur van het kippenhok wordt gegooid.

'Ik had echt niet gedacht dat het zo zou zijn,' zei hij. 'Ik had een simpel idee. Het werkte voor mij. Het gaf me levenskracht. Ik gaf er omwille van mijzelf uiting aan. In alle bescheidenheid: hoe kon ik weten dat ik het universele geheim van het eeuwige leven bezat?'

Daar kwam het ontbijtvolk binnen, gehoorzaam en hongerig ogend, allemaal met dezelfde gezichtsuitdrukking, om door Millroy gevoed en door de zonen en dochters begroet te worden.

Ik zocht tussen de gezichten van de binnenkomende eters naar meneer Phyllis. Hij zou gemakkelijk te herkennen zijn, met zijn rimpels van een oude clown en slap hangende mond en ogen.

'Zeg maar tegen hem dat hij kapotgemaakt zal worden.'

Op de een of andere manier had ik het gevoel dat hij als hij naar het eethuis kwam zijn slechtgehumeurde kat bij zich zou hebben, die Millroy Stinky had genoemd.

'Het verleden zal herrijzen en door de deur binnenkomen en ons verbazen,' zei Millroy altijd.

Hij doelde op het Boek en de menigte hongerige mensen, maar ik kon alleen aan meneer Phyllis denken.

'De waarheid – de waarheid is iets wat wij kennen, iets waar wij elke dag naar kijken, zonder te beseffen dat het de waarheid is. De waarheid ligt voor de hand,' zei hij. 'De waarheid staart ons in het gezicht.'

Hij bedoelde Eerste Dag-voedsel. Geen kerk in Amerika had veel met het voedsel in het Boek gedaan, zei hij. Vergeet de joodse afschuw van varkensvlees. De zevendedagadventisten baseerden bijna hun hele religie op twee bladzijden Leviticus. Jehova's Getuigen waren gefixeerd op het bloed van gekeelde dieren. Mormonen hadden eenvoudigweg een cultus van geld en veelwijverij bedacht, en ze dronken geen alcohol (hoewel bijna iedereen in het Boek dat deed). De rest – rundvleesetende anglicanen, spaghettivretende katholieken, doopsgezinde hansworsten – at alles wat in hun mond paste.

'Vertrouw nooit een tv-evangelist tenzij hij zich vijfenzeventig keer kan opdrukken. Als hij ongezond is, is hij een huichelaar – maakt niet uit wie.'

Er verscheen een artikel over De Eerste Dag in de *New York Times* onder een oude foto van Millroy, een van de promotiefoto's die rondgestuurd werden door *Paradise Park* toen het de kijkcijfers van Sesamstraat voorbijstreefde. Daarop was de tovenaar te zien met een glimlach en zijn Maaltijdmagie-koksmuts op, en kinderen om hem heen geschaard. Het kranteartikel gebruikte de zinsnede 'Granty met muesli', verwees naar de 'Eerste Dag-kerk', en het bijschrift onder de onnozele, grijnzende foto luidde: 'dominee Millroy'.

'Makker!'

Hij dicteerde mij een antwoord. Met mijn ellebogen uitgestoken aan Millroy's uitklapbaar bureau gezeten, schreef ik op wat hij tegen me zei, zijn brief aan de redactie van de *New York Times*. Hij haatte het vergeleken te worden met Elmer Gantry. Hij wilde dat zijn boodschap werd afgedrukt. Hij maakte melding van voedsel en het Boek, en een leven van tweehonderd jaar, en de opdringerigheid van journalisten, en wat kon iemand doen als een scribent het plan had opgevat hem belachelijk te maken? De brief werd niet geplaatst ('de redactie dankt u voor uw bijdrage maar kan deze niet gebruiken'). Millroy raakte geagiteerd en ik bleef mij zorgen maken.

Deze misverstanden maakten hem soms nukkig, maar ze vormden voor mij een aanwijzing dat we problemen zouden kunnen krijgen. Er stonden al artikelen in tijdschriften en kranten over het grote succes van het *Programma van de Eerste Dag*. Het Eerste Dag-voedsel had het koken in het algemeen beïnvloed, zeiden sommige journalisten en culinaire scribenten als ze opbelden voor meer informatie. Maar omdat Millroy weigerde met hen te praten en niet geïnterviewd wilde worden, bleven er vergissingen opduiken. Veel mensen namen simpelweg aan dat dominee Millroy de Eerste Dag-kerk had gesticht, en dat het evenzeer een kerk was als de Gemeente Gods of die der congregationalisten.

Zelfs sommige zonen en dochters geloofden deze vergissing.

'Wat mij betreft is de grote baas een prediker,' zei Troy kalm tegen mij.

'Maar dat wil hij niet zijn.'

'Hij moet toch iets zijn.'

'Een tovenaar,' zei ik. Dat dekte alles. Als iemand een tovenaar was, hoefde je niets meer over hem te weten.

'Waar heeft hij op school gezeten?' vroeg Tomarra aan mij.

'Tovenaars gaan niet naar school.'

Maar ik wist dat dit niet het juiste antwoord was. Het waren simpele vragen die de zonen en dochters mij stelden; toch waren de simpelste soms het moeilijkst. Kwam hij echt uit El Jobean in zuid-Florida, zoals hij me ooit had verteld? Hoe oud was hij? Had hij zelf echte kinderen? Wat was het verhaal van zijn toverkracht?

'Hij zegt altijd hoe dik hij vroeger was,' zei T. Van. 'Nou, in welke stad zat hij toen hij dik was?'

Ze vroegen het aan mij omdat ze bang voor hem waren, en omdat hij tegenwoordig steeds meer op reis was. Ze namen aan dat ik de antwoorden op deze simpele vragen moest weten.

'Ik weet het niet,' zei ik.

Willie zei met een hinnikende, ongelovige stem: 'Weet je zeker dat de grote baas je vader is?'

'Stiefvader,' zei ik.

Willie rolde met zijn ogen – niet naar mij maar naar de anderen, wat mij een des te onbehaaglijker gevoel gaf.

'Dat zal ik proberen te onthouden,' zei hij. 'Als jij belooft hetzelfde te doen.'

Een andere keer zei Dedrick tegen me: 'Wat is je geheim, kleine baas?'

Ik had geen antwoord omdat Millroy geen antwoord voor me had. Was ik bezig hem kwijt te raken? Normaal gesproken ken je iemand des te beter naarmate je hem langer kent. De tijd gaat voorbij en maakt ze vertrouwd. Je bent steeds minder bang. Vaak weet je vóór ze hun mond opendoen wat ze zullen zeggen.

Met Millroy was het anders. De dag dat we elkaar ontmoetten op de boerenkermis in Barnstable had ik het gevoel gehad dat ik hem goed kende – zoals hij lachte, de woorden die hij gebruikte om me gerust te stellen. Hij wist wanneer ik honger had en wat hij me te eten moest geven. Hij wist vóór ik het hem vertelde wat mijn zorgen waren: Gaga en Dada en school. Hij kalmeerde me, hij beschermde me. Ik ben veilig, zei ik bij mezelf. Hij was een vriend – meer dan dat, hij was een deel van mij. In een vorig leven was ik hem geweest en was hij mij geweest, zei hij. Misschien, dacht ik, op een bepaalde manier. Als ik niet had geloofd dat hij goed was, zou ik dan zo met hem zijn meegegaan? Ik herhaalde het antwoord hierop altijd bij mezelf, oefende het voor Dada, Gaga of iedereen die het zou kunnen vragen.

Maar naarmate de tijd verstreek was Millroy steeds meer een man van geheimen geworden, een vreemde bijna. Het was het omgekeerde van alles wat ik gekend had. Hoe langer we samen waren, des te minder kende ik hem, en des te moeilijker was het te voorspellen hoe hij zou reageren; en ik had er steeds minder idee van hoe ik het hem naar de zin moest maken. Hij was van een simpele, vriendelijke ziel die trucs deed veranderd in een grote, gecompliceerde man die tovenarij bedreef.

Zijn kracht maakte dat ik mij zwakker voelde, en nu in deze maanden van uitbreiding – Eethuizen van de Eerste Dag in nog drie steden – voelde ik me machteloos. Ik zag dat zijn tovenarij, terwijl ik die bewonderde en erdoor verbluft werd, de hele tijd juist datgene was geweest wat mij belette hem te leren kennen. Misschien zou ik hem wel nooit kennen.

'De Heer is onkenbaar. Hij kleedt zich en praat en eet en drinkt als een mens, maar hij is God,' zei Millroy. 'Je zou zijn gelijke moeten zijn om hem te kennen – even groot, even goddelijk – en wie op aarde is zo machtig?'

Dit gevoel had ik over Millroy, en daarom had het nachtelijke telefoontje van meneer Phyllis mij bang gemaakt. Terwijl hij ooit zo nabij was, leek Millroy nu groot, geheimzinnig en ver weg. Ik hield van zijn verrassingen omdat hij altijd aardig was, maar iemand zo vol verrassingen moest vol geheimen zijn.

Neem de Eethuizen van de Eerste Dag. Hij had er niet veel over gezegd – alleen dat hij er meer wilde starten, dat hij wilde uitbreiden en blijven groeien, teneinde de niet-eters te tarten en het ware woord te verspreiden. Dat was een prima idee, vond ik, maar niet meer dan een idee. Ik dacht er niet meer over na tot er op een avond op het radionieuws een bericht over Philadelphia was. Een jongen die zijn moeder had vermoord was gegrepen toen hij haar creditcard gebruikte om een dure zonnebril te kopen.

'Dat is een Eerste Dag-stad,' zei Millroy. 'Philly.'

Wat betekende dat?

'We zitten nu in Philadelphia,' zei hij. 'We hebben tv-zendtijd op zondag en een Eerste Dag-locatie.'

Ik wist van Baltimore, Denver en sommige andere steden, maar Philadelphia? Aldus kwam ik erachter dat er nog meer steden waren. Millroy had ook plannen voor Tampa, Memphis en New Orleans. Hoe had hij De Eerste Dag zo snel uitgebreid? Hij ontkende dat het grootschalig was, en omdat hij niets aan de westkust had kon hij niet zeggen dat het echt landelijk was.

'Het heeft een beheersbare omvang en het is een kleinhandelsoperatie zonder complicaties. De eerste was het moeilijkst. Daarna is het alleen een kwestie van delegeren, herhalen en een goede kwaliteitscontrole – zuiver, elementair Eerste Dag-voedsel in een gezonde omgeving. Het enige dat we in blik hebben is het programma.'

Het was nog steeds een wekelijks vooraf opgenomen programma, vol kookkunst en bekentenissen, maar met steeds minder uitbarstingen van tovenarij. 'Het moet simpel blijven,' zei hij. 'We mogen het ons niet laten verblinden en verslinden.'

De zomer kwam. Millroy stuurde Zonen en Dochters van de Eerste Dag naar nog vier steden. Hij bezocht ze – 'kwaliteitscontrole'. Hij zei er niet veel over. Ik wist niet of de eethuizen slecht liepen en hij in stilte bezorgd was, of dat hij verlegen was met de onverhoedsheid van hun succes, met de wijze waarop hij met zijn eigen Eerste Dag-model Eerste Dag-steden creëerde. Ik besloot dat het zijn succes was dat hem zo heimelijk maakte, omdat hij het onbehaaglijk vond zoveel geld te verdienen. Wat deed hij ermee?

Dit maakte dat ik me kleiner voelde, en deed hem groot en geheimzinnig en druk lijken.

Door alleen in het eethuis achter te blijven terwijl hij op reis was, waarbij ik min of meer de leiding had over de Bostonse Eerste Dag, leerde ik de zonen en dochters beter kennen – degenen die er nog steeds waren, en de anderen van horen zeggen. Ze hadden allemaal enge verhalen te vertellen – van vaders die dronkener en zieker waren dan Dada, van oma's die gekker en wreder waren dan Gaga, akeliger mensen dan ik ooit had gehoord, erger dan de ergste lieden in The Mills of in Mashpee. Maar het was niet hun bedoeling mij bang te maken; ze beantwoordden alleen mijn vragen.

Ze wisten ook dingen van elkaar. 'LaRayne's broer Tooty is opgepakt omdat hij een leraar uit het raam heeft geduwd. Toen heeft een andere knaap op de tuchtschool Tooty zo erg toegetakeld met een gebroken fles dat zijn oog eruitgestoken werd en nu is het van glas. Hij laat het eruit floepen en zuigt erop om je over je nek te laten gaan.'

Dat was Troy aan het woord. Maar Troy had het zelf ook moeilijk gehad volgens Peaches. 'Troy's ouwe heer is in brand gestoken en zo aan z'n eind gekomen. Ze hebben hem verbrand.'

Ik vroeg waarom.

'Hij dealde crack en misschien was de crack slecht, of drukte hij geld achterover. Slechte drugdeal. Moet je horen, kleine baas, het kon ook een persoonsverwisseling zijn. Wie weet? Maar je kunt er beter niet naar vragen. Snap je wat ik bedoel?'

Geen wonder dat ze hier gelukkig waren, gevoed en betaald door Millroy de tovenaar. Dit moest hun zo vredig hebben geleken.

'Tuppy en Ike zijn allebei homo.'

Wist Millroy dat?

'De grote baas weet alles.'

T. Van had littekens op zijn handen en armen.

'Dat zijn beetafdrukken,' zei hij. Zijn naam was voluit T. Van Dyer. 'Van tanden.'

Meer wilde je niet weten.

Op een dag waren we een band van Millroy's Ford aan het verwisselen, Tomarra Weatherless en ik, en nadat ik de auto met de lange, van een dwars handvat voorziene moersleutel had opgekrikt, zei Tomarra: 'Ik haat die dingen.'

Ik vroeg: 'Welke dingen?'

'Mijn vader ging uit z'n bol met een van die Engelse sleutels.'

Daar wilde je evenmin meer over weten.

In deze verhalen figureerden messen, pistolen, gebroken flessen en flinke houten stokken, alsmede grote, verwoestende branden. Er was sprake van gesloopte huizen, verongelukte auto's, politieagenten, gevangenissen, drugs, diefstallen, alcohol, dood en letsel. Het was voor mij geen raadsel waarom ze Millroy gehoorzaamden en het Eethuis van de Eerste Dag nu als hun thuis beschouwden.

'Dedrick heeft een of andere zenuwinzinking gehad en zijn zus heel erg gestoken.'

Wat was er met hem gebeurd?

'Daar probeert hij nog steeds achter te komen.'

'Vragen je ouwelui zich niet af waarom je van huis bent weggelopen?' vroeg ik Shonelle Bigart, terwijl ik mij voorstelde hoe de Bigarts vandaag zonder haar ontbeten.

'Als mijn moeder mij uit het huis heeft geschopt, wat zo is,' zei Shonelle, 'waarom zou ze zich dat dan afvragen als ze de reden al weet. Snap je wat ik bedoel?'

Daylon Jefferson zei dat hij nooit naar huis ging. Hoe zou hij dat kunnen? Hij had geen thuis, alleen die oude dame Bodette, die altijd in de lorem was.

'We zijn op straat gegooid,' zei hij.

Het waren treurige verhalen die de zonen en dochters vertelden. Als je om meer vroeg, deden ze je het genoegen.

'We woonden dus in een rammelkast, een *Chevy Country Squire* uit achtenzeventig, vierdeurs, op een parkeerplaats in Warren Street. De radio deed het tenminste.'

Meestal hielden ze hun vroegere leven voor zich, alsof het ongeluk bracht over die dingen te praten, of hen slechter deed lijken – wat zeker zo was – of mij een verkeerd idee zou kunnen geven, zodat ik op het laatst misschien medelijden met hen zou krijgen of zou denken dat ik het in mijn eigen vroegere leven gemakkelijker had gehad, wat waarschijnlijk waar was.

'Dat is mij niet overkomen,' leken ze te zeggen. 'Dat is iemand anders overkomen. Dit is nu mijn leven.'

Ze waren net als Millroy. Hoe meer ik hun verhalen hoorde, des te minder kende ik hen, en ik voelde me een vreemde. De vraag 'wie zijn die mensen?' maakte meestal dat ik me eenzaam voelde.

Ze bewonderden Millroy, verafgoodden hem zelfs. 'Hij is de Grote Kraker,' had Willie gezegd. 'Soms bid ik tot Millroy,' vertelde Tomarra me. Ze zagen hem als almachtig – hij kon iedereen kapotmaken. Daardoor vreesden en respecteerden zij hem.

Peaches en ik waren op een morgen gerstesoep aan het opscheppen toen Millroy juist vertrokken was voor een kwaliteitscontrole in een Eerste Dag-stad.

'Je komt mensen tegen van wie je zegt: hé, ik wil net zo zijn,' zei Peaches. 'Maar de grote baas is anders. Stel dat hij gelijk heeft en wij tweehonderd jaar leven. Evengoed zul je zolang je leeft nooit zoals hij zijn.'

De soep kwam tot de rand en walmde in de aardewerk kommen, en wij serveerden hem met dikke plakken roggebrood en 'koeiekaas'.

'Daarom klamp ik me zo aan hem vast,' zei ze. 'Ik kan niet bij hem weg, omdat hij je ware is.' We waren nog steeds aan het opdienen en zij dacht nog steeds aan Millroy.

'Hij is de man,' zei ze.

Eerst kreeg ik hier kippevel van. Toen dacht ik: Ben ik daarom na een heel jaar nog steeds hier? Ik had Millroy nog nooit zo bekeken, maar toen Peaches dat gezegd had, begon ik te denken dat het waar was. Wij konden nooit zoals hij zijn, wat er de reden van was dat we hem nodig hadden en in hem zouden blijven geloven en nooit weg zouden gaan.

'Hij is een leerervaring die nooit ophoudt,' zei Peaches terwijl ze gemorste gerstesoep van haar duim likte. 'Hij is een speciaal iemand.'

Er stonden tranen in haar ogen toen ze ophield met praten en over Millroy na bleef denken. Ze deed me denken aan Stacy wanneer ze met dromerige ogen naar Millroy keek, en Hazel DeHart ('soms beroer ik mijn lichaam'). Ongeacht het Eerste Dag-voedsel en een leven van tweehonderd jaar – ze waren allemaal verliefd op Millroy.

Behalve ik. Maar als ik ze hoorde was ik trots dat ik hem zo lang kende, en dat ik de eerste was geweest die hij had uitgekozen. Ik herinnerde me de tijd dat hij onbekend was, niets in de krant, niets op de televisie, toen we gewoond hadden in een caravanpark in Buzzards Bay en steentjes uit bonen verwijderden en hij zo ernstig zei: 'Ik wil alleen dat je regelmatig bent' en ik gedacht had: Wat moet dat betekenen?

Willie Webb had gelijk. Ik was een van Millroy's geheimen. Niemand wist wie ik eigenlijk was, Jilly Farina uit Marstons Mills, die zich al die tijd schuilhield voor Gaga en Dada, met een nieuwe naam en andere kleren. Een geheim, of misschien één van Millroy's trucs, iemand die hij kon laten verdwijnen – het ene moment glimlachend, het volgende verdwenen, de rest van de tijd achter zijn hand. Was dat niet tot dusver mijn leven met hem? Wanneer ik nodig was dook ik hup! te voorschijn, met mijn ogen knipperend in het felle licht, terwijl ik mijn overhemd rechttrok. Daar is hij dan! Ik kwam of ging overeenkomstig zijn wensen. En niet alleen ik, maar iedereen die in De Eerste Dag geloofde. Hij bracht ons tot leven. Dat was een wetenschappelijk feit, zoals hij zei. Wanneer hij verdween liet hij de wereld verdwijnen. Als hij terugkwam kwamen wij met een sprong tot leven.

'Ik ga naar Denver,' zei hij op een dag tegen mij.

Mijn armen ploften recht langs mijn zijden omlaag, en mijn levenskracht begon weg te lopen uit mijn lek geprikte ziel. Neem me mee, alstublieft.

'Wil je met me mee?'

We waren lang genoeg samen geweest om hem te laten weten dat mijn zwijgen ja betekende.

Toen naar het vliegveld, de eerste keer dat ik ooit in een vliegtuig zat, de geur van tapijten, plastic en opgewarmd vlees, twee oude vrouwen die ons lieten zien hoe we gele zwemvesten moesten dragen; toen bonkte het vliegtuig als een slee door sliertige witte wolkflarden die de reusachtige metalen vleugels omhoog hielden en lange vegen speeksel op de ramen achterlieten.

'Een windstoot,' zei Millroy.

En dit vier uur en een kwartier, op een kluitje, vijf op een rij, met de ellebogen tegen elkaar, terwijl Millroy praatte.

'Dit is een afgesloten laadkist, en als je aan al deze lichamen denkt kun je je wel voorstellen hoezeer de lucht vergeven is van bacteriën.'

Op een plastic kaart in het opbergvak van de stoel voor me stond IN GEVAL VAN NOOD en was een afbeelding te zien van een getekende figuur die met zijn hoofd tussen zijn knieën zat te bidden.

'Vergeet dat maar, mop. Als we neerstorten hebben we het gehad.'

Ik keek uit het raam en zag het land als een vervaagde landkaart met vijvers en meren als schijven van aluminiumfolie onder ons. Ik pakte het blad van de luchtvaartmaatschappij en bladerde naar een artikel over koekoeksklokken in Zwitserland.

'En de straling op deze hoogte kan je cellen doen verbranden.'

Ik had mijn zakdoek tegen mijn neus toen Millroy zijn hand uitstak en hem wegplukte en in zijn vingers liet verdwijnen.

'Je kunt een trommelvlies breken als je je neus snuit. Veeg het maar even aan je mouw.'

Er werden maaltijden op plastic borden uitgereikt door de oude vrouwen, die metalen karretjes voortduwden.

'Niet ademen, engel. Er zweven schadelijke, meegezogen voedselgeuren rond.'

Hij bracht Eerste Dag-voedsel voor ons te voorschijn, en we aten samen als picknickers, maar toen hij klaar was keek hij hoe passagiers aten, en zijn gezicht glom zoals wanneer hij 's avonds laat mensen door restaurantramen zag.

'Water?' Het was een van de oude vrouwen, die Millroy een kan ijswater liet zien. Millroy schudde zijn hoofd en glimlachte en ging door met praten op zijn buiksprekersmanier.

'Drink nooit water in een vliegtuig. Het is zwaar gechloreerd en natuurlijk potentieel fataal.'

Ik stak mijn hoofd naar beneden als de getekende man op de noodgevalkaart en bad tot we landden in Denver, waarbij het vliegtuig bonkte en loeide.

Denver – Stapleton Airport – rook anders dan Boston – dunnere lucht, een drogere, stoffiger geur. Het land lag heet en helder onder een weidse hemel die gestut werd door ver gelegen bergtoppen, en ik kon heel die blauwe ruimte als hoogtedruk op mijn voorhoofd en in mijn oren voelen.

Een paar minuten buiten het vliegveld reed onze huurauto door voorstedelijke straten met bungalows en huizen in vakwerk en baksteen met veranda's, met op vaste afstanden bushaltes met banken waarop UW NAAM HIER $25 stond en één bank dichterbij de stad waarop stond: DE EERSTE DAG.

Millroy noemde alle dingen op die hij zag, als een stem in een bepaald soort film. 'Checker auto-onderdelen, doorsmeerderij, lutherse Messiah-kerk, Josephine Street, Gaylord Street, Cherry Creek, voetpijnkliniek, autokliniek.'

Een grote bronzen buffel trok zijn aandacht, en hij stak zijn hoofd uit het autoraam om de koepel van het statengebouw als een enorme omgekeerde, van goud gemaakte eikel te zien.

Willie Webb en Stacy dreven hier het Eethuis van de Eerste Dag met LaRayne en Ike. Ze fronsten toen ze me zagen. Ik wist dat ze gepikeerd waren over de speciale aandacht die Millroy mij schonk. Was dat mijn schuld? Ze waren blij om Millroy te zien, en renden het eethuis uit om hem te begroeten met hun Eerste Dag-schorten en T-shirts. Ze waren zelfbewust, langer, zagen er sterker uit, en het vreemdst van al: ze hadden hun hoofd kaalgeschoren, zowel zonen als dochters, alsof ze meer op Millroy wilden lijken.

'Hij is de boodschapper,' zei Willie bij wijze van introductie van Millroy aan de klanten, die vol respect waren en Millroy vertelden hoe het *Programma van de Eerste Dag* hun leven had veranderd. 'Hij is de grote baas.'

Millroy schudde hen niet de hand. In plaats daarvan glimlachte hij en zei: 'Kom op, stomp me maar in mijn maag!'

'De *Klan* is hier heel actief,' zei Willie bij het welkomstmaal met Eerste Dag-voedsel in de keuken. 'De *Aryan Nation* ook. En ook een andere groep schreeuwers die *The Order* heet.'

'Brengen ze jullie persoonlijk in gevaar?' vroeg Millroy.

'We eten ze onder tafel.' Willie zag er onverschrokken uit, even lichtvoetig als hij voordien was geweest, maar sterker en groter, en zijn geschoren hoofd en uitpuilende ogen deden hem op een reusachtig insekt lijken.

'Onthou dit,' zei Millroy, 'jullie zullen hen allemaal overleven.'

Het eethuis in Denver had dezelfde vorm en omvang als dat in Boston, en de zonen en dochters hadden kamers achterin, voorbij het kantoor, waar Stacy de boekhouding deed. Te oordelen naar de reactie van de eters was Millroy hier beroemd, en hij verbaasde mij door de hele tijd monter te zijn. Hij sprak tegen de klanten alsof ze oude vrienden waren, en zij bleven naar hem glimlachend rondhangen toen hij zat te eten, wachtend tot hij nog iets zou zeggen, maar hij glimlachte alleen terug.

'En wie is dit?' zei Willie nadat Millroy naar achteren was gegaan. Hij staarde me aan. 'Daar proberen we allemaal achter te komen,' zei hij.

Ik sloeg mijn armen over elkaar en deed alsof het me niets kon schelen, maar ik maakte me zorgen en voelde me heel klein, en weer wenste ik dat ik hier niet naartoe was gegaan.

Millroy bleef tien minuten achterin terwijl ik naar de klanten keek – jongelui met lang haar, Indianen met paardestaarten, studenten, mensen met het soort gespierde gezichten dat je nooit in Boston zag. Ik verbaasde me erover hoezeer het eethuis leek op de Eerste Dag in Boston, eveneens in een zijstraat maar in deze nieuwere, fleuriger stad. Met een schuinse blik, om niet te veel in het oog te lopen, bestudeerde ik de manier waarop de zonen en dochters van de Eerste Dag hun hoofden kaal hadden geschoren om eruit te zien als Millroy, en vroeg ik mij af of ik hetzelfde zou moeten doen en het helemaal kaal knippen.

'Kijk,' zei Millroy tegen de eters in het eethuis vlak voor we weggingen. Hij had een grote metalen lepel in zijn hand, en omklemde het puntje van de steel. Terwijl hij hem vasthield begon de lepel slap te worden en toen langzaam om te buigen, als een dikke spiraalveer. Toen het ombuigen was opgehouden en de lepel strak was opgerold, overhandigde hij hem aan Willie, die hem toonde aan de opgewonden klanten.

'God zegene u, dokter Millroy,' riep een vrouw toen we wegreden, en probeerde hem aan te raken.

'Ik vind dat soort mensen heel verontrustend,' zei Millroy. Hij was van slag wanneer mensen hem aanraakten, vooral vrouwen.

We waren maar een paar uur in Denver geweest, maar ik was blij dat we vertrokken, en Millroy ook. 'Martin Luther King Junior Boulevard, duveltje in een doosje, Taco Bell, Nutri-System,' zei hij. Zijn Eerste Dag-koffertje lag op zijn schoot, beladen met groene pakken geld. Met banken wilde hij niets te maken hebben: dit was zowel een geldtransport als een verrassingsbezoek. 'Lekker om terug te gaan naar ons eigen gemak.'

'We vliegen nu boven de stad Cleveland, Ohio,' zei de piloot op de terugweg door de luidspreker. 'Dat is een Eerste Dag-stad,' zei Millroy.

Dat had ik helemaal niet geweten.

'Op een dag zal dit een Eerste Dag-land zijn,' zei hij.

Hij was energiek, gul, in een roes van succes, terwijl zijn koffertje barstte van de contanten.

Maakt niet uit, de volgende keer dat Millroy een Eerste Dag-stad bezocht bleef ik achter in Boston.

XXXI

Onze eetwaar was grotendeels opgeslagen in de kelder van het eethuis onder het zwarte gat dat Millroy 'het luikgat' noemde. De dingen werden daar zo zorgvuldig weggestopt dat ze verborgen leken,
en vanwege mijn grootte en de smalle valdeur was ik meestal degene
die zich in dit gat wurmde om eetwaar naar boven te brengen. Om
Eerste Dag-redenen maakten we geen gebruik van de ijskast.

Millroy had een hekel aan ijs.

'Twee keer wordt in het Boek ijs vermeld en beide keren zijn het
onnozele vragen.'

Hij citeerde graag de gedeelten uit de bijbel die geen hout sneden
om aan te tonen dat hij noch een fanaticus noch een fundamentalist
was.

'In de Psalmen lezen wij: "Hij werpt zijn ijs in brokken weg. Wie
kan zijn kou weerstaan?"' Toen lachte hij. 'Iedereen met een goed
ontbijt achter de kiezen kan zijn kou weerstaan!'

De zonen en dochters hielden ervan wanneer hij zo praatte. 'Yo.
De grote baas kraakt het Boek, pats-boem.'

'Job vraagt: "Uit wier schoot kwam het ijs?"' zei Millroy met een
grijns. 'Antwoord: uit niemands schoot. Het water bevroor toen de
temperatuur daalde. Dit is dezelfde verwarde Job die zei: "De man
die uit de vrouw geboren is telt weinig dagen en is vol kommer." Je
kunt hem niet letterlijk nemen – die man is depressief!'

Millroy geloofde niet dat ijs enig nuttig doel had – het doodde de
smaak, bezorgde je buikkramp, was niet van de Eerste Dag. Wie had
het nodig? Onze ijskast had geen ijsmaker, en we schakelden de ijskast zelf toch nooit in, aangezien er geen eetwaar was die kon beder-
ven. We gingen elke dag verse groenten halen en kochten onze vis nat
en glibberig op de markt. Vlees serveerden we niet meer.

'Geen spieren. Geen zenuwen. Geen vlees.'

In het begin hadden de zonen en dochters meer gemord dan de
klanten.

'Geen ijsblokjes? Hoe kun je Cola drinken zonder ijsblokjes?'
Dat was Dedrick, lang geleden.

'We drinken geen Cola,' had Millroy gezegd.

Maar toen de zonen en dochters ontdekten dat we groenige, inktachtige wijn dronken, en soms veel wijn, hielden ze op met morren en vroegen om meer.

'Ijs in wijn is onbekend,' zei Millroy.

De ijskast was geïnstalleerd om te voldoen aan de voorwaarden van de gezondheidsinspectie voor een vergunning om voedsel te serveren, maar het luikgat beantwoordde aan de eisen van De Eerste Dag. Zakken met bonen, gedroogde maïs, ongebleekt meel, kisten meloenen en zakken met dadels en vijgen – dit alles en meer vulde de kelderruimte met een vaag, gonzend aroma. De ruimte was slechts bereikbaar via de valdeur in de keukenvloer, en dan een steile houten ladder af. De ingang was smal, maar ik was klein, dus was ik degene die met emmer en schep naar beneden ging om ponden ingrediënten naar boven te halen – bonen om te weken, meel om te zeven, noten en gedroogde vruchten om te wassen.

De valdeur bevond zich midden op de keukenvloer, waar mensen liepen. Hij kon alleen opgelicht worden wanneer de keuken leeg was – heel laat, als de anderen weg waren.

Vanavond had ik nachtdienst en was ik in het luikgat, tot mijn magere middel in het donker. Het was laat, de keuken was gesloten, de laatste eters waren bijna uitgegeten, de zonen en dochters waren klaar met dweilen en zaten al in de bus terug naar Wompatuck.

Ik schepte meel in een emmer voor het brood van die nacht, en werkte in één lichtbundel die door de luikgatopening kwam. Ik had het gebruikelijke naakte, bange, diepe-gat-gevoel dat er door de valdeuropening iets zwaars en hards op mijn hoofd zou gaan vallen. Ik raakte van de zenuwen de tel van de scheppen kwijt, deed een gok, schepte even door en bleef omhoogkijken.

Maar toen het verscheen keek ik niet omhoog. Ik hoorde het daarentegen – een blazend gesis en gorgelend gekras dat begon als gejank en eindigde in een gil, met een tinkelende echo in de kelder waar ik stond, terwijl het licht mijn gezicht deed aanvoelen als een doelwit. Het geluid was als een stinkende wind. Toen zag ik het.

Een kat met een dikke kop stond met zijn bek open te snuiven en over de zwarte rand van het gat te gluren, precies boven mijn hoofd, alsof hij op mijn hoofd wilde springen en mijn schedelhuid afkrabben zoals je een vrucht pelt.

Terwijl ik keek werd er een bevende verschrompelde hand met gele vingernagels uitgestoken, die zich sloot om de bek van de kat.

'Tinky,' zei een stem die trilde als die van Gaga vlak voor ze nijdig werd.

Een omagezicht dat bij de stem hoorde keek over de rand van het gat. Het was een oude man, maar het gezicht was net zo pafferig en vrouwachtig als de kop van de kat met zijn slap hangende vachtplooien en aangekoekte ogen.

'Tinky heeft een muisje gevonden.'

Zo plotseling zo'n schrik, met een griezelig geluid: gesis, gesnuif, half-mens half-kat, waarbij zowel de kat als de man klonken als een oude vrouw die stikte. Het gebeurde allemaal snel, en vanwege de snelheid waarmee het ene akeligs na het ander gebeurde was ik banger voor de kat dan voor de man. Maar het was geen man – het was meneer Phyllis met zijn gerimpelde lippen, kwaadaardige ogen, schaarse oranjeachtige haar en dunne, vlekkerige huid. Toen ik de rest van hem zag, zag hij eruit als een clown op zijn retour. Hij greep de grote kat beet als een zak van bont, en hield hem breeduit op zijn arm. Nu leek de kat normaal, wat meneer Phyllis gevaarlijk deed lijken.

'Waar is hij?'

Als hij boos was, verstrakte meneer Phyllis' neus en werd wit. Ik kon het kraakbeen door de huid zien.

'Millroy!' riep hij uit.

Ik stond te trillen aan de voet van de steile ladder en had het gevoel dat ik in de val zat.

'Kom boven,' zei meneer Phyllis.

Ik liet mijn meelemmer achter, beklom de ladder, en toen ik bovenkwam en mijn hoofd boven het luikgat uitstak, zag ik dat het eethuis leeg was. De laatste eters moesten uitgegeten zijn en hun eigen tafel hebben afgeruimd, zoals onze eters dat deden, terwijl ik beneden was.

Meneer Phyllis was kleiner dan toen ik hem voor het laatst had gezien – was ik zo gegroeid? – en hoewel hij een naar gezicht en gele ogen had, leek hij fragiel, niet ziek maar breekbaar.

'Waar is Millroy?'

Ik bedacht ook hoeveel kleiner dan Millroy hij was.

'Hij is er niet,' zei ik met een onveilig gevoel.

Als ik geweten had hoe ik Millroy's toverkunsten moest doen zou ik geprobeerd hebben meneer Phyllis op de een of andere manier te laten schrikken, hem te laten jammeren en ineen te laten krimpen zoals Millroy had gedaan. Meer dan ooit bewonderde ik nu zijn gave om een bullebak bang te maken met zijn eigen uitzinnige ratten.

'Hij komt pas vrijdag terug,' zei ik. Ik betreurde het zodra de woorden mijn mond uit waren.

'Dus je bent alleen, schattebout.' Meneer Phyllis sprak mijn eigen bange gedachte uit.

Ik begon terug te deinzen om buiten zijn bereik te zijn, weg van zijn geur van verval en zeepslijm, die me een misselijk gevoel bezorgde, als de geur van industriële deodorant in een openbaar toilet.

'Je klanten zijn allemaal naar huis,' zei hij. 'We zijn dus maar met z'n vieren.'

Met zijn vieren?

Ik draaide me om en zag dat wat ik voor een grote schimmige stoel aan het uiteinde van het eethuis had aangezien, een persoon was – een vrouw, die mij aandachtig aanstaarde. Ze verroerde zich niet, en wat het meest opviel aan haar waren de pieken van haar grijze haar en haar grote knieën.

'Ik heb iemand meegebracht die ik jouw Millroy wilde laten ontmoeten,' zei meneer Phyllis.

Hij lachte zoals zijn kat snoof.

'Maar doe jij het maar, schattebout.'

Toen ze dit hoorde, schoof de vrouw met een ruk naar voren zodat haar hoofd in het licht was en een streep schaduw over haar lichaam werd getrokken als een onderscheidingsteken. Ze was heel oud, ze was stil, ze was niet een van ons. Ze was breed en bleek en schommelde wanneer ze haar schouders bewoog; met dikke benen en een knorrig rokersgezicht. Ze zat scheef, gemarkeerd door de schaduw, terwijl haar mollige handen elkaar omklemden. Ik had nog nooit iemand van haar omvang of gestalte in het eethuis gezien, hoewel we ze de hele tijd in de straten van Boston zagen. Ze maakte me bang, zoals meneer Phyllis en zijn kat deden, zij het om andere redenen. Wanstaltige Amerikanen deden me denken aan waanzin en dood.

'Ik stel me zo voor dat ze met je wil praten,' zei meneer Phyllis.

'Weet ze wie ik ben?'

De grote, topzware vrouw verroerde zich toen ik sprak, en toen ik een krakend geluid hoorde verbeeldde ik mij dat het van haar lichaam kwam omdat ik niet kon zeggen waar haar lichaam eindigde en de stoel begon.

'Ze weet evenveel als ik,' zei meneer Phyllis, 'aangezien ik haar alles verteld heb wat ik weet. Over hem. Over jou. Over het tv-programma.'

Hij begon met een plotseling, helder geluid heel hard lucht te zuigen door de donkere spleten tussen zijn tanden. 'Ik begon jaren geleden bij de radio – een kinderprogramma dat *Checkerboard* heette. We brachten Edgar Bergen en Charlie McCarthy. We hadden alle topsponsors: Span, Stern's vleeskoekjes, Hecker's smeersels.' Hij keek het eethuis rond terwijl hij deze eetwaarnamen uitsprak. 'Ik heb een reuze lange carrière gehad. Ik was heel groot, maar die Millroy van jou heeft me kapotgemaakt.'

Het was minder dan een jaar sinds het einde van *Paradise Park*. Hoe kon het dat meneer Phyllis nu zoveel kleiner dan ik leek? Ik was een heel hoofd groter; hij kwam nauwelijks tot mijn schouder. Dit gaf me de moed hem onder ogen te zien, en toen ik dat deed ging hij opzij terwijl hij zijn kat overeind zette en het slappe beest zijn schouder opduwde en geërgerd keek.

'Het enige dat Millroy deed was uw microfoon openzetten. U heeft uzelf kapotgemaakt.'

'Hij heeft me een loer gedraaid.'

'U haatte de kinderen. Dat heeft u zelfs gezegd.'

'Leugenaar! Je broek staat in brand.'

'U heeft ons bedreigd.'

'Dat moest een grap voorstellen.'

'We waren bang,' zei ik.

'Dan zijn jullie allemaal angsthazen.'

'U wilde geen kinderen in uw programma en u gebruikte vreselijk slechte taal.'

De kat zat hard te blazen op meneer Phyllis' schouder.

'Millroy heeft me geruïneerd. Ik heb sindsdien niet gewerkt.'

Hij sprak op dezelfde kortademige manier als waarop zijn kat nu blies; zowel de man als de kat hapten naar adem en zogen lucht.

'Je neemt het voor hem op,' zei meneer Phyllis. 'Hij gebruikt je. Je bent een dwaas en dat weet je niet eens.'

Ik gaf geen antwoord. Misschien was ik een dwaas, maar Millroy was dat niet.

'Je bent een onnozele klokkende kip,' zei meneer Phyllis.

De kat was begonnen te gorgelen; al zijn geluiden klonken als slechte leidingen of een oude wc, en ik deinsde terug toen ik het woord hoorde.

'Maar nu ben je helemaal alleen.'

Ik wist niet wat ik moest zeggen. Ik kon Millroy verdedigen wanneer hij werd aangevallen – hij was een tovenaar, hij had ons gesteund en ons allemaal gered – maar mezelf kon ik niet verdedigen. Wanneer ik werd bekritiseerd dacht ik altijd: Ze hebben waarschijnlijk gelijk.

'Jullie zullen er allemaal spijt van krijgen.'

Hij deed een stap naar me toe, in de lucht klauwend met de gele nagels van een gerimpelde hand, en zijn kat miauwde. Toen ik luidkeels begon te jammeren klonk er gekletter vanuit de verre hoek van het vertrek. De vrouw die ik eerder had gezien stond nu onvast op en schopte haar stoel opzij.

'Dat is genoeg zo,' zei de oude vrouw met een grommende stem terwijl ze zich naar meneer Phyllis repte. 'Ga weg.'

Haar rokersstem deed haar vervaarlijk klinken. Meneer Phyllis kromp ineen terwijl ze haar hand ophief, en de kat krijste weer.

'Laat dat,' protesteerde meneer Phyllis en trok een afschuwelijk gezicht, alsof hij de vrouw bang wilde maken.

Ze was groter dan ik had gedacht, en zwaar, met de trage, dreunende gang van een oude vrouw, waarbij ze één groot been verplaatste en dan haar heupen draaide en het andere been verplaatste, en ze keek niet eens naar meneer Phyllis maar concentreerde zich zo zwaar op mij dat ik weg moest kijken.

'Dit kereltje Alex nam het voor hem op,' zei meneer Phyllis met een dreinende stem.

'Dat interesseert me geen moer,' zei de vrouw, die klonk als Millroy op zijn resoluutst.

Meer uit angst dan uit woede hief meneer Phyllis zijn klauwen naar de vrouw op, terugdeinzend en ineenduikend als een kat, alsof hij haar wilde bespringen.

'Wilt u zich heel erg bezeren?' vroeg ze hem met een scherpte in haar stem die zei dat haar geduld bijna op was. Even verwachtte ik dat ze hem zou slaan.

'Ik geef u vijf seconden om deze plaats te verlaten,' zei de vrouw. 'Als u dan niet weg bent, doe ik u wat aan. Denk maar niet dat ik het niet zal doen. Wegwezen nou.'

Meneer Phyllis leek nog kleiner toen hij zijn harige jasje van een stoel griste en op de deur afging. Dit alles terwijl de kat klaagde en snoof en kreunde, en zelfs nu was het moeilijk te zeggen of de geluiden niet van meneer Phyllis afkomstig waren. Ze waren bij het raam, vertekend door het felle licht, en toen waren ze weg, verzwolgen door de nacht.

De vrouw en ik stonden zwaar ademend tegenover elkaar in het eethuis.

'Het spijt me erg, knul,' zei ze met een vriendelijke stem, en kwam wat dichterbij.

Ik verbeeldde me dat ik haar haar vuisten had zien ballen, maar nee, haar vingers waren net als die van Gaga gekromd en gezwollen van de arthritis. In het Eethuis van de Eerste Dag was nooit iemand zo oud en zwak, en ik was zo weinig gewend aan het samenzijn met een dergelijk iemand dat ik door haar vriendelijkheid even verbaasd was als ik door haar dreigementen tegen meneer Phyllis was geweest.

'Wie was die vreselijke man?'

'Ik dacht dat u samen met hem binnenkwam.'

'Dat was ook zo, maar ik ken hem niet. Hij belde me zomaar op. Hij zei dat hij wist waar Millroy was. Ik zei tegen hem dat ik ook naar Millroy op zoek was. Hij had me de weg kunnen wijzen; in plaats daarvan stond hij erop met me mee te gaan.'

Ze keek het eethuis rond terwijl ze sprak, met haar ogen knipperend tegen het heldere licht en de verblindende witheid. 'Hij dacht dat ik hem misschien zou kunnen helpen,' zei ze. 'Dat had ik waarschijnlijk ook gekund als ik het wilde.'

Ze hinkte dichter naar de bar toe en leunde er overheen om een blik in de keuken te werpen. 'Nu ben ik daar niet zo zeker van – maar goed, waarom zou ik?' Ze draaide zich naar me om. 'Hoe heet je ook weer?'

'Alex. U kunt me Rusty noemen.'

Ze staarde me aan en zei niets; toen glimlachte ze en knikte. Ze zei: 'Ik ben Rosella.'

Ik vond het vreemd dat ze mij niet bij mijn naam noemde, maar ze had zich omgedraaid en bewoog zich moeizaam naar een stoel. Al had ze me haar naam gezegd, ik vond het moeilijk me haar voor te stellen als Rosella, of met welke naam dan ook. Oude mensen hadden geen voornaam, of als ze die wel hadden, leek het oneerbiedig en verkeerd als ik die noemde.

'Heb je iets te drinken?'

'Carobe-tonic. Meloenpulpcocktail. Geperste komkommer. Groendrank.'

Ze trok een gezicht.

'Iets alcoholisch?'

'Druivenwijn,' zei ik.

'Dat klinkt beter.'

Ik schonk haar een glas wijn in en zette de fles toen vlug weg. Hoewel we een drankvergunning hadden, was ik te jong om alcohol te serveren. Maar het was laat, we waren gesloten en ik berekende haar niets. Millroy zou het goed gevonden hebben, maar hoogstwaarschijnlijk zou hij de wijn in water hebben veranderd als de politie ons vragen had gesteld.

De vrouw nipte van de wijn, nam toen een langere teug, slikte en zei: 'Het is leuk hier. Hij heeft er een geweldig oog voor.'

Ze had paars in haar mondhoeken. Ze leunde voorover, zette haar dikke ellebogen op de tafel, zuchtte en zag er weer oud en moe uit. Maar ik voelde me dankbaar dat deze oudere vrouw meneer Phyllis bang had gemaakt en weggejaagd.

'Je hebt hem vast op een verjaardagspartij ontmoet.' Ze bracht het wijnglas naar haar lippen.

'Meneer Phyllis?'

'Nee, Harry.' Toen ze haar glas neerzette had ze een paarse snor.

'Wie is Harry?'

'Millroy. Hoe noemt hij zich nu?'

'Hij was Max. Hij was een tijdje oom Dick. Hij was Archie. Hij was Felix. Nu is hij dokter Millroy.'

'Hij deed vroeger veel kinderpartijtjes. Hij speelde ook toneel. Hij was goed.'

Ze nipte nog steeds van haar glas druivenwijn en smakte met haar lippen terwijl ze over Millroy sprak.

'Hij was een fantastische verkoper. Hij verkocht alles – boeken, oefenapparaten, vitaminesupplementen. Maar hij was zo rusteloos. Eerst was het verkopen. Toen was het plannen: druiven telen, eenden fokken, snoep maken, Dicktronica. Altijd wat.'

De manier waarop ze Millroy prees maakte dat ik haar vertrouwde, en haar vriendelijkheid en ruimhartigheid bevielen me. Ze zou aardig tegen me zijn als ze zo liefdevol over hem dacht.

'Maar door het op de weg zijn – al dat zitten, al dat rijden – werd hij heel dik.' Ze dronk weer en gaf zich een nieuwe paarse snor. '"Ik ben ietwat fors," zei hij altijd.'

Haar lach was hoog en jeugdig, een onbekommerde meisjeslach, en even was ze mooi. 'Maar hij kon over de schreef gaan.'

337

In Mashpee en Marstons Mills en andere gemeenschappen op de Cape was er één reden voor oudere mannen om vreemd te doen, maar dit was de eerste keer dat ik dacht dat het een verklaring voor Millroy zou kunnen zijn.

'Was dat omdat hij in Vietnam is geweest?'

De vrouw keek mij schuins aan en zei met een halve glimlach: 'Daar was hij veel te oud voor.'

'Hij had openbaringen,' zei ik. 'Hij was verdwaald in het donker van zijn lichaam.'

De vrouw glimlachte. 'Je begrijpt het niet. Hij werd heel ziek. Hij ging bijna dood. Hij werd zelfzuchtig. Hij werd bazig. Hij was niet zo aardig.'

Ik zei: 'Maar toen zag hij duidelijk de waarheid over voedsel in het Boek, en was hij gered.'

Ik realiseerde me dat ik haar smeekte het met mij eens te zijn.

'Nee.' De oude vrouw schudde haar hoofd. 'Hij was vreselijk. Hij verloor zijn baan. Hij werd ontslagen. Zijn verzekering werd opgezegd. Hij liet de afbetaling van zijn auto sloffen en raakte hem kwijt. De bank kreeg zijn huis. Hij werkte een tijdje 's nachts als bewaker. Hij maakte ruzie. Hij was schoolbuschauffeur. Na een aantal ongelukken werd hij ontslagen en hij eindigde als inpakker van boodschappen in de *A & P* die zei: "Papier of plastic?"'

De man over wie ze het had, zijn gewoonheid – dat was Millroy helemaal niet; het klonk als Dada.

'Jarenlang was hij zo verslagen,' zei de oude vrouw. 'Hij praatte alleen over falen. Hij had niets. Hij zei dat hij nergens vandaan kwam.'

'U maakt dat hij zo oud klinkt,' zei ik.

De vrouw keek me scherp aan, staarde bedachtzaam, en besloot niet te glimlachen.

'Op het laatst verdween hij gewoon,' zei ze met een vriendelijke stem. 'Niemand wist waar hij heen was. Mensen dachten dat hij na een week of zo weer zou opduiken, dat hij zich gewoon schuilhield, psychische problemen had misschien, stress – wat dan ook.' Ze keek op van haar glas wijn en glimlachte. 'Jaren gingen voorbij. Jaren en jaren. Niets. Geen Millroy.'

'Zei hij vroeger dingen als: "Stomp me eens in mijn maag?"'

'Nee. Maar als iemand in zijn omgeving ziek was, werd hij bang. Dat was nog een reden waarom hij wegging, denk ik.'

Nu had ik geen idee waar de oude vrouw het over had, en ik denk dat ze zag dat ik in de war was. 'Hij zei dat je op een punt in je leven kwam dat je ofwel doorging met leven ofwel begon met doodgaan. Hij ging weg, om door te gaan met leven.'

'Hij las de Gideonbijbel in hotelkamers.'

De vrouw haalde haar schouders op. 'Hij had geen religieuze achtergrond. Zijn moeder was een weggelopen tiener, zijn vader een bouwvakker. Het probleem met autodidacten als Millroy is dat ze nooit weten wanneer ze moeten ophouden.' Al had hij het met mij over hen gehad, het was voor mij moeilijk mij Millroy met een vader en moeder voor te stellen, als inpakker van boodschappen of schoolbuschauffeur. De Millroy die ik kende deed toverkunsten en sprak erover dat hij het geheim van het leven bezat.

Dat was waar ook. 'Hij doet toverkunsten.'

'Dat moet allemaal later gekomen zijn, nadat hij was weggegaan. Hij ging naar verre landen. Dat is de episode die ik niet ken. Hij ging op zoek naar een ander leven.'

'Misschien heeft hij een leven gevonden.'

'Was dat het jouwe?' vroeg de vrouw.

'Ik weet het niet.'

'Misschien heeft hij zes levens gevonden,' zei ze. 'Hij was een tijd weg.'

'Hij gaat nog steeds weg,' zei ik. 'Hij is nu ook weg.'

De vrouw glimlachte weer. 'Het was de bedoeling dat ik een akelige verrassing voor hem was.'

'Hij komt wel terug.'

'Millroy houdt niet van verrassingen.'

Dat was waar. Het ene moment leek deze oude vrouw hem perfect te kennen, het volgende kende ze hem helemaal niet en beschreef ze een vreemde.

'Millroy wilde maar één ding in het leven, en ik ben de enige die dat weet.'

'Langer leven?'

'Schrijver zijn,' zei Rosella. 'Nu weet je het.'

Ze had haar glas wijn op en keek om zich heen terwijl ze haar hoofd bewoog op de verkrampte en ingespannen manier van een dik persoon.

'Het is leuk hier,' zei ze, en begon haar lichaam te bewegen alsof ze zich schrap zette om op te staan en weg te gaan.

'Nog wat drinken?' zei ik.

Ik had haar druivige snor zien komen en gaan. Ik vond het ver-

velend dat te merken omdat ik haar aardig vond. Evengoed wilde ik
dat ze bleef, met paarse snor en al. Zij was de eerste persoon die ik
ontmoet had die meer van Millroy wist dan ik, en ik vond het een
opluchting met haar te praten. Er was zoveel meer dat ik haar wilde
vragen.

'Nee bedankt. Ik moet gaan.'

Ze kwam moeizaam overeind en hield zich staande tegen een stoel
terwijl ze haar hand tegen haar hoofd sloeg, haar witte pieken bij-
eennam en ze in de grote, ronde, uiteenvallende haarknot streek.

'Omdat ik hem geen pijn wil doen,' zei ze. Ze draaide zich nu om
in de richting waarin meneer Phyllis verdwenen was. 'Die afschuwelijke man wil dat wel. Dat realiseerde ik me niet. Het spijt me dat ik
met hem meegekomen ben. Die man maakt me bang. Hij zou gevaarlijk kunnen worden. Zeg dat tegen Harry. Jij kent hem.'

Maar Harry was iemand anders, de man die ze lang geleden had
gekend, niet Millroy.

'Eerst kende ik hem goed,' zei ik. 'Na een paar maanden kende ik
hem niet zo goed meer. Tegenwoordig lijkt hij wel een vreemde.'

'Zo is hij,' zei ze en glimlachte.

'Ik weet niet wat ik moet doen.'

'Ik denk dat je een goeie voor hem bent,' zei de vrouw en stak een
hand uit en klopte me op de schouder. 'Wat is je echte naam, meis-
sie?'

'Jilly Farina.'

Ik dacht aan de droevige kleine verborgen persoon bij wie die
naam hoorde en barstte in tranen uit en probeerde op te houden en
snikte nog harder terwijl ik met mijn handen mijn gezicht probeerde
te verbergen en de tranen door mijn vingers liepen.

'Ga niet weg alstublieft,' zei ik terwijl er tranen van mijn mond
dropen.

'Ik kan niet blijven,' zei ze. Ze knuffelde me. Ze was groot maar
slap, met zachte armen, geen spieren, alleen oude-mensen-kus-
sentjes. 'Millroy wil me hier niet hebben.'

'Dat kan me niet schelen. Ik wil dat u blijft.' Ik voelde me zo veilig
bij deze oude vrouw, zoals ik me ooit bij Millroy had gevoeld: veilig,
beschermd, nodig. Zoals ik me ooit bij mama had gevoeld.

'Ik wil dat Millroy gelukkig is,' zei ze. 'Dat zou jij ook moeten
willen. Je hebt gelijk – hij is een tovenaar.'

'Ik kan hem niet helpen,' zei ik. Ik snotterde. 'Ik ken hem niet
meer.'

'Hij heeft je nodig.'

'Hij heeft me alleen gelaten. Dat doet hij de hele tijd – hij gaat gewoon weg.'

'Als hij zonder jou is weggegaan, betekent dat dat hij erop rekent dat jij op hem wacht.'

Ik was wanhopig en wendde me af om weer te huilen.

'Hij heeft je uitgekozen,' zei de vrouw.

'Hoe weet u zoveel over Millroy?' zei ik, bedoelend dat ik haar niet echt geloofde.

Ze hield me vast, greep me beet, alsof ze vaag te kennen gaf dat ze niet wilde antwoorden. Ze schudde haar grijze hoofd langzaam heen en weer.

'Bent u zijn Gaga?'

'Zijn wat?'

'Zijn oma.'

'Nee liefje, dat ben ik niet.'

'Zijn moeder?'

'Nee.'

Met elke vraag die ik had gesteld maakte ze haar greep op mij een beetje losser, en nu liet ze me los en bleef met een droevig gezicht op een afstandje staan.

'Ik ben ooit net als jij geweest.'

Dat was het treurigste dat ik ooit had gehoord. Ze zei verder niets, keek me alleen aan met haar oude, spijtige gezicht en ging toen het eethuis uit, zich langzaam voortbewegend, haar ene grote been achter het andere aan slepend terwijl ze haar handen en vingers in een bepaalde positie hield, alsof ze evenwicht en steun zocht.

Toen ze weg was was ik alleen, huiverend in het donker, en bad ik hard dat de nacht voorbij zou gaan.

341

XXXII

Weggaan van Millroy en het Eethuis van de Eerste Dag en de hele rest zou net zoiets zijn als oude kleren uittrekken, had ik gedacht – maar nee, het was net zoiets als ze aantrekken. Het was verwarrend na zo lange tijd naar huis te gaan – en waar was thuis trouwens?

Ik kroop bij zonsopgang mijn bed uit en was het eethuis uit vóór de eerste zonen en dochters kwamen werken. Toen voelde ik het. Toen ik, de kortere weg naar het South Station nemend, Essex Street uitliep, zag ik iemand die ik voor T. Van hield op me afkomen in het druilerige donker. Ik verborg me in een doughnuttent en dacht: Iets is er anders.

Bij de *P & B*-bushalte had ik hetzelfde gevoel van onverwachtheid, en in de bus zelf, toen die naar het zuiden reed op de snelweg terwijl ik naar oriëntatiepunten voor busreizigers uitkeek zodat ik zou weten dat de eerste heuvels en weilanden dichtbij waren – de gastanks, het gebouw van de *Globe* en LEKKERE STEAKS – overviel het me weer: Iets is er anders. Ik kon het niet begrijpen omdat ik naar huis ging. Was ik bezig het spoor bijster te raken?

Misschien was het de poging om van Millroy weg te lopen, en daarin te falen. Ik was verbaasd toen een man aan de overkant van het gangpad zijn *Herald* omhooghield en de vouwen platsloeg. Ik zag in een kop EERSTE DAG-KERK OPNIEUW BELAAGD DOOR GEESTE-LIJKEN en in kleinere druk: DOMINEE MILLROY.

Dat zal hij vreselijk vinden, dacht ik eerst, en toen: Wat moet dat daar?

Op dat moment werd dit gevoel dat iets anders was een gevoel dat er iets mis was. 'Ik wil mijn naam niet in de krant,' zei hij altijd. Mijn geheim was uitgekomen. Millroy zat in de bus en ik voelde me verstrikt, alsof ik niet van hem af kon komen, niet van het eethuis weg kon zonder op hem te stuiten. Iemand tegen het lijf lopen kan veel erger zijn dan voortdurend bij hem zijn, en ik kende hem nu amper, hoewel dat bij ieder ander wel het geval leek te zijn.

342

Dat was waarom ik weg moest uit Boston en het Eethuis van de Eerste Dag. Het eethuis was een thuis voor me geworden, en ik was gelukkiger dan ik ooit met Gaga in Marstons Mills, of met Dada in Mashpee was geweest. Maar Millroy was me steeds minder vertrouwd geworden, en ten slotte, bij het bezoek van gisteravond van Rosella, die ik alleen als 'de oude vrouw' beschouwde, leek Millroy een volslagen vreemde, een vijand bijna.

Ik kende hem nu niet. Ik was bang hem weer te zien, en telkens als ik aan ons samen terugdacht, huiverde ik. Die kop in de *Herald* maakte me misselijk. Wat was de Eerste Dag-kerk? Wie was dominee Millroy? Ik zag hoe hij mij voedde, groenvoer in mijn mond lepelde, mij meenam door de nachtelijke straten van Boston om mensen te zien eten, mij wakker maakte met het geluid van zijn gesnuif en nare dromen en smeekbeden: 'Praat tegen me, engel.'

Deze herinneringen beangstigden me als de hachelijke situaties die het geheugen veel erger maakt wanneer je er veel later over nadenkt. Misschien was er al iets vreselijks met Millroy gebeurd, maar ik kon het niet opbrengen de krant te kopen en erover te lezen. Hij was overal, maar wie was hij?

Toen de bus stopte in Plymouth om passagiers op te pikken en uit te laden, probeerde ik Dada te bellen vanuit een munttelefoon, maar een schoolfrikkerig bandje vertelde me dat de lijn was afgesloten.

De nieuwe persoon aan de overkant van het gangpad, een man in een pak die was ingestapt in Plymouth, had zijn *Wall Street Journal* opengeslagen, en ik vroeg me af of Millroy ook daarin genoemd werd.

'Een dame hoort niet over iemands schouder mee te lezen.'

Ik las door. Ik begreep het sarcasme van mensen toch al nooit, en pas vier haltes later realiseerde ik me dat de man het misschien tegen mij had gehad.

Een dame? Ik raakte zo in de war dat ik mijn duim in mijn mond stak en die daar hield tot we bij het kanaal kwamen.

Ik voelde me beter toen we de Sagamore Bridge naar de Cape overstaken, maar nadat we de middenschool, de doopsgezinde kerk van Mashpee, het boerenbondsgebouw, het postagentschap, het tankstation, Ma Glockner en Mister Donut waren gepasseerd, voelde ik me anders. Als je door het straatvuil op een busraam kijkt naar waar je vandaan komt kan je het gevoel krijgen dat je een mislukkeling bent.

Ik zag een affiche met een olifant erop op een hek geniet die de

343

boerenkermis in Barnstable aankondigde, en ik lachte. Het geluid maakte me bang, alsof iemand anders had gelachen. Toen liep ik de hele weg van de rotonde naar Main Street en dacht: Loop ik omdat ik bang ben om aan te komen?

Als thuis betekende: kronkelende landwegen omzoomd door hoog, verwilderd gras, geen trottoirs, gekromde bomen met takken die erbovenuit groeiden, en al die kleine houten geschilderde borden, dan was ik het allemaal vergeten. Ik voelde me zwak en ellendig terwijl ik daar zo liep, de kant van de witte lijn aanhoudend, waar kapotte plastic bekers, geplette bierblikjes en hier en daar een dode, verstijfde eekhoorn lagen, en auto's en vrachtwagens langs me heen reden zonder me op te merken.

Pine Street was een eenzaam stel wielsporen, en Dada's oprit was begroeid met bosjes onkruid en even lang als een landweg. Het geluid van mijn Eerste Dag-schoenen die knerpten op het grind maakte dat ik me klein voelde, maar ik wist dat het geluid op Gaga's oprit akeliger geweest zou zijn, wat er de reden van was dat ik hier was.

Dada's caravan was nog steeds hetzelfde: door roest gebarsten metaal dat uit elkaar viel op zijn betonblokken. Ik roffelde met pijnlijke knokkels op de krakkemikkige deur vóór er binnen enige beweging was. Toen een gezicht: Vera Turtle. Haar mooie groene ogen hadden rode randen en haar lippen waren gezwollen van de pijn, alsof Dada haar hard had geslagen. Ze had een verfrommelde zakdoek in haar hand.

'Ik huil niet,' zei ze, en duwde de deur open alsof ze me had verwacht.

'Ik kon je niet bellen. De telefoon is afgesloten.'

'Ik gebruik die van het postagentschap,' zei Vera. 'Maar niemand wist waar je was. We hebben overal gezocht. Zelfs de politie wist niks. Ik was een wrak.'

Ze sprak het uit als 'wak' met haar tanden op haar lippen, wat het woord nog erger deed lijken. Ze was heel mager. Ze zag er ongelukkig maar prachtig uit; ellende verscherpte haar trekken, maakte haar grimmig en mooier en gaf haar een intelligent voorkomen.

'Maakt niet uit,' zei ik. 'Hier ben ik.'

'Je bent te laat, schat. En wat heb je nou weer met je haar gedaan?'

Mijn Alexkapsel, mijn Alexkleren. Ik stapte de romp van de caravan binnen, die nog steeds naar oude kleren en Muttrix en Vera's eau de cologne rook, een stroperige, beklijvende geur als verse verf. De ruimte was netter dan ik hem ooit had gezien en er hing geen kookgeur in de lucht, alsof ze was opgehouden met eten. De televisie stond te tetteren – een groot gezicht op een groot scherm.

'En waar is Dada?'

Vera slaakte een luide snik die me zo van streek bracht dat ik in tranen uitbarstte, wat zij toen ook deed. De manier waarop ons gehuil in de kleine blikken caravan weergalmde zei me dat die leeg was en dat we alleen waren.

Het was onverdraaglijk je die zieke man stervend voor te stellen, al zijn kwellingen, maar zijn dood, de feitelijkheid ervan, dat hij voorgoed weg was, kon ik verdragen. Toch was het het slechtste nieuws dat ik had kunnen krijgen omdat ik erop gerekend had dat hij me terug zou nemen, zodat ik niet naar Gaga zou hoeven gaan. Ik was bedroefd. Ik herinnerde me hoe Millroy Dada had geprezen bij het tankstation, en voelde me schuldig en beschaamd. Tijdens zijn leven was Dada elke minuut kolossaal en afschrikwekkend aanwezig geweest, en dus was de lege plek die hij achterliet groter en ontzaglijker dan normaal.

Ook bedacht ik dat het ergste van je schuldig voelen is dat je zwak bent, en weet dat je bijna overal mee zult instemmen. Vera praatte nog steeds maar ik luisterde niet, dacht er alleen aan dat Dada dood was. Nu was het te laat om iets te zeggen of te doen, maar wat zou ik gezegd hebben als ik hem levend had aangetroffen? 'Ik hou van je' zou een leugen geweest zijn. Het was een waarachtiger blijk van mijn gevoelens dat ik niets had gezegd, en dat hij stierf terwijl hij wist dat ik was weggegaan. Vandaag was ik terug, alleen, met lege handen, verdrietig. We hadden elk gekregen wat we verdienden. We hadden geen van beiden tijd gehad om leugens te vertellen of te doen alsof onze gevoelens anders waren. Als ik hem stervend had aangetroffen zou ik dingen hebben gezegd die ik niet meende, en me een oplichter hebben gevoeld.

'Ik ga niet meer huilen,' zei Vera, en begon toen te huilen.

Ik had medelijden met Vera Turtle, in haar eentje in deze kleine, roestige caravan. Medelijden ook omdat ze blij was me te zien.

We zaten te praten bij de luidruchtige, krankzinnige televisie, zonder ernaar te luisteren.

'Je zult wel erge honger hebben,' zei ze na een tijdje. 'Je moet wat etuh.'

Ik zei van ja, hoewel zíj het was die er uitgehongerd uitzag; haar verdriet leek wel ondervoeding.

'Laten we een hamburger gaan eten bij Reddy's.'

Ik dacht: Alsjeblieft niet, en voelde me misselijk.

'Klinkt goed,' zei ik.

Vera liet opnieuw een droevig snuifgeluid horen, en ik hoopte dat ze niet weer huilde. Haar rug was naar me toegekeerd en ze was op weg naar de deur.

'Zal ik de tv afzetten?' zei ik.

'Nee. We zouden hem maar weer aan moeten zetten wanneer we terugkwamen. Het is trouwens goed om inbrekers weg te houden.'

Ik nam aan dat dit betekende dat hij nooit uitstond, en net toen we de caravan verlieten dacht ik dat ik Millroy's gezicht op het tv-scherm zag; hij praatte snel, waarbij zijn snor op en neer sprong. Of verbeeldde ik het me vanwege mijn sombere stemming en de ontwrichtende werking van de dood?

Het was vroeg in de middag van een dampige dag in juli, met grijze luchten en waaiende bomen terwijl het gras zwart leek van het slechte licht, het soort hete hoofdpijndag dat je deed afvragen of het zomer was en hopen op een plotselinge bui om de lucht te laten opklaren. Zoals altijd op de Cape had ik het gevoel dat andere mensen – zomergasten, vakantiegangers, mensen met geld – ons op de hoofdwegen voorbijreden, terwijl we op deze landwegen alleen waren, in oude auto's, op weg naar nergens.

Afgelopen winter had Dada's Toyota schade toegebracht: roest, schrammen, bobbelige verf, gebutste portieren, het gehoest van de ploffende uitlaat. Zo wist ik dat ik thuis was – niets werkte goed.

Vera praatte langzaam terwijl ze de grens van Mashpee passeerde en de kortere weg langs de Old Barnstable Road nam, voorbij de woningbouwprojecten in de dennebossen en de stacaravans in de bospercelen. 'Ze halen hun gazonversiering bij de *Stop & Shop*.'

Ik hoorde dit met Millroy's oren: Gassonversiering bij de Stawp en Shawp.

'Ik heb geen geld meer nodig,' zei Vera, bedoelend dat Reddy's een chic restaurant was waar je het breed liet hangen.

Maar dat was niet zo. Het was een vettig *drive-in*-wegrestaurant in een klein winkelcentrum op een wegkruising in East Falmouth, waar ze tegelijk met de frankforters ouderdom en hartkwalen verkochten, en dat beroemd was om de kakkerlakken die je soms in de mosterdpot vond. Reddy's uithangbord was in flitsend neon, en gaf kronkelende vlammen te zien en een duivel met een koksmuts die een sissende hot dog aan een hooivork spietste.

'Roken of niet-roken?'

'Niet,' zei Vera voor ik tussenbeide kon komen. Ze glimlachte naar me als om zich te verontschuldigen en verklaarde zacht: 'Ik moet er nu van overgeven.'

Toen ik naar binnen liep begon ik het allemaal met Millroy's ogen te zien. Was dit het verschil dat ik sinds de vroege morgen had opgemerkt? Millroy was in mij gevaren en richtte mijn aandacht en gedachten, bepaalde mijn reacties. Hij had me bekeerd, waarbij hij al mijn eerdere oordelen en ook mijn gevoelens door de zijne had vervangen. Dit had me van nut moeten zijn, maar het bracht me van de wijs omdat ik de dood van Dada met Millroy's ogen zag. Het was een door een nierkwaal teweeggebrachte longontsteking geweest, zei Vera, maar de in mij redenerende Millroy zei dat het door te veel vet kwam, te veel rood vlees, te veel alcohol, al dat gerook. Het kwam door slecht voedsel en verstopte darmen. Millroy's logica verklaarde leven en dood, en deze verklaring kwam in de plaats van verdriet.

'De giften hebben hem opgevreten,' zou Millroy gezegd hebben. 'Zijn voedsel heeft hem te gronde gericht.'

Het was jammer, maar hij had het aan zichzelf te wijten.

'Het is geen zonde – ik haat dat woord,' zou Millroy gezegd hebben. 'Het is een vergissing – in dit geval een fatale vergissing.'

Waar denk juh aan?' zei Vera terwijl ze vanachter de servethouder een menukaart pakte.

'Dada.'

'God heeft hem geroepen,' zei ze.

Nee, dacht ik.

'God heeft hem genomen,' zei ze.

Nee, Dada heeft het zichzelf aangedaan.

'Hij probeerde vol te houduh. Hij vocht hard. Het had geen zin.'

Ik was verbaasd door mijn kalmte; toch bleef ik Millroy's stem in mijn oor horen die zei: 'Je huilt niet om iemand die het wonder van Gods voedsel de rug toekeert. Die het leven niet genoeg waardeert om langer te willen leven. Die moedwillig zijn eigen lichaam misbruikt – ook al is het je eigen Dada. Dek deze vergissing toe en loop weg en leer ervan. Het menselijk lichaam is afbreekbaar.'

Verdriet was geen Eerste Dag-gevoel.

Was dit het verschil? Dat ik anders was?

'Ze hebben hier allerlei lekkere dingen,' zei Vera, die met de menukaart wriemelde. Ze was mager, maar leek eerder nerveus dan hongerig.

Op Reddy's menukaart was dezelfde snood ogende duivel te zien met de hooivork en de hot dog als op het uithangbord aan de voorkant. Maar hij was smerig en zo kleverig van oude jam dat mijn vingers eraan vast bleven plakken en ik ze niet los kreeg.

'Ze maken hier heerlijke kip,' zei Vera. 'Boterzacht. Het smelt in je mond.'

Arme Vera – jij maakt jezelf ook kapot.

'Ik neem een banaan,' zei ik.

'Een bananasplit, lieverd?'

'Een gewone banaan.'

Ze keek me aan alsof ik maf was, maar knipoogde toen welwillend; misschien dacht ze dat Dada's dood me een beetje van slag had gebracht. Dat was begrijpelijk.

'Neem een citroenkwast,' zei ze. 'Citroenkwast is heel gezond. Er zit sap in.'

'Klinkt goed.'

'Ik zou een cheeseburger moeten nemen,' zei Vera. 'Ik heb vitaminen nodig. Ik voel me zo slap. Het huiluh maakt je zwak. Het put je uit.'

Een serveerster in een rode jurk – een duivel op haar schort, horentjes op haar papieren hoed – zei: 'Wilt u een cocktail of iets anders te drinken?'

'Een wodka-tonic,' zei Vera, en met Millroy's oren hoorde ik 'vogka tawnic', 'en zij neemt een citroenkwast.'

'Weet u al wat u wilt?'

'Kipvleugelstukken Diabolo, een portie frankforters en een vanillemilkshake,' zei Vera. 'En brengt u haar een banaan.'

'Gewoon een banaan?'

'Dat heb ik haar al gevraagd.'

De serveerster schreef dit op en ging de drankjes halen.

We zaten zwijgend te wachten; Vera zuchtte in haar keel, het leek meer op treuren dan op ademen. Ik keek met Millroy's ogen rond.

Het was klein en donker in Reddy's, met slierten vettigheid in de lucht, de stank van heet vet, verbrand vlees en verschroeid bloed. Het was niet de geur van voedsel, het was de stank van de dood. Langs één muur waren nissen, waar wij zaten, en aan de andere kant van het vertrek was een bar, waar een paar dikbuikige mannen met T-shirts en honkbalpetten bier dronken en televisie keken. Boven de bar waren rode dansende duivels met staarten, grijnzend, met hot dogs aan hun hooivorken gespietst.

Millroy zou gelachen hebben omdat het volmaakt was: de uit rood geverfd triplex gesneden duivels, omrand door vlammen, de puntige horentjes en staarten, de hamburgers, de worstjes en frankforters en vettigheid, een soort eethel. 'Worstjesgekte.'

'Dik zijn is blind zijn,' had Millroy ooit gezegd.

In de andere nissen zaten mensen luidruchtig te eten, hamburgers en frankforters naar binnen schrokkend, en zelfs hun kinderen hadden grote zachte buiken en wangen die glommen van de vettigheid. Ze aten allemaal op de gejaagde, nukkige manier die Millroy zo gefascineerd had op zijn nachtelijke wandelingen door Boston, toen hij door restaurantramen gluurde. Waarschijnlijk deed hij dat ook in andere Eerste Dag-steden: kijken hoe mensen hun mond volpropten en kauwden. De eters in Reddy's waren bleek, prikkelbaar, wanstaltige strompelaars, ongezond, met een hongerige blik die Millroy wanhoop noemde – verloren zielen die langzaam doodgingen, zelfs Vera, die van haar wodka-tonic nipte en keek hoe de serveerster de kipvleugelstukken Diabolo neerzette.

'Kwam je hier wel eens met Dada?'

'Altijd.'

'Een trieste, zielloze plek,' zou Millroy gezegd hebben, met vlammende ogen naar de botknagende mensen starend, maar ik voelde me alleen ver van huis.

'Hoe gaat het met Gaga?'

'Zo'n beetje hetzelfde,' zei Vera terwijl ze op het vlees en het vel van een vleugelstuk kauwde.

'Heeft ze het wel eens over mij?'

'Aangezien ik haar nooit zie,' zei Vera, 'zou ik dat niet weten.'

Ze klonk geprikkeld toen ze dit zei, maar ik wist dat ze gekwetst was omdat Gaga haar niet mocht. Dat had niets te maken met het feit dat ze een Wampanoag was, maar eerder met het feit dat Vera een zwarte grootvader had, Hickmott, die nog steeds in Oak Bluffs in de Vineyard woonde. De verre zwartheid had Vera een gouden teint en prachtige gelaatstrekken gegeven.

'Is Gaga niet naar de begrafenis geweest?'

'Er was niet zoiets als een begrafenis,' zei Vera. 'Alleen een soort teraardebestelling bij The Mills. Er waren wat familieleden van me. Heb je Malvine ooit ontmoet? Ooit Jewel en Cory ontmoet? Er waren een paar Farina's uit New Bedford. Cheryl kwam, zijn ex. Ze wilde iets spelen maar ze kon haar gitaar nergens aansluiten. En die kerels van de boten, van toen Ray tonijnverkenner was.'

Ze prikte nu in de frankforters en er zat een lik vanillemilkshake op haar wang. 'En het regende ook nog,' zei ze.

Ik deed alsof ik dronk door het rietje van mijn citroenkwast, waarbij ik echt-klinkende zuiggeluiden maakte. Er was niets in Reddy's wat ik kon eten – een heel restaurant vol oneetbaar voedsel. Het was geen probleem. Ik zou Vera vragen op de terugweg naar Mashpee te stoppen bij de supermarkt, waar ik bonen, vis, noten, bloem en fruit kon kopen om voor mezelf een paar Eerste Dag-gerechten te maken.

'Ik ben heel blij dat je thuisgekomen bent.'

'Ik ook.' Maar bij dat woord dacht ik: Is dit thuis?

'Het gaf me een excuus om te eten, denk ik.'

Dat maakte dat ik me vreselijk voelde bij het zien van de afgekauwde vleugelstukken, de met klodders ketchup besmeerde frankforters, het gedroogde schuim van de vanillemilkshake als zeeschuim op de grote plastic beker.

Ik probeerde te bedenken wat ik met Gaga aan moest (zou ze me opsluiten en slaan? Zou ze me eruit schoppen en de politie roepen?) toen Vera zich hoger op haar stoel hees, buiten de nis keek en iets zei wat mij de adem benam.

'Hé, Jilly, denk je dat die kerel Millroy deugt?'

Wat? Afgezien van het feit dat ze ons beider namen in één zin noemde, had ik aan Millroy zitten denken sinds we het restaurant waren binnengekomen. Wonderbaarlijk.

'Hoe ken je hem, Vera?'

Ze keek me met kikkerogen aan alsof ik niet goed snik was. 'Iedereen kent hem,' zei ze, en knipoogde met een glimlach. Ze keek in de richting van de bar achter mijn hoofd. 'Millroy is 's zondags op tv na dat aerobics-programma.'

'*Lichaamstraining.*'

'Precies. En daarna is er die kerel met de bril en het blauwe gewaad.'

'*De gebedsdienst van het uur van de macht.*'

'Maar ik heb een hekel aan die Pat Robertson,' zei Vera. 'Hij heeft een hondekaak en hondeogen, en hij is vreselijk rechts.'

Ik draaide me om en zag Millroy's gezicht, een foto als die ik gezien had in de krant in de bus, het tv-scherm vullen.

'Dat is 'm,' zei ik, en weer had ik het gevoel dat er iets mis was.

'Daardoor moest ik aan hem denkuh.'

'Is dit zijn programma?'

'Nee. Zoals ik zei, het is op zondag. Er is alleen een herhaling van *De Eerste Dag* op vrijdag na *Copwatch.*'

Ze kende zelfs de naam van het programma!

Het geluid van de tv in Reddy's was uitgedraaid, maar toch zaten de mannen naar het scherm te staren, en even later nam een omroeper de plaats van Millroy's gezicht in. Er waren flitsen basketbal, toen een weerkaart van New England met temperatuurcijfers, en toen het nieuws.

'Waar ging dat over?'

Vera haalde haar schouders op. 'Ze noemen het de malende religie.'

'Het is geen religie.'

'Omdat ze gemalen noten eten.'

'Ze eten een heleboel andere dingen.'

'Rare dingen.'

'Voedsel,' zei ik.

'Ze bidden in wc's.'

'Wie zegt dat?'

'Dat weet iedereen,' zei Vera, en lachte me uit omdat ik het niet wist. 'Waar heb jij gezeten, kind?'

Eerst had ik het enge gevoel dat Millroy haar met hypnose betoverd had, zoals hij gedaan had toen hij haar op had laten houden met roken – dat dit zijn manier was om mij te pakken te nemen omdat ik was weggelopen van het eethuis. Maar nee, het was alleen omdat ze Millroy's gezicht in Reddy's op de tv had gezien en naar het programma had gekeken.

'Hij denkt dat hij beter is dan andere mensen,' zei ze.

Toen riep ze de serveerster in de rode jurk en vroeg om een hondezak – 'wonderzak', noemde ze het – voor de overgebleven vleugelstukken en frankforters.

'Je kunt het misschien later als snack eten,' zei ze.

Ik zei niets op de terugweg. In plaats van regelrecht naar Mashpee te rijden maakte Vera een omweg door Falmouth en over de MacArthur Boulevard naar de Bourne Bridge, naar Flagler's in Buzzards Bay, om hondebrokken-met-korting te kopen voor Muttrix. Ik herinnerde me dat Millroy me vertelde dat hondebrokken, die vol vezels zaten, beter waren dan het meeste voedsel voor mensen.

We passeerden het Pilgrim Pines-caravanpark (AANSLUITINGEN BESCHIKBAAR!) en de munttelefoon daarnaast waar Millroy zijn eerste telefoontje naar *Paradise Park met meneer Phyllis* had gepleegd, en het Portugese winkeltje in Buzzards Bay zelf waar Millroy kekererwten, bloem en meloenen kocht. Dat was nu allemaal verleden tijd.

Die avond in Dada's caravan dacht ik eraan dat Vera het roken had opgegeven en had ik het gevoel: Hij is hier ook. En dat was hij, met zijn volle gezicht over het hele tv-scherm in een flikkerende, late herhaling van *De Eerste Dag* op een van de stations in Providence, terwijl hij sprak over het controleren van lichaamsfuncties en liet zien hoe hij de touwtjes in handen had genomen.

'Ik heb mijn darmen in bedwang gekregen' – hij tuurde door het scherm, zijn hoofd puilde de kleine ruimte van de caravan in – 'kunt u dat zeggen?'

Waarbij hij naar mij keek.

'Ja,' zei ik.

Toen ik in mijn bobbelige bed lag, met de geur van de caravan in mijn neus, voelde ik me ver van huis. Ik herinnerde me Millroy's foto bij het artikel in de *Herald*, die ik in de bus had gezien. Ik had het niet willen lezen omdat ik bezig was weg te lopen. Nu voelde ik me verloren en onnozel. Ik moest weten wat er in dat artikel stond, en kwam de volgende morgen uit bed met het vaste voornemen een exemplaar van de krant van gisteren te vinden.

'Zal ik ontbijt voor je maken, Jilly?'

'Wat hebben we?'

'Wat je maar wilt.'

'Ik eet meestal gierstbrood, meloen en honing,' zei ik zonder erbij na te denken. 'Of vis. Of vijgen.'

Vera staarde me alleen aan, met een pak gesuikerde Kellogg's-vlokken en een kleverige homp Deens gebak in haar hand.

'Staat mijn fiets nog ergens achter?'

Met een zweverige blik, zoals ze soms keek wanneer ze slaap in haar ogen had, knikte Vera naar me.

De fiets lag in het lange gras. Hij was roestig, het stuur zat los, het zadel zat te laag, het voorwiel schuurde tegen de vork aan. Maar ik reed ermee naar het tankstation, waar ik de banden oppompte, en vervolgens reed ik naar het postagentschap. Shorty vertelde me dat hij de kranten van gisteren had teruggestuurd. De *7-Eleven* in Pine Street had ze niet, en het Riverway-hotel evenmin.

'Wat gebeurt er met de kranten van gisteren?' had Millroy in een *Programma van de Eerste Dag* gevraagd. 'De ene dag leest iedereen hem en maakt zich zorgen. De volgende dag wikkel je er afval in. Schakel de tussenpersoon uit! Neem niet de moeite hem te lezen – gebruik hem alleen voor afval.'

Mijn speurtocht naar de krant had mij naar de hoofdweg gebracht, Route 28, en toen ik de afslag van Marstons Mills zag, die heuvelaf ging, bleef ik doorrijden op mijn gammele fiets, langs Pizza Plus en Capeway-dakbedekking en de wei voorbij de vijver, waar Dada op het kerkhof lag. Ik liep met de fiets de poort door en vond met gemak de steen met 'Farina' omdat ik er zoveel tijd aan had besteed die voor mama te onderhouden. Ik had altijd neergeknield en gebeden toen alleen mama hier lag, maar het was verwarrend nu beiden samen begraven waren, en ik voelde me zoals ik me lang geleden ooit in de caravan had gevoeld, wanneer ik wist dat ze allebei in bed lagen. Ik verliet dan altijd de caravan. Nu verliet ik het kerkhof met hetzelfde opgelaten gevoel, terwijl ik mijn adem inhield.

Ik peddelde langs het oude grazige vliegveld naar Gaga. Er was niets veranderd sinds mijn laatste bezoek, toen ik er met Millroy was geweest. Het huis zag er haveloos en stil uit, het dak was ietwat ingezakt en hellend, de rolgordijnen waren omlaaggetrokken, de hoge oranjeachtige daglelies en enkele diepblauwe irissen in de hoek van de veranda gaven wat fleur, en zwermen logge, gonzende bijen hechtten zich aan de roze bloesems van de stokrozen en lieten de stengels wiegen.

Ik verstopte de fiets achter de heg en liep steels achterom, mij afvragend wat ik zou zeggen als Gaga me zag. Ik kwam bij de keukendeur en luisterde. Het gepraat kwam niet van Gaga. Het was de tv, een talkshow, op de voorveranda. Er bewoog niets in het huis, maar toen ik goed keek zag ik haar in de verte achter alle open deuren in het huis in haar stoel zitten, met haar vingers tegen haar gezicht gedrukt. Ze was net een dier in een kooi, als Yowie, als haar eigen kanarie Blossom hier bij het raam, die allemaal maar zaten te wachten, onschuldig en met de ogen knipperend. Ze zag er benard en treurig uit, en hoewel ze tegenover me zat dacht ze niet aan me, en kon me dus niet zien.

Ik sloop dichter naar de muur toe om dieper in het huis te kijken, en toen zag ik Millroy's gezicht weer. Het stond op het rechthoekig gevouwen stuk krant op de bodem van de kooi van de kanarie. Er was een stuk vanaf gescheurd, en ik zag alleen de welving van zijn hoofd, zijn snor, de woorden 'eerste dag' en 'ontkent'. De rest was bespat met de groene uitwerpselen van Blossom.

353

XXXIII

'Ach, ik wist dat het flauwekul was,' zei Vera de volgende morgen aan het ontbijt. Ze had de overgebleven frankforters in de magnetron opgewarmd en hield de ketchupfles erboven en sloeg met haar vlakke hand op de onderkant.

Ze had het over Millroy en het *Programma van de Eerste Dag*. Ik dacht steeds: Als Vera ervan weet, moet iedereen ervan weten.

'Het is geen flauwekul,' zei ik.

Ze luisterde naar me omdat ze wist dat ik nooit loog.

Vera had het *Programma van de Eerste Dag* ontdekt toen Dada in het ziekenhuis in Falmouth aan een ademhalingsapparaat lag. Iemand, misschien Cory of Jewel of Malvine, had tegen haar gezegd dat ze moest kijken, dat Millroy misschien het antwoord had: als Dada het juiste voedsel at, zou hij beter worden. Het was de versimpelde, populaire, verkeerd begrepen versie van het programma, *De Eerste Dag* als een wonderkuur tegen ziekte en ouder worden. Dada werd toen intraveneus gevoed, dus was het voor hem niet mogelijk geweest Eerste Dag-voedsel te eten.

'Denk je dat het geholpen zou hebben?'

'Nee,' zei ik.

Dit leek haar op te luchten. Ze gaf weer een klap tegen de fles en het hele bord werd beklodderd met ketchup.

'Zoals ik zei' – ze at een van de opgewarmde frankforters en kokhalsde – 'het is flauwekul.'

Toen schudde ze wat gesuikerde Kellogg's-vlokken in een kom en schonk er melk overheen.

'Het is niet alleen het eten. Het is ook iets spiritueels. Dada zou er niet geschikt voor geweest zijn.'

'Wie is er dan wel geschikt voor?'

'Jij misschien.'

Ze was net jong genoeg – vijfendertig misschien, onschuldig genoeg, goedhartig, en haar eetgedrag was afschuwelijk. Zodra ze een

354

eter zou worden en overging op Eerste Dag-voedsel zou ze beter slapen, zich gezonder voelen, en zouden haar darmen zingen. Vooral zou ze ophouden met treuren om Dada. Mensen als zij gaven het snelste veranderingstempo te zien, zei Millroy; dit was de reden dat de dikste, ziekste mensen het gemakkelijkst te overtuigen waren. Voor hen had de eerste maand dat ze Eerste Dag-voedsel aten dramatische resultaten: een snel gewichtsverlies, meer energie, regelmaat.

Ze belden hem op en riepen: 'Ik produceer een kilo ontlasting voor u!'

Ik wist dit omdat ik de telefoontjes aannam.

Ik vertelde Vera er iets over. Ik zei: 'Millroy is een tovenaar.'

'Die lui zijn allemaal hetzelfde,' zei ze.

Ze bedoelde predikers, zoals degene die op het moment op de tv aan het woord was, dominee Oral Roberts. Vera keek niet naar *De Oral Roberts Show*; ze ging nooit tv zitten kijken. Het was gewoon een licht dat flikkerde in de verre hoek van de caravan, het scherm was als een gat waar je in keek om de rest van de wereld te zien, of om de wereld 'babbeldebabbel' te horen doen in de kamer ernaast, of om explosies te horen of het 'ra-ta-ta' van een verre oorlog, of gehuil of ingeblikt gelach of televisiepresentatoren.

'Plant een zaadje voor God,' zei Oral Roberts.

'Een zaadje – dat is geld,' zei ik.

'Dat is wat ik bedoel,' zei Vera.

'God heeft tot mij gesproken. Hij riep mij en zei: "Ik wil dat de naam Oral Roberts staat voor genezing."'

'Hoor je die ouwe?' vroeg ik.

'Tuurlijk. God praat tegen hun allemaal.'

'Tegen Millroy praat hij niet. Hij praat niet, punt. God openbaart zijn waarheid op andere manieren.'

'Jij weet er alles van,' zei Vera met een glimlach. Ze begon gesuikerde vlokken in haar mond te lepelen en keek me onder het kauwen en slikken aan.

'In de manier waarop we leven. In de manier waarop we sterven. God keek naar Dada in het ziekenhuis. Hij wilde dat wij ook naar hem keken, en een les zouden leren.'

'Ga je naar de kerk?' vroeg Vera.

'Nee.'

'Maar als ik uw genezer ben moet ik dicht bij u zijn, en moet mijn boodschap de ether in. Wilt u niet genezen worden van uw pijn?'

'Hoe kan die oude man iemand alleen door gebed genezen?' Ik

realiseerde me dat ik Millroy citeerde, maar Vera wist dat niet. 'Je moet zelf het werk doen. Gezond eten. Overgaan op Eerste Dagvoedsel. Recepten uit het Boek halen. Ophouden met roken. Ophouden met patat eten. Al die dingen.'

'Moet ik deze frankforters en gesuikerde vlokken opgeven?'

'Niemand eet dat spul in de bijbel, Vera,'

'Tja, ze doen een heleboel dingen niet in de bijbel, Jilly,' zei ze. 'Er zijn bijvoorbeeld geen cheeseburgers en gebakken mosselen en ribsteaks en ook geen zuurstokken!'

Ze schaterde dit uit, in de mening dat ze me de mond had gesnoerd, maar ik zei: 'Precies,' en ze trok een gezicht.

'Ben jij bezig een van die zevendedagadventisten te worduh?'

'Natuurlijk niet. Ze zijn door en door Amerikaans, zegt Millroy, maar ze zijn niet strikt genoeg. Ze eten notekoteletten en *Leenies* en *Veggie Burgers*. Ze geloven dat Jezus terug zal komen op aarde, de wederkomst.'

Vera staarde me aan vanachter het pak gesuikerde Kellogg's-vlokken. Dat was waar ook. 'De Adventisten hebben in Amerika één ding van belang gedaan,' zei ik.

Terwijl ze op haar graanvlokken kauwde zei Vera iets, maakte een geluid dat klonk als een vraag.

Ik zei: 'Ze zijn verhuisd naar Battle Creek in Michigan. Snap je?'

'Nee.'

'Omdat ze hun vegetarisme uit de bijbel haalden, besloten ze cornflakes uit te vinden,' en ik draaide het pak om zodat ze op de zijkant *Battle Creek, MI* kon lezen, 'zodat ze geen bacon en worstjes hoefden te eten. Ze hebben ook pindakaas uitgevonden.'

'Wie heeft je dat verteld?'

Millroy, die heeft me alles verteld.

'Dat heb ik gelezen.'

'Je zou met *Jeopardy* mee moeten doen,' zei Vera. 'Als ze cornflakes en pindakaas hebben uitgevonden, zijn ze toch niet zo slecht, denk ik!'

'De meeste pindakaas is kankerverwekkend. Dat en de gesuikerde vlokken zijn het bewijs dat ze een vreselijke bedreiging vormen, zegt Millroy,' zei ik. 'Misschien hebben zij het Amerikaanse ontbijt uitgevonden, maar Millroy heeft een heel nieuw Amerikaans dieet uitgevonden.'

'De sleutel tot verlossing is onverwijlde gehoorzaamheid. Vraag de Heer hoeveel je hem moet sturen, en doe het dan meteen. Hou onze boodschap in de ether…'

'Ze vragen een heffing van tien procent, en deze ouwe bedelt om geld. Millroy vraagt nooit iets.'

'Maar ze zeggen dat hij stinkend rijk is.' Vera zat nog steeds gesuikerde vlokken te kauwen, als om me uit te dagen.

'Wie zegt dat?'

Ik liet me terug in mijn stoel vallen, keek haar aan, en verbaasde me over de manier waarop we praatten. Millroy was een kaalgeschoren man die rook naar versgebakken brood en koele meloenen, met een naar kruiden geurende adem en stuifsel van gierstebloem in zijn snor, die zich lang geleden voorover had gebogen en zijn gezicht vlak bij het mijne had gebracht. 'Ik wil je opeten.' Nu sliep hij op de plank achter mijn kast in het eethuis van de eerste dag in Church Street tegenover de vestiging van *Legal Sea Food* op Park Square. Ik wist meer dan dat: hij snurkte, hij had soms nachtmerries, hij nam me 's avonds laat mee naar Copley Square en Back Bay om mensen te zien eten in restaurants, en het woord 'licht', indien toegepast op voedsel, deed hem gieren van een honende lach.

Nu was hier Dada's Wompanoag-vrouw, Vera Turtle, in een stacaravan in Mashpee aan het woord over Millroy alsof hij iemand was die ze redelijk goed kende. Ik voelde me zoals ik me in de *P & B*-bus had gevoeld toen ik zijn foto zag – zoals ik me telkens had gevoeld als ik hem op de televisie zag, en zelfs toen ik een glimp van hem opving op de bodem van de vogelkooi. Hij is van mij, ik ben van hem.

'Dat zegt iedereen,' zei Vera, alsof Millroy de wereld toebehoorde.

Later op de dag bedacht ik dat het een truc of een valstrik zou kunnen zijn – dat Vera wist waar ik gezeten had, dat ze deze dingen zei om me uit te dagen zodat ik zou toegeven dat ik met Millroy was weggelopen.

Om haar op de proef te stellen zei ik: 'Vera, weet je wat ik in Boston doe?'

'Je zei iets over een baantjuh.'

'In een eethuis. Serveerster.'

'Ja.' Meer wilde ze niet weten. Ze accepteerde dat, ze was niet geïnteresseerd, ze vertrouwde me.

'Hoor eens, Millroy is anders dan de hele rest.'

Ze glimlachte naar me. Ze zijn allemaal hetzelfde, dacht ze waarschijnlijk. Voor haar was Millroy groot en beroemd, en de mensen spraken over hem, waardoor ze hem nog groter maakten. Hij stond niet in verbinding met onze wereld. Hij was rijk en ver weg, iemand die half echt, half denkbeeldig was, een ster. Het had me verbaasd dat ze zijn naam kende, maar ze wist meer dan dat. Ze had weet van bepaalde elementen van het *Programma van de Eerste Dag*, ze wist dat Millroy andere eethuizen was begonnen in diverse Amerikaanse steden, dat hij sommige mensen van ernstige ziektes had genezen, dat het programma was aanbevolen door doktoren als effectief middel tegen darmkanker, diverticulitis, zwaarlijvigheid, rimpels, hartkwalen, veroudering, verstopping.

'Het is als een religie die maakt dat je je beter voelt,' zei ze.

'Niet zomaar beter voelt, het maakt je daadwerkelijk gezonder,' zei ik. 'Dat is wat religie zou moeten doen.'

'Maar wat moet het opleveren?'

'Je leeft tweehonderd jaar.'

'Je klinkt net als hij,' zei Vera.

'Hé, daar is-ie.'

Vera liep voor me uit terwijl ik voorraden insloeg in de *A & P Future Store* op de kruising van South Sandwich; ik kocht meloenen, noten, bonen en bloem. Ik keek rond, in de verwachting Millroy te zien. Ze repte zich naar het tijdschriftenrek, pakte een sensatieblad, *The Examiner*, en hield het voor mijn ogen. Er stond diezelfde oude foto in van Millroy die eruitzag als een bovenmaatse gloeilamp, en de kop: WAAROM IK MILLROY ONTSLOEG BIJ MIJN TV-PROGRAMMA. Het was een verhaal van Eddy Mazzola over het einde van *Paradise Park*. Ik kocht en las het. 'Vuilbekkende prediker' stond er toen er sprake was van Millroy's gepraat over wc's en darmen.

Dit deed me nog meer uitzien naar Millroy's naam, en daarna ging ik alleen op de fiets naar de CVS-apotheek bij de rotonde en keek naar de tijdschriften in het rek. Op de omslag van sommige damesbladen vond ik 'Millroy redde mijn leven' en 'het Eerste Dagdieet: helpt het echt?' Een tijdschrift waarvan ik nog nooit gehoord had en dat *Longevity* heette had een foto'tje van hem in een hoek van de omslag, met de zinsnede 'redt uzelf op de manier van Millroy'.

De hele omslag van *Newsweek* werd in beslag genomen door de woorden LANGER LEVEN: AMERIKA ZOEKT NAAR ANTWOORDEN. Ik wist dat Millroy genoemd werd in het artikel dat erin stond omdat ik het telefoontje van die verslaggever had aangenomen. Ik kocht het blad en las het toen ik terug was in de caravan. Maar er was maar één korte alinea over Millroy ('de in Boston gevestigde Eerste

Dag-kerk') en de rest kon ik niet begrijpen.

Ik ging naar andere winkels, alleen om naar de tijdschriften en kranten te kijken. Millroy zei altijd dat er niets in stond, en dat je niets aan het nieuws kon doen, dus waarom zou je kranten lezen en jezelf ongelukkig maken? Mensen zouden doorgaan met verhongeren, vechten en op hun knieën bidden, of je nu over hen las of niet. Nu stond hij in die publikaties. Eén tijdschrift had alleen zijn naam op de omslag: MILLROY.

Je moest wel beroemd zijn wanneer enkel en alleen je naam alles over je verklaarde. Millroy had publiciteit altijd vermeden. Maar het had niet geholpen; in feite had het hem misschien wel beroemder gemaakt, omdat het leek alsof het feit dat hij zich schuilhield er slechts toe leidde dat ze hem achtervolgden en probeerden op te sporen. Hij werd beroemd door zijn medewerking te weigeren.

Ik zei tegen Vera: 'Ik had geen idee dat Millroy zo beroemd was.'

'Waar heb jij gezeten?' vroeg ze me weer, en toen ik geen antwoord gaf zei ze: 'Je had het waarschijnlijk te druk om het op te merken.'

Niet te druk, maar ik stond de man en zijn tovenarij te na. Al die publiciteit had mij aan hem kunnen doen twijfelen. In plaats daarvan was ik er een gelovige door geworden. Ik was van hem weggegaan omdat ik het gevoel had dat ik hem niet meer kende, maar nu besefte ik dat niemand hem kende. Deze artikelen beschreven hem niet. En ik was niet zo onwetend als ik had gedacht – ik kende zijn vreemdheid, zijn vriendelijkheid, zijn tovenarij, zijn dromen. Ik had hem ontmoet toen hij een goochelaar op een boerenkermis was. Ik had hem een geestelijk duel zien leveren met Floyd Fewox, ik had hem meneer Phyllis de vernieling in zien helpen. Ik had de geheimzinnige vrouw Rosella ontmoet, die hem beter kende dan wie dan ook. Dit alles gaf me het gevoel dat ik belangrijk was, goed op de hoogte, sterk. Ik kende Millroy's geheimen.

Ooit had ik gedacht dat ik van hem weg kon lopen – naar huis kon gaan en van hem af zijn. Ik stelde me voor dat ik in september terug naar school zou gaan, zou doorbijten en proberen te studeren. Terug naar het bladeren harken bij Gaga en bij Dada de afwas doen, in bed naar mijn walkman luisteren, in Craigville een pizza gaan halen, gaan vissen wanneer de blauwbaars op drift was, tv kijken, en misschien volgend jaar een schoonmaakbaantje in een motel in Hyannis, sparen om een tweedehands auto te kopen. Tot de afgelopen zomer, toen ik Millroy had ontmoet op de boerenkermis in Barnstable, was dat het enige leven dat ik mezelf ooit had toegedacht. 's Anderendaags nog had ik geprobeerd de bus terug naar dit leven te nemen. Maar toen ik thuiskwam ontdekte ik dat hij hier was – op tv, in tijdschriften en kranten. Vera praatte meer over hem dan over Dada, en zei dat haar vrienden ook over hem praatten. 'Niemand kent me,' had Millroy meer dan eens tegen me gezegd, en dat was waar. Maar iedereen kende zijn naam, en dingen die voor mij verborgen waren geweest werden duidelijk toen ik met Vera naar zijn programma keek. Ik realiseerde me dat hij zichzelf aan mij had geopenbaard, dat ik hem beter kende dan wie ook. Het maakte dat ik hem miste, het maakte me eenzaam. Wist hij dit?

Het was anders om hem in Dada's caravan te zien – niet alleen omdat Dada dood was en Millroy de plaats van Dada had ingenomen. Meer dan dat, hij had een krachtige aanwezigheid, hij leek magischer. We hadden in het eethuis gezeten, de zonen en dochters en ik, en we hadden gelachen bij het zien hoe Millroy toverkunsten deed of bij het luisteren hoe hij beschreef wat hij 'de tocht uit Dikland' noemde. We gierden het uit wanneer hij ons filmfragmenten van etende mensen liet zien, en als hij niet op reis was zat hij bij ons tijdens de herhalingen, en we lachten nog harder omdat we wisten wat er ging komen. Waarom was Millroy niet grappig wanneer ik naar hem keek op de tv in Dada's caravan? Hij was streng. Hij was ernstig. Zijn ogen puilden uit. Geen grappen. Hij oreerde en deed vijandige krachtpatserstrucs. Het was allemaal leven of dood. Vera was bang, en ik nam het haar niet kwalijk.

'Als hij opfleurde zou ik hem geloven,' zei ze. Ze kon zichzelf alleen kalmeren door sceptisch te zijn. 'Iedereen gaat uiteindelijk dood, hoor,' zei ze.

Ik kon zien dat Millroy haar angst aanjaagde.

'Het leven is fataal, zeggen de mensen. Maar laten we eens kijken,' zei Millroy in het volgende *Programma van de Eerste Dag* dat Vera en ik zagen. 'Neem nou deze narcis.'

'We kunnen net zo goed een ander net opzetten,' zei Vera van achter in de caravan, waar ze ineengedoken zat.

Maar ik wilde hem zien en zat boven op de afstandsbediening.

'Het Boek gebruikt het woord "roos" waar de eigenlijke Griekse tekst "lelie" of "bloem" zegt. Maar wij weten dat er in de tijd van de Eerste Dag bloembollen werden gegeten. In het boek Koningen lezen wij over "duivedrek" – dat is een vreselijk mooie bloem, uw zogeheten "ster van Bethlehem". U kunt de bollen roosteren als kastanjes, of drogen of vermalen met bloem om brood te maken, zoals Elisa gedaan moet hebben in Samaria.'

'Daar gaat-ie weer.' In deze kleine caravan was het voor haar onmogelijk om zich terug te trekken, dus maakte Vera zichzelf klein.

'Neem de lelietjes-van-dalen – bedenk dat ze eetbare wortelstokken hebben, dat ze lekker zijn in soepen en stoofpotten, en voortreffelijk als nagerecht, besprenkeld met honing.' Op een leliebol kauwend zei hij: 'Smaakt geweldig. Maar hoe zit het met die andere dingen die u eet?'

Vóór hem op de tafel stonden bekers met de aanduiding MELK, BIER, WHISKEY, COLA, TROPISCHE FRUITDRANK.

'Wat gebeurt er als je dit spul in je lichaam stopt?'

Hij lichtte een aardewerk pot op, die een lelie bevatte die geworteld was in een bodem van schorsmuls. De zware, gelig-witte bloesem wiegde op en neer, en knikte toen hij hem neerzette.

'Zullen we het proberen?'

'Wat is-ie verdorie van plan?'

Millroy schonk wat melk in de pot, toen wat bier, toen de whisky, de Cola en de tropische drank. Het vocht droop en sijpelde door de gaten in de bodem van de bloempot in een bak.

'Denkt u dat hij zal groeien en meer bloemen zal voortbrengen?' Terwijl hij sprak ging de lelie hangen en werd de bloesem bruin. De blaadjes vielen af. De bladeren werden zacht. Toen plofte de hele zaak over de rand van de pot en versmolt tot slierten zwart slijm. 'Hij sterft op dezelfde manier als uw lichaam.'

Als truc, als de waarheid, zouden we dit in het eethuis grappig hebben gevonden, en Millroy zou met ons meegelachen hebben. Maar het ineenzakken van de bloem was een kleine gruwel die grensde aan een tragedie. Het was ernstig en plechtig. 'De bloem is hier één dag en dan is ze weg.'

Waarom zei hij 'ze'?

'Is dat niet zo?'

'Ja,' zei ik.

Vera zoog lucht naar binnen en staarde me aan.

'Zie je wat ik bedoel?' zei Vera. 'Je weet niet wat je van die vent moet denken.'

Mijn mond was te droog om iets te kunnen zeggen.

'Zet het af,' zei Vera. 'Laten we naar een spelletjesprogramma kijken.'

Dat deed ik. Ik gleed langs de afstandbediening, maar bleef met mijn gedachten bij Millroy. Dat *Programma van de Eerste Dag* was een nieuwe aanwijzing dat er iets mis was. Het kwam door zijn trillende stem, en de manier waarop hij zijn gezicht tegen het tv-scherm drukte zoals je je gezicht tegen een vensterruit drukt, alsof hij op zoek was naar mij. 'En dan is ze weg.' Nu, op deze afstand, besefte ik dat niemand Millroy zo goed kende als ik. Ik hoorde geluiden die voor andere mensen onhoorbaar waren, ik zag dingen die onzichtbaar waren.

Millroy was verdrietig, hij was gespannen, hij was nerveus en ongeduldig. Ik wist dat de whisky en de melk en de rest van de verboden vloeistoffen niet op de lelie hadden ingewerkt – er was niet genoeg tijd om te laten zien hoe die doodging. Hij had de bloem op eigen kracht gedood – was er met zijn handen overheen gegaan en had er alle energie aan onttrokken door gegoochel met het tijdsverloop.

'Ik maak niet graag gebruik van toverkunsten,' had hij vaak genoeg gezegd. 'Wonderen en toverkunsten zijn de laatste toevlucht. Zelfs de Heer wist dat. Ik doe het alleen als ik wanhopig ben. Maar dit zijn wanhopige tijden.'

Door Millroy op tv te zien begreep ik hem beter. Ik had afstand nodig gehad om een scherp beeld van hem te krijgen. Nu kon ik zien dat hij leed. Hij was niet de man zoals die beschreven werd in de pers. Hij was niet de man over wie Vera sprak. Hij was iemand die ik kende. Hij was mijn enige vriend. Ik herinnerde me de oude vrouw Rosella, die zei: 'Hij heeft je nodig.'

Toch bleef ik in de caravan in Mashpee, zonder te weten wat ik verder moest doen. Vera had mij ook nodig. Ze vertelde me hoe blij ze was dat ik bij haar was, hoezeer ik Dada's plaats had ingenomen. Ze zei dat ze met mij in de buurt zin had om plannen te maken. 'Het begint me helder te worden,' zei ze. 'Eerst was ik gestressd en zo, maar nu wil ik er flink tegenaan en ophouduh met stressen.'

Het volgende programma van Millroy ging over engelen. 'Angelologie' noemde hij het. 'Er waren reuzen op aarde op de eerste dag,' zei hij. 'Kijk maar naar het boek Genesis. De zonen van God zagen de mensendochters, dat ze mooi waren, en zij namen hen naar keuze tot vrouw, en zij baarden hun kinderen. De kinderen van de zonen van God en de mensendochters waren engelen.'

Hij keek zo treurig.

'Er zijn nog steeds zonen van God op aarde,' zei hij, 'en nog steeds mensendochters.'

En tuurde weer door het scherm, om zich heen kijkend met grote speurende ogen, die zo gloeiden dat ik me ongemakkelijk begon te voelen toen hij in mijn richting keek. Hij zag er opgejaagd uit, hij zag er mager uit, hij at niet. Hij was zwak.

'Je moet voelen dat iemand over je waakt. Dat iemand om je geeft. Dat je niet alleen bent.'

Hij miste me.

'Meestal begrijp ik niet eens waar hij het verdorie over heeft,' zei Vera, roepend uit de kitchenette.

Misschien begreep niemand dat dezer dagen. Hij had het tegen mij. Nu wist ik zeker dat er iets mis was.

'Wil je wortellimonade?'

'Nee, bedankt.'

Millroy's stem weergalmde, maar ik kon niet zeggen of hij van binnen of van buiten mijn hoofd kwam. Het was net een op mijn hoofd geklemde koptelefoon, zijn stem in allebei mijn oren, met het geneuzel van Vera's stem op de achtergrond.

'Er liggen een paar *Ring-Dings* in de ijskast.'

Maar ik luisterde naar Millroy, die mij aanspoorde te luisteren.

'En een heel stel *Bolsters* in het vriesvak,' zei Vera. 'Jouw lievelingskost.'

'Ik wil nog één ding tegen je zeggen.'

Ik gaf hem antwoord, maar als ik al niet kon horen wat ik zei, hoe kon hij het dan?

'Het leven hoeft niet fataal te zijn.'

Ik kon nog steeds mijn eigen stem niet horen, hoewel ik Vera's donkere gefluister hoorde als een schaduw achter Millroy's stem.

'Heb je het tegen mij, Jilly?'

Ik maakte weer een geluid omdat Millroy zei: 'Weet je dat?'

'Ik dacht dat je iets tegen muh zei,' zei Vera.

Op Millroy's bezwete hoofd parelden druppeltjes over heel de strakke huid van zijn schedel, en sommige liepen langs de zijkanten van zijn gezicht en in zijn snor.

'Maar het leven lijkt nu tamelijk zinloos, is het niet?'

'Zeg dat wel,' zei ik.

'Dat komt omdat je je helemaal alleen voelt.'

'Tegen wie heb je het, Jilly?'

Ik mompelde iets wat betekende dat ik wilde dat ze haar mond hield, maar het leidde er alleen toe dat ze verder de kamer in kwam, dichter bij de televisie.

'Ik voel me net zo,' zei Millroy. 'Ik moet in jouw leven zijn. En jij moet in het mijne zijn.'

'Amen,' zei ik.

'Dat hoorde ik. Dat kwam uit het hart.'

Ik zei iets dankbaars en slaakte een vreugdevol geluid.

'Praat je terug tegen die kerel op de tv?'

Millroy glimlachte, alsof hij had gehoord wat Vera zei maar haar negeerde en alleen aandacht besteedde aan mij. Ik zei nog iets, en ging toen zo zitten dat hij mijn gezicht kon zien.

'Ze noemen hem "Anale" Roberts,' zei Vera. 'Snap je?'

'Nee,' zei ik. Er kwamen tranen uit mijn ogen, die mijn wangen natmaakten. Maakte niet uit, ik was gelukkig.

'Ik moet je terug in mijn leven,' zei Millroy. 'Jij hebt mij nodig in het jouwe.'

Ik legde Vera het zwijgen op toen ze probeerde tussenbeide te komen.

'Waarom praat je tegen hem?'

'Omdat hij tegen mij praat,' zei ik.

'Hou je hoofd koel, Jilly.'

Millroy knipoogde naar me; dat had hij gehoord. Hij glimlachte.

'Het leven is alleen fataal wanneer je alleen bent,' zei hij.

'Dat is gedachtenbesturing,' zei Vera.

Ze dook naar het televisietoestel.

'Hij probeert mensen het hoofd op hol te brengen.'

'Niet mensen, alleen mij,' zei ik.

Toen ze het toestel uitzette klaagde ik luidkeels en zette het weer aan, maar eer het beeld flikkerde, trilde en zich op het scherm uitsmeerde, was het programma afgelopen. Ik kon Millroy in het donker horen protesteren; zijn stem klonk gesmoord toen hij zei: 'Ben je daar, mop?'

Ik kon hem niet zien. Een seconde later was er een *Burger King*-commercial, en toen een tekenfilmpje over *Diet Crunchettes*, en ten slotte begon *Lichaamstraining*.

'Het is een soort cultus,' zei Vera, die boos en bang klonk.

Ze deed alsof ze de keuken opruimde, maar eigenlijk gierde ze van angst.

Later zei ze: 'Ik had het ineens zo'n beetje door. Je gaat naar Dada's grafsteen en je wordt gestressd. Jason Tobey vertelde het me. De Pocknetts hebben je je fiets zien voortduwen. Je bent heel gestressd, dus begin je tegen die tv-evangelist te praten. Het is gedachtenbesturing, hoor.'

Het programma had me in een merkwaardige stemming gebracht, alsof ik een klokkenspel van klankstaafjes was en nog steeds
zachtjes rinkelde. Vera kende me helemaal niet. Alleen Millroy kende me. Ik was niet thuisgekomen. Nee, door van Millroy weg te
gaan was ik van huis weggelopen. Ik was hier verloren.

'Er valt niets te vrezen,' had Millroy gezegd. 'Je bent niet alleen.'

Hij had evenzeer tegen zichzelf als tegen mij gepraat. Deze laatste
twee *Programma's van de Eerste Dag* waren net gesprekken tussen hem
en mij geweest, een soort pleidooi van zijn kant, terwijl ik daar zat te
proberen mijn lip niet te laten trillen.

Het was zo vreemd na dit laatste programma – Vera die vertwij-
feld en angstig en verward was, en over Millroy praatte alsof hij de
gevaarlijkste en beroemdste man ter wereld was – dat ik de caravan
uitliep en naar de wegkruising van Mashpee fietste, naar de munttelefoon aan de muur van het postagentschap, en het eethuis opbelde,
Millroy's privélijn.

'Met wie spreek ik?' zei hij, een plotselinge ademteug nemend
toen hij mij hallo hoorde zeggen.

'Ik ben het maar.'

'Waar ben je, engel?'

'Maakt niet uit. Ik ben op weg terug naar huis.'

'God,' zei hij, en de manier waarop hij het zei, met zo'n opgeluch-
te en hoopvolle klank, maakte dat ik me sterk voelde.

'Is er iets mis?'

'Alles.'

Het was bijna onmenselijk dat Millroy nooit huilde of een traan
plengde, en toch zei hij dit woord met de hooikoortsstem van iemand die probeerde niet te snikken.

XXXIV

Hij was zo blij me te zien terwijl hij snel op me afkwam met een gretige blik, alsof hij me wilde opeten, dat ik er bijna van schrok, maar er was nog iets ergers. Het eerste dat hij bij de South Station-bushalte tegen me zei was: 'Millroy was heel ongerust. Millroy is geen tobber, maar hij was heel bezorgd om je persoonlijke veiligheid.'

Ik keek dus om me heen, in de verwachting iemand anders te zien, zijn broer misschien.

'En hecht geen geloof aan misvattingen die je over Millroy hebt gehoord.'

Dat was het: de manier waarop hij over deze figuur Millroy praatte, die hij eigenlijk zelf was. Het maakte me bang, alsof we nu met z'n drieën in het eethuis waren, en elkaar vreselijk zorgen baarden.

Later deed hij het weer; hij mompelde alleen wat.

'Ze hebben geprobeerd geruchten over rattekeutels in de wereld te brengen,' zei hij. 'Maar Millroy duldt geen rattekeutels, of wat voor dieredrek dan ook.'

En schudde zijn hoofd, nee, nee, nee.

'Millroy niet.'

Hij moest erom glimlachen, en ik verbeeldde me dat hij in gedachten die andere Millroy zag.

Toen bracht hij plotseling zijn neus naar mijn gezicht.

'Wat heb je gegeten, makker?'

Dat was allemaal in het eerste half uur. De dag werd nog vreemder. Ik zei hallo tegen de zonen en dochters. 'We hebben de grote baas zoveel te vraogen,' zei Peaches, wat betekende dat ze wilden dat ik het vroeg. Ik ging mijn hok in. Mijn kleine ruimte was precies zoals ik die had achtergelaten, alles op zijn plaats, en ik merkte doordat het zo netjes was dat Millroy me gemist had. Had hij dat trouwens niet gezegd?

Er kwam een gonzend geluid uit zijn kamer: was hij zijn hoofd aan het scheren met zijn elektrische scheerapparaat, en aan het praten? Ik gluurde door de deurspleet en zag dat hij niet bezig was zijn hoofd of zelfs maar zijn kin te scheren. Hij praatte in de telefoon en liet het scheerapparaat langs het mondstuk van de hoorn op en neer gaan.

'We kunnen u niet helpen,' zei hij.

Zoem-zoem-zoem ging het scheerapparaat.

'We zitten in een vliegtuig – een vlucht naar Denver – zoem-zoem – waar we een vestiging hebben.'

Ik sloot de deur. Ik kon er niet tegen hem leugens te horen vertellen – en wie waren 'we'?

Hij lag de hele nacht te mompelen op de donkere kastplank die hij zijn bed noemde, en was 's morgens verdwenen.

Dat was mijn thuiskomst.

'Wij werken de telefoontjes af,' zei Shonelle. 'Hij haat die verrekte telefoon.'

'Een of andere vent heeft het privénummer van de baas verspreid,' zei T. Van. 'Hij krijgt verkeersoverlast, zoals hij het noemt.'

'Ze proberen hem peentjes te laten zweten,' zei Troy.

'Zodat ie in z'n auto stapt en aan de rol gaat,' zei Peaches, waarmee ze bedoelde: hardrijden en naar gospelbandjes of wat voor muziek dan ook luisteren.

Twee nachten na mijn terugkeer uit de Cape werd Millroy wakker en begon in het donker tegen me te praten – een van die plotselinge gesprekken, een stem zonder gezicht die me angst aanjoeg. 'Heb je me op tv tegen je horen praten?'

'Eh...'

'Ik wist het,' zei hij.

'Ik luisterde.'

'Ik zag je zitten met je gezicht voor het tv-scherm, en die ongelovige vrouw Vera vlak achter je, die je tegen me waarschuwde.'

Ik had er dus gelijk in gehad dat hij rechtstreeks tegen mij sprak, ook al praatte Vera over gedachtenbesturing en 'tegen wie heb je het?'

'Alleen jullie tweeën. Ik heb je Dada niet gezien.'

Ik begon snotterend te huilen en probeerde mijn snikken weg te slikken.

'Geeft niet, mop. Je bent thuis.'

Al snel was ik weer aan het werk – het was nog nooit zo druk geweest in het Eethuis van de Eerste Dag – maar Millroy leek er niet bij te horen en vaak afwezig. Net als je dacht dat hij in een andere stad was of bezig het programma op te nemen, kwam hij dan opdagen, maar onverhoedser en completer dan alleen maar 'opdagen' kwam hij voluit uit de hemel vallen. Het ene moment was er een lege ruimte, het volgende moment had Millroy zich gematerialiseerd.

Op een dag materialiseerde hij zich zo snel in de keuken dat hij mij de weg versperde en ik bijna over hem struikelde.

'Waar ga je heen, makker?'

Hij zag er bleek en nerveus uit, en er was een smekende klank in zijn stem. Hij raakte licht mijn schouder aan, maar evengoed kon ik de trillingen in zijn vingers voelen.

'Gewoon dweilen,' zei ik. 'Wat werk verzetten.'

Millroy zei altijd dat hard werken een vorm van gebed was omdat je er trek in Eerste Dag-voedsel van kreeg, en de eetervaring je op beschouwing richtte.

'Het begint hier smerig te worden.'

Wat eveneens ongebruikelijk was: dat het er verwaarloosd uitzag. Maar Millroy kromp slechts ineen en ontkende het niet. Hij zag er paniekerig uit, alsof hij dacht dat ik er weer met de bus vandoor zou gaan. Hij opende zijn mond, en het leek alsof hij zich zou gaan verontschuldigen, maar dat was niet het geluid dat ik hoorde. Er barstte een schel geblaf los uit zijn lichaam, alsof hij antwoord gaf. Het geluid kwam uit zijn broekzak, een elektronische pieper.

'Als iemand naar me vraagt, ik ben in Baltimore.'

Hij sloot zich op in zijn hok, en de hele middag stelde ik mij voor dat hij zich klein had gemaakt, ongeveer zo groot als een Ezechiël-brood, terwijl hij zich schuilhield op zijn plank.

De mensen zeiden dat hij verbazingwekkend was en ze geloofden dat hij rijk was. Zelfs Vera beschouwde hem als een beroemdheid en een machtig man. Maar kijk eens hoe hij mijn gedweil onderbrak, toen nerveus werd, en ten slotte loog dat hij naar Baltimore ging en wegkroop in een heet hoekje van het eethuis. Niemand zou het geloofd hebben, vooral een eter niet. Alleen ik kende hem.

Terwijl ik de vloer dweilde dacht ik aan de manier waarop hij me had aangesproken en gezegd: 'Waar ga je heen, makker?' Hij had wanhopig geleken. Hij had me zelfs aangeraakt, alleen langs mijn schouder gestreken, maar ik had het gevoeld. Wat was het probleem? Hij had geld, hij had macht, *De Eerste Dag* was een succes. Hij was in heel Amerika beroemd.

'Yo, Rusty.' Het was T. Van. Hij hielp me met dweilen. 'We zijn maar wát blij je te zien, jongen.'

'Zeg dat wel,' zei Troy. 'Ik flip hier.'

Ik vertelde hun dat ik blij was terug te zijn, en dat meende ik, omdat ik nu wist dat ik geen ander thuis had.

'We begonnen ons echt zorgen te maken over de grote baas,' zei T. Van.

Peaches hoorde ons en kwam erbij. Ze zei: 'Hij staat daar maar kaal te zijn en ons soms met open mond aan te kijken, en ik dacht: deugt hij wel?'

'Je kunt een film vertonen op zijn grote ouwe kop,' zei Troy, en deed van hi-hi-hi, en leek verbaasd toen ik niet met hem meelachte.

T. Van draaide ernstig met zijn hoofd, wat leek te betekenen dat hij iets op zijn lever had.

'Vertel Alex over het elektrische scheerapparaat,' zei Peaches.

T. Van zei: ' Zonder gekheid. Ik zag de grote baas de telefoon scheren, hij ging er met zijn apparaat overheen.'

'Hij gelooft je niet,' zei Peaches, doelend op mij.

'Je begrijpt het niet,' zei ik. 'Hij deed alsof hij in een vliegtuig zat. Dat scheerapparaat was alleen een achtergrondgeluid. Daar was ik al achter.'

'Yo. Dat maakt het een stuk begrijpelijker,' zei T. Van. Hij sperde zijn ogen open. 'Dat is gewoon heel normaal, dat hij met zijn oude Remington over zijn telefoon heen gaat.' Toen draaide hij zich om en gierde met een harde lach, hetzelfde hi-hi-hi als van Troy: 'In een vliegtuig!'

'Maar we zijn heel blij dat je terug bent, kleine baas,' zei Tomarra. 'Het is weer net als vroeger.'

'Bedoel je dat het anders was toen ik weg was?' Want ik kon me het eethuis niet anders voorstellen.

'Het was waanzin,' zei Tomarra.

'Tof?' vroeg ik. Het was een van haar eigen woorden.

'Nee. Het was een gekkenhuis.'

'Eerst begint hij met die pieper,' zei Shonelle. 'Er zitten mensen achter hem aan, zegt hij. Ik denk: welke mensen – zijn ze wel echt?'

'Als hij dat denkt, is dat het enige dat telt,' zei ik.

'Maar de vraag is: wie piept hem op? Daar zijn we nooit achtergekomen.'

De manier waarop we nu aan het fluisteren waren maakte me bang, omdat we nooit eerder geprobeerd hadden iets voor Millroy te verbergen, en altijd onze mond hadden opengedaan wanneer we dachten dat er iets mis was. Trouwens, Millroy kon het zachtste gefluister horen, dus wat had het voor zin?

'Dan begint hij zich op te sluiten in het kantoor,' zei Troy. 'Hij komt er alleen maar uit om het programma te doen, en dat is eens in de week.'

'Praatte hij niet tegen jullie?'

'Hij vroeg altijd alleen maar: "heeft iemand Alex gezien?" en als hij terugkwam was het van: "heeft er nog iemand gebeld?" waarmee hij jou bedoelde.'

Die avond, terwijl we weer onderling aan het fluisteren waren, ging Millroy de keuken in en begon met zijn rug naar ons toe deeg te kneden, uien te stampen, groene bouillon uit te schenken, meloenen uit te snijden en tarwebollen te maken. Aangezien het avond was in het eethuis, dacht ik dat dit eten voor morgen was, maar nee. 'Kom mee, makker,' zei hij terwijl hij de deur naar de achterkamer opende.

Hij wierp een blik op T. Van en Peaches, die op de terugweg naar de keuken waren na klanten bediend te hebben. Ze staarden hem met witte ogen en strakke, ernstige gezichten aan, hun lippen samenpersend, en hem aankijkend als mensen die naar een vreemde kijken die elk moment zijn verstand kan verliezen.

Millroy deed de deur voor hun neus dicht en sloot die met een klik als twee tanden die in de deurlijst verzonken. Hij zei: 'Millroy heeft iets voor je.'

De manier waarop hij het zei deed me mijn gezicht bedekken. Ik deed alsof ik mijn ogen moest uitwrijven. Maar met mijn ogen dicht rook ik brood en vis en vijgen en zoete meloenen. Dat was wat ik gemist had toen ik met Vera in Dada's caravan woonde. Het was de geur van thuis, van leven en gezondheid, en het was wonderbaarlijk. Ik had het eten niet gezien, maar ik wist dat hij het zelf had klaargemaakt en vanuit de keuken naar de achterkamer had overgebracht door het te laten materialiseren. De tafel was gedekt – één bord, met toegedekte schalen, aardewerk potten en een glas druivenwijn.

'Ga zitten, engel,' zei hij, en voegde er toen ik aarzelde aan toe: 'Alsjeblieft.'

Ik werd getroffen door een soort verdriet in zijn smekende toon, en gehoorzaamde.

Hij leunde achterover in de schaduw van de gesloten deur. Ik wist niet of hij ineengedoken of op zijn hurken zat. Millroy was meestal oprecht, maar hij kon ook geheimzinnig zijn.

'Kom nou, eet dan,' zei hij. 'Toe.'

Diezelfde bijna kruiperige toon. Ik pakte het bestoven, bloemige brood, brak het in drie stukken zoals hij ons geleerd had, en eerde het voedsel. 'Dit is De Eerste Dag, dit alles heeft u ons gegeven, de gift van het leven. Amen,' zei ik.

'Het brood is versgebakken.'

Ik knabbelde aan de korst.

Hij zei: 'We openen eethuizen in nog drie steden. Ik heb de pacht-contracten. Het programma is in nog zo'n twintig rayons te zien. Op de meeste avonden zijn er herhalingen. De gelijktijdige uitzendingen zijn heel populair.' Maar hij keek steels terwijl hij sprak. 'Je kunt toch wel meer op, engel.'

'Ik heb niet zo'n honger.'

'Wie heeft je te eten gegeven?' Hij klonk bedroefd.

'Ik heb mezelf te eten gegeven,' zei ik, 'en ik heb pas nog een heleboel vijgen gegeten met een paar tarwebollen.'

'Mijn tarwebollen?'

'Die van Troy,' zei ik.

Millroy knipperde met zijn ogen. Zijn hoofd gonsde, en hij leek nog steeds aan iets anders te denken toen hij weer begon te spreken.

'We brengen een ongelofelijk schokeffect teweeg. We zijn in de belangrijkste rayons geaccepteerd. Ik krijg elke dag getuigenissen. "U heeft me sterk gemaakt." "Ik ben herboren." "Ik ben genezen van darmkanker." Mop, ik heb dokters aan mijn kant. Ik denk erover een Uitvoerend Orgaan op te richten – Dokters van de Eerste Dag.'

Hij bleef praten, maar leek nog steeds onzeker.

'Eet op,' zei hij terwijl hij een reepje fruit ophield.

'Ik kan het niet.'

'Je moet.' Zijn stem was zwakker geworden sinds hij ons in de kamer had opgesloten. Het was vreemd, zijn stem leek bij de schadu-wen te passen – al dit voedsel, één bord, geen ramen, alleen wij twee-en. Nu kon ik hem zwaar horen ademen en snuiven door zijn neusha-ren.

'Ik word misselijk als ik het doe,' zei ik.

'Steek het in je mond.'

Het meloenreepje droop en glansde terwijl hij het tegen mijn lip-pen hield en ertegenaan prikte. Het stroperige sap droop terwijl hij het vasthield van zijn vingers, maar het fruit werd als armzalig zwak vlees tot moes gedrukt toen hij het naar binnen stak. Ik verzette me, en likte er toen een beetje aan. Er kwamen tranen in mijn ogen en ik begon naar adem te happen. 'Nee.'

Hij probeerde het weer, duwde het tegen mijn mond.

'Ik heb geen honger,' zei ik. Ik mompelde met mijn mond dicht omdat ik wist dat als ik hem opendeed hij het fruit naar binnen zou steken en me zou laten kokhalzen. Het woordloze geluid dat uit zijn hals kwam was een verwrongen klank, als gejammer. Hij stond daar te treuren terwijl hij naar me keek, en hij bleef geluiden maken, maar ze kwamen uit zijn lichaam. Kende ik deze man? Misschien was hij die andere Millroy over wie mijn Millroy het had gehad.

'Je had me niet verteld dat je van plan was weg te gaan,' zei hij.

'Ik was het niet van plan.'

'Maar je bent weggegaan,' zei hij. 'Het was een volslagen ver-rassing. Ik was geschokt.'

Hij pauzeerde om mij iets te laten zeggen, maar ik zweeg.

'Er was een gapend gat op de plaats waar jij was geweest. Ik miste je. Het gat zat in mijn binnenste. Ik doolde door ruimte en tijd in Amerika en kreeg ongewild vreemd voedsel in handen en moest het neerleggen.'

Nu staarde ik hem aan. 'U klinkt als uzelf in het programma,' zei ik.

Hij negeerde mijn opmerking. Hij zei: 'Er waren zoveel dingen die ik bijna gegeten heb.'

Wat moest dát betekenen?

'In veel opzichten hebben we gezegevierd. Er is in alle kranten over ons geschreven. Dat we vervolgd worden kan me niets schelen. Welke boodschapper werd niet bespot en belasterd? Op sommige dagen doen we twee- of driehonderd lunches in deze vestiging. Maar álle eethuizen gaat het voor de wind.'

Ik wist dat dit waarschijnlijk waar was; toch leek hij te twijfelen, alsof hij het niet geloofde.

'Hoe vond je het,' zei hij, 'als wegloper?'

Zodra hij dit zei voelde ik dat ik bijna moest huilen, net als de vorige avond. Ik probeerde het in te houden omdat snikken net als braken is. 'Dada is weg,' zei ik.

Millroy monsterde me met glazige ogen, alsof hij me als hij met zijn ogen knipperde kon laten verdwijnen.

'Mijn vader.' Ik slikte en begon opnieuw. 'Hij is dood.'

'Dat was op zijn gezicht geschreven. Ik kon het in de caravan ruiken – zijn wegterende longen, zijn zwoegende hart. Ik wilde het je niet vertellen.'

Hij keek naar zijn handen alsof hij op afstand kleine lettertjes las.

'Hoe voelde je je toen je erachter kwam?'

'Rot.'

'"Hij die zijn vader of moeder meer liefheeft dan mij is mij niet waardig."'

'Dat zal wel.'

Nu rolden de tranen over mijn wangen, en ik probeerde het gesnik binnensmonds te houden.

'Ik huil om u,' zei ik, omdat verdriet geen Eerste Dag-gevoel was.

Millroy knikte, pakte toen mijn lepel en gebruikte die scheppend en roerend als opscheplepel voor de bonen. 'Je hebt dit hard nodig,' zei hij.

Ik deed mijn mond dicht en draaide mijn hoofd weg, zodat hij met de natte lepel in mijn wang porde. 'Je weet hoe graag je het wilt,' zei hij.

'Nee,' zei ik, hem half trotserend omwille van dode Dada.

'Doe het voor mij,' zei hij. 'Weiger niet.'

'Dan moet ik overgeven.'

Hij kromp ineen. Zijn gezicht werd zacht en verslapte. Hij zag er zo zwak uit. Hij legde de lepel neer. Toen ik zijn vingers de lepel zag loslaten, voelde ik me veilig en sterk – niet zo sterk dat ik hem de baas kon, maar alsof ik hem kon beschermen.

Hij schudde zijn hoofd, en toen hij zei: 'Het is hier vreselijk geweest' wist ik dat hij alleen aan zichzelf dacht. Maar toen hij met die droge, verslagen stem herhaalde: 'Het is hier vreselijk geweest' had ik met hem te doen en probeerde ik niet aan Dada te denken.

Ik wist dat Millroy mij of die nacht, of de volgende, of binnenkort zou wakker maken. Een dag later was het zover.

'Ze zitten achter Millroy aan, mop.'

Hij droomde niet, hij dacht na, hij was klaar wakker.

'Millroy wordt bedreigd. Ze willen hem kapotmaken.'

Deze gedachte maakte dat hij zich belangrijk voelde, en door de manier waarop hij sprak wist ik dat hij die scheve glimlach lachte van Millroy-die-aan-Millroy-denkt.

'Waarom zou iemand dat willen?'

Nu leek de glimlach bijna hoorbaar, als het gezoem van een elektrisch apparaat dat warmloopt.

'Het is een vreemd verhaal omdat het ook een succesverhaal is.'

In de mening dat het hem op zou vrolijken zei ik: 'Ze weten alles

373

over u hoor in Mashpee en Marstons Mills. En ik zag uw foto in de krant in de bus.'

Een ander soort stilte zei me dat hij weer treurig was geworden.

'Wat scheelt eraan?'

'Ik heb vijanden.'

'Vijanden kunnen je sterk maken,' zei ik. Het was een van zijn eigen uitspraken.

'Als je de geest hebt.'

'Gewoon rustig blijven.'

'Millroy is veel te groot om zich te verbergen. Al die telefoontjes.'

'U bent altijd goed in verdwijnen geweest.'

Er was weer een stilte; het donker gonsde.

'Zou je me drinken als ik mezelf in melk veranderde?' zei hij.

Even verstarde ik. Toen zei ik: 'Als u zich echt zorgen maakt zou ik de telefoontjes weer kunnen afhandelen.'

'De alcoholcommissie? De belastingdienst? De sociale verzekering? De gezondheidsinspectie?' Zijn gelach klonk als snikken. 'Iemand betaalt ze, mop. Maar het zijn ambtenaren. Ik kan ze niet negeren. Ik heb geld verdiend. Millroy is een klassiek Amerikaans succesverhaal.'

Al waren we gescheiden door het donker, ik wist dat hij zijn handen op zijn gezicht had, ermee aan zijn wangen trok, langs zijn mond streek – nog een gewoonte van hem wanneer hij nadacht.

'Ze beweerden dat mijn toiletten niet volgens de regels waren. Dat krenkte me het meest. Ze noemden mijn w.c.'s. Ik had nooit gedacht dat iemand mijn w.c.'s zou noemen.'

'Wat was ermee aan de hand?'

'De letters op het bord PERSONEEL WORDT VERZOCHT DE HANDEN TE WASSEN waren te klein,' zei hij. 'Een duidelijk voorbeeld van vervolging. Ze gaven Millroy de schuld.'

Hij leek hulpeloos en van niets te weten toen hij dit zei, treurend om die man Millroy.

'We hebben een betwiste overtreding van de drankwet gehad. We controleerden een eerstejaars van de Boston-universiteit en gaven hem te drinken, maar hij had een valse identiteitskaart. Wie was er fout? Ze gaven Millroy de schuld.'

Er klonk gerommel vanuit zijn hok alsof hij een besluit had genomen en zich nestelde voor de nacht. Ik kon niets anders doen dan wakker worden wanneer hij dat wilde, en luisteren naar wat hij zei.

'De hoogste roem is supermarktroem,' zei hij. 'Millroy is kolossaal. Hij is overal te zien. Je zag het zelf op de Cape – die kranten, die tijdschriften. Ze wilden Millroy op het etiket van pakken vruchtesap zetten. Ze wilden Millroy op een broodwikkel. Het grootste afslankingsbedrijf in Amerika wilde Millroy in zijn commercials.'

Hij haalde adem, en ik kon voelen hoe zich lucht van mijn hok naar het zijne verplaatste.

'Millroy zei nee. Millroy serveert Eerste Dag-voedsel in zes Amerikaanse steden, met nog drie vestigingen in ontwikkeling. Bijna tweehonderd tv-stations zenden het programma uit. De hele dag door wordt er ruimte gemaakt voor herhalingen van *De Eerste Dag*, en op bijna eenderde van de stations hebben we gelijktijdige uitzendingen. Reken jij maar uit.'

Toen sliep hij.

In de morgenzon, die altijd erger was vanwege zijn bedrieglijke warmte en verblindende licht, zei hij weer: 'Ze zitten achter Millroy aan. Ze liggen op de loer. Ze praten achter zijn rug. Ze vallen de zonen en dochters lastig. Soms maken ze me bang.'

Ik was blij dat hij dit zei vóór de zonen en dochters waren gearriveerd. Het was na zonsopgang, maar op deze zomerochtenden was het om vijf uur licht, en tegen deze tijd was hij met zijn vierde bakronde bezig.

'Ze zullen jou ook lastig vallen, engel.'

'Dat laat ik ze niet doen.'

'Ze laten zich geen nee verkopen, en ze zijn niet geïnteresseerd in eten. Ze zijn cynisch en manipulatief. Ze proberen Millroy kapot te maken.'

'Ik wou dat ik wist waarom,' zei ik. Maar ik dacht dat het kwam door wat hij eerder had gezegd: 'Ik ben geen Elmer Gantry of Jimmy Swaggart, geen Amerikaanse huichelaar en ook geen kwakzalver.'

'Ze willen Millroy's macht,' zei hij.

Hij rechtte zich, leek trots en werd rustig, met luisterende ogen.

'Ze weten dat ik het geheim van het leven heb.'

Hij draaide zich om naar de vensterruit voor in het eethuis en glimlachte de wereld toe.

'Ik wil dat ze mijn geheim weten! Ze geloven me niet. Het is zo simpel. Het is "eet goedheid". Het is "kauw er langzaam op".'

Hij knikte naar zijn venster op de wereld.

'Ze zijn met zovelen,' zei hij. 'Maar Millroy wint.'

Ik zei: 'Meneer Phyllis was hier toen u weg was.'

Millroy dacht hierover na en keek om zich heen, alsof hij alles met de ogen van meneer Phyllis zag.

'Van hem heb ik geen last. Nooit gehad,' zei hij. 'Hij is bitter. Hij is totaal niet spiritueel. Hem kan ik aan, maar de anderen met hun fotografen niet.'

Ik wilde hem vertellen over Rosella. Nu dacht hij aan fotografen, en ik wist dat hij er bang voor was – meer dan bang, hij vond het zoiets als een gruwel – zijn foto te laten nemen. In het verleden had hij het soms afgehandeld door gebruik te maken van toverkracht, door te verdwijnen of met zijn vingertoppen een flits te produceren wanneer het plaatje geschoten werd, waardoor de foto mislukte.

Waarom kon hij dat nu niet?

'Ik kan het niet meer. Ik heb het geprobeerd,' zei hij. 'Er was geen flits, alleen mijn stem, een paar willekeurige woorden. Ik heb niet veel toverkunsten gedaan. Er ontbrak iets.'

Ik wist door zijn glazige ogen wat hij nu zou gaan zeggen.

'Jou, mop.'

Ik knikte. Nu wist ik dat het waar was.

'Het verbaast me dat je al die vreselijke leugenachtige foto's niet hebt gezien. "De Eerste Dag-kerk." "De man die beweert een profeet te zijn." "Zakkenvullers." "Darmbewegingen." "Mysterieuze Millroy."'

'Ik heb alleen goede dingen gezien,' zei ik. Ik kon niet toegeven dat ik de aanvallen op hem had gezien die samenvielen met mijn vlucht naar de Cape.

'Ze zeggen dat we bidden in toiletten.'

'U heeft tegen ons gezegd dat we op de pot het Boek moesten lezen.'

'Dat is anders,' zei hij, maar hij leek niet zeker. 'Dat is stichting, geen gebed.'

Ik zei: 'Dus de mensen praten over u?'

'Niet zomaar praten. Er zijn smerige streken met Millroy uitgehaald. Iemand vond kakkerlakken in Millroy's linzenmoes. Die waren er vast en zeker ingestopt.'

'Dat is afschuwelijk.'

'En ik heb andere verlakkerijen gehad,' zei hij. 'Muizekeutels. Andere drek.'

'Dat is walgelijk.'

'Ik ben bedreigd.'

'Hoe?'

'"We gaan je slopen." "Je tart het woord van God." "Je bent de antichrist." "Je banaliseert de Schrift." "Je maakt misbruik van jonge mensen."'

'Dominee Huber? Meneer Phyllis?'

'"We gaan je kruisigen."'

'Je wordt er zo moedeloos van.'

'Ik heb hier ouders gehad.'

'Zei u ouders?'

'"Ik ben gekomen om een man tegen zijn vader en de dochter tegen haar moeder op te zetten," zei de Heer, en nu weet ik waarom. Ze zijn monsterlijk. Ik zal niet herhalen wat ze soms tegen me zeiden.'

'Ouders van de zonen en dochters?'

'Geraden.'

'Ze hebben hun kinderen verwaarloosd.'

'Oudertrots – denk je eens in – het idee dat het bekend zal worden dat hun kinderen hen in de steek hebben gelaten. Dat ze hebben gefaald als ouders.'

Hij had moe geleken toen hij begon, maar desondanks keerde zijn kracht gedeeltelijk terug.

'"En een man zal zijn eigen huisgenoten tot vijand hebben." Of dat waar is!'

Ik zei: 'Ik dacht dat alles tamelijk goed liep.'

'Is ook zo. Millroy is een succes. De triomf van *De Eerste Dag* heeft deze razernij tegen ons ontketend.'

Hij draaide zich naar me om toen hij dit zei en zag er ellendig uit, alsof hij me smeekte hem vast te houden.

'Ik heb die roem nooit gewild; ik wilde alleen mezelf redden. Ik wil niet gekruisigd worden, en ik voel dat dat gaat gebeuren. Tenzij…' Hij sloeg zijn ogen op en hield zijn mond open terwijl ik wachtte tot hij de zin zou afmaken.

'… tenzij jij bij me blijft en nooit meer wegloopt. Ik was verloren toen je wegging. Ik ben een duivel zonder jou.'

Hij maakte zijn handen tot boekensteunen en nam me zachtjes bij mijn smalle schouders. Er kleefde een geur van angst aan zijn huid. Zijn vingers waren klam en trilden. Zijn adem blies door zijn neus.

'Ik voel dat je mijn ziel bent, mop.'

Alleen deze woorden al maakten me sterk, en er ging weer een dag voorbij zonder dat ik zijn voedsel at, dus voelde ik me nog sterker.

XXXV

De volgende morgen aan het ontbijt probeerde Millroy het weer.

Door de muur kon ik het ploffen en bonzen van een normale morgen in het Eethuis van de Eerste Dag horen: de zonen en dochters die voedsel serveerden, de oven die open- en dichtging, de lepels die rinkelden als klankstaafjes, het klikken en krassen van aardewerk kommen die ineengeschoven en opgestapeld werden, het gemurmel van mensen die praatten in het eethuis. Onze eters verhieven nooit hun stem. Er waren geen onverwachte bewegingen, er gebeurde niets wilds. Millroy had de zonen en dochters laten zien hoe ze met het minste geruis moesten lopen, een soort rollende glijbeweging 'op de bal van je voet'.

Als je niet wist dat het een eethuis was had je kunnen denken dat er een religieuze dienst plaatsvond, waarbij aardewerk werd gebruikt en ceremonieel geproefd en met manden op en neer geschreden werd – een zo zacht bonzen en fluisteren dat het klonk als golven die stuksloegen op een strand, het wrakhout op het meegevoerde zeewier in beroering brachten en teruggleden, of als een stroompje, of als een priester die naar een altaar schuifelt, het druipen van een dopeling die in water wordt gedompeld – alles behalve eten. 'Elke maaltijd moet een spirituele ervaring zijn,' zei Millroy.

Gedurende dit hele ontbijt zat Millroy met mij achterin met een kom havervlokken, een tarwebrood en meloenbollen, in een poging mij aan het eten te krijgen. Ik hoorde de warme eethuisgeluiden door de muur, en voor het eerst realiseerde ik me dat die onschuld en heiligheid betekenden.

Toen ging de telefoon. Millroy verstijfde en iemand – waarschijnlijk T. Van – riep, de vredigheid verstorend: 'Is er hier iemand die Jilly Farina heet?'

Millroy vestigde zijn dicht bij elkaar staande ogen op mij en keek smartelijk, alsof dit het einde was.

'Wie zou dat in godsnaam kunnen zijn?'

Als je schouders heel klein zijn is het moeilijk ze op te halen en geloofd te worden. Ik probeerde het en zei toen: 'Vera?'

Buiten, in het eethuis, sloeg T. Van met de telefoonhoorn tegen zijn handpalm.

'Misschien kan ik helpen,' zei ik tegen hem.

'Ga je gang.'

'O God,' zei Vera toen ik aannam. 'Ik wist het gewoon. Ik zeg bij mezelf: Jilly zit vast in dat beroemde restaurant van hem. Dus ga ik naar het postagentschap en bel informatie. Ik had gelijk, hè? Het is een soort cultus.'

'Klets,' zei ik. 'Het is een voedselprogramma, gebaseerd op principes en suggesties die je in de bijbel vindt. Het is effectief gebleken tegen lagegraadsinfecties, spijsverteringsstoornissen en zelfs kanker. Het heeft de symptomen van ernstige ziektes doen verdwijnen en het verouderingsproces tot staan gebracht. Dokters geloven erin.'

'Het is gedachtenbesturing, Jilly.'

Het was vreemd haar me zo te horen noemen terwijl ik hier in het eethuis was met mensen die me kenden als Alex.

'Malvine gaat met een advocaat. Als je in de val zit zou hij je eruit kunnen krijgen.'

'Het is vrijwillig,' zei ik terwijl ik probeerde zacht te praten. 'Er zijn geen financiële bijdragen. In feite verdienen we allemaal geld – zoveel per dag voor elke dag in het eethuis, minus een heffing van tien procent.'

'Een heffing is een bijdrage.'

'Een heffing hoeft geen geld te zijn. Je kunt betalen met groene munt of kruiden – dat zei Jezus in het Boek. Of komijn. Jezus strooide het op zijn eten als peper. Iedereen deed dat.'

'Je klinkt niet als de Jilly Farina die ik ken.'

'Dat komt omdat je me nooit hebt gekend, Vera, en Dada of Gaga evenmin. Ik wil dat je vergeet dat je me ooit hebt gekend en je leven weer opneemt. Als je jezelf een dienst wilt bewijzen, vermijd dan alle soorten vet, het bloed van gekeelde dieren, en bestudeer je stoelgang. Je lichaam is een tempel, Vera, die tweehonderd jaar kan blijven staan.'

'Ik wil je helpen, kindje,' zei ze.

Ik moest bijna lachen bij de gedachte aan de dingen die ze dronk en dat ze varkensbrokken at en kipstukken en frankforters en de hele rest.

'Met mij gaat het best,' zei ik.

'Wanneer kom je thuis?'

'Ik ben thuis,' zei ik en voelde me gelukkig.

Dit was allemaal op fluistertoon gezegd, en nu legde ik mijn hand als een kom om mijn mond zodat niemand van de zonen en dochters mij zou horen. Vera was nog steeds aan het woord toen ik de hoorn op de haak liet glijden en terugging naar ons verblijf.

Millroy zat aan de tafel met mijn onaangeroerde kom havervlokken, zijn handen in zijn schoot, en zag er ellendig uit. Millroy de tovenaar leek de verkeerde naam voor deze trieste man die slap in de stoel zat, met zijn kin op zijn borst gezakt.

'Het was Vera Turtle,' zei ik, en toen ik mezelf haar naam hoorde zeggen kreeg ik met haar te doen.

Millroy zei niets; hij knikte niet eens.

'Ze denkt dat u mijn gedachten bestuurt.'

Hij begreep mijn tranen verkeerd.

'Dat betekent dat je bij me weggaat,' zei hij met wanhoop in zijn stem.

Ik veegde met de rug van mijn hand mijn neus af en vroeg: 'Wie is Rosella?'

Millroy keek me scherp aan, geschrokken door de klank van de naam.

'Ze verscheen toen u weg was. Toen meneer Phyllis kwam. Hij nam haar die avond mee naar het eethuis.'

Er gebeurde iets achter Millroy's ogen. Hij zag het allemaal: het late bezoek, ik die in mijn eentje uit het luikgat kroop, het omagezicht van meneer Phyllis, Rosella die de leiding nam, hoe ze naar me keek, wat ze zei. Heel deze beroering in zijn hoofd veroorzaakte geflikker en oogbewegingen, maar toen het voorbij was leek hij me beter te kennen.

'Ik vond haar heel aardig,' zei ik.

Millroy knikte; ook dat wist hij.

'Later dacht ik van: dat is waarschijnlijk zijn vrouw,' en terwijl ik het zei werd ik van binnen verscheurd.

Zijn stiltes en zijn doordringende ogen maakten me nerveus, maar ik moest het weten.

'Hé, bent u getrouwd en zo?'

Er viel weer een vreselijke stilte voor hij zei: 'Nee, maar zij was de eerste mevrouw Millroy.'

'Hield u van haar en zo?'

'Ze was mijn beste vriendin, en vriendschap kan sterker zijn dan liefde – dat dacht ik toen tenminste.'

Ik had geweten dat hij me miste toen ik weg was, maar nu was ik ervan overtuigd dat hij alleen was. Hij had me nodig, net zoals de oude vrouw Rosella had gezegd. Ze had me niet misleid.

'Je straalt wegloop-energie uit,' zei Millroy met een sombere blik. 'Ik kan het voelen.'

In plaats van te antwoorden graaide ik naar de lepel, groef in de kom havervlokken en begon te eten. Een warm roze licht gloeide op Millroy's gezicht en scheen op de huid van zijn kale hoofd. Hij glimlachte, hij ging rechtop zitten, hij leek op te zwellen. Toen hief hij een hand op, maakte een vuist, opende die en daar, rustend op zijn vingers, zat een uitzinnige parkiet. Hij knipte met zijn vingers en de vogel was verdwenen in een zee van spattend licht, van het soort dat fotografen frustreerde wanneer ze een foto van hem probeerden te maken. Hij draaide zijn snor op en bracht een lepel te voorschijn, die glinsterde als goud. Tovenarij.

'Laat mij het doen,' zei hij.

Hij voedde me – ik liet hem begaan – en toen hij zei dat hij gesterkt was, geloofde ik hem. Voor het eerst sinds mijn terugkeer zag Millroy eruit als een tovenaar.

Later sloot hij zich op in het gemak en bleef daar viereneenhalf uur.

Toen hij eruit kwam zei hij: 'Misschien een organische tuin aanleggen. Voedsel uit het Boek verbouwen, verpakken en verkopen. Eetbare bloemen. Afrikaantjes, goudsbloemen, bernagie, zonnebloemen, bieslookbloesem. Hysop uit Numeri. Betaalkruiden. Allerlei soorten bonen. Bedrijfsmotto: "Wij hebben verstand van bonen."'

De volgende uitzending van het *Programma van de Eerste Dag* zat vol toverkunsten. Millroy verzwolg een eind touw, slikte een schaar door, braakte toen korte, versnipperde stukjes van hetzelfde touw uit, en trok de schaar uit zijn broek. Hij maakte Eerste Dag-gerechten in hoeden. Kookte het eten, toonde het voor de camera, en at het toen allemaal op.

Toen kwam een van de grootste toverkunsten die Millroy ooit op de televisie had vertoond: een gematerialiseerde man. Of was het iets anders? Vlak voor het einde van het programma was er beroering. Een boze man in het zwart, die eruitzag als een priester, begon te schreeuwen in de studio.

'Welkom, pater Ratto,' zei Millroy.

'Jij bent de antichrist!' gilde de priester, en hij begon Millroy's voetstuk toe te takelen.

Hij zag er Italiaans uit: klein en spits met gele ogen, een rokersgezicht en donkere tanden met de kleur van Moxie-tonic, en zijn zwarte gewaad wapperde terwijl hij rondrende en naar Millroy pikte als een kraai tegen een raam.

Was dit tovenarij of een kwaad persoon wie het gelukt was de studio binnen te komen? Maakte niet uit – je vroeg er niet naar.

Millroy doorboorde pater Ratto met zijn ogen, wierp toen een zijden doek over 's mans lichaam, en toen hij één woord sprak: 'Drink,' zakte de zijden doek in elkaar en was er een glas donkere bruisende vloeistof in zijn plaats. Hij had de boze priester vloeibaar gemaakt.

Toen materialiseerde Millroy een porseleinen wc-pot en goot de donkere vloeistof erin, en terwijl hij het programma beëindigde trok hij door. 'Dat is het voor vandaag, lui.'

Nu wist ik wat hij bedoelde toen hij zei: 'Ik heb je nodig' en 'jij bent mijn ziel'. Door terug te komen naar het eethuis had ik hem kracht gegeven. Ik zou het niet geloofd hebben als ik het niet allemaal had zien gebeuren. Maar Millroy zwoer dat het zo was, en het werd bewezen door alles wat hij daarna zei en deed, de manier waarop hij bedreigingen, fotografen, ouders, smerige streken trotseerde. De zonen en dochters bevestigden eveneens dat hij zijn kracht herwon met mijn terugkeer, de dag dat ik erin toestemde te blijven eten, toen ik Vera aan de telefoon vertelde: 'Ik ben thuis.'

Ik kon zien welk verschil ik voor hem maakte, en voor de rest. De zonen en dochters waren blijer, Millroy had de zaak weer in handen, en ik voelde me sterker dan ik bij mijn weten ooit was geweest.

Maar hoe en waarom? Millroy was een beroemd man, met zijn gezicht in de krant. Ik was de vijftienjarige Jilly Farina, klein voor mijn leeftijd, van wie iedereen dacht dat hij magere Alex of Aaltje was.

Millroy zei altijd: 'Heb vertrouwen. Eet zoals ik. Dan zal alles geopenbaard worden.' Ik had niet verwacht dat het voor mij dit gevolg zou hebben, en wanneer mensen mij vroegen of ik dacht dat ik sterk zou worden en tweehonderd jaar zou leven zei ik 'min of meer', want wie weet? Maar nu had ik macht. Toen ik de vlaag van kracht door mijn lichaam voelde gaan, was ik gelukkig. Ik wilde lachen, ik was herboren, alsof er in mijn binnenste een licht was ontstoken.

'Laat het je niet bang maken,' zei Millroy op een avond in het donker.

'Ik ben niet bang, ik ben in de war. Waarom ben ik zo belangrijk?'

Er was een stilte die betekende dat hij verbaasd was dat ik het niet begreep.

'Omdat je onschuldig bent,' zei hij ten slotte.

'Bedoel je: niet schuldig?'

'Nee. Het tegendeel van onschuld is ervaring.'

Eerst zei ik niets. Maar hij wachtte op een antwoord.

'Onervaren. Dat ben ik.'

'Het is net zoiets als heilig zijn,' zei hij.

Ik wenste dat Vera dit kon horen omdat het meer was dan ik kon uitleggen.

'Je moet het gewoon accepteren,' zei Millroy.

Zo zat het dus: hij had mijn onschuld nodig, en zolang we samen waren, waren we beiden op bepaalde manieren sterk, en als we ge-scheiden waren, zouden we zwak en kwetsbaar zijn.

'Ga alsjeblieft nooit meer bij me weg,' zei hij zacht.

'Nee.' Ik had volop redenen om te blijven, maar de beste was dat ik nergens anders heen kon.

Op een ander donker uur van de nacht maakte zijn stem mij weer wakker, en ik kon niet uitmaken of hij tot God bad of mij bedankte.

Toch was ik in een nieuwe situatie beland: hij had nu meer succes en meer problemen. Hij vertelde me ronduit dat hoe succesvoller hij geworden was, des te groter het gevaar waarin hij verkeerde. Ieder-een dacht hem te kennen, maar ze begrepen hem niet.

'Ze denken dat ik hen wil leiden,' zei hij. 'Nee. Ik wil met ze meedoen.'

Wanneer hij op straat liep zagen de mensen hem, riepen: 'De Eer-ste Dag!' en staken de Eerste Dag-vinger op.

Millroy werd aangeklampt door ouders die wilden weten wat er met hun kinderen was gebeurd. Ik handelde de telefoontjes af, dus wist ik dat hij onophoudelijk telefonisch bedreigd werd: 'Je krijgt er spijt van... Waar is mijn dochter Molynthia?... Je krijgt zo ongena-dig op je sodemieter...'

'Yo,' zeiden ze wanneer ik de telefoon opnam, en ik wist dat het een ouder of familielid was.

Dedricks moeder, Rodessa, dreigde het eethuis in brand te steken als haar zoon niet naar huis mocht.

'*De Eerste Dag* is zijn thuis,' legde ik uit.

Millroy fluisterde me dit in.

'En lijfelijk is hij in Chicago, Illinois.'

'Jij komt lijfelijk in het ziekenhuis terecht als ik niet verrekte snel mijn Dedrick vind,' zei de vrouw.

'Wil jij dit afhandelen, dochter?' zei Millroy tegen Peaches.

Peaches nam de telefoon en luisterde, en zei toen: 'Ze zegt dat ze langskomt om het hele pand in de fik te steken. Dat zegt ze.'

De vrouw werd gekalmeerd, maar we waren niet minder ongerust toen ze haar gezicht niet liet zien. Zij was weer zo'n kwaad persoon, en haar dreigement was in onze gedachten. Ze kon ons gemakkelijk afbranden.

Ik bleef de telefoontjes afhandelen.

'Ik wil Millroy spreken.'

'Ik ben dokter Millroy's assistent. Hoe kan ik u van dienst zijn?'

Millroy was dankbaar, en zijn dankbaarheid maakte me sterker. Die nacht laatst, toen hij klonk alsof hij bad? Nu wist ik zeker dat hij bezig was geweest mij te bedanken.

De kranten en tijdschriften belden nog steeds, die welke al over hem geschreven hadden. Ze wilden meer – *People, Longevity, Today's Health, The National Enquirer,* en andere. Millroy weigerde, maar ze schreven evengoed verhalen over hem.

'Ze zijn boos omdat ik de zaak niet wilde verkopen,' zei hij. 'Ze wilden me als onbeduidend voorstellen toen ik beroemd werd en niet betrokken wilde raken bij *Heerlijke diëten voor slankere dijen.*'

Hij snoof en stompte met zijn vuist in zijn maag.

'Ik wilde niet meewerken, dus voelen ze zich verplicht me als een huichelaar af te schilderen, net als alle anderen: broeder Baker, broeder Swaggart, broeder Gantry, pater Mapple, of een of andere Flannery O'Connor-priester die roept over verdoemenis. Ze moeten bewijzen dat ik een zondaar ben. Ze begrijpen niet dat ik heel mijn duisternis achter me gelaten heb, en dat ik daar openhartig over ben, dat ik er de hele tijd over praat. Nee, ze proberen me te kruisigen.'

'U bent niet bang,' zei ik.

'Natuurlijk niet. Omdat ik de waarheid heb gezien en in mijn handen vergaard.'

'En opgegeten.'

'Waarachtig, mop. Ik heb haar tot mij genomen.'

Hij klonk zelfverzekerd, maar in het volgende *Programma van de Eerste Dag* was zijn stemming anders. Hij bracht een wereldbol te voorschijn – de planeet Aarde puilde uit zijn handen als een strandbal – en hij liet hem op één vinger ronddraaien en sprak bedachtzaam:

'Wat is de meest voorkomende vogel in de bijbel – veel vaker voorkomend dan de duif?'

Hij wachtte en gooide de ronde aarde toen op en wierp met zijn handen een schaduw op de studiowand achter hem, een grote vogel met een kromme snavel. Dat was het soort trucs dat me aan die oude vrouw Rosella deed denken toen ze zei: 'Hij deed vroeger altijd kinderpartijtjes.'

'De arend,' zei hij terwijl hij de wereldbol opving. 'De Amerikaanse arend.'

De rest van het programma ging over hoop in Amerika – ons verse voedsel, onze tarwevelden, ons prachtige leidingensysteem, en zijn missie om Amerika te verlossen van zwaarlijvigheid, verstopping en colorectale kanker, om het verouderingsproces te keren en ieder van ons tweehonderd jaar leven op aarde te schenken. Hij citeerde de tekst uit het Boek die voor hem sprak over de Amerikaanse wederopbloei.

'Die uw mond verzadigt met goede dingen,' zei hij, potten en borden met Eerste Dag-voedsel omhoog houdend, 'zodat uw jeugd hernieuwd wordt als die van de arend.'

Het was een van zijn populairste programma's: *Het programma van de Amerikaanse arend*. Mensen schreven en verzochten om de videoband, de tekst en de recepten.

Toch bleef er twijfel in Millroy's hoofd.

'Dat is nog het ergste…'

Dit zei hij een paar dagen later – dat deed hij vaak, het eind van een gedachte oppakken en dat hardop zeggen zodat jij zelf het verband moest leggen.

'Dat het hun misschien wel lukt. Mij te kruisigen. Dat ik misschien wel verdreven word.'

Ik herinnerde mij hoe hij een wereldbol liet stuiteren in dat prachtige programma *Hoop in Amerika*, en bracht dat bij hem in herinnering om hem zich beter te laten voelen.

'Je kunt je nergens verbergen in Amerika,' zei hij. 'Iedereen kent Millroy's gezicht.'

Het klonk vreselijk, en hij was nog niet uitgepraat. 'Het is een maatstaf voor de enorme omvang van wat ik gecreëerd heb dat het in een heel land zijn kracht heeft doen gelden. Millroy is overal.'

Het ging op en neer met hem. Was het mijn schuld? Maakt niet uit, dacht ik. Ik keek hoe het slechter ging.

Er deed zich een vervelende situatie met Troy voor. Millroy zei vaak tegen me: 'Kijkt hij naar je?' of soms rechtstreeks tegen hem: 'Waar zijn je ogen, zoon?'

De zoon Troy glimlachte alleen en zei: 'Ik ben aan het werk, grote baas. Ik heb geen tijd voor geintjes.'

Al die nachtelijke gesprekken maakten me slaperig, en op een dag doezelde ik weg in de keuken, achter de trap gehurkt, mijn armen gevouwen om me overeind te houden, mijn hoofd schuin tegen mijn schouder. Ik droomde dat iemand fluisterend in mijn gezicht ademde.

Toen ik wakker werd ontdekte ik dat het waar was – Troy's gezicht tegen het mijne, terwijl zijn hand al te stevig de mijne vasthield. Zijn mond hing open, zijn tong trilde, en hij zag eruit alsof hij mijn gezicht zou gaan likken.

'Ik wil je geheim te weten komen, kleine baas,' fluisterde hij.

Millroy moest dat gehoord hebben. 'Ik kan het gras horen groeien.' Hij zag Troy hoe dan ook, waarschijnlijk door twintig centimeter baksteen en pleisterwerk heen. En hij rook het, voelde de juiste temperatuur in zijn neus, de vreselijke hitte ervan, zei hij later.

Millroy kwam stil te voorschijn, alsof zijn voeten de vloer niet raakten, bewoog zich als een mesblad naar Troy toe en bleef voor de prevelende jongen staan. Er stroomde bloed uit de randen van Millroy's ogen en in zijn mond was vuur, vlammen in plaats van tanden.

'Awp,' stamelde Troy in een poging tot spreken, maar hij was verlamd, kon niet spreken of staan.

Millroy bracht zijn hand boven zijn hoofd, en hoewel hij hem niet aanraakte, sloeg Troy plat tegen de grond. Hij rolde om en begon op handen en voeten rond te krabbelen als een geschrokken bosmarmot, maar hij kwam niet ver. Hij werd geblokkeerd door de bar en kwam langzaam overeind.

'Eruit,' zei Millroy. 'En kom nooit terug.'

De andere zonen en dochters keken toe maar verroerden zich niet. Ik hoorde gefluister: 'Wat doet-ie?'

Millroy's lange vingers trilden en strekten zich uit boven de benauwde jongen, die smeekte met zijn ogen.

'Eruit,' zei Millroy, die zich even leek in te houden. Toen liet hij zich gaan en wees naar Troy's been, waardoor hij het verdoofde en in elkaar liet zakken.

Troy snikte, viel bijna en sleepte zich toen weg terwijl Millroy het bloed uit zijn ogen veegde.

'Een ieder die in woede een hand opheft zal vernietigd worden,' zei Millroy.

'Troy wilde me niet bezeren,' zei ik.

Millroy leunde voorover en zijn rode, bloeddoorlopen ogen namen mij onderzoekend op.

'Ik ben heel blij dat je dat gelooft,' zei hij, waarna hij zich opsloot.

Op een andere dag klonk er een kreet vanaf tafel vijf, toen was er tumult, en iedereen aan de kant van de voorruit van het eethuis sloeg achterover en verdrong elkaar en schreeuwde.

'Het is een rat!' 'Godnogantoe, een rat!' 'Haal 'm weg!'

De rat bevond zich niet op de vloer, waar de meesten van deze mensen keken – hij zat in een aardewerk kom, zijn kop stak uit een of andere rode soep, dood en stinkend, en grijnzend met gele tanden, iemands lunch.

Millroy kwam vóór de kreten zijn kantoor uit gerend, toen de eerste rattetrilling de lucht beroerde. Hij had zich op enige afstand gereed gehouden om iets te doen – de rat in een orchidee veranderen, hem vloeibaar maken, wat dan ook – toen T. Van hem uit alle macht schreeuwend door de open voordeur schopte.

'Een of andere duivel heeft dit gedaan,' riep T. Van uit. 'Dit is boosaardig. Ze proberen een groot en rechtschapen man ten val te brengen!'

Millroy moest hem troosten, en hij vertelde ons dat dit niet het werk van Troy was, die hij had weggestuurd, en niet van de duivel, maar simpelweg van een ongelukkig iemand die de waarheid niet wilde weten. 'Het is doorgestoken kaart.'

'Mag ik een glas wijn bij mijn maaltijd?' vroeg een man een paar dagen na het incident met de rat in het eethuis.

Peaches bediende hem. Ze bracht hem wat Eerste Dag-wijn, schonk die uit een kan in een beker en zette hem voor hem neer.

'Breng me nu maar naar de bedrijfsleider,' zei de man terwijl hij een officieel ogende identiteitskaart trok, volgens welke hij Wayne Weible heette.

Peaches barstte in tranen uit en huilde nog steeds toen Millroy te voorschijn kwam om te vragen wat het probleem was.

'Het meisje is duidelijk minderjarig, hetgeen een overtreding is van het drankvergunningreglement. We hebben klachten gehad, en nu zullen we uw zaak moeten sluiten.'

'Wacht eens even,' zei Millroy. 'Waar is de drank in kwestie?'

'Deze beker wijn,' zei Wayne Weible.

Millroy zei: 'Het specifieke gehalte van deze drank is nul-nul-twee, ongeveer hetzelfde als licht gegiste appelcider, waar dit sterk op lijkt.' Hij liet zijn handen over de mond van de beker wijn gaan en prevelde een monotone zin. 'Weet u zeker dat dit uw beker is?'

'Ja. En als er alcohol in zit hebt u een groot probleem,' zei de heer Weible.

'Ik heb toevallig een hydrometer bij de hand,' zei Millroy terwijl hij het soort glazen buis met een rubber bol aan het eind te voorschijn haalde dat ik Dada had zien gebruiken voor auto-accu's in het pomp-station. Hij stak de buis in de beker en zei: 'Alleen om u verlegenheid te besparen – zullen we het testen?'

De heer Weible keek hoe de vloeistof de cijfers op de meter in de buis tot de rand omsloot en werd heel stil.

Millroy zei: 'Wie heeft u hierheen gestuurd?'

T. Van stapte op de man af en zag eruit alsof hij hem eruit ging schoppen zoals hij de rat eruit geschopt had. Maar Millroy maande hem tot voorzichtigheid, en Wayne Weible maakte zich uit de voeten voor hem iets kon overkomen.

'Ik had die wijn in water kunnen veranderen,' zei Millroy. 'Ik had die man in water kunnen veranderen, hem in de wc-pot kunnen gieten en uit het zicht spoelen, zoals ik met pater Ratto heb gedaan, en het enige dat je gehoord zou hebben was hoe die man door de leidingen bruiste en het hoongelach van de afvoer.'

Maar deze inbreuken maakten de zonen en dochters ongedurig, en de volgende dag gaf T. Van zelfs een klap aan een klant die geklaagd had dat zijn eten koud was.

Er waren meer smerige streken – we kregen pizza's en meeneem-gerechten uit de *Star of Siam* toegestuurd, en dure artikelen uit de Neiman-Marcus-catalogus, en bossen bloemen die bij aflevering betaald moesten worden. Er waren onverklaarde explosies aan de achterkant en met verf gespoten woorden op onze ramen. Er waren verrassingsinspecties van de toiletten en de keuken door de gezondheidsinspectie.

De belastingdienst belde. We waren achter met onze betaling van omzetbelasting, zeiden ze.

'We betalen alle belastingen op tijd.'

'Ze willen een afspraak om uw boekhouding te controleren.'

'Millroy heeft geen boekhouding.'

Hij pruilde, en zag eruit alsof hij elk moment zou verdwijnen. 'Ik word vervolgd vanwege mijn pogingen Amerikanen van de fysieke en geestelijke ondergang te redden. Ik heb bedreigingen moeten verduren. Ze proberen me kapot te maken.'

'Wie is dat dan?'

'Niet één persoon – talloze. Omdat ik niet zal toestaan dat ze hier een slaatje uit slaan. Voor sommigen is het een religie. Voor anderen is het een afslankingsprogramma – dunnere dijen, plattere buiken. Voor weer anderen is het een kans hun caloriearme drankjes aan de man te brengen. Dan heb je nog degenen die denken dat ik omdat ik een Amerikaanse prediker ben, een schurk moet zijn. Ik probeer zuiver te blijven, dus word ik bestreden.'

Er verscheen weer een man. Zijn naam was Morrie Arkle. Hij droeg een donker pak en glimlachte in afwachting van Millroy. Hij zei 'hoi' tegen me. Hij zag er geduldig en beleefd uit.

'Wij zijn momenteel geïnteresseerd in uw pacht,' zei hij achterin tegen Millroy. Zijn tong bleef terwijl hij lispelde tegen zijn voortanden haken, en hij was dik, met vlezige borsten.

'Wie is "wij"? Ik zie er maar één.'

'Ik vertegenwoordig *Bub City Crabshack* en *Carmina Burrito*,' zei meneer Arkle. 'Wij hoorden dat u dichtging. Wij vinden uw locatie mooi.'

'Ik ga niet dicht.'

'Wij hadden de hoop hier een filiaal te vestigen,' zei meneer Arkle. 'Eén van onze *Bub City*- zaken.'

Terwijl ik als enige toekeek bracht Milroy één woedend woord uit, manipuleerde met zijn handen boven het hoofd van Morrie Arkle, veranderde hem in een glas troebel vocht en dronk hem op.

'Zag je dat, engel?'

Ik knikte. Ik kon het amper geloven.

'Ik ben nog steeds aan de winnende hand,' zei Millroy, zijn mond afvegend terwijl ik toekeek.

Maar hij was de hele nacht ziek als een hond.

Zodra ik wakker werd stond ik op en ging op zoek naar iemand aan wie ik het kon vertellen, omdat ik hun gezicht wilde zien wanneer ik zei: 'Millroy heeft die onbekende lastpost vloeibaar gemaakt en opgedronken, en nu is hij ernstig ziek, geen wonder.' Ik wilde het aan iemand vertellen die van Millroy hield om zijn toverkracht.

Millroy had de hele nacht gekreund en vandaag was zijn huid

zacht en bleek als brooddeeg. Hij had vegen van duimafdrukken over zijn hele gezicht. Hij keek me aan met lijdende ogen die leken te zeggen: onthou ook dit.

Er was die volgende morgen iemand om het aan te vertellen: Willie Webb, de Eerste Dag-zoon van het eethuis in Denver.

'Ben je hier nog steeds?' zei hij. Hij was zo onvriendelijk dat ik niets ten antwoord kon bedenken.

Zijn hoofd was zo grondig geschoren dat het glom, en hij zag er sterk en zelfverzekerd uit, door de Eerste Dag-kost getransformeerd tot een kleinere, donkerder Millroy.

'Hoe gaat het hier?' zei hij.

Maar hij was te ongedurig en verstrooid om te luisteren, en vóór ik hem kon vertellen wat Millroy had gedaan, was hij weer aan het woord.

'De grote baas zit vreselijk in de puree,' zei hij. Hij keerde me zijn rug toe en zocht naar Millroy, die al uren op zijn gemak zat.

'Waarom?' vroeg ik.

'Misschien omdat jij hier nog steeds bent,' zei hij op bitse toon, snuivend en zijn ogen toeknijpend, vol haat.

XXXVI

Toen, nog diezelfde morgen vroeg, de dag nadat Millroy meneer
Arkle had opgedronken, toen Willie Webb snuivend en goed ogend
op kwam dagen, verzamelde zich voor we opengingen een stel dikke
mannen in krappe pakken op het trottoir voor het eethuis, die roze
velletjes papier begonnen rond te delen, strooibiljetten met de kop
MILLROY – DE DUIVEL, terwijl de man zelf achterin lag te kreunen.

'Dit is niet de beste tijd om je op te sluiten in de wc,' zei Willie, die
de mannen in pakken met de strooibiljetten opnam.

'Wie zijn die kerels?' Ik was gewend aan eters die vriendelijk en
aardig waren. Deze oudere, bazig ogende mannen zagen eruit als
schurken, alleen al door de onbeholpen manier waarop ze zonder te
glimlachen rondliepen.

'Daar kom je wel achter,' zei Willie. 'We hebben ze in Denver en
overal. Het komt er allemaal op neer dat ze achter de grote baas aan
zitten. Misschien weet je wel waarom.'

Ik zei dat ik geen idee had.

'Grappig dat je dat niet weet, kleine baas.'

'We hebben ze in Denver bij hun kraag gegrepen,' zei Stacy. Ze
was met Willie mee teruggekomen.

Ik vertelde hem over Wayne Weible en de telefoontjes en die man
Arkle van *Bub City Crabshack* en *Carmina Burrito*.

'We werden er gek van,' zei Stacy.

Dat was het begin, maar weldra kwamen er nog twee of drie zonen en dochters opdagen, ze keerden in stilte terug als vogels die zich
verzamelen in een boom, en ze waren veel weldoorvoeder dan toen
ze zich voor het eerst bij Millroy hadden aangesloten. Eerst was ik
blij ze te zien, maar ze schonken geen aandacht aan mij, en als op een
afgesproken teken verscheen de rest van de zonen en dochters enkele
minuten na Willie Webb, na vertrokken te zijn uit de Eethuizen van
de Eerste Dag in hun steden: Kayla en Berry, Jaleen, LaRayne, Tuppy en Ike; ze zagen er sterk uit, hun hoofden waren geschoren, zelfs
die van de meisjes.

Dit is de kaalste ruimte in Boston, dacht ik, al deze haarloze zonen en dochters als monniken of kleine Millroys.

Bij Gaga op de Cape fladderden er soms kraaien rond de eikebomen, paradeerden op het dak, krasten en pikten naar hun spiegelbeeld in de ramen. Ze verzamelden zich dan rond het hele huis, waarbij ze de veranda verduisterden en mij het gevoel gaven dat het nu hun huis was, alsof de kraaien het overnamen en elk gekras betekende: Eruit!

De plotselinge verschijning van de rest van de zonen en dochters leek de mannen met strooibiljetten daarbuiten bedreigender te maken; het was alsof ze hadden geraden dat er problemen op til waren.

'De grote baas is te laat,' zei Willie Webb met luide stem op zijn nieuwe, abrupte, argwanende manier.

Ik keek voorbij zijn glimmende hoofd naar de onbekenden voor het eethuis die de roze velletjes papier uitdeelden.

'Hij voelt zich nog steeds wat gammel,' zei ik. 'Ik bedoel ziek.'

Het was vreemd te horen dat Willie Webb Millroy te spreken vroeg. Hij was de eerste zoon geweest en hij wist hoe hij rechtstreeks met Millroy moest praten – heel anders dan de anderen, die mij nodig hadden om hun boodschappen door te geven of als tolk voor hen op te treden. Willie nam in Millroy's afwezigheid alvast de leiding.

Na een poosje bezonk wat ik tegen hem had gezegd, en werd Willie weer geïnteresseerd omdat Millroy nog nooit ziek was geweest, alleen moe wanneer hij toverkunsten had gedaan. Dit leek op een menselijke ziekte, het verteren van die akelige man, die walgelijker en gevaarlijker geweest moest zijn dan Millroy had vermoed.

'Wat is er dan aan de hand?'

Ik was blij dat hij het vroeg, en ook blij dat de andere zonen en dochters hem hoorden en dichterbij kwamen om naar me te luisteren.

'Een man die Morrie Arkle heet, van *Bub City Crabshack* en *Carmina Burrito*, kwam Millroy gisteren vragen of hij zijn pacht kon afkopen,' zei ik. 'Hij begon zo van: "Nu u dichtgaat."'

Willie trok een wenkbrauw naar me op alsof hij niet geïmponeerd was en zei: 'Probeerde hij de grote baas lastig te vallen?'

'Millroy moet het vermoed hebben. Hij nam die man mee naar achteren en maakte sap van hem,' zei ik. 'Ik heb het allemaal gezien.'

Ze keken schuins en mompelden, herinnerden elkaar eraan hoe ze pater Ratto op tv vloeibaar gemaakt hadden zien worden, maar ze leken te vermoeden dat deze toverkunst van Millroy misschien een truc was.

'Veranderde hem in een glas water?' vroeg Stacy. 'Zoiets?'

'Zekers. Alleen was het geen water,' zei ik. 'Het was menselijk sap, een soort troebel vocht, als oude kippebouillon.'

Ik herinnerde me de drijvende klodders vetschuim erbovenop, die eruitzagen als soep van vorige week.

'Werd hij ziek van het uitpersen van die man?'

'Van het opdrinken van hem,' zei ik, en keek naar hun bewonderende ogen.

'Wat een kerel!' zei Tuppy.

T. Van kreeg al een zweterig hoofd toen hij het zich in gedachten probeerde voor te stellen.

'Zo'n twee liter,' zei ik. 'Hij dronk het allemaal op.'

'Dat is te gek!' zei Berry.

Ik zei: 'Behalve dat hij nooit eerder ziek is geweest. Er is iets aan de hand.'

'Je weet wel wat,' zei Willie en vouwde een roze vel papier open, een van de strooibiljetten.

Ik ving een glimp op van MILLROY en DUIVEL en voelde me zelf misselijk.

'We hebben die dingen in Baltimore gezien,' zei LaRayne. 'En nu hebben jullie ze.'

'Nou en of,' zei Dedrick.

De mannen buiten stapten over het trottoir in een trage, schoen-plettende pas, met logge, wankele stappen en hijgend als het soort boze christenen dat een hekel aan Millroy had. Ze deelden de strooi-biljetten uit aan iedereen die ze aan wilde nemen.

'Wat gaan we eraan doen?' vroeg ik.

Zelfs met een vluchtige blik op het strooibiljet in Willie's trillende vingers kon ik meteen zien dat het nieuws slecht was. Millroy's naam verscheen bovenaan in grote letters, en er stond een foto van hem bij waarop hij er kwaadaardig uitzag. Bepaalde woorden in verschillende lettertypes sprongen er erg lelijk uit, zoals 'molestant' en 'crimineel' en 'leugenaar'.

Terwijl hij mij dreigend aankeek zei Willie: 'Misschien had de grote baas verstandig moeten worden en iemand anders moeten op-drinken.'

Hij schoof me het strooibiljet toe alsof hij mijn vingers niet wilde aanraken.

MILLROY – DE DUIVEL

Millroy noemt zichzelf een prediker, een tovenaar, een entertainer en een dokter. Dat zijn misdadige leugens! Millroy heeft nooit de *high school* afgemaakt! Hij is een regelrechte oplichter. Hij is schuldig aan misdadige misleiding.

MILLROY is een

- **leugenaar**: Hij heeft nooit een dokters- of enige andere bul gehaald!
- **lasteraar**: Hij beroept zich voor zijn goddeloze religie op het gezag van de bijbel. Hij heeft de lessen uit de bijbel vertekend en het Woord van God verdraaid!
- **valsaard**: Hij weigert leden van de pers te ontmoeten om zijn personeelsbeleid te bespreken. Hij wenst niet met ouders te spreken of hun telefoontjes te beantwoorden!
- **onbenul**: Millroy is door zijn laatste twee werkgevers ontslagen: Foskett's Kermisvermaak N.V. (waaraan hij nog steeds geld schuldig is), en het tv-station WMBH wegens 'schunnig, obsceen en agressief gedrag... onaanvaardbaar in een kinderprogramma'.
- **bedrieger**: Hij beweert een tovenaar te zijn maar is niet eens lid van de Toverkring en een bewezen oplichter.
- **moordenaar**: Men heeft vastgesteld dat het Eerste Dag-dieet fataal kan zijn voor mensen met een zwak of onregelmatig hart of ademhalingsaandoeningen. Men schat dat Millroy met zijn dieet meer dan driehonderd Amerikanen heeft omgebracht.
- **molestant**: Veel van de jonge kinderen die voor Millroy werken zijn tegen hun wil uit hun huis weggelokt, en zijn gedwongen lange uren voor niets te werken. Ze worden veelvuldig geterroriseerd en belaagd door de man die zichzelf een profeet noemt! Hij beweert dat de jonge knaap met wie hij leeft zijn zoon is!

Millroy moet weerhouden worden! Bel zijn nummer (617-EERSTE DAGEN) en lucht uw hart! Ga niet eten in het Eethuis van de Eerste Dag! Maak een eind aan Millroy's misdadigheid!

Het fascineerde me, niet omdat het allemaal leugens waren, maar omdat ik er de schaduw van Millroy in kon herkennen, alle mogelijke geruchten en misverstanden. Het was een zwart geschilderde Millroy de tovenaar.

Ik gaf het strooibiljet aan Berry door.

'We hadden er net zo een in Chicago,' zei hij en keek me aan zoals Willie had gedaan, met harde, onvriendelijke ogen.

T. Van begon het te lezen.

'Het is allemaal onzin,' zei Stacy.

T. Van probeerde te antwoorden. Hij stotterde, en toen vloog hij, als bezield door zijn onvermogen de woorden over zijn lippen te krijgen, de deur van het eethuis uit en viel een van de mannen aan, waarbij hij hem zo hard duwde dat de man struikelde en zijn lading strooibiljetten uit zijn arm liet vallen. In plaats van hem te schoppen schopte T. Van tegen de strooibiljetten en verspreidde ze.

'Dat grote zwarte joch heeft me geslagen!' zei de man, die tevreden leek.

Intussen had T. Van zijn stem hervonden en zei: 'Ik zal je goed op je lazer geven. Ik maak je af. Ik snij je in stukjes.'

Net op dat moment kwam Peaches naar buiten, nam T. Van bij de arm en zei: 'Rustig nou, joh.'

'Zuster,' zei hij hulpeloos en begon te snikken, zijn gezicht vertrokken van verdriet.

Terwijl we hiernaar keken was er een stilte over het eethuis neergedaald, en het was zo'n machtige stilte, als de dikste stenen muur, dat we ons omdraaiden. Millroy stond in de keuken een van de roze strooibiljetten te lezen.

Hij was plotseling opgedoken, uit de lucht komen vallen, gematerialiseerd. Hij keek vluchtig het vel papier door, snel lezend, terwijl wij naar hem keken zonder te weten wat we moesten zeggen.

'Ik verwachtte dit,' zei hij.

Hij was bekomen van het achteroverslaan van het troebele vocht dat Morrie Arkle van *Bub City Crabshack* en *Carmina Burrito* was geweest. Zijn huid was roze en stevig, de vegen waren van zijn gezicht verdwenen, zijn ogen stonden helder, en hij was kalm.

Hij zei: 'Ik heb vier uur op de pot gezeten. Ik ben gereinigd.'

Hij verfrommelde het strooibiljet, maar op een bedaarde manier, door er gewoon een prop van te maken en het fijn te drukken als een zakdoek, en snoof.

'Ik wist het.'

Glimlachte hij?

'Ik ben verbaasd dat ze zo lang hebben gewacht.'

'Het zijn leugens!' zei Dedrick met luide stem.

'In zekere zin,' zei Millroy. 'Het gebeurt de meeste boodschappers. Het is een afschuwelijk misverstand.'

Hij glimlachte, hij wist dat ik hetzelfde gevoel had, en geschrokken was van Dedricks uitbarsting.

'Wat doe je hier, Dedrick?' vroeg hij.

'Ik ben hier om u te helpen, grote baas.'

Millroy glom van genoegen toen hij zag dat alle zonen en dochters er gezond uitzagen en zozeer op hem leken. Hij leek nooit zo machtig als wanneer hij dit aanzien van kalme nederigheid had.

'En ben jij dat, Willie Webb?'

'Wij zitten daar ook in de penarie,' zei Willie. 'De gekken zitten achter ons aan.'

'Ik maak ze af,' zei T. Van. Zijn ogen stonden glazig, hij zag er dom en gevaarlijk uit.

'Nee,' zei Millroy, en trok ieders aandacht met zijn glimlach en zijn ongedwongen manier van doen. Hij leek gelukkig, en niet alleen tevreden, maar vaderlijk op een manier die ik nooit eerder bij hem had gezien. Misschien was het de aanblik van alle zonen en dochters die hier verzameld waren om hem te beschermen.

'Ze maken het ons lastig met die strooibiljetten en penarietoestand,' zei Willie.

'Ze kraken u,' zei Dedrick.

'Ik ben een publieke figuur, en de wet wordt losjes toegepast op bekende personen in het openbare leven.'

'Hier staat dat u een moordenaar en een molestant bent.'

'Ze overdrijven,' zei Millroy. 'Dat is aantoonbaar onwaar.'

'En als er nou eens meer is?' vroeg Willie, en keek me met smalle ogen aan.

'Ik weet dat ik geen crimineel ben,' zei Millroy mild, uiterst redelijk. 'Jullie weten het. Ik zie dit strooibiljet niet als een probleem.'

'Ze proberen u stuk te maken, grote baas!'

Millroy knikte, nog steeds zachtjes glimlachend.

'Wat had je dan verwacht, Willie?'

'Ik weet alleen dat er meer gaat komen, en daarom zijn wij hier.'

'Ik kan in alle bescheidenheid zeggen dat ik een zekere piëteit heb. Ik ben niets bijzonders. Ik was dik en ik was verloren tot ik de bijbel las en een verband legde.'

'Maar u bent beroemd geworden, grote baas.'

'Als tovenaar in losse dienst in het boerenkermiscircuit heb ik manieren geleerd om een idee over te brengen. Ik kan een gedachte dramatiseren. Ik kan een nummer doen. Ik begrijp het publiek. Meer heb ik niet gedaan. Maar ik werd gesterkt en ben bij de kermis weggegaan. Ik ben noch een profeet noch een scheurmaker.'

'Welke kermis?' zei Jaleen.

'De boerenkermis in Barnstable,' zei ik.

Het interesseerde hen dat hij een kermisartiest was geweest, zoals het strooibiljet had vermeld, en dat ik het geweten had.

'Wat deed hij daar?'

'Hij was Millroy de tovenaar,' zei ik. 'Ik was een poosje zijn assistent.'

'Dat zal wel,' zei Willie sarcastisch.

'Konijnen uit hoeden trekken?' vroeg LaRayne.

'Al die dingen,' zei Millroy.

'Hij jongleerde met kettingzagen en fakkels. Hij at gebroken glas. Hij liet een olifant verdwijnen,' zei ik.

'Het is dus waar. Had u een lid van de Toverkring kunnen zijn?' vroeg Berry.

'Ik ben geen goochelaar,' zei Millroy. 'Je hebt trucs en je hebt toverkunsten.'

LaRayne zei: 'Wat is het verschil dan?'

Millroy glimlachte, opende een kast, snuffelde tot hij een bol stevig garen vond, wat rekband en een fietsslot aan een ketting.

'Bind me vast,' zei hij.

De zonen en dochters kwamen om hem heen staan en bonden zijn polsen, lieten hem vervolgens in de kast knielen en knoopten zijn polsen aan zijn enkels vast. Ze wonden de ketting rond zijn armen, deden die op slot, en plakten hem ook nog af, zodat hij eruitzag als een pakketje. Sommige zonen, zoals Dedrick en Willie, zagen er grimmig uit toen ze de stukken rekband afscheurden, die ertegenaan kwakten en de ketting strak trokken. De meeste dochters keken schijnbaar ontzet toe. Vóór ze zijn mond afplakten, zei Millroy: 'Geef me een wurgdraai,' waarmee hij bedoelde dat ze de ketting om zijn nek moesten binden en nog eens omslaan zodat hij zou stikken als hij zijn hoofd bewoog. Toen sloten ze de deur van de kast en deden hem bovendien op slot.

Er was geen geluid binnen. Ik kwam naderbij.

'Terug,' zei Willie.

'Hij kan wel stikkuh,' zei Jaleen.

Maar nog geen minuut later vloog de kastdeur open.

'Dat is geen toverkunst, het is een truc,' zei Millroy terwijl hij eruit stapte, 'laten we gaan ontbijten.'

Het was half acht. We gingen vlak daarna open voor het publiek. Er waren minder mensen dan normaal, en nu alle zonen en dochters serveerden leken de verhoudingen in het eethuis zoek: meer personeel dan klanten. De eters voelden zich verlegen met de mannen die bij de voordeur strooibiljetten uitdeelden. De ochtend verliep traag, met de lunch was het rustig, 's middags was het uitgestorven, het avondeten zag er veelbelovend uit maar na een druk begin liep het eethuis leeg, de mensen vertrokken snel zonder dat iemand anders hun plaats innam.

We waren in de weer met eten serveren, maar niettemin had ik een gevoel van onheil door alle bedreigingen en ongelukjes. Nu we zo bezig waren bedacht ik dat als we door een ramp zouden worden getroffen, dat erger zou zijn dan wanneer het eethuis leeg was – meer publiek, en pijnlijker, vernietigender, rommeliger, luidruchtiger. Ik had sinds ik van Vera was teruggekomen gemerkt dat veel eters in het eethuis dezer dagen nieuwsgierig leken; ze bleven hangen en keken om zich heen, zagen er morbide en ademloos uit, als mensen die langzaam rijden en het verkeer bemoeilijken in de buurt van hevige branden en auto-ongelukken.

De volgende dag waren de zaken slapper, er waren minder maaltijden, en de mannen deelden nog steeds strooibiljetten uit. 'Pers ze uit!' zei Willie. 'Verander ze in ratten!'

Maar Millroy glimlachte alleen en belde de politie. 'Ik wil een trottoirversperring melden.'

Toen de politieagenten verschenen zeiden ze dat zolang de mannen in beweging bleven, ze geen arrestaties konden verrichten. Eén agent zei: 'Is dit alles wat u te eten heeft? Konijnevoer en schorsmuls?' Ze vertrokken, giechelend om de strooibiljetten waarop Millroy's foto en al die boosaardige beschuldigingen te zien waren.

Die nacht begon Millroy in het donker te roepen, en zijn stem leek regelrecht uit zijn hoofd te komen.

'Ik zou ze kunnen uitpersen, vloeibaar maken, in de afvoer gieten – wie zou ze missen?' zei hij. 'Ik zou een vloek kunnen uitspreken. Ik zou ze kreupel kunnen maken, blind kunnen maken, stom kunnen maken, ze in rubbertjes kunnen veranderen, naar hun strooibiljetten kunnen staren en die vanaf tien meter in vuur en vlam zetten.'

Het donker prevelde terug met ongewisse geluiden, als de aarzelende beroering van soep die op het punt staat te gaan koken, en hij begon opnieuw.

'Ik heb het vermogen,' zei hij. 'Maar ik hoef niet te bewijzen dat ik een tovenaar ben. Het is belangrijker dat ik demonstreer dat ik een mens ben.'

Ik kon hem zo duidelijk zien en zo goed begrijpen in het donker, kon zijn woorden bijna in een witte tekstballon zien, als een sprekende figuur in een stripverhaal. Hij leek te proberen om te slikken, en ik wist dat hij iets op zijn lever had.

Hij zei: 'Ik wil dat onze hele beweging regelmatig is – de kerk, de eters, het programma. We moeten alle blokkades verwijderen. We hebben overal een glad verlopende operatie nodig.'

De stilte in het donker sudderde door.

'Maar het is een vrij land.'

Na nog een paar dagen van roze strooibiljetten en teruglopende zaken zei Millroy: 'Dit bevalt mij niet. Ik haat hun stropdassen. Moet dit een beproeving van mijn kracht voorstellen?' Eethuizen van de Eerste Dag in zes steden waren tot nader order dichtgegaan.

'En ik heb me zojuist iets gerealiseerd,' zei Millroy. 'De manier waarop ze lopen. Moet je kijken.'

Sommigen van ons keken uit het raam naar de mannen met strooibiljetten.

'Zie je? Dat is een dreighouding.'

Hun schouders waren opgetrokken, hun hoofd hing omlaag, hun loop was een soort geklos. Inmiddels kenden wij hen van gezicht en konden we zien dat het mensen waren die alles aten wat in hun mond paste, rookten, pure sterke drank dronken, bleek en wanstaltig, dik of pezig werden, en die een indruk van slechte gezondheid wekten waarvan Milroy zei dat die zondig was, vanwege de manier waarop ze zich volpropten.

'Veelvraten – dat kun je zien,' zei Millroy. Hij glimlachte. 'Maar het is treurig. Het is alsof je bedreigd wordt door invaliden. Je voelt te veel deernis om terug te slaan.'

Hij zag er nog steeds machtig uit en leek gesterkt door de aanwezigheid van zoveel zonen en dochters.

'Ik ben niet alleen,' zei hij.

Hij was vooral blij dat elk van de zonen en dochters groter, ouder en zelfverzekerder, weldoorvoeder en flinker dan eerst was teruggekomen, met een gloed van gezondheid en jeugd, eender ogend met geschoren hoofden, niet langer onbeholpen, en evenzeer een sportteam lijkend als een leger of een familie.

'Mijn dochters zien er kaal zo mooi uit,' zei hij.

'We werden lastig gevallen door de Klan in Chicago,' zei Berry. 'Ze kwamen uit Skokie en verbrandden een paar kruizen in ons eethuis.'

'Die groep in Denver waarover ik u vertelde, die *The Order* heet?' zei Willie. 'Die kwam langs en maakte stennis.'

'Dat was vóór de strooibiljetten,' zei Stacy.

Millroy lachte zijn scheve lach. 'Ik vind het leuk wanneer we op tegenstand stuiten,' zei hij. 'Het is een test van onze kracht. Jawel, dit strooibiljet is een test.'

Ik dacht: Dit is een familie, en het is de enige familie die ik wil. Ik wachtte tot ze aardig tegen me zouden zijn.

'Op een morgen kwam er een stel tv-mensen langs,' zei Tuppy. 'Ze wilden dat we de grote baas zouden afkraken. Nou ja!'

'We hadden *Sixty Minutes* op bezoek.'

'*Nightline* wilde iets met ons doen.'

'De duivel is een leugenaar,' zei Ike.

Millroy zei: 'Er is geen duivel.'

Te midden van al deze jongelui was hij net een profeet of een patriarch met zijn discipelen, en hij leek kracht, ideeën en openbaringen uit hen te putten.

Het onderwerp van zijn volgende *Programma van de Eerste Dag* was: 'Er is geen duivel'.

'Geen duivel,' zei hij. 'Je hebt u en mij. Je hebt waarheid en onwaarheid. Eet goed en wees regelmatig, en u zult Goed zien.'

Zijn gezicht puilde tegen het scherm, heel dichtbij en vertrouwelijk.

We keken er samen naar in de keuken van het eethuis, tien of meer zonen en dochters, net als vroeger.

'We zijn sterk van binnen en zullen elk tweehonderd jaar worden. Niets op deze aarde kan ons kapotmaken.'

'Geloof je dat?' zei Willie Webb tegen mij. 'Dat er geen duivel is?'

Ik zei van ja.

Hij zei: 'Je hebt het mis. De duivel is geen geest. Hij is een gewone vent, die op aarde is gezet om problemen te maken. Iedereen kan die vent zijn – misschien jij wel.'

Op eigen initiatief bracht Willie de andere zonen en dochters bijeen. Ze stelden zich niet teweer tegen de mannen met strooibiljetten, maar dromden om hen heen en overtroffen hen in aantal. 'Zorg dat ze je zien,' zei Willie. Het was prachtig om te zien hoe de stevig op de benen staande, gezonde lichamen van de zonen en dochters de onbeholpen tegenstanders insloten. Ze bleven voortdurend glimlachen. Ze waren geïnspireerd door Millroy, wat hen des te intimiderender maakte, en zoals hij tegen hen zei, was hun overweldigende blijdschap een machtiger wapen dan woede. Ze raakten hen met geen vinger aan, maar ten slotte verdwenen de mannen. Later gingen de zonen en dochters naar buiten en raapten de door de straat verspreide strooibiljetten op die de mensen hadden weggegooid. Toen ik ze samen aan het werk zag wilde ik des te grager helpen, deel uitmaken van hun groep.

Maar Willie zei: 'We hebben jou niet nodig. Ga terug, Alex.'

'Wegwezen, kleine baas,' zei Dedrick.

Millroy was zo ingenomen met de manier waarop de zonen en dochters voor hem opkwamen dat hij niet merkte dat ik was afgewezen.

'Er is iets belangrijks met deze kinderen gebeurd,' zei hij terwijl hij door de voorruit van het eethuis keek. 'Ze krijgen controle over hun functies, mop.'

Krijgen controle over mij, dacht ik, omdat ze begonnen waren mij bang te maken. En hoe zit het dan met míjn functies?

Maar Millroy prees hen nog steeds.

Ze hadden nu karakter, zei hij, en hadden controle over voldoende lichaamsfuncties verkregen om de aanwezigheid van gevaar te voelen en ermee af te rekenen. Uit deze innerlijke kracht zou het vermogen om tovenarij te bedrijven ontstaan. Zij waren nu waarachtige zonen en dochters. Het maakte niet uit dat er maar een paar mannen strooibiljetten uitdeelden. De zonen en dochters hadden een Eerste Dag-status bereikt door als echte tovenaars met hen af te rekenen, hen weg te sturen door het gebruik van psychische energie.

Wat de publiciteit in de media betreft zei hij dat de beruchtheid van De Eerste Dag het bewustzijn in heel Amerika had verhoogd. 'Desnoods zou ik een oproep kunnen uitzenden en een leger organiseren. Hoe zouden we kunnen verliezen?'

Niettemin verschenen de tijdschriftartikelen nog steeds: 'De dieetprofeet.' 'De kerk die je regelmatig houdt.' 'Millroy's geld – de waarheid over De Eerste Dag.'

'Dat is allemaal onzin,' zei ik.

Maar Willie Webb keek me nog steeds dreigend aan met zijn er-komt-nog-meer-uitdrukking, alsof ik er verantwoordelijk voor was.

'Deze strijd is karaktervormend,' sprak Millroy ons toe. 'Het is als iets in je lichaam, een giftig wormpje dat opzwelt en een obstakel wordt. Je moet er rustig over gaan zitten nadenken en het met geweld uitdrijven.'

Maar wat hij 'een verhoogd bewustzijn' noemde was gewoon slechte publiciteit. De zaken gingen slecht, onder invloed van alle publiciteit die we hadden gehad ('niemand gaat graag een leeg restaurant binnen'). Toch waren de zonen en dochters gelukkiger dan ooit tevoren. Ik bleef wensen dat ze me tot hun groep zouden toelaten, maar ze waren grover dan ooit tegen me. Millroy's mededeling dat ze macht en controle over hun lichaamsfuncties hadden, maakte hen nog erger – opgeblazener en agressiever – maar ik zei niets omdat hij zo tevreden leek.

Het was allemaal gegaan zoals hij had gezegd. Het was een test van ons voedsel, onze kracht, onze wilskracht, ons geloof in De Eerste Dag geweest. Deze campagne, die geduurd had sinds Millroy beroemd werd, leek nu ten einde. De tijdschriftartikelen waren slap en luimig, zei hij; ook daar waren we aan de winnende hand. Niemand kon het iets schelen te lezen over 'de kerk die ingewikkelde regels voor het naar de wc gaan vastlegt' of 'hoe nu verder met de Millroy-kerk?'

'We hebben gewonnen,' zei Millroy, 'het is tijd om terug te gaan naar jullie Eethuizen van de Eerste Dag. Hergroeperen, heropenen en welslagen.'

Maar de zonen en dochters zochten uitvluchten en bleven. Ze spraken erover om de twee of drie maanden zo bijeen te komen, gewoon om hun betrokkenheid opnieuw te bevestigen; samen sterk en gelukkig zijn, zeiden ze.

'Jullie zullen tweehonderd jaar in gezondheid leven,' zei Millroy prijzend.

'En u ook als u zich door ons laat beschermen,' zei Willie.

'Ik heb alle bescherming die ik nodig heb,' zei Millroy.

Aan zijn gezichtsuitdrukking kon je zien dat Willie hem niet geloofde.

Ik kon dit uitstel niet begrijpen. Ze hadden inmiddels vertrokken moeten zijn, op het toppunt van hun geluk. Ze hadden Park Square kunnen oversteken naar het Greyhoundstation zoals ze gekomen waren, en een bus terug naar hun eethuis kunnen nemen. Toch aarzelden ze. Waren ze bang?

'Ga je niet terug?' vroeg ik Willie na een paar dagen.

'Dat zou je wel willen, hè?'

Hij was soep aan het opscheppen, en terwijl hij zich van mij afkeerde leek hij met zijn elleboog tegen de terrine aan te stoten, en die wankelde en viel om, hete soep in het rond spattend. Als ik niet was weggesprongen, zou ik levend verbrand zijn.

En toen draaide Willie zich om en staarde mij met koude ogen aan, alsof hij teleurgesteld was dat ik er nog was.

Ik was te ontzet om te zeggen: 'Ik had dood kunnen zijn.'

Twee dagen later was ik onder in het luikgat bonen aan het scheppen toen de valdeur zich boven mij sloot. Ik probeerde hem, maar hij was op slot. Toen klonken er voetstappen op de valdeur, maar niemand deed hem open. Ik ging in het donker op een sport van de ladder zitten en riep tot Millroy mij hoorde met zijn miraculeuze oren.

'Ik denk dat ik hem per ongeluk op slot heb gedaan,' mompelde iemand. Maar niemand zei sorry.

'Alles in orde, makker?'

Ik antwoordde ja omdat ik het gevoel had dat als ik iets anders zei, de zonen en dochters zouden denken dat ik hen ervan beschuldigde het met opzet gedaan te hebben.

Willie was onvriendelijk op dezelfde glimlachende, spottende manier als hij tegen de mannen met de strooibiljetten was geweest. Ik kon niets tegen hem zeggen uit angst dat ik zou gaan huilen, en als ik voor zijn ogen zou huilen zou hij aan de manier waarop ik snikte merken dat ik een meisje was.

'Ik denk dat ik hier maar blijf,' zei hij. 'Wat jij, Tuppy?'

'Het zit zo,' zei Tuppy over mijn hoofd heen met de bedoeling mij te kleineren, 'ik ga nergens heen.'

Het was nooit eerder gebeurd. We waren altijd vrienden geweest – meer dan vrienden: een familie.

Omdat ik me triest voelde probeerde ik een Eerste Dag-remedie tegen gedeprimeerdheid en diende mezelf wat suiker toe in de vorm van Horeb honingcarrés, mozaïsche meloenbollen, carobekoekjes met caramel, en druivesap van de eerste persing uit het wijnvat. Toen dat niet hielp, wandelde ik door Boylston naar Copley Square. Ik ging voor de bibliotheek in de zon zitten, terwijl ik mij afvroeg wat ik tegen Millroy moest zeggen en wenste dat ik iemand anders was. Ik benijdde de mensen die langsliepen, die er druk en in gedachten verzonken uitzagen, op weg naar hun gezin thuis, zonder aandacht aan mij te schenken. Ik wil haar zijn, dacht ik, ik wil hem zijn.

Eén man die ik zag was Morrie Arkle van *Bub City Crabshack* en *Carmina Burrito*, die Millroy tot twee liter grijze, vettige kippe-soep had geperst en opgedronken. Hij had hetzelfde roze gezicht, hetzelfde pak, een ander overhemd en een andere das maar dezelfde schoenen.

Ik sprak hem aan. Ik zei: 'Eh, pardon...'

Maar hij hoorde me niet. Hij liep het Copley-eindstation binnen en was verdwenen.

Geschokt door zijn aanblik repte ik me terug naar het eethuis, vergetend waarom ik er eigenlijk was weggegaan, en ging op zoek naar Millroy.

'Zit hij meestal niet in jouw achteringang?' zei Stacy.

Iemand moest hier hard om lachen.

Toen herinnerde ik me de reden waarom ik het eethuis had ver-laten om een eind te gaan wandelen. Waarom behandelden ze me zo?

Millroy haastte zich de deur door en liep zonder een woord te zeggen naar achteren. Ik volgde hem.

'Ik zag zojuist die man van *Crabshack*, Arkle, het eindstation op Copley Square binnen gaan.'

'En?'

'Maar u heeft sap van hem gemaakt en hem opgedronken. U werd er zelfs ziek van.'

'Precies, makker, dus was de man die jij gezien hebt kennelijk niet dezelfde. Ik heb met hem afgerekend.'

Wat betekende dat?

'Hij is door mijn lichaam gegaan,' zei Millroy. 'Dat spreekt van-zelf.'

Er werd op de deur geklopt, zo hard dat het klonk alsof iemand de planken wilde verbrijzelen.

'Ik ben geen moordenaar,' zei Millroy tegen me, en trok de deur open. 'Ik ben geen molestant.'

Willie Webb stond met Stacy in de deuropening, en zes of zeven zonen en dochters stonden achter hem.

'Ziet u dit, grote baas?' zei hij.

Het was weer zo'n supermarktblaadje, *The Examiner*, met de kop

'Heb ik u niet gezegd dat er meer aan de hand was?'

Dus dat was de reden waarom ze allemaal van hun Eethuizen van de Eerste Dag naar Boston waren teruggekeerd. Ze wisten dat dit eraan kwam, maar ze hadden niet Millroy's vooruitziend vermogen. Afgezien van wat ze hadden gehoord – wat hadden ze gezegd?

Millroy zei geen woord. Hij hief simpelweg zijn hand naar het krantje op, en vóór hij het gebaar voltooid had begonnen de bladzijden te roken. Net toen Willie het liet vallen, vloog het krantje in brand.

Dat was niet het einde van de toestand. Er kwamen meer artikelen, er kwamen anonieme telefoontjes, en deze keer zei niemand in het eethuis: 'Allemaal onzin.'

Millroy kreeg telefoontjes van verontruste eters. 'Is dit waar, dokter?'

Behalve Millroy sprak niemand tegen mij. Ik werd de hele dag geconfronteerd met zwijgende zonen en dochters, kleine Millroys met geschoren hoofden en blote oren, die me aanstaarden als krekels met insekteogen. Ik kon haat in hun adem ruiken.

Op een avond zei Jaleen tegen me toen we dichtgingen: 'Hij zou van je af moeten.'

'Heb je het tegen mij?'

Ze staarde me giftig aan. 'Wegwezen jij.'

'Je hebt Jaleen gehoord,' zei Willie. 'Smeer 'm, kleine baas.'

Ik verroerde me niet. Het was geen dapperheid; ik was te bang om een stap te verzetten. Toen Willie dichterbij kwam legde ik mijn handen op mijn lichaam, niet zozeer ter bescherming alswel om mezelf te bedekken. Willie, die tegenwoordig zo sterk was door zijn toewijding aan De Eerste Dag, leek mijn angst te ruiken.

'Dus de grote man is je stiefvader?'

'Ja.'

'Is-ie getrouwd met je ma of zoiets?'

Ik zei niets, en Willie wist dat ik in het nauw gedreven was.

'Waar is je ma, kleine baas?'

Hij begon me te porren en aan me te plukken, en ik was bang dat hij door me zo aan te raken mijn geheim zou ontdekken.

'Mamma is dood,' zei ik.

Dit bracht hem van zijn stuk en deed hem terugdeinzen, en de anderen die naar ons keken maakten een aarzelende indruk, aangezien de dood een zonde was, het eigenlijke bewijs dat iemand niet van De Eerste Dag was.

'Mamma is vast een hansworst geweest,' zei hij. 'Mamma is vast niet regelmatig geweest.'

Ik vond het vreselijk dat deze woorden van Millroy op mijn arme moeder werden toegepast. Maar denkend aan haar dood, hoe ze was weggegleden en mij verlaten had, werd ik zo overweldigd door de treurigheid ervan dat ik mijn andere ellende vergat. Vergeleken met het overlijden van mamma was de hele rest – het geheim dat ik een meisje was, en afgewezen en gekoeioneerd worden – niets. Ik treurde om haar, niet om mezelf, en hierdoor moet ik er sterk hebben uitgezien.

Er waren tranen op mijn gezicht, maar ik durfde niet te huilen omdat als ik gesnikt had, zij geweten zouden hebben dat ik een meisje was. Dus toen Willie mij weer aanraakte sloeg ik zijn hand weg, en hoewel ik door mijn kracht verraster was dan hij, realiseerde hij zich dat hij te ver was gegaan en weifelde hij weer.

Er was een plotseling geluid tegen de muur, een geeuw vanuit Millroy's kast, maar het was net een leeuwegrom, het soort gebrul dat ik lang geleden gehoord had van het uitgehongerde en verwarde beest op de boerenkermis in Barnstable. Dit harde, verre geluid leek langs Willie's gezicht te schuren, en bracht de zonen en dochters van de wijs. Die grom maakte een eind aan de confrontatie en redde me.

Daarna was er weer stilte.

Maar Millroy's stiltes waren net toespraken voor mij, en in het donker drongen ze tot mijn hersens door. Hij sprak niet over de houding van de zonen en dochters jegens mij, of over het feit dat ik hem schijnbaar op een molestant deed lijken. Nadat ik was teruggekeerd van de Cape had hij me in verlegenheid gebracht door zijn poging mij te voeden en te zeggen: 'Jij bent mijn ziel.' Hij zei niets over de manier waarop ik werd dwarsgezeten, of de manier waarop hij belasterd werd door pulpkranten, over hoe hij misschien zou moeten kiezen tussen de hele Eerste Dag en mij. Hij deed zijn mond helemaal niet open.

Maar ik kende hem nu zo goed dat als hij niets zei, hij tegen mij sprak, en zelfs in het donker wist ik wanneer hij wakker was en daar lag terwijl zijn gedachten zo snel gingen dat je de wind in de spaken kon horen suizen.

Daarom had ik me tot dusver veilig gevoeld. Hij zou me niet wegsturen. Hij zei niets; toch kon ik uit de trillingen in de lucht opmaken hoe hij over mij dacht. Maar ik was niemand, ik had niets te verliezen. Millroy's reputatie, zijn hele carrière, alles wat hij tot stand had gebracht, was in gevaar vanwege deze misverstanden.

'Misschien zou ik weg moeten gaan,' zei ik, denkend aan de zonen en dochters.

En niet alleen aan hen maar ook aan mezelf, toen ik op de trappen van de openbare bibliotheek van Boston zat en mij klein en nutteloos voelde, de dag dat ik keek hoe de mensen naar huis gingen en een glimp van Morrie Arkle opving. Ik had ook een van die gewichtige, drukke mensen op weg naar huis willen zijn. Niets maakte mij eenzamer of treuriger dan in deze vreemde stad te zijn en te kijken hoe mensen zich aan het eind van de dag naar huis haastten, de stad achter zich lieten, mij eraan herinnerend dat ik nergens heen kon.

Kort daarna hoorde ik Millroy in het donker – één woord.

'Nooit,' zei hij.

XXXVII

'Millroy is nu groter dan zijn beweging,' zei Millroy, 'dank zij zijn lasteraars.'

Ik was een wrak, en ziek – zijn geheim, zijn zwakheid, zijn zonde – en probeerde mezelf klein te maken omdat ik verantwoordelijk was. Ik was zo nerveus dat ik weer op mijn duim begon te zuigen als ik alleen was, hoewel het vreselijk smaakte. Millroy gaf me abrikozen en meloenen en honingraten te eten om me op te vrolijken, een suikertoevoeging, maar het baatte me niet. Hoe hij ook protesteerde dat hij me nodig had of zei: 'Jij bent mijn ziel, mop,' ik leed om hem – vooral omdat hij weigerde zijn gekwetstheid te tonen. Je zag zijn pijn nooit. Millroy de tovenaar kon spanning en vet laten verdwijnen. Alleen ik wist hoe beroerd hij eraan toe was, en dat vond ik ellendig.

Zijn nek kromp telkens wanneer er een helikopter overging.

'Ik weet wie dat is,' zei hij zonder op te kijken. 'Ze willen me laten weten dat ze achter me aanzitten.'

'Waarom?'

'Een of andere Judas heeft me verlinkt.'

Hij beende naar het raam van het eethuis en keek naar de voetgangers die Park Square overstaken.

'Een dikke man staat me fronsend aan te kijken. Hij heeft de borsten van een rijpe vrouw, zijn naam is waarschijnlijk Walter Gasset, zijn eetgedrag fnuikt hem, hij gelooft in UFO's, en op een perverse manier is hij ervan overtuigd dat het zijn eigen verstopping zal verlichten wanneer hij zich van mij ontdoet.'

Willie Webb liep achter ons langs en lachte toen hij dit hoorde. De lach onderbrak Millroy.

'Maakt u zich geen zorgen over die belastinglui?' zei Willie.

'Welke belastinglui?'

'Die naar uw boekhouding willen kijken,' zei Willie.

'Maar dat is maar een voorwendsel. Snap je wat ik bedoel? Ze willen een onderzoek naar me.'

Ik staarde Willie aan. Ik wilde dat hij naar me keek zodat ik kon glimlachen als een manier om te zeggen dat ik geen wrok koesterde.

'Ze proberen me het boze oog te geven,' zei Millroy.

Zijn ogen puilden uit en verschoten van kleur terwijl hij het teruggaf. De hele tijd had hij voorzien, zei hij, dat dit onvermijdelijk was. Het ging erom het met koude ogen aan te zien. Waarom zou hij in paniek raken? Een deel van zijn toverkracht bestond uit zijn vermogen om onbekommerd te lijken – 'de olifant verstoppen' noemde hij het, zijn grootste truc als kermisgoochelaar.

'En er komt geen onderzoek naar Millroy,' zei hij.

'Yo.'

En toen begon hij zelf de telefoontjes af te handelen, en terug te schreeuwen naar zijn aanklagers.

'Wij bidden niet in de toiletten, juffrouw...'

'Er worden geen giften gevraagd, meneer. Kijkt u maar naar mijn programma...'

'Dit is geen religie, het is een beweging...'

'Mijn mensen zijn elk moment vrij om te gaan...'

'Het volgende geluid dat u hoort zal het neerleggen van mijn telefoon zijn, en dan bent u helemaal alleen met uw spastische karteldarm...'

'De grote baas is aan de rol,' zeiden de zonen en dochters.

'Millroy geeft Amerika een klysma en kijk eens wat er gebeurt,' zei hij opkijkend. 'Dat was *Larry King Live*.'

Vanwege de geruchten, de roddel over Millroy's privéleven, stonden er het grootste deel van de dag gluurders voor het eethuis – er was geen wet tegen staren, zei de politie van Boston – in de hoop een glimp van Millroy op te vangen, de beroemde christen, leider van de eters, met zijn bonen en vijgen, die in het Eethuis van de Eerste Dag openlijk samenwoonde met een vijftienjarige jongen, al was dat niet waar.

Zowel binnen als buiten was hij nu zo bekend dat vreemden op hem afkwamen en 'hallo' zeiden of 'waar is uw vriend?' of 'doe eens een truc'.

Hij maakte deze mensen bang met zijn lach, en zij wisten niet, zoals ik, dat al zijn pijn in die lach lag.

'Hé, wat is uw boodschap vandaag, dokter Millroy?' riep een man hem in het stadspark toe.

'Hou uw darmen open, is mijn boodschap.'

Zijn lach flitste ook wonderbaarlijk, met zijn schrikwekkende tanden. 'Ik haat het volwassenen te horen lachen,' zei hij eens tegen mij. 'Voor mij is het één van de onheilspellendste geluiden ter wereld.' Toen ik voor het eerst zijn plotselinge gehinnik hoorde, wist ik waarom. Het had niets met grappigheid te maken, het was een en al zenuwen, het was elektrisch, zijn tong stak uit wanneer hij hard lachte.

Wat de praatjes over mij betrof, hij weigerde die te ontkennen, wilde geen enkel commentaar geven. Hij klapte dicht en was zo zwijgzaam dat hij om moeilijkheden leek te vragen, of hij nu genoegen schiep in het gevaar dan wel hen tartte hem pijn te doen, zoals hij vaak tegen een vreemde zei: 'Kom op, stomp me maar in mijn maag.'

'Wat heb ik gedaan dat ze aan me twijfelen?' vroeg hij. 'Ik bood aan hun leven te verlengen. Ik denk inderdaad dat sommige mensen het vooruitzicht van al die extra tijd beangstigend vinden, maar dat komt omdat een hoge ouderdom voor mensen sinds bijbelse tijden niet op aarde is waargenomen. Lezers zijn bang voor de aapmensen in *Gulliver's Travels* en voor de oude besjes in die roman van Aldous Huxley, *After Many a Summer Something* – of zoiets. De werkelijkheid is zo anders.'

Hij keek de mensen die langskwamen recht aan, terwijl hij dacht: rokersgezicht, rokershinkepoot, dikke stem, waterzucht, vleesetersbochel.

'Ze denken dat doodgaan een manier is om de tijd te doden.'

'U geeft hun iets om naar te kijken,' zei Willie Webb toen Millroy aan het raam van het eethuis stond.

Hij bedoelde mij, omdat de mensen buiten misschien hadden gehoopt Millroy en mij samen te betrappen, de grote man en de kleine jongen.

'Ze zullen het niet bij kijken laten,' zei Willie terwijl hij knikte naar Dedrick, die het met hem eens was. 'Waar ze op uit zijn is: de grote baas totaal vernietigen.'

Millroy's gil was een lach die betekende: Mij vernietigen? en Willie deinsde terug, gegeneerd door zijn suggestie dat Millroy zwak zou kunnen zijn.

Maar het was niet Millroy op wie de zonen en dochters het gemunt hadden; ik was het, en als ze tegen mij begonnen gaven ze me het gevoel dat ik in het oog liep en nutteloos was. Ik wilde wegkruipen.

'Je kunt je nergens verschuilen,' zei Millroy, mijn gedachten lezend.

Vaak gaf hij me een knipoog en knepen we ertussenuit om te gaan wandelen. Ik ging graag met hem mee, opgelucht dat ik weg was van het eethuis, de nieuwsgierige eters en toeschouwers, het gefluister, en de zonen en dochters.

Er waren te veel zonen en dochters – vijftien bij elkaar – en al werkten ze in ploegen, het eethuis zat er altijd vol mee, vaak voller dan met eters.

'Jij bent het probleem,' zei Dedrick tegen mij.

Ik zocht steun bij Stacy.

'Dedrick heeft gelijk,' zei Stacy terwijl ze haar armen over elkaar sloeg. 'Want wij staan op één lijn.'

Ik was een bedreiging voor hen, zei Willie, die namens iedereen sprak. Zodra mijn bestaan was aangetoond, was het afgelopen met Millroy; ze zouden hem lastig vallen over belastingen, drank, arbeidsomstandigheden, verzekeringen en gezondheidsreglementen. Ze zouden onderbetalingen, loodverf en salmonellabacteriën aantreffen.

Ze mompelden deze dingen tegen me, en ik probeerde niet te huilen toen ik ze tegen Millroy herhaalde.

'Weten zij veel?' zei Millroy. 'Soms komen mensen je alleen na om je pijn te doen.'

Ik vond het zo ellendig om bij hem te zijn, wetend dat ik een van de voornaamste redenen was waarom hij werd aangevallen, en toen we wegliepen voelde ik dat hij omwille van mij deed alsof hij flink en vrolijk was. Dat ik hem niet op de been hield, zoals hij had beweerd. Dat hij leed. De mensen keken naar hem. Ze wisten wie hij was. Wat dachten ze?

'Een boel mensen zouden dolgraag zien dat Millroy een zware beroerte kreeg,' zei hij. 'Toen Jim Fixx tijdens het joggen overleed, juichte heel dik Amerika. Fixx was geen verstandige eter, maar dat wisten de dikkerds niet. Ze zijn er nog meer op gebrand Millroy het loodje te zien leggen. Een hartinfarct voor Millroy zou hun eigen bestaan bevestigen. Of als Millroy nu eens joyrijdend in een auto werd betrapt met een minderjarig meisje?'

'Dat ben ik.'

'Nee, Alex.'

Hij glimlachte en hief een Eerste Dag-vinger op.

'De meesten van hen zijn gewoon nieuwsgierig,' zei hij. '"Dat is die kale van dat tv-programma."'

Ik vroeg me af waarom hij geen hoed droeg, en ook geen poging

411

deed zijn voorkomen te maskeren. Je kon van een kilometer afstand zien dat hij Millroy was. Zijn goede gezondheid gaf zijn hoofd een roze glans.

Al die publieke aandacht matte me af. Het ergste van beroemd zijn vond ik hoe moe je werd van mensen die je aanstaarden en de hele tijd hun ogen op je gevestigd hielden. Het putte me uit, ik wilde verdwijnen, maar deze zichtbaarheid leek hem vaak te stimuleren.

Op onze wandelingen vertrokken we meestal uit het eethuis, staken de Common over naar Tremont Street, en wanneer we bij Government Center kwamen, gingen we de trappen af naar Quincy Market en de haven van Boston. Millroy hield zijn hoofd de hele tijd hoog, alsof hij iedereen tartte hem ervan te beschuldigen dat hij samenwoonde met een jonge knaap.

Dit maakte mij alleen maar zenuwachtiger.

Ik zei: 'Alex zou toch gewoon kunnen verdwijnen?'

Ik voelde me zo vreemd dat ik zo over mezelf praatte, alsof er iemand bij me was, een vriend van de man Millroy over wie Millroy altijd sprak.

'En Millroy zou bij *Larry King Live* kunnen komen zeggen dat het allemaal een vergissing was.'

'Waarom zou ik hun het genoegen doen?' zei hij.

'Maar Alex is een probleem.'

'Alex heeft niets verkeerds gedaan,' zei hij. 'Alex is loyaal geweest. Alex is vanaf het begin bij Millroy geweest.'

Dus waren er nu twee Alexen en Twee Millroys, in plaats van één van elk.

'En wat heeft Millroy misdaan?' ging hij voort. 'Millroy heeft het land getransformeerd, het hoop en waarheid en zuiver voedsel geboden. Millroy heeft verlossing op een bord gedaan en het aan heel Amerika geserveerd.'

Wat hem, tijdens het lunchuur door deze Bostonse straten lopend, sterkte, zei Millroy, waren de gezonde huid en heldere ogen, de golf van energie, het zelfbewuste gevoel van welbevinden die hij zag. Het was alsof hij er verantwoordelijk voor was, het allemaal volbracht had, naar Boston kijkend zoals God naar de wereld keek tijdens de scheppingsweek. Het was allemaal nieuw, het was De Eerste Dag.

'Het is onmiskenbaar,' zei hij. 'Merk je die golf? Je krijgt het gevoel dat ze goed eten, dat hun darmen openstaan.'

Hij hief zijn handen op, schijnbaar om hen te prijzen en te zegenen, en schudde met zijn Eerste Dag-vinger.

'Het bevalt me,' zei hij. 'Er zit pit in. Eerst was het zo niet. En Millroy wil er geen lof voor. Hij is alleen dankbaar dat het gebeurt. Deze eetcultuur, bijvoorbeeld.'

Hij bedoelde de restaurants waar we langsliepen – *Wally Wok, Lawrence of Oregano, Dunkin' Donuts, The Old Union Oyster House, Pizza Uno, Turkish Delight, Al Bustan,* en *Zorba's.* En er waren ijstenten, kebab-kramen, mensen die crêpes maakten en popcornapparaten bedienden.

'Millroy is erin geslaagd een spiritueel gebruik van deze voedselmanie te maken. Hij heeft ze zover gekregen dat ze tarwebroden en de schillen van vezelrijke zaden en granen eten.'

Toen fronste hij, dook ineen, trok zijn nek in, en tuurde schuins in de verte.

'Toch vallen sommigen van hen Millroy aan!'

'Ze zijn vast bang,' zei ik, omdat ik dat was.

'Voor zijn macht en invloed, zeker. Dus als hij geen zware beroerte krijgt, zullen ze proberen hem te vernietigen en gewoon weer zo'n vrome huichelaar van de tv van hem te maken.'

'De mensen zeggen dat ik uw geheime zwakte ben.'

'Jij bent Millroy's kracht, hartje.'

'Ziet u deze tijdschriften, grote baas?' zei Jaleen. Ze schudde met een hele stapel. Ik zag 'prediker en jonge knaap' en 'geheime leven van dieetgoeroe'.

'Die hoef ik niet te zien,' zei Millroy. 'Dat is al een hele tijd bezig.'

'Ze kraken u af, grote baas,' zei Willie.

'Dat was ook de bedoeling,' zei Millroy.

Toch namen de zonen en dochters mij kwalijk dat ik de 'jonge knaap' was, en ik voelde me zwak en ontmoedigd wanneer we na het opnemen van een programma of een wandeling terugkwamen in het eethuis en zagen dat de zonen en dochters er nog steeds waren, en mij nog steeds haatten.

Ze dachten: Alex maakt de grote baas kapot, maakt het leven moeilijk voor hem, trekt slechte publiciteit, doet afbreuk aan De Eerste Dag.

Ze kenden mij niet, maar wat dan nog? Ze wilden mij vreselijke dingen laten overkomen, en ze namen er aanstoot aan dat Millroy mij beschermde – de nachten alleen met mij achter in het eethuis, de *Programma's van de Eerste Dag* die alleen ik mocht bekijken vanuit de controlekamer, de wandelingen door Boston met hem, Millroy die interrumperende vreemden toeriep: 'Hou uw darmen open!'

En dat ik met Millroy aan de haven stond terwijl hij uitkeek over zee.

'Ik zou dit land nooit kunnen verlaten,' zei hij.

Er landden vliegtuigen op Logan, boten woelden het zwarte water om en zeemeeuwen klauwden naar de palen aan de rand van de dokken.

'Daarom heb ik er zo hard aan gewerkt om dit land regelmatig te maken,' zei hij. 'Ik wil dat Amerika deugt, omdat ik nooit ergens anders zou kunnen wonen. Dat weet ik. Ik heb het geprobeerd. Werd niks.'

Hij keek nog steeds naar de zee, flauw glimlachend en in gedachten. 'Nooit.'

'Wees blij,' zei hij.

'Ik ben blij, hier met u,' zei ik.

'En De Eerste Dag – dat is thuis, waar je vrienden zijn.' Hij knikte naar me terwijl hij sprak en glimlachte, alsof hij me aanmoedigde het met hem eens te zijn.

'Misschien moesten we maar teruggaan,' zei ik.

Net toen we ons omdraaiden om weg te gaan, zagen we Willie Webb met Dedrick naderbij komen uit de richting van Quincy Market.

'U moet niet teruggaan naar het eethuis, grote baas,' zei Willie. 'Er wachten daar een paar kerels op u, en ik weet dat ze u willen arresteren.'

Millroy dacht even na. Ik verwachtte dat hij zou lachen, meteen terug zou gaan, de mannen onder ogen zou zien en vernederen en verslaan met toverkunsten.

Hij zei: 'Hoe zien ze eruit?'

'Boosaardig.'

'Ik denk dat een tijdje in de caravan me goed zou doen,' zei hij. 'Ik heb daar een stel zelfgemaakte films liggen voor een programma. Ik was al van plan die op te diepen.'

Intussen trokken Willie en Dedrick akelige gezichten naar me vanachter Millroy's rug en maakten ze dat ik me wanhopig voelde.

We gingen terug naar Wompatuck, waar de caravan nog steeds geparkeerd stond, en de zonen en dochters die er gewoond hadden verhuisden naar het eethuis.

'Ik hou van deze oude Airstream,' zei Millroy. 'Hij herinnert me aan mijn tijd in de wildernis.'

'Die mannen die naar het eethuis kwamen,' zei ik. 'Bent u daar niet bang voor?'

'Nee.'

'U had ze vloeibaar kunnen maken en opdrinken,' zei ik. 'U bent een tovenaar.'

'Millroy is menselijk,' zei hij. 'Ik wil niet dat mensen mij vrezen om mijn toverkracht. Ik wil dat ze vertrouwen op mijn menselijkheid.'

Het woord 'vertrouwen' herinnerde me eraan hoe weinig vertrouwen ik genoot.

'De zonen en dochters haten me,' zei ik.

'Gebruik die negatieve energie, engel.'

'Ze kwamen terug naar Boston omdat ze wisten dat u aangevallen zou worden in de kranten en tijdschriften,' zei ik. 'Die leugens over mij.'

'Ik vermoedde al zoiets.' Hij glimlachte, en omdat hij niet bang was stond hij nooit erg lang bij iets stil.

'Maar hoe wisten zij van die leugens?'

'Ik ben je ver voor,' zei hij, en ik had het gevoel dat hij het nu pas allemaal aan het doorgronden was. 'Iemand is met die leugens begonnen. Het is mogelijk dat we een verrader onder ons hebben.'

Hij behield zijn glimlach, maar het licht erachter flakkerde uit waardoor die verdonkerd werd met droefheid.

'Ik wou dat ik wist wie het was.'

'Het is iemand die wil dat ik doodga.'

'Dat is nogal melodramatisch, mop.'

'Ik ben echt bijna doodgegaan,' zei ik.

'Maak geen gekheid.'

'Twee keer,' zei ik.

Stikkend van angst bij de herinnering eraan vertelde ik hem het verhaal van hoe ik met Willie bij de soepterrine had gestaan, en het ding gekanteld was en me levend verbrand zou hebben als ik niet opzij was gesprongen. Ik begon onder het praten mijn stem kwijt te raken; vervolgens deed ik, nog meer naar adem happend, mijn best hem over het luikgatincident te vertellen.

'Dat herinner ik me. Per ongeluk op slot gedaan.'

'Het was geen ongeluk,' zei ik, en vertelde hem hoe ik gestikt was in het donker van het luikgat met de stoffige bonenzakken terwijl niemand enige aandacht aan mijn geroep en gesmeek schonk tot hij me had gehoord. Toen ik klaar was met hem deze verhalen te vertellen begon ik te huilen, en ik wist dat mijn gezicht verfomfaaid was.

Millroy was geschokt. Hij zei: 'Engel...'

'Ik ben blij dat we in deze caravan zijn,' zei ik terwijl er snot en tranen op mijn gezicht glinsterden.

Naar zijn handen kijkend, alsof hij verwachtte iets aan zijn vingers gekleefd te zien, zei hij: 'Het kan me niets schelen wat de wereld denkt, maar ik maak me wel zorgen over mijn eigen mensen.'

'Ik bedoel, waar is het goed voor voedsel te eten dat je tweehonderd jaar helpt worden als mensen je doodmaken wanneer je een tiener bent?'

Ik was nog steeds aan het snikken en van streek door het vertellen over mijn nipte reddingen.

'Toen ze mij voor je waarschuwden, begon ik me zorgen over hen te maken,' zei Millroy. 'Maar ik had niet gedacht dat het zover zou komen.'

'Ze haten me echt.'

'Ik wijt het aan trots. Of afgunst. Een of andere blokkade.'

'Ze willen me dood hebben.'

Hij legde zijn gezicht in zijn handen en maakte een rouwend geluid, wat betekende: Hoe kunnen mensen die zulk goed voedsel eten zo akelig zijn?

Hij geloofde me. Hij kon zien dat ik bang was. Hij wilde me niet kwijt.

'Millroy is hier niet blij mee,' zei hij. Zwijgend ging hij naar bed, en zat de hele volgende dag in de caravan te broeden.

Bij het avondeten, gegrilde vis met een honingraat, brood en gerstekoekjes, zei hij: 'Tweehonderd broden, honderd trossen rozijnen, honderd met zomerfruit, vijf maatbekers gedroogde maïs. Dat zou ons op de been houden in de wildernis.'

Hij keek me amper aan, en het was alsof hij erin berust had op te breken en alles achter zich te laten.

'Misschien heb ik ze niet jong genoeg gekregen.'

Ik wist niet wat ik moest zeggen.

Zijn ogen vernauwend zei hij: 'Het echte trauma van reizen is dat je vreemde toiletten moet gebruiken.'

De duisternis viel, maar we deden de lichten niet aan. Millroy, die slechts een bultige schaduw was, hernam het woord: 'Hoe lang zijn we al samen, engel?'

Het was nu eind september. Vorig jaar september trad Millroy op in *Paradise Park.*

'Meer dan een jaar,' zei ik.

Millroy keek zelden terug, tenzij om het verre verleden te onderzoeken. Hij stelde er een eer in om vooruit te kijken. Maar nu zat hij de maanden op te tellen.

Voor hij ging slapen zei hij: 'Maar dit moest gebeuren.'

We zaten de volgende morgen in de caravan met de televisie aan te ontbijten, en een groep olympische atleten discussieerde in een van de nieuwsuitzendingen over voeding.

'Ik denk niet dat ik me op dit toernooi gericht zou hebben als ik het Eerste Dag-programma niet had gedaan,' zei een van de mannen, en de anderen stemden daarmee in, 'we zitten allemaal op een Eerste Dag-dieet, ja.'

'Ironisch, niet?' zei Millroy.

Hij was vanaf halfvijf op; hij verplaatste meubilair, bakte brood, stampte linzen, pelde fruit, perste groenten uit, en sprong van tijd tot tijd op de vloer om kniebuigingen en opdrukoefeningen te doen, je wist niet of hij kniebuigingen of andere oefeningen deed.

'Voor sommige mensen is de beweging nog steeds het belangrijkst. Prijs ze gelukkig.'

'Elke Amerikaan eet twintig kilo suiker per jaar,' zei een langharige actrice nu in een commercial voor kunstmatige zoetmiddelen.

Millroy was gespitst op het noemen van zijn naam, op artikelen in de kranten over De Eerste Dag, al deed hij alsof dat niet zo was. Hij vond het belangrijk omdat het een bewijs vormde dat het programma wortel had geschoten en zich verbreidde, dat het werk werd voortgezet door onbekende eters.

'Nu wil ik de waarheid weten,' zei hij, en werd bedachtzaam en stil, alsof hij was opgehouden met ademen.

Toen het die avond donker was reden we naar Boston en verrasten de zonen en dochters, die net dichtgingen voor die dag. Ze hadden de voordeuren op slot gedaan en waren de broodovens aan het schoonmaken en aan het dweilen en druk in de weer. Ze waren met zovelen, ze zagen er allemaal zo kaal en weldoorvoed uit, met fronsende gezichten en glimmende hoofden, dat ze me bang maakten. Ik wilde terug naar Wompatuck. Het leek alsof ze de zaak volledig hadden overgenomen, en het nu hun eethuis was.

Toen ze Millroy zagen binnenkomen werden ze stil.

Willie Webb en Dedrick stonden vooraan; Willie hield een opgerolde krant in zijn hand, die hij ontrolde en gladstreek op de bar.

'Mooi is dat,' zei Willie. 'Wat gaat u hieraan doen, grote baas?'

Het was zo'n krant uit de supermarkt, wat me eraan deed denken dat Millroy zo tevreden was met zijn 'supermarktroem'. Er was een paginagrote kleurenfoto van Elvis in een ruimtepak, iets over dat Hitler nog steeds in leven was, een verhaal over Siamese tweelingen, 'wortelen zijn geweldig voor uw liefdesleven, zeggen wetenschappers' en 'schandalig seksgeheim van heilig-voedsel-prediker op de tv: het is niet zijn zoon'.

'Negeren,' zei Millroy. 'Dat vergt meer kracht dan leugens bestrijden. Ik heb eerder de koppen gehaald, zoals jullie heel goed weten.'

'Yo. Zijn dit hier leugens, grote baas?'

'Ze kraken u af, is het niet?'

Bij het horen van deze tartende vragen dromden de andere zonen en dochters om ons heen en drukten me fijn in hun haatdragendheid, die net een vieze geur was die opsteeg in de ruimte. Ik wilde ineenkrimpen en verdwijnen, en alleen de aanwezigheid van Millroy hield me op de been. Hij had me kunnen helpen verdwijnen, maar nee.

'Weten jullie niet dat deze geruchten een belediging voor ons allemaal zijn?' zei Millroy, die redelijk klonk.

'Er komt een grote klap aan,' zei Dedrick. 'En dat komt door hem.'

Waarmee hij mij bedoelde. Ik was ontzet.

'Hij brengt de beweging in gevaar,' zei Stacy.

'Ik denk dat je iets vergeet,' zei Millroy. 'Zoals wie de beweging begonnen is.'

Millroy keek ze allemaal met vurige, onderzoekende ogen aan en trok even aan zijn snor om zijn tanden te laten zien.

'Millroy wil dat jullie hem vertrouwen en zijn goede vriend Alex accepteren,' zei hij.

Iemand lachte achterin, te luid, en het klonk als een uitdaging. De manier waarop de rest Millroy na dit geluid aanstaarde leek eveneens uitdagend.

'Bedreigingen van buiten kunnen ons sterk maken door ons te verenigen,' zei Millroy terwijl hij hen treurig en medelijdend aankeek. 'Maar dit soort praat is gevaarlijk wanneer het komt van binnen de beweging. Het is verraad.'

'Het joch is een sta-in-de-weg,' zei Willie, naar mij wijzend.

Millroy's ogen werden zwart. Ik dacht dat hij zou ontploffen.

'Hij moet wegwezen,' zei Dedrick.

'Het is tijd om te eten.'

'Wie zegt dat?'

'Millroy.' En toen hij hun vertelde waar en wanneer, geloofden ze hem amper.

XXXVIII

De volgende avond reed Millroy met wilde starende ogen in de Ford naar Boston, liet de Airstream op gelijke hoogte met het Eethuis van de Eerste Dag halt houden en riep met zijn stem die door stenen muren drong:

'Instappen!'

Terwijl de zonen en dochters de caravan binnendromden, wisselde Millroy van plaats met Berry – 'jij rijdt, knul' – en voegde zich bij ons achterin.

Hij had ons heel wat vreemde maaltijden laten meemaken, maar dit was de vreemdste die we ooit hadden genuttigd – middernacht met z'n zestienen hups in de caravan terwijl we tafels aaneenschoven en alles kantelde in de bochten van de Bostonse straten, en toen als een speer over de Massachusetts-tolweg. Dit was vlak voor we gingen zitten om te eten, maar we bleven op en neer rollen en de caravan slingerde als een boot op de wind.

'Dit is een van die etentjes die zo merkwaardig zijn dat ze later vast verdraaid worden wanneer mensen erover praten,' zei Millroy.

Zijn voeten waren stevig op de hotsende vloer geplant – hij was de enige met zeebenen. De rest van ons wankelde en probeerde in evenwicht te blijven met de beweging van de krakende caravan. We voelden ons beter toen we gingen zitten, maar het was nog steeds alsof we op zee zaten.

De zonen en dochters keken naar hem alsof hij ons door een storm laveerde.

'Ik ben geen malloot.'

Maar ze keken hem aan alsof hij er wel een was.

'Ik ben een vluchteling.'

Hij was treurig, maar er was iets uitdagends in zijn treurigheid, alsof al zijn woede was opgebrand, waardoor hij alleen en onbegrepen achterbleef zonder op te willen geven. In zijn isolement had hij al zijn krachten verzameld.

420

'Welke ongelukkige persoon heeft mij dit aangedaan?'
Willie zei: 'We staan aan uw kant, grote baas.'

Millroy glimlachte alleen, en zijn lichaam kantelde licht toen met veel lawaai een vrachtwagen passeerde, zijn canvas dekzeilen wapperend als lakens aan een lijn, en we zijwaarts werden gezogen door de plotselinge wind in zijn kielzog.

'Jullie moeten weten dat hoewel ik kan toveren,' zei Millroy, 'ik een mens ben, net als jullie.'

Terwijl hij 'een mens' herhaalde veegde hij met zijn vlakke hand langs de drie aaneengeschoven tafels, en er verschenen dikke blauwe kommen boordevol roodachtige soep, en schalen met tarwebroden, honingwafels, meloenen en druiven, vijgekoekjes, bosjes kruiden, en de bladrijke stengels die hij 'kruisvormige groenten' noemde.

'Ik haat preken,' zei hij, zonder zelfs te kijken naar de eetwaar die zojuist op wonderbaarlijke wijze was gematerialiseerd. 'Ik richt mij niet tot menigten.'

De bewegende caravan deed zijn stem trillen, het aardewerk rinkelen en droeg bij tot het gekraak van de zwoegende metalen romp van de Airstream. De ramen waren dicht, maar we hoorden het woep-woep-woep terwijl we langs wegpalen reden.

'We hebben geen congregatie – het Boek is onze kerk,' zei Millroy, en met een preciezer gebaar, door zijn vingers omlaag te steken, voegde hij drinkbekers aan de tafel toe, één voor ieders neus. 'Wanneer ik voor een menigte preekte, deed ik dat op de televisie.'

Op dat moment leek hij, terwijl zijn stem dieper werd, Amerika weer toe te spreken.

'Het geweldige van het vooruitzicht om tweehonderd jaar te leven is dat er overal tijd voor is,' zei hij. 'Je kunt het rustig aan doen.'

Zoals hij tussen ons aan de tafel in de caravan stond was hij kalmer dan ik hem ooit had gezien, met zijn hete adem, die fluistering van hartstochtelijke zekerheid die hem zo sterk deed lijken.

'We hebben nooit diensten gehad,' zei hij. 'Geen muziek, geen plaatjes, geen gesneden beelden, geen goud.'

Hij hield zijn wijsvinger op, zijn Eerste Dag-vinger. We keken naar deze vinger.

'Dat is het mooie van De Eerste Dag,' zei hij. 'De intimiteit ervan. Het is gewoon een maaltijd. Maar...'

Hij glimlachte terwijl hij de tafel gladstreek, en als een glinsterend wonder leek onder zijn hand een kristallen schaal uit het tafelkleed op te rijzen.

'... de Heer verschijnt onder het eten,' zei hij. 'Ik ben dat brood des levens.'

Hij nam de schaal op en hief die tot schouderhoogte, en hij glom als een spiegel terwijl hij zijn gezicht verlichtte.

'Jullie zijn mijn kinderen,' zei hij en zag er slecht op zijn gemak uit. 'En mijn leven is in jullie handen.'

Had hij het over de dood? Misschien niet, maar zijn toon was die van iemand die op het punt stond aan een lange reis te beginnen. Als u weggaat, neem mij dan alstublieft mee, dacht ik.

Het beuken van de wind deed de caravan slingeren, waardoor dit uitstapje in de Airstream mij aan een maaltijd op een stormachtige zee deed denken.

'Ik was verloren,' zei Millroy. Hij leek tegen zichzelf te praten, maar de overtuiging die hij in dit gemompel legde maakte tevens dat hij klonk alsof hij tegen de hele wereld sprak.

'Ik was in de buik van de hel – rond mijn hoofd was onkruid gewikkeld,' zei hij.

Hij schakelde alle plafondlampen uit door met zijn hand te wuiven, en vertelde het Jonasverhaal van zijn dikte, hoe hij gevangen was geweest in het duister van zijn lichaam. We hadden dit verhaal meermalen gehoord, maar het was alsof hij het voor de eerste keer vertelde.

Ik stikte van angst omdat de caravan in duisternis was gehuld, en zoals die bewoog en klonk kregen we het gevoel dat we dooreen werden gerammeld in het verstikkende donker van een walvisbuik, en met elk woord misselijker en banger werden.

'O, nee,' zei iemand.

Woep-woep-woep, klonk het buiten.

'Doe de lichten aan,' zei Dedrick met een brakerige grom.

'Voelen jullie het?' zei Millroy. 'Ik verkeerde niet als Jonas drie dagen en drie nachten in deze duisternis, maar veertig jaar, dag en nacht, verstrikt in mijn vet en het blindelings meezeulend waar ik ook ging.'

Intussen reed Berry als een gek. De caravan schudde, de tafel bewoog, het aardewerk rinkelde, het eten voor onze neus dat we niet konden zien stond te dampen, en dat maakte de duisternis nog erger omdat de simpelste geuren in het donker in stank veranderen.

'Alles lag onverdeeld en vergaan om mij heen, en ik dacht dat ik het Beest was – niet dat ik erin zat, maar dat ik zelf het afschuwelijke, kwijlende schepsel geworden was.'

Nu draaide hij de lichten weer aan, en we knipperden met onze ogen en probeerden te luisteren.

'Toen werd ik verbijsterd door het woord van God die mij vertelde wat ik moest eten. En ik begreep. Ik vastte, ik hongerde, ik reinigde mezelf. Uiteindelijk vulde ik mijn lichaam met goedheid, en werden mijn ogen geopend. Wat zie je in het woord "creëren"? Je ziet het woord "eten".'

Hij vormde zijn handen tot een paar haakjes en klemde de schotel ertussen.

'Vanaf dat moment was ik een tovenaar.' Opnieuw hield hij zijn Eerste Dag-vinger omhoog. Draaide hem toen om, rukte hem los en liet hem pats op de kristallen schotel vallen, waar hij plomp en lelijk als een worstje bleef liggen.

Een van de dochters schreeuwde: 'Jakkes!'

'De Eerste Dag,' zei Millroy terwijl hij neerkeek op zijn afgebroken, bloedende vinger.

Nu was het vrijwel onmogelijk zich te concentreren op wat hij zei terwijl zijn grote vinger onder het geschommel van de caravan op en neer rolde, stilhield en wees en opnieuw ging rollen, de gele beschuldigende nagel aan één uiteinde, het versplinterde witte bot dat zichtbaar was in het rauwe vlees aan het andere, twee knikken bij de knokkels met een kussentje haar, en een straaltje bloed dat van het vlees rond het afgeknapte bot sijpelde.

De zonen en dochters waren angstig aan het prevelen of zachtjes aan het huilen, maar Millroy ging door, en scheen het amper op te merken.

'Als tovenaar...'

Als je zijn afgerukte Eerste Dag-vinger zag, geloofde je hem. '... heb ik mijn lichaam tot het chassis ontmanteld en ben ik de wereld rond gereisd. Ik verbleef in landen waar de mensen jong sterven – en al kregen ze de waarheid te zien, het wonder zou hun ontzegd worden omdat hun voedsel afval was.'

Hij glimlachte bij de herinnering aan zijn reizen terwijl de caravan, gegeseld door wind, bleef schudden.

'Ik was de enige persoon op aarde die de waarheid in het Boek zag; toch kon iedereen haar daar vinden,' zei hij, en lachte om zijn fortuinlijkheid. 'Noem het een visioen – het was een mirakel, maar waarom ik?'

Bij het woord 'mirakel' keken we opnieuw naar de bloedende vinger op de schotel. We hadden Millroy deze dingen eerder horen zeggen maar met andere woorden, en nooit wanneer we met z'n allen rond dezelfde tafel zaten, laat staan in een rijdende caravan, met de blik op de afgerukte vinger die De Eerste Dag aangaf.

'Dit is verschrikkelijk,' zei Stacy.

Millroy zei: 'Ik heb de keukens en toiletten van de bekende wereld eveneens gezien, en zij zijn smerig. Door mijn reizen ging ik van Amerika houden, en realiseerde ik me dat ik nooit ergens anders zou kunnen wonen. Ik wilde grijpen met mijn vingers en mijn mond verzadigen van goede dingen, zodat mijn jeugd vernieuwd zou worden als die van de adelaar – wat een verbazingwekkende psalm, waarin de begrippen voedsel, hoge ouderdom en Amerika belichaamd zijn! Denk daar eens over na.'

Maar waar we eigenlijk over nadachten was de vinger, en de vinger wees terug naar ons gezicht.

'Wat heerlijk om in Amerika te zijn,' zei Millroy, 'waar we gered kunnen worden. Zoals ik jullie al zei, heeft God zijn hand op Amerika gelegd!'

Zijn ogen bloedden. Als dit een truc was en geen toverkunst, was het de schrikbarendste manier om ons ervan te overtuigen dat hij treurig was.

'Je kunt alleen een waarachtig gevoel van falen hebben wanneer je verworpen wordt door degenen van wie je houdt,' zei hij. 'Dan weet je hoe het moet zijn om dood te zijn' – hij graaide naar zijn bloederige ogen en wreef ze uit met de rug van zijn handen – 'ik moet tegenover jullie te kort geschoten zijn...'

'Nee,' balkte Willie, en de anderen vielen in: 'Nee, nee, nee.'

'Jawel! Anders zou ik niet verraden zijn.'

'Hebben wij u verraden, grote baas?' zei Dedrick.

'Je hebt het gezegd.'

Millroy staarde gehypnotiseerd naar de afgerukte vinger, met ogen als rauwe wonden.

'Want ik geloof niet in de vinger van het noodlot.'

Zoals hij glimlachte zag hij er woest uit.

'Laat mij geen toverkunsten doen.'

'Waarom ziet u dat joch niet gewoon kwijt te raken?' vroeg T. Van.

Ze keken me allemaal met gulzige monden aan.

'Dat is lelijk,' zei Millroy. 'Ik zag dit kind' – hij zei niet jongen of meisje, maar ze wisten allemaal dat hij mij bedoelde – 'een gezicht in de menigte, stralend van vertrouwen, als een licht op een heuvel. Dat was mijn kracht, het vertrouwen van een onschuldig kind. Dus werden we onafscheidelijk, lichaam en ziel, en werd ik nog meer gesterkt. Kunnen jullie begrijpen dat ik dat vertrouwen nooit zou schenden?'

De zonen en dochters hielden hun ogen op mij gevestigd, en ik vroeg me af of ze hadden geraden dat ik een meisje was.

'Ik betreur het dat ik als een vijand word beschouwd in het enige land waar ik van hou,' zei Millroy. 'Maar ik vind het spijtiger dat jullie geloof in mij is gaan wankelen. Ik verwachtte meer van Amerika. Ik maal niet om schandaal en schande, maar er is een erger aspect aan opgejaagd worden.'

Kayla en Stacy waren met luid ganzegesnater in snikken uitgebarsten. De andere zonen en dochters prevelden 'nee, nee' en Millroy's glimlach was geen glimlach.

'Ik kan nergens heen in de wereld,' ging hij voort. 'Ik heb de wereld gezien en zij is wanhopig. Ik ben verstoten en verdreven om te sterven in een of ander vreselijk land. Dat is mijn grootste angst.'

Hij boog zijn hoofd en zijn diepe stem mompelde en werd zwakker.

'Millroy wilde iedereen die nu leeft overleven. Millroy is nooit een profeet geweest. Millroy was een boodschapper en hoopte een patriarch te worden die opdrukoefeningen deed te midden van zijn mensen.'

De wind duwde hard tegen de romp van de caravan, en iedereen bewoog behalve Millroy, die over de schotel met de vinger leunde waaruit het bloed was weggevloeid en die blauwig-grijs was geworden, als een oud varkensworstje.

'Nu ga ik een geheim met jullie delen,' zei hij en bracht een mes te voorschijn, dat fonkelde toen hij het uit zijn mouw trok. Het was meer een dolk dan een mes, en de kromming van zijn glimmende blad gaf het een boosaardig en dodelijk aanzien. Het was er zo een als hij gebruikte om in de zijkant van de Indiase mand te steken als er iemand in zat die verdween. Met de snelle, knakkende beweging van een Eerste Dag-kok die een eetbare wortel aan plakjes snijdt, ging hij boven de schotel met het mes in de weer en hakte hij de losse vinger in kleine stukjes; het blad klapperde terwijl de schijfjes vlees en been over het bord verdeeld werden. Toen maaide hij ze van tafel en vergaarde ze precies op het breedste gedeelte van het mesblad.

Ondertussen praatte hij over zijn geheim.

'Millroy is niet bang voor wat de kranten over hem zeggen,' zei hij. 'Het baart Millroy geen zorgen dat journalisten en commentatoren hem belachelijk proberen te maken. Daar worden ze voor betaald.'

Hij hief het mesblad op, in horizontale stand, en keek naar de rauwe salami-achtige schijf van de dode Eerste Dag-vinger. Toen gluurde hij ieder van ons in het gezicht.

'Ik weet dat één van jullie probeert Millroy te gronde te richten,' zei hij.

Er viel een stilte, waarin de zonen en dochters hun adem inhielden.

'Jij niet, makker,' zei Millroy.

Ze keken me allemaal met giftige ogen aan, en wilden dat ik dood zou vallen.

'Wil je even naar de andere kamer gaan? Ik moet een geheim onthullen, makker.'

Ik stond op en ging naar de slaapruimte achter in de caravan, waar een lampje aan de muur trilde door de rollende wielen van de caravan. Ik stond in het zwakke licht ervan, zeeziek van de slingerende caravan, en klampte me vast aan de muursteun. Ik sloot mijn ogen. Er gebeurt iets.

Ik kon niets horen behalve het loeien van de wind die tegen de Airstream beukte, maar toen ik mijn ogen opendeed zag ik dat ik in het donker was – misschien was de gloeilamp door het schommelen kapotgegaan – maar deze zwarte ruimte liet mij zien wat ik voordien gemist had: een reepje licht aan de rand van de deurlijst.

Terwijl ik mijn oog tegen de verlichte spleet drukte, zag ik de in mootjes gehakte vinger op een bord. Op dat moment moet onze caravan een achttienwieler gepasseerd zijn want ik hoorde een kabaal van zware banden, het geklapper van canvas en een zuigwind als een luidruchtige machine. Millroy sprak, maar ik verstond geen woord.

Toen glimlachte hij, maar hij was de enige die glimlachte. De anderen keken alsof hij hun zojuist slecht nieuws had gebracht. Verlost van zijn geheim leek hij lichter van gemoed, maar het geheim was neergeslagen en bezonken in de zonen en dochters.

'Eet op,' zei hij en hield het bord omhoog.

Wat er op het bord lag zag er niet langer uit als een menselijke vinger of zelfs maar delen ervan, want het was allemaal opgedeeld in onschuldig lijkende schijfjes.

'Waar smaakt het naar?'

'Naar wat je maar wilt,' zei Millroy. 'Honingwafel. Vijgereep.

426

Gedroogde peulen. Vis. Doe open.'

En de stukjes voorzichtig beetpakkend, omdat hij een vinger miste, stak hij er bij elke zoon en dochter een in de mond.

'Zeg mij na: "Dit is geen vlees. Dit is Millroy."'

'Dit is geen vlees. Dit is Millroy.'

Terwijl ik door de spleet gluurde kregen de zonen en dochters aan de bonkende tafel in de slingerende caravan elk een stuk vinger. Ze leken geschrokken en opgelucht door de smaak, en het was alsof ze lucht verzwolgen, slechts adem haalden.

'Dit is geen vlees. Dit is Millroy.'

Nadat ze allemaal een stuk gegeten hadden, riep Millroy dat ik terug moest komen. Het lege bord bleef op de tafel staan. Hij zei: 'Het is geen tijd voor jou, makker.'

De anderen hadden hun mond dichtgedaan, en ze glimlachten en keken me bedroefd aan. De overblijfselen van Millroy's geheim bleven in het vertrek hangen, aanduidingen ervan, als een zwakke echo van wat hij tegen ze had gezegd, of vleugen van een aroma dat nog altijd in de lucht hing.

'Eet nu deze kruisvormige groenten,' zei Millroy. 'Ga aan de slag met deze vijgen en deze soep. Merk op dat er nu wijn in de drinkbekers zit.'

Het was een complete maaltijd, en dus leek deze ceremonieel van aard, het enige soort ritueel waar Millroy waarde aan hechtte: samen eten, waarbij hij de anderen voedde. We aten in stilte, en ik kon zien dat de manier waarop de rijdende caravan schudde en gierde iedereen nerveus maakte. Ze waren stil en bedrukt en vroegen zich af wat ze aan moesten met welk geheim het ook was dat hij hun verteld had.

Het was drie uur 's nachts toen we weer langs het Eethuis van de Eerste Dag kwamen zeilen, en de zonen en dochters onvast opstonden in de caravan.

'Uitstappen.'

Millroy leek zo in gedachten verzonken toen we wegreden in de Ford, die de lege caravan voorttrok, dat ik niet durfde spreken. Pas toen we kilometers van Boston waren, in een tunnel van duisternis die waarschijnlijk New Hampshire was, vroeg ik hem waar we heengingen.

'Dat hangt van hen af,' zei hij. Hij tuurde in het donker voorbij de gele kegels van de koplampen.

Ik dacht: Van wie? terwijl de schuine strepen op de weg me in slaap brachten.

In mijn droom stonden vreemden voor de ramen van het Eethuis van de Eerste Dag te schreeuwen en met supermarktblaadjes te zwaaien met de kop DEZE MAN IS SLECHT, terwijl Millroy hen vanuit de keuken dreigend aankeek en één voor één zijn vingers afrukte als iemand die vinger voor vinger een paar handschoenen uittrekt. Daar werd ik wakker van.

'We zijn alleen,' zei Millroy toen hij me hoorde gapen.

Doordat we zo reden, alleen wij tweeën, werd ik eraan herinnerd hoe we op die zomerdag van de boerenkermis in Barnstable waren vertrokken zonder enig idee waar we heengingen. Maar dit was een donkere, koude morgen laat in de herfst. Er was geen dageraad, op een grijze mist na die oprees en zilverkleurig werd boven de heuvels, wolken die zich overal in de lage hemel ophoopten, en het klamme licht dat de pijnbomen langs de weg zwart maakte. Hier en daar lagen witte stroken overgebleven sneeuw. Millroy reed niet snel, en toch was er iets definitiefs in de manier waarop hij het stuur vasthield en voor zich uit keek, alsof hij van plan was nooit over deze lege weg terug te rijden.

'Ik zou dit zonder jou niet kunnen.'

'Wat doet u trouwens?'

'Zie je wel? Ik heb je nodig om die vraag te stellen.'

Maar hij gaf er geen antwoord op.

Naarmate het zonlicht de hemel oplichtte, werden de pijnbomen groener. Ze groeiden pal op steile hellingen. Onder ons stroomde een zwarte rivier rond rotsen met ijskorsten, en nijver ogende kraaien schreeuwden, sloegen met hun vleugels en streken neer op takken alsof de bomen van hen waren.

Tegen het middaguur reden we een stadje binnen met wit geschilderde huizen, een eenvoudig wit hek rond het dorpsplein, meer sneeuwstroken die zich onder struiken en bomen door slingerden, en een dof geworden metalen standbeeld van een oude soldaat in een flodderig uniform op een stenen sokkel. Achter het standbeeld stond een kerk met een gouden pijl als windvaan.

Millroy klemde zich vast aan het stuur, verschikte de achteruitkijkspiegel en maakte een klokkend geluid. 'Ziet ernaar uit dat ze het hebben laten afweten.'

Eén stoot van een sirene en een flitslicht achter ons: we werden op de hielen gezeten door een politiewagen.

'Wie hebben het laten afweten?'

'Het was een test,' zei Millroy. 'Ik heb de zonen en dochters verteld waar we heengingen. Als ze niets hadden gezegd was er hoop. Dan was De Eerste Dag van hen. Maar zie je wel? Het is allemaal voorbij.'

Hij had de Ford vaart laten minderen in de berm, en ik hoorde het gerommel van de caravan dat volgde toen hij met een schok tot stilstand kwam.

'Was dat het geheim?'

'Waar we heengingen was mijn geheim,' zei hij. 'Maar ik wilde hun geheim leren kennen – wat ze van me denken. Dat weet ik nu.'

Er stond een man in een blauw uniform bij de ruit. Hij keek binnen naar Millroy en trok een gezicht. 'U bent op de televisie.' Hij zette zijn pet schuin naar achteren. Op zijn insigne stond WOODSTOCK en op het zwarte naamplaatje op zijn zak stonden de letters KENDRICKS.

'Niet meer.'

'Rijbewijs en autopapieren,' zei de politieman. 'Dit voertuig is aangemeld.'

Millroy glimlachte naar de politieman, die pufte en een rokersgezicht had en een nadrukkelijke buik en trillende vingers. Hij stonk naar woede en had de vermoeide ogen van iemand die snakte naar voeding.

'Sluit me niet op alstublieft,' zei Millroy.

De politieagent zei tegen me: 'Het komt allemaal goed met je, knul.'

Millroy had mij hier niet op voorbereid – dat een van de zonen en dochters, of het hele stel, hem aangaf bij de politie. Ik hoorde het klikken van metaal; de politieman die met een paar handboeien morrelde.

'Opsluiting maakt me gespannen,' zei Millroy, die een gezicht trok en het stuur vastklemde.

De politieagent deed de deur open om mij eruit te laten en ketende Millroy's polsen toen bekwaam aan het stuur vast. Hij klikte nog een paar open, bevestigde dat aan Millroy's enkels en haalde toen de autosleutel eruit.

Het volgende geluid dat ik hoorde was Millroy's zeurderig geneurie door zijn neus als monotoon protest.

'Je kunt beter met mij meekomen, joh.'

Maar ik had toen net bedacht bij daglicht naar Millroy's Eerste Dag-vinger te kijken. Hij wist dat ik staarde omdat de vinger niet langer ontbrak.

'Hij is aangegroeid,' zei hij, en boog hem en neuriede verder.

Ik ging naast de politieman in de patrouillewagen zitten terwijl hij Millroy's naam uitspelde door de radio en een bedrukt formulier op zijn klembord invulde, langzaam schrijvend, zijn pen omklemmend met zijn harige duim.

'Het is een vergissing,' zei ik, maar de politieagent hoorde me niet.

Hij arresteerde Millroy omdat iemand hem verlinkt had. Het gaf niet wie. Zoveel mensen geloofden de leugens in de kranten, of verspreidden ze anders zelf. Ik gaf toe dat Millroy verdacht klonk en erger leek, en wat deed hij met mij? Maar dat was maar schijn. Iedereen die hem echt kende wist de waarheid en zou hem behandelen als een held, niet als een misdadiger.

Wat het bijna grappig maakte was dat deze politieman weer zo iemand was, samen met alle journalisten en mensen die de leugens verspreidden, die gered had kunnen worden door Millroy's boodschap. Ze probeerden de man tegen te houden die hen juist gelukkiger had kunnen maken en een langer leven had kunnen geven. Om zijn leugens over hem verdienden ze allemaal ellende en ziekte, en toch had Millroy altijd gezegd dat hij niets was, dat zijn boodschap alles was, en dat die net zo lang als het Boek zou voortduren.

Terwijl ik dit daar zat te bedenken klonk er een plotseling sissend geluid als de uitstoot van lucht en belletjes die opbruisen vanonder een flesdop wanneer je die oplicht met een flesopener. Het deed de politieman ophouden met schrijven.

'Pardon?'

'Dat was ik niet,' zei ik.

Hij klikte met zijn pen en begon opnieuw, en er klonk opnieuw een winderig gekraak, explosiever dan het vorige, vanachter de caravan.

De politieman keek op en luisterde met toegeknepen ogen. Toen schoot hij met een ruk naar voren bij het horen van het geklok als het storten van een vloeistof door een buis en de waterige verzwelging ervan. Het was een hard spoelend geluid, als plotseling gelach, langs de kant van de weg in dit aardige stadje Woodstock in Vermont. De politieman rukte aan de deurgreep en kwam snel de patrouillewagen uit, in zichzelf mompelend, en stevende op de Ford en Millroy af. Toen ik hem luid hoorde vloeken, een geloei van één woord, wist ik zeker dat Millroy weer verdwenen was. Millroy de tovenaar.

DEEL IV

HET GROTE EILAND

XXXIX

'Maak je veiligheidsriem vast, engel,' zei Millroy in het vliegtuig toen het etenstijd was en metalen etenskarretjes stonden te schudden in het gangpad. Hij reikte me een zware gesp aan en de rechterkant van de veiligheidsgordel. Hij droeg een paars petje en een donkere bril en had zijn snor bijgeknipt. Je zou nooit geweten hebben dat het Millroy was.

Even tevoren had hij het erover gehad om onder te duiken in de verste uithoek van de VS en mij zijn levensverhaal: *Dit is mijn lichaam* te dicteren. Toen ratelde de etenswagen voorbij en zei hij tegen me dat ik me vast moest gespen.

Ik hoorde hem snuiven en werd weer bezorgd.

'Hoezo?'

De lucht woei langs de zijramen en maakte een gedempt, blazend geluid als een stofzuiger, maar het vliegtuig was stabieler dan de Airstream-caravan ooit was geweest.

'Dat zul je wel zien.'

Hij leek prikkelbaar. Hij was sinds Boston geagiteerd geweest, maar waarom? 'Ik ben teruggekeerd uit de dood,' had hij gezegd, 'en dat kan ik bewijzen.' Dat deed hij altijd, en weer was het waar. Toen hij was verdwenen langs de weg in Woodstock, werd de politieman kwaad en vroeg me naar mijn identiteitskaart. Ik wist dat ik er geen had, maar deed alsof ik keek. Wát? Daar was hij, door Millroy's toverkracht in mijn kleine portefeuille geglipt, met het bewijs dat ik achttien was, terwijl de waarheid was dat ik vijftien was en tegen de zestien liep. Mijn duimafdruk en foto klopten precies. Hoe had hij dat gedaan zonder dat ik het wist? En ik had ook nog een pak geld.

'Ik kan je niet tegenhouden, knul.' De politieman vertrok zijn gezicht en zag er nu varkensachtig uit.

Hij keek hoe ik met de bus uit Rutland naar Boston vertrok terwijl hij Millroy's caravan bewaakte. Ik zat in de bus en zoog op mijn duim. De man voor mij in de bus boog zijn stoel naar achteren en

433

nam zijn hoed af. Kaal, snor, Millroy, met zijn vinger op zijn lippen: Geen woord. Voor ik er erg in had zaten we in dit vliegtuig. Ik had me niet gerealiseerd dat je negen uur naar het westen kon vliegen en nog steeds in de vs zijn.

Tijdens de vliegtuigmaaltijd had hij gegromd alsof hij indigestie had en het blad met zijn vingers weggeduwd toen het hem werd overhandigd. Ik verwachtte half dat hij toverkracht zou gebruiken – het zou laten smelten, in brand zou steken of in een rattenest veranderen.

'Haal het weg.'

Terwijl hij dat zei omklemde hij het handvat van de metalen vork, liet het krullen als een vioolhals en vervolgens kletterend op het blad vallen.

'Vleeswalmen,' zei hij.

Hij praatte in het algemeen tegen iedereen die wilde luisteren in de stoelen om ons heen, mensen die slecht op hun gemak leken zoals ze tussen hun armleuningen ingeklemd zaten.

'Vettigheid en vleesvet in de lucht kunnen door inademing in het lichaam komen. Een soort zuigeffect, even giftig als sigaretterook. Niemand beseft dit, engel. Adem door je neus.'

Door het bewegen van zijn snor wist ik dat hij zijn lippen samenperste, en hij bleef snuiven, lucht in zijn lichaam persen, zichzelf reinigen, onderwijl nog steeds grommend en piepend.

'Strakker,' zei hij, met zijn vinger op de gesp van mijn veiligheidsriem tikkend. 'Het is bekend dat mensen tijdens turbulentie tegen het plafond van deze vliegtuigen zijn geslagen en ernstig nekletsel hebben opgelopen – een zweepslag en dergelijke.'

De zon schijnt nooit zo helder als door het raam van een vliegtuig, bedacht ik, en dit suisde voort zonder hoegenaamd te schudden. Wanneer je op een heldere dag dwars over het land vloog, zag je alle grote dingen in Amerika, zoals de piloot ons vertelde: de grote meren, de Mississippi, de Grand Canyon, het Havasumeer, de bergen in het westen, Los Angeles als een kom vol bruine rook, en dan de blauwe Pacific onder hoge, voortjagende wolken.

'Het is reuze kalm.'

Ik at wat meloenbollen die we hadden meegenomen. We hadden ook zakken bonen en granen, Ezechiëlbrood, gerstekoekjes, vijgen, kaas en honingraten. We hadden wijn, we hadden amandelen.

Millroy at niets, staarde alleen vanachter zijn glimmende zonnebril naar de metalen etenswagen en toen naar een filmjournaal over een schip op zijn kant dat olie lekte op een prachtige kustlijn.

Wat weet ik van turbulentie? dacht ik. Dit is pas de tweede vlucht in mijn hele leven. Ik wist niet waar we heengingen; ik wist alleen dat hij voor mijn veiligheid zou zorgen, dus wat maakte het uit?

Millroy was verstoord, en wanneer hij kwaad was, was de wereld van slag. Dus haalde ik mijn gesp strakker aan. Door zijn geconcentreerde blik, als van een man die in een spiegel tuurt, wist ik dat hij al zijn lichaamsopeningen onder controle had gebracht. Het waren de vleeswalmen. Hij had zichzelf opgesloten in zijn lichaam. Wanneer dit hem lukte, kon hij uren in leven blijven, zelfs onder water. 'Je zou me levend kunnen begraven.'

Ik was blij dat ik de veiligheidsriem niet echt nodig had. Het vliegtuig hing stabiel in de heldere lucht. Toch maakte alleen al de gedachte zo hoog in de lucht te zijn in deze grote metalen tunnel mij bang, want wat hield hem immers omhoog? Ik voelde me nog slechter toen ik het bord GEBRUIK STOELZITTING OM TE DRIJVEN zag.

Millroy leek te glimlachen, maar nee, hij was opgesloten, al zijn openingen waren als ventielen afgesloten tegen de vleeswalmen van de dampende gerechten die werden uitgedeeld door mannen en vrouwen in blauwe uniformen. De karretjes ratelden door de nauwe gangpaden. Hij glimlachte niet, hij dreef uit.

'Genoeg,' zei hij zonder zijn mond te openen, en begon te trillen.

Terwijl hij dit deed begon het ronde binnenste van het vliegtuig te schudden, de deurtjes van de laadruimten boven het hoofd, het gekraak van dun plastic onder spanning. Millroy's kaak trilde, en even later gaf het vliegtuig een plotselinge, eendere trilling, toen kantelde het en leek weg te glijden in een moeilijke schuine hoek. Er kwam een tinkelend geluid uit de luidspreker, lichten flitsten, en het filmjournaal sprong van het scherm naar de wand van het vliegtuig, onder het geluid van kletterende kastjes en deurtjes.

'De gezagvoerder heeft het veiligheidsriemsignaal ingeschakeld. Gaat u alstublieft terug naar uw plaats en overtuigt u ervan dat uw veiligheidsriem goed vastzit.'

De mijne was vijf minuten geleden al vastgegespt. Ik keek naar hem op vanwege de coïncidentie, maar hij staarde recht voor zich uit door zijn donkere bril, terwijl zijn snor een masker vormde voor zijn mond.

'Ik ben bang,' zei ik.

Van zijn gezicht viel niets af te lezen, maar zijn snor gaf hem een onaandoenlijk aanzien van wijsheid. Op alles wat ik zei zou hij 'dat weet ik' antwoorden, en zo zonder gezichtsuitdrukking leek hij onverwoestbaar.

'Eerlijk,' zei ik.

Het ergste van dit grote gonzende vliegtuig was niet de hevigheid van de schuddingen maar de manier waarop eerst de kleine kinderen begonnen te huilen en toen de oudere vrouwen te schreeuwen. Achter ons, schokkend in zijn stoel, zat een bange man smerige woorden in zichzelf te mompelen.

Het was alsof Millroy dit wilde luchtgeraas uit zijn mond blies en het vliegtuig alleen door zijn adem liet kantelen.

Langgerekt gekreun van schrik en openlijk gebalk van angst vulden het vliegtuig en maakten mij nog banger.

Ik kon mezelf alleen kalmeren door naar Millroy te kijken zoals hij stil voor zich uit zat te kijken als een vreemde, starre profeet uit wiens hoofd toverkunsten kwamen gekronkeld.

De ruiten waren donker geworden alsof we onder water waren gedoken, en heldere wolkslierten vlogen voorbij als wanstaltige, in scholen wegschietende vissen. We botsten en rolden weer, gegeseld door winden die rukten aan de vleugels, en ik werd ziek van het gevoel dat het hele vliegtuig tolde.

Een nieuwe gil achterin klonk als een vreselijk ongeluk in de keuken, met vliegtuigservies dat tegen de grond smakte en gerinkel van messen en vorken.

Ik had mijn koptelefoon afgezet. Ik had naar muziek geluisterd op *Skytracks*, maar doordat ik mij niet op het steigeren van het vliegtuig concentreerde leek het nog veel erger te steigeren.

Het daalde nu zijwaarts. Er waren lichtstrepen voor de ruiten, vluchtige gele wolkenflarden, en bliksem – geen gekartelde stralen maar grote, mistige flitsen die ons leken te verzwelgen in hun kwijnende gloed.

Een oude bezorgde vrouw begon te schreeuwen in een buitenlandse taal. Ik zag weer een signaal: GEBRUIK IN GEVAL VAN NOOD HET ZWEMVEST ONDER UW STOEL.

Millroy zag me naar zijn gezicht staren.

'Wat is er, engel?'

Maar hij wist dat ik wilde dat hij me beschermde en behoedde voor deze ellendige angst.

'Ik ben hartstikke bang.'

'Waarom?'

'Dat ik misschien doodga.'

'Is dat zo erg?'

Hij verschoof in zijn stoel om mij beter te horen, en ik had het idee dat hij heel geïnteresseerd was in mijn antwoord.

'En als ik nou naar de hel ga?'

'De hel is leeg,' zei Millroy. 'Alle duivels zijn hier.'

'Hier spreekt uw gezagvoerder. Ik weet niet waar dit weer vandaan kwam. We hebben een nieuwe hoogte geprobeerd maar we kunnen er schijnbaar niet omheen. Houdt u dus uw veiligheidsriemen om, en wanneer ik wat rustiger lucht vind zal ik het veiligheidsriemsignaal uitschakelen.'

Het was geen bange stem, maar een verbijsterde, die trilde van twijfel, terwijl de metalen etenskarretjes rinkelden en de deurtjes boven het hoofd openklapten en kleren en tassen in de gangpaden uitstortten.

Millroy's hoofd stond strak en onverschrokken en recht en zag er gebiedend uit.

'Intussen ga ik de stewardessen vragen de eetservice op te schorten.'

Knikte Millroy of bewoog zijn hoofd mee met de beweging van het vliegtuig? Hoe het ook zij, het vliegtuig schudde nog steeds. Het had een grote flitsende bus geleken toen het gonsde in de kalme lucht, maar zoals het nu schokte leek het slap en wiebelig, als een dunne, vooroverhellende ballon die elk moment kan barsten.

Ik stak een hand uit en nam die van Millroy, in de hoop dat ik me beter zou voelen. Zijn snor bewoog, misschien in een glimlach, hoewel zijn hand net een stuk metaal was – hard en zonder warmte. Het maakte me bang maar ik kon niet loslaten. Zijn hand had zich boven de mijne gesloten, en hij had hem nu goed vast. Ik voelde me niet beter. Zoals hij hem vasthield dacht ik dat hij mijn hand misschien in een banaan of een lepel of een klauw zou veranderen, en dat ik mezelf als ik mijn arm ophief in mijn oog zou steken.

Mijn stille gehuil trok door mijn arm, en Millroy voelde het en keek me aan terwijl tranen over mijn wangen liepen.

Wist hij de reden, dat het niet alleen de storm was die tegen dit vliegtuig beukte, maar het onverwachte geweld van zijn toverkracht? Ik wist dat zijn ogen achter zijn zonnebril zwart waren, maar ik vroeg me af waarom.

Wanneer het steigerde leek het vliegtuig klein en breekbaar, en de passagiers kermden als het steeg en daalde, vooral wanneer het hele toestel plat door de trillende lucht dook.

Millroy hield mijn handen zo strak vast dat ik mijn tranen niet weg kon vegen, en ik begon hem kwalijk te nemen dat hij de storm had gemaakt. Ik vermoedde dat hij het uit wrevel had gedaan vanwege de vleeswalmen van het gerecht (kippeborst) en het giftige vliegtuigvoedsel.

'Dat niet alleen,' zei hij, mijn gedachten lezend.

Want het was ook om controle over de passagiers te krijgen, zoals hij met zijn lichaamsfuncties had gedaan: ze eerst door elkaar schudden, dan opporren, en vervolgens stevig in de greep krijgen.

Hij kon mijn tranen zien en de schrik in mijn vingers voelen, en ik kon amper ademen en genoeg lucht binnenkrijgen om een schreeuw te slaken.

Plotseling klonk er gejammer.

'Loopt u alstublieft niet in de gangpaden. Blijft u zitten, met uw veiligheidsriemen goed vast. Het is nogal ruw buiten, meneer!'

De 'meneer' was Millroy, die was opgestaan en door het gangpad naar de voorkant van het vliegtuig liep, net zoals hij altijd de voorstellingstent op de boerenkermis in Barnstable had betreden, terwijl iedereen keek.

'Meneer, de gezagvoerder heeft iedereen gevraagd te gaan zitten.'

Met zijn zonnebril en paarse petje bleef Millroy roerloos staan en eiste ieders aandacht op, zelfs van diegenen die kermden van angst.

Hij stak zijn vingers in zijn mond en trok er een glimmende stok uit. Als dit een truc was, dan was het de grootste die ik hem ooit had zien doen, want hij stond daar terwijl het vliegtuig een duikvlucht maakte en op het punt leek neer te storten.

Terwijl hij voorbij een ontstelde man en vrouw met bij elkaar passende bloemopdruk-overhemden reikte, leunde hij voorover naar een patrijspoortraampje en haalde de plastic deklaag en het glas eruit. Toen de buitenlucht met een geluid als van razende knikkers het vliegtuig binnen stroomde, gooide Millroy de glimmende stok naar buiten. Meteen stabiliseerde het vliegtuig zich – het trok recht alsof hij het aan een lijn had – en werd de lucht kalm. Hij ramde het glas met zijn vlakke hand terug in het patrijspoortraampje.

Je verwachtte applaus. Maar in de plotselinge stilte en het ventilatorachtige gezoem dat volgde waren de passagiers te geschokt om iets anders te doen dan naar adem happen. Ze hadden gezien dat deze vreemde man de storm had doen ophouden. Ik alleen wist dat hij hem ontketend had.

Millroy zei niets. Hij gebaarde met zijn handen, waarmee hij 'ziezo' te kennen gaf en vervolgens 'zie je wel, niets in mijn handen, niets in mijn mouw' en ten slotte met zijn Eerste Dag-vinger: Wees heel voorzichtig.

Hij ging weer op zijn plaats zitten. Er gebeurde niets meer. Geen eten meer. Geen film meer. Geen bediening. Passagiers hielden hun veiligheidsriemen om zelfs nadat het waarschuwingslicht was uitgegaan, en ook de stewardessen bleven zitten en hielden hun gesp om, misschien uit angst of misschien om wat deze vreemde man had gedaan. Ze waren geschokt. Als ze eens wisten wie hij was.

Met ingehouden adem keken ze hoe hij recht overeind kwam. Aller ogen in het vliegtuig waren op hem gericht, smekend en dankbaar maar zich afvragend wie hij was. Als hij zich bekend had gemaakt, zouden ze hem herkend hebben als Millroy van het *Programma van de Eerste Dag*, en in de war zijn geweest. Hij was beroemd en in ongenade. Maar hij hield zijn hoed en zonnebril op, en de passagiers waren bang, alsof het vliegtuig elk moment opnieuw zou gaan duikelen.

'Laat het vliegtuig niet opnieuw dol worden, alstublieft,' zei ik.

Er kwam een snoevend geluid uit zijn mond. Ik had het idee dat hij me verbaasd wilde doen staan. Had hij die akelige storm voor mij gemaakt?

Hij nam mijn hand; zijn vingers waren stijf en koud, en leken amper menselijk. Na al die tijd wist ik niet dat zijn hand zo aanvoelde. Hij leek nu net een vreemde, zo ver buiten mijn bereik, met zo'n onvoorspelbare macht, dat ik mezelf niet met hem in verband kon brengen.

Hij had me nog nooit zo aangeraakt. De slappe, koude kneep van zijn hand maakte me bang, en ik begon me weer voor te stellen dat hij iets met mijn hand kon uithalen – er een prikkende vork van maken – toen hij hem plotseling losliet.

We waren in het donker, passeerden langzaam een helling met twinkelende lichten. We landden. We haastten ons door een terminal met frisse, naar bloemen geurende lucht, klamme hitte en bruine lachende mensen op rubber sandalen, en gingen aan boord van een kleiner vliegtuig, dat gedrenkt was in deodorant. Het was een korte vlucht. Ons volgende vliegveld was kleiner en klam, rook naar regen en gemaaid gras en fijngestampte bloemen en er was een scherpe vleug zeezout in de lucht die mij deed denken aan de Cape.

Millroy had geen woord gezegd, wees mij alleen de goede richting. Hij had haast om te arriveren, altijd een rusteloze reiziger, met

een hekel aan openbare toiletten en de gevaarlijke stank van andermans eten. Hij was moe, na zich uitgeput te hebben in de storm die
hij had gewekt, zijn eerste toverkunst in – hé, waar waren we?

'Nog steeds in Amerika,' zei hij, weer mijn gedachten lezend.

'Welk gedeelte?'

'Hawaï. Het grote eiland.'

Zijn eerste toverkunst op het grote eiland. Maar er was meer.

XXXX

Diezelfde avond ging Millroy mij voor naar een groot schaduwrijk huis aan een klotsende zee. Hij zei geen woord, en toch kon ik zijn hete adem op mijn blote schouder voelen en het sappige geluid van zijn geslik horen.

'Wilt u misschien het licht aandoen?'

Ik klonk als een oud dametje dat bang is in het donker.

'Jouw kamer is daar,' zei hij zacht terwijl hij aan het trekkoord van de vloerlamp trok en naar een open deur wees.

Die nacht en daarna hoorden we gelach en gegil vanuit de blauwe bungalow aan het strand, onze naaste buurman. Soms was er te hard gespeelde tokkelmuziek. Even vaak klonken er uitbundige kreten, een langgerekt geklaag, twee of drie mensen die samen jankten als honden achter een hek. Het was te echt om televisie te zijn, maar die hadden ze ook. Je wist wanneer de tv aanstond omdat het klonk als te veel mensen die zijn opgesloten in een blikken doos. Er waren ook roffelende trommels. Er waren hymnen in een andere taal. Er was gezang en een ukeleleliedje.

> *Manuela, lieve jongen, doet geen hila-hila meer*
> *heeft geen cent meer en geen huis meer, gaat naar Aala Park hia-*
> *mo-e.*
> *Pa werkt voor de stuwadoor, ma is aan de zwier*
> *Zus gaat met de haole-jongen, broer die gaat au-wana.*

Er klonk meer gelach. Twee weken lang. Wanneer je buren zo luidruchtig zijn, praat je zelf minder.

Intussen leefden we als vader en zoon aan de rand van de zwarte klif op dit Hawaï-eiland dat gewikkeld was in lucht, midden in een blauwig-groene zee.

'Amerika,' zei Millroy. 'Heb je enige twijfel dat God zijn hand op dit land heeft gelegd?'

441

Hij schreeuwde omdat we zo dicht bij de zee waren, en hij moest zijn stem verheffen wanneer de branding opkwam. De blauwe golven zwollen in lange, rechte rijen op uit de gladde oceaan en rolden ruw voort, werden wit naarmate ze steiler werden, balanceerden en stortten zich op het strand, waarbij ze weer een reep zand aan de kust toevoegden, die ze een seconde later met een andere golf weer weggristen.

Het strandzand was koolzwart en grindachtig, gladde bolletjes lava met de kleur van de oude vulkanische stroom op de helling achter ons huis, grote kliffen met zwarte sintels die naar het strand waren gerold en tot zwarte gomballen en kralen verpulverd.

De meeste nachten regende het, en overdag dampten de weg en het gebladerte in het zonlicht. Dolfijnen plonsden en speelden in de zee onder onze voorveranda. We hoorden ze snuiven en zuigende ademteugen nemen, we zagen hoe ze zichzelf in de lucht gooiden. Onze palmbomen kletterden, hun onderste bladeren bonkten als bezems tegen onze muren, en soms viel een groot schilferig bruin blad op het blikken dak. De kakkerlakken schoten weg met een papierachtig gefladder, en de wandelende takken maakten zich zonder enig geluid uit de voeten. Zware mango's vielen op de vochtige aarde als een stomp in de maag.

Altijd was er een geur van bloemen: orchideeën en jasmijn, bougainvillea die groeide in lange scheuten met roze bloesems, hibiscusbloemen groter dan lelies. Millroy kende al hun namen.

'Nasturtium,' zei hij terwijl hij eerst de oranje bloemen en toen de ronde bladeren in zijn mond propte. 'Daar zou je op kunnen leven. Plumeria. Naupaka.'

Ratten flitsten rond de dakranden en muizen knaagden gaten in de horren. De vogels waren luidruchtig, even spraakzaam en vriendelijk als de mensen. De kleine vogels maakten een schurend geluid als van een Zippo die niet wil ontvlammen. Sommige van de witste vogels hadden lange, prachtige staarten, en andere leken wel zwarte vliegers. Kleine, bleke hagedissen die gekko's heetten tjilpten als vogels en lieten overal op tafel keutels als suikerkraaltjes achter.

'Hier heb ik altijd van gedroomd,' zei Millroy. 'Waarom heeft niemand me ooit over Hawaï verteld? We hadden hier De Eerste Dag kunnen beginnen. Dat kunnen we nog steeds voor elkaar zien te krijgen. We kunnen helemaal Eerste Dag zijn – meloenen, vijgen, bonen, peulen, granen en kruiden. Ik heb zaden uit het Heilige Land – erfgoedzaden. Originele.'

Hij keek om zich heen en zag een hellend veld met stakige bomen. 'Papaya's zijn een soort Eerste Dag-meloen,' zei hij. 'We zijn geen fanatici, hoor.'

We liepen langs het strand aan de rand van de brekende golven, waar de speeksellijn van schuim was, de vloedmarkering. De rand van het eiland was een klif van zwarte en puntige rotsen die bedekt waren met plakken drassig gras. Grijze krabben schoten weg voor onze voeten.

'Dit had ik nodig,' zei Millroy. 'Een tijdje in de wildernis om tot rust te komen en dank te zeggen. Het is een soort verbanning. Ik ben weer teruggekeerd uit de dood.'

Hij had het niet over de politie, noch over de aanklachten tegen hem (waarvan kidnapping en fraude en belastingontduiking er maar een paar waren); en ik evenmin.

'Dit is mijn lichaam,' zei hij.

Mijn mond werd droog, en ik strompelde door het zwarte zand.

'We kunnen ons aan het schrijven zetten, engel,' zei hij. 'Zonder onderbrekingen. Het is het perfecte decor.'

Een paar kilometer verderop rees een grote zwarte kaap op, daarboven de brokkelige hellingen van een vulkaan, één en al sintels en rook.

'Ik had altijd gedacht dat eilanden klein hoorden te zijn,' zei ik. 'Maar dit is hartstikke groot.'

De lavastroom had een nabijgelegen stadje weggevaagd, gewoon geroosterd, en vervolgens bedekt met een laag korrelige lava van een meter. Op de lavastroom lagen half verbrande palmstronken, en op zonnige dagen rook het allemaal naar verbrande toast.

'Dit is een Amerikaans eiland,' zei Millroy.

Hij was zo gelukkig dat hij toverkunsten deed zonder het te weten. Hij was uitgerust, hij was kalm. Hij blies op bloemknoppen en ze spanden zich en zwollen op en barstten met een plotselinge geurvlaag in bloei.

'Aardbei-guave,' zei hij met zijn mond boven een lage struik.

Wilde honden op straat hielden op met blaffen als Millroy naderde.

Er waren ook dieven in deze streek, Puna District. Op een nacht werden we gewekt door verdachte geluiden. Millroy was in zijn kamer, ik in mijn hok. Ik hoorde hem lachen, toen was er een gil van pijn van een onbekende die schrok, maar toen ik naar beneden ging zag ik helemaal niets.

443

'Wat is dat voor rare lucht?'

'Verbrand vlees,' zei Millroy. Zijn starende blik zei: Onthou dit ook. 'Geschroeid haar.'

Meer wilde ik niet weten.

Dichter bij de weg waren andere huizen: van Japanners, Filippino's, Chinezen, andere eilandbewoners, en mensen als wij die ze *howlies* noemden, dikke jongens die in bestelwagens reden, magere op motoren. Er waren grote, handgeschreven borden waarop VERBODEN TOEGANG en PRIVÉ en KAPU stond.

'We zijn alleen,' zei Millroy. Hij bedoelde dat niemand ons hier kende. Hij sloeg zijn ogen op alsof hij het eiland wilde zegenen. 'Alleen in Amerika.'

Er was onverhoedse regen, verblindende zonneschijn, hoge winden, de aanblik van gesmolten lava, en altijd waren er dolfijnen.

Ik had het gevoel dat Millroy het eiland had betoverd, dat hij er macht over had en het kon controleren zoals met de storm in het vliegtuig.

'Ik kan bewijzen dat ik ben teruggekeerd uit de dood,' zei hij. 'Ik wacht gewoon mijn tijd af.'

We deden ons te goed aan meloenen en vis, aan honing en bonen.

'Ik zal je mijn boek dicteren,' zei hij. 'Op die manier zal het ook jouw boek zijn.'

Ons huis op het grote eiland stond op palen, en lag verborgen, net achter een hoge klif aan een klein, leeg strand in een kreek, wat er de reden van was dat het gelach en geschreeuw dat we hoorden zo vreemd was. Die harde geluiden waren het eerste waardoor we wisten dat we buren hadden, en toen zagen we de blauwe bungalow.

Een vrouw gilde: 'Ga niet weg alsjeblieft!' en er waren geluiden van een worsteling. 'Niet doen!'

Ik hoorde ze duidelijk vanuit mijn kamer aan de zijkant van het huis. Millroy's kamer keek uit op de zee, waar de golven aanrolden en soms in de holten aan de voet van de lavaklif ploften.

Ik was niet bang voor de buren, niet met Millroy in de buurt. Hij had macht over bloemen en winden en slagregens. Hij zwom met de dolfijnen, hij kalmeerde wilde honden. De luidruchtige buren waren degenen die bang hadden moeten zijn.

Meestal waren we op blote voeten, als we langs de klif of het strand liepen, in onze tuin werkten, op de veranda over de zee zaten uit te kijken.

'Iedereen zegt aloha,' zei ik omdat het woord bij me opkwam.

'Aloha betekent liefde,' zei Millroy. 'Wat vind je daarvan?'

Het woord 'liefde' verontrustte me, dus zei ik niets.

'Liefde stelt ons in staat mensen te zien zoals God ze ziet.'

'Dat zal wel.'

'Stel je voor dat bepaalde prestaties alleen mogelijk zijn als je bemind wordt.'

Ik probeerde het me voor te stellen.

'Wat scheelt eraan?'

Maar hij wist het. De buren waren opgehouden met lachen en draaiden de muziek uit. Ze schreeuwden weer.

'Die ene,' zei hij. 'Die heeft een rokersstem.'

We kochten het meeste van ons gezondheidsvoedsel in de dichtstbijzijnde stad, Pahoa, bij de *Cash-and-Carry* en de *Da Store* en bij *Mana Natural Foods*. Millroy zei dat we binnenkort niets zouden hoeven kopen; we zouden zelfvoorzienend zijn in erfgoed-groenten, bonen en granen. Er waren *howlies* in Pahoa, die altijd tegen elkaar praatten. 'Ik heb net je horoscoop getrokken, Shirley' en 'We hebben een nieuwe partij kaarsen gemaakt'. Sommige van de vrouwen hadden tatoeages en borstelkoppen, hun kinderen liepen op blote voeten, de mannen hadden paardestaarten.

Niemand staarde naar Millroy en mij.

'Verse groenten,' zei Millroy toen we boodschappen deden. 'Vers fruit, net uit de boomgaard. Er is een notenboerderij buiten Pohoiki. Verse noten! Dit wilde ik in Boston. Ik denk dat we naar de juiste plek zijn gegaan, hartje. We kunnen met onze vrienden ons geloof belijden.'

Ik keek hem aan. We hadden geen vrienden onder de *howlies*: surfers, kaarsenmakers of getatoeëerde vrouwen.

Millroy wist wat ik dacht.

'Bijen,' zei hij. 'Honingbijen.'

Die dozen die ik achter de huizen van mensen langs de hoge weg naar Pahoa had zien staan waren bijenkorven.

'Als we klaar zijn met mijn boek word ik imker,' zei hij. 'Dan gaan we van onze eigen honing leven. Wat we niet nodig hebben geven we weg.'

'Ik weet niets van bijen.'

'Jij wordt mijn bijenkoningin.'

Als hij tegenwoordig zulke dingen tegen me zei, deed hij altijd een stap dichterbij, alsof hij nog iets wilde zeggen waarop ik dan moest reageren. 'Jij wordt mijn bijenkoningin' veronrustte mij zeer.

Het deed merkwaardig aan omdat hij nooit eerder zo tegen me gesproken had. De eerste nacht in ons huis, in het donker, waren zijn stilte en ademhaling een manier van spreken geweest, waardoor ik ineenkromp en hem vroeg het licht aan te doen. Zoals hij met gloeiende ogen naar me keek wilde ik naar buiten.

We waren nu alleen, zoals hij zei. We waren lang niet alleen geweest. Hij was erop bedacht mij niet van streek te maken, probeerde mij een veilig gevoel te geven, maar toch was hij iets van plan, ik wist niet zeker wat.

Dus zei ik: 'Wat wilt u?'

'Tot rust komen en dankzeggen,' zei hij. 'Jou zien opgroeien. Mijn levensverhaal vertellen.'

Dat brak de ban. Er werd niet meer over gesproken dat ik zijn bijenkoningin was.

Hij maakte er zich geen zorgen over dat hij De Eerste Dag achter zich had gelaten. Hij zei dat hij niet van religie hield, en het gevoel had dat De Eerste Dag er tegen zijn wil één geworden was. De zonen en dochters konden zijn leer door het land verspreiden, gewoon de simpele boodschap: 'laat het Boek uw kookboek zijn'.

'Ik heb mijn boodschap overgebracht,' zei hij. 'Er komen geen heruitzendingen of herhalingen van het *Programma van de Eerste Dag.* Dat heb ik uitdrukkelijk verboden. Het stond in mijn contract. Ik ben van het aangezicht der aarde verdwenen. Ik ben nu onzichtbaar.'

Toch had ik het gevoel dat hij niet klaar was – in elk geval niet tevreden. Wanneer ik hem naar een bloem of een hekpaal zag kijken, had ik het idee dat hij er toverkunsten mee wilde uithalen. Hij leek rusteloos, hoewel hij het ontkende, en het ontkennen van zijn tovenarij maakte het schrikwekkender omdat hij haar zo terloops bedreef. Ik was geïmponeerd maar ik kon de zin ervan niet begrijpen, want de enige die het zag was ik.

Op een dag reden we als gewoonlijk naar Pahua om fruit, honing en kruiden te kopen, door de vochtige hitte snijdend in onze nieuwe jeep. Overal om ons heen waren dampende bomen, nat gras, dikke bloemen, een verblindend groen dat me mijn ogen half deed dichtknijpen en de zoete, bijtende geur van rottende mest en verse modder.

Het stadje was maar één straat met houten gebouwen, waarvan er sommige verlaten waren, een paar levensmiddelenwinkels en een lawaaierige school. De hoofdweg ging heuvelop verder naar de vulkaan, die ik wilde zien, maar daar ging Millroy niet heen, en ergens anders ook niet.

'Dit is het enige soort leven dat ik wil,' zei hij. 'Wat jij, mop?'

'Met mij gaat het best.'

'Maar is dit landschap niet verrukkelijk?'

'Het is heel gaaf.'

'Je zou hier de rest van je leven kunnen doorbrengen.'

Dat was er nog zo één, zoals 'jij wordt mijn bijenkoningin'. Toen hij 'de rest van je leven' zei was het alsof hij te kennen wilde geven dat er niet veel resteerde, dat we hier zouden sterven, en misschien wel gauw.

'Nog een paar honderd jaar,' zei hij. 'Maak je geen zorgen. Er is volop tijd als we bij elkaar blijven.'

Hij had mijn gedachten weer gelezen. Wat wist hij niet over mij?

Toen we een van de grotere houten gebouwen in Pahoa passeerden, zei hij: 'Dit was ooit een bioscoop. Waarschijnlijk vijfenzeventig zitplaatsen of minder. Een klein toneel, voetlichten, een balkon, een podium.'

De bladderende naam op de voorgevel luidde AKEBONO THEATER, en ik had het vermoeden dat hij het wilde opknappen om te prediken op het podium.

'We zijn te groot geworden,' zei hij terwijl hij naar de houten luifel keek met een paar verscheurde affiches die nog steeds in flarden op verharde lijmkorsten geplakt zaten. 'De Eerste Dag is zo snel gegroeid dat er misverstanden door zijn ontstaan. Ik heb de afslankingslui achter me aan gehad, de lui van gelijke kansen, afgunstige evangelisten, de kabelnetbazen, de gezondheidsinspectie, de belastingdienst. Om nog te zwijgen van alle godsdienstfanaten en *New Age*-aanhangers.'

'De politie,' zei ik.

Dat woord, de herinnering eraan snoerde hem snel de mond.

Maar hij had nog steeds de kriebels, alsof hij toverkunsten moest doen of zijn boodschap verklaren. De storm in het vliegtuig was de nieuwe Millroy – in het verleden zou hij het niet zo gedaan hebben. Hij zou subtieler zijn geweest, de etenskarretjes geblokkeerd hebben, kortsluiting in de magnetron hebben veroorzaakt, de bladen hebben laten smelten, in plaats van stormachtige winden op te wekken, een woeste neerwaartse trek en genoeg turbulentie om de jumbo te laten schudden. Hij had het voor mij gedaan, daar was ik van overtuigd.

Hij liep op blote voeten. Hij droeg minder kleren hier op dit warme eiland. Ik zag dat hij jonger, sterker, gespierder was dan hij in Boston had geleken. Zijn blote benen waren machtig en recht, en ik werd eraan herinnerd dat hij zowel een man als een tovenaar was.

'Stomp me maar in mijn maag. Kom op!'

Zijn vingers waren altijd in beweging, stilletjes aan het goochelen, nu meer dan ooit. Toch waren we alleen. Ik vroeg niet waarom, maar vroeg het me toch af. Misschien omdat er niets anders te doen was. Of misschien was het het eiland, dat zelf toverachtig was met zijn vulkanen, honingbijen, vriendelijke vissen en met bloesems gezoete lucht. Maar zijn tovenarij was niet langer zachtaardig. Zij was onverhoeds en explosief, net zo nerveus als knokkels kraken, onnodig als pochen of harde muziek, en soms net uitsloverij.

Ik dorst deze gedachten niet te denken. Ik bleef gewoon alert en keek naar hem om te zien wat hij verder zou doen.

Toen we voor het oude Akebono Theater stonden, reed er een roestige bestelwagen voorbij, stopte toen, reed achteruit en parkeerde aan de stoeprand naast onze jeep.

Er stapte een donker *howlie*-meisje uit de bestelwagen, dat naar de openbare telefoon liep die bevestigd was aan de zijkant van het oude gebouw.

Ze was nog kleiner dan ik, ongeveer twaalf of dertien, met een taai, slank lichaam, donkere ogen en mooie wimpers maar een besmeurd gezicht, vuile knieën en knokige ellebogen, en ze rookte een geplette sigaret. Eén van haar benen zat in het verband; op het gaas zat een lekvlek. Haar lippen waren zacht en roze, en ze mompelde. Ze droeg een T-shirt en een korte broek en liep op blote voeten met een korst op haar enkel. Ik stelde me voor dat haar Gaga haar afranselde en haar een zwerver noemde, hoewel ze gewoon een *howlie*-tienermeisje was.

Millroy werd nieuwsgierig, keek hoe ze een nummer draaide, de toetsen op de telefoon intikte en toen een kwartje in de muntgleuf stak. Ze had kleine, gelijkmatige tanden. Haar nagels, die beschilderd waren met rode nagellak, waren verbrokkeld en afgebeten. Haar mond wijd openend slaakte ze een luide vloek en begon met de hoorn tegen de telefoonkast te slaan, klappen te geven op de stalen voorkant terwijl ze hetzelfde scheldwoord bleef zeggen.

Ik deinsde terug terwijl Millroy vooroverleunde en haar verslond met zijn ogen. Maar ik voelde me alleen al door het meisje het woord te horen zeggen ademloos en schuldig.

'Geef het maar op, kleine,' zei Millroy.

Ze had de sigarettepeuk tussen haar lippen en was, zich schrap zettend tegen de telefoon en er harde klappen op gevend, nog steeds dat woord aan het grommen.

Ze hield op toen ze Millroy nog steeds zag staren.

'Wat is er met je been gebeurd, meid?'

'Gevallen op sjtraat,' zei ze. 'Wilt u sieraden kopen?'

'Sieraden' leek voor haar een vreemd woord om te gebruiken, met haar kleine, smerige gezicht en bloedbevlekt verband, maar ze keek Millroy meer als vrouw dan als een klein meisje aan en ging hem met haar hand op haar heup staan opnemen als iemand die veel ouder is.

Millroy zei: 'Laat eens kijken wat je hebt, meid.'

De hele tijd had de man in de bestelwagen toegekeken, en toen het meisje riep, waarbij ze haar tong en tanden liet zien, slingerde hij de deur open en sprong naar buiten met een kartonnen schoenendoos. Hij was ouder, gebruind en zweterig, en had donkere, gezwollen ogen. Hij had de vader van het meisje kunnen zijn, maar ik veranderde van gedachten door de manier waarop hij haar aanraakte, en waar.

'Houdt u van trekkoorden, houdt u van armbanden en pennen? Wilt u een halssnoer? Wat u wilt, goede prijs.' Hij tilde de glimmende artikelen uit de doos, raapte ze met vuile vingernagels op, terwijl het kleine meisje ze schikte op de motorkap van onze jeep: een halsketting van schelpen, een parelsnoer, een jade hanger, oorbellen van roze koraal, een korstachtige pen, een gouden armband waarin 'Rosie' stond gegraveerd.

'Waar heeft u die vandaan?'

'Van een *howlie*- kerel in Kurtistown.'

'Hij denk dat we sjacheren,' zei het kleine meisje.

'Hoe heet u?' Millroy keek naar de man.

'Hookie.'

's Mans overhemd was gescheurd aan de schouder en hij had geschaafde tenen. Het meisje schoot haar sigarettepeuk weg op straat.

'Dat is Lerma.'

'Uw dochter?'

'De derde,' zei hij, en het klonk als 'durde'.

Ze bracht met haar kleine vingers de halsketting en de oorbellen te voorschijn. Ik vond haar afgebeten, gebroken nagels interessanter dan de stukjes sieraad.

'Stop ze maar weg.'

Millroy's stem was vriendelijk maar zo dringend dat het klonk als een bevel.

Dat deed de man, terwijl hij de snuisterijen door zijn vingers liet glijden. Zijn gezwollen ogen keken Millroy niet aan.

Millroy hield zijn handen op om te laten zien dat ze leeg waren. 'Kijk eens naar binnen, Lerma,' zei hij. 'En doe dan de deksel dicht.'

'Als u niets wilt kopen zou u dat misschien gewoon kunnen zeggen.'

De man leek bang toen hij dit zei, in een schuinse houding, omdat Millroy's handen de hele tijd boven zijn hoofd waren en hij zo veel groter was.

'Er valt niets te kopen,' zei Millroy. 'Neem de deksel er maar af en kijk.'

Lerma graaide naar de doos, sloeg de deksel eraf, schudde de doos toen en gaf er een harde klap op, maar er viel niets uit. Ze knipperde met haar ogen naar Millroy en naar de man, en zag er kleiner en viezer en zwakker uit, bijna een klein kind in haar frustratie.

De man nam de doos van haar aan en stompte ertegen tot die losscheurde.

'Het is een thruc!'

'Deze kerel versjachert mijn spullen!'

'Vinden jullie het niet leuk?' glimlachte Millroy hen toe. 'Stomp me maar in mijn maag.'

Maar het was het kleine meisje dat Millroy uitschold omdat de man te bang voor zijn toverkracht was om iets te zeggen.

'Nou, wat vind je ervan?'

Ik had gelijk: hij wilde horen dat ik geïmponeerd was geweest. Ik had niet het hart hem te vertellen dat hij sinds ik hem kende niet mijn held was geweest vanwege zijn tovenarij, die mij vaak beangstigde, maar vanwege zijn vriendelijkheid. Deze zinloze tovenarij was net zoiets als met je spierballen rollen – zo was het ook met de storm geweest.

Ik zei: 'Dat had u hun niet aan hoeven doen.'

'Is dat alles wat je te zeggen hebt?'

Hij wilde dat ik hem bewonderde, hij wilde me behagen. Dat was niet nodig, maar ik wist niet hoe ik hem dit moest vertellen.

'Stilte,' zei hij, en reed verder over de smalle weg naar de zwarte kust.

Hij had er een hekel aan als ik geen antwoord gaf, maar ik was ongerust.

Daarmee was het niet afgelopen. Toen we de volgende dag langs het strand voorbij onze kreek liepen, zagen we een klein meisje met bloemen in haar haar ineengedoken in het zand zitten, op handen en knieën, niet spelend maar huilend. Haar treurende lichaam was naar de blauwe bungalow toe gedraaid. Toen we naar het huis opkeken, hoorden we luider dan ooit muziek en stemmen.

Millroy zei: 'Ze hebben hulp nodig,' met zijn nieuwe onthou-dit-stem, waarbij hij gewichtige pauzes liet vallen.

Op de trap die van het strand omhoogleidde waren hopen vrolijke bloemen met groene bladeren, waarvan er sommige om de trapleuning gevlochten waren.

Millroy leidde mij de trap op en het huis in, waar twintig of meer mensen heen en weer liepen, eilandbewoners, van wie er sommigen donker waren, Japans, met badpakken en T-shirts aan; anderen waren wild ogende *howlies* – grote, gebruinde kinderen, kleuters en honden die samen speelden; mannen met ongeschoren baarden en paardestaarten, getatoeëerde vrouwen, bierdrinkers, die luid praatten, terwijl er twee om een grap lachten en de meesten huilden of natte ogen hadden alsof ze zojuist met huilen waren opgehouden. Op elk horizontaal vlak stond voedsel – pastasalade, schalen met stukken kip, stapels worstjes, kommen met dipsaus, maïsmeelpap, gemalen groenten, kruimelig gebak en potato-chips, met een vat ijs en bier, en een stapel gedroogd vlees.

In de aangrenzende kamer waren nog meer kinderen die naar tekenfilms op een grote televisie keken – een kat die door een boze hond met een koekepan plat tegen de grond geslagen werd.

Hoewel het hetzelfde lawaai en dezelfde muziek waren die we al weken hoorden, was het geen feestje, en ik voelde dat Millroy dacht: Dat hadden we moeten weten.

Aan de rand van de veranda, die aan de rand van de zeeklif lag, lag een dode vrouw. Ze lag op een smal bed dat opgehoogd was en bedekt met bloesems en zijden sjaals. Ze was niet oud en niet jong; ze was losjes in een wit gewaad gewikkeld, en bijna kaal, hoewel haar hoofd rustte op een kussen van bloesems. Een foto van een prachtige vrouw – de vrouw die ze ooit was geweest, wist je – stond tegen het smalle bed aan, en daarop stond haar naam gedrukt: MOMI.

Millroy liep met een ernstige blik de kamer door, alsof hij werd verwacht, repte zich langs de rouwklagers, de grappenmakers, de drinkers, de honden en de eters die aan kipdrumsticks knaagden.

Een man zei tegen me: 'Jij wil een laulau. Is kip. Is ono – numma één.'

Een Hawaïaanse vrouw met plukkerig haar en grote armen hield zich snikkend vast aan de spijlen van het bed van de dode vrouw, maar de tv-tekenfilm klonk luider dan zij, en telkens wanneer ze haar mond opendeed hoorde ik gelach van een tekenfilmhond.

'U kent Momi?' zei de vrouw tegen Millroy. 'Trie vanmorgin zij doodgaan.'

'Momi is boem,' zei een jongeman. Hij droeg een zwembroek en een surfers-T-shirt met de woorden LOCAL MOTION.

'Zij maki, doodgaan, dood,' scandeerde een andere man. 'Zij maki, doodgaan, dood.'

Millroy glimlachte zijn jullie-hebben-geen-idee-glimlach en legde zijn hand op het gezicht van de dode vrouw die in het bed lag. Haar huid had een wittige tint, alsof het een dunne en fragiele peignoir was die door een vleugje rijp was bedekt, haar ogen leken bloeddoorlopen, haar droge mond stond droevig.

'Momi lag daar bijna een maand na de chemo, aan een infuus,' zei de Hawaïaanse vrouw. 'Ze zei niets, maar ze kon wel horen. Wij spelen "Keiki o Ka'Aina" en zij glimlachen ook als een keiki.'

De mensen in de kamer die op zoek waren naar een feestje waren nu meer geïnteresseerd in Millroy dan in de dode vrouw of elkaar, en ik bedacht dat ze gefascineerd moesten zijn door hoe zijn hand over Momi's gezicht lag, hoe zijn slanke vingers haar vastgrepen.

'Zo frusjtrerund, zij krijg nooit één kans om afscheid te nemen,' zei een man dicht bij Millroy. Hij at een sandwich. Hij zag me naar hem kijken.

'Gekookte ham. Jij wil?'

'Wij gebruiken geen vlees,' zei Millroy.

'Is gekookte ham, brah. Niet net hetzelfde als echt vlees.'

Het was waar, zoals Millroy had geleerd, dat mensen bij het zeggen van het woord 'vlees' hun tanden lieten zien en grijnsden als honden.

'Wij stoppen geen vlees in onze mond,' zei Millroy tegen de man. 'Wij laten geen vlees in ons lichaam toe.'

De man stond met mayonaise op zijn lippen te staren, zijn sandwich in de hand, terwijl tussen de broodsneden een aangevreten lap ham te zien was als een kiezel.

'Voed je hoofd,' zei hij, zijn lippen aflikkend. 'Dat is meer beter, jah.'

'Momi was een lieve dame.' Dit was een *howlie*-man met gouden kettingen om zijn hals, die er dronken uitzag, terwijl zijn buik uit zijn half dichtgeknoopte overhemd stak. 'Een prachtige vrouw.'

'In de godsnaam, ze heeft geen afscheid genomen,' zei de Hawaïaanse vrouw met een verdrietige stem.

Millroy had zijn rechterhand nog steeds op Momi's gezicht liggen. Hij hief zijn linker op en sprak tot de hele kamer.

'Zij is niet weg,' zei hij met zijn onthou-dit-stem.

Wat er nu ook kwam, ik wilde het niet zien, maar de mensen in de kamer verdrongen zich rond Millroy en de dode vrouw, dus ik zat in de val.

De muziek speelde nog steeds, maar niemand sprak.

Millroy's grote hand spreidde zich over Momi's gezicht, met zijn duim tegen een van haar ogen.

'Zij is bij ons,' zei hij. 'Nietwaar, zuster?'

Iemand zette met een plotselinge haal de muziek uit, en de stilte snerpte, en het enige dat je kon horen was kauwende en slikkende mensen.

'O, ja,' zei Momi.

Een vrouw gilde. Een man lachte hard.

'Kop dicht, Wendell!'

Anderen omhelsden en kusten elkaar. Millroy's hand bleef zijn krachtige grapefruit-testende greep op het gezicht van de vrouw houden, maar hij keek haar niet aan – hij staarde naar de mensen in de kamer.

'Ze wil van jullie allemaal afscheid nemen,' zei hij, 'en ze wil de gelegenheid om jullie te bedanken.'

Er was nu zoveel rumoer van huilen en lachen, zoveel gedrang van mensen, dat Millroy moest schreeuwen. Maar de kinderen bleven doorspelen, de honden knijpen, aan hun staarten trekken en voedsel van de grond eten.

Zijn hand opheffend zei Millroy: 'Luister.'

Heel duidelijk zei de dode vrouw Momi met een plakkerige stem: 'Mahalo voor jullie kokua.'

'Zij open haar ogen!' riep de grote Hawaïaanse vrouw uit, en begon te lachen op een beangstigender manier dan toen ze gehuild had.

Een man zei: 'Ik krijg daar kippevel van!'

'Deze man brengen Momi terug uit de dood!'

'Tante!'

Opnieuw zei een spookstem vanaf het bed heel duidelijk: 'Aloha, beste vrienden. Ik hou van jullie allemaal. Aloha kekakiaka.'

Er was een korte stilte voor het schreeuwen weer begon. 'Aloha, Momi!' Dit ging enkele minuten door, tot Millroy zijn hand van het gezicht van de vrouw weghaalde en haar weer liet sterven, deze keer in vrede. Hij keek hen allemaal met ijzige ogen aan. Hij was niet ontroerd, en nu herinnerde ik mij dat ik hem nooit had zien huilen.

'Wie is die kale man?' vroeg iemand. 'Hij komen bekend voor.'

Ik was lang genoeg met Millroy om te weten dat de uitdrukking op zijn gezicht, zijn ogen, de hoek van zijn snor, de manier waarop zijn oren strak waren getrokken, geen tekenen van plechtstatigheid waren, maar er eerder op duidden dat zijn hele hoofd glimlachte.

'Ik ben dokter Millroy en dit is mijn vriendinnetje Jilly.'

Ik dacht: Jasses.

XXXXI

Ik werd gewekt door druilerige regenval in mijn droom, als het modderige gekletter van een regen kiezels die langzaam in een ondiepe plas vallen. Ik opende mijn ogen, en de regen hield sputterend op. Bomen stonden te druipen voor mijn raam. Buiten het huis had het ook geregend. De vochtige duisternis, die als een nachtelijke deken was, drukte tegen mijn gezicht. In de glinstering van vallend water zag ik een lange, bulthoofdige man in mijn kamer die me vanaf het voeteneind van mijn bed aanstaarde – Millroy – en ik was doodsbang.

Mijn voeten en benen werden verlamd, een steek van pijn verscheurde mijn hart, vingers van angst grepen me bij de keel en knepen mijn luchtpijp dicht.

Toen ik mij inspande om te schreeuwen, begon Millroy op te lossen, en even later was er alleen een gaasachtig, waaiend gordijn op de plaats waar hij had gestaan.

Mijn verscheurde hart hield mij wakker. De zon kwam geeloranje op, gaf de oceaan een spoeling van vruchtesap en licht terwijl de vogels snaterden en kwetterden, en de branding luidruchtiger werd en de stenen aan de kustlijn deed ratelen.

Gewoonlijk bracht een ontbijt me na een slechte nachtrust weer op verhaal, maar vanmorgen niet.

'Ik zag u vannacht in mijn kamer.'

Millroy sneed de groene schil van een papaya, en keek niet eens naar me op.

'Soms verbeeld je je datgene wat je in je hart wilt. Je noemt het angst, maar vaker is het verlangen.'

'Nee. Ik had een nare droom en ik was hartstikke bang.'

Millroy's stilzwijgen en de manier waarop hij zijn hoofd schuin hield betekenden dat hij het niet met me eens was.

'Die vent leek echt op u.'

'Misschien heb jij me daar neergezet, engel.'

'Waarom zou iemand zoiets doen?'

Mij doorborend met zijn ogen terwijl hij de gele papaya at leek hij in stilte te zeggen dat ik het antwoord op die vraag zou moeten weten.

Ik wilde huilen.

'Wat is er aan de hand, engel?'

'Wie zei dat er wat aan de hand was?'

Maar er was van alles aan de hand. Sinds ik op het grote eiland was beland was ik bezig geweest te zinken, te verdrinken, had ik mij verloren gevoeld. Ik was nog nooit zo ver van huis geweest, van alles wat ik gekend had. Voordien had ik Millroy als mijn beschermer gehad. Nu kende ik hem amper, was ik bang voor zijn verrassingen. Wat kwam er nu? Alles was hier vreemd behalve het eten: Eerste Dag-maaltijden, Millroy die zich een ongeluk kookte, zijn vruchten en soepen bereidde, zijn kruiden en ingedikte broden. Hij was ook een tovenaar, maar een explosieve. Ik begon weer duim te zuigen.

'Dit is mijn vriendinnetje Jilly.'

Jasses.

Het was dus niet alleen heimwee in de geparfumeerde wereld van dit hoge, drijvende eiland van regen en vuur, rottende aarde, hete bronnen, natte bomen, hangende varens, modderige wegen, zwarte stranden. Het was niet alleen de verscheurende wind, en de golven die tegen onze voortrap schuimden, of de grote rode snavels van vogelachtige bloesems, bladeren als zwaardklingen, openbarstende roze bloemen, grote verwrongen groenten en opgezwollen vruchten. Het was Millroy zelf.

Ik wilde schreeuwen: 'Help me!' Ik was altijd afhankelijk van hem geweest.

Maar hij deed toverkunsten, maakte me bang met zijn macht en opvallende gedrag terwijl hij zijn hoe-doe-ik-het-gezicht trok. Millroy op zijn wonderbaarlijkst was een volslagen vreemde, en 'mijn vriendinnetje Jilly' zat mij nog het meest dwars. Ik had me veilig gevoeld toen het de simpele leugen van 'mijn zoon' was geweest, en ik had ertegen gekund als hij 'mijn dochter' zou zeggen. Dit was anders.

'Ik dacht dat ik uw zoon Alex was.'

'We zijn verder, mop.'

Ik zei niets.

'Wil je mijn vriendin niet zijn, Jilly?'

'Vriendin' was één van die glibberige woorden die alles konden betekenen. Ik was eraan gewend geraakt de kleine, slanke Alex te zijn. Ik wilde niet spichtige, lelijke Jilly zijn. Maar wat had het voor zin om te antwoorden? Millroy's hele radar was ingeschakeld. Hij wist wat ik dacht.

De eilandbewoners deden me opschrikken met hun gelach. Wat was er zo grappig? Ze bleven op afstand, staarden naar Millroy en wezen soms naar hem. Ze probeerden erachter te komen wat ik van hem was, wat me des te meer op mijn duim deed zuigen omdat ik dat zelf niet wist. Ik verlangde naar de oude tijd toen Millroy had gezegd: 'Natuurlijk ben ik niet zijn biologische vader.'

Ze fluisterden wanneer ze hem zagen. Millroy had nu op het eiland de reputatie een tovenaar te zijn, omdat hij die vrouw Momi uit de dood had doen herrijzen. Het overdreven verhaal dat de mensen vertelden was dat hij haar weer tot leven had gebracht. Het ene moment was ze dood, het volgende paradeerde ze als degene die ze geweest was in een beddelaken door de bungalow. Ik wist wel beter, ik had het gezien, zoals hij over haar gezicht had gestreken, hoe ze in een opflikkering wakker was geworden, haar hoofd had opgetild, 'tot ziens' had gezegd en na een paar seconden in leven te zijn geweest weer gestorven was. Maar de mensen op het begrafenisfeest zeiden dat hij haar op de been had gekregen, had laten praten en lachen en met haar armen zwaaien, voor een uur of meer van kanker had genezen.

Millroy glimlachte en ontkende het niet.

Hoewel het me bang maakte zo zichtbaar te zijn, bleven we strandwandelingen maken. Vandaag waren we op de stenen pier bij Pohoiki, waar zwarte golven uit een donkere zee braken op een zwart strand.

'Ik dacht dat u niet in het oog wilde lopen.'

'Zou ik me zorgen moeten maken, engel?'

'U heeft die vrouw uit de dood doen herrijzen.'

Hij leek dankbaar dat ik het ter sprake bracht. Hij lachte me gretig toe, alsof hij wilde dat ik meer zou zeggen.

Oké, dacht ik.

'U heeft haar aangeraakt,' zei ik.

'Ja.'

'Maar u zei altijd dat de beste toverkunsten zonder handen werden gedaan,' zei ik. 'Dat de tovenarij in het Boek groots was omdat Jezus alleen maar dingen zei als "ga naar huis – uw zoon is genezen".'

Het licht verdween uit Millroy's ogen, en toen hij hun donkerheid op mij richtte, had ik spijt van wat ik gezegd had.

'Soms moet ik deze dingen gebruiken om wonderen te verrichten,' zei hij, maar toen hij zijn handen ophief om ze mij te tonen, leken het net wapens.

'De mensen praten over u,' zei ik.

'Ik luister niet, bloempje.'

Maar ik wel. 'U krijgt hier een slechte reputatie.'

'Het is het risico waard,' zei hij.

Ik vroeg niet waarom, hoewel ik het me wel afvroeg.

'Om wat we te winnen hebben,' zei hij.

Hij stond stil op de zwarte keien en keek me aan. Het licht in zijn ogen was teruggekeerd, en ze waren nu op mij gericht, verslonden mijn gezicht. Ik moest me afwenden en doen alsof ik geïnteresseerd was in twee mannen die met emmers rondscharrelden, golven ontweken en eendemosselen van de rotsen naast de zee afbraken.

Ik benijdde hen. Op een rots springen, een eendemossel afschrapen, die in je emmer doen – de hele tijd fluitend of kletsend. Het was meer spelen dan werken, en op het eind had je iets te eten. Je ging naar huis met je gedeukte emmer en keek tv, en morgen was je terug op de rotsen, op eendemosseljacht. Het simpele leven was wonderbaarlijk genoeg, en je had geen wonderen nodig, alleen een emmer.

Ik zei: 'De vrouw die terugkwam uit de dood. De verdwijnende sieraden. De wilde honden die uw hand likken. Het maakt me bang wanneer u die toverkunsten doet.'

'Je hebt het me vaak genoeg zien doen, engel.'

'Maar deze mensen niet.'

Ik keek op en zag de eendemosselmannen onze richting op strompelen.

'Tovenarij hoeft geen wonder te zijn,' zei ik.

'Wonderen zijn sneller,' zei Millroy. 'Hoor eens, je hoeft nergens bang voor te zijn.'

'Ha. Behalve de politie. Ze komen u alleen maar weghalen. Plus waarschijnlijk in de gevangenis zetten.'

Hij verraste me door te glimlachen en ontspannen te lijken, terwijl hij dichter naar de plaats toe stapte waar de golven tegen de puntige kliffen en rotsen klotsten.

'Zou het je kunnen schelen als ik ingerekend werd?'

Ik wilde er niet over nadenken, maar terwijl ik naar hem keek stelde ik me voor dat er nu een golf oprees als een grote, gekartelde krabbeschaar, één en al water en schuim, die Millroy tegen de keien sloeg, zijn dode lichaam de zee in sleurde terwijl ik daar stond, niet bang voor mijn eigen leven maar treurend omdat hij weg was, omdat ik helemaal alleen zou zijn tot dit eiland zonk.

'Nou?' herhaalde hij.

Hoe kon ik zijn vraag beantwoorden? Ik hield mijn gezicht strak en mijn mond dicht zodat ik niet zou snikken, maar de tranen rolden toch over mijn wangen. Dit leek hem op te winden, en hij stapte op me af en legde zijn arm om me heen.

Zijn hand was koud, zijn arm was zwaar, er kwam geen warmte uit hem. Ik had me veilig moeten voelen zoals hij met me verstrengeld was, maar in plaats daarvan werd ik bang van hem en bezorgd dat hij me kon pletten, omdraaien en in een emmer gooien zoals die springende mannen eendemosselen vermorzelden.

'Niet bang zijn.'

Dit maakte me nog banger. Hij kon me voelen verstijven.

Met zijn arm om me heen herinnerde ik me sommige van de toverkunsten die hij had gedaan: ratten die uit monden van mensen sprongen, meisjes die veranderd werden in melk en opgedronken, het losdraaien en met een mes in mootjes snijden van zijn Eerste Dag-vinger, de schuddende jumbojet, vrijwilligers die verdwenen in de Indiase mand, gematerialiseerde voorwerpen, lepels die verbogen als hij erlangs streek, de dode vrouw Momi die haar hoofd optilde, haar witte, kleverige ogen opende en met een plakkerige stem zei: 'Ik hou van jullie allemaal. Aloha kekakiaka.

Millroy stond op het punt om iets te zeggen, maar hij hield zich in. Ja, ik was bang, omdat hij kon doen wat hij wilde, alles kon krijgen. 'Alles komt goed met je.'

Als iemand je geruststelt is dat soms erger dan een regelrechte bedreiging. Hij gaf me weer een koude knuffel. Hoe kon ik niet bang zijn als ik door zo'n vreemde tovenaar werd aangeraakt?

Ik voelde me schuldig omdat ik van hem wilde houden om zijn tovenarij, maar zijn macht hem alleen maar onverhoeds en ongewoon deed lijken.

'Meneer.' Het was een van de eendemosseljagers die naderbij stapte.

Millroy liet me los en het bloed stroomde weer mijn arm in.

'Wat heb je daar?'

'Ohpeepee,' zei de man. Hij was groot en bruin, en droeg doorweekte gympen.

De andere man toonde ons zijn emmer, die bloedende vissen bevatte.

Hij was kleiner dan zijn vriend, en zag er ongelukkig en gevaarlijk uit. Op zijn arm waren inktachtige, zelfgemaakte tatoeages gekrabbeld.

We stonden allemaal op wiebelige keien onze voeten nat te laten spatten terwijl we ons in evenwicht probeerden te houden.

'Als de vloed op zou komen, word jij heel nat,' zei de grote man. 'Eén *howlie*-vent wordt overvallen en gaan dood.'

'Heb jij wat geld voor ons?' zei de andere man.

'Hoe heet je?' vroeg Millroy.

'Wendell. Dit is Jacklick. Jij zien ons in Momi's huis.'

'Wij weten wel waar jij woont,' zei de grote man die Jacklick heette. 'Het geverfde huis. In de bomen.'

Zoals hij het zei: 'in duh pomen', leek het een gevaarlijk huis.

'Hebben jullie mijn vriendinnetje Jilly ontmoet?'

'Hij vragen jou om geld,' zei Jacklick, alsof hij hem corrigeerde.

'Ik heb hem gehoord.' Hij trad de man tegemoet, die niet wist dat Millroy hem even gemakkelijk kon vernietigen als dat hij de vrouw uit de dood had doen herrijzen. 'Zou dat je gelukkig maken, Wendell?'

'Misschien het jou veilig maken.'

Millroy glimlachte terwijl hij hierover nadacht. Hij leek er plezier in te hebben te worden uitgedaagd.

'Ik heb geen geld,' zei Millroy.

Hij barstte van het geld – hij had er pakken van, hopen van, genoeg om contant te betalen voor een nieuw huis, contant voor een nieuwe bestelwagen, contant voor vliegtickets, allemaal nieuwe biljetten die roken naar verse inkt.

'Een miljoen dollar in kleine coupures weegt ongeveer vijftig pond, engel. Wist je dat?' Waarom zou hij niet wat geven aan die vervelende, getatoeëerde Wendell?

'Maar je hebt goud in die emmer,' zei Millroy, en knipoogde naar mij.

'Ik heb mahneenee-vis.' De man leek woester en akeliger als hij lachte.

'Neem de grootste vis eruit. Deze,' zei Millroy op belerende toon, ervoor zorgend dat hij niets aanraakte, maar in de emmer wijzend naar een zachte, kloeke vis. 'Kijk eens in zijn bek.'

De man Wendell kneep in de vis, waardoor zijn ogen uitpuilden en zijn bek zich opensperde, en er kwam een glinsterende gouden ring uit, samen met wat bloedbespikkeld slijm en zeekwijl.

Op de terugweg naar huis zei ik niets en probeerde ik erachter te komen wat dit allemaal betekende, toen Millroy plotseling zijn hele lichaam met een ruk omdraaide en tevreden snoof.

'Ik heb hun niets gegeven!'

Toen begreep ik het, en het had met mij te maken, omdat ik hem herinnerd had aan de tovenarij in het Boek die bedreven werd zonder handen, alleen een paar aanwijzingen, en als die werden opgevolgd werd de tovenarij bewerkstelligd.

'Wat vond je ervan?'

'Reuze interessant.'

Ik voelde me klein, met ronde schouders, zwak, machteloos. Millroy kon de doden doen herrijzen, gestolen goederen terugtoveren naar hun eigenaars, goud uit de bek van een vis peuteren. Door de manier waarop hij liep zou je denken dat dit grote eiland Hawaï voornamelijk van hem was, alsof hij het had gedroomd en er leven in had geblazen, zoals hij alles had wat hij wilde. Het eiland behoorde hem toe. Zelfs de mensen waren van hem – hij kon ze controleren, hij kon ze vernietigen.

Hij kon mij vernietigen. Ik was vooral bang omdat ik niet wilde dat hij mij controleerde zoals hij andere mensen manipuleerde. Ik zag een macht in zijn vingers en zijn ogen die ik nooit eerder gezien had.

Was hij gemaakt van vlees? Was hij een mens? Ik had nog nooit zoveel tijd ineens met hem doorgebracht. Ik kende hem nu beter.

'Ik wil geen ander leven, geen andere plek, niemand anders dan jou op dit zwarte strand,' zei hij.

Ik voelde me verstikt, vreesde hem nog meer en moest lucht in mijn mond trekken om te ademen. Het ergste waren zijn zachte stem en zijn harde handen.

'Kom hier, engel.'

Toen ik niet meteen naar hem toeging, sloop hij op grote, stille voeten op me af, torende boven me uit en wierp een schaduw over me. Ik kon zijn longen perfect horen werken.

'Heb je ooit een goudklomp uit de bek van een vis zien komen?'

Natuurlijk niet. Maar wanneer had Millroy ooit eerder gepocht, en mij herinnerd aan het verbazende schouwspel dat ik zojuist had gezien? Hij was niet tevreden met mijn eerbiedige stilte, en beroerde dus mijn arm. Zijn aanraking maakte dat ik mijn kleine arm beklaagde.

'Is het hier niet geweldig?'

Zijn handen waren ijzeren haken die aarzelden op het oppervlak van mijn huid.

'Misschien Hebreeuws en Grieks leren. Tijd te over. Gewoon onder deze bomen zitten. Zelf het Boek vertalen.'

Hij was heel dicht bij me. Zijn hele lichaam spinde.

'Neem deze mensen nou. Dit is een microkosmos van heel Amerika, alleen is het weer beter. Het is een tuin, een soort paradijs. Kruiden in overvloed. Misschien een wereldwijd kortegolf-radiostation beginnen. Programma's voor de late avond over voedsel en de Schrift. Een zoetvloeiende stem. "Dit is de radiozender van de Eerste Dag, die tot u komt vanaf het grote eiland Hawaï…"'

Geen haken op mijn arm maar klauwen, en toen hij naar me toe leunde was zijn neus net de snavel van een arend, scherp en roerloos, een wapen met twee waakzame neusgaten.

'Maar deze mensen zijn niet regelmatig, dat kun je zien. Ze eten kost met een laag bezinksel. Ze eten gekookte ham, ze eten varkensvlees en *Hula Dogs* en gedroogd rundvlees. Ik wil helemaal opnieuw beginnen met deze dikke mensen, ook al vergt het jaren.'

Zijn geprat over de toekomst deed me verstijven, en precies op tijd plofte er een overrijpe mango op de grond.

'Wie deed dat?' vroeg Millroy, doelend op zichzelf. Hij raapte hem op, schilde hem en zei: 'Stop hier wat van in je mond, engel.'

Hij was er zo op gebrand mij te behagen dat ik me verstrikt voelde. Hij wilde me meenemen op wandelingen naar de notenboerderij en meloenen met me rapen en bloemen eten. 'Laten we gaan zwemmen,' zei hij, en ik vermoedde dat hij wilde dat ik hem op water zag lopen.

Hij was zelden uit zicht. Meestendaags zweefde hij boven me als een grote vogel. Maar op een morgen was hij nergens te zien. Terwijl Millroy elders bezigheden had, was ik alleen, en gedurende die uren voelde ik me veiliger, gelukkiger – de zon die schitterde op het water, het ruisen van de dikke rode bladeren in de wind, het klokken van de palmbomen, de krijsende vogels. Millroy had gelijk; het was een soort paradijs. Ongeacht de grote wandelende takken en de kakkerlakken.

Toen de wind ging liggen, toen de branding afnam, toen de vogels op adem kwamen, kon ik eilandmuziek horen, eilandtelevisie, en het bonken van roestige auto's op de smalle weg naar Opihikao.

Rond het middaguur waren er etenskreten, iemand die naar zijn vriend riep wat schaafijs te halen bij Yamamoto of een lunchschotel in Pahoa.

Toen was ik gelukkig. Het was altijd zomer op dit eiland. Ik hoorde hier en begon zelfs een beetje de weg te weten. Millroy's gezweef had mij belet het eiland goed te leren kennen. Hij had mijn leven overgenomen. Dat had ik niet erg gevonden in Boston toen hij de Eethuizen van de Eerste Dag dreef en het tv-programma deed, maar tegenwoordig – sinds de plotselinge storm in het vliegtuig – leek hij onmenselijk, net een god of een profeet, en dat gaf me een nietswaardig gevoel.

Vlak voor lunchtijd dook Millroy op, met een glimlach.

'Ik had een verstopping in mijn darmen.'

Ik was niet gealarmeerd. Ik had hem dergelijke dingen eerder horen zeggen. Als hij over krampen en spiercontrole sprak had hij me menselijk toegeleken.

'Ik heb die sinds halfzeven vanmorgen proberen uit te drijven.'

Zelfs dat, een worsteling van vijf uren, verontrustte me niet ernstig. Hij glimlachte nog steeds, alsof hij zojuist de hond van de buren van het erf had gejaagd.

Maar hij liep de kamer door naar waar ik bij het raam zat, kijkend naar een donker, zigzaggend schip in de diepe zee, mijn hoofd buigend om door de stakige takken van de wasboom te turen, de door zoutspatten bruin geworden bladeren, de beurse en oneetbare vruchten.

'Ik heb daar zitten zwoegen en diep adem zitten halen,' zei hij, zijn handen ter illustratie dichtknijpend. 'Het is een soort krachttoer.'

Deze nieuwe informatie was afkomstig van de recente Millroy die ik zozeer was gaan vrezen. Moest hij me eraan herinneren?

'U heeft altijd gezegd dat het geen moeite zou moeten kosten.'

Misschien stelde hij me op de proef.

'Niet dat soort krachttoer, engel. Ik bedoel bevallen, al je spierkracht verzamelen om deze verstopping uit je lichaam te persen.'

Nu voelde ik me gewoonweg bedreigd door zijn glimlach.

'Zoals een kind krijgen?'

Ik maakte me zorgen om wat hij zojuist had gezegd, en om zijn gretige gezicht.

'Natuurlijk. Heb je daar ooit aan gedacht?'

'Nee,' zei ik.

Nu had ik iets anders om me door in de war te laten brengen.

'Waar kijk je naar, engel?'

'De oceaan. Dat schip.'

Het dobberde als een speeltje en de zon glinsterde op het schuim eromheen.

'Staat die boom niet in de weg?'

Ik hield van de wasboom omdat hij zo nutteloos was, een spichtige, onschadelijke aanplant waar je niet over na hoefde te denken.

'Min of meer,' zei ik omdat ik wist dat hij dat wilde.

Millroy kwam dichterbij en knuffelde me – zijn ijzeren klauwen, zijn kromme snavel, zijn als een vis zo koude huid, zijn grote, vochtige, grijze ogen.

Ik wilde zeggen: Alstublieft! maar toen liet hij me los.

'Kijk eens.'

De boom was verdord, de bladeren waren eraf gevallen, de vruchten waren verbrand, de takken en de spichtige, miserabele stam waren een geblakerd skelet.

Ik voelde me weer onveilig, maar erger.

'Ik doe dit allemaal voor jou.'

Ik knikte omdat ik niet wist wat ik moest zeggen behalve 'ik ben reuze dankbaar'.

'Pak je notitieboekje, engel. Ik wil je wat dicteren. Laten we aan de slag gaan met mijn boek.'

Hij bedoelde *Dit is mijn lichaam*, waar we dagen niets aan hadden gedaan, terwijl het geacht werd ons belangrijkste project hier op het grote eiland te zijn. Ik vond mijn notitieboekje met gekko-suikerkraaltjes erop en sloeg het open.

'Klaar.'

'Ik hou van je,' zei Millroy.

Dat schreef ik op. Ik keek ernaar en wachtte op meer. Millroy ademde zwaar, en toen ik opkeek, zag ik dat zijn ogen de helste kleur blauw waren geworden.

'Ik hou van je,' zei hij weer.

Toen realiseerde ik mij pas dat ik sinds we op Hawaï waren beland de hele tijd gevreesd had dat hij deze woorden zou zeggen. Even wilde ik het uitschreeuwen – geen lange kreet maar een au! van pijn. In plaats daarvan kromp ik slechts ineen.

Hij herhaalde de woorden alsof ik hem niet had gehoord, maar hij zei ze telkens anders, zodat de woorden net tastende vingers waren.

Ik wilde rennen voor mijn leven.

XXXXII

Zodra Millroy erin slaagde 'ik hou van je' uit zijn mond te krijgen, bleef hij het zeggen, de woorden herhalend alsof hij zijn angst ervoor had overwonnen, zoals sommige bange mensen eerst een verwensing fluisteren, deze daarna luider zeggen, en vervolgens uitschreeuwen. Misschien had Millroy al een hele tijd geprobeerd 'ik hou van je' te zeggen, bedacht ik. Nu kon hij niet meer ophouden, ongeacht hoe ik me voelde.

'Ik hou van je, Jilly Farina.'

Zoals hij deze woorden zei leek hij monsterlijk en wanhopig, met draaiende ogen. Als je het niet terug kon zeggen, wat betekende het dan anders dan 'ik wil je helemaal, met lichaam en ziel', en dit beangstigde me meer dan elke bedreiging die ik ooit had gehoord.

'Hou op, alstublieft.'

Maar nee, hij bleef het zeggen.

'Laat dat alstublieft.'

Ik huiverde. Ik was zenuwachtig omdat de woorden vingers en handen en lippen en tanden leken te hebben. Ze hadden een hete adem. Ik voelde me verstrikt en toegetakeld door het geluid alleen al.

Toen zei Millroy: 'Het enige dat ik vraag is dat je me een kans geeft.'

Niet in staat iets te bedenken om te zeggen, begon ik te huilen, en zoals altijd maakte het huilen dat ik me klein en mager voelde. Ik leek met elke snik ineen te krimpen. Wat mijn gehuil voor mij erger maakte was dat Millroy het zelf nooit deed.

Zijn 'ik hou van je' beangstigde me nog het meest omdat ik zijn liefde niet kon beantwoorden. Hij was Millroy de tovenaar. Ik was hem altijd blijven zien als de man die me in een glas melk kon veranderen en opdrinken. Hij was gemaakt van koud metaal; hij had een onvoorspelbare macht. Waarom wist hij niet dat ik onmogelijk van hem kon houden, of dat zijn liefde mij een onveilig gevoel gaf?

Hij zei: 'Ik weet hoe ik je gelukkig moet maken.'

Als dit waar was, leek hij er alleen maar machtiger door.

Met zijn vingers in de lucht priemend deed hij in het wilde weg onverhoedse toverkunsten: wriemelde met zijn handen, liet met zijn vingertoppen bloesems opschieten, liet kolibries op de bloesems afduiken om te zuigen, rukte een lichtbel uiteen terwijl hij met zijn vingers draaide en een ronde spiegel materialiseerde waarin ik te zien was, glinsterend, ouder, voller en mooi.

'Nee,' zei ik. 'Hou op alstublieft.'

Hij draaide een gloeilamp los en vermaalde die in zijn mond.

'Zoals je wilt.' Hij kauwde op stukken glas met een geluid als van potato-chips.

Ik zei niets. Ik kon niets bedenken om te zeggen. Wat was er gevaarlijker dan een tovenaar die mij zo wanhopig graag wilde hebben? Bij het zien hoe zijn wangen uitpuilden van glas stelde ik mij voor hoe hij mij zou vermalen.

'Ik zou je kunnen leren hoe je dit moet doen.'

Hij bleef op het glas kauwen.

'Ik wil het niet leren,' zei ik omdat als ik tegen hem gezegd had dat ik bang was, hij aangedrongen zou hebben.

'Ik heb al die tijd gewacht,' zei hij. 'Op jou.'

Ze deden me verstijven, die simpele woorden.

'Zeg gewoon ja,' zei hij. 'Waar zou je bang voor zijn?'

'Voor alles,' zei ik met een droge mond.

Hij lachte om het idee dat ik overal bedreigingen zag.

'Voor u,' zei ik.

Hij staarde me met gele ogen aan, zijn handen opgeheven, alsof hij op het punt stond te gaan toveren. Ik deed een stap opzij en werd kleiner. Ik vreesde dat hij me aan zou raken en me door de aanraking in tweeën zou breken.

Ik sliep slecht, ik kon niet eten, ik begon te bidden dat Millroy gepakt en meegenomen zou worden, gearresteerd door de politie die soms over de weg naar Kalapana reed, waar de weg overging in een smeu- .de lavastroom. Er was een gerucht in Puna dat Millroy in staat was de gesmolten lava, die 's nachts rookte en vlamde, om te leiden. De mensen geloofden hem. Ook ik had hem ooit geloofd.

Hij had me anders gemaakt, het aanzien van mijn leven veranderd, mij aan mijn hopeloze familie ontstolen, en ik had me veilig bij hem gevoeld. Hij had een jonge knaap van me gemaakt. 'Dit is mijn zoon Alex.' Hij had me afhankelijk van hem gemaakt, en toen verbaasd door verliefd op me te worden en te willen dat ik zijn liefde beantwoordde. Er was niemand anders, alleen wij tweeën in het huis, die elkaar goed in de gaten hielden.

Hij wilde niet langer mijn vader zijn. Ik had geweten dat hij een tovenaar was, maar ik had me niet gerealiseerd hoeveel hij vermocht tot hij zijn hele licht op mij liet schijnen. Toen zag ik dat hij moeilijk en gevaarlijk en vreemd was – een echte tovenaar; maar pas toen ik alleen met hem was begreep ik dat ik daar niets te zoeken had.

Geen toverkunsten meer, dacht ik, maak me alstublieft niet gek. Maar ik had geen recht om dat te denken. Wat deed ik hier? Ik had iemand anders nodig.

'Er is niemand anders,' zei hij.

Ik had geen privacy, zelfs niet in mijn gedachten.

'Ik hield van je vanaf het moment dat ik je zag,' zei hij.

Al die maanden, anderhalf jaar, naar mij kijkend in het eethuis, tegen mij pratend terwijl ik op mijn kastplank in het donker lag. 'Ik had nooit kunnen dromen dat dit zo'n groot moment zou zijn, engel.' Maar ik was gegeneerd, alsof hij me nu pas vertelde hoe lang geleden hij me naakt had gezien, en nu ik eraan herinnerd werd, voelde ik me beschaamd en onbeschermd. De hele tijd had hij naar me gekeken, maar wat kon ik eraan doen?

Het was moeilijk om met hem op dit eiland te zijn. Zelfs als ik alleen was voelde ik zijn ogen op me gevestigd, tegen mijn hoofd drukken zoals zijn duimen deden, een gevoel als van knijpende vingers.

'Sorry,' zei ik één van die keren, om mij heen kijkend.

Maar hij was het niet; het was een vreemde, één van de eilandbewoners die naar me keek vanonder de zwarte klif.

De man keek langs me heen naar Millroy, die achter het huis een stuk hout op één van zijn nieuwe bijenkorven stond te timmeren.

De volgende dag zag ik weer iemand. Door de vingerdruk op mijn achterhoofd draaide ik mij om en ontdekte opnieuw een vreemde.

Ik had me wellicht beter gevoeld als we onze regelmatige uitstapjes naar de stad waren blijven maken – naar Pahoa, Kurtistown, Mountain View of Hilo, waar we de bestelwagen hadden gekocht. Maar we gingen niet eens naar het smeulende Kalapana of naar Opihikao, dat uit één kerk, één winkel en twee blaffende straathonden bestond.

'We hebben hier alles wat we nodig hebben,' zei Millroy.

Het was alsof hij me in een doos wilde houden.

We hadden geen meel, geen tarwe, geen gerst, zelfs nog geen honing. We hadden volop linzen, rode en bruine, we hadden meloenen, papaya's, guaves en ananassen. We hadden ander fruit en vis, drie soorten noten, allerlei bonen om te drogen. Millroy spoorde een jongen van een plaatselijke boerderij die Cal heette aan, hem boter en honing te brengen.

'En brood dan?'

'"Boter en honing zult gij eten, dat gij het kwade zult weten te weigeren en het goede te kiezen." Jesaja maakt geen melding van brood, engel.'

Hij nam vingers honing en likte die dan met een oordeelkundige blik af. Later bracht hij, in plaats van meel te kopen, uit een lege mand broden te voorschijn met een flits blauw licht die me schrik aanjoeg.

'Zag je dat?' vroeg hij op een morgen aan het strand.

Ik schudde mijn hoofd. Hij had een levende vis beet.

'Ik heb hem uit de zee gelokt. Het beest krabbelde met zijn vinnen de kiezels op.'

We aten, we reinigden ons, we baden: de Eerste Dag-routine. 'En krachtige onderdompelingen' – we baadden. Millroy zei dat we behalve naar het strand nergens heen hoefden. Vóór we op weg gingen gluurde hij naar links en naar rechts om er zeker van te zijn dat er niemand in de buurt was.

Er waren verborgen huizen in de buurt, maar de rest van deze kuststrook was eenzaam en afgelegen. Ik was gewend aan de lage duinen en brandingloze kust van de Cape. Vaak was er iemand op het strand, een visser of een eendemosseljager, soms een surfer. Millroy maakte zich over hen geen zorgen, maar het was duidelijk dat hij niet wist wat hij met deze mensen aan moest. Ze in melk veranderen en opdrinken? Ze vloeibaar maken en uitgieten in de Pacific? Ze in een Indiase mand proppen en laten verdwijnen? Ze bang maken door levende wezens uit hun oren te trekken?

Er begonnen meer mensen te verschijnen aan de rand van onze zwarte klif; soms staken alleen hun hoofden uit, met een nieuwsgierige uitdrukking op hun gezicht en in hun witte ogen. Mensen hielden stil als ze het huis passeerden.

'Er is altijd iemand daarbuiten.'

'Maak je geen zorgen, engel.'

'Ik maak me geen zorgen.'

468

'Ik hou van je.'
Alleen dit gaf me een onveilig gevoel.

Weldra was het Millroy's beurt om in de war te raken.
Ik zei: 'We zouden een tv moeten hebben. Er zijn er massa's te koop in Hilo.'
'Dat is het laatste dat ik zou kopen.'
'Iedereen heeft er een.'
Hij gaf geen antwoord. Hij maakte een afkerig geluid door zijn neus, een grom die aanzwol tot geloei.
Toen wist ik waarom.

We hadden een strikte Eerste Dag-routine: na het ontbijt over de kliffen lopen, rondscharrelen op het zwarte strand, na de lunch een tukje doen of schommelen op de lanai-veranda, na het avondeten langs het strand lopen, wat altijd vroeg was omdat Millroy zei dat je ten minste vier uur bezinkselvorming nodig had voor je ging slapen. 'Te laat of op het verkeerde moment eten verkort het leven evenzeer als slecht eten.'

Op een avond waren we even na zonsondergang op de weg terug naar ons huis. In dat gedeelte van het grote eiland waren de huizen overdag gecamoufleerd, maar in het donker leefden ze op; hun gloeilampen schenen door open ramen. Tv-toestellen knipperden en flakkerden en sausden de huismuren met blauw licht. Niemand kon naar buiten kijken, maar je kon wel naar binnen kijken.

We liepen langzaam, naast elkaar, zonder dat één van ons de lichten ter sprake bracht die we beiden konden zien. De wind was gaan liggen, de bladeren van de palmbomen waren roerloos en staken als rafelige paraplu's af tegen de maan, en zelfs de oceaan was stiller en troebeler dan normaal.

Onze voeten maakten malende geluiden op het grindachtige strand, en toen kwam er van verderop een menselijk gemompel, dat weerkaatste in de blauwige lichten van het huis achter de heg.

'Verdwaald in het donker van mijn lichaam – stel je voor. Het was mijn ervaring van een wildernis, tot ik besefte dat ik gif at, de kankerverwekkende kost die jullie allemaal voedsel noemen...'

'Nee, ik verhef mijn stem niet,' zei Millroy. Ik was blij dat hij er een grapje van maakte. Hij had zo veel boos onheil kunnen aanrichten als hij gewild had.

Vóór we het huis passeerden aarzelde hij en kon zich niet weerhouden zich door de heg te persen en naar het raam te sluipen om te zien wie het was die naar deze herhaling van *De Eerste Dag* keek. Op mijn tenen staand ving ik een glimp van zijn gezicht op het tv-scherm op.

Dit was een nieuwe schok. Ik was gaan denken dat alles wat voordien gebeurd was, de hele Eerste Dag-toestand, een droom was geweest – onwerkelijk in ieder geval. Het was zoveel geweest: alle veranderingen, alle mensen, het voedsel, het geld, toen het weglopen. Even tevoren had ik zijn stem door de bomen gehoord, en nu zag ik zijn grote kale hoofd, borstelige snor en verstandige-doktersstem, en ik was bang omdat het allemaal waar was geweest.

'Een dikke, schimmige familie,' zei Millroy terug op het pad. 'Ze hadden vliezen tussen hun tenen. Ze hadden mollige dijen en een slechte huid. Ze voedden zich met een reuzezak *Cheez Doodles* en goten Cola naar binnen. Ze hebben dit programma hard nodig.'

Maar hij was ook geïrriteerd omdat hij herhalingen of heruitzendingen van *De Eerste Dag* uitdrukkelijk verboden had.

'Iemand verdient hier bergen geld mee, en ik voel in mijn botten dat hij geen eter is – dat hij volstrekt niet deugt.'

Bij het volgende huis, met een springerige blauwe schittering op de muren, terwijl dezelfde Millroy-de-boodschapper-stem uit de tv kwam, bukte hij bij het zijraam. Hij kwam terug naar het pad waar ik stond en mompelde. Eerst zei hij dat hij vier eilandbewoners in de kamer naar het programma had zien kijken.

Toen begon hij te schreeuwen.

'Ik ben verraden,' zei hij. 'Er was een onderbreking voor commercials! Ik heb nooit een commercial gehad in al die maanden dat ik dat programma deed. Ze verkochten zogenaamde vezelrijke ontbijtvlokken, maar je weet dat er met al het verwerkte voedsel geknoeid is. Dat is bedrog.'

Hij was woedend dat *De Eerste Dag* hier op de televisie was. Zijn succes was hem ontstolen – daar was hij op tv, grijnzend en etend, en hij keek met een onbewogen gezicht. De meeste huizen op het strand of op de kliffen hadden het programma aanstaan, hoewel twee of drie *howlie*- families naar *Wheel of Fortune* keken.

Die nacht hoorde ik hem in het donker volharden: 'Ik wil geen televisie.'

Deze herhalingen verklaarden waarom de mensen op het strand soms naar hem gluurden, waarom ze soms hallo en aloha zeiden, en bij het huis rondhingen.

Na die *Eerste Dag*- avond merkte ik dat er veel mensen bij het huis op de loer lagen, alsof ze iets wilden maar te verlegen waren om het te vragen.

'Er is daarbuiten iemand,' zei ik.

'Wel tien,' zei Millroy zonder op te kijken.

'Die mensen maken me gek,' zei ik.

Millroy dacht niet eens aan ze. Hij keek me droevig aan en zei: 'Ik hou van je.'

Dit was mijn belangrijkste reden om te vertrekken. 's Avonds plande ik mijn ontsnapping – de vlucht naar Honolulu, dan terug naar Boston, de bus naar de Cape, de wandeling vanaf Falmouth, de weg naar Dada's caravan of Gaga's huis. Maar op een bepaald punt op deze denkbeeldige trip, meestal op één van de met onkruid overgroeide opritten, merkte ik dat ik aarzelde, omkeek, zonder precies te weten wat ik verder moest doen.

Ik voelde dat de donkere en zwaargebouwde eilandbewoners me bekeken. 'Ik hou van je' was een uitdaging die me een hulpeloos gevoel gaf. Millroy bleef volhouden dat hij geen televisie wilde, en hij luisterde naar de wind en zei: 'Ik kan ze over me horen praten.'

Hij had gelijk. Het was onze oude ervaring vreemden te zien rondcirkelen, zich verzamelen, in het geweer komen en waakzaam worden, als kippen die een voederemmer volgen. Ik had het eerder gezien bij Millroy's voorstelling op de boerenkermis in Barnstable, toen de mensen onder het bord BELTESHAZZAR – MEESTERTOVENAAR door doken. Ze hadden het weer gedaan na de uitzending op de parkeerplaats van de *Paradise Park*-studio, en recenter in het Eethuis van de Eerste Dag in Boston, toen de menigte op het trottoir om Millroy riep, het verkeer versperde en strooibiljetten uitdeelde waarop beweerd werd dat hij de Duivel was.

Millroy trok menigten aan. Hier op het grote eiland gebeurde het weer: mensen voor het huis die naar binnen probeerden te kijken.

'Waarom zou het me wat kunnen schelen?' zei Millroy.

Ze waren zowel verlegen als bemoeiziek zoals ze in onze bosjes rondsprongen – voornamelijk dikke jongens met verschoten honkbalpetten op.

'Ik maak me helemaal geen zorgen om ze,' zei hij.

In hun pogingen rustig te zijn maakten ze veel kabaal, en door hun luide fluisteringen leken ze paniekerig en doof.

'Zij zijn degenen die zich zorgen zouden moeten maken,' zei hij.

Hij keek niet naar ze, hij keek naar mij en leek op het punt me weer te vertellen dat hij van me hield.

'Je bent toch niet bang?'

Ik sloeg mijn armen over elkaar zodat hij me niet kon zien trillen, en ik dwong mezelf te zeggen: 'Ik ben hartstikke bang.'

Hij maakte een lachend geluidje dat ratelde achter zijn gezicht. Hij zei: 'Ik ben zo terug.'

Het volgende geluid dat ik hoorde was van brekend glas; Millroy die in de keuken een fles in kleinere stukken sloeg alsof hij met een bijltje in een ijskoek hakte.

'Kom mee,' zei hij, zich langs mij heen de voordeur uit haastend met een blad met gebroken glas.

Ik volgde hem naar het zonnige erf, waar zoals gewoonlijk tien tot vijftien eilandbewoners rondkrioelden met een schaapachtige blik. Toen ze hem zagen deinsden ze terug, maar Millroy gebaarde hen dichterbij.

'Niet wegrennen,' zei hij en liep op een man af. 'Zeg eens vriend, wat zeggen de mensen over mij?'

'Sommige mensen spreken slecht,' zei de man. Op zijn T-shirt stond geschreven STEM SPARK MATSUNAGA.

'Over mij?'

's Mans knipperende ogen betekenden ja, ja.

'Dat u die vent van de tv bent. Doet toverthrucs. Kan de duivel in een glas sjap veranderen en dan het glas oppakken en helemaal leeg djrinken.'

Een andere man zei: 'En dat die politie u zoeken op die vasteland. En andirih slechte dingen.'

De overige mensen deinsden terug toen deze vermetele man sprak, alsof Millroy tegen hen zou gaan tieren.

'Ik vraag me af hoe sterk die politieagenten zijn,' zei Millroy. Maar zijn glimlach betekende dat het geen vraag was.

Hij begroef zijn gezicht in het gebroken glas terwijl hij het blad ophield en erin brulde. Toen zette hij het blad neer en streek glassplinters uit zijn gezicht, draaide de gloeilamp van de lichtinstallatie op de veranda los en beet erop, verbrijzelde hem, vermaalde hem met zijn tanden. Hij spuugde het uit – de toekijkende mensen kreunden toen hij dat deed – verzwolg vier scheermesjes en braakte ze ten slotte uit op het gazon, waar ze lagen te glanzen.

'Ik vraag me af wat die smerissen voor hun ontbijt eten,' zei hij terwijl hij met de rug van zijn hand zijn mond afveegde.

Hij was altijd een showman geweest.

Iemand zei: 'Wat is hij sjterk.'

'Is weer soon thruc.'

Intussen rolde Millroy een kleine, strakke rubber ring uit tot een rimpelige witte ballon. De mannen en jongens in de menigte lachten en bedekten hun gezicht toen ze het zagen.

'Een rubbertje,' zei Millroy, en snoof het door zijn neus naar binnen. Hij stak zijn tong uit en trok het rubberen geval voorzichtig uit zijn mond. Toen keerde hij het proces om – in zijn mond, uit zijn neus, waarbij het dunne rubber uit een neusgat bolde.

Ze lachten hard met rollende ogen, het gelach dat het ergste soort afgrijzen uitdrukt.

'Stomp me maar in mijn maag!'

Toen niemand dat deed, keerde hij de bange mensen zijn rug toe.

'Je hoeft je nergens zorgen over te maken, hartje.'

Hij wist niet dat het zijn toverkunsten waren die mij de meeste zorgen baarden.

Millroy's toverkunsten hadden me veiligheid geboden, maar me nooit gekalmeerd. Eerst hadden ze me laten schrikken, toen verbaasd, en ten slotte bang gemaakt – sinds hij dat meisje in melk veranderde en haar opdronk. De ratten van Floyd Fewox waren erger, en ik was er bevend getuige van geweest toen Millroy 'zijn naam is Sidney Perkus. Hij is een getikte ouwe homo' zei en hem vernietigde. Zijn macht was toegenomen, van het goochelen met vlaggen tot het laten schudden van een jumbo in de lucht. Maar zijn macht had hem gevaarlijk zichtbaar gemaakt.

'Ik heb nooit beroemd willen zijn,' had hij gezegd.

Ik geloofde dat – niemand anders had het geloofd – en daarom hield hij van me.

Millroy's tovenarij was zo ongebruikelijk op het grote eiland dat die het tegenovergestelde effect had van hetgeen hij beoogde. De tovenarij die deze mensen af moest schrikken maakte hen alleen maar nieuwsgieriger. Ze bleven op afstand, maar ze gingen niet weg. Ze vertelden het hun vrienden. Dat was het vreemdste van zijn tovenarij – zelfs als het schokkend was, wilde je blijven kijken, en het was het verbluffendst als het gevaarlijk was. Zijn tovenarij maakte dat de mensen meer wilden.

Hij ontwikkelde zich van iemand die beroemd was op het strand tot een beroemdheid in het Puna-district, en ten slotte bracht hij het hele eiland op de been.

Ze wisten dat hij niet alleen de man was die gloeilampen vermaalde en scheermesjes at, niet alleen de genezer die bomen deed verschrompelen en de vrouw Momi uit de dood deed herrijzen, noch zelfs de grote kahoona die wilde honden betoverde en lavastromen omleidde.

Hij was Millroy, hij was oom Dick, de dokter, de wijze boodschapper van het *Programma van de Eerste Dag*, door misverstanden op diverse gronden gezocht door de politie op het vasteland.

Ik had hem al verteld hoe bezorgd ik was, en dat ik telkens verstijfde als ik een witte politiewagen op de kustweg zag. Maar hij kon gemakkelijk verdwijnen, zoals hij voorheen had gedaan, dus wat kon hem het schelen?

'Ik zou de rest van mijn leven zo kunnen leven,' zei hij. 'Tweehonderd jaar!'

Dat verontrustte mij heel erg.

'Ik hou van je,' zei Millroy.

Als je zoiets hoorde wilde je gewoon wegwezen.

Dus ik wist wat mij te doen stond, en ik besloot het hem vroeg op een avond te vertellen als er nog tijd was om mijn spullen in te pakken en het vroege vliegtuig uit Hilo te halen. Thuis was vreselijk, maar thuis was simpel. Ik herinnerde me mijn oude dagdroom van een serveerstersbaan in Hyannis en Falmouth en met mijn tweedehands auto naar mijn werk gaan. Ik zou geld sparen, uit Vera's caravan wegtrekken, en later misschien iemand ontmoeten – geen tovenaar maar een normale man – en een paar kinderen grootbrengen. Op een dag, als ik erop vertrouwde dat ze er niet van streek door zouden raken, zou ik hun vertellen over mijn verbazingwekkende tijd met Millroy. Ik stelde mezelf aan mijn eigen keukentafel voor terwijl ik zei: 'Wat is er eigenlijk met Millroy de tovenaar gebeurd?'

Ze zouden allemaal anders naar me kijken nadat ze zich hadden gerealiseerd wat ik had doorgemaakt.

'Dat kereltje Alex in het programma, dat genoemd wordt in zijn boek?' zou ik zeggen. 'Dat was ik.'

De schemering was niet alleen een schimmige hemel, maar ook een bepaalde geur in de lucht, het gekoer van een paar gespikkelde duiven, het getjilp van een vogel die neerstrijkt op een tak, het hese hoestachtige geblaf van een hond op de weg, de schemerige dag die afloopt, de wereld die zich vult met nacht als met stof die zich verdicht. Zo'n gevoel had ik ook over mijn leven met Millroy, dat het zo eindigde, in een stil vertrek.

Hij was vanavond weer aan het koken. Alleen al de aanblik van zijn efficiënte bedrijvigheid in de keuken maakte mij tegenwoordig nerveus, alsof hij een gifdrank aan het maken was, voorbereidingen trof om mij te betoveren.

Ook zijn geluk zat mij dwars omdat ik het niet kon delen, evenmin als ik zijn liefde kon beantwoorden.

Ik staarde naar hem vanuit de deur, mij schrap zettend om hem mijn besluit te vertellen.

'Linzenmoes,' zei hij terwijl hij met zijn houten lepel tegen de pan sloeg.

Wist hij nog dat het één van de eerste gerechten was die hij ooit voor me had gemaakt?

Hij had het licht niet aangedaan. Hij bewoog zich in de keuken als een donkere tovenaar zonder schaduw.

'Laten we gaan wandelen,' zei hij, naar buiten stappend.

Hij zag er jong uit, soepeler in het verblekende licht, sterker dan ooit, meer tovenaarachtig. Maar ik was zo bang voor zijn macht dat alles wat hij tegen me zei klonk alsof het verborgen betekenissen had.

'Ik vertrouw die mensen niet,' zei ik.

'Zij kunnen ons niet deren.'

'Er is hier ook politie.'

'Je hebt gezien hoe ik met de wet omga, engel.'

Ik hield mijn hoofd vrij van gedachten zodat hij ze niet zou kunnen lezen. Toen hij op me afliep, deinsde ik terug.

We waren in de kleine afgesloten tuin achter de keuken, waar groene bladeren zo groot als olifanteoren trilden boven mijn hoofd. Er waren langstelige varens en roze en gele bloemen en flarden jasmijn in de lucht.

Ik kon net onderscheiden dat Millroy op een bepaalde manier naar me keek, alsof hij tuurde om me te zien. Hij liet zijn stem dalen, en praatte zo zacht dat ik amper hoorde wat hij zei.

De avond viel snel aan de windwaartse kust van het grote eiland – de zon ging aan de andere kant onder. Je had nog niet vastgesteld dat het binnenkort avond zou zijn, of het was pikdonker, de zee verdonkerde vanaf de horizon, het duister kwam aangerold met de golven, sneller dan een opkomende vloed.

Millroy praatte onschuldig over eten, en ik kon niet wijs worden uit wat hij zei, maar zijn gebarende vingers brachten mijn ogen tot zwijgen.

'Ja,' zei ik, en voelde mijn tong dikker worden in mijn mond en hoorde een gegons in mijn hoofd. Zelfs in dit schamele licht was ik me ervan bewust dat zijn ogen van kleur verschoten.

Hij zei: 'Je houdt van me.'

Ik gaf een ruk met mijn hoofd en keek op. Op plaatsen tussen rookachtige schemerwolken was de hemel nog steeds blauw. 'Waar bent u mee bezig?' vroeg ik.

Hij zat nooit om woorden verlegen, maar hierop had hij geen antwoord, en zijn stilzwijgen deed me versteld staan, alsof ik iets had laten vallen en het geen klap had gegeven.

'Je houdt van me,' zei hij na een pauze, en dit schudde mij nog meer wakker.

'Hé, probeert u me te hypnotiseren?'

Hij keek schuldig, op het punt het te ontkennen.

'Hoe kunt u zo'n rotstreek met me uithalen, snoeshaan!'

Ik begon te huilen en rende weg zodat hij me niet zou zien, en toen ik bij hem uit de buurt was werd ik boos en was ik blij dat ik hem een snoeshaan had genoemd, wetend wat een hekel hij daaraan had. Ik sloot me op in mijn kamer en gaf geen antwoord toen hij me riep, beloftes deed, me smeekte te luisteren, me vertelde hoeveel hij van me hield.

Ik pakte mijn tas in. Ik was verdrietig toen ik zag dat ik zo weinig spullen had, en allemaal jongenskleren. De hele nacht herhaalde ik als een gebed: 'Ik ben Jilly Farina uit Marstons Mills' om mezelf eraan te herinneren wie ik eigenlijk was en waar ik thuishoorde.

Millroy zat de volgende morgen voor mijn deur op de krakende planken geknield. Had hij daar de hele nacht gezeten? Door de slapeloosheid en het knielen zag hij er ellendig uit. Als hij moe was zag hij er niet uit als een tovenaar. Hij zag me mijn tasje vasthouden en sprak me met een vermoeide, vriendelijke stem toe.

'Engel?'

'Ik ga naar huis.'

'Dit is je thuis.'

'Niet meer.'

Plotseling was hij lelijk, met een uitzinnig, vertrokken gezicht.

'Ik zal alles doen.' Het was een andere, wanhopige stem. Ik kon zien dat hij op het punt stond 'ik hou van je' te zeggen, maar hij zag me ineenkrimpen en hield zich in.

'Ik heb geen honger, trouwens.'

Ik had het idee dat hij misschien zou proberen me te betoveren met één van zijn fantastische maaltijden en vervolgens zou reciteren:

'Als je iemand te eten geeft, behoort hij jou toe.'

Ik ging op weg, liep hem voorbij, kwam bij de deur. Ik was verrast dat hij zich niet verroerde, mij niet achterna kwam, alleen keek hoe ik bleef steken in de deuropening, waar achter de zwarte kliffen de zonsopgang schitterde op de oceaan en in de lucht.

Zwaar ademend trok hij mijn aandacht – al dat gepuf.

'Ik weet wat ik van jou moet doen.'

Hij stapte van me vandaan en leek me naar zich toe te trekken, maar ik verzette me.

'Wat dan?'

'Mijn staf breken,' zei hij.

Ik staarde hardnekkig naar helemaal niets op de grond omdat ik dat woord niet had verwacht.

'Ik wist niet eens dat u een staf had.'

'Het is maar een uitdrukking,' zei Millroy.

XXXXIII

'Ik weet wat ik van jou moet doen?'

Toen Millroy me daarmee overviel, kreeg ik de kriebels en voelde ik me hoopvol, maar toen keek ik hem goed aan en ploften mijn voeten weer op de grond. Ik kon me hem niet anders voorstellen omdat zijn toverkracht hem voor mij en ieder ander nu tot een vreemde maakte. Sinds we naar het grote eiland waren gekomen had ik de hele tijd het gevoel gehad dat we in een droom leefden, en nu wilde ik wakker worden en naar huis. Maar deze man had mijn leven gered en me in leven gehouden en het grootste deel van de tijd gelukkig gemaakt, dus was ik bereid te luisteren.

Maar 'mijn staf breken'?

'Geef me wat tijd.'

Hij had tenminste niet gezegd: 'Geef Millroy wat tijd.' Hij was eroverheen zo te praten.

Toch was het vreemd, dit gemarchandeer met mij. Hij was uitzinnig, maar hij was tevens vastberaden – op een vastbesloten manier wanhopig, met ijzige ogen. Hij vergoot nooit een traan. Zelfs als hij zorgelijk wakker werd na een krabbegevecht of een doodsnachtmerrie huilde hij nooit.

'En wat moet er dan gebeuren?'

'Dat zul je wel merken. Je zult niet bang zijn.'

'Trouwens' – ik vond het akelig hem dit te vragen – 'wat betekent "mijn staf breken"?'

Hij vroeg me niet te raden. Hij wist dat mijn hoofd leeg was.

'Deze grove tovenarij van mij zweer ik hierbij af,' zei hij met een vreemde glimlach, wetend dat ik nog steeds geen idee had. Hij voegde eraan toe: 'Ik zie af van mijn tovenarij. Hou ermee op.'

Ik kon het me volstrekt niet voorstellen, Millroy zonder dat.

'Dan is alles mijn schuld,' zei ik.

Hij glimlachte naar me, met scheve schouders, één omhoog en één omlaag, terwijl hij zijn handen uitstak, de ene in een gebalde

478

vuist, de andere met de palm geopend. Ik wist dat dit kreupele, af-wegende gebaar zijn gevoel uitdrukte dat hij aan één kant opgelucht zou zijn als hij van de tovenarij was verlost, en het aan de andere kant zou betreuren dat het weg was. Maar als het weg was, wat dan?

'Dan heb ik je meer nodig dan ooit,' zei hij, mijn vraag in gedachten lezend.

'Waarom zou u uw tovenarij opgeven? U hebt alles.'

'Behalve jou.'

'Hier ben ik.'

'Jouw liefde,' zei hij.

Al was dit waar, het gaf me niet het gevoel dat ik belangrijk was, en ik wilde gaan huilen. Ik voelde me vreselijk. Ik bad in mezelf: Ik ben Jilly Farina uit Marstons Mills, ik ben niemand, ik ben niets.

'Andere mensen zullen het niet leuk vinden.'

'Die hebben mij zwartgemaakt. De meesten zijn me niet waard. De rest zit achter me aan.'

'Ik ben niemand.'

'Mijn hele leven draait om jou,' zei Millroy.

Millroy de tovenaar! Niet alleen trucs – de verdwijnende olifant, de Indiase mand, de televisiestunts, het doorspoelen van Perkus – maar de wonderen van Millroy de boodschapper. Hij kon stormen in de lucht ontketenen, de doden doen herrijzen, door muren heen kij-ken, verre fluisteringen horen, vuurstralen uit zijn vingertoppen la-ten schieten. Hij kende het inwendige van dingen, hij had het mense-lijk lichaam doorgrond, had controle over negen lichaamsfuncties. Misschien was het voor hem soms vreselijk geweest ('ik heb nooit beroemd willen zijn'), maar voor ieder ander was het verbazingwek-kend.

'Engel, je weet niet hoe sterk je bent,' zei hij. Hij keek uit het raam toen getjilp weerklonk – een vogeltje dat neerstreek op het dikke fluwelen blad van een roze bloesem. 'Of hoe zwak ik ben.'

'U bent niet zwak,' zei ik.

'Ik ben hulpeloos,' zei hij, en zo zag hij eruit, ietwat benard, 'zon-der jouw liefde.'

Ik zette mijn tasje op de sofa neer. Millroy was blij, hij zwol een beetje op. 'Eet wat,' zei hij.

Ik had honger van alle spanning; toch weerhield een knagende argwaan, hoe onredelijk ook, mij ervan, hem mij te laten voeden. Ik bediende mezelf – meloenpulp, notenmoes, warme broodjes – ter-wijl hij toekeek.

'Ik heb je nodig,' zei hij, 'zodat ik kan blijven leven.'

Ik voelde me opzichtig zoals ik de zoete slierten meloenpulp van mijn lippen likte.

'Ik zou ziek worden en doodgaan zonder jou. Maar heb ik je niet gezegd dat we samen tweehonderd jaar kunnen worden?'

Dit gaf me nog sterker het gevoel dat ik weg wilde. Ik dacht: Morgen ga ik zeker weg.

Die hele dag in het huis bij de zee hield ik Millroy in de gaten. Hij was net zoals Dada de dag vóór zijn galsteenoperatie was geweest, net zoals iedereen wie een operatie te wachten staat of die in een vliegtuig stapt; hij dacht na over zijn leven en wat er verder zou gaan gebeuren – als een standbeeld, lijdend op zijn eigen, ijzige manier.

Ik wist dat we beiden hetzelfde dachten. Hij had tovenarij bedreven. Het zat in zijn hoofd, heel dit bovennatuurlijke vermogen. Terwijl hij gewoon op blote voeten in een korte broek in een gewone kamer stond, had hij wonderen verricht. Ik had alles gezien – hij wist dat ik zijn getuige was. Nu keek hij droevig, met streperige schaduwen op zijn gezicht, en zwaarmoedige gelaatstrekken van al zijn gepieker. Misschien was hij ook een beetje van zijn stuk gebracht. Hij moest twijfels hebben gehad, en hij wist dat ik bang was. Hij bleef stil en roerloos, als een vogeltje op een koude tak.

Tegen de schemering begon hij zich te verroeren, zich door het huis te bewegen. Zijn trippelende voeten maakten me waakzaam. Hij bewoog zich altijd alsof hij een paar centimeter boven de grond zweefde. Ik bleef bij hem uit de buurt terwijl ik vanuit een hoek van de kamer naar hem keek, bij een raam waar nog meer vogels kwetterden en snaterden, en zich nestelden voor de nacht.

'Toverkracht is het vermogen om te zien. Dat is fantastisch,' zei Millroy. 'Maar een tovenaar ziet alles. Dat is pijnlijk.'

Hij keek van me weg en sprak door de open deur als tegen de open oceaan.

'Ik heb deze gave. Als ik die gebruik neem ik een risico. Als ik die niet gebruik, verwaarloos ik mijn gave.' Hij keek droevig. Hij zei: 'En er zijn grenzen aan betovering. Ik kan je imponeren of bang maken, maar ik kan je niet van me laten houden.'

Op dit rijpe uur van de dag, vroeg in de avond in het Puna-district, ging de wind liggen, zag de zee er verkoold uit, en het leek alsof de hele wereld haar adem inhield om te luisteren.

'Ik weet dat mijn tovenarij mij een vreemdeling doet lijken, of een

480

banneling,' zei hij. 'Daarom is dit prachtige land zo belangrijk voor me.'

In de verte, waar het water de lucht ontmoette, doemde een schaduw uit de oceaan op en sloot de horizon af met een streep duisternis, de eerste nachtelijke smet.

'En er is natuurlijke tovenarij in de echte wereld. Het wonder van het leven, mop.'

Uit de stilte, vanuit de houten huisjes die schuilgingen achter de bomen, barstte kindergelach los, en hij dacht misschien dat zijn programma daar de oorzaak van was.

'Neem de geboorte,' zei Millroy. 'Geen tovenaar op aarde kan leven schenken.'

Ik zei niets, maar zijn gefixeerde aandacht gaf me een ongemakkelijk gevoel. Hij staarde recht naar mijn achterhoofd.

'Ben je het niet met me eens, engel?'

Op dat moment wilde ik dat ik met iets gemakkelijks bezig was, zoals borden wassen in warm, zepig water.

'Klinkt goed.'

Ik dacht ook dat het wel een lange nacht kon worden, dus ging ik naar buiten, terwijl de lucht nog steeds bleek was.

In zijn blauwe korte broek en op blote voeten verliet Millroy de krakende veranda en stak het gras over naar de rand van de lage klif. Hij liep de uit lava gesneden trap naar het strand af, dat nu op zijn zwartst was omdat het zand doorweekt was door het opkomend tij.

Terwijl hij zijn armen ophief – 'voor mijn laatste truc', placht hij te zeggen – liet hij een trilling als een siddering door het water gaan, en er verscheen een spleet die zich verwijdde tot een taartpunt lucht waar de zee was geweken. Aan het licht gebrachte krabben maakten zich zijwaarts uit de voeten, kleine vissen spartelden tussen de zeeegels, en op het natte zand zat zwart zeewier gekleefd.

Millroy stapte in de ijle corridor die hij in de groene zee had gemaakt, de wanden trilden en toen sloot het water zich boven hem.

Hij kwam even verderop aan de oppervlakte, dook toen in de aanrollende golven, en zwom hard trappelend weg. Hij gooide zijn hoofd in het schuim, en ik verwachtte half dat hij zou opstaan en over het wateroppervlak schrijden als een tovenaar in de lucht. Maar hij bleef soepel zwemmen, zich voortbewegend als een vis. Hij liet zich op zijn rug glijden en spoot water omhoog, en toen was het alsof hij een bad nam terwijl de oceaan hem voortjoeg tot hij stilhield en er petsen op gaf.

Het was erg toen ik hem weg zag zwemmen. Het was erger toen hij aan het worstelen was. Toen zonk hij en was er niets over, niet eens zijn rimpeling als van een watervlo op het water, en hij nam de rest van het schemerende daglicht met zich mee.

XXXXIV

Nu Millroy weg was, was het avond en was ik alleen en verloren. Ik bleef kijken omdat ik nergens heen kon. Vlak achter me voerden een paar palmbomen in een winderig groepje een gesprek – zo leek het mij – en de wind werd krachtiger en maakte hun bladeren zelfs nog spraakzamer.

'Kap ermee,' zei ik, als tegen vervelende kinderen.

Aan de rand van dit eiland, onder een hula-maan, staarde ik naar het water terwijl rafelige rooksporen van wolken door de lucht dreven. Ik had er laatstelijk over gedacht Millroy voorgoed te verlaten, maar dat Millroy mij zou verlaten had ik me nooit voorgesteld. Toen ging hij weg, plonsde de zee in, terwijl ik op mijn knieën viel en in het donker als een aap op het zwarte zandstrand hurkte tussen de keuvelende palmen.

Wacht. Geen gekeuvel meer, de wind was zoëven gaan liggen, de palmen zwegen, hun bladeren waren roerloos. Was het om iets wat ik had gezegd?

Nu was de maan gehuld in rookachtige wolken, en het flauwe licht was nauwelijks te zien op het water. De wind was gaan liggen, de palmen waren tot rust gekomen, maar de nacht had zich zo dicht en zo donker om mij heen gegaard dat het was alsof ik in een klam doosje was geperst. In plaats van te spreken draaide ik mijn gezicht naar de wolken en wenste dat de maan ging schijnen, en dat maanlicht over het oppervlak van de zee gegoten werd.

Zo gebeurde het precies: de wolken trokken weg en het krachtige licht bevrijdde me. Was er weer een wens van mij ingewilligd? Eerst de wind, toen de maan. Ik was ademloos. Het was het soort onverklaarbare tovenarij dat Millroy ooit bedreven had. Of was het een toevallige samenloop van omstandigheden?

Verlicht door de plasachtige maanstralen leek de zee gevaarlijker, dieper en woeliger, met een golfslag als over een afstand van kilometers neertuimelende rotsen.

Ik stond op, ging voor de neerstortende golven staan, hief mijn armen op en gebood het water zwijgend tot rust te komen. Er voer een gepruttel door de zee, als een pan water die van de kook raakt, en toen een effening en een snik terwijl het water, bezaaid met rimpelige belletjes, geruisloos tot bedaren kwam en beschenen werd door de weerkaatsing van nieuw maanlicht, als een zwarte spiegel.

Ik deinsde verbaasd terug. Dit was bijna te veel, het gevoel dat ik misschien Millroy's vermogen had. Ik hield voor mezelf vol dat het iets was wat ik niet begreep, maar de hele tijd dat ik het uitprobeerde was ik nerveus en voelde ik me kwetsbaar, alsof ik door de wereld voor de gek werd gehouden.

Ik schroomde het weer te proberen, maar in het zicht van een kalme zee in de stilste lucht die ik op dit eiland had meegemaakt, knielde ik weer neer en keek uit naar Millroy. In de vijf uren tot rillerig middernacht twijfelde ik aan alles wat er gebeurd was. Hoe kon het tovenarij zijn? Het was mijn verbeelding, gewoon zenuwen, omdat ik alleen was, omdat Millroy weg was.

Ik maakte me geen zorgen over mezelf, maar over die goede man. Met mij was alles in orde. In zijn spattende vertrek en in het opkomen van de maan had ik me gesterkt gevoeld op een manier die ik voordien nooit gekend had. Het had niets te maken met lichamelijke gezondheid. Het was iets anders, meer dan zelfvertrouwen, een levenskracht die als een licht was dat in mij gloeide. Mijn hele wezen liep over van een majesteitelijk gevoel van vrede en kracht, alsof ik een groots geheim in mij droeg dat ik vanavond was gaan begrijpen. Het was de simpele waarheid dat er geen dood was, zodat er niets op aarde te vrezen viel.

Plotseling wilde ik dit Millroy laten weten, en ik riep zo hard dat mijn schelle stem tegen mijn oren sloeg en ik me een ogenblik later al niet meer kon herinneren wat ik had gezegd. De kracht van mijn stem had me doen schrikken. Ik bleef daar het grootste deel van de tijd met mijn vingers in mijn mond zitten luisteren, en voelde me bespot door de samengeperste en verre echo die zo vrolijk klonk. Ik had Millroy's naam geroepen. Nooit eerder had ik die uitgesproken.

Ik deed het weer, al mijn wensen en hoop uitroepend in dat ene woord, zijn naam. Het was gemakkelijker die opnieuw te zeggen, als een gezang. Ik zag een verre beroering in de zee, als een plooi in een tapijt. Ik riep weer en het maanlicht brak en viel uiteen op het water.

Ver weg spatte iemand rond, hij sloeg tegen het maanlicht, meer als een hond dan als een vis, hij was onbeholpen en moe, zoals de figuur tekeerging alsof het water een obstakel was dat zijn armen en benen belemmerde in een poging hem te doen verdrinken.

Hij hief zijn hoofd op en brulde toen hij het strand bereikte, voorover smakte en zich plat op het zand liet vallen. Toen stond hij op, gutsend van glinsterend water, druipende maanbeschenen schittering.

Ik was zo blij hem te zien dat ik amper lucht binnen kon krijgen. Hij kwam mijn kant op strompelen – hij was onmiskenbaar een man. Het was Millroy, wat kleiner, verlegen zelfs, en een beetje bleek. Ik wilde hem aanraken om er zeker van te zijn dat hij het echt was.

Mijn aanraking bood hem houvast. Hij stond rechter. Mijn hand leek niet zo klein in de zijne. Er was geen druk van zijn vingers. Ik schroomde hem vast te blijven houden, niet wetend wat hij zou zeggen. Hij wankelde en legde, nu hij mijn hulp nodig had, al zijn gewicht in mijn hand om te voorkomen dat hij zou vallen. Zijn evenwicht herwinnend bedankte hij me met een zachte zucht, die een teken van dankbaarheid was.

Toen we de rotsachtige treden beklommen die van het strand naar de kliftop leidden, hoorden we luide, verstorende stemmen. We keken op en zagen de onbeholpen, strijkende stralen van visserslantaarns, drie stuks, met schimmige mensen daarachter.

Ik had het idee dat ze van de politie waren, en gekomen om hem mee te nemen. Maar nee.

'Oom, kom mee' – het was een jonge en bange stem – 'mijn oma zojuist heel ziek geworden.'

Millroy wuifde ze weg met zijn natte hand.

'U kunt iets doen?'

'Het spijt me vreselijk.'

Het was een nieuwe stem – die van Millroy zonder toverkracht, verontschuldigend, met extra lettergrepen aarzeling erin.

'Kom mee alstublieft.' De stem achter de andere zaklantaarn was krachtiger en dringender dan die van Millroy.

Millroy moest zijn hoofd geschud hebben. Ik kon het niet zien. Ik had me afgewend van het verblindende schijnsel.

Hoewel ze afgewezen waren, gingen de mannen niet weg. Ze leken nieuwsgieriger te worden, en vermeteler, bijna dreigend. De zwarte nacht rondom ons had zich verdiept als een mijnschacht.

Onbevreesd negeerden ze Millroy's gemompel dat ze ons alleen moesten laten, en kwamen een paar stappen naderbij. Ze zagen iets wat ik niet kon zien.

485

'Oom.'

Het woord werd eerder verrast dan met genegenheid uitgesproken, maar verder zeiden ze niets.

Binnen in mij flakkerde een geest op van onversaagde hoop en medeleven. Ik realiseerde me dat ik iets wist wat zij niet wisten.

'Ga naar huis,' zei ik tegen hen. 'Jullie oma is in orde.'

Ik had een levendig beeld van de oude vrouw, rechtop in bed zittend, genezen en glimlachend, haar donkere ogen glanzend, terwijl er een mooie sjaal over haar lampekap geworpen was waarvan de franjes neerbungelden, en lange, zwarte schaduwen tegen de muurplanken sprongen.

'Ze wacht op jullie.'

De mannen met de lantaarns haastten zich luid fluisterend heen.

Millroy wendde zich tot mij, en werd toen getroffen door het bleke maanlicht. Er glansden tranen in zijn ogen, die begonnen te stromen – dat was wat de mannen hadden gezien. Het had hen ontroerd deze beroemde vluchteling te zien huilen, een verdrietige man met natte wangen. Ze wisten dat tovenaars nooit huilen. Nu haperde zijn tong en begon hij te huilen.

Alleen ik kende de reden van zijn tranen. Nu was hij geen vreemde meer voor me, en hij wist dat ik niet bang was. Ik had nooit van zijn kracht gehouden, maar ik hield zielsveel van deze man om zijn zwakte.

Hij zei: 'Je bent gelukkig.'

'Hartstikke gelukkig.'

'Je hebt me gered, engel.'

Het maakte niet uit. Ik wilde dat hij 'ik hou van je' zei, zodat ik het terug kon zeggen.

In plaats van het te zeggen kuste hij me, eerst licht, meer als een gefluisterd woord, alsof hij dacht dat ik misschien bang was en terug zou deinzen. Toen ik me niet verroerde kuste hij mijn omhoog gedraaide gezicht opnieuw, harder drukkend, en op dat moment werd ik nog sterker. Alle vezels van mijn arm- en beenspieren werden geprikkeld door deze kus, strakker getrokken toen zijn lippen uiteenweken. Toen wist ik wat me te doen stond en hoe ik hem op mijn manier moest kussen.

Lang geleden op de boerenkermis had ik me afgevraagd hoe het geweest moest zijn toen Millroy dat meisje in melk had veranderd en opgedronken. Nu wist ik het.

Ik klampte me aan hem vast terwijl ik 'draag me' fluisterde, en ik gaf hem de kracht mij op te tillen. Hij hees me op, mij nog steeds kussend, op zijn aanminnige manier. Half verslonden verlangde ik niettemin naar meer van deze luister. Zijn kussen openden mijn lichaam en vulden me met licht.

Het maakte niet uit dat ze nog steeds op het hele eiland naar hem op jacht waren, of dat ze hem op een avond zouden opsporen in ons huis aan zee. We zouden elkaar vasthouden als zij aanklopten en aan de deurknop rammelden. Tegenwoordig was hij nergens bang voor, en ik evenmin.

'Laat maar los, engel. Ik ben zo terug.'

Het maakte niet uit dat ze hem van me zouden scheiden en hem opnieuw beroemd zouden maken. Het maakte niet uit dat het een nieuw nationaal misverstand was. De tijd zou verstrijken, maar hij was oprecht en hield altijd zijn beloftes. Het was geen tovenarij maar liefde die mij geduldig maakte.

Het maakte niet uit. Millroy zou bij mij – bij ons – terugkomen.